SHARON BOLTON

Enfant, Sharon Bolton était plutôt attirée par la danse et le métier d'acteur. Pourtant, après des années de cours de ballet et des études de théâtre, elle commence sa carrière professionnelle dans le marketing et les relations publiques. Ce n'est que lorsqu'elle quitte Londres avec son mari pour s'installer à la campagne près d'Oxford qu'elle se met à écrire et trouve sa vraie vocation...
Après *Sacrifice* (2009), finaliste du prix Polar SNCF, et *Venin* (2010), *Moisson de sang* (2011) est son troisième roman paru chez Fleuve Noir.

Retrouvez l'actualité de l'auteur sur www.sjbolton.com

MOISSON DE SANG

DU MÊME AUTEUR
CHEZ POCKET

SACRIFICE
VENIN
MOISSON DE SANG

SHARON BOLTON

MOISSON DE SANG

Traduit de l'anglais (Grande-Bretagne)
par Marianne Bertrand

Fleuve Noir

Titre original :
BLOOD HARVEST

Le papier de cet ouvrage est composé de fibres naturelles, renouvelables, recyclables et fabriquées à partir de bois provenant de forêts plantées et cultivées durablement pour la fabrication du papier.

ISBN : 978-2-266-22036-1

Aux Cooper, qui ont bâti
leur grande et rutilante nouvelle maison
sur les hauteurs d'une lande…

« Celui qui combat des monstres doit prendre garde de ne pas devenir monstre lui-même. Et si tu regardes longtemps un abîme, l'abîme regarde aussi en toi. »

Friedrich Nietzsche,
Par-delà le Bien et le Mal,
Gallimard, 1971,
pour la traduction française

HEPTONCLOUGH
Vers les hauteurs, la falaise du Tor, et la maison des Pickup
Lande
Boucherie
Banc des bergers
Ruines de l'ancienne abbatiale
Wife Lane
Cottage en ruine de Gillian Royle
Vers Goodshaw Bridge
Maison des Fletcher
Tombe de Lucy
Église St Barnabé
Mausolée des Renshaw
Abbots Road
Cloister Alley
Ancienne demeure de l'abbé, actuelle maison des Renshaw

— Ça fait un moment qu'elle nous observe, maintenant.

— Continue, Tom.

— Des fois, c'est comme si elle était toujours là, derrière un tas de pierres, dans l'ombre au pied de la tour, sous une des vieilles tombes. Elle est forte pour se cacher.

— Certainement.

— Des fois elle vient tout près, avant même que tu t'en aperçoives. Tu penses à autre chose quand une de ses voix te fait sursauter et tu commences par te faire avoir. Elle te fait vraiment croire que c'est ton frère, ou ta mère, qui se cache pas loin.

— Et tu te rends compte alors que ce n'est pas le cas ?

— Ben non. C'est elle. La fille aux voix. Mais à la seconde où tu tournes la tête, elle est partie. En faisant hyper vite, t'as une chance de l'apercevoir. Mais en général, il n'y a rien, tout est comme avant, sauf que…

— Sauf que quoi ?

— Sauf que là, c'est comme si le monde cachait un secret. Et t'as une drôle d'impression dans le creux du ventre, qui te dit : elle est revenue. Elle nous regarde.

PROLOGUE

3 novembre

C'était donc avéré. S'il l'avait redouté, seul le recul aurait pu lui permettre d'en prendre conscience. En un sens, c'était presque un soulagement. De savoir que le pire était derrière, qu'il n'avait plus besoin de faire semblant. Peut-être pouvait-il dorénavant cesser de se comporter comme s'il s'agissait d'une ville ordinaire, de gens normaux. Harry inspira un grand coup, et apprit que la mort sent l'égout, le sol détrempé et la bâche plastique.

Le crâne, à moins de deux mètres de là, semblait minuscule. Comme si, pris dans la paume, il avait été presque possible de refermer ses doigts autour. Mais pour la main, c'était plus atroce. Elle gisait à moitié enfouie dans la boue, ses os tout juste retenus ensemble par du tissu conjonctif : on aurait dit qu'elle tentait de ramper hors du sol. La forte lumière artificielle vacilla tel un stroboscope et, l'espace d'un instant, la main parut bouger.

Sur la toile plastique tendue au-dessus de sa tête, la pluie tombait en rafale. Le vent si violent sur les landes soufflait presque en tempête et les cloisons de fortune de la tente de police ne pouvaient escompter l'arrêter complètement. Quand il avait garé sa voiture, à peine trois minutes plus tôt, il était 3 h 17. La nuit ne devenait jamais aussi noire. Harry se rendit compte qu'il avait fermé les yeux.

La main du commissaire divisionnaire Rushton reposait toujours sur son bras, même s'ils avaient tous deux atteint le cordon de sécurité intérieur. On ne les autoriserait pas à s'approcher plus avant. Il y avait six autres personnes avec eux sous la tente, portant toutes les mêmes combinaisons blanches, à capuche, et les mêmes bottes de pluie que celles que venaient d'enfiler Harry et Rushton.

Harry se sentait trembler. Les yeux toujours clos, il entendait le tambourinement régulier, insistant de la pluie sur le toit de la tente. Il voyait toujours cette main. Tanguant à présent, il ouvrit les yeux et manqua perdre l'équilibre.

— Reculez un peu, Harry, ordonna Rushton. Restez sur le tapis, s'il vous plaît.

Harry fit ce qu'on lui demandait. Son corps lui semblait soudain démesuré : les bottes d'emprunt étaient bien trop serrées, les vêtements collants, les os de son crâne trop fins. Le vent et la pluie n'en finissaient pas, comme dans la bande-son d'un film à petit budget. Trop de lumière, trop de bruit, pour le milieu de la nuit.

Le crâne s'était détaché de son torse. Harry distinguait une cage thoracique, si petite, toujours vêtue : de minuscules boutons miroitaient sous les lampes.

— Où sont les autres ? demanda-t-il.

Le commissaire Rushton inclina la tête puis le conduisit le long du damier de rampes d'aluminium qu'on avait étalées comme des marchepieds dans la boue. Ils longeaient le mur de l'église.

— Faites gaffe où vous mettez les pieds, mon ami, dit Rushton. C'est un sacré chantier. Là, vous voyez ?

Ils s'arrêtèrent à l'extrémité du cordon de sécurité. Le second corps était toujours intact, mais n'avait pas l'air plus grand que le premier. Il gisait à plat ventre dans la boue. Une toute petite botte de caoutchouc lui couvrait le pied gauche.

— Le troisième est contre le mur, dit Rushton. Difficile à voir, à moitié caché par les pierres.

— Un autre enfant ? s'enquit Harry.

Des pans de PVC détachés claquaient dans le vent et il devait presque crier pour se faire entendre.

— On dirait, admit Rushton.

Ses lunettes étaient mouchetées de pluie. Il ne les avait pas essuyées depuis qu'il était entré dans la tente. Peut-être était-il heureux de n'y voir pas trop clair.

— Vous voyez là où le mur s'est écroulé ? poursuivit-il.

Harry hocha la tête. Un pan d'environ trois mètres du mur de pierre constituant la limite entre la propriété des Fletcher et le cimetière s'était effondré et la terre qu'il avait retenue s'était déversée dans le jardin, comme un petit glissement de terrain. Le mur avait entraîné un vieil if dans sa chute : sous la lumière crue artificielle, il lui évoquait une chevelure de femme.

— Quand il s'est écroulé, les tombes côté cimetière ont été malmenées, expliquait Rushton. Une en particulier, une tombe d'enfant. Une gosse nommée Lucy Pickup. Le problème, c'est que, d'après les plans qu'on a en main, l'enfant était seule dans sa tombe. On l'a creusée pour elle il y a dix ans.

— Je suis au courant, dit Harry. Mais dans ce cas…

Il revint à la scène sous ses yeux.

— Eh bien… maintenant, vous voyez le problème, rétorqua Rushton. Si la petite Lucy a été enterrée seule, qui sont les deux autres ?

— Puis-je passer un moment seul avec eux ? demanda Harry.

Rushton plissa les yeux. Son regard passa des toutes petites silhouettes à Harry, avant d'y retourner.

— On est en terre sacrée, commenta Harry, presque pour lui-même.

Rushton s'éloigna.

— Mesdames et messieurs, lança-t-il. Une minute de silence pour le pasteur, s'il vous plaît.

Les agents disséminés çà et là levèrent les yeux. L'un ouvrit la bouche pour protester mais s'interrompit en voyant l'expression de Brian Rushton. Remerciant gauchement, Harry fit un pas en avant, s'approchant de la zone délimitée, jusqu'à ce qu'une main sur son bras lui interdise d'aller plus loin. Le crâne du corps le plus proche de lui avait été très endommagé. Il en manquait presque un tiers, à ce qu'il semblait. Il se souvint avoir entendu parler des circonstances de la mort de Lucy. Il prit une profonde inspiration, conscient que tous s'étaient immobilisés autour de lui. Plusieurs l'observaient, d'autres avaient baissé la tête. Il leva la main droite et se mit à faire le signe de croix. En haut, en bas, à gauche. Il s'arrêta. Ainsi rapproché de la scène, plus directement sous les spots, il distinguait mieux le troisième corps. La petite forme portait quelque chose avec un motif brodé autour du cou : un minuscule hérisson, un lapin, un canard coiffé d'un bonnet. Des personnages des histoires de Beatrix Potter.

Il prit la parole, sachant à peine ce qu'il disait. Une courte prière pour les âmes des défunts, ç'aurait pu être n'importe quoi. Il devait en avoir terminé, les techniciens se remettaient à l'œuvre. Rushton lui tapota le bras et le conduisit hors de la tente. Harry sortit sans protester, conscient d'être en état de choc.

Trois petits corps, tombés d'une sépulture qui aurait dû n'en contenir qu'un. Deux enfants inconnus avaient reposé auprès de Lucy Pickup dans sa dernière demeure. Sauf que l'un d'eux n'était pas inconnu, en tout cas, ne *lui* était pas inconnu. L'enfant en pyjama Beatrix Potter : il savait qui elle était.

PREMIÈRE PARTIE

LUNE DÉCROISSANTE

1

4 septembre (9 semaines plus tôt)

Les Fletcher avaient édifié leur grande et rutilante nouvelle maison sur les hauteurs de la lande, dans une ville que le temps semblait avoir délaissée pour s'affairer ailleurs. Ils avaient construit sur un terrain de taille modeste dont le diocèse, en mal de fonds, devait se défaire. Ils avaient bâti si près des deux églises – l'une ancienne, l'autre plus ancienne encore – qu'ils pouvaient presque, en se penchant par les fenêtres des chambres, toucher les vestiges de l'ancienne tour. Et sur trois côtés de leur jardin, ils avaient les voisins les plus calmes que l'on puisse rêver – la blague préférée de Tom Fletcher, 10 ans, à l'époque –, vu que leur nouvelle maison avait été construite au milieu d'un cimetière. Franchement, quelle idée.

Mais Tom et son petit frère Joe étaient tellement excités au début. Dans leur nouveau chez-soi, ils avaient de grandes chambres, qui sentaient toujours la peinture fraîche. Dehors, les terrains envahis de ronces et d'éboulis de l'église, où des aventures tout droit sorties d'un livre de contes semblaient n'attendre qu'eux. Dedans, ils avaient un salon lumineux, aux infinies nuances de jaune, selon l'endroit où se trouvait le soleil dans le ciel. Dehors, les vieilles voûtes qui s'élançaient vers les cieux, des cachettes avec du lierre assez vieux et raide pour tenir debout tout seul, et de l'herbe si haute que Joe, six ans, y semblait englouti. À l'intérieur, la maison s'imprégnait progressivement du tempérament des parents des garçons, à mesure que couleurs fraîches, peintures murales et animaux sculptés faisaient leur apparition dans chaque pièce. À l'extérieur, Tom et Joe s'appropriaient le cimetière.

Le dernier jour des vacances d'été, Tom était allongé sur la tombe de Jackson Reynolds (1875-1945), se réchauffant au contact de la vieille pierre. Le ciel était de la couleur préférée de sa mère, bleuet, et le soleil vaquait à ses occupations depuis le petit matin. C'était une *brillante* journée, comme disait Joe.

Tom n'aurait su dire ce qui avait changé. Comment il était passé de parfaitement bien, au chaud, heureux, se demandant quel âge il fallait atteindre pour participer aux sélections des Blackburn Rovers, à... disons... mal à l'aise. Soudain, en un instant, le football perdit de son intérêt. Ce n'est pas que quelque chose n'allait pas, précisément, c'est juste qu'il voulait s'asseoir. Voir ce qu'il y avait dans le coin. Si par hasard quelqu'un...

Débile. Mais il s'asseyait quand même, regardant alentour, se demandant comment Joe avait fait pour disparaître encore une fois. Plus bas sur la colline, le cimetière s'étirait sur la longueur d'un terrain de football, à la pente de plus en plus raide. En contrebas, venaient plusieurs rangées de maisons mitoyennes, puis encore des champs. Au-delà, au fond de la vallée, se trouvait la ville voisine de Goodshaw Bridge où Joe et lui devaient recommencer l'école lundi matin. De l'autre côté de la vallée et derrière, de toutes parts, la lande. Des étendues de lande, à n'en plus finir.

Le papa de Tom disait tout le temps qu'il adorait la lande, l'aspect sauvage, la splendeur et l'imprévisibilité absolue du nord de l'Angleterre. Tom était d'accord avec son papa, bien sûr, il n'avait que dix ans, mais en secret il se demandait parfois si de la campagne « prévisible » (il avait cherché le mot dans le dictionnaire, il savait ce que cela voulait dire) ne serait pas une bonne chose. Il semblait parfois à Tom, même s'il répugnait à l'admettre, que les landes autour de sa nouvelle maison étaient un peu trop imprévisibles.

Il était bête, évidemment, cela allait sans dire.

Mais on ne sait trop pourquoi, Tom n'arrêtait pas de repérer un nouvel amas rocheux, une vallée miniature qui n'y était pas avant, tel massif de bruyères ou tel bosquet surgis dans la nuit. Quelquefois, quand les nuages défilaient à vive allure dans le ciel et que leurs ombres couraient à la surface de la terre, Tom avait l'impression que les landes faisaient des vagues, comme l'eau quand il y a quelque chose sous la surface. Ou qu'elles remuaient, comme un monstre endormi qui s'apprêterait à se réveiller. Et de temps en temps, pas souvent, quand le soleil se couchait sur la vallée et que tombait la nuit, Tom ne pouvait s'empêcher de penser que les landes autour de chez eux s'étaient rapprochées.

— Tom ! héla Joe de l'autre bout du cimetière.

Pour une fois, Tom ne fut pas fâché de l'entendre. La pierre sous son dos s'était refroidie et le ciel s'était chargé de nuages.

— Tom ! lança Joe de nouveau, juste dans l'oreille de Tom.

P'tain, Joe, t'as fait vite ! Tom sursauta et fit demi-tour. Joe n'était pas là.

Tout autour du cimetière, les arbres se mirent à frissonner. Le vent se levait à nouveau et quand le vent s'y mettait, il pouvait se glisser partout, même dans les coins normalement abrités. Dans les buissons les plus proches de Tom, quelque chose bougea.

— Joe, dit-il, plus doucement qu'il n'en avait l'intention, parce qu'il n'aimait vraiment pas l'idée que quelqu'un, même Joe, puisse se cacher dans ces buissons, à l'observer.

Il s'assit, fixant du regard les grandes feuilles d'un vert luisant, attendant qu'elles bougent à nouveau. C'étaient des lauriers, grands, vieux et denses. Le vent se levait, pas de doute, il l'entendait maintenant dans les cimes des arbres. Les lauriers face à lui restaient immobiles.

Ce n'était sans doute qu'un écho bizarre qui lui avait donné à penser que Joe se trouvait tout près. Mais Tom avait une drôle d'impression, ce même sentiment dérangeant qu'il éprouvait quand on le surprenait en train de faire quelque chose d'interdit. Et d'ailleurs, ne venait-il pas de sentir à l'instant le souffle de Joe dans sa nuque ?

Il fit une nouvelle tentative :

— Joe ?

— Joe ? lui répondit sa voix en écho.

Tom recula de deux pas, et percuta une stèle. Jetant des regards furtifs tout autour de lui, revérifiant qu'il n'y avait personne dans les parages, il s'accroupit par terre.

À ce niveau, le feuillage des buissons de lauriers était moins dense. Tom distinguait plusieurs branches nues de l'arbuste parmi les orties. Il voyait autre chose, aussi, une forme qu'il pouvait à peine discerner, mais qui visiblement n'était pas de la végétation. On aurait dit – si ça bougeait, il y verrait peut-être mieux – un grand pied humain, très sale.

— Tom, Tom, viens voir ça ! cria son frère, qui semblait cette fois à des kilomètres de là.

Tom ne se le fit pas dire deux fois, il se releva d'un bond et courut dans la direction de la voix de son frère.

Joe était accroupi auprès du mur qui séparait le cimetière du jardin familial. Il examinait une tombe qui semblait plus récente que bon nombre des tombes avoisinantes. À son pied, tournée face à la stèle, se trouvait une statue de pierre.

— Regarde, Tom, lança Joe, avant même que son grand frère l'ait rejoint. C'est une petite fille. Avec une poupée.

Tom s'accroupit. La statue mesurait environ trente centimètres de haut et représentait une toute petite fille potelée, aux cheveux bouclés, vêtue d'une robe de cérémonie. Tom tendit la main et gratta en partie la mousse qui poussait dessus. Le sculpteur lui avait fait des chaussures impeccablement sculptées et, nichée au creux de ses bras, une petite poupée.

— Des petites filles, commenta Joe. C'est une tombe pour petites filles.

Levant les yeux, Tom s'aperçut que Joe avait raison – ou presque. Il n'y avait qu'un seul mot gravé sur la pierre tombale. *Lucy*. Il aurait pu y en avoir d'autres, mais toute éventuelle inscription en dessous avait été recouverte de lierre.

— Juste une, dit-il. Lucy.

Tom leva le bras et écarta le lierre qui poussait sur la tombe pour lire les dates. Lucy était décédée dix ans auparavant. Elle avait tout juste deux ans. *Fille chérie de Jennifer et Michael Pickup*, pouvait-on lire. Il n'y avait rien d'autre.

— Rien que Lucy, répéta Tom. Allez viens, on s'en va.

Tom repartit dans l'autre sens, choisissant soigneusement son chemin dans les hautes herbes, évitant les orties, écartant des ronces. Derrière lui, il percevait un bruissement d'herbes qu'on dérange, et savait Joe sur ses pas. Alors qu'il grimpait la colline, les murs de l'abbaye en ruine s'offrirent à sa vue.

— Tom, dit Joe, d'une voix pas tout à fait normale.

Tom s'arrêta. Il entendait l'herbe bouger juste derrière lui mais ne se retourna pas. Il resta simplement planté là, contemplant la tour écroulée de l'église sans réellement la voir, se demandant pourquoi il avait soudain si peur de faire demi-tour pour regarder son frère.

Il se retourna. Autour de lui, de hautes stèles. Rien d'autre. Tom s'aperçut qu'il avait les poings bien serrés. Ce n'était vraiment pas drôle. Alors les buissons à quelques mètres de là se remirent à bouger, sur ce surgit Joe, courant dans l'herbe, le visage rouge, essoufflé, comme s'il avait eu du mal à ne pas se laisser distancer. Il s'approcha, rejoignit son frère et s'arrêta.

— Quoi ? fit Joe.

— Je crois qu'on est suivis, chuchota Tom.

Joe ne demanda pas « par qui », ni « où ça », ni comment Tom le savait, il se contenta de le regarder. Tom tendit le bras et attrapa celui de son frère. Ils rentraient, et sur-le-champ.

À moins que, non, peut-être pas. Sur le mur qui séparait le cimetière de la partie la plus ancienne des terrains attenants à l'église, six garçons se tenaient alignés comme des quilles, à les observer. Tom sentit son pouls s'accélérer. Six garçons sur le mur : et peut-être bien un autre tout près.

Le plus grand portait une petite branche épaisse, fourchue. Tom ne vit pas le missile qui fendit l'air dans sa direction mais il sentit l'air siffler à côté de son visage. Un autre garçon, portant un maillot de football bordeaux et bleu qu'il connaissait bien, commençait à viser. Avec des réflexes plus vifs que son grand frère, Joe se jeta derrière une grande stèle. Tom suivit à l'instant où le second coup partait.

— C'est qui ? chuchota Joe alors qu'une autre pierre leur passait au-dessus de la tête.

— Des garçons de l'école, répondit Tom. Y en a deux dans ma classe.

— Qu'est-ce qu'ils veulent ?

Le visage pâle de Joe était plus blanc que d'habitude.

— J'en sais rien, dit Tom, même s'il le savait.

L'un d'eux désirait prendre sa revanche. Les autres lui donnaient juste un coup de main. Un caillou heurta l'arête de la pierre tombale et Tom vit de la poussière s'en élever.

— Celui avec le maillot de l'équipe de Burnley, c'est Jake Knowles.

— Celui avec qui tu t'es battu ? s'enquit Joe. Quand t'as été envoyé au bureau du directeur ? Celui dont le papa voulait te faire virer de l'école ?

Tom s'accroupit et se pencha en avant, espérant que l'herbe haute dissimulerait sa tête pendant qu'il jetterait un œil. Un autre garçon de la classe de Tom, Billy Aspin, indiquait un massif de ronces proche de la tombe de la petite fille que venait de trouver Joe. Tom se retourna vers son frère.

— Ils regardent pas, dit-il. Faut qu'on se tire, vite. Suis-moi.

Joe était juste sur ses talons quand Tom s'élança, en direction d'un grand caveau, l'un des plus importants de la colline. Ils y parvinrent sans encombre. Des projectiles fusèrent dans les airs mais Tom et Joe étaient à l'abri derrière l'énorme structure de pierre, pourvue de grilles métalliques sur son pourtour. Il y avait également un portillon métallique et, au-delà, une porte en bois qui donnait à l'intérieur. Un mausolée familial, avait expliqué leur père, sans doute assez vaste, creusé à même le coteau, avec plein de saillies pour y mettre des générations de cercueils.

— Ils se sont séparés, lança une voix sur le mur. Vous deux, venez avec moi.

Tom et Joe se regardèrent. S'ils s'étaient séparés, comment se faisait-il qu'ils soient encore assez proches pour que Tom sente le souffle de Joe sur sa figure ?

— Têtes de nœuds… fit Joe.

Tom se pencha de derrière la crypte. Trois des garçons marchaient le long du mur en direction de la tombe de Lucy Pickup. Les trois autres avaient toujours le regard fixé dans leur direction.

— C'est quoi, ce bruit ? demanda Joe.

— Le vent ? hasarda Tom, sans se donner la peine d'écouter.

Il ne prenait pas trop de risque.

— Ce n'est pas le vent. C'est de la musique.

Joe avait raison. De la musique, pas de doute, lente, au rythme régulier, une voix d'homme grave en train de chanter. Les têtes de nœuds l'avaient entendue, eux aussi. L'un d'eux sauta du mur et courut vers la route. Puis les autres détalèrent à leur tour. La musique devenait plus forte et Tom perçut un bruit de moteur de voiture.

C'était John Lee Hooker. Son père possédait plusieurs de ses CD et les passait – très fort – quand leur mère n'était pas là. Quelqu'un remontait la colline, en passant John Lee Hooker dans sa voiture : c'était le moment d'y aller. Tom fit un pas de côté, s'écartant de l'abri que lui offrait le mausolée.

Seul Jake Knowles était encore en vue. Il regarda autour de lui et aperçut Tom, qui ne se cacha pas cette fois-ci. Tous deux savaient que la partie était finie. Sauf que…

— Il a ta batte de base-ball, dit Joe, qui avait suivi Tom à découvert. Qu'est-ce qu'il fait ?

Jake s'était procuré la batte de Tom ainsi que sa balle, une grosse balle rouge bien lourde avec laquelle Tom s'était vu interdire – sous peine de subir une mort lente et douloureuse (c'était comme ça que s'exprimait sa mère quand elle ne plaisantait pas) – de jouer à proximité de n'importe quel bâtiment, surtout ceux avec des fenêtres, s'était-elle bien fait comprendre ? Tom et Joe s'étaient entraînés plus tôt près de l'église. Ils avaient laissé la batte et la balle près du mur, et maintenant, c'était Knowles qui les avait.

— Il nous les tire, dit Joe. On n'a qu'à appeler la police.

— Je ne pense pas, non, dit Tom, tandis que Jake se détournait pour faire face à l'église.

Tom vit Jake lancer gentiment la balle en l'air. Puis il rabattit durement la batte. La balle fendit les airs et traversa l'immense vitrail sur le côté de l'église. Un carreau bleu vola en éclats alors que le moteur de la voiture s'arrêtait, que la musique s'éteignait et que Jake prenait la fuite à la suite de ses copains.

— Pourquoi est-ce qu'il a fait ça ? demanda Joe. Il a cassé une fenêtre. Il va se faire tuer.

— Non, pas lui, rétorqua Tom. Nous.

Joe dévisagea son frère une seconde, avant de piger. Il avait beau n'avoir que six ans et être parfois chiant comme la pluie, il n'avait rien d'une tête de nœud.

— C'est pas juste. (La petite figure de Joe grimaçait d'indignation.) On va leur dire.

— Ils nous croiront pas, répondit Tom.

Six semaines dans sa nouvelle école : trois retenues, deux convocations dans le bureau du directeur, un nombre incalculable de sérieux savons de la part de son professeur et personne ne le croyait jamais. Et pourquoi le feraient-ils, quand Jake avait la moitié de la classe dans son camp. Ils ne tenaient plus en place sur leur siège tant ils avaient à cœur de soutenir sa version des faits. Même ceux qui n'étaient pas potes avec Jake avaient trop peur de lui et de sa bande pour dire quoi que ce soit. Six semaines qu'on le tenait pour responsable de tout ce qu'initiait Jake. Peut-être que c'était lui, la tête de nœud.

Il saisit la main de Joe et les garçons coururent aussi vite qu'ils pouvaient dans l'herbe haute. Tom escalada le mur, parcourut le cimetière du regard, puis se pencha pour hisser Joe. Jake et les autres garçons n'étaient nulle part en vue mais il y avait une centaine d'endroits où se cacher dans les ruines de l'ancienne église.

Une vieille voiture de sport était garée juste à côté du portail, bleu pâle, avec tout plein de finitions extérieures argentées. La capote avait été repliée sur le coffre arrière. Un homme était penché au-dessus du siège passager et fouillait dans la boîte à gants. Il trouva ce qu'il cherchait et se redressa. Il semblait avoir à peu près l'âge du père de Tom, dans les trente-quatre ou trente-cinq ans, était plus grand que le père de Tom, mais plus mince.

Faisant signe à Joe de le suivre, Tom ramassa la batte de base-ball (inutile de laisser la preuve en évidence) et courut jusqu'à ce qu'ils puissent ramper tant bien que mal dans leur cachette favorite. Ils l'avaient trouvée peu après avoir emménagé : une tombe massive, énorme table de pierre rectangulaire soutenue par quatre piliers en pierre. L'herbe tout autour était haute, et une fois que les garçons avaient rampé en dessous, ils étaient complètement dissimulés aux regards.

Le conducteur de la voiture de sport ouvrit la portière et descendit. Comme il se tournait vers l'église, les garçons constatèrent qu'il avait les cheveux de la même couleur que ceux de leur mère (un blond vénitien, pas roux), et bouclés comme ceux de leur mère, sauf que les siens étaient courts. Il portait un bermuda, un tee-shirt blanc et des Crocs rouges. Il traversa la route et entra dans le cimetière. Là, il s'arrêta dans l'allée pour regarder derrière lui, puis tourna lentement sur lui-même, embrassant du regard les rues pavées, les maisons mitoyennes, les deux églises, les landes devant et derrière.

— Il est jamais venu, chuchota Joe.

Tom hocha la tête. L'étranger passa devant les garçons et marcha jusqu'au portail de l'église. Il prit une clé dans sa poche. Une seconde plus tard, la porte pivotait sur ses gonds et il pénétrait à l'intérieur. À l'instant même où Jake surgissait à l'entrée du cimetière. Tom se leva et scruta les alentours. Billy Aspin était derrière eux. Sous leurs yeux, les autres membres de la bande jaillirent de derrière les tombes, escaladant le mur. Ils étaient faits.

2

— Ça brûlait depuis trois heures quand ils ont réussi à la sortir. Et ils ont dit que les températures à l'intérieur, au point d'… je n'arrive plus à me rappeler ce qu'ils ont dit…

— … de départ ? suggéra Evi.

La fille assise en face hocha la tête.

— Oui, c'est ça, dit-elle. Le point de départ. Ils ont dit que ça avait dû être une vraie fournaise. Et sa chambre était juste au-dessus. Ils n'ont jamais pu approcher la maison, encore moins l'étage, et là, le plafond s'est écroulé. Le temps qu'ils parviennent à la refroidir suffisamment, ils n'ont pas pu la retrouver.

— Aucune trace ?

Gillian secoua la tête.

— Non, rien, dit-elle. Elle était si petite, voyez-vous. De si petits os tendres.

La respiration de Gillian s'emballait de nouveau.

— J'ai lu quelque part que ce n'est pas courant, mais que ça s'est déjà vu, poursuivit-elle, que des gens… disparaissent complètement. Le feu les consume totalement.

La fille commençait à respirer péniblement.

Evi se hissa hors de son fauteuil et la douleur dans sa jambe gauche se déclencha aussitôt.

— Ça va aller, Gillian, dit-elle. Reprenez votre souffle. Allez-y doucement.

Gillian posa ses mains sur ses genoux et laissa retomber sa tête tandis qu'Evi s'employait à contrôler sa propre respiration, à détourner son attention de la douleur. La pendule au mur lui apprit qu'elles étaient en consultation depuis quinze minutes.

Sa nouvelle patiente, Gillian Royle, était sans emploi, divorcée et alcoolique. Elle avait tout juste vingt-six ans. La lettre de recommandation du généraliste évoquait un deuil « prolongé et anormal » après la mort, trois ans auparavant, de sa fille de vingt-sept mois dans l'incendie d'une maison. D'après son médecin, Gillian souffrait d'une grave dépression, avec des pensées suicidaires et des antécédents d'automutilation. Il la lui aurait adressée plus tôt, expliquait-il, mais venait seulement d'être informé de son cas par un employé des services sociaux locaux. C'était son premier rendez-vous avec Evi.

Les cheveux de Gillian traînaient pratiquement jusqu'à terre. Ils avaient naguère subi un balayage, mais aujourd'hui, au-dessus des anciennes mèches blondes, ils étaient d'un châtain terne et sales. Peu à peu, les haussements d'épaules de la fille s'espacèrent. Au bout d'un moment, elle leva le bras pour repousser ses cheveux en arrière. Son visage réapparut.

— Je suis désolée, commença-t-elle, comme une enfant qu'on aurait surprise en train de faire une bêtise.

Evi secoua la tête.

— Ce n'est pas nécessaire, dit-elle. Ce que vous ressentez est très normal. Avez-vous souvent du mal à respirer ?

Gillian hocha la tête.

— C'est tout à fait normal, répéta Evi. Les gens qui sont accablés de douleur ont souvent des difficultés respiratoires. Ils commencent soudain à se sentir anxieux, voire même paniqués, sans raison apparente et ont du mal à respirer. Cela vous dit quelque chose ?

Gillian hocha de nouveau la tête. Elle haletait toujours, comme si elle venait de participer à une course qu'elle aurait manqué gagner de peu.

— Vous reste-t-il des souvenirs de votre fille ? demanda Evi.

Gillian tendit la main vers la petite table à côté d'elle et tira un autre mouchoir de la boîte. Elle n'avait pas encore pleuré mais n'avait cessé de les presser contre son visage et de les enrouler autour de ses doigts maigres. De petites torsades de papier fin jonchaient le tapis.

— Les pompiers ont trouvé un jouet, répondit-elle. Un lapin rose. Il aurait dû se trouver dans son berceau mais il était tombé derrière le canapé. J'imagine que je devrais m'en féliciter, mais je ne peux pas m'empêcher de penser qu'elle a dû endurer tout ça sans même avoir Lapin Rose ave…

La tête de Gillian rebascula en avant et son corps fut secoué de frissons. Ses deux mains, serrant toujours du papier mince de couleur pêche, étaient pressées fermement contre sa bouche.

— Est-ce que cela vous a rendu les choses plus difficiles ? demanda Evi. Qu'ils n'aient pas trouvé le corps de Hayley ?

Gillian releva la tête et Evi distingua une lueur plus sombre dans son regard, quelque chose de plus dur sur ses traits. Il y avait là beaucoup de colère, aussi, rivalisant avec le chagrin pour prendre le dessus.

— Pete a dit que c'était une bonne chose, répondit-elle, qu'ils ne l'aient pas trouvée.

— Vous en pensez quoi ? s'enquit Evi.

— Je pense que ç'aurait été mieux de la trouver. Parce que alors j'aurais été sûre. J'aurais été obligée de l'accepter.

— D'accepter que c'était réel ?

— Oui, acquiesça Gillian. Parce que je n'ai pas pu. Je ne pouvais tout simplement pas m'y résoudre, je ne pouvais pas croire qu'elle était vraiment morte. Vous savez ce que j'ai fait ?

Evi promena doucement sa tête de droite à gauche.

— Non, répondit-elle, dites-moi ce que vous avez fait.

— Je suis allée la chercher, dans les landes. Je me suis dit que, puisqu'ils ne l'avaient pas trouvée, il devait y avoir une erreur. Qu'elle était sortie, je ne sais comment. Je me suis dit que Barry, le baby-sitter, avait réussi à la sortir dans le jardin avant d'être asphyxié par la fumée, et qu'elle s'était simplement éloignée.

Gillian levait vers Evi des yeux implorants, la suppliant de dire oui, que c'était tout à fait probable, qu'elle était peut-être toujours là, quelque part, errant dans le voisinage, se nourrissant de baies, que Gillian n'avait qu'à continuer à chercher.

— Elle a dû être terrifiée par le feu, poursuivit Gillian, elle a forcément dû tenter de s'éloigner. Elle aurait pu franchir le portail on ne sait comment et errer le long du chemin. Alors on est partis chercher, Pete et moi, et quelques autres, aussi. On a passé la nuit à battre la campagne, à l'appeler. J'étais si sûre, voyez-vous, qu'elle ne pouvait pas être vraiment morte.

— Ça aussi, c'est complètement normal. On appelle ça le déni. Quand les gens perdent quelqu'un de très cher, il arrive souvent qu'ils ne puissent pas faire face au début. Certains médecins pensent que c'est la façon qu'a le corps de nous protéger d'une trop grande souffrance. Même si les gens savent, dans leur tête, que leur bien-aimé n'est plus, leur cœur leur raconte autre chose. Il n'est pas rare pour les gens en deuil d'aller jusqu'à voir celui ou celle qu'ils ont perdu, d'entendre sa voix.

Elle marqua un temps d'arrêt. Gillian s'était redressée dans son fauteuil.

— Les gens font ça ? demanda-t-elle, se penchant vers Evi. Ils peuvent voir et entendre le mort ?

— Oui, c'est très courant. Ça vous est arrivé ? Avez-vous… avez-vous vu Hayley ?

Lentement, Gillian secoua la tête.

— Je ne la vois jamais.

Son visage s'affaissa sur lui-même tel un ballon se vidant lentement de son air.

— Je ne la vois jamais, répéta-t-elle.

Elle tendit de nouveau la main vers les mouchoirs en papier. La boîte tomba par terre mais elle parvint à en retenir une poignée. Elle les pressa contre sa figure. Toujours pas de larmes. Peut-être les avait-elle toutes versées.

— Prenez votre temps, dit Evi. Vous avez besoin de pleurer. Prenez tout le temps qu'il vous faudra.

Gillian ne pleura pas vraiment, mais elle maintint la poignée de mouchoirs contre son visage et laissa hoqueter son corps privé de larmes. Evi regarda la grande aiguille faire le tour du cadran à trois reprises.

— Gillian, dit-elle, quand elle jugea qu'elle avait accordé suffisamment de temps à la jeune femme. Le docteur Warrington me dit que vous passez encore plusieurs heures par jour à courir la lande. Est-ce que vous cherchez toujours Hayley ?

Gillian secoua la tête sans lever les yeux.

— Je ne sais pas pourquoi je fais ça, marmonna-t-elle dans les mouchoirs. C'est juste qu'il me vient cette espèce d'impression dans la tête et là, je ne peux plus rester enfermée. Il faut que je sorte. Il faut que j'aille voir.

Gillian releva la tête et fixa Evi de son regard gris pâle.

— Pouvez-vous m'aider ? demanda-t-elle, l'air d'avoir soudain bien moins que ses vingt-six ans.

— Mais bien sûr, s'empressa de répondre Evi. Je vais vous prescrire quelques médicaments. Des antidépresseurs pour vous aider à vous sentir mieux, et aussi quelque chose pour vous aider à dormir la nuit. Il s'agit là d'une mesure temporaire, pour vous aider à briser le cycle infernal. Vous comprenez ?

Gillian ne la quittait pas des yeux, comme un enfant soulagé qu'un adulte prenne enfin les choses en main.

— Voyez-vous, la douleur que vous avez ressentie s'est répercutée dans votre corps et vous a rendue malade. Pendant trois ans, vous n'avez ni dormi ni mangé correctement. Vous buvez trop et vous vous épuisez à marcher ainsi pendant des heures dans les landes.

Gillian cligna des yeux à deux reprises : ils étaient rouges et irrités.

— Quand vous vous sentirez un peu mieux durant la journée et que vous dormirez convenablement la nuit, alors vous serez en mesure de faire quelque chose vis-à-vis de l'alcool. Je peux vous adresser à un groupe de soutien. Ils vous aideront à traverser les premières semaines. L'idée vous paraît bonne ?

Gillian hocha la tête.

— Je vous verrai chaque semaine aussi longtemps qu'il le faudra. Quand vous commencerez à vous sentir mieux dans votre peau, quand vous aurez le sentiment de tenir la douleur en respect, alors nous nous emploierons à vous aider à vous adapter à votre vie telle qu'elle est aujourd'hui.

Le regard de Gillian s'était éteint. Elle haussa les sourcils.

— Avant que tout cela n'arrive, expliqua Evi, vous étiez une épouse et une mère. Votre situation est désormais tout autre. Je sais que ça peut sembler dur à entendre, mais c'est une réalité à laquelle nous devons faire face ensemble. Hayley fera toujours partie de votre vie. Mais pour l'instant elle – ou son absence – remplit toute votre vie. Vous devez rebâtir votre existence et, en même temps, lui trouver une place.

Silence. Les mouchoirs étaient tombés par terre et les bras de Gillian étaient fermement croisés devant elle. Ce n'était pas tout à fait la réaction qu'avait espérée Evi.

— Gillian ?

— Vous allez me haïr de dire ça, déclara Gillian, qui commençait à secouer la tête. Mais parfois, j'aimerais…

— Qu'est-ce que vous aimeriez ? demanda Evi, consciente que, pour la première fois depuis qu'elle avait fait la connaissance de Gillian, elle ignorait totalement quelle allait être la réponse de la fille.

— Qu'elle me fiche la paix.

3

L'enfant endormie avait de doux cheveux blonds, de la couleur du sucre filé. Elle était allongée dans sa poussette, profondément endormie au soleil. Un filet aux mailles serrées était tendu dessus, de haut en bas, pour la protéger des insectes et de tout ce qui pourrait bien grouiller dans le jardin. Une boucle humide adhérait à sa joue rebondie. Son poing était pressé contre sa bouche, le pouce levé à angle droit, comme si elle s'était endormie en le suçant avant qu'une pensée, dans un rêve, ne le lui ait fait recracher. Son petit ventre montait et retombait, montait et retombait.

Dans les deux ans. Des jambes toujours potelées, assez pour trottiner maladroitement, des lèvres commençant tout juste à articuler des mots. Ses yeux, lorsqu'ils étaient ouverts, devaient avoir le regard innocent, confiant, d'une toute nouvelle personne. Elle n'avait pas encore appris que les gens pouvaient vous faire du mal.

Une bulle de salive se forma entre ses toutes petites lèvres roses entrouvertes. Elle disparut, puis se rematérialisa. L'enfant poussa un soupir et la bulle éclata dans les airs. Et ce fut comme si le bruit se propageait en ce calme matin de septembre.

Ah, da da da, marmotta la fillette dans son sommeil.

Elle était tout simplement ravissante. Exactement comme les autres.

4

Joe se releva d'un bond et courut. Sans réfléchir, Tom lui emboîta le pas et les deux garçons gravirent les marches d'une traite pour s'engouffrer par la porte ouverte de l'église. Tom entraperçut l'homme aux cheveux blonds à l'avant, approchant de l'autel, sur quoi Joe plongea derrière le banc du fond. Tom fit de même.

Les dalles au sol étaient poussiéreuses. Sous les bancs, Tom voyait des toiles d'araignée, complètes et parfaites pour certaines, déchirées et ornées de mouches mortes depuis longtemps pour d'autres. Les coussins de prière brodés étaient soigneusement pendus à des crochets.

— Il dit ses prières, chuchota Joe, qui jetait un œil par-dessus le banc.

Tom se releva. L'homme en short s'agenouillait sur les marches de l'autel, ses coudes posés sur la rambarde, levant les yeux vers le grand vitrail sur le mur avant de l'église. Il semblait prier, en effet.

Un bruit à l'extérieur força Tom à tourner la tête. La porte de l'église était toujours ouverte et il aperçut une silhouette passer devant en courant. Jake et sa bande étaient toujours là, quelque part, à attendre. Un petit coup sec le fit replonger derrière le dossier.

— Il a entendu quelque chose, murmura Joe.

Les garçons n'avaient pas fait le moindre bruit pour autant que Tom le sache, mais il ressentit une pointe d'angoisse. Si l'homme les trouvait, il leur ordonnerait de sortir, dehors, là où les attendaient Jake et les autres. Joe s'était risqué à lever la tête, à nouveau. Tom l'imita. L'homme au short n'avait pas bougé mais il ne priait plus, c'était clair. Sa tête était redressée et son corps s'était raidi. Il tendait l'oreille. Puis il se leva et fit demi-tour. Joe et Tom plongèrent si vite qu'ils se cognèrent la tête l'un contre l'autre. Cette fois, ils étaient cuits. Ils étaient dans une église sans permission et, selon toute vraisemblance, ils avaient brisé un vitrail.

— Qui est là ? lança l'homme, qui semblait perplexe mais pas fâché. Hou ! hou !…

Sa voix portait aisément jusqu'au fond de l'église. Tom fit mine de se lever.

— Non ! siffla son frère, s'agrippant à lui. C'est pas de nous qu'il parle.

— Bien sûr que si, rétorqua Tom entre ses dents. Il n'y a personne d'autre ici.

Joe ne répondit rien, se contenta de lever avec précaution la tête, tel un soldat jetant un œil par-dessus un parapet. Il baissa les yeux sur Tom une seconde en l'invitant, d'un signe de tête, à faire comme lui. L'homme au short s'avançait lentement vers une porte à la droite de l'autel. Il tendit le bras vers la poignée et l'actionna. Puis il se posta sur le seuil, inspectant la pièce.

— Je sais que tu es là, lança-t-il, comme un parent jouant à cache-cache.

Il était du nord, mais pas du Lancashire, ni du Yorkshire juste à côté. Plus au nord, supposa Tom, peut-être de Newcastle.

Tom leva les mains en adressant à Joe sa mimique « Alors, quoi ? ». Il y avait trois personnes dans cette église, dont eux deux.

— Tu ne sors pas me dire bonjour ? dit l'homme, d'une voix qui – Tom le comprit – était censée avoir l'air parfaitement dégagée, sans y parvenir tout à fait. (Il était tendu.) Je vais devoir fermer dans une minute et je ne peux pas tant que tu te caches.

Puis il pivota sur ses talons pour faire face à l'autre côté de l'édifice.

— Ce n'est plus drôle, maintenant, les gars, marmonna-t-il, tout en se dirigeant d'un pas vif de l'autre côté de l'église pour disparaître derrière l'orgue.

C'était le moment, pour les garçons. Tom tira sur le bras de Joe. Ils prirent pied dans l'allée centrale au moment même où Billy Aspin surgissait devant le portail, un grand sourire aux lèvres. Tom attrapa Joe et le tira à nouveau à couvert du banc.

— Bonjour, dit une voix avec accent au-dessus de leurs têtes.

L'homme au short était dans le rang précédent, plongeant sur eux son regard.

— Salut, répondit Joe. Vous l'avez trouvée ?

L'homme au short fronça les sourcils.

— Comment avez-vous fait, tous les deux, pour passer de la sacristie derrière l'orgue, puis revenir ici sans que je vous voie ?

— On n'a pas bougé d'ici, dit Tom.

— On vous a vu dire vos prières, ajouta Joe, sur le même ton que s'il avait vu l'homme se soulager derrière l'autel.

— Ah vraiment ? Où habitez-vous, tous les deux ?

Tom se demanda s'il y avait la moindre chance qu'ils puissent ne pas lui répondre. L'homme se tenait entre les garçons et la porte, mais si Tom fonçait d'un côté…

— Juste à côté, répondit Joe. La nouvelle maison, poursuivit-il, comme s'il n'avait pas déjà été assez clair.

L'homme hochait la tête.

— Je dois fermer cet édifice, dit-il, en s'avançant dans l'allée. Venez.

— Comment se fait-il que vous ayez une clé ? demanda Joe, qui s'était trop éloigné pour que Tom puisse l'en dissuader d'un petit coup. Y a que le pasteur qui a le droit d'avoir une clé. Il vous l'a donnée ?

— C'est l'archidiacre qui me l'a donnée. Bon, avant que je referme, il y en a d'autres que vous, là-dedans ?

— Impossible, intervint Tom. On est entrés juste après vous. On… euh… jouait à cache-cache avec des garçons dehors. Personne ne nous a suivis.

L'homme au short hocha la tête.

— Très bien, dit-il. Allez ouste, dehors.

Il agita la main en direction de la porte, invitant Tom et Joe à sortir les premiers. Tom se mit en route. Jusque-là, tout allait bien. Jake et les autres n'oseraient rien tenter si son frère et lui apparaissaient avec un adulte. Et l'homme n'avait pas remarqué le vitrail bri…

— Tom, ta balle, lança Joe en se ruant d'un côté.

Tom ferma les yeux et dans un entretien privé avec Dieu, demanda à ce dernier si les petits frères étaient bien nécessaires.

Quand il les rouvrit, Joe avait récupéré la balle dans les débris de verre et les sourcils de l'homme au short avaient disparu dans ses cheveux. Il tendit la main vers la balle. Tom ouvrit la bouche et la referma. À quoi bon ?

— Qui est le garçon à la tête rasée ? s'enquit l'homme au short. Celui qui était debout sur le mur à mon arrivée ?

— Jake Knowles, répondit Joe. Il est dans la classe de Tom. Il n'arrête pas de lui causer des ennuis. Ils nous lançaient des pierres avec des *cataputes,* et après, il a piqué la batte de Tom.

— Ah vraiment ?….

— Ils nous attendaient dehors.

— Ah oui ?

— Ils vont nous casser la gueule quand on sortira. C'est des têtes de nœuds.

— Comment t'appelles-tu ? demanda l'homme au short, et Tom ne se donna même pas la peine de tenter d'avertir Joe que ce n'était vraiment pas une bonne…

— Joe Fletcher. Et lui, c'est Tom. Moi, j'ai six ans, et lui, dix ans, et Millie en a deux et mon papa trente-six et ma maman…

— Du calme, mon garçon.

L'homme au short avait l'air de trouver Joe follement amusant. Qu'il essaie donc de vivre avec…

— Allez venez, on ferme.

5

Evi se tenait à la fenêtre de la pièce qui lui était allouée, inspirant profondément, attendant que le mélange de paracétamol et d'ibuprofène fasse effet. Son cabinet de consultation était au troisième étage et donnait directement sur le service des urgences de l'hôpital. Une ambulance vint se garer sous ses yeux sur l'emplacement réservé. Un auxiliaire médical en sortit d'un bond, suivi du conducteur du véhicule. Ils ouvrirent les portes arrière et déployèrent le mécanisme de levage du fauteuil roulant.

Inspire, expire. Les médicaments allaient agir, ils le faisaient toujours. C'est juste que cela semblait prendre un peu plus de temps certains jours. De l'autre côté de la rue, en face de l'hôpital, se trouvait un centre commercial. Le parking du supermarché était déjà envahi. Vendredi matin. Les gens faisaient leurs provisions pour le week-end. Evi ferma les yeux une seconde puis leva la tête, portant son regard au-delà des toits, vers les immeubles de bureau, dans le lointain. La grande ville du nord où elle travaillait presque quotidiennement avait été bâtie le long d'une vaste vallée. Des landes s'étiraient de part et d'autre. Un oiseau décollant du rebord de sa fenêtre pouvait voler tout droit jusqu'au point culminant le plus proche, à sept ou huit kilomètres de là. Il pourrait alors observer la lande en contrebas, où Gillian Royle continuait de passer l'essentiel de ses journées. Evi retourna à son bureau. Il lui restait quinze minutes avant sa prochaine patiente.

Elle avait déjà rédigé des notes sur la consultation avec Gillian avant de prendre les cachets. Chaque jour, elle s'efforçait de retarder la prise de cinq minutes. De retour à sa table, elle ouvrit le navigateur Google pour consulter le site Internet du *Lancashire Telegraph*. Il ne lui fallut pas longtemps pour trouver l'article qu'elle cherchait.

> La ville de Heptonclough est toujours sous le choc, trois jours après l'incendie qui a ravagé un cottage de Wite Lane. Stanley Hargreaves, habitant du quartier, rapporte qu'il n'avait jamais vu un feu brûler aussi violemment. « Aucun de nous ne pouvait s'en approcher », a-t-il confié aux reporters du *Telegraph*. « On aurait sauvé la petite si on avait pu. »

Le compte rendu expliquait que l'équipe de pompiers et de secouristes examinait encore les preuves mais pensait que l'incendie avait pu être provoqué par un feu laissé allumé sur la gazinière. Des bouteilles d'huile autour avaient probablement accéléré le processus. La maison en pierre, l'une des plus anciennes constructions de Heptonclough, était relativement distante du centre de la communauté et personne n'avait repéré les flammes avant qu'il ne soit trop tard. L'article du *Telegraph* concluait sur ces mots :

> Barry Robinson, 14 ans, qui faisait du baby-sitting pour la famille, est actuellement en convalescence au Centre hospitalier de Burnley après que des pompiers l'ont trouvé inconscient dans le jardin. S'il souffre des

effets secondaires consécutifs à l'inhalation des fumées, les médecins s'attendent néanmoins à une guérison complète. Aux dires de ses parents, il ne se souvient pas avoir découvert le feu ni quitté la maison.

Le téléphone d'Evi sonnait. La patiente suivante était arrivée.

6

— Où étiez-vous passés ? Ça fait dix minutes qu'on vous appelle, Millie et moi.

La femme sur le seuil n'était guère plus grande que son fils aîné et, même en jean et chemise ample, ne semblait pas vraiment peser plus lourd non plus. Elle avait des cheveux d'un blond vénitien qui bouclaient sur ses épaules et de grands yeux turquoise. Ils s'agrandirent encore un peu plus de surprise quand son regard passa de ses fils à Harry.

— Bonjour, dit-elle.

— 'zour, fit la petite fille potelée juchée sur la hanche de sa mère, qui se frottait les yeux comme si elle venait de se réveiller de sa sieste.

Ses cheveux étaient exactement du même blond doré que ceux de sa maman, alors que le plus âgé des garçons, Tom, les avait blond cendré et son frère, d'un roux profond, brillant. Tous les quatre, néanmoins, avaient les mêmes visages au teint pâle, couverts de taches de rousseur.

— Salut, toi, dit Harry, adressant un clin d'œil à la petite avant de se retourner vers la mère. Bonjour, poursuivit-il. Désolé de vous déranger, mais j'ai trouvé ces deux petits cachés dans l'église. Apparemment, ils avaient des ennuis avec une bande de garçons plus âgés. J'ai pensé que je ferais mieux de les ramener chez eux.

La femme fronçait les sourcils à présent, dévisageant un garçon, puis l'autre.

— Ça va, vous deux ? demanda-t-elle.

— Ils nous lançaient des pierres avec des *cataputes*, et après ils sont partis en courant quand ils ont entendu Harry. Lui, c'est Harry, dit Joe. Il récitait ses prières dans l'église. On l'a vu.

— Eh bien, c'est à ça que ça sert, j'imagine, dit la femme. Ravie de vous rencontrer, Harry, et merci. Au fait, je m'appelle Alice Fletcher. Accepteriez-vous… une tasse de café ? Je suppose que vous n'êtes pas un psychopathe ? Parce que si c'est le cas, je ferais sans doute mieux de vous laisser boire le café sur le seuil.

— Je suis pasteur, répondit Harry, qui sentait son visage rougir, comme il le faisait généralement en face d'une jolie femme. En général, nous ne sommes pas des psychopathes. Ce n'est pas précisément encouragé par l'archevêque.

— Un pasteur ? reprit Alice. Notre pasteur, vous voulez dire ? Le nouveau ?

— Lui-même.

— Vous ne pouvez pas être pasteur, coupa Joe.

— Pourquoi pas ?

— Les pasteurs ne se promènent pas en short. Et ils sont très vieux. Comme des grands-pères.

Un large sourire s'épanouit sur le visage de Harry.

— Eh bien, pour le short, je peux sans doute faire quelque chose, dit-il. Pour le reste, je vais devoir laisser agir le temps. Est-ce que les pasteurs doivent boire leur café sur le pas des portes ?

Alice avait, elle aussi, dévisagé Harry fixement, comme si elle non plus ne pouvait pas tout à fait le croire. Mais un poil mieux élevée que son cadet, elle recula d'un pas de façon à laisser entrer Harry et les garçons. Elle referma la porte derrière eux tandis que

Joe et Tom les précédaient dans l'entrée, se débarrassant de leurs tennis au passage.

Harry entendit Joe chuchoter :

— C'est quoi, un psychopathe ? alors que les garçons poussaient la porte du fond.

— Jake Knowles plus tard, répondit Tom, soulevant son frère.

Alice et Harry les suivirent dans la cuisine et Millie se mit à gigoter pour qu'on la libère. Une fois debout, elle trottina vers les garçons. Joe, dans les bras de Tom, tenait une grande boîte de gâteaux à pleines mains.

— Gado, gado, dit Millie, qui avait l'air étonnamment fine mouche pour une si jeune personne.

Alice fit signe à Harry de prendre place à table, puis traversa la pièce jusqu'à la bouilloire, la secoua légèrement pour vérifier s'il restait encore de l'eau dedans avant de la mettre en route. Les restes du petit déjeuner se trouvaient encore sur la table, des assiettes et des couverts s'entassaient près de l'évier.

— Vous n'êtes pas d'ici, dit-elle, tout en versant des cuillerées de café dans le filtre.

— Ça vous va bien de dire ça, répliqua Harry.

Son accent lui évoquait le *mint julep,* ce cocktail du sud des États-Unis, un air chargé de parfums, une chaleur si intense qu'on l'aurait dite solide.

— Laissez-moi deviner. Texas ?

Un mouvement derrière lui l'amena à jeter un regard aux enfants dans son dos. Millie mâchonnait un biscuit au gingembre tout en lorgnant du coin de l'œil le finger au chocolat que tenait Joe.

— Vous n'êtes pas loin, à quelques États près. Je suis de Memphis, Tennessee, répondit Alice, indiquant le sucrier.

Harry secoua la tête. Sur sa droite, Joe avait coincé une extrémité du biscuit entre ses lèvres et se penchait pour en offrir le reste à Millie. Elle referma ses dents dessus et se mit à croquer, tandis que Joe faisait de même. Ils finirent par s'embrasser et furent pris de fous rires.

— Ça suffit maintenant, vous trois. On déjeune dans pas longtemps, dit Alice, sans se retourner.

Harry vit les deux garçons échanger un regard avant que Joe n'enfonce trois biscuits au chocolat et un autre au gingembre dans sa poche et ne batte promptement en retraite. Millie, à qui l'on avait remis un biscuit à la crème, le fourra, elle, dans le col de sa robe, puis sortit en trottinant sous l'œil de son grand frère qui affichait un sourire empli de fierté. Tom enfourna une poignée de gâteaux dans ses propres poches, puis se rendit compte que Harry avait tout observé. Son visage rosit légèrement alors que son regard errait du visiteur à sa mère.

— On va juste dans le salon, annonça-t-il.

— Très bien, mais vous me rendez ces gâteaux d'abord, dit Alice, tendant une main.

Tom lança un dernier regard à Harry – lequel haussa les épaules, compatissant – avant de restituer son butin et de s'esquiver.

Un instant, le silence régna. La pièce semblait trop vide sans les enfants. Alice posa des mugs, un sucrier, des cuillères et une bouteille de lait sur la table.

— Ça fait longtemps que vous vivez ici ? s'enquit Harry, conscient que la chose n'était pas possible.

La maison était neuve, on ne pouvait s'y tromper.

— Trois mois, répondit Alice.

Elle se détourna de lui et commença à ranger les bols et les assiettes sales dans le lave-vaisselle.

— L'installation se passe bien ? poursuivit-il.

Une fois le lave-vaisselle rempli, Alice se pencha vers un placard sous l'évier pour en sortir un chiffon et un spray désinfectant. Elle rinça le chiffon sous le robinet et entreprit d'essuyer le plan de travail. Harry se demanda si sa présence était importune, en dépit du café qu'on lui avait proposé.

— Ces choses-là prennent du temps, je suppose, répondit Alice au bout d'un moment, apportant le café et s'attablant. Vous allez habiter ici, en ville ?

Harry secoua la tête.

— Non, le presbytère se trouve à quelques kilomètres plus bas. À Goodshaw Bridge, ajouta-t-il. Je suis en charge de trois paroisses. Celle-ci est la plus petite. Et sans doute celle qui réclamera le plus d'investissement, étant donné l'absence de culte organisé depuis plusieurs années. Qu'en pensez-vous, est-ce que les gens d'ici me réserveront un bon accueil ?

Nouveau silence. Très nettement embarrassé cette fois-ci. Alice versa le café et poussa le lait en direction de Harry.

— Alors comme ça, l'église va rouvrir, dit-elle une fois qu'il se fut servi. Ce sera sans doute une bonne chose pour la ville. On n'est pas des grands pratiquants, mais j'imagine qu'on devrait faire l'effort, vu la distance. Quand serez-vous opérationnel ?

— Dans deux semaines, répondit Harry. Je serai officiellement installé jeudi prochain à Sainte Mary, à Goodshaw Bridge. Ce serait formidable de vous y voir, vous et les vôtres.

Alice hocha vaguement la tête, sur quoi le silence retomba. Harry commençait à se sentir résolument mal à l'aise quand Alice sembla se décider à reprendre la parole.

— Il y a eu pas mal d'opposition locale à notre emménagement ici, dit-elle, se penchant en arrière. Cette maison est la première nouvelle construction de la ville depuis plus de vingt ans. La famille Renshaw possède l'essentiel des terres ainsi que de nombreuses maisons, et c'est comme s'ils contrôlaient qui peut emménager ou pas.

Quelque part dans la maison, des voix s'élevèrent, suivies d'un cri perçant de Millie.

— Mon sacristain ici s'appelle Renshaw, dit Harry. Il figurait dans mon jury d'entretien.

Alice hocha la tête.

— Ça doit être Sinclair. Il vit dans une grande maison de l'autre côté des terrains attenants à l'église, avec sa fille aînée et son père. Le vieux Tobias est venu prendre un café l'autre jour. Il s'est apparemment pris d'affection pour les enfants. Jenny, la cadette, s'est présentée au bureau de poste il y a quelques semaines et a annoncé qu'elle passerait. Comme j'ai dit, ces choses-là prennent du temps.

Nouveaux fous rires en provenance de l'autre pièce.

— C'est votre mari ? s'enquit Harry, indiquant une photo sur le rebord de la fenêtre derrière elle.

On y voyait un bel homme dans la trentaine, un chapeau de cow-boy repoussé en arrière sur des cheveux noirs. Il portait un polo bleu de la même couleur que ses yeux.

Elle acquiesça.

— C'était son rêve depuis des années, dit-elle. De construire notre propre maison dans un endroit comme celui-ci, d'élever nos poules, d'avoir un potager. Évidemment, la plupart du temps, il n'est pas…

Elle fut interrompue par un coup sec frappé à la porte. Marmonnant une excuse, elle quitta la pièce. Harry regarda sa montre. Il entendit le *pad pad pad* de tous petits pas et, une seconde plus tard, Millie réapparut dans la cuisine, tirant un canard rouge brillant au bout d'un bâton. Elle se mit à faire le tour de la table pendant qu'Alice ouvrait la porte. Harry but une dernière gorgée de café et se leva. Il fallait vraiment qu'il y aille.

— Salut, Alice. Ça fait des semaines que je comptais vous appeler. Je ne vous dérange pas ?

La voix de la femme était claire et nette, sans trace d'accent. Il sut qu'elle devait être jeune, éduquée chez les sœurs, et sans doute assez belle, voire un tantinet snob, avant même qu'il n'atteigne la porte de la cuisine et puisse voir dans l'entrée. Elle se tenait sur le seuil, qu'elle avait à peine franchi. Il était dans le vrai, à tous les égards.

— Est-ce que vous seriez libres vendredi prochain, Gareth et vous, par hasard ? demandait-elle à Alice. On a quelques amis à dîner.

Ses cheveux blonds chatoyaient trop pour ne pas être naturels. Retenus par des lunettes de luxe, ils lui arrivaient aux épaules. Elle avait un visage de statue d'albâtre : à côté d'elle, la toute petite, la ravissante Alice avait l'air d'une poupée.

— Ce serait formidable si vous pouviez vous joindre à nous, dit-elle en affichant une expression implorante, même s'il était évident qu'elle n'escomptait pas de refus.

Harry s'avançait dans l'entrée, prêt à présenter ses excuses et s'en aller, quand les garçons surgirent d'une pièce adjacente.

La nouvelle venue portait un jean et un chemisier en lin crème. Elle parvenait à avoir l'air décontractée et élégante en même temps. Avant qu'Alice ait pu répondre, elle repéra Harry et sa bouche fit une moue amusée.

— Salut, dit-elle, tandis que Harry se sentait rougir.

— Jenny, je vous présente Harry. Notre nouveau pasteur, dit Alice. Joe lui a déjà touché un mot du code vestimentaire clérical dans ces contrées. Harry, je vous présente Jenny Pickup. Son mari et elle ont une ferme à quelques kilomètres de la ville.

— Révérend Laylock ? s'enquit-elle, tendant la main. Formidable. On n'espérait presque plus vous voir. Papa vous attend chez lui depuis une heure.

Harry lui serra la main.

— Papa ? répéta-t-il.

— Sinclair Renshaw, répondit-elle, lâchant sa main et fourrant les siennes dans ses poches. Votre sacristain. On savait que vous arriviez ce matin. On pensait que vous passeriez.

Harry jeta un œil à sa montre. Avait-il convenu d'un rendez-vous ferme avec son bedeau ? Il ne le pensait pas. Il avait juste laissé un message disant qu'il viendrait en fin de matinée et visiterait l'église.

— Tiens, quand on parle du loup, poursuivit-elle, regardant dehors. Il est là, papa ! Je l'ai trouvé !

Harry, haut d'un mètre quatre-vingts et des poussières lui-même, dut lever les yeux pour croiser le regard de l'autre homme quand il franchit le seuil. Sinclair Renshaw approchait les soixante-dix ans. Ses épais cheveux blancs retombaient sur son front, couvrant presque des sourcils très noirs. Il avait des yeux bruns derrière d'élégantes lunettes et il était vêtu comme un gentleman-farmer de magazine, d'un camaïeu de vert, marron et beige. Il inclina la tête en direction de Harry puis se tourna vers Alice, qui avait presque l'air d'une naine à côté de ce géant de père et de sa grande fille.

— Je crains qu'il n'y ait eu un grave vandalisme à l'église, dit-il, s'adressant à Alice mais lançant un regard à Harry. L'un des plus anciens vitraux a été cassé. J'ai cru comprendre qu'on y a vu vos fils ce matin, Mrs Fletcher. Et qu'ils jouaient avec une batte et une balle de cricket.

— De base-ball, corrigea Joe aimablement.

Le visage d'Alice se crispa tandis qu'elle se tournait vers Tom.

— Que s'est-il passé ? demanda-t-elle.

— J'ai vu le vitrail voler en éclats, dit Harry. Et le garçon qui l'a fait. C'était un dénommé… Jack ? John ?

Il interrogea Tom du regard.

— Jake, compléta Joe. Jake Knowles.

— Il était debout sur le mur quand je suis arrivé en voiture, reprit Harry. Je l'ai vu frapper de sa batte et envoyer la balle droit dans le vitrail. J'irai trouver ses parents.

Renshaw regarda Harry une seconde. Il avait complètement ignoré les garçons.

— N'en faites rien, je vous prie, dit-il finalement. Je m'en charge. Désolé de vous avoir dérangée, Mrs Fletcher.

Il salua Alice d'un bref signe de tête puis se tourna vers Harry.

— Désolé de vous avoir raté ce matin, révérend, reprit-il. Mais bienvenue, et déjeunons bientôt.

Sur ce, il s'éloigna dans l'allée et prit à gauche, dans la montée.

Après avoir arraché à Alice la promesse qu'elle et son mari viendraient dîner la semaine suivante, Jenny grimpa dans sa Range Rover et s'éloigna. Les enfants s'éclipsèrent une fois de plus.

— Il faut vraiment que j'y aille, dit Harry. J'ai un rendez-vous au presbytère dans un quart d'heure. J'ai été ravi de faire votre connaissance, à tous.

Alice sourit.

— Nous aussi, Harry. Nous serons là jeudi prochain.

7

11 septembre

Evi fit la grimace. Quelqu'un avait emprunté sa chaise et modifié la hauteur. Ce qui la forçait à se pencher sur son bureau en formant un angle malvenu, qui exerçait une pression supplémentaire sur son nerf abîmé. Elle regarda sa montre. Elle devait être à la cour dans trente minutes. Elle réglerait la chaise à son retour.

Elle ouvrit le fichier contenant l'article qu'elle avait enregistré la semaine précédente, extrait du site du *Telegraph*, se demandant si un détail avait pu lui échapper. Gillian Royle venait de partir, à la suite de son deuxième entretien. En surface, elle semblait avoir fait des progrès. Gillian prenait ses médicaments, avait déjà remarqué une amélioration au niveau du sommeil, et elle avait un premier rendez-vous avec les AA. Elle prétendait même essayer de manger. Tout plein de cases à cocher d'une croix. Evi avait quand même l'impression que quelque chose clochait.

Depuis qu'elle avait obtenu son diplôme de psychiatre, elle avait travaillé avec de nombreux patients ayant eu du mal à surmonter un deuil. Elle avait suivi plusieurs parents ayant perdu des enfants. Gillian Royle, néanmoins, représentait un cas à part. Il y avait autre chose à l'œuvre dans sa tête que le simple chagrin éprouvé pour sa fille. Au bout de deux séances, Evi en était certaine. Sa douleur était trop vive, trop intense, comme un feu qu'on ne cesserait d'alimenter. Image horrible, au vu des circonstances. Pourtant, quelque chose entravait la guérison de Gillian, l'empêchant d'aller de l'avant.

On avait menti à Evi bien des fois : elle savait quand un patient ne lui disait pas la vérité. Elle savait aussi quand quelqu'un ne lui disait pas tout.

Elle relut l'article du journal. *La ville de Heptonclough est toujours sous le choc*… Elle avait relu ce passage à plusieurs reprises, rien de neuf là… *l'incendie aurait pu être provoqué par un des feux de la gazinière laissé allumé*… si Gillian avait laissé la cuisinière allumée, elle était, en théorie, responsable de l'incendie. Était-elle torturée par la culpabilité ?

Durant l'heure qu'elle venait de passer avec Gillian, suivant le protocole habituel, Evi avait amené la jeune femme à parler de ses années de jeunesse. Elles ne s'étaient pas bien passées. Elle avait senti une tension dans la relation qu'entretenait Gillian avec sa mère, et elle se demandait s'il n'y avait pas eu un défaut de soutien parental, lequel aurait pu contribuer à l'effondrement de Gillian après la mort de Hayley. Gillian avait brièvement évoqué un père décédé dont elle se souvenait à peine, et dans la foulée, un beau-père entrant en scène quelques années plus tard. Evi continuait de balayer l'article du regard sur son écran. *Cette dernière tragédie arrive trois ans à peine après la disparition d'une autre enfant de la commune d'Heptonclough, Megan*… L'article passait à un autre incident et Evi referma la page.

Plus elle avait sondé Gillian au sujet de son enfance, plus la jeune femme s'était montrée agitée, jusqu'à refuser tout net d'en parler plus longtemps. Ce qui était intéressant, en soi. Les états aussi graves que celui de Gillian avaient rarement une cause unique, selon Evi. Ce qui était souvent perçu comme la cause principale – dans le cas d'espèce, la perte d'un enfant – n'était bien trop souvent que l'élément déclencheur. L'étincelle qui met le feu aux poudres. Il restait encore beaucoup de choses à apprendre sur Gillian.

8

— Joe !

On était vendredi après-midi et les garçons étaient rentrés de l'école depuis peu. Tout bien considéré, la semaine n'avait pas été trop mauvaise. Grâce à Harry, le nouveau pasteur, Jake Knowles, s'était fait passer un sacré savon au sujet du vitrail de l'église et laissait Tom tranquille, pour le moment du moins.

Tom errait dans les pièces du rez-de-chaussée, se demandant où était Joe et s'il pourrait le convaincre de garder le but pendant qu'il s'entraînait à tirer. Entendant des voix par la porte de derrière, ouverte, Tom se hissa sur le plan de travail et vit son frère assis sur le mur qui courait entre leur jardin et le cimetière. On aurait dit qu'il parlait avec quelqu'un de l'autre côté. Tom ramassa son ballon et sortit.

— 'tention, Joe ! lança-t-il depuis le seuil en shootant vers lui.

Joe leva les yeux, surpris, alors que le ballon lui rasait la tête, pour s'écraser plus loin dans le cimetière.

Tom courut jusqu'au mur et prit son élan. Même si le mur était haut, il était vieux et la terre qu'il retenait lui avait fait prendre du ventre dans sa partie inférieure : il saillait dans le jardin des Fletcher. Certaines pierres manquaient, offrant un tas de prises. Pour autant, Tom n'avait jamais vu Joe l'escalader tout seul jusqu'ici.

Parvenu sur le mur, il se rendit compte qu'ils se trouvaient juste au-dessus de la tombe de Lucy Pickup, celle qui avait tant intrigué Joe la semaine précédente.

— À qui tu parlais ? demanda-t-il.

Joe ouvrit grand les yeux et les posa sur le cimetière. Il regarda à gauche, il regarda à droite, avant de revenir à Tom.

— Y a personne, dit-il, haussant légèrement les épaules.

— Je t'ai entendu, insista Tom. (Il désigna la fenêtre de la cuisine.) Je t'ai vu de là-bas. On aurait dit que tu parlais à quelqu'un.

Joe se tourna vers le cimetière une fois de plus.

— Je vois personne, déclara-t-il.

Tom laissa tomber. Si son frère avait envie d'un ami imaginaire, qui était-il pour s'en mêler ?

— Tu veux tirer des penalties ?

Joe hocha la tête.

— OK, répondit-il. (Puis ses lèvres se retroussèrent en un timide petit sourire.) Où est le ballon ?

Bonne question. Le ballon avait disparu.

— Merde, marmotta Tom, en partie parce qu'il savait qu'ils n'en avaient pas d'autre, et en partie parce qu'il se rendait compte que ce serait la première fois qu'ils retournaient dans le cimetière depuis qu'ils y avaient essuyé les menaces de Jake Knowles et sa bande. Allez viens, dit-il à contrecœur. Va falloir aller le chercher.

Tom sauta à terre. Le ballon n'avait pu aller bien loin.

Manifestement il ne connaissait pas sa propre force de frappe parce que le ballon n'était nulle part en vue. Tom menait la marche et Joe suivait derrière, chantonnant doucement pour lui-même.

— Tom, Joe ! Goûter !

— Merde, répéta Tom, pressant le pas. (Ils avaient moins de cinq minutes avant que leur mère ne devienne fumasse.) T'as pas vu où il était allé ?

— Tom, Joe !

Tom s'arrêta. Il fit demi-tour pour regarder le mur qu'ils venaient d'escalader. Il se trouvait à près de vingt mètres. Leur mère devait être sur le pas de la porte de la cuisine. Alors comment se faisait-il que sa voix provienne d'un petit massif de lauriers dans la direction opposée ?

Tom fixa les buissons. Ils ne bougeaient pas, apparemment.

— Tom ! Où êtes-vous ?

Là, sûr, c'était maman, sa voix provenait de la bonne direction, elle avait l'air normale à cent pour cent et elle commençait à s'énerver vraiment maintenant.

— Tom.

Une voix plus douce, plus grave, qui ressemblait toujours sacrément à celle de sa mère, pourtant.

— T'as entendu ça ?

Tom se tourna vers son frère. Joe observait les buissons de laurier.

— Joe, y a quelqu'un dans les lauriers ? Quelqu'un qui imite maman ?

— Tom, Joe, revenez ici !

— On arrive, cria Tom.

Sans s'arrêter pour réfléchir, il attrapa la main de Joe et l'entraîna vers le mur, le traînant presque. Il escalada ce dernier d'un bond et fit volte-face, prêt à crier, parce qu'il savait, il en était sûr, que quelque chose d'horrible les avait suivis et s'apprêtait à bondir.

Le cimetière était vide. Sans baisser les yeux, Tom tendit sa main à Joe et le hissa.

— Ah, aimable à vous de bien vouloir vous montrer. Et maintenant venez vous laver les mains.

Tom risqua un regard furtif en direction de la maison. Ouais, c'était bien M'man, avec Millie agrippée à ses genoux. Elle secoua la tête en les voyant, exaspérée, et rentra dans la maison. Tom se rendit compte que sa respiration s'apaisait. Ce n'étaient que des échos, voilà tout. Les vieilles pierres tombales avaient une façon particulière de réverbérer les sons.

Comme Tom aidait Joe à toucher terre côté jardin, il vit son frère sourire de nouveau. Tom se retourna. Le ballon était là. Au beau milieu du jardin.

— Comment c'est possible ?

Joe ne le regardait pas lui, mais droit dans la fenêtre de la cuisine. Tom regarda à son tour, s'attendant à voir Millie leur faire signe depuis le plan de travail.

Seigneur, ce n'était pas la tête de Millie. Mais qui était dans la cuisine ? On aurait vaguement dit un enfant avec des cheveux longs, sauf qu'il y avait quelque chose de vraiment pas normal dans ce visage. Alors Tom comprit qu'il voyait un reflet, que l'enfant – la fille – était juste derrière eux, en train de les toiser, lui et Joe, par-dessus le mur. Il fit volte-face. Rien. Retour à la fenêtre de la cuisine. Le reflet avait disparu.

Tom traversa le jardin et ramassa le ballon. Il n'avait plus envie de jouer aux tirs au but. Il avait envie de rentrer et de refermer la porte de service. C'est précisément ce qu'il fit, ôtant même la clé de son crochet pour la tourner dans la serrure. Il resta dans le vestibule un instant, juste pour reprendre son souffle, méditant ce qui venait de se produire.

Pas mal, l'amie imaginaire que s'était trouvée son frère, étant donné que Tom pouvait la voir, lui aussi.

9

18 septembre

— Puis-je vous demander quelque chose ? disait Gillian.

— Bien sûr, répondit Evi.

— J'ai fait la connaissance d'une femme, nouvelle en ville. Bref, on a bavardé un moment et elle s'étonnait que je n'aie jamais organisé de funérailles pour Hayley. Elle a dit que les enterrements – ou, s'il n'y a pas de corps, une messe de souvenir – permettaient aux gens de faire leur deuil, de dire adieu convenablement.

— Eh bien… elle a raison, avança prudemment Evi. Souvent, l'enterrement est une partie importante du processus de deuil.

— Mais je n'en ai jamais fait, dit Gillian, se penchant en avant dans son fauteuil. Et c'est peut-être pour ça que je n'ai pas réussi à passer à autre chose, pour ça que je suis toujours… Bref, cette femme, Alice, elle a dit que je devrais envisager une messe de souvenir pour Hayley. Elle suggère que j'en discute avec le nouveau pasteur. Qu'en pensez-vous ?

— J'en pense que ça pourrait être une très bonne idée. Mais je pense aussi qu'il est important de le programmer au bon moment. Cela risque d'être très éprouvant pour vous. Vous venez seulement de faire vos tout premiers pas vers la guérison. Nous devons prendre garde que vous ne replongiez pas.

Gillian hocha lentement la tête, mais son expression trahissait sa déception qu'Evi ne se soit pas immédiatement rangée à son avis.

— Il est encore très tôt, s'empressa d'ajouter la thérapeute. Je pense qu'une messe du souvenir serait une bonne idée, mais qu'il ne faut rien précipiter. On pourrait en reparler la semaine prochaine.

Gillian poussa un soupir et haussa ses minces épaules.

— OK, concéda-t-elle, mais elle avait l'air à plat.

— Et vous vous êtes fait une nouvelle amie ? demanda Evi. Alice, avez-vous dit ?

Gillian acquiesça de la tête, s'animant un peu.

— Elle vient de construire une nouvelle maison juste à côté de l'ancienne église, avec son mari. Selon moi, les gens n'y tenaient pas vraiment, mais elle a l'air sympa. Elle a envie de faire mon portrait. Elle dit que j'ai un visage intéressant.

Evi hocha la tête.

— C'est vrai, dit-elle, souriante.

Depuis leur premier rendez-vous, le teint de Gillian s'était légèrement éclairci, et, débarrassé de ses boutons obsédants, il était plus facile de remarquer les hautes pommettes, la mâchoire bien dessinée et le petit nez. Elle devait être d'une beauté saisissante, avant que le chagrin ne cause ses ravages.

— Vous allez poser pour elle ? demanda-t-elle.

On eût dit que le visage de Gillian s'assombrissait.

— Elle a trois petits enfants, répondit-elle. Les deux garçons ne me posent pas de problème, mais il y a une petite fille. Elle a pratiquement l'âge qu'avait Hayley.

— Ça doit être très dur.

— Elle a des boucles blondes, dit Gillian, fixant ses mains. Parfois, quand je la vois de dos, ou que je l'entends dans une autre pièce, c'est presque comme si Hayley était revenue. C'est comme s'il y avait une voix dans ma tête qui me disait : « Elle est à toi, prends-la, prends-la, maintenant. » Je dois me retenir de l'attraper et de m'enfuir de la maison.

Evi s'aperçut qu'elle était très raide sur sa chaise. Elle tendit la main et s'empara d'un stylo.

— Pensez-vous que vous feriez une chose pareille ? demanda-t-elle.

— Comme quoi ? Prendre Millie ?

— Vous dites que vous devez vous retenir, rappela tranquillement Evi. À quel point vous retenez-vous ?

Gillian secoua la tête.

— Je ne ferais pas ça. Je ne ferais pas ça à Alice. Je sais ce que c'est, de ne pas savoir où est passé son enfant. Ne serait-ce que quelques minutes. Quelque chose meurt en vous, tout bonnement. C'est juste que parfois, de voir Millie, c'est comme…

— Comme ? interrogea Evi.

— C'est comme si Hayley était revenue.

10

19 septembre

Quelques tas de pierres noircies : c'est pratiquement tout ce qu'il restait du cottage. Il était situé au bout d'une courte allée pavée et c'était la première maison sur laquelle tomba Evi à l'approche d'Heptonclough. Se détournant de son trajet habituel, elle avait emprunté une petite piste cavalière peu fréquentée piquant plein ouest à travers la lande de Tonsworth. Duchesse, une jument grise de seize ans, l'avait menée saine et sauve le long de sentiers semés d'éboulis, au travers de taillis denses, au-delà des cours d'eau. Elles avaient même réussi à négocier une barrière haute de cinq barreaux, heureusement pourvue d'une poignée.

Le cottage était ceint d'un muret bas, en pierres sèches, avec un portillon métallique. Il n'était pas trop difficile d'imaginer une fillette terrifiée en train de l'ouvrir et de s'éloigner dans le noir. À regarder la maison, constatant combien elle était proche de la campagne, les actes de Gillian durant les semaines qui avaient suivi l'incendie devenaient compréhensibles. Evi tira les rênes en souplesse pour amener Duchesse à s'arrêter.

Dieu, qu'il faisait chaud. Duchesse était en nage et Evi aussi. Elle lâcha les rênes et ôta son sweat-shirt d'un geste vif, le nouant autour de sa taille. Le cottage dans lequel Gillian Royle et son mari avaient vécu avait été loué à l'une des plus anciennes familles du village. Après l'incendie, on avait proposé au couple un deux-pièces au-dessus de l'épicerie générale. Peter Royle était parti depuis, et vivait à plusieurs kilomètres de là avec une nouvelle petite amie, aujourd'hui enceinte. Gillian avait conservé l'appartement.

Duchesse, qui ne ratait jamais une occasion, s'avança vers un carré d'herbe poussant en face, sous un portail. Evi ramassa les rênes. Il n'y avait rien à voir ici, pas de nouveaux indices à glaner sur sa patiente. Rien que des pierres noires, quelques débris de bois calciné et un fouillis de ronces. Elle releva la tête de Duchesse et fit doucement claquer sa cravache sur le flanc gauche de l'animal.

Elles passèrent devant deux autres cottages, précédés chacun de petits jardins débordant de légumes en terre, de buissons regorgeant de baies, de tuteurs de haricots grimpants ; puis les maisons de part et d'autre de la venelle se firent plus uniformes, bâties en pierre, avec des toits d'ardoise.

En approchant du centre, les pavés devenaient plus lisses. Des deux côtés de la rue s'élançaient des bâtiments écrasants de trois étages. Evi fit obliquer Duchesse vers la droite, grimper et se rapprocher des points de repère les plus notoires de Heptonclough : les deux églises.

Les restes de l'édifice médiéval s'élevaient à côté de son substitut d'époque victorienne comme un double, ou un souvenir qui refuse de s'effacer. Même montée sur Duchesse, les grandes arches de pierre de la ruine se dressaient très haut au-dessus de sa tête. Certains des vieux murs s'élançaient vers le ciel, d'autres gisaient écroulés au sol. Semblables à des pierres levées, des piliers sculptés tenaient encore fièrement debout, pied de nez à la gravité et au temps qui passe. Le sol était couvert de silex, lustrés par l'âge et, où qu'elle porte le regard, la végétation se ruait dans les interstices, soulevant les coins et se faufilant dans les brèches, comme si elle essayait, après des centaines d'années, de reconquérir la terre.

L'édifice plus récent était moins imposant que n'avait dû l'être le précédent, bâti à une plus petite échelle et privé du grand clocher central. À la place, quatre tourelles de taille plus modeste, coiffées d'un toit pointu, occupaient les angles du toit. Hautes d'environ un mètre chacune, elles étaient composées de quatre piliers de pierre. De l'autre côté de la rue étroite s'élevaient de hautes maisons de pierre sombre.

Il n'y avait personne en vue. Evi et Duchesse auraient presque pu se trouver seules dans cette ville étrange perchée dans les landes.

La grande maison la plus proche des églises était récente, à en juger par son habillage de pierres claires et le jardinet vierge à l'avant. Sur le seuil, comme les seuls signes de vie d'une ville fantôme, se trouvait une minuscule paire de bottes roses en caoutchouc.

Un sifflement perçant, aigu, rompit le silence et quelque chose de coloré rasa l'épaule gauche d'Evi. Duchesse, d'ordinaire imperturbable, fut prise d'un léger sursaut et glissa sur les pavés.

— Tout doux, du calme.

Evi ajusta les rênes, assise droite et immobile sur sa selle. Que diable s'était-il passé ?

Et voilà que ça recommençait. À près de vingt mètres de là, ça filait dans les airs, fanions claquant. Evi pressa Duchesse dans la pente, pour l'éloigner de l'église. Avec un peu de chance, elle pourrait tourner plus haut et regagner la lande.

Ça revenait, et leur fonçait dessus. Les sabots de Duchesse ripèrent, elle recula vivement dans le mur d'une maison. Evi, déséquilibrée, agrippa une grosse touffe de crinière et parvint à se redresser.

— Ne nous approchez pas, hurla-t-elle. Vous faites peur au cheval.

Son regard en croisa un autre une fraction de seconde et elle comprit qu'elle avait un sérieux problème. Le garçon sur le vélo savait parfaitement qu'il effrayait le cheval.

Evi tira un coup sec, forçant Duchesse à faire face à la pente. Si le cheval devait s'emballer, c'est par le haut qu'elles partiraient.

Un autre arrivait dans la direction opposée. Deux ados, sur des vélos ultra-performants, pédalant sur le haut mur d'enceinte qui faisait le tour des deux églises. C'était du suicide, ils allaient se rentrer dedans, faire une chute de près de deux mètres sur des silex bien durs. Les garçons se retrouvèrent à soixante centimètres l'un de l'autre. Là-dessus l'un d'eux disparut : son vélo avait trouvé une arête qui l'emmena dans le cimetière. Le cycliste seul en lice passa devant Evi comme une flèche tandis qu'elle luttait pour garder le contrôle de Duchesse.

Il y en avait d'autres. Quatre jeunes cyclistes de haute voltige filaient à des vitesses impossibles le long des vieux murs, avec des fanions qui claquaient au vent, attachés à leurs guidons, et faisaient hurler leurs freins en prenant les virages.

— Allez vous faire voir, pauvres cons ! réussit-elle à crier.

Dans le meilleur des cas, les chevaux détestaient les vélos, la combinaison du silence et de la vitesse les perturbant complètement. Et ces quatre-là vrombissaient autour d'elle comme des moustiques. Ils n'arrêtaient pas de revenir à la charge, disparaissaient derrière le mur pour réapparaître ailleurs. Et voilà qu'en surgissait un cinquième, sournoisement, derrière elle, pour lui barrer le chemin. Duchesse lança sa tête en arrière, tourna sur elle-même et détala au petit galop dans la pente.

Des cris pressants. Les sabots qui ripaient. Un léger choc, comme une claque, qui aurait pu être l'effet de la douleur mais qui, sur le moment, lui parut plutôt un affront.

Puis le silence.

Evi gisait par terre, le regard fixé sur un morceau de papier sale qui s'était retrouvé coincé entre deux pavés, et se demandait si elle était toujours en vie. Une seconde plus tard, elle eut la réponse. Une goutte de sang atterrit sur la pierre, qu'elle regarda trembler dans le souffle qu'exhalait sa bouche.

Elle savait que la douleur la guettait, mais la part de son cerveau qui était normalement aux commandes commençait à tournoyer, l'abandonnant sur place. Elle était perdue dans une douceur froide, blanche, bien qu'elle ait chaud – si chaud. Elle voyait s'écouler un tout petit filet devant elle, se posa la question de savoir comment un ru de montagne pouvait être écarlate et comprit, dès le tout premier instant, que c'en était fini de son ancienne vie.

— Tenez bon, je reviens tout de suite !

Quelqu'un l'avait hélée, ce jour-là, dans une langue qu'elle ne comprenait pas. Quelqu'un lui avait hurlé des instructions dans une langue germanique et elle avait levé les yeux fixement, vers le ciel le plus bleu qu'elle ait jamais vu, et su que tout mouvement lui serait impossible. Peut-être même pour le restant de ses…

— Ne bougez pas. J'ai presque terminé. Alice ! Tom ! Vous m'entendez ?

Et là elle s'était retrouvée entourée de grands blonds qui sentaient la bière et la crème solaire. Ils avaient déversé sur elle des mots, visant à la réconforter, à la calmer, pendant qu'ils la sanglaient et l'envoyait tournoyer, de nouveau, le long du flanc de la montagne…

— Tout va bien, n'essayez pas de vous relever. J'ai attrapé votre cheval, il est indemne.

Un homme s'agenouillait auprès d'elle, une main gentiment posée sur son épaule, et s'adressait à elle avec un accent inconnu.

— Je vais appeler une ambulance mais j'ai laissé mon téléphone dans l'église. Je ne peux pas vous laisser sur la chaussée… Alice ! Tom !

Evi leva la tête et la bougea lentement de droite à gauche, de haut en bas. Ça cognait sourdement sous son front mais son cou avait l'air de fonctionner. Elle fléchit son pied droit dans sa botte, puis le gauche. Les deux réagirent comme ils étaient censés le faire. Elle posa ses deux paumes sur les pavés et poussa. Une douleur vive lui traversa les côtes mais elle sut, d'instinct, que ce n'était pas grave.

— Non, ne bougez pas.

La voix était proche de son oreille de nouveau.

— Les Fletcher étaient là il y a une minute. Ils n'ont pas pu aller bien loin. Non, vraiment je ne pense pas que vous devriez…

Evi s'asseyait. L'homme à genoux à côté d'elle, quoique grand, semblait trop svelte pour être allemand ou autrichien. Et ces collines tout autour n'étaient pas des montagnes. C'étaient des landes, qui se teintaient juste du doux pourpre profond de la contusion toute fraîche.

— Ça va ? demanda l'homme aux cheveux blonds, qui était vêtu d'un short et d'un débardeur.

Des garçons sur des vélos. Duchesse en train de paniquer. Elle avait été secourue par un joggeur de passage.

— Où avez-vous mal ?

— Partout, grommela Evi, découvrant qu'elle pouvait parler. Rien de grave. Où est Duchesse ?

Le joggeur se détourna pour regarder plus bas sur la colline et Evi l'imita. Duchesse était attachée à un vieil anneau de fer à l'angle du mur de l'église. Elle avait la tête baissée et ses immenses dents jaunes arasaient un carré d'orties.

— Dieu merci, vous l'avez attrapée, dit Evi. Quels petits cons. Elle avait une vilaine contusion au pied il y a quelques jours. Ça avait l'air d'aller ?

— Eh bien, manifestement elle crevait de faim, mais bien, sinon. Non pas que je fasse vraiment autorité en matière de chevaux, je le crains.

Duchesse se tenait posément sur ses quatre jambes. Mangerait-elle si elle souffrait ? Pas impossible, pour qui connaissait Duchesse.

— Vous êtes sûre que vous n'avez rien ? demanda l'homme qui, elle le remarquait maintenant, portait des chaussures bateau.

Et le short n'était pas un short de jogging. Il était en coton, rayé bleu et blanc, lui arrivait presque aux genoux, et les poils au dos de ses mollets étaient blonds et épais.

— Tout à fait certaine, dit-elle, détournant son regard de ses jambes. Je suis médecin, vous savez, ajouta-t-elle à la vue de son air dubitatif. Pensez-vous pouvoir m'aider à m'éloigner de la route ?

— Évidemment, désolé.

Le blond se releva d'un bond et se pencha, offrit sa main droite à Evi, comme s'il lui proposait de la relever d'une couverture de pique-nique.

Elle secoua la tête.

— Ça ne va pas aller, j'en ai peur. Je ne peux pas le faire toute seule. Si ça ne vous ennuie pas, pourriez-vous me prendre sous les bras et me soulever ? Je ne suis pas bien lourde.

Il secouait la tête, l'air inquiet.

— Vous avez dit que vous n'étiez pas blessée. Si vous ne pouvez pas vous relever toute seule, je ne pense pas que je devrais le faire. Nous devrions demander du secours.

Fallait-il donc qu'elle mette les points sur les *i* ? Evi inspira un grand coup.

— Je ne me suis pas blessée à l'instant, mais j'ai eu un sale accident il y a trois ans, et je me suis gravement endommagé le nerf sciatique de la jambe gauche. Je ne peux pas marcher sans aide et ma jambe n'est, je le crains, pas suffisamment forte pour soutenir mon poids pendant que je me relève de ces pavés. Qui ne sont pas très confortables, soit dit en passant.

L'homme la dévisagea une seconde, puis elle vit son regard tomber sur sa jambe gauche, anormalement mince et vilaine sous son jodhpur cramoisi.

— Il y a beaucoup de trafic sur cette route ? demanda Evi, vérifiant au-dessus d'elle.

— Non. Mais vous avez parfaitement raison. Désolé.

Il s'agenouilla de nouveau et passa son bras droit sous ses épaules. Sa main gauche glissa sous ses cuisses et même si elle s'y attendait, si elle s'était préparée à ce qu'il la touche, elle se sentit parcourue d'une décharge qui n'avait rien à voir avec la douleur. L'instant d'après, elle était debout, prenant appui contre lui : elle pouvait sentir l'odeur de sa peau, une odeur de poussière, une odeur de sueur mâle fraîche.

— Bon, à dix mètres d'ici un peu plus haut, il y a un banc où les bergers épuisés peuvent trouver du repos. Je ne pense pas qu'ils nous en voudront si nous l'empruntons. Pouvez-vous aller jusque-là ?

— Évidemment, rétorqua-t-elle sèchement, même si c'était plus facile à dire qu'à faire.

Elle n'avait pas d'autre choix que de passer son bras autour de sa taille. Il avait chaud. Évidemment qu'il avait chaud, il faisait chaud et elle avait chaud, elle aussi, et elle sentait sans doute le cheval. Evi avança la jambe droite, et sa gauche lui hurla d'arrêter ce déplacement stupide sur-le-champ.

— Saloperie… marmonna-t-elle, s'efforçant sans succès de ramener sa jambe la plus faible en avant.

Allez avance, saleté de jambe inutile…

Elle fit un faux pas et manqua retomber, mais son compagnon resserra son étreinte autour de sa taille, se pencha plus bas et souleva ses deux jambes d'un seul geste. D'instinct, elle leva son bras libre pour le passer autour du cou. Il devint tout rose.

— Désolé, je ne voulais pas que vous retombiez, dit-il. Puis-je vous porter jusqu'au banc ?

Elle hocha la tête et une seconde plus tard, il la déposait gentiment sur un banc de bois proche du mur de l'église. Elle s'adossa avec gratitude et ferma les yeux. Comment avait-elle pu être aussi bête d'amener Duchesse jusqu'ici ? Elles auraient pu se blesser sérieusement, l'une et l'autre. Pourquoi diable fallait-il que la vie soit aussi difficile, bordel ? Elle patienta, les yeux clos, jusqu'à ce que les larmes aient reflué.

Quand elle rouvrit les yeux, elle était seule. Il l'avait plantée comme ça ? Seigneur, elle n'avait pas été l'amabilité incarnée mais enfin…

Se redressant, Evi scruta les alentours. De l'autre côté de la rue, les fenêtres étaient plongées dans le noir, et vides. Une torpeur semblait s'être abattue des landes. Les cyclistes avaient disparu – pas franchement étonnant vu les ennuis qu'ils avaient causés –, mais où étaient tous les autres ? Tant de maisons, tant de fenêtres, et pas une âme en vue. On était samedi après-midi, pour l'amour du ciel. Pourquoi personne ne regardait dehors pour voir ce qui s'y passait ?

Sauf que c'était peut-être ce qu'ils faisaient. Derrière l'une de ces fenêtres noires, quelqu'un l'épiait, elle en était sûre. L'air de rien, elle promena son regard sur sa gauche puis sur sa droite. Pas le moindre mouvement perceptible, mais il y avait pourtant quelqu'un. Elle se retourna lentement.

Là. Du mouvement. Tout en haut. Evi leva la main pour s'abriter du soleil. Non, c'était impossible. Ce qu'elle avait cru voir était une silhouette filant sur le toit de l'église. Personne ne pouvait se trouver là-haut. Elle avait vu un oiseau. Un écureuil, peut-être bien. Ou un chat.

Elle défit la mentonnière et ôta sa bombe. La pression dans sa tête se relâcha aussitôt. Elle souleva ses cheveux avec ses doigts, laissant l'air atteindre son cuir chevelu et l'apaiser.

Elle entendait des pas. Son rouquin de prince charmant en short à rayures était de retour, courant presque le long de l'allée de l'église dans sa direction, un verre d'eau à la main.

— Me revoilà, dit-il en s'approchant. Je peux faire du thé aussi, mais ça prend un peu plus de temps. Comment vous sentez-vous ?

Comment se sentait-elle ? Elle venait de se faire harceler par des adolescents sauvages qui se déplaçaient plus vite que la lumière, elle était tombée d'un cheval de quinze paumes de haut, elle avait dû rester couchée sur la chaussée comme une baleine échouée, après quoi, au cas, fort improbable, où il lui serait resté une miette de dignité, elle avait été soulevée sans façon par un rouquin débile qui sentait le… le… l'homme.

— Mieux, je pense, dit-elle. C'est toujours un choc, de tomber de cheval. Surtout quand on n'atterrit pas sur de la terre meuble.

Il vint la rejoindre sur le banc.

— Je vous crois sur parole, acquiesça-t-il. Je ne veux pas avoir l'air grossier, mais est-ce que vous faites bien de vous promener toute seule, avec une jambe fragile, tout ça ?

Evi ouvrit la bouche, puis la referma, pincée. Cela partait d'un bon sentiment. Elle regarda sa montre, s'accordant une seconde.

— En tout cas, ce n'est pas près de se reproduire, dit-elle. Ils sont très stricts, là où je prends mon cheval. Je vais faire des tours de manège surveillés pendant les six mois à venir.

— Eh bien, peut-être… (Il surprit son expression et s'interrompit.) Vous venez de loin ?

— De la pension de la ferme Bracken, répondit-elle. À un peu plus de six kilomètres à travers la lande.

— Voulez-vous que je les appelle ? Je ne suis pas sûr qu'ils puissent amener un van jusqu'ici, mais je peux vous raccomp…

— Non.

Le ton était plus fort et plus ferme qu'elle ne l'avait souhaité parce qu'elle sentait qu'une confrontation était imminente. Aussi meurtrie et tremblante soit-elle, c'était un combat qu'elle entendait gagner.

— Merci, reprit-elle, avec un sourire forcé. Je rentre à cheval dans une minute.

Loin de se sentir prête à remonter en selle, elle finit l'eau et remit sa bombe, résolue à donner l'impression d'un « *Bon, et sur ce, j'y vais !* » parce qu'elle savait exactement ce qui allait suivre.

Il secouait la tête. Eh quoi, évidemment qu'il secouait la tête. Il était grand et fort, avait l'usage de tous ses membres, ce qui faisait de lui le boss.

— Je ne vous remets pas sur ce cheval, dit-il.

— Pardon ?

— Désolé, mon chou, mais vous êtes handicapée, vous avez fait une vilaine chute et vous êtes sans doute commotionnée. Vous ne pouvez pas faire six kilomètres à dos de cheval à travers la lande.

Désolé, mon chou ! Elle baissa les yeux sur la route pour n'avoir pas à le fusiller du regard : les handicapés n'ont en effet pas le droit d'être en colère. Si elle avait appris une chose ces trois dernières années, c'était bien ça. Les gens normaux qui se fâchent en ont simplement ras-le-bol, et ça nous arrive à tous. Quand on est handicapé, tout mouvement d'humeur signifie qu'on est perturbé, qu'on a besoin d'aide, qu'on n'est pas capable de…

— Merci de vous préoccuper de mon sort, dit Evi, mais, handicapée ou pas, je suis encore responsable de mes actes, et je n'ai, de fait, pas besoin d'aide pour me remettre en selle. Je vous en prie, je ne veux pas vous retenir.

Elle rendit le verre et se poussa de côté sur le banc. Il serait très nettement préférable qu'il la laisse tranquille, maintenant.

— Comment ?

Il n'avait pas bougé.

— Pardon ? dit-elle à nouveau.

— Comment, au juste, étant donné que vous ne pouviez pas vous écarter de la route toute seule et qu'il a fallu vous porter jusqu'à ce banc, comptez-vous faire quinze mètres à pied en descente et remonter sur un énorme cheval ?

— Vous allez voir.

Elle se redressa. Le mur n'était qu'à soixante centimètres de là, il soutiendrait son poids pendant qu'elle descendrait la pente.

— Écoutez. Faisons un deal.

Il était planté devant elle. Atteindre le mur toute seule était envisageable ; le contourner, lui, d'abord, sans doute pas.

— Quoi ?

— Si vous acceptez de vous reposer encore dix minutes et ensuite de m'appeler à l'instant où vous arrivez à la ferme, je vous aide à remonter en selle et je vous ramène sur la piste.

Alors comme ça, elle devait négocier la plus élémentaire des libertés avec un homme qu'elle venait juste de rencontrer ?

— Et si je ne suis pas d'accord ?

Il sortit son portable de sa poche.

— J'appelle la pension de la ferme Bracken pour leur raconter exactement ce qui s'est passé. M'est avis qu'ils seront en route avant que vous atteigniez le bout du mur.

— Enfoiré.

Cela lui échappa avant qu'elle ait pu se mordre la langue.

Il leva le téléphone.

— Ôtez-vous de mon chemin.

Il composa une suite de chiffres.

— Bonjour, dit-il au bout d'une seconde. J'aimerais avoir le numéro de la pension équestre…

Evi leva les mains en signe de reddition et se rassit. L'homme s'excusa auprès du standardiste et rangea le téléphone dans sa poche. Il prit place à côté d'Evi tandis que cette dernière fixait ostensiblement sa montre, consciente de se comporter de façon puérile et s'en contrefichant.

— Une tasse de thé ? proposa-t-il.

— Non, merci.

— Un autre verre d'eau ?

— Seulement s'il vous faut longtemps pour aller le chercher.

L'homme émit un petit rire gêné, grave.

— Mince alors, dit-il, je n'ai pas eu autant de succès auprès d'une femme depuis que je me suis saoulé au mariage de mon cousin et que j'ai vomi sur la demoiselle d'honneur.

— Ah, eh ben, je me réjouis à peu près autant d'être en votre compagnie qu'elle a dû être.

— On est sortis ensemble pendant dix-huit mois.

Silence. Evi consulta de nouveau sa montre.

— Alors, que pensez-vous d'Heptonclough ? demanda-t-il.

Evi regardait droit devant elle, résolue à ne rien fixer d'autre que la petite volée de marches et la ruelle étroite, à peine plus large que ne le serait un homme, bras écartés, qui s'étirait face à elle. Elle éprouva soudain le besoin d'ôter sa bombe, une fois de plus.

— Très joli.

— C'est la première fois que vous venez ?

— La première, et la dernière.

Une rampe métallique avait été fixée dans le mur pour permettre aux personnes plus âgées, moins agiles, de négocier les marches. Même en s'en servant, Evi aurait du mal à descendre des marches aussi hautes. Quatre marches. Il y aurait tout aussi bien pu y en avoir cent.

— Vous êtes sûre de ne pas avoir de commotion ? Les gens sont rarement aussi grossiers avec moi quand ils me rencontrent pour la première fois. Par la suite, assez souvent, mais pas d'entrée de jeu. J'ai combien de doigts, là ?

Evi tourna brutalement la tête, ouvrant déjà la bouche pour lui dire… il levait les deux poings : aucun doigt en vue. Il fit mine de reculer précipitamment. Elle souleva son bras droit pour lui flanquer un coup dans la figure, au diable les conséquences et…

— Vous êtes bien plus jolie quand vous souriez.

… se rendit compte que c'était bien la dernière chose au monde qu'elle avait envie de faire.

— Vous êtes très jolie quand vous ne souriez pas, ne vous méprenez pas sur mes propos, c'est juste que je préfère les femmes quand elles sourient. Un petit faible que j'ai.

Elle n'avait nulle envie de le frapper. Elle avait envie de faire tout autre chose. Même ici, en pleine rue, alors que tout le monde pouvait voir…

— La ferme, réussit-elle à articuler.

Il passa deux doigts serrés en travers de la bouche, mimant une fermeture Éclair, en un geste enfantin, idiot. Sa bouche était toujours fendue d'une oreille à l'autre. Elle détourna le regard avant que son propre sourire ne risque de devenir trop… trop semblable au sien.

Silence à nouveau. De l'autre côté de la route, un chat surgit. Il s'assit sur la marche du haut et entreprit de faire sa toilette.

— J'ai toujours rêvé de pouvoir faire ça, commenta-t-il.

— Aaah !

Elle leva un doigt.

— Désolé.

Silence. Le chat leva une patte et se mit à lécher ses organes génitaux. Le banc sur lequel ils étaient assis fut pris de secousses. Pas possible de faire autrement : elle allait glousser comme une adolescente en moins de deux. Elle se tourna vers lui, parce qu'ainsi au moins, elle n'aurait pas à regarder le chat.

— Vous habitez ici ? demanda-t-elle.

Il secoua la tête.

— Non, je ne fais qu'y travailler. J'habite quelques kilomètres plus bas.

Il avait des yeux noisette et des cils bruns, assez saisissants avec ces cheveux blonds. Ou était-ce roux ? Tout bien considéré, le mot semblait trop fort pour une couleur qui dans cette douce lumière de septembre évoquait plutôt le… le… miel ?

Baissant furtivement les yeux, Evi aperçut sa montre. Les dix minutes étaient écoulées. Elle se tordit le bras de façon à ne plus la voir, le cadran désormais tourné vers le bas.

— Pourquoi ces deux églises ?

— Elles sont chouettes, non ? Comme un avant et un après. OK, prête pour une leçon d'histoire ? Aux temps où les grandes abbayes gouvernaient l'Angleterre, Heptonclough avait la sienne. Les travaux de construction commencèrent en 1193. L'église derrière nous a été construite en premier, les logements et les corps de ferme par la suite.

Il pivota sur le banc, de façon à faire face à l'édifice en ruine derrière eux. Evi l'imita, même si sa jambe gauche s'était mise à la faire grandement souffrir.

— La demeure de l'abbé tient toujours debout, poursuivit-il. C'est un magnifique bâtiment médiéval. On ne la voit pas vraiment d'ici, elle est de l'autre côté de la nouvelle église. Ce sont les Renshaw qui l'habitent aujourd'hui.

Evi repensait aux leçons d'histoire de son enfance.

— Et alors, c'est à cause d'Henry VIII si l'abbaye est tombée en ruine ? demanda-t-elle.

L'homme hocha la tête.

— Une chose est sûre, c'est que ça n'a rien arrangé, concéda-t-il. Le dernier abbé de Heptonclough,

Richard Paston, était impliqué dans la révolte contre les polices ecclésiastiques d'Henry et a été jugé pour trahison.

— Exécuté ?

— Non loin d'ici. Ainsi que la plupart de ses moines. Mais la ville a continué de prospérer. Au XVIe siècle, c'était le centre du commerce pour la laine du sud de la chaîne Pennine. Il y avait un marché de tissus couvert, quelques banques, des auberges, des boutiques, un lycée et pour finir une nouvelle église, construite à côté de l'ancienne, parce que les habitants avaient décrété que les ruines étaient plutôt pittoresques.

— Elles le sont toujours, admit Evi.

— Par la suite, vers la fin du XVIIIe siècle, c'est Halifax qui s'est imposée comme la nouvelle superpuissance du commerce de la laine, et Heptonclough a perdu sa place hégémonique. Les anciens bâtiments sont tous encore debout aujourd'hui, mais ce sont des propriétés privées, pour l'essentiel. La plupart appartiennent à la même famille.

— La nouvelle église n'a pas de tour, fit remarquer Evi. Par ailleurs, c'est en tout point une copie miniature de l'ancien bâtiment, sauf qu'il y a ces quatre petits clochetons à la place.

— Le conseil municipal s'est retrouvé à court d'argent avant que la nouvelle église puisse être achevée. Du coup, ils ont bâti une petite tour pour abriter une unique cloche et ensuite, parce que ça faisait un peu débile, ils ont construit les trois autres pour rétablir l'équilibre. Mais elles ne sont que purement décoratives, on ne peut même pas y accéder. Je crois que l'idée a toujours été de les raser et d'en reconstruire une grande quand ils en auraient les moyens, mais…

Il haussa les épaules. À l'évidence, les fonds ne s'étaient jamais matérialisés.

Ça ne servait à rien. Chaque minute supplémentaire aggravait les ennuis qui la guettaient à la ferme.

— Je vais bien, maintenant, vraiment, dit-elle. Et il faut que je rentre. Vous pensez que vous pourriez ?…

— Bien sûr.

Il se leva avec un relatif empressement, comme s'il avait simplement fait preuve de politesse. Evi se leva à son tour avec difficulté. Une fois debout, ses yeux étaient au même niveau que les poils blonds qui dépassaient de l'encolure de son maillot.

— Comment souhaitez-vous procéder ? demanda-t-il.

Elle renversa légèrement la tête pour le regarder en face et songea qu'elle ne serait pas fâchée qu'on la porte une fois de plus pour redescendre. Un élancement douloureux courait le long de l'arrière de sa cuisse.

— Puis-je vous prendre le bras ? dit-elle.

Il offrit son coude droit et, comme un couple d'antan se faisant la cour, ils s'engagèrent dans la pente. En dépit des élancements cuisants le long de sa jambe gauche, ils rejoignirent Duchesse bien trop vite.

— Coucou Harry, dit une petite voix. Il est à qui, le cheval ?

— Ce noble coursier appartient à la ravissante princesse Bérengère qui va regagner maintenant son château sur la colline, dit l'homme qui répondait au nom de Harry, et qui semblait regarder quelqu'un de l'autre côté du mur. Puis-je vous faire la courte échelle, Princesse ? demanda-t-il, en se retournant vers Evi.

— Pourriez-vous simplement lui maintenir la tête ?

— Éconduit, encore une fois… marmonna Harry qui relâchait les rênes pour les faire repasser au-dessus de la tête de Duchesse.

Puis il maintint le chanfrein pendant qu'Evi levait son pied gauche et le plaçait dans l'étrier. Trois petits bonds et elle y était. Elle voyait à présent le petit garçon, de cinq ou six ans, aux cheveux roux foncés. Il tenait dans sa main droite un sabre laser en plastique, dans sa gauche un objet qu'elle reconnut.

— Bonjour, dit-elle.

Il la dévisagea, songeant sans nul doute qu'elle n'avait pas grand-chose d'une princesse, en tout cas, pas d'une belle. Comme c'était un petit garçon, c'est probablement ce qu'il s'apprêtait à dire.

— C'est à vous ? s'enquit-il plutôt, levant la cravache qu'Evi avait laissée tomber, puis oubliée. Je l'ai trouvée sur la route.

Evi sourit et le remercia, tandis qu'il escaladait le mur et la lui tendait. Harry tenait toujours le chanfrein de Duchesse. Il la mena le long de la courte venelle pentue jusqu'à ce qu'ils atteignent Wite Lane. Alors qu'ils empruntaient la ruelle, elle vit que le chat les suivait, progressant délicatement le long d'une vieille clôture en bois. Jetant un œil derrière elle, Evi constata que le petit garçon les observait, lui aussi.

Harry semblait ne plus trouver quoi que ce soit à dire à mesure que les pavés se détérioraient et que les maisons se faisaient moins uniformes. Ils parvinrent à la barrière au bout de la ruelle, que Harry ouvrit pour elle, relâchant enfin le chanfrein.

— Il vous faut combien de temps pour rentrer ? demanda-t-il.

Derrière sa tête, des baies chatoyaient comme des rubis dans la haie.

— Vingt minutes si je trotte pratiquement tout du long et que je galope sur les derniers cent mètres.

Il prit un air sévère, comme un directeur s'adressant à une classe indisciplinée.

— Et combien en marchant au pas sans se presser ?

La bruyère à ses pieds avait la couleur des mûres. Elle avait oublié à quel point septembre pouvait être beau.

Elle ne lâcherait pas un sourire.

— Trente-cinq, quarante minutes.

Il regarda sa montre, puis plongea la main dans sa poche pour en extraire une carte.

— Appelez-moi à 16 heures, dit-il, en la lui remettant. Si je n'ai pas de vos nouvelles, j'appelle les secours, les forces armées, les garde-côtes, toutes les pensions équestres dans un rayon de quinze kilomètres et le Syndicat national des agriculteurs. Ce sera embarrassant, pour vous comme pour moi.

— Et ça vous coûtera très cher, dit Evi, fourrant la carte dans la poche de sa chemise.

— Alors appelez.

— J'appellerai.

— Content d'avoir fait votre connaissance, Princesse.

Elle pressa de sa jambe droite, fit claquer la cravache et Duchesse, sachant d'instinct qu'elle rentrait chez elle, se mit en route d'un pas décidé. Evi ne se retourna pas. Ce n'est que lorsqu'elle fut suffisamment éloignée pour être sûre qu'il ne la verrait pas, qu'elle ressortit furtivement la carte de sa poche.

Un homme dont elle venait tout juste de faire la connaissance avait insisté pour qu'elle l'appelle. Depuis combien de temps cela ne s'était-il pas produit ? Il l'avait prise dans ses bras. L'avait trouvée « ravissante ». Elle avait eu envie de lui rouler un patin en pleine rue. Elle regarda la carte.

Révérend Harry Laycock, licencié de théologie, pouvait-on lire. Pasteur de la communauté de paroisses de Goodshaw Bridge, Loveclough et Heptonclough. Les coordonnées figuraient au bas. Duchesse poursuivait son chemin et Evi remit la carte dans sa poche.

Il était pasteur.

Les mots lui manquaient.

11

Harry resta adossé au mur dix minutes, regardant la femme s'éloigner sur sa monture. Ce n'est que lorsque le cheval gris eut disparu dans un boqueteau avec sa cavalière qu'il fit demi-tour et repartit lentement vers l'église. Passant devant la nouvelle maison, il aperçut Alice Fletcher à la fenêtre de son salon, parlant au téléphone tout en surveillant Joe dans le jardin. Elle vit Harry et lui fit signe.

Il franchit le vieux portail en bois et trouva quelqu'un en train de l'attendre.

C'était une jeune femme, avec le visage gris, prématurément marqué, d'une grosse fumeuse ou buveuse. Elle portait un jean et un tee-shirt à manches longues délavé, ses cheveux étaient tirés en arrière en une queue de cheval bien serrée. Au-dessus de l'élastique, le châtain terne graisseux l'emportait, en dessous ça dépassait, fourchu, telle de la paille laissée trop longtemps au soleil.

— C'était le docteur Oliver, n'est-ce pas ? s'enquit-elle. Elle parlait de moi ?

Harry regarda la fille. Pas de maquillage. Des vêtements pas trop propres. Aurait-il donc raté les premières secondes de cette conversation ? Le moment où elle se présentait et disait qu'elle était ravie de faire la connaissance du nouveau pasteur ?

— En fait, elle n'a pas dit son nom, répondit-il au bout d'un moment. Mais maintenant que vous le dites, elle a bien mentionné qu'elle était médecin. Bonjour, je m'appelle Harry Laycock.

Il tendit la main, mais la fille n'esquissa pas le moindre geste pour la lui prendre.

— Qu'est-ce qu'elle a dit sur moi ? exigea-t-elle de savoir.

Il se passait quelque chose, là, qu'il n'arrivait pas à suivre. La femme sur le cheval avait prétendu que c'était la première fois qu'elle visitait la ville, non ? La première et la dernière.

— Pourquoi est-ce que vous souriez ? Qu'est-ce qu'elle vous a dit ?

Il devait se concentrer un instant. Cette fille avait un problème. C'était clair comme le nez au milieu de sa figure, qui ne respirait vraiment pas la santé.

— Elle n'a parlé de personne, protesta-t-il. Elle était tombée de son cheval et elle était en état de choc. Mais si elle est médecin…

— Elle est psychiatre.

— Psy… quoi ?

Impossible de dissimuler sa surprise. Cette femme ronchon, à cran, était une… Merde alors !

— Eh bien, elle n'en a pas fait mention, reprit-il, mais si elle est psychiatre, alors elle n'a pas le droit de parler de ses patients à quiconque, ce serait…

— Je ne suis pas une patiente. Je la vois de temps en temps, c'est tout.

— Ah bon.

Harry se surprit à hocher la tête, comme s'il comprenait parfaitement. Ce qui n'était pas le cas.

— C'est vous, le nouveau pasteur ?

Enfin, en territoire familier.

— Oui, répondit-il. Harry. Révérend Laycock si vous voulez être formelle, ce que les gens sont très rarement. Je pense que ça doit être les shorts. Et vous êtes ?....

— Alice vous a parlé de moi ?

— Alice ?

C'était lui, le problème ? Son cerveau venait-il de prendre congé pour la journée ?

— Alice Fletcher. De la nouvelle maison.

Enfin, ça faisait tilt.

— Vous êtes Gillian ?

La fille hocha la tête.

— Elle m'a parlé de vous, en effet. Je suis désolé pour votre fille.

Le visage de la jeune femme se contracta, rétrécit, ses lèvres fines disparurent presque.

— Merci, dit-elle, tandis que son regard quittait son visage et s'égarait quelque part au-dessus de son épaule gauche.

— Comment vous en sortez-vous ? demanda Harry.

Gillian inspira profondément et ses yeux s'agrandirent, se perdant momentanément dans le vague. Question idiote. Elle ne s'en sortait pas. Et elle allait lui demander pourquoi Dieu lui avait enlevé son enfant. Parmi tous les enfants du monde, pourquoi le sien ? D'une seconde à l'autre, maintenant.

— J'allais faire du thé, s'empressa-t-il d'ajouter. J'ai une bouilloire dans la sacristie. Vous en prendrez ?

Gillian le dévisagea une seconde, comme si le thé n'entrait pas dans son quotidien, puis elle hocha la tête. Il la conduisit dans les ruines de l'église de l'abbaye, puis le long de la voie pavée qui remontait vers St Barnabé, tâchant de se remémorer ce que lui avait confié Alice.

Gillian – Rogers, Roberts, il n'arrivait pas à se rappeler vraiment – avait perdu sa fille dans l'incendie d'une maison trois ans plus tôt. Elle passait ses journées à battre la campagne et à errer dans les vieilles rues de la ville, presque comme un fantôme vivant. Alice l'avait trouvée dans les ruines de l'abbaye et l'avait invitée à boire un café chez elle. C'était le genre de gentillesse, impulsive et pas franchement avisée, dont Alice était capable. Gillian avait accepté et elle était restée presque toute la matinée, répondant sans conviction aux tentatives de conversation d'Alice, regardant plutôt, et surtout, les enfants jouer.

Il faisait frais et humide dans l'église après ce soleil d'automne.

— C'est vous qui faites le ménage ? demanda Gillian tandis qu'elle remontait le bas-côté avec lui.

— Dieu merci, non, répondit Harry. Le diocèse a envoyé une équipe de nettoyage professionnelle. Ils viennent juste de terminer. Je ne fais que trier le contenu des placards, trouver où ont été rangées les choses, remettre le bâtiment en ordre. Alice et les enfants m'ont aidé.

Harry ouvrit la porte donnant dans la sacristie et invita Gillian à passer devant lui. Il faudrait qu'il fasse apporter des chaises, peut-être une petite table. La bouilloire était encore chaude, il venait de l'allumer quand il avait entendu le médecin hurler ses instructions au cheval. Le temps qu'il ait trouvé des sachets de thé et des mugs, l'eau avait bouilli. Il versa l'eau chaude, conscient de la présence de Gillian qui rôdait dans son dos, et ajouta du lait et du sucre sans demander si elle en prenait aussi. Elle avait clairement besoin des deux. Alice avait apporté un paquet géant de *digestives* au chocolat ce matin. Dieu la bénisse.

Il tendit une tasse à Gillian. Elle avança le bras pour la prendre mais sa petite main blanche tremblait violemment. La peau au-dessus de ses poignets était lacérée de cicatrices. Elle vit qu'il avait remarqué et son visage s'empourpra. Il ramena sa main et lui passa les biscuits, à la place.

— Allons nous asseoir, suggéra-t-il, avant de la précéder dans la nef.

Il prit place sur le premier banc des stalles du chœur. Elle vint le rejoindre et il se sentit enfin en mesure de lui remettre la boisson brûlante. Il sirota la sienne avec gratitude. Ça donnait soif, tout ça : de nettoyer les églises, voler au secours de psychiatres mal embouchées et de consoler des paroissiennes accablées de douleur. Si la journée continuait sur cette lancée, il allait se jeter sur le vin de messe avant le coucher du soleil.

— Je n'ai pas bu depuis huit jours, dit Gillian, et l'espace d'un instant, il ne sut plus vraiment…

Mais si, Alice avait mentionné que Gillian était allée consulter son médecin généraliste, que celle-ci l'avait adressée à un groupe de soutien pour alcooliques, à un psychiatre spécialisé dans les problèmes de famille. Qui devait être, évidemment, la dame dont il venait de faire la connaissance. Docteur Oliver.

— Bravo, commenta Harry.

— Je me sens mieux, dit Gillian. Vraiment. Le Dr Oliver m'a donné des cachets pour m'aider à dormir. Ça fait si longtemps que je n'ai réussi à dormir.

— Content de l'entendre, répliqua Harry.

Il restait assis, affichant son expression la plus patiente et attentive, attendant la suite.

— Avez-vous la foi, Gillian ? demanda-t-il, quand il se rendit compte qu'elle n'ajouterait rien.

Parfois, il était préférable d'en venir directement aux faits.

Elle le dévisagea comme si elle n'avait pas tout à fait…

— Vous voulez dire, est-ce que je crois en Dieu ? précisa-t-elle.

Il hocha la tête.

— Oui, c'est ce que je voulais dire. Perdre quelqu'un que l'on aime est très difficile. Même la foi la plus forte est mise à l'épreuve.

Sa main s'était remise à trembler. Elle allait s'ébouillanter avec son thé. Il tendit le bras, lui reprit le mug et le posa par terre.

— Quelqu'un est venu me voir, quand c'est arrivé, dit-elle. Un prêtre. Il a dit que Hayley était au ciel avec son père, qu'elle y était bien et que cela devrait me réconforter, mais comment peut-elle être bien sans moi ? Elle doit être toute seule. Elle n'a que deux ans et elle est toute seule. C'est ça que je n'arrive pas à piger. Elle doit se sentir si seule.

— Avez-vous déjà perdu d'autres membres de votre famille auparavant, Gillian ? Vos parents sont toujours en vie ?

Elle eut l'air perplexe.

— Mon père est mort quand j'étais petite. Dans un accident de voiture. Et j'avais une petite sœur, qui est morte il y a longtemps.

— Je suis désolé. Des grands-parents ? Il vous en reste ?

— Non, ils sont tous morts. Pourquoi…

Il se penchait en avant, s'était saisi de ses deux mains.

— Gillian, il y a une lecture qu'on fait souvent durant les services funèbres, peut-être l'avez-vous entendue. Elle a été écrite par un évêque voici une centaine d'années, et elle compare la mort d'un bien-aimé au fait de se tenir sur la grève, à regarder un magnifique voilier disparaître à l'horizon. Pouvez-vous vous le figurer une seconde, imaginer la mer bleue, un magnifique bateau sculpté, des voiles blanches ?

Gillian ferma les yeux. Elle hocha la tête.

— Le bateau devient de plus en plus petit, ensuite il disparaît à l'horizon. Quelqu'un se tient à vos côtés et dit : « Il est parti. »

Des larmes se formaient au coin des yeux clos de Gillian.

— Mais même si vous ne pouvez plus le voir, le bateau est toujours là, toujours solide, toujours aussi beau. Et au moment même où il disparaît à vos yeux, il apparaît sur d'autres rivages. D'autres personnes peuvent le voir.

Gillian ouvrit les yeux.

— Hayley est comme ce bateau, dit Harry. Elle a beau n'être plus visible pour vous, elle existe toujours, et là où elle est aujourd'hui, il y a des gens qui sont ravis de la voir : votre père, votre sœur, vos grands-parents. Ils prendront soin d'elle et ils l'aimeront, sans conditions, jusqu'à ce que vous puissiez la rejoindre.

Le cri de douleur de la fille lui fendit le cœur. Il resta sans bouger, regardant son corps frêle sangloter et ses larmes tomber sur ses mains. Pendant cinq, dix minutes peut-être, elle pleura, et il garda ses mains dans les siennes jusqu'à ce qu'il sente qu'elle s'écartait de lui. Il n'avait pas de Kleenex mais il y avait un rouleau d'essuie-tout quelque part dans la sacristie. Il y retourna prestement, le trouva à côté de l'évier et, revenant sur ses pas, le lui remit. Elle s'essuya la figure et tenta de lever vers lui un sourire. Ses yeux, baignés de larmes, étaient presque argentés. Ceux du Dr Oliver étaient bleus. D'un bleu profond, violet.

Dans la poche de son short, son portable se mit à sonner. Il aurait dû l'ignorer, laisser le répondeur prendre le message, rappeler plus tard. Mais il savait qui cherchait à le joindre.

— Excusez-moi, dit-il, en se levant. Je reviens dans une seconde.

Il s'éloigna de quelque pas dans l'allée et pressa la touche Répondre.

— Harry Laycock.

— Bérengère au bout du fil.

— Vous êtes bien rentrée, docteur Oliver ?

— Ah ça, c'est plutôt… flippant. Comment pouvez-vous savoir une chose pareille ?

Harry jeta un regard derrière lui dans l'allée, où Gillian gardait les yeux rivés au sol. Elle était trop proche, elle entendrait tout ce qu'il dirait.

— Comme mon patron, mes voies sont impénétrables, répondit-il.

Un instant de silence.

— Bon, eh bien, merci de votre aide, fit la voix du docteur Oliver. Mais Duchesse et moi sommes de retour et pas trop marquées par notre mésaventure.

— Ravi de l'entendre.

Gillian levait les yeux vers lui maintenant. Elle n'apprécierait pas l'interruption. Les affligés pouvaient être égoïstes. Le moment était mal choisi, Princesse.

— Faites attention à vous, maintenant, dit-il. Et saluez Duchesse de ma part.

— Je n'y manquerai pas. (La voix au bout du fil s'était éteinte.) Au revoir.

Elle avait raccroché. Et il devait retourner à Gillian. Laquelle n'était plus calmement assise à l'avant des stalles du chœur mais était debout, balayant les alentours d'un œil hagard avec une expression horrifiée. C'était comme si quelque chose avait tiré plus encore la peau de son visage, en faisant un masque. Elle venait vers lui à grands pas.

— Vous avez entendu ? demanda-t-elle d'une voix pressante. Vous avez entendu ça ?

— Moi ? Quoi ?

Il était au téléphone. Qu'était-il censé avoir entendu ?

— Cette voix, qui appelait « Maman !... », vous l'avez entendue ?

Harry regarda tout autour de lui, à la fois étonné et un peu alarmé par le changement de comportement de Gillian.

— J'ai entendu quelque chose, je pense, mais je disais au revoir.

Il montra le téléphone.

— Quoi ? Qu'avez-vous entendu ?

— Eh bien, un enfant, me suis-je dit. Un enfant dehors.

Elle lui agrippa le bras, serrant ses doigts sur sa peau nue.

— Non, c'était dedans. Ça venait de l'intérieur de l'église.

— Il n'y a personne d'autre que nous, dit-il lentement. Ces vieux bâtiments peuvent être trompeurs. Ça résonne parfois d'une drôle de façon.

Gillian s'était vivement détournée de lui et se précipitait le long de l'allée. Parvenue aux stalles du chœur, elle se mit à les inspecter, jetant un œil sous un banc, puis sous l'autre.

Mais qu'est-ce que... ?

Elle traversait l'église, traînait le tabouret de l'orgue, retournait à l'autel, soulevait la nappe. Il était presque à sa hauteur quand elle sembla abandonner.

Elle émit un sanglot et faillit tomber sur le sol dallé. Puis elle se dressa de toute sa hauteur et ouvrit la bouche.

— Hayley ! cria-t-elle.

Harry s'arrêta. Il avait entendu des voix dans cette église, lui aussi. Et des gens qu'il ne pouvait voir, se déplaçant à l'intérieur. Pourquoi ressentait-il ce besoin impérieux de regarder derrière lui ?

Il fit demi-tour. Il n'y avait pas une âme en vue dans l'église si ce n'est Gillian et lui-même.

— Je vais vous ramener chez vous, dit-il. Vous avez sans doute besoin de vous reposer.

Si elle lui donnait le nom de son généraliste, il pourrait appeler ce dernier, expliquer ce qui se passait, voir s'il pouvait lui procurer une aide immédiate. Lui-même pourrait tenter de l'appeler le lendemain une fois les messes du matin célébrées. Quand il parvint à sa hauteur, elle l'empoigna.

— Vous l'avez entendue, vous avez entendu Hayley.

Elle le suppliait presque, l'implorait de lui dire qu'elle ne devenait pas folle.

— J'ai certes entendu un enfant, concéda-t-il, même si, en toute honnêteté, il n'en était pas si sûr.

Il avait prêté l'oreille à un changement d'inflexion dans la voix d'une femme au téléphone en se demandant ce qu'il pouvait bien signifier.

— Il est possible que j'aie entendu cet enfant dire « Maman », mais, vous savez, les petits Fletcher ont joué autour de l'église une grande partie de l'après-midi. Il se peut fort bien que ce soit Millie que nous ayons entendu.

Gillian le regardait fixement.

— Venez, dit-il. Allons prendre l'air, je vous raccompagne chez vous.

Marmonnant en lui-même une prière pour que les enfants Fletcher, y compris la plus jeune, se trouvent dehors, Harry fit franchir la porte à Gillian et la mena au grand jour. Ils avaient parcouru la moitié de l'allée quand une flèche d'enfant fendit l'air à côté d'eux. Gillian sursauta. Harry se tourna vers le jardin des Fletcher, sur sa droite, et se retrouva plongé dans les yeux bleus de Joe Fletcher. À quelques mètres de là, Tom shootait dans un ballon contre le mur de la maison. Leur sœur était assise à même la terre, creusant dans le sol.

— Raté, dit Harry, souriant à Joe.

La tête de Joe pivota brusquement pour voir si sa mère avait remarqué. Elle pendait du linge et ne se retourna pas.

— Désolé, articula-t-il.

Harry lui adressa un clin d'œil.

— Souris, dit Millie, le regard fixé sur quelque chose à trente ou cinquante centimètres de là.

Ses yeux brillèrent et elle avança un bras potelé.

— Millie, non, c'est un rat ! lança Harry.

Du coin de l'œil, il vit Alice faire volte-face et lâcher ce qu'elle tenait.

Tom cessa de shooter tandis que Harry franchissait le mur d'un bond et atterrissait dans la terre meuble du jardin des Fletcher.

— Parti, constata Joe.

Le rat filait vers le mur. Son épaisse queue grise hésita un instant dans l'interstice entre deux pierres avant de disparaître. Harry releva les yeux vers l'église. Gillian avait disparu, elle aussi.

12

21 septembre

Au début, les murmures faisaient partie de son rêve. Et puis ce ne fut plus le cas. Tom ne savait pas du tout quand cela avait changé, quand il était passé du rêve à la réalité, mais un instant, il était profondément endormi et celui d'après, il était réveillé et le rêve le quittait. Il se dit que c'était peut-être les arbres, et que quelque chose dans les arbres l'observait. Peut-être était-ce l'église. En tout cas, ça chuchotait très nettement. Il en était absolument certain. Parce qu'il l'entendait toujours.

Il s'assit. Les chiffres lumineux du réveil posé sur le bureau lui apprirent qu'il était 2 h 53. Ses parents n'étaient jamais levés à une heure pareille. Ils devaient dormir profondément, dans la maison fermée à clé pour la nuit.

Alors qui chuchotait ?

Se penchant par-dessus bord, il passa la tête dans le vide au-dessus de la couchette de Joe. Son frère avait sa propre chambre, juste à côté. Il y gardait tous ses jouets et s'amusait beaucoup dedans, mais n'y dormait jamais. Chaque soir, il grimpait dans le lit superposé, sous la couchette de Tom.

— Joe, t'es réveillé ?

Alors même qu'il ouvrait la bouche, il constata que le lit inférieur était vide. La couette était repoussée et il y avait un creux dans l'oreiller, là où s'était trouvée la tête de Joe.

Tom ramena ses pieds sur le côté et se laissa tomber sur le tapis. Tout semblait calme sur le palier, plongé dans le noir. Trois portes étaient entrebâillées – celles donnant dans la salle de bain, dans la chambre de Millie et dans celle de ses parents –, mais, derrière chacune, il n'y avait que l'obscurité. Alors qu'il approchait du sommet des marches, un courant d'air frais balaya la maison ; la porte d'entrée était grande ouverte.

Quelqu'un était-il entré ? Ou sorti ?

La marche du haut grinça horriblement. Espérant à moitié que ses parents se réveilleraient et l'entendraient, Tom descendit une autre marche, puis une autre encore.

Qui chuchotait donc ? Où était passé Joe ?

Alors qu'il atteignait la dernière marche, le vent s'engouffra sous son nez dans la maison. Les minuscules poils de ses bras se hérissèrent, lui donnant la chair de poule. Puis le vent cessa et l'air redevint doux, presque chaud. Nul besoin de frissonner, vraiment, sauf qu'il ne pouvait pas s'en empêcher.

Il savait qu'il ferait mieux de réveiller sa mère et son père. Joe sortant au beau milieu de la nuit, c'était trop grave pour qu'il gère ça tout seul. Mais en dehors des fois où lui et Joe s'attiraient ensemble des ennuis, les torts n'étaient jamais partagés à 50-50. Il en revenait toujours au minimum 90 % à Tom, et les faits réels voyaient rarement le jour. S'il réveillait ses parents maintenant, il savait exactement qui se retrouverait dans la… hum à l'instant même où l'on retrouverait Joe et qu'on le ramènerait chez lui.

Tom allait le tuer ce coup-ci, vraiment.

Il prit pied dehors et, un moment, oublia qu'il était furieux, oublia qu'il commençait franchement à avoir peur. Alors, c'était donc à ça que ça ressemblait, la nuit : doux, parfumé, étrangement chaud, un endroit d'où toute couleur avait disparu, pour ne laisser que du noir, de l'argent et des rayons de lune à la place. Il fit un pas à découvert.

Et rebelote : il fut aussitôt envahi par cette impression qui lui venait chaque fois qu'il s'éloignait de la maison, ces temps-ci. Parfois même à l'intérieur de la maison, surtout quand la nuit tombait dehors, ça pouvait l'assaillir sournoisement. Certains jours, il ne lui était tout simplement pas possible de fermer les rideaux assez vite le soir.

Quelqu'un l'observait à présent, il le savait, tout proche. Il pouvait presque entendre respirer, il ne lui restait plus qu'à espérer que c'était son frère. Tom tourna lentement la tête en direction de l'angle de la maison.

Deux grands yeux dans un visage pâle, mou, le dévisageaient. L'instant d'après, ils avaient disparu.

Tom courut chez lui. Dans la sécurité relative du pas de la porte, il s'arrêta et se retourna.

Une fille, d'environ son âge si l'on se fiait à la taille, escaladait le mur qui séparait le jardin des Fletcher des terres consacrées. Elle grimpait vite, comme si elle l'avait fait de nombreuses fois, tandis que ses longs cheveux traînaient derrière elle et que ses amples vêtements flottaient dans la brise. Comme Tom, elle était pieds nus, mais ses pieds ne ressemblaient nullement aux siens. Même à cette distance, ils semblaient énormes comparés au reste de sa personne. Tout comme ses mains.

C'est là que Tom aperçut autre chose à l'angle de la maison, à l'endroit même où la fille avait fait son apparition. Il s'apprêtait à se ruer dans la maison quand il se rendit compte que c'était Joe, dans sa robe de chambre Spiderman rouge et bleue.

— Qu'est-ce que tu fous ? siffla-t-il tandis que Joe s'amenait à petites foulées, peinard. Rentre immédiatement ou je vais chercher papa.

Relevant un œil furtif vers le mur de l'église, il constata que la fille était partie. Vraiment partie, ou se cachait-elle, simplement ? Parce que c'est ça qu'elle faisait : elle se cachait et elle épiait.

— On n'a rien à faire là, Tom, marmonna Joe.

— Je sais bien que non, rétorqua Tom. Alors rentrons avant que maman et papa se réveillent.

Joe leva la tête. Ses yeux semblaient immenses dans son visage pâle.

— Non vraiment, dit-il, tandis que son regard s'égarait vers le mur. On n'a rien à faire là, répéta-t-il. L'endroit n'est pas sûr.

13

22 septembre

Millie, la petite fille aux cheveux couleur de sucre filé, était dans le jardin. Elle portait des vêtements qui lui venaient de ses frères, un bas de survêtement bleu marine et un sweat-shirt bleu et blanc. Assise à même la terre, elle était couverte de boue. La couche, dépassant du haut de son pantalon, lui faisait un derrière énorme.

— Millie !…

La voix de sa mère, dans la maison. Elle parut sur le seuil, une jatte en plastique dans une main, l'autre sur la hanche, excédée.

— Tu ne peux pas faire attention ? lança-t-elle.

Millie lui répondit par un grand sourire. Elle tenta de se mettre debout, y parvint à moitié et retomba sur son postérieur.

— Ne bouge pas, mon chou, j'en ai pour une minute, cria la mère de Millie. Je vais te chercher des vêtements. Après on ira chercher les garçons. À tout de suite !

Elle s'éclipsa de nouveau dans la maison et l'enfant ouvrit la bouche pour pleurnicher. Puis pivota brusquement la tête dans la direction opposée. Elle avait entendu quelque chose.

Millie se mit debout et s'aventura sur le terrain inégal, vers le mur qui bordait la propriété. Elle s'arrêta quand elle ne fut plus qu'à quelques dizaines de centimètres et leva les yeux. Un if, peut-être bien vieux de plusieurs centaines d'années, poussait dans le cimetière, si près du mur qu'il en faisait presque partie. Millie regarda en l'air.

— 'zour, dit-elle. 'zour, Ebba.

14

24 septembre

Elle était plus grande que dans son souvenir, mais tout aussi mince. Elle avait une bride et des rênes jetées autour de ses épaules quand elle sortit du box. Elle glissa son bras droit sous la selle qui pendait, sur un grand crochet, puis s'éloigna dans la cour. Elle traversait lentement, gauchement, le terrain bitumé, tout en étreignant, de son bras gauche, une robuste canne en métal et plastique.

Harry resta sans bouger, à moitié caché par les branches basses d'un immense noyer, à l'observer qui boitait vers la sellerie. Elle poussa la porte de son épaule et, plutôt maladroitement, disparut à l'intérieur.

Était-ce vraiment une bonne idée ? Cela faisait des mois qu'il n'avait proposé à une femme de sortir. Et pourquoi diable avait-il jeté son dévolu sur une dont il ne savait absolument rien ?

Si ce n'est qu'il savait bien une ou deux choses, pas vrai ? Comme le fait que le nerf sciatique est le nerf le plus long et le plus large du corps, qui commence au bas du dos et descend le long de la fesse et de la jambe, qu'il innerve la peau de la jambe et aussi les muscles de l'arrière de la cuisse, de la partie inférieure de la jambe et du pied. Le jour où il avait fait la connaissance du docteur Oliver – qui se prénommait Evi, il ne l'ignorait plus –, il s'était assis à son ordinateur après le dîner pour faire des recherches. Dix minutes plus tard, il avait eu le sentiment de se mêler de ce qui ne le regardait pas.

La porte de la sellerie s'ouvrait, elle ressortait. Délestée de son attirail, elle se déplaçait plus aisément, mais toujours avec une claudication prononcée, chaloupée.

Elle le vit avant qu'il ait une chance de faire un geste et s'arrêta net. Bon, ou mauvais ? Puis elle leva les bras pour détacher et ôter sa bombe. Bon ? Elle continua dans sa direction : ce tic sur sa figure pouvait être un sourire, comme une grimace d'embarras. Difficile d'être sûr et pas le temps d'en décider parce qu'elle n'était plus qu'à quelques mètres et qu'il fallait vraiment qu'il dise…

— Bonjour.

Elle l'avait battu sur ce coup. *Bonjour*, ça allait, non ? Mieux que *Qu'est-ce que vous fichez ici ?*

— Salut. Belle balade ?

Belle balade ! Était-ce bien tout ce dont il était capable ?

— Tonifiante, merci. Que faites-vous ici ?

Il sortit sa main droite de sa poche. Dix secondes de conversation et il passait déjà au plan B.

— C'est à vous ? demanda-t-il.

Le minuscule bracelet d'argent aux pierres bleues accrocha la lumière. Elle n'esquissa pas le moindre geste pour le prendre.

— Nan, répondit-elle, secouant la tête.

Les cheveux autour de ses tempes étaient trempés de sueur, plaqués contre son crâne par la pression de la bombe. Elle y porta la main, avant de la faire retomber. Son teint était rose : cinq jours auparavant, le choc l'avait rendu pâle.

— Vous l'avez trouvé sur la route ?

— Non. Je l'ai acheté au marché de Rawtenstall il y a deux jours, confessa-t-il.

Ah ça, c'était assez risqué mais serait peut-être payant. Le tic autour de sa bouche s'était élargi, s'étirait peut-être même bien en une ébauche de sourire.

— C'était un peu irréfléchi, dit-elle. Je ne crois pas que ce soit votre couleur.

— Vous avez raison, le jaune pâle me va mieux, mais il me fallait une excuse.

Oui, un sourire, très nettement.

— Pour quoi faire ?

— Je m'inquiétais pour Duchesse.

— Duchesse ?

Lèvres pincées à nouveau. Sourcils haussés. L'œil toujours rieur.

— Oui, comment va-t-elle ?

Il se tourna vers le box où se tenait la grande jument grise, en train de les observer, et il fit trois pas vers elle.

— C'est bien elle, n'est-ce pas ?

Elle le suivait. Il entendait le cliquetis de la canne sur le bitume.

— C'est bien Duchesse, confirma-t-elle. Son aventure du week-end ne lui a pas fait trop de mal. Aventure dont je n'ai parlé à personne ici, soit dit en passant.

— Motus et bouche cousue. Un Polo mint, ça lui dirait ?

Elle était à ses côtés à présent, à quelques centimètres seulement.

— Elle vous croquera la main.

Harry tâta sa poche à nouveau et sortit le fin tube vert qu'il avait également acheté au marché. Dans son box, Duchesse hennit doucement. Deux box plus loin, un cheval se mit à donner des coups de sabots dans la porte.

— Trop tard, dit Evi. Les chevaux sentent les Polo mint au travers du papier. Et ils reconnaissent l'emballage.

— Au moins, y en a qui sont contents de me voir, rétorqua Harry, déballant le tube et offrant le plat de sa main à Duchesse.

Une fraction de seconde plus tard, le bonbon avait été remplacé par une bonne dose de bave de cheval. Allons bon, qu'était-il censé faire de ça, au juste ? L'essuyer sur son jean n'allait pas faire bon effet.

— Il faut que je m'assoie, dit Evi. Je peux ?

— Évidemment, répondit-il en agitant les doigts pour les sécher. Vous avez besoin d'aide ?

— Non, dit-elle. C'est juste que je n'arrive pas à rester longtemps debout.

Elle déplaça sa canne et s'éloigna dans la cour, regagnant le noyer, sous lequel se trouvaient éparpillées quelques chaises en plastique. Harry était sur ses talons et maintint le dossier d'une chaise pendant qu'elle se laissait choir dedans. Il tira une seconde chaise et s'installa à côté d'elle. La bave de Duchesse sur sa main commençait à sécher.

Dans le manège devant eux, un cavalier dressait un jeune cheval, de la même couleur que Duchesse mais bien plus fin. La carrière était entourée d'une haie de hêtres et les feuilles commençaient déjà à virer au brun doré des pièces récemment frappées.

— Très belle soirée, dit Harry, regardant le soleil déclinant se réverbérer sur la haie de hêtres et projeter des reflets dorés sur la robe du cheval. On aurait dit qu'il portait une cotte de mailles.

— Comment saviez-vous que j'étais ici ? demanda Evi.

— Je suis venu chaque soir au cas où, répondit Harry.

Le cheval semblait presque trotter sur place, la tête baissée de sorte qu'il avait le nez pointé vers le sol. De l'écume s'accumulait autour de sa bouche.

— C'est un pur-sang ?

— C'est un cheval irlandais. Magnifique, mais bien trop jeune et ombrageux pour que j'aie la moindre chance de l'approcher. Et plus sérieusement ?

C'est lui qu'elle regardait à présent, et non plus le magnifique jeune cheval. Ses yeux étaient aussi bleus que dans son souvenir.

— Sérieusement, dit-il, j'ai appelé la pension lundi et j'ai demandé à parler au docteur Oliver. J'ai insisté sur le fait que c'était un lundi soir que vous étiez venue. J'ai mentionné Duchesse, demandé comment se remettait son pied blessé, et dit qu'il importait vraiment que je vous parle, étaient-ils bien sûrs que vous n'étiez pas là parce que j'étais certain que vous aviez dit lundi. Après quelques minutes du genre, ils ont fini par vérifier dans leur planning et m'ont appris que docteur Oliver, également connue sous le nom d'Evi, montait le jeudi, le samedi et parfois le dimanche.

Evi se retourna vers le manège. Son profil était absolument parfait. Un front juste de la bonne longueur, un petit nez, droit, des lèvres pleines, un menton rebondi.

— Voilà un comportement très retors pour un homme de Dieu, non ?

Harry se mit à rire.

— Manifestement, vous n'avez jamais entendu parler des jésuites. Est-ce qu'il serait inopportun de vous proposer d'aller boire un verre un de ces quatre ?

À l'évidence, oui, parce qu'elle ne souriait plus.

— Désolé, dit-il. Si vous avez un mari ou un petit ami de longue date ou que vous ne pouvez tout simplement pas supporter les rouquins, alors je suis évidemment complètement à côté de la plaque et je… enfin, peut-être que Duchesse sera libre vendredi soir. Je vais aller voir.

Il fit mine de se lever. Il s'était totalement mépris sur la situation et il devait maintenant faire une sortie aussi digne que possible.

Elle posa une main sur son bras.

— Je prends des antidouleurs extrêmement forts. En permanence. Je ne suis pas censée boire de l'alcool.

Allez savoir pourquoi, cela ne ressemblait pas à un refus catégorique.

— Eh bien, voilà qui me convient parce que je suis un homme d'Église, dit-il, en se rasseyant. Vu que nous ne sommes pas autorisés à nous soûler tous les soirs, ça pourrait coller. Ils repassent les films de Christopher Lee à Rawtenstall. Vous aimez les films d'horreur ?

— Pas vraiment.

La main abandonna son bras, mais ce sourire était de retour, sûr.

Il secoua la tête.

— Moi non plus. J'ai trop facilement peur. Que pensez-vous des comédies romantiques ?

— Je commence à me dire que je suis peut-être en plein dedans. Les pasteurs ne sont-ils pas censés être célibataires ?

— Les prêtres catholiques, oui, dit-il, parvenant à garder son sérieux. Le sexe est parfaitement permis dans l'Église anglicane, poursuivit-il, tandis qu'elle se détournait de lui et qu'il pouvait voir la peau de son cou commencer à rougir. Les directives recommandent qu'on sorte deux ou trois fois la dame d'abord. Vous savez, au cinéma, ou pour avaler une pizza, mais j'imagine que je pourrais toujours m'arranger.

Elle était d'un rose vif à présent et regardait droit devant elle comme si le cheval gris dans la carrière s'apprêtait à faire quelque chose de spectaculaire.

— Bouclez-la, rétorqua-t-elle sèchement.

— Eh bien, volontiers, mais vous n'avez pas encore dit oui et c'est difficile à faire en langage des signes.

Elle le regardait de nouveau, s'efforçant de garder son sérieux, sans tout à fait y parvenir.

— Je vous ai traité d'enfoiré l'autre jour, dit-elle.

— Très perspicace. Une qualité que j'apprécie chez une femme.

Elle laissa tomber sa tête et le regarda de biais. C'était un geste étonnamment puéril pour une femme qui devait aborder la trentaine.

— Désolée d'avoir été vache, dit-elle. Mais j'étais sur le dos au beau milieu de la route, en vrac, et…

— Ça vous allait pas mal – désolé, ce n'est pas tout à fait ce que je voulais dire –, je vais la boucler. Peut-être que je ferais mieux d'inviter Duchesse.

— Je pense qu'ils vous excommunieront pour ça.

— Non, ça aussi, c'est permis. C'est plus courant que vous ne l'imaginez.

Elle se mit à rire, une hilarité douce, presque inaudible qui secoua ses épaules et fit rebondir ses seins sous sa chemise. Il la dévisageait de nouveau. Il s'adossa à sa chaise et leva les yeux au ciel. Un petit vol d'étourneaux traversait le ciel. D'un même élan, les oiseaux changèrent de direction et, l'espace d'un instant, formèrent ce qui ressemblait presque à un cœur dans les airs avant de virer de nouveau pour s'éloigner d'eux.

— Je ne fréquente pas l'église, dit-elle au bout d'un moment.

Harry haussa les épaules.

— Nul n'est parfait.

— Je suis sérieuse. (Et elle l'était : elle avait cessé de sourire.) Je ne crois vraiment pas en Dieu, poursuivit-elle. Est-ce que ça ne va pas poser un problème ? Pendant qu'on regarde cette comédie romantique ou qu'on mange cette pizza, ou je ne sais quoi ?

— Je vais faire un deal avec vous, Evi, dit-il, sachant, en vérité, que le marché était quasi passé et que tout ce qui lui restait à faire était de le conclure.

— Encore un ?

— Le premier s'est bien passé. Je vous ai remise en selle et vous m'adressez encore la parole. Donc le nouveau deal est : je ne tenterai pas de vous convertir. Vous, vous ne tenterez pas de faire mon analyse.

— Comment avez-vous su ? Comment connaissiez-vous mon nom et saviez-vous ce que je fais ?

Harry indiqua le ciel. Les étourneaux étaient toujours là, planant au-dessus de leurs têtes, comme s'ils n'ignoraient rien de ce qui se passait au sol et qu'ils traînaient dans le coin pour voir comment ça allait se terminer.

— Le grand manitou, là-haut, en numérotation abrégée, dit-il. Que diriez-vous de vendredi ?

Elle ne fit même pas mine d'y réfléchir.

— OK, ce serait… merde, je veux dire : désolée, il faut que je travaille. Je vois une famille à Oldham, chez eux. Je rentrerai tard.

— Eh bien, samedi dans ce cas – oh non, désolé, je veux dire : merde – j'ai ce truc à l'église. Heptonclough – où nous nous sommes rencontrés, vous vous rappelez ? –, ils organisent leur raout annuel de la moisson. Vous voyez le genre, fauche rituelle du regain, danses nues au coucher du soleil suivi d'un banquet de moisson dans l'une des grosses demeures.

— Ça fait rêver.

— Euh… oui. Ils m'ont demandé de lire une prière traditionnelle pendant la récolte et de dire le bénédicité au dîner. On m'a proposé de venir avec quelqu'un, mais peut-être…

Harry s'interrompit. Amener une petite amie pour sa première cérémonie publique ? Était-ce vraiment une bonne idée ?

— À mon avis, ça pourrait être marrant, dit Evi. Et j'aurais ainsi l'occasion de vous voir à l'œuvre.

Harry se rendit compte qu'il ne voulait vraiment pas que son premier rendez-vous avec Evi puisse mal tourner. Il indiqua sa tenue.

— Je porterai… vous savez : le grand tralala – le collier de chien, la soutane, tout ça. En tout cas, au moins jusqu'à la fin des trucs protocolaires.

— J'ai hâte de voir ça.

Les étourneaux commençaient à s'éloigner, revenant dans leur direction toutes les deux secondes, comme pour vérifier que tout se passait toujours bien. Et tout se passait bien. Sauf qu'il venait peut-être de tout gâcher.

— Et voilà, tout de suite, vous avez l'esprit mal tourné, dit-il.

— Dit l'homme qui veut sortir avec mon cheval.

— Bon, samedi, alors. Puis-je vous raccompagner jusqu'à votre voiture ?

Elle se leva.

— Merci, dit-elle. Elle est à côté du machin bleu tape-à-l'œil, là, tout plein de chromes.

15

25 septembre

— Vous avez l'air bien mieux, Gillian, dit Evi. J'aurais presque eu du mal à vous reconnaître.

— Merci. Je me sens mieux, en effet.

Les cheveux de Gillian avaient été récemment lavés, ses vêtements semblaient plus propres. Il y avait même un soupçon de maquillage autour de ces yeux étranges, d'un gris argenté. Il était possible, ce matin, d'entrevoir la jolie fille qu'elle avait été avant que sa vie ne se brise.

— Et vous suivez toujours bien le traitement ? s'enquit Evi.

Gillian hocha la tête.

— C'est fou, la différence que ça fait, constata-t-elle. (Puis son visage s'assombrit.) J'ai parlé à ma mère de ce que vous m'aviez donné, et elle a dit que j'étais devenue accro. Que je serais obligée de prendre des cachets pour le restant de ma vie.

Les proches bien intentionnés aux idées arrêtées ne rendaient pas toujours service.

— Ne vous inquiétez pas de ça, dit Evi, secouant la tête. Il y a toujours un risque d'accoutumance, mais c'est un risque contre lequel nous prenons grand soin de nous prémunir. Les médicaments que je vous ai prescrits sont une mesure temporaire. Je ferai en sorte de vous en sevrer peu à peu, une fois que nous penserons l'une et l'autre que vous pouvez vous en sortir sans. Que pensez-vous des réunions des AA ?

Nouveau hochement de tête.

— Ils sont sympas. Des gens gentils. Je n'ai pas bu un verre depuis quatorze jours.

— Formidable, Gillian, bravo.

Étonnant, la différence chez cette fille. Quatre semaines plus tôt, Gillian pouvait à peine aligner trois mots.

— Pouvons-nous parler de ce que vous avez fait cette semaine ? suggéra Evi. Vous mangez ?

— J'essaie, mais… c'est drôle, Pete n'arrêtait pas de se moquer de moi parce que je prenais du poids. Aujourd'hui, je ne remplis même pas une taille zéro et sa nouvelle copine grossit de jour en jour.

Elle reprenait conscience de sa taille. Utilisait un terme de mannequinat – taille zéro – et en éprouvait une joie secrète.

— Vous êtes toujours en contact avec Pete ?

Le sujet de l'ex-mari de Gillian était brièvement venu sur le tapis dans deux de leurs précédents rendez-vous. Les deux fois, Gillian l'avait évoqué à contrecœur et Evi n'avait pu s'empêcher de penser qu'il y avait pas mal de colère refoulée retardant sa guérison. À l'instant, à la seule évocation du nom de son mari, les lèvres de Gillian avaient quasiment disparu et un petit muscle sous son œil gauche s'était mis à palpiter.

— Vous lui en voulez ? s'enquit Evi, comme Gillian ne manifestait aucune intention de répondre. De vous avoir quittée en plein deuil ?

Gillian plissa les yeux.

— Il avait une liaison, dit-elle, portant son regard sur la fenêtre derrière Evi. Avant l'incendie. Il la voyait déjà, la femme avec qui il est aujourd'hui.

Elle s'était doutée qu'il y avait quelque chose.

— Je suis désolée, je ne savais pas. Comment vous en êtes-vous rendu compte ?

Gillian baissa les yeux sur le tapis.

— Quelqu'un me l'a dit. Une amie. Elle les avait vus au pub ensemble. Mais je le savais, de toute façon. On le devine toujours, non ?

— Mais vous étiez sortis ensemble, le soir de l'incendie. Peut-être que ça n'était pas trop sérieux, cette histoire avec…

— On n'était pas ensemble, coupa Gillian. Il était avec elle. Il m'avait laissée toute seule avec Hayley. Une fois de plus. Du coup j'ai téléphoné à Barry Robinson et je lui ai demandé de venir garder la petite. Ensuite j'ai pris le bus pour aller en ville. J'espionnais mon mari infidèle pendant que mon bébé brûlait vif.

Voilà qui expliquait certainement beaucoup de choses. Pas étonnant que la fille se sente coupable. Et encore moins que son mari soit parti. Ils auraient à peine pu se regarder l'un l'autre sans se sentir écrasés par la culpabilité.

— Vous ressentez toujours quelque chose pour Pete ?

— C'est un coureur et un salaud, dit Gillian. Mon beau-père était pareil. Ils le sont presque tous. Toujours partants, et peu importe avec qui.

Des sonnettes d'alarme retentissaient dans la tête d'Evi.

— Vous ne vous entendiez pas avec votre beau-père ?

Le beau-père de Gillian avait trompé sa femme ? Avec qui ?

Gillian gardait toujours le regard rivé au sol. Ses lèvres s'étaient pincées. Elle avait l'air d'une adolescente qui va avoir des ennuis parce qu'elle est restée dehors trop tard.

— Vous en voulez à Pete pour la mort de Hayley ? retenta Evi, quand elle se rendit compte que Gillian ne parlerait pas de son beau-père.

Pas de réponse.

— Lui en voulez-vous parce qu'il n'aurait peut-être pas pleuré votre fille autant que vous ?

Enfin, Gillian releva la tête.

— La mort de Hayley a anéanti Pete, dit-elle. Il l'adorait. Après, il ne pouvait pas se résoudre à me regarder parce que je la lui rappelais.

— Le deuil brise souvent les mariages, commenta Evi. Parfois la douleur est tellement intense que le seul moyen pour les gens de passer à autre chose est de faire une rupture franche.

— Pensez-vous que je rencontrerai quelqu'un d'autre un jour ? demanda Gillian au bout d'un moment.

— Vous voulez dire, un homme ? Un petit ami ?

— Oui. Est-il possible, à votre avis, de trouver quelqu'un pour lequel je ressentirais quelque chose ? Qui pourrait… vous voyez… veiller sur moi ?

Avait-elle déjà rencontré quelqu'un ? Voilà qui pourrait expliquer les cheveux lavés et les vêtements propres, l'intérêt qu'elle manifestait pour l'avenir. Quelqu'un aux réunions des alcooliques anonymes ?

— Je pense que c'est tout à fait probable, dit Evi. Vous êtes encore jeune et vous êtes très jolie. Mais les relations requièrent beaucoup d'énergie émotionnelle. Nous devons d'abord vous rendre forte, à nouveau.

— Je chercherai quelqu'un de différent de Pete, la prochaine fois, dit Gillian. Peut-être quelqu'un de plus âgé. Je ne me soucierai pas trop de savoir de quoi il a l'air. Tant qu'il sera gentil.

Cette fille ne cherchait pas : elle pensait l'avoir déjà trouvé.

— La gentillesse est une bonne qualité chez un homme, dit Evi. Comment trouvez-vous les gens aux réunions des AA ?

— Ça va. Il est trop tôt, vous croyez, pour que j'aie rencontré quelqu'un ?

— Avez-vous rencontré quelqu'un ?

De fait, la fille rougissait.

— Non, dit-elle. Peut-être. Vous me croiriez folle si je vous le disais.

— Pourquoi vous trouverais-je folle ?

— Ben, c'est que… c'est tellement pas mon genre. C'est juste qu'il est vraiment gentil. Et puis, le lendemain, il est venu me voir. Il est resté presque deux heures, rien qu'à bavarder. C'était comme… si le courant passait entre nous, vous voyez ce que je veux dire ?

Evi commençait à sourire, elle aussi, en dépit de ses réserves.

— Oui, dit-elle, je sais quel effet ça fait.

Les manuels s'accorderaient tous à dire que la jeune femme n'était pas prête pour une nouvelle relation mais, bon, parfois, on ne pouvait faire autrement que de suivre le mouvement. Et Evi était bien placée pour savoir la différence que pouvait faire une rencontre. Comment la nuit dans laquelle se trouvait plongé l'avenir d'une femme pouvait soudain laisser filtrer un rai de lumière.

— M'enfin, Seigneur, je veux dire, un prêtre ! Ça ne me ressemble tellement pas.

— Un quoi ?

— Un pasteur. Vous le croyez, vous ? Il faudrait que j'arrête de jurer, déjà. Et église toutes les semaines. Je ne suis pas sûre que je pourrais encaisser.

Le sourire d'Evi commençait à devenir douloureux. Elle laissa les muscles autour de sa bouche se détendre et s'appliqua à conserver son expression intéressée et amicale.

— Vous avez fait la connaissance d'un pasteur ?

— Je sais, je sais. Mais c'est juste qu'il dégageait je sais pas quoi… Et puis il est jeune, il s'habille normalement et, d'ailleurs, je pense que vous le connaissez peut-être, je vous ai vue…

Gillian continuait de jacasser et Evi n'écoutait plus. Ah ça, certes, l'homme dégageait quelque chose !

— Nous allons devoir nous arrêter, maintenant, Gillian, dit-elle, même s'il restait encore quatre minutes à l'horloge. Je suis ravie de voir que vous vous portez si bien.

Gillian quitta la pièce le sourire aux lèvres. Quelques semaines auparavant, sa vie était en miettes. À présent, elle souriait. Evi décrocha le téléphone. Était-il possible que ?… Pas à première vue. Elle composa un numéro et remercia le Dieu auquel elle ne croyait pas lorsqu'elle tomba sur le répondeur de Harry.

16

26 septembre

Aah-lay-oh !

Le cri se répercutait dans la rue, de plus en plus proche. Une voix d'homme, sonore et puissante. Une seconde plus tard, de nombreuses voix lui répondaient.

Aah-lay-oh, aah-lay-oh, aah-lay-oh !

Silence. Joe regarda son frère, les yeux ronds comme des soucoupes. Tom eut un petit haussement d'épaules et tenta de faire comme si la chose n'avait rien de neuf pour lui.

Aah-lay-oh ! Une voix, à nouveau, venant d'on ne sait où, plus bas sur la colline. Deux temps de silence, puis le cri s'éleva de nouveau. Aah-lay-oh, aah-lay-oh, plus fort et plus vite cette fois comme un roulement de tambour. On aurait dit qu'une centaine d'hommes se trouvaient à deux pas de là.

Et là, au moment précis où Tom se disait qu'il n'était pas possible de crier plus fort, tout s'arrêta. Une seconde de paix s'établit, après quoi retentit un fracas métallique du tonnerre, contre de la pierre. Et un autre crissement, un autre encore. Screech ! Screech ! Des pas remontaient la pente. Tom se rapprocha légèrement de son papa, rien qu'un tout petit pas, trop petit pour que quiconque le remarque.

Les Fletcher étaient rassemblés dans l'allée et il était 19 heures. L'heure était venue de se coucher pour Joe et Millie, et bientôt pour Tom, mais ce soir on célébrait la Décapitation. Un très ancien rituel, avait expliqué Mr Renshaw quand il était venu inviter les Fletcher, qui remontait à des centaines d'années. La Décapitation. Sur le moment, ça avait l'air cool, et Tom voyait bien que sa mère était contente d'avoir été invitée. Mais à écouter ces pas et cet horrible raclement de métal tranchant contre la roche, comme des couteaux qu'on aiguiserait, il ne pouvait s'empêcher de penser : le cou de qui ?

Il frissonna et se rapprocha encore d'un pas de son père. À côté de lui, Joe fit de même. Le soleil avait disparu à présent, tout comme la ravissante lumière dorée qui recouvrait la campagne une heure plus tôt. Le ciel était d'un rose argenté pâle et, au sol, les ombres s'étiraient.

Plus haut sur la colline, au milieu de l'allée, Tom apercevait Mr Renshaw vêtu d'une veste et d'une casquette en tweed. À ses côtés se trouvait le vieux Tobias, venu leur rendre visite à quelques reprises et qui adorait parler de peinture avec maman. Mr Tobias ressemblait exactement à son fils, en bien plus vieux. En fait, ils étaient un peu comme les deux églises : l'un grand, fort et fier, l'autre tout pareil, mais vach'te vieux. Il y avait aussi une femme, grande, elle aussi habillée chic, et qui ressemblait aux deux hommes. Elle n'était pas vraiment vieille, pourtant, et il y avait quelque chose dans son expression qui semblait à Tom comme… vide.

À côté d'elle se trouvait Harry, qui avait bien la tête d'un pasteur, en soutane brodée d'or et portant un grand livre de prières rouge. Derrière eux, se tenait toute une foule, à majorité féminine avec de beaux vêtements. Il ne savait pas qu'il y avait autant d'habitants à Heptonclough. Ils étaient debout sur les seuils des portes, à l'entrée des allées, adossés au mur de l'église ou penchés par les fenêtres ouvertes. Tom se rendit compte qu'il scrutait les visages, en quête d'un qui serait pâle, avec de grands yeux sombres, encadré de longs cheveux sales.

À présent, on pouvait entendre le bruit de douzaines de bottes battant sourdement les pavés. Et cet horrible raclement. Répété sans fin, comme des ongles passés sur un tableau noir, comme des violons s'accordant dans un mauvais orchestre d'école, comme…

Des faux !

Les hommes arrivaient maintenant, tout près, remontant la pente à leur rencontre, et chacun d'eux portait une faux : une lame horriblement aiguisée, courbe, tel un cimeterre de pirate au bout d'une longue perche. Tout en marchant, ils raclaient les lames contre les pavés et les murs de pierre.

— Doux Jésus…, dit Alice. Reculez, tout le monde.

Tom savait qu'elle plaisantait, mais il n'en recula pas moins, pile sur le pied de son père. Gareth Fletcher grommela et repoussa son fils en avant. Les meneurs arrivèrent à la hauteur de Mr Renshaw et de ceux qui se trouvaient devant le portail de l'église et la procession s'arrêta. Un homme à l'avant, qui devait être Dick Grimes, le boucher, selon Tom, poussa un cri sonore et tous les hommes dans la foule redressèrent leurs faux à hauteur des épaules. Puis, silence de mort. Mr Renshaw adressa à Harry un petit signe de tête.

— Prions, annonça Harry, et tout le monde baissa la tête.

Joe se pencha vers son frère.

— Tu crois qu'il a un short sous cette robe ? chuchota-t-il.

— Ô toi, Seigneur, qui déverses sur nous l'abondance de tes grâces, lut Harry, et qui répands sur les semailles en terre la chaleur du soleil comme l'humidité de la pluie…

— Qu'est-ce qu'il raconte ? murmura Joe dans l'oreille de Tom.

— Il remercie Dieu de faire pousser les moissons, répondit Tom dans un souffle.

Alors que Harry continuait de lire, Tom aperçut Gillian, la femme que sa mère avait prise en pitié, debout un peu plus bas dans la rue à l'entrée de Wite Lane. Tom ne pouvait s'en empêcher, Gillian le mettait toujours mal à l'aise. Elle était trop triste. Et elle avait une certaine façon de les dévisager, lui, Joe et Millie, qui l'indisposait franchement. Surtout Millie. Pour une raison ou une autre, Gillian semblait fascinée par la petite. Elle ne la regardait pas en ce moment, en revanche, elle regardait Harry.

— Nous te remercions pour ces grands bienfaits, disait-il. Par Jésus Christ, Notre Seigneur. Amen.

— Amen, lancèrent les hommes aux faux, ainsi que leurs proches qui les avaient suivis.

— Amen, dit Joe, une seconde après tout le monde.

— 'men, dit Millie, juchée sur les épaules de son père.

Sinclair Renshaw remercia le pasteur d'un hochement de tête puis repartit dans la descente. Les hommes lui emboîtèrent le pas et là, tout le monde s'engouffra dans Wite Lane, se dirigeant vers les champs les plus au fond. Harry rejoignit la file et, quasiment en bout de queue, les Fletcher firent de même.

Ils longèrent la venelle et Tom eut le temps de remarquer que les mûres seraient bientôt mûres, que les églantiers et les baies d'aubépines miroitaient et que le ciel au-dessus de leurs têtes avait la couleur de l'orge mûre.

— Tout va bien, Gareth ? demanda un homme qui avait rattrapé le père de Tom. C'était Mike Pickup, qui habitait avec sa femme Jenny à Morrell Farm, tout en haut, sur la lande. Belle soirée pour la célébration, non ?

— Bonsoir, Mike, répondit Gareth.

Mike Pickup avait l'air un peu plus vieux que le père de Tom et pas mal plus gros, aussi. Les cheveux sur sa tête se clairsemaient et ses joues étaient toutes rouges. Il était vêtu de tweed comme les deux messieurs Renshaw.

Au portail de l'ancienne maison de Gillian, Tom et les siens durent s'écarter pour éviter de marcher dans du crottin de cheval puis ils reprirent leur chemin, franchissant un échalier pour pénétrer dans un champ. Ils traversèrent ce champ en procession, gravissant la pente, ne s'arrêtant qu'une fois parvenus au centre. Tom vit les hommes former un large cercle, en s'écartant d'un mètre les uns des autres. Le reste de la foule forma un cercle encore plus grand, sur le pourtour. Toujours aucun signe de l'étrange petite fille. Si toute la ville était là, où était-elle ?

— On va danser, je crois, chuchota la maman de Tom.

D'un froncement de sourcil, son père l'enjoignit de se taire.

Les Fletcher apercevaient tout juste Sinclair Renshaw, debout, seul, au centre du cercle. À côté de lui, une minuscule parcelle de céréales n'avait pas encore été moissonnée. Dick Grimes s'avança et remit une faux à Sinclair.

— C'est du foin ? demanda Gareth, à voix basse.

— Ouais, répondit Mike. Pour les bêtes. Le seul truc qui pousse aussi haut. Le reste du champ, on l'a coupé il y a deux semaines. On moissonne à la lune décroissante. Depuis toujours.

Tom leva vivement les yeux et vit la lune pâle qui apparaissait tout juste à l'horizon.

— Elle est pleine, dit-il.

Mike Pickup secoua la tête.

— Pleine il y a dix heures. Elle décroît, maintenant. Chut !

Ils se tinrent coi. Au centre du cercle, Mr Renshaw s'empara des dernières poignées de foin, les entortilla autour de sa main et les tira bien fort. Il leva la faux haut au-dessus de sa tête.

— *Je l'tiens !* cria-t-il, d'une voix si forte que Tom eut l'impression qu'on pouvait l'entendre depuis la lune décroissante. *Je l'tiens !* répéta-t-il. *Je l'tiens !* lança-t-il une troisième fois.

— *Quoi donc ?* hurlèrent les hommes en retour.

— Un cou, cria Sinclair.

Puis sa faux s'abattit dans un éclair, si vite que Tom ne la vit pas bouger, le regain fut fauché et tous les hommes, les femmes et les enfants dans le champ se mirent à pousser des hourras. Maman, papa et même Millie applaudissaient poliment. Tom et Joe échangèrent un regard.

Ce fut alors la débandade parmi les femmes, qui, semblables à des mulots, ramassaient le moindre épi oublié lors de la précédente fauche. Les hommes se rassemblaient autour de Mr Renshaw, lui secouant vigoureusement la main comme s'il avait accompli quelque chose d'incroyable, puis se détournant pour quitter le champ à la file indienne. Tom vit Harry aider Gillian à franchir l'échalier, puis ils redescendirent Wite Lane de conserve. Arrivés au portail de son ancienne maison, ils firent halte et restèrent plantés là, à parler.

— Quand est-ce qu'il coupe le cou ? demanda Joe à Tom.

— Je crois que c'était ça, le cou, dit Tom. Je crois que le cou, ça veut dire les tout derniers épis.

Un instant, Joe eut l'air déçu. Puis il secoua la tête et, quand il reprit la parole, sa voix semblait plus mûre.

— À mon avis, ça cache autre chose, conclut-il.

17

Harry suivit les hommes sous une grande arche de pierre puis dans une étroite allée pavée qui courait le long de la partie inférieure du cimetière. À sa gauche se trouvaient les bâtiments médiévaux de l'ancienne résidence de l'abbé et les logements des moines, sur sa droite les hautes grilles qui surmontaient cette section du mur de l'église. C'était la première fois qu'il approchait la demeure des Renshaw ; ses précédents rendez-vous avec son bedeau avaient eu lieu dans la sacristie de St Barnabé ou au White Lion.

Contrairement à la majeure partie du reste de la ville, la pierre de la maison avait été régulièrement nettoyée : elle avait la couleur pâle du gingembre en poudre. Des urnes géantes remplies de blé, d'orge et de fleurs sauvages étaient posées de part et d'autre de la porte d'entrée. La porte avait été sculptée de feuilles et de roses et semblait aussi vieille que le reste de la maison. Elle n'était pas ouverte et le cortège ne fit que passer devant. Ils poursuivirent leur chemin, longeant des lanternes garnies de bougies qui les guideraient jusque chez eux à la nuit tombée.

Perché sur le mur, un chat noir les regardait passer et Harry eut le temps de se demander si c'était le même que celui qu'il avait vu avec Evi une semaine plus tôt. La demeure de l'abbé était immense, s'étirant sur près de cent mètres le long de la ruelle. Un tout petit peu plus loin, une autre porte était ouverte où les hommes s'engageaient. Harry les suivit dans une grande salle percée de hautes fenêtres étroites. Posées sur des tréteaux, des planches surchargées de nourriture avaient été installées au centre de la pièce, et tout au bout, une structure genre chaire en bois, presque noire, était apposée au mur.

— Je vais devoir examiner les semelles de vos chaussures, révérend, dit une voix à l'élocution soignée, âgée, à ses côtés.

Se tournant, Harry découvrit Tobias, le père de Sinclair, doyen de la ville et, si la rumeur était exacte, son habitant le plus intelligent.

— Mr Renshaw, dit-il, tendant la main. Harry Laycock. Enchanté.

— De même.

Ils se serrèrent la main. Les premiers hommes entrés dans la salle suspendaient leurs faux le long du mur. Partout où Harry posait le regard, des crochets avaient été scellés dans la maçonnerie. D'autres hommes se pressaient derrière lui. Des femmes et des filles portant des épis de blé épars commençaient à arriver.

— Et c'était quoi, cette histoire au sujet de mes pieds ? s'enquit Harry.

— Une tradition.

Tobias sourit.

— Encore une ?

L'embrasure de la porte ne se prêtait pas franchement à la conversation. Harry était obligé de se tenir tout près de Tobias. Il avait dû être aussi grand que son fils, plus jeune. Aujourd'hui encore, il avait presque la taille de Harry.

— Oh, nous avons tout un tas de traditions, répondit le vieil homme. Celle-ci est l'une des moins dérangeantes. Je vous conseille de vous laisser faire, de garder votre résistance pour le moment où vous en aurez réellement besoin. En tant que nouvel arrivant dans cette ville, veuillez me donner votre pied – cette charmante jeune femme vous aidera à garder l'équilibre, j'en suis sûr –, que je gratte la semelle de votre chaussure avec la pierre de bienvenue. C'est une tradition religieuse, initiée par les moines au XIIe siècle. Vous ne feriez pas cet affront à l'histoire.

— Certes non, dit Harry. Et que disiez-vous au sujet d'une charmante jeune… Oh, re-bonjour, Gillian. En fait, je crois que ça va aller – donc, je m'y prends comment, je vous fais face comme une danseuse de french cancan ou je vous tourne le dos comme un cheval qu'on ferrerait ?

— De quels sorts tordus s'agit-il ? s'enquit Alice, apparaissant sur le seuil avec Millie sur sa hanche.

Les deux garçons suivaient derrière.

— Avancez, pasteur, dit-elle. Il y a la queue.

— La queue devra attendre, Alice, dit Tobias. C'est votre tour, ensuite. Puis votre belle petite. Bonsoir, ma mignonne.

Il tendit le bras et passa de longs doigts bruns sur les cheveux de Millie.

— Finissons-en, pasteur, dit une autre voix féminine, tandis que Harry se tournait pour voir Jenny Pickup se glissant dans la salle. La première fois qu'on vient à la fête de la moisson, on se fait gratter le soulier avec une vieille pierre. Mon grand-père fait ça depuis soixante ans, ce n'est pas maintenant qu'il va s'arrêter.

— Pas de problème, en ce qui me concerne, dit Alice.

Millie toujours sur une hanche, elle souleva sa jambe droite jusqu'à ce qu'elle fasse un angle droit parfait avec la gauche. Son pied se trouvait juste en face de Tobias. Il lui saisit la cheville d'une main et de l'autre frotta une pierre lisse de la taille d'une mangue le long de sa semelle.

— Impressionnant, dit Harry, tandis qu'Alice reposait son pied par terre sans même avoir chancelé.

— Quinze ans de danse classique, précisa Alice. À vous.

Harry haussa les épaules pour Tom et Joe, s'équilibra sur Tom en lui empoignant l'épaule et présenta son pied à Tobias. Quelques secondes plus tard, Tom, Joe, Millie et Gareth Fletcher s'étaient tous fait gratter les pieds et les Fletcher et Harry purent entrer dans la salle.

— On dirait un arsenal, dit Gareth, regardant autour de lui à mesure que le nombre des armes aux murs augmentait. Loin au-dessus des faux étaient accrochés des fusils de chasse et des carabines. Certains avaient l'air anciens, des pièces de collection. D'autres non.

— Génial, s'enthousiasma Joe. Papa, est-ce que je…

— Non, coupa Alice.

— Ceci était le réfectoire où mangeaient les moines dans l'ancien temps, expliqua Jenny, qui était restée avec eux. Elle portait une robe noire ajustée, à manches longues. On ne sait pourquoi, cela ne lui allait pas aussi bien que la tenue décontractée qu'elle portait le jour où Harry et elle avaient fait connaissance.

— Quand mon père était jeune, c'était le lycée.

Elle indiqua la chaire sculptée.

— C'est l'ancienne place du professeur, dit-elle, avant de se tourner vers Harry.

— Aujourd'hui, on n'utilise plus cette pièce que pour les réceptions. C'est un plaisir de vous voir en tenue, pasteur.

Harry ouvrit la bouche sans bien savoir ce qu'il allait répondre.

— Elle fait quoi, la dame ? demanda Tom.

À l'autre bout de la salle, la femme qui était avec Sinclair et Tobias un peu plus tôt avait gravi les marches menant à l'ancienne place du professeur, portant toute son attention sur quelque chose dans son giron. Autour d'elle, les femmes mettaient les fétus de paille ramassés dans le champ dans de grands baquets remplis d'eau.

— C'est ma sœur, Christiana, répondit Jenny. Chaque année, elle est la reine des moissons. C'est elle qui a la responsabilité de faire la poupée de paille.

— C'est quoi une poupée de paille ? demanda Joe.

— Une vieille tradition paysanne, expliqua Jenny. Dans l'ancien temps, avant qu'on devienne tous chrétiens, les gens croyaient que l'esprit de la terre vivait dans les épis et que, quand on les moissonnait, l'esprit se retrouvait sans abri. Alors avec les derniers épis de céréales, de toute sorte, ils faisaient une poupée de paille – une espèce d'abri temporaire pour l'esprit pendant l'hiver. Au printemps, on la replantait dans la terre. J'étais jalouse de Christiana quand j'étais petite et je suppliais papa de me laisser être la reine rien qu'une fois. Il a toujours répondu que si j'étais un jour capable de faire une poupée de paille comme Christiana, alors je le serais.

— Et alors, tu as réussi ? demanda Tom.

— Non, c'est fichtrement impossible, pardon, pasteur. Je ne sais pas comment elle fait. Elle l'aura finie à la fin de la soirée. Bon, et sur ce, allons boire un verre.

Harry se retrouva entraîné, en compagnie des parents Fletcher, vers le buffet des boissons. Autour d'eux, la salle se remplissait et les gens commençaient à se déverser, par deux portes en bois, dans le vaste jardin clos de murs à l'arrière. Harry apercevait le bleu turquoise profond du ciel du soir et les arbres fruitiers auxquels on avait suspendu des lanternes. Un groupe de quatre musiciens, violons et cornemuses, s'apprêtait à jouer.

Le long d'un des murs avaient été fixées des vitrines semblables à celles que l'on pourrait trouver dans un musée, et leurs contenus avaient attiré l'attention des petits Fletcher et de leur père. Harry alla les rejoindre. Les vitrines exhibaient des objets archéologiques découverts dans les landes et conservés par la famille Renshaw dans leur propre musée privé. Il y avait des silex taillés de la période néolithique, des armes de l'âge de bronze, des bijoux romains, et même un os humain ou deux.

Il ne put regarder longtemps avant qu'on ne réclame son attention. En un défilé continuel, des gens se présentèrent à lui, jusqu'à ce qu'il perde tout espoir de se remémorer les noms.

Au bout d'une heure, environ, il avait rencontré tout le monde. Il commençait à faire chaud dans la salle et il s'éloigna en direction des portes donnant sur le jardin, pour mieux s'arrêter quand il vit les petits Fletcher et quelques autres enfants du village rassemblés autour de la reine des moissons sur son trône de professeur. Par-dessus leurs têtes, il distingua les doigts rapides, habiles de la fille aînée de Sinclair.

C'était une grande femme, de près d'un mètre quatre-vingts, solidement bâtie. Elle devait approcher de la quarantaine, supposa-t-il, peut-être même l'avoir légèrement dépassée. Ses cheveux épais étaient châtain foncé et sa peau pratiquement dénuée de rides. Elle aurait pu être belle, s'il y avait eu une lueur d'intelligence au fond de ces grands yeux marron, si sa bouche n'avait pas pendu, ouverte, comme si elle avait oublié qu'on la gardait normalement fermée.

Peut-être ne s'en souvenait-elle plus. Peut-être que toute son attention était concentrée sur ses mains. Elles bougeaient à une vitesse incroyable. Liant, entortillant, tressant, ses doigts s'agitaient nerveusement, sans répit, tandis que les derniers fétus de paille, trempés et rendus souples à présent, étaient mis en forme. Elle gardait les yeux fixés droit devant, pas une fois elle ne regarda son ouvrage, mais durant le court moment qu'elle avait passé sur sa chaise une boucle d'environ quinze centimètres de long avait été formée et elle attachait de longs fétus à présent, les tordant et les entrelaçant.

— C'est une spirale Pennine, dit une voix.

Harry et les garçons se retournèrent d'un seul élan pour constater que Tobias Renshaw les avait rejoints.

— Les poupées de paille sont traditionnelles dans tout le Royaume-Uni, continua le vieil homme, mais chaque région a tendance à avoir son motif particulier. La spirale est considérée comme l'une des plus difficiles à réaliser. Toute l'intelligence de ma petite-fille est passée dans ses doigts.

Harry lança un bref coup d'œil à Christiana : son visage se tordit une seconde, comme pris d'un tic, mais son regard ne vacilla pas. Pas plus que ses mains.

— On dirait qu'elle fait un effort de concentration, dit Harry. Ça l'ennuie qu'on la regarde ?

— Christiana vit dans son propre monde, répondit le vieil homme. Je doute qu'elle sache qu'on est là.

Harry vit Christiana lancer un coup d'œil furtif à son grand-père. Il mit ses mains sur les épaules des petits Fletcher.

— Allez, venez, vous deux, dit-il, laissons miss Renshaw tranquille. Nous pourrons admirer son travail plus tard.

Il fit demi-tour, s'apprêtant à mener les garçons dans le jardin, pour aller chercher leurs parents. Tobias l'arrêta d'une main posée sur sa poitrine.

— Vous devez mépriser nos traditions, Révérend, dit-il.

Sa main exerçait une pression étonnamment forte pour un homme d'un tel âge et Harry lutta contre la tentation de la repousser.

— Aucunement, répondit-il. Les rituels sont très importants pour les gens. L'Église en est inondée.

— Tout à fait, dit Tobias, de sa voix grave, cultivée, laissant retomber sa main. Les événements de ce genre soudent les communautés. Très peu des hommes présents ici ce soir travaillent encore la terre – ils ont des emplois dans les villes avoisinantes, à moins qu'ils ne soient à leur compte ou qu'ils travaillent à domicile, certains sont sans emploi. Mais tous participent à la Décapitation, parce que leurs pères et leurs grands-pères le faisaient avant eux. Grâce à cela, ainsi qu'à d'autres traditions similaires, ils se sentent liés à la terre. Vous comprenez ?

— J'ai grandi dans les quartiers chauds de Newcastle, dit Harry. On ne voyait pas grand-chose de la terre.

— Tout ce que vous mangerez ce soir a été cultivé ou élevé dans un rayon de huit kilomètres à partir de cet endroit, poursuivit Tobias. Tout le gibier, c'est moi qui l'ai tué, encore que ma vue ne soit plus ce qu'elle a été. Quatre-vingt-dix pour cent de ce que j'ai mangé durant toute ma vie provient de cette lande. Un bon nombre de gens dans cette ville peuvent en dire autant. Les Renshaw vivent en autarcie depuis des centaines d'années.

— Vous n'aimez pas beaucoup le poisson, alors ? demanda Harry.

Les sourcils de Tobias se haussèrent.

— Au contraire, nous possédons un ruisseau à truites dans le fond de la vallée. (Il indiqua le buffet.) Je recommande les rillettes de truite.

— Je m'en réjouis d'avance. Coucou Gillian, vous me cherchiez ?

— Je vais vous retenir encore rien qu'un petit moment, pasteur. Excusez-nous, ma chère, voulez-vous ? dit Tobias. Allez, filez, les garçons, j'ai besoin de dire un mot en privé au révérend Laylock.

Sans attendre de se le faire répéter, Tom et Joe détalèrent en direction des vitrines d'armes. Gillian s'aventura à l'autre bout de la salle, mais Harry sentait qu'elle ne les quittait pas des yeux.

— Il y a une autre tradition qu'il vous faut connaître, révérend, dit Tobias. Encore une fois, vous en trouverez des variantes dans toute l'Angleterre. Quelques semaines après la moisson, en règle générale durant les jours qui précèdent l'ancien jour de célébration païen de l'hiver, à la mi-octobre, nous abattons le bétail dont on n'aura pas besoin au printemps suivant. Surtout des moutons et des cochons, quelques poulets, parfois une vache. Autrefois la viande était conservée pour nous permettre de traverser l'hiver. Aujourd'hui, on remplit simplement son congélateur.

— Ce qui semble assez sensé. Vous voulez des prières pour envoyer les animaux à l'abattoir ?

— Vous vous méprenez, pasteur, dit Tobias. Vos services ne seront pas requis et les animaux n'iront nulle part. Nous les abattons ici.

— Ici, en ville ?

— Oui. À eux deux, Dick Grimes et mon fils détiennent toutes les licences requises. Dick a les locaux pour à l'arrière de sa boutique. Je n'en fais mention que parce que les Fletcher habitent juste en face et qu'ils entendront ce qui se passe. Beaucoup d'hommes sont impliqués. La rue dehors devient – comment dire ?…. – un peu salissante. Nous appelons ça la Moisson de Sang.

— La quoi ?

— Vous m'avez parfaitement entendu. Je parlerais volontiers aux Fletcher moi-même, bien sûr, mais je me suis juste dit que, comme vous semblez être en bons termes avec eux, ce serait peut-être mieux si cela venait de vous. S'ils pouvaient rendre visite à des proches pendant le week-end, ce ne serait peut-être pas une mauvaise chose.

À quelques pas de la porte dans la salle de fête, Millie était assise par terre. Inconsciente des pieds et des jambes autour d'elle, elle caressait un chat. Sa petite main grassouillette courait le long de sa fourrure, de la tête au bout de la queue. La queue remua. Millie l'attrapa et serra fort. Le chat se releva d'un bond et s'éloigna d'un pas gracieux.

Millie regarda autour d'elle. L'un de ses frères, celui qu'elle appelait Doe, était tout près, en train de contempler des armes dans une vitrine. Il ne se retourna pas pendant que Millie se redressait tant bien que mal et s'éloignait en trottinant à la suite du chat. Le chat d'abord, puis Millie, sortirent de la salle de réception, puis dans l'allée dehors. Personne ne les vit partir.

— Ah, vous voilà, Harry. Vous êtes bien silencieux ce soir. Tout va bien ?

Alice l'avait trouvé au fond du jardin clos, sur un banc en osier entouré de vieux rosiers, sirotant un verre vide.

— Je vais bien, dit-il, s'écartant pour lui laisser la place de s'asseoir. Je recharge les batteries, c'est tout. Les gens se contentent rarement de bavarder en toute simplicité avec le pasteur, vous savez. Ils s'attendent toujours à plus. Un peu de guidance spirituelle au-dessus d'un verre de sherry. Éventuellement, une discussion sur l'avenir de l'Église d'Angleterre. Ça devient un peu fatigant à la longue.

Alice prit place à côté de lui. Il pouvait sentir son parfum, celui qu'elle portait toujours. Quelque chose de très doux et sucré, plutôt démodé.

— Je vous voyais à peine, assis ici, dit-elle. Où est passée votre soutane ?

Harry avait retiré ses robes et son col à la première occasion.

— Trop chaud. Et bien trop voyant. J'avais besoin de me fondre dans le décor un moment.

Alice laissa sa tête tomber sur un côté. Le geste semblait très familier, même si c'était la première fois qu'il en était le témoin.

— Quelque chose vous tracasse ? s'enquit-elle.

Il la regarda franchement, tenté de lui parler de sa discussion avec Tobias, puis décida que non. Pourquoi lui gâcher sa soirée, à elle aussi ? Elle avait l'air plus heureuse ce soir qu'il ne l'avait vue depuis qu'ils avaient fait connaissance. Il en toucherait tranquillement un mot à Gareth plus tard dans la semaine.

— J'avais un rendez-vous ce soir, dit-il, à son grand étonnement. Elle m'a posé un lapin.

Le petit visage d'Alice s'anima.

— Un rendez-vous ? C'est palpitant.

Harry leva les deux mains.

— Et pourtant non, vu le résultat.

— Je suis désolée. (Alice lui toucha brièvement le bras.) Elle vous a donné une raison ?

— Elle a juste laissé un message sur mon répondeur. Elle a dit que le travail s'accumulait. Qu'elle espérait qu'on pourrait se voir dans quelques semaines, quand les choses se seraient calmées. Pas très encourageant.

— Pas de veine, commenta Alice au bout d'une seconde. Un autre verre ?

— Si je prends un autre verre, je vais passer la nuit à la sacristie, dit Harry. Mais on ferait mieux d'aller rejoindre les autres. Allez, venez !

Harry et Alice se levèrent et traversèrent le verger en direction de la maison. Alors qu'ils se rapprochaient de la foule, Harry discerna un mouvement brusque, quelqu'un se frayait un chemin dans la cohue. Une seconde plus tard, Gareth Fletcher faisait son apparition, tenant Tom fermement par la main.

— On ne trouve Joe et Millie nulle part, dit-il. On a cherché partout. Ils ont disparu.

DEUXIÈME PARTIE

MOISSON DE SANG

18

Alors que Harry et Tom se frayaient un chemin dans la salle, Sinclair Renshaw surgit devant eux.

— Que s'est-il passé, pasteur ? demanda-t-il.

— Les deux plus jeunes Fletcher ont disparu, répondit Harry en hâte.

— La petite fille ? coupa Sinclair, d'une voix douce, en dépit de la musique et du bruit.

— Oui, et son frère. Leurs parents sont allés chez eux pour voir s'ils avaient pu rentrer tout seuls. Tom et moi sommes…

— Une seconde.

Sinclair se détourna pour inspecter la pièce.

— Père ! héla-t-il. Puis il s'empara du bras de Tom et le guida jusqu'au vieil homme.

Tom entendait Harry sur ses talons, mais en jetant un coup d'œil derrière lui, il sentit bien que le pasteur était contrarié. On avait demandé à Harry de veiller sur Tom et de chercher dehors, et c'est ce qu'il entendait faire. C'était également ce que voulait faire Tom – chercher Joe et Millie et rester tout près d'un adulte en qui il pouvait avoir confiance.

— Père.

Ils venaient d'atteindre la porte donnant sur la ruelle. Il faisait trop nuit dehors pour que Joe et Millie puissent errer tout seuls.

— La petite Fletcher a disparu, expliqua Sinclair, parlant toujours à voix basse. *La petite fille…*

— Et son frère, insista Harry.

— Oui, oui, dit Sinclair. Père, trouvez Jenny et Christiana et fouillez la maison.

Puis il baissa la voix plus encore.

— Fermez la porte, ajouta-t-il.

Tobias fit un signe de tête entendu puis traversa (bien vite pour un homme aussi âgé) la salle en direction de l'endroit où Christiana continuait de tresser la paille. Sinclair se retourna vers Harry.

— Ça fait combien de temps qu'elle… qu'ils ont disparu ? Où et quand les a-t-on vus pour la dernière fois ?

Harry n'en savait rien, évidemment, aussi regarda-t-il Tom. Tom n'en savait pas grand-chose non plus, et c'était difficile de réfléchir quand le plus grand homme qu'il ait jamais vu le fusillait du regard.

— Ici, dit-il. J'étais en train de…

Il s'interrompit. On lui avait demandé de surveiller son frère et sa sœur pendant que son père allait chercher des verres. Tout était sa faute.

— Quoi ? reprit Harry. C'est important, Tom. Qu'est-ce que tu faisais ?

— J'étais sous le buffet, dit Tom. Je me cachais de Jake Knowles.

Il leva les yeux vers Harry, espérant qu'il comprendrait. Jake et deux de ses acolytes avaient rappliqué, à sa recherche, sa mère n'était nulle part en vue et son père se trouvait de l'autre côté de la pièce, quasiment dans le jardin. Tom avait plongé sous la grande nappe blanche et rampé à l'autre bout. Quand il avait rejoint son père, ils avaient retraversé la pièce dans l'autre sens pour trouver Joe et Millie.

— On a regardé partout dans la salle, dit-il. Et dans la rue, dehors, et dans le jardin. C'est comme s'ils s'étaient volatilisés.

Tout en parlant, Tom vit Tobias Renshaw et sa petite-fille Christiana traverser la pièce et franchir une grande porte en bois.

Sinclair Renshaw dévisagea Tom une seconde encore, puis se retourna vers Harry.

— Gardez le petit avec vous, dit-il. Je vais organiser des recherches. Il n'est pas souhaitable que tout le monde s'en mêle, ce serait le chaos. Laissez-moi m'en occuper.

Il s'éloigna à grands pas. Harry et Tom échangèrent un regard et se dirigèrent vers la porte ouverte, bousculant au passage une femme vêtue d'un pull jaune vif. Dehors, les hauts murs semblaient rendre la venelle encore plus sombre qu'ils ne s'y étaient attendus et Tom se sentit réconforté par la présence des toutes petites lanternes au mur.

— Ta maman et ton papa ont dû partir par là, dit Harry, indiquant la maison de Tom. On n'a qu'à prendre par ici.

Harry et Tom prirent à gauche et le son de la fête s'affaiblit jusqu'à ce qu'ils n'entendent plus rien d'autre que le bruit de leurs propres pas. Les lanternes s'espaçaient de plus en plus, la ruelle s'assombrissait. Ils tournèrent au coin et se retrouvèrent dans une impasse.

— Joe et Millie n'auraient pas pu escalader ça, dit Tom, en levant les yeux sur le haut mur de pierres qui se trouvait devant eux.

— Non, convint Harry. Mais ils auraient pu passer par là.

Tom tourna et eut l'impression que ses entrailles étaient sens dessus dessous. Il pouvait presque imaginer qu'il les verrait, s'il baissait les yeux, étalées par terre. Il y avait une grande grille dans le mur du cimetière. Un cadenas gisait devant. Au-delà du portail, il apercevait les pierres tombales luisant comme des perles au clair de lune.

Harry baissa les yeux sur le cimetière, puis sur Tom.

— Tom, file dans la salle, dit-il. Je te surveille jusqu'à ce que je sois sûr que tu es rentré à l'intérieur.

— Non, je veux rester avec vous, fit Tom sans réfléchir – à la vérité, il avait autant envie d'aller dans ce cimetière que de se faire planter un bâton dans l'œil.

— Tom, ça ne va pas être très sympa. Rentre.

C'était un cimetière, pour l'amour du ciel ! Et pas seulement n'importe quel bon vieux cimetière, mais celui à l'arrière de leur maison où rôdait à loisir quelque chose de vraiment étrange. Ça ne serait pas une partie de plaisir. Mais Joe et Millie s'y trouvaient. Sans savoir pourquoi, Tom en était convaincu. Ils étaient passés par là.

— Je viens avec vous, dit Tom. Il faut qu'on les trouve.

Harry marmonna quelque chose qui, s'il n'avait été pasteur, aurait furieusement ressemblé à un juron, puis il s'empara de deux des lanternes. Il en tendit une à Tom.

— Tiens ça éloigné de toi, ordonna-t-il. Bien haut.

Tom fit ce qu'on lui demandait. L'instant d'après, ils poussaient la grille et entraient dans le cimetière.

C'était si tranquille, comme si le monde avait baissé le volume. Harry prit alors la parole et Tom ne put s'empêcher de sursauter.

— Ça devait être l'une des entrées privées des moines autrefois, dit-il. Bon, on va marcher lentement, en restant sur l'allée autant que possible, et on va tendre l'oreille. Il n'y a que moi qui ai le droit de crier. Compris ?

— Oui, chuchota Tom, sur quoi ils se mirent en route.

Ils marchaient depuis plusieurs minutes quand Tom réalisa qu'ils se tenaient par la main. Et le silence semblait anormal. Ils auraient dû être en mesure d'entendre quelque chose, non ? Du vent dans les arbres ? Quelque chose ? Tom aurait presque pu s'imaginer devenu sourd, n'étaient leurs pas dans l'allée et le bruit de la respiration de Harry. Puis Harry s'arrêta, et lui aussi.

— Joe ! appela Harry. Millie !

Non loin de là, s'éleva un bruissement et la tête de Harry pivota brusquement.

— Joe ? cria-t-il.

Ils patientèrent tous les deux. Nul ne répondit à Harry et, au bout d'une seconde, Tom et lui se remirent en marche.

— Tom ! lança une toute petite voix quelques mètres plus haut.

Harry se figea sur place.

— C'était Joe, dit-il. Ça venait d'où ?

Il lâcha la main de Tom et se mit à tourner sur place, surélevant sa lanterne.

— Joe ! hurla-t-il, plus fort cette fois-ci.

— Tom, fit la voix encore une fois.

— C'était Joe, pas de doute, dit Harry. As-tu entendu d'où ça venait ?

Harry continuait de pivoter de-ci de-là, tenant plus du chien de chasse que de l'homme, comme s'il allait, d'un instant à l'autre, poser le nez à terre et se mettre à renifler. Tom, quant à lui, n'avait pas bougé.

— Non, ce n'était pas lui, dit-il.

— Quoi ? marmonna Harry.

— Ce n'était pas Joe, répéta Tom, regardant la grille, tâchant d'évaluer à quelle distance elle se trouvait et si, une fois qu'ils se seraient mis à courir, Harry le distancerait de beaucoup.

— Harry, insista-t-il, allons-nous-en d'ici.

Harry ne l'entendit pas, ou bien décida de l'ignorer. Il lui reprit la main et commença à le tirer hors de l'allée, plus haut, en direction du mausolée Renshaw.

— Il n'est pas loin, disait-il. Reste avec moi, Tom. Fais attention où tu mets les pieds.

Tom et Harry trébuchèrent sur le sol inégal et eurent bientôt les pieds trempés. De la rosée s'était déjà formée sur les herbes hautes qui lançaient des lueurs argentées là où se déposait le clair de lune. Elles effleuraient les jambes de Tom, froides et douces, et des pierres tombales les regardaient de haut. On n'aurait plus du tout dit des perles, mais des dents.

Tom gardait les yeux rivés au sol et s'appliquait à ne pas tomber. Harry avançait trop vite et Tom avait envie de lui crier de s'arrêter, de lui crier qu'il commettait une terrible erreur et que…

— Tom, héla l'horrible voix, juste derrière eux.

Tom s'écarta de Harry et fit volte-face, prêt à se battre de toutes ses forces : il en avait assez, plus qu'assez maintenant et…

C'était Joe. Le vrai Joe. Marchant, courant à moitié dans l'herbe vers eux. Faisant un pas en avant, Harry cueillit Joe dans ses bras et le serra fort contre lui en disant à voix basse :

— Dieu merci, Dieu merci.

Tom le disait, lui aussi, en pensée, *Dieu merci, Dieu merci*. Et puis soudain, plus. Parce que Joe était seul.

19

— Tu fais une fixette, pauvre dinde, marmonna Evi pour elle-même. Arrête-moi ça et va te coucher.

Elle consulta l'heure en bas à gauche de l'écran de son ordinateur : 21 h 25. Elle ne pouvait pas décemment se coucher à cette heure.

Y aurait-il quelque chose à la télévision ? Elle pivota sur sa chaise et lança un regard au poste. Elle plaisantait ? On était samedi soir. Et il n'y avait rien sur les rayons de sa bibliothèque qu'elle n'ait déjà lu au moins quatre fois.

Elle reporta son regard sur l'écran, sur la photo de Harry trouvée sur le site du *Lancashire Telegraph*. Il portait une chemise noire, un col d'ecclésiastique et une veste également noire. La photo datait d'il y a un an ou deux, peut-être. Ses cheveux étaient un peu plus longs et, au lobe de son oreille gauche, il y avait une minuscule croix de métal. L'article qui l'accompagnait lui apprit que le révérend Harry Laycock avait été nommé à la tête de la communauté de paroisses de Goodshaw Bridge, Loveclough et Heptonclough, récemment unifiée, et qu'à son poste précédent, il avait été assistant particulier de l'archidiacre du diocèse de Durham. Auparavant, il avait passé plusieurs années à travailler pour un ministère anglican en Namibie. Il n'était pas marié et déclarait aimer le football (aussi bien y jouer que le regarder), l'escalade et la course de fond.

Elle pouvait imprimer la photo.

Mais bien sûr il était absolument, catégoriquement hors de question de faire quelque chose d'aussi lamentable. Elle fit défiler la page et tapa « Heptonclough » dans le moteur de recherche, appuyant sur « Retour » avant d'avoir le temps de réfléchir à ce qu'elle faisait. Le site trouva plusieurs entrées. Il ne s'agissait plus d'idée fixe, mais de recherches légitimes. Elle avait une patiente en ville.

Heptonclough ne faisait pas souvent les honneurs de la presse. L'article le plus récent, en l'occurrence, était la référence à la nomination de Harry. Elle passa rapidement dessus avant d'être tentée de l'ouvrir de nouveau. *Amende pour braconnage* ; *Nouvelle ligne de bus entre Heptonclough et la commune voisine de Goodshaw Bridge*. Il vivait à Goodshaw Bridge… Oh, femme, ressaisis-toi. Elle trouva le papier sur l'incendie de la maison de Gillian, suivi d'un second article rapportant que Barry Robinson avait été renvoyé de l'hôpital mais ne gardait aucun souvenir des événements. *La petite Megan toujours recherchée* ; *Avertissement du pub de Heptonclough aux mineurs*.

Evi fit redéfiler la liste. *La petite Megan toujours recherchée*. Pourquoi cela lui disait-il quelque chose ? Le papier datait d'il y a six ans. Et poursuivit sa recherche plusieurs articles venaient derrière, un autre le précédait : *Enfant disparue dans les landes*.

Elle cliqua sur le lien et lut les toutes premières lignes. Elle travaillait dans le Shropshire à l'époque où l'histoire avait fait la une, mais elle se rappelait qu'une petite fille avait disparu dans les landes Pennines. Les recherches avaient duré des jours. L'enfant n'avait jamais été retrouvée – pas plus que son corps.

Evi avait même fait mention de l'affaire lors d'un cours qu'elle avait dispensé à la fac – les étapes précises du deuil que traversent les gens quand l'objet de leur perte ne peut être quantifié ni confirmé, et les difficultés qu'il y a à tourner la page tant que perdure un espoir, aussi irréaliste soit-il.

> La population locale s'est jointe par douzaines aux recherches organisées pour retrouver la petite Megan Connor, quatre ans. Megan, qui s'est éloignée de sa famille durant un pique-nique, a les cheveux blonds, aux épaules, et les yeux bleus. Elle portait un imperméable et des bottes de pluie rouges. Des photos sont distribuées dans tout le nord-ouest du pays. Entre-temps, les proches de Megan demandent au public de rester vigilant et de prier pour que leur fille leur soit rendue indemne.

L'image illustrant l'article montrait une petite fille déguisée en Blanche-Neige, ayant dépassé l'âge des couches-culottes mais affichant encore les traits ronds, potelés, de la tendre enfance. Si Gillian avait pris part à ces recherches, cela pouvait expliquer pourquoi, trois ans plus tard, elle était devenue obsédée par l'idée que sa propre fille ait pu disparaître de la même manière.

Rien à faire, elle ne pouvait rester assise plus longtemps. Pour une raison indéterminée, la douleur dans sa jambe semblait pire ce soir. Elle avait du Tramadol dans l'armoire de sa salle de bains. Elle n'en avait pas pris, n'avait pas eu besoin d'en prendre un seul cachet, depuis près de six mois. Tenait-elle vraiment à recommencer ?

20

— Où est Millie ? dit Harry, qui reposa Joe sur ses pieds. Joe, où est ta sœur ?

— Je crois qu'ils sont partis par là, dit Joe, lançant un regard nerveux à son frère et indiquant l'église, plus haut.

— Qui ça ? s'enquit Harry. Qui est monté là-haut ?

— J'ai pas vu, dit Joe, avec un nouveau regard en coin à Tom. J'ai vu Tom passer sous la table, et la seconde d'après, Millie avait disparu.

— Elle est sortie ? Elle a quitté la fête ?

— J'ai cherché dehors, dit Joe. J'ai cru voir quelqu'un entrer ici, mais ils sont passés trop vite.

Les yeux de Harry se portèrent sur Tom. L'expression qu'affichait le visage de Tom ne lui disait rien qui vaille.

— Tu sais quelque chose ? demanda-t-il. Tu sais qui a emmené Millie ?

Tom refusait de croiser le regard de Harry et de quitter son frère des yeux. Lentement, il secoua la tête.

Harry se redressa.

— Coucou ! cria-t-il dans le noir. Vous m'entendez ?

Ils patientèrent.

— Mais où sont-ils tous passés, bon sang ? marmonna-t-il, comme personne ne lui répondait. Bon, vous voulez bien m'accompagner, tous les deux ?

Joe acquiesça immédiatement, suivi – une seconde plus tard – de Tom. Harry se pencha de nouveau pour prendre Joe dans ses bras. Abandonnant la lanterne et agrippant fermement la main de Tom, il se mit en marche.

— Millie ! s'époumona Harry, s'arrêtant tous les trois pas.

Parvenus en haut de la pente, ils s'arrêtèrent dans l'ombre de l'abbaye en ruine, à une dizaine de mètres du portail de l'église. Joe, si petit soit-il, s'était fait lourd. Harry le reposa par terre.

— Millie, hurla-t-il, entendant sa propre voix se répercuter de toutes parts.

Millie, Millie, Millie, fit l'écho.

— Millie, lança une voix, forte et claire.

Pas un écho, sûr et certain.

— Qui a parlé ? demanda Harry, tournant sur lui-même.

Joe et Tom ne se quittaient pas des yeux.

— Elle l'a emmenée, Joe ? demanda Tom, à voix basse. Je plaisante pas. Où sont-elles ?

— Et qui sont-elles ? dit Harry, qui reculait vers l'église. Qu'est-ce qui se passe ici ? Millie !

— Tommy, lança une voix haut perchée, fluette.

Tom se rua à côté de Harry.

— OK, la blague a assez duré, les gars.

Harry prit sur lui pour ne pas crier, mais il lui était difficile de dissimuler la colère dans sa voix.

— Un enfant a disparu et on va appeler la police, si ce n'est pas déjà fait. Sortez, maintenant !

Ils attendirent. Au loin, un chien aboya. Ils entendirent démarrer le moteur d'une voiture. Puis, soudain, des pleurs suraigus rompirent le silence.

— C'est Millie ! dit Tom. C'est vraiment elle. Elle est quelque part, tout près. Millie ! Où es-tu ?

— Dans l'église, dit Joe. La porte est ouverte.

Harry constata que Joe disait vrai. Le portail de l'église était entrebâillé de quelques centimètres. Ce qui n'aurait pas dû être le cas à cette heure de la nuit. Il piqua un sprint, conscient d'avoir les garçons sur ses talons. Franchit la porte au pas de course, actionnant les interrupteurs au passage. Se rua dans la nef et pila net. Au-dessus de sa tête, quelqu'un pleurnichait.

— Oh, Dieu du ciel, ayez pitié, dit Harry, levant les yeux.

Tom et Joe renversèrent leur tête et découvrirent alors ce qu'avait repéré Harry. Loin au-dessus d'eux, sur la rambarde en bois du balcon, son petit visage décomposé par la terreur, se trouvait Millie.

21

Cher Steve,

J'aimerais beaucoup avoir votre avis sur un cas. Je joins à votre attention deux articles parus dans la presse pour situer le contexte, mais vous vous rappellerez peut-être l'affaire Megan Connor. D'après mes souvenirs, on ne l'a jamais retrouvée.

J'ai une patiente de vingt-six ans originaire de la ville où Megan a disparu, qui a perdu sa fille accidentellement trois ans après la disparition de Megan. Je ne peux m'empêcher de penser que le chagrin prolongé de ma patiente a pu être influencé par les souvenirs qu'elle aurait de l'événement antérieur.

Je crois me rappeler que le pays tout entier a été assez traumatisé par cette histoire, et ça a sûrement dû être pire dans la région elle-même. Ma patiente a peut-être même participé aux recherches collectives.

Ma question est la suivante : puis-je l'évoquer dans nos discussions ou dois-je attendre qu'elle le mentionne elle-même ? En surface, elle semble faire des progrès mais il me reste encore beaucoup de choses à comprendre. Je ne peux m'empêcher de penser qu'elle ne me dit pas tout. Une idée ?

Amitiés à Helen et aux enfants,
Evi

Evi vérifia son orthographe, ajouta une virgule et cliqua sur « Envoyer ». Steve Channing était une sorte de superviseur officieux, un psychiatre plus expérimenté vers lequel elle se tournait souvent pour obtenir des conseils sur des cas difficiles. Certes, il verrait, à la date et à l'heure qui apparaîtraient sur l'e-mail, qu'elle travaillait un samedi soir mais bon… elle ne pouvait pas se cacher de tout le monde.

22

— Mais comment est-elle arrivée là-haut ? gémit Tom, incapable de détourner son regard de sa toute petite sœur, en équilibre précaire six mètres au-dessus du sol en pierre de l'église. Nul ne lui répondit – pourquoi l'auraient-ils fait ? –, c'était une question débile. La seule chose qui importait était de savoir comment ils allaient la redescendre de là.

— Reste où tu es, Millie. Ne bouge pas.

Harry repartait en courant vers le portail de l'église. Ils entendirent ses pas dans l'escalier qui conduisait à la galerie. Il arriverait à temps, il le fallait. Ses pas s'arrêtèrent et ils entendirent qu'on secouait la porte séparant la galerie de l'escalier dans son chambranle.

— C'est une plaisanterie !.... entendit-on derrière la porte.

Puis des coups sourds retentirent dans l'église. Harry frappait du pied dans la porte de l'autre côté.

— Ils ont fermé la porte, dit Joe. Il ne peut pas la rejoindre.

Effrayée par le bruit, Millie baissa le regard sur ses frères. Puis elle tendit les deux bras et l'estomac de Tom se figea. Elle allait sauter dans ses bras, comme elle le faisait depuis le dossier du canapé. Elle allait sauter, certaine qu'il la rattraperait, comme il le faisait toujours. Mais il était exclu qu'il y arrive, pas de cette hauteur, elle tomberait trop vite. Il n'y avait rien, absolument rien qu'ils puissent faire, elle allait tomber et sa tête allait voler en éclats sur la pierre comme du verre.

— Non, Millie, non, ne bouge pas ! lui hurlèrent les deux garçons, tandis que, sous leurs yeux horrifiés, la petite perdait son équilibre sur l'étroite saillie et basculait en avant.

Alors que Joe se mettait à crier, Millie tendit les bras et saisit la rambarde d'une main. Au même moment, ses pieds, toujours chaussés de rose pour la fête, trouvèrent la plus infime prise qui soit sur un étroit rebord qui courait le long de la galerie.

— Vous deux, taisez-vous, fermez-la maintenant, siffla Harry, qui les avait rejoints.

Tom attrapa Joe et tira son frère vers lui. Il n'avait pas réalisé qu'ils avaient crié si fort, tous les deux. Joe se cramponna à lui et les garçons réussirent tant bien que mal à se taire.

— Millie, lança Harry, d'une voix que Tom entendait trembler. Ne bouge pas, mon ange, tiens bon, je viens te chercher.

Harry regarda de part et d'autre de l'église et parut se décider. Puis il se retourna vers les garçons.

— Prenez les coussins des agenouilloirs – les coussins de prière, précisa-t-il. Prenez-en autant que vous pouvez et posez-les par terre, juste en dessous d'elle. Immédiatement.

Tom n'était pas en mesure de bouger. Il ne pouvait quitter Millie des yeux. S'il détournait le regard une seconde, elle allait tomber. Puis il prit conscience que Joe s'activait à ses côtés. Son frère avait déjà ôté trois coussins de leurs crochets sur les bancs et les avait disposés sur le sol sous Millie.

Tom fit volte-face et entreprit d'en chercher d'autres sur le rang d'en face. À mesure qu'il les décrochait, il les lançait de toutes ses forces à l'endroit où atterrirait Millie. Il en lança six puis regagna le bas-côté au pas de course. Levant les yeux, il se plaça directement à la verticale des jambes potelées et des chaussures roses de sa sœur et se mit à disposer les coussins de façon à former un matelas moelleux. Si seulement ils en trouvaient suffisamment, les coussins amortiraient sa chute.

Du coin de l'œil, Tom pouvait voir Harry se hisser sur le rebord de la fenêtre puis progresser de côté jusqu'à atteindre la rambarde de la galerie. Comment allait-il grimper plus haut ? Tom n'en avait aucune idée, mais Harry faisait de l'alpinisme à ses heures perdues – si quelqu'un en était capable, c'était bien lui. Tom n'avait qu'à se concentrer sur les coussins. Joe suivait son exemple et les lançait au sommet du tas. Sitôt qu'ils avaient atterris, Tom les plaçait à côté des autres. Le matelas de sécurité de Millie s'étoffait.

— Non, mon ange, non.

La voix de Harry était tendue par l'effort physique et celui qu'il s'imposait pour ne pas paniquer.

— Reste où tu es. Tiens bon, j'arrive.

Tom fit une pause d'une seconde et risqua un œil. Harry adhérait, telle une énorme araignée, aux lambris sculptés qui doublaient le mur du fond de l'église. S'il ne glissait pas, il atteindrait la rambarde de la galerie dans quelques secondes et serait en mesure de l'enjamber. Une autre seconde, et il rejoindrait Millie. Elle serait sauvée.

Secondes qu'il n'aurait peut-être pas. Millie, en effet, avait repéré Harry progressant à sa rencontre et tentait de se rapprocher de lui. Elle s'était avancée le long de la saillie et ne se trouvait plus directement à l'aplomb des coussins. Et ses petits doigts potelés manquaient de force. Elle sanglotait si fort. Elle ne pourrait plus tenir bien longtemps. Elle allait tomber d'un instant à l'autre. Et elle le savait.

23

Evi examinait le dossier médical de Gillian Royle. Il lui avait été transmis quand elle avait accepté de la prendre comme patiente, selon la procédure habituelle. Heureusement, le cabinet du généraliste où était suivie Gillian avait été l'un des premiers à se retrouver complètement informatisé. Même les anciennes données papier datant de son enfance avaient, à un certain moment, été saisies dans le programme.

Elle en avait déjà pris connaissance, bien sûr, avant son premier rendez-vous avec la fille. Y avait-il quoi que soit qui lui eût échappé ?

« *C'est un coureur, et un salaud*, avait dit Gillian. *Mon beau-père était pareil.* »

À plus d'une reprise, maintenant, Gillian s'était montrée crispée au sujet des hommes de sa vie. Plusieurs aspects du tempérament de cette fille – son cynisme envers les hommes et le sexe, le sentiment qu'elle nourrissait d'être victime, une sorte de conviction implicite que le monde avait une dette envers elle –, tout cela donnait à penser à Evi qu'il y avait un antécédent de maltraitance dans le passé de Gillian.

Evi se plongea dans les archives et remonta à l'époque où Gillian était encore enfant. Elle avait reçu les vaccins habituels, avait eu la varicelle à l'âge de 3 ans. Elle avait rendu visite à son généraliste peu après la mort accidentelle de son père, mais aucun médicament ni traitement n'avaient été prescrits.

À l'âge de neuf ans, Gillian avait commencé à fréquenter un nouveau cabinet à Blackburn. Le changement coïncidait probablement avec le remariage de sa mère et le déménagement de la famille. Les visites de Gillian chez le généraliste à l'époque avaient été plus fréquentes. Elle se plaignait souvent de maux de ventre d'origine indéterminée, qui l'obligeaient à rater plusieurs jours d'école, mais les examens n'avaient rien révélé. Il y avait également eu une série de lésions mineures – un poignet cassé, des bleus, etc. Cela pouvait indiquer de la maltraitance. Comme cela pouvait uniquement suggérer une enfant pleine de vitalité, encline aux accidents.

À treize ans, Gillian était retournée vivre à Heptonclough avec sa mère. Elle s'était vu prescrire la pilule contraceptive à un très jeune âge – deux ou trois mois avant son quinzième anniversaire – et s'était fait avorter à l'âge de dix-sept ans. Si le scénario n'avait rien d'idéal, il n'avait rien non plus d'extraordinaire pour une adolescente d'aujourd'hui.

Oh, pour l'amour du ciel, elle avait plein d'autres patients. Evi se leva, une fois de plus. Elle lança un regard en direction de la salle de bains. La porte était ouverte et l'armoire se trouvait dans son champ de vision.

Il faisait complètement nuit dehors. Dansait-on quelque part à Heptonclough, en ce moment même ? Evi n'avait pas dansé depuis trois ans. Et ne le ferait sans doute plus jamais.

24

— Il faut qu'on bouge les coussins, dit Tom d'une voix pressante à son frère. Aide-moi à les pousser.

À quatre pattes, Joe et lui entreprirent de faire glisser les coussins par terre. Mais ils ne se déplaçaient pas uniformément sur les pierres inégales : en tamponnant les bosses et les ébréchures du dallage, ils se séparaient.

— Garde-les collés, hurla Tom, sans oser lever les yeux, tandis que lui et Joe tentaient frénétiquement de remettre les coussins en place. Il ignorait s'ils étaient sous Millie ou non, il n'osait tout simplement pas regarder en l'air : s'il le faisait, il verrait le corps de sa sœur se précipiter vers lui, il le savait.

— 'tain !.... Comment qu'elle est montée là-haut ? dit une voix à l'autre bout de l'église.

Levant furtivement les yeux, Tom constata que Jake Knowles et Billy Aspin étaient entrés sans bruit dans l'édifice. Tous deux fixaient le pasteur et la petite, fascinés.

Harry se rapprochait de Millie, toujours agrippée à la rambarde de la galerie. Quelque chose heurta Tom en plein visage, il se retourna. Au troisième rang, Jake et Billy rassemblaient des coussins et les lui lançaient.

— T'es à des kilomètres, tête de nœud, cria Jake, les yeux sur Tom mais son doigt tendu battait l'air entre le balcon et le sol. Deux mètres à gauche.

Il avait raison. Tom se mit à pousser les coussins vers la gauche, tandis que Joe s'efforçait de les grouper. Ils furent rejoints par Billy, qui se mit à les superposer, pendant que Jake continuait de leur balancer des missiles à travers les airs.

Puis il entendit un bruit sourd au-dessus de lui et étouffa un cri avant qu'il ne lui échappe. Billy, Jake et Joe avaient tous le nez en l'air. Harry était dans la galerie, parlait doucement à Millie tout en s'approchant lentement d'elle. Il n'était plus qu'à cinq pas… quatre… trois… Tom retint son souffle. Harry tendit les bras. Tom ferma les yeux.

— Il l'a ! s'exclama Jake.

Tom exhala tout en rouvrant les yeux. Il n'y avait pas de sœur morte, baignant dans son sang à ses pieds. C'était fini. Jake regardait les coussins, éparpillés sur les pierres.

— Bon, j'suppose qu'il va falloir remettre tout ça en place, constata-t-il.

— Les garçons ! (C'était la voix de Harry, venue d'en haut, dont on aurait dit qu'il venait juste de gagner une course.) On ne peut pas redescendre, Millie et moi, avant d'avoir retrouvé la clé de cette porte. Est-ce que l'un d'entre vous peut chercher dans la sacristie ?

Un instant, Tom ne put se rappeler où se trouvait la sacristie. À l'avant de l'église, songea-t-il. Il se tourna et pila net. Cligna des yeux, regarda de nouveau. Rien. Mais l'espace d'une seconde, il en avait été sûr : à côté de l'orgue, son corps menu appuyé aux tuyaux, quelqu'un les avait observés. Une petite fille.

25

Ils sortaient du cimetière : l'homme qui semblait désormais responsable de l'église et les deux frères de Millie. Et la mère, aussi : pas la mère de Millie, celle-là, elle courait encore comme une folle dans leur jardin, en criant et faisant tout un foin. Non, ça c'était l'autre mère, celle qui avait surgi de nulle part à l'instant même où les enfants et l'homme sortaient de l'église. Elle tenait Millie dans ses bras quand ils s'engagèrent dans la descente.

Les parents de Millie les avaient vus. Ils couraient vers le groupe. Tous parlaient en même temps, regardant Millie, lui caressant la tête, la serrant fort. Ils avaient eu peur, croyant l'avoir perdue. Ils feraient plus attention maintenant. Pour un temps.

26

2 octobre

— Au début, pendant quelques minutes, j'ai eu l'impression de revivre le même cauchemar encore une fois, vous voyez ce que je veux dire ? Ma petite fille était perdue et il fallait que je la retrouve. Il fallait que je sorte et que j'aille courir la lande, pour l'appeler, l'appeler, jusqu'à ce que je la retrouve.

— Tout va bien, Gillian, prenez votre temps. Accordez-vous une minute.

— Je n'arrivais pas à réfléchir correctement. J'avais juste envie de crier.

— Je comprends, dit Evi. Ça a dû être affreux pour tout le monde, mais surtout pour vous.

Encore des recherches dans la campagne pour Gillian : d'abord Megan, puis Hayley, et maintenant cette dernière – Millie, c'était bien ça ?

— En effet, convint Gillian.

— Prenez votre temps, répéta Evi.

Devait-elle aborder les recherches de Megan ? Elle n'avait pas encore reçu de réponse de son superviseur.

— Mais ensuite, ça a été comme si quelqu'un avait actionné un interrupteur et j'ai pu y voir clair de nouveau. Le pire m'était déjà arrivé. Je n'avais rien à redouter, aussi étais-je la mieux placée pour aider. Je connais tous les endroits où il est possible de se cacher en ville. Ça fait pratiquement trois ans que je les inspecte presque chaque jour : je savais où j'avais le plus de chances de la trouver.

Gillian était allée faire du shopping depuis qu'Evi l'avait vue pour la dernière fois. Elle portait un pantalon noir qui semblait neuf et un pull noir moulant. Son teint s'améliorait de jour en jour.

— Nous avons tout le temps, Gillian, dit-elle. Quarante minutes avant de devoir nous arrêter. Voulez-vous me raconter ce que vous avez fait ?

— Je suis partie à sa recherche, répondit Gillian. Toute seule, dans le noir, parce que j'en ai l'habitude. J'ai remonté Wite Lane, je suis passée devant notre ancienne maison, j'ai traversé les champs en continuant vers le Tor. Ensuite, je suis revenue parce que j'ai vu de la lumière dans l'église.

— Voilà qui démontre une grande force de caractère, commenta Evi. Que vous ayez pu prendre part aux recherches, après tout ce que vous avez traversé.

Gillian hochait la tête, toujours excitée.

— Et je me suis sentie hyper bien, vous savez, quand j'ai vu Alice et Gareth et que j'avais Millie dans les bras. Ils étaient tellement reconnaissants et…

— C'est vous qui avez trouvé la petite fille ?

— Oui, enfin non, pas exactement. Je les ai trouvés tous les quatre, sortant de l'église. Ils étaient tous assez choqués. Tom se disputait avec son frère, quelque chose qui avait à voir avec les petites filles. J'ai pris Millie des bras de Tom parce que j'avais peur qu'il la laisse tomber. Je n'ai pas vu Harry tout de suite. Il était appuyé contre un mur et dans ses vêtements noirs, il était assez difficile à distinguer.

Evi prit son verre d'eau sur le bureau et se rendit compte qu'elle n'avait pas soif. Elle le garda en main, faisant tournoyer l'eau dedans.

— Et la petite fille s'était juste éloignée, comme ça ? s'enquit-elle.

— Pour être honnête, personne ne sait au juste ce qui s'est passé. Millie est trop jeune pour nous le dire. La version officielle, c'est qu'elle a quitté la fête à la suite d'enfants plus âgés puis qu'elle s'est rendue compte qu'elle n'arrivait pas à suivre.

Le verre distrayait Gillian. Evi s'obligea à le reposer. Il y avait un trombone sur la table. Si elle ramassait ce machin, elle se mettrait à le triturer entre ses doigts. Ce serait une autre distraction.

— Et la version officieuse ? demanda Evi, se découvrant curieuse.

— Les Fletcher ont eu plusieurs fois maille à partir avec une bande du coin, répondit Gillian. Qui traînait par là quand c'est arrivé, apparemment. Ils pensent qu'ils ont pu emmener Millie, pour faire une blague, peut-être, et qu'après tout a dérapé. La police est venue mais aucun des garçons n'a admis quoi que ce soit. Les gens sont juste contents que tout se soit bien terminé.

— Et tout ça s'est passé après 21 heures ? demanda Evi. Plutôt tard pour qu'une si petite fille soit encore debout, non ?

— Oh, tous les gosses veillent tard pour la Décapitation. C'est l'usage.

— La Décapitation ?

— C'est comme ça qu'ils appellent ça. Un vieux truc paysan. Suivi d'une fête. Tout le monde est invité. Ça ne m'a jamais particulièrement emballée, pour être honnête, surtout après le départ de Pete. Mais bon, quand Harry m'a demandé si j'y serais, je me suis dit, pourquoi pas ? Sauf qu'alors, panique totale à l'idée de savoir ce que j'allais mettre. Non pas qu'il se soit agi d'un rendez-vous galant ou de quoi que ce soit, mais il s'était donné la peine de me demander si je serais là et… qu'est-ce qu'il y a ? Qu'est-ce que j'ai dit ?

Le trombone avait échoué entre les doigts d'Evi, finalement. Elle secoua la tête et se força à sourire.

— Rien, je suis désolée, dit-elle, et elle reposa le trombone tordu sur la table. Vous êtes d'humeur très enjouée aujourd'hui. J'ai du mal à suivre. Poursuivez.

— Donc, pour finir, j'ai décidé de mettre un pantacourt. Avec le pull jaune que j'ai dégoté chez Tesco, bien qu'il n'ait pas l'air de sortir de chez Tesco, ça fait plutôt classe, vraiment. Je ne me rappelle pas la dernière fois que je me suis acheté des vêtements. C'est bon signe, non, d'avoir envie d'acheter de nouveaux vêtements, d'avoir envie de paraître jolie à nouveau ?

Silence.

— Non ? répéta Gillian.

Evi hocha la tête. Souriait-elle encore ? À peine.

— C'est un très bon signe, convint-elle.

C'était un signe extrêmement encourageant, d'avoir à nouveau envie d'être à son avantage. Une longue jupe flottante lui arrivant pratiquement à la cheville, un haut rouge près du corps qui lui aurait dénudé les épaules, et un pashmina lavande si la soirée devait fraîchir : voilà ce qu'elle avait prévu, elle, de porter…

— Et comment s'est déroulée la fin de la fête, après ça ? demanda-t-elle. Il devait y avoir de l'alcool, j'imagine. Vous avez été tentée ?

Gillian réfléchit un moment, puis secoua la tête.

— Pas vraiment, dit-elle. Il se passait tellement de choses. Plein de gens voulaient me parler, me demander comment j'allais. Jenny s'est montrée adorable. Jenny Pickup, je veux dire – Jenny Renshaw, avant. Je faisais du baby-sitting pour elle il y a des années, et elle était aussi la marraine de Hayley. Et Harry était pas mal par là. Bien sûr, je n'ai pas fait vraiment attention à lui pendant la fête. Vous savez comment les gens sont…

— Vous êtes restée tard ?

Evi s'était imaginée rester tard, se faire raccompagner chez elle dans cette voiture décapotée. La nuit avait été chaude quand elle était sortie dans le jardin, juste avant 23 heures. Il y avait des étoiles.

— Tout s'est terminé peu de temps après qu'on a retrouvé Millie, expliqua Gillian. Les Fletcher sont rentrés chez eux, ensuite les autres sont retournés chez les Renshaw, mais le groupe avait cessé de jouer et les gens commençaient à ranger. Bizarre, franchement, parce que, autrefois, les fêtes pouvaient durer jusqu'au petit matin.

— Vous êtes rentrée chez vous ?

Gillian secoua la tête.

— Non, je suis partie avec Harry.

Evi tendit le bras et souleva son verre. Elle le porta à sa bouche, puis lécha sur ses lèvres l'humidité qu'il y avait déposée. Le verre regagna la table.

— Avec Harry ? reprit-elle. Harry le pasteur ?

— Je sais, je sais. (Gillian pouffait presque.) Moi non plus, je ne suis pas encore habituée au côté pasteur. Mais quand il a ôté cette espèce de robe débile, il n'avait plus du tout l'air d'un pasteur. Il était debout dehors quand je suis partie et j'ai eu comme l'impression qu'il m'attendait.

— C'est ce qu'il a dit ?

— Ben, il risquait pas, si ? Il est peut-être un peu timide, si vous voulez mon avis. Alors je lui ai demandé s'il voulait venir chez moi prendre un café.

La main d'Evi se trouvait à nouveau sur le verre.

— Et qu'a-t-il répondu ?

— Ben, j'étais sûre qu'il allait dire oui mais des gens se sont ramenés à ce moment-là, du coup il a dit qu'il allait vérifier que l'église était bien fermée et il s'est éloigné. Évidemment, je savais qu'il voulait que je le suive, alors j'ai attendu quelques minutes, puis j'y suis allée, moi aussi.

— Gillian…

— Quoi ?

— Eh bien, c'est juste que… les pasteurs ont un certain modèle de conduite.

Regard interdit chez Gillian.

— Une certaine façon de se comporter, précisa Evi, et inviter une jeune femme qu'il connaît à peine dans une église la nuit… eh bien, ça ne me semble pas bien responsable. Êtes-vous sûre que c'est bien ce qu'il voulait ?

Gillian haussa les épaules.

— Les hommes sont les hommes, dit-elle. Il a beau porter un collier de chien, il a quand même une bite dans la culotte.

Evi ressaisit le verre. Il était vide.

— Je suis désolée, dit Evi, quand elle crut sa voix suffisamment raffermie. Sans doute pensez-vous que j'espionne. Si vous ne vous sentez pas prête à en parler, pas de problème. Vous dormez toujours bien ?

— Vous pensez qu'un pasteur ne s'intéresserait pas à quelqu'un comme moi ? demanda Gillian.

Les traits de son visage semblaient s'être durcis. Le rouge à lèvres qu'elle avait choisi était trop soutenu pour elle.

— Non, ce n'est pas du tout ce que je voulais dire.

— Alors pourquoi m'a-t-il embrassée ?

Evi respira un grand coup.

— Gillian, mon seul souci est de savoir si vous êtes prête à vous lancer dans une nouvelle relation. Sur le plan affectif, vous avez été très secouée.

Il l'avait embrassée ?

La fille s'était ratatinée dans son fauteuil, une fois de plus. Elle ne semblait plus capable de regarder Evi en face.

— Vous l'aimez vraiment ? s'enquit d'une voix douce Evi.

Gillian acquiesça, sans lever les yeux.

— Ça a l'air idiot, dit-elle, s'adressant au tapis à ses pieds, parce que je le connais à peine, mais c'est comme si je me souciais de lui. Quand je suis entrée dans l'église, il était assis, comme ça, au premier rang. Je suis allée m'asseoir à côté de lui et j'ai posé ma main sur la sienne. Il ne l'a pas retirée. Il a dit qu'il était désolé pour ce qui s'était passé, que ça avait dû être affreux pour moi, après ce que j'avais traversé.

— On dirait que ça a été plutôt éprouvant pour tout le monde, commenta Evi.

Plus que dix minutes avant la fin de la séance. Une durée infime au regard du grand ordre de l'univers. Et pourtant trop longue pour supporter l'image, dans sa tête, de Harry et de cette fille, dans une église faiblement éclairée, se tenant par la main.

— C'était comme si on avait un lien, racontait Gillian. J'avais l'impression de pouvoir tout dire. Alors je lui ai demandé ce que j'avais eu envie de lui demander la première fois que je l'avais vu. Comment Dieu pouvait-il laisser des choses affreuses arriver à des innocents, comme Hayley ? Et à Millie, pratiquement. S'Il est tout-puissant, comme on le dit, pourquoi ces choses arrivent-elles ?

Et moi, songea Evi. Quelle part du projet céleste a fait de moi une invalide ? Quelle part du plan m'a fauché Harry sous le pied juste quand… moins de dix minutes à tenir.

— Qu'est-ce qu'il a répondu ?

— Il a commencé à me réciter une prière, je ne sais plus laquelle. Il fait ça souvent, j'ai remarqué. Formidable mémoire. Un truc au sujet de Jésus qui n'aurait plus ni mains ni pieds…

— Plus de mains, si ce n'est les nôtres, compléta Evi, au bout d'un moment.

— C'est ça. Vous la connaissez ?

— J'ai été élevée dans la religion catholique, dit Evi. Cette prière a été écrite par sainte Thérèse d'Avila au XVIe siècle. « *Christ n'a plus de corps à présent sur la terre, si ce n'est les nôtres, plus de mains si ce n'est les nôtres, plus de pieds si ce n'est les nôtres.* » Ça veut dire que tout ce qui arrive ici sur terre – toutes les bonnes choses, mais aussi les mauvaises – sont de notre ressort.

— Oui, c'est ce qu'a dit Harry, répondit Gillian. Il a dit que c'était notre responsabilité à présent. Il a dit que Dieu avait un grand projet, il en était certain, mais que c'était un projet tracé dans les grandes lignes et que c'était à nous de compléter les détails.

— Il m'a l'air plutôt sage, votre Harry, conclut Evi.

Tellement ridicule. Elle ne l'avait rencontré que deux fois. Il n'y avait aucune raison, franchement, pour que son estomac lui semble lesté de plomb.

— C'est aussi mon avis, dit Gillian. J'irai à l'église dimanche. Pour la première fois depuis des années.

Gillian se retourna soudain et consulta la pendule au mur.

— Il faut que j'y aille, déclara-t-elle. J'ai dit que je le retrouverais à midi. Je l'aide à décorer l'église. Merci, Evi, on se voit la semaine prochaine.

Gillian se leva et quitta la pièce. Il restait encore huit minutes avant la fin de leur séance, mais il semblait qu'elle n'ait plus besoin d'Evi à présent. Et pourquoi aurait-elle eu besoin d'elle ? Elle avait Harry.

27

« Le juge de touche lève la pancarte et il ne reste plus que trois minutes d'arrêt de jeu à jouer dans cet affrontement de haute volée. La balle est à Brown… il fait demi-tour, la passe au jeune novice d'Ewood, Fletcher… Fletcher, toujours Fletcher… qui lève les yeux… Green est en vue… je pense que Fletcher ira jusqu'au bout… BUT ! »

Saluant les supporters d'un modeste geste de la main, Tom regagna le centre du terrain à petites foulées, pour le dernier coup d'envoi. Il restait moins d'une minute d'arrêt de jeu et la victoire, comme on dit, était dans le sac. Et là, l'un des joueurs se tourna vers lui.

— Tommy, chuchota-t-il.

Tom se réveilla dans l'instant. Il n'était plus la nouvelle star du tir au but, menant son équipe de foot préférée à la victoire. Rien que Tom Fletcher, 10 ans, couché dans son lit au milieu de la nuit. Avec un gros problème sur les bras.

Dehors, le vent courait sur la lande. Tom pouvait l'entendre siffler dans les ruelles, faire trembler les fenêtres dans leurs cadres. Il resta allongé, n'osant esquisser le moindre geste, la couette remontée autour de ses oreilles : il avait pris l'habitude du vent, à présent. Dans les conduites du radiateur, il percevait un gargouillis intermittent tandis que la maison s'assoupissait pour la nuit. Ça aussi, il en avait l'habitude. Soixante centimètres plus bas, il entendait la douce respiration régulière de Joe. Rien que de normal.

Sauf qu'il y avait quelqu'un d'autre dans la chambre avec lui et Joe. Quelqu'un au pied de son lit, qui venait d'administrer un petit coup sec sur sa couette.

Parfaitement réveillé dorénavant, Tom n'osait bouger. La secousse aurait pu faire partie de son rêve, il n'avait qu'à rester immobile, s'assurer que cela ne se reproduirait pas. Il patienta dix, vingt secondes et se rendit compte qu'il retenait son souffle. Aussi silencieusement que possible, il le relâcha. Une fraction de seconde plus tard, quelqu'un d'autre inspira.

Pour autant, il n'osa toujours pas bouger. Ce pouvait être son propre souffle qu'il avait entendu, ou celui de Joe. C'était possible.

La couette bougea de nouveau, lui découvrant le visage. Il sentait l'air de la nuit sur sa joue à présent, ainsi que sur son oreille gauche. Dans la couchette inférieure, Joe parla dans son rêve – un mot étouffé qui faisait un peu « Maman », suivi d'un râle.

— Tommy.

La voix de Joe. Sauf que Joe dormait.

— Tommy.

Celle de sa mère. Mais jamais sa mère ne l'effraierait ainsi.

Les yeux de Tom étaient ouverts. Comment la nuit avait-elle pu devenir si profonde ? La lumière sur le palier qu'on laissait toujours allumée au cas où l'un des enfants aurait besoin de se lever avait été éteinte et sa chambre était plus sombre que d'habitude. Les meubles, les jouets abandonnés çà et là, n'étaient guère plus que des ombres noires. Des ombres noires familières pourtant, du genre auquel il était habitué et qu'il s'attendait à voir. Celle à laquelle il ne s'était vraiment pas attendu se trouvait au pied de son lit.

Quoi que cela puisse être, c'était assis bien tranquillement, mais ça respirait, il distinguait le léger mouvement des épaules. Il discernait le contour de la tête et les deux minuscules points lumineux qui auraient pu être – qui étaient certainement – les yeux. L'ombre l'observait.

Une demi-seconde, Tom fut incapable de bouger. Puis il fut incapable de rien d'autre. Il recula précipitamment, repoussant la couette des talons à coups de pied, poussant des coudes. Sa tête heurta violemment le cadre métallique de la tête de lit et il sut qu'il ne pouvait aller plus loin.

L'ombre bougea, se pencha vers lui.

— Millie, dit-elle, d'une voix peut-être censée être la sienne, songea-t-il. Millie, tomber.

28

3 octobre

— Ils vont bien ? s'enquit Harry, qui avait écouté l'histoire avec fascination.

Gareth haussa les épaules.

— Bof, plutôt calmes, tous les trois, dit-il. Tom et Joe ne veulent pas parler mais aucun d'eux ne quitte Millie des yeux. Tom a développé une espèce d'obsession pour les loquets de fenêtres, il vérifie qu'ils sont sûrs, et tient à savoir où se trouvent les clés.

— Et il dit que c'était une petite fille ? Qui vous observait tous les cinq ?

Gareth hocha la tête.

— Il a déjà parlé d'elle auparavant, c'est juste qu'on n'a pas trop fait attention. Il y a plein de gosses en ville, et l'imagination de Tom a toujours été du genre débridée.

— Et où était Alice pendant…

Il s'interrompit. Avait-il l'air de porter un jugement ?

— Dans son atelier, répondit Gareth, sans réagir ou choisissant d'ignorer la remarque. Elle fait un portrait du vieux Tobias, il a posé pour elle plusieurs fois par semaine et elle aimerait le terminer avant la fin du mois. Elle a entendu Tom crier à l'étage mais le temps qu'elle le rejoigne, il avait réveillé les deux autres et ils s'égosillaient eux aussi.

— Une trace d'effraction ? demanda Harry. Est-il possible que Tom ait vu quelqu'un ?

Gareth secoua la tête.

— La petite fenêtre dans les toilettes du bas était ouverte mais aucune personne de taille normale ne pourrait passer par là. Et un enfant – même s'il s'en trouvait un dehors tout seul la nuit – ne serait pas en mesure de l'atteindre.

Les deux hommes étaient arrivés au fond de l'église. Ils s'arrêtèrent devant une haute porte étroite qui semblait construite en bois d'if.

— Vous êtes bien sûr de vouloir le faire ? demanda Harry. Ce n'est pas urgent. Vous avez sans doute…

Gareth s'empara de la boîte à outils qu'il avait apportée.

— Tout va bien, dit-il. Ils sont partis se promener. Joe avait envie d'aller jeter un œil au Tor. J'ai dit que j'irais les rejoindre quand on aurait fini.

— Bon, eh bien, si vous êtes sûr.

— Je le suis. Ouvrons cette crypte.

Harry trouva la bonne clé et l'inséra dans la serrure.

— En théorie, pas une crypte, dit-il. Plutôt une cave. Ça pourrait servir pour y entreposer des trucs. Je veux juste me faire une idée et voir si je dois appeler un expert pour vérifier qu'elle ne présente pas de danger.

La clé tourna plutôt facilement. Harry saisit la poignée et pressa la clenche.

— Et vous n'avez pas envie d'inspecter ces lieux sinistres tout seul, compléta Gareth.

— Ah ça, vous avez parfaitement raison. Merde alors, cette porte est dure. Si vous voulez mon avis, elle n'a pas bougé depuis des années.

— Oh, écartez-vous, pasteur, ça, c'est un boulot d'homme.

— Reculez, mon vieux, c'est pour moi, dit Harry. Nous y voilà.

La porte pivota vers l'intérieur alors même qu'une bulle de poussière à l'odeur fermentée explosait devant eux. Harry cligna des yeux à plusieurs reprises. Gareth s'éclaircit la voix.

— Vingt dieux ! Ça schlingue. Vous êtes sûr qu'il n'y a rien de mort là-dedans ?

— Je ne suis sûr de rien, répondit Harry, prenant sa lampe torche et abordant l'escalier en spirale qui s'enroulait sous l'église.

L'air froid lui sembla se faufiler dans sa nuque.

— Pieux et gousses d'ail, prêts à faire feu !

L'odeur humide de la cave de l'église s'intensifiait à mesure que les deux hommes descendaient. Avant d'être à mi-chemin, Harry se réjouit qu'ils soient tous deux vêtus de polaires. Vingt-deux marches plus tard, ils étaient en bas, braquant leurs lampes autour d'eux. Les deux faisceaux détaillèrent de massifs piliers en pierre et un plafond de brique voûté. C'était bien plus grand qu'ils ne s'y étaient attendus l'un et l'autre.

— Au temps pour moi, dit Harry, au bout de quelques secondes. C'est bien une crypte.

Si l'on avait posé la question à Tom quelques semaines plus tôt, il aurait peut-être répondu que le mois d'octobre était l'un de ses préférés. Parce qu'en octobre, les arbres commençaient à ressembler à des pommes caramélisées et que les champs labourés se teintaient de chocolat noir. Il aimait le goût qu'avait l'air sur sa langue, vif et frais comme un bonbon à la menthe, et il adorait ce sentiment d'attente, à mesure qu'approchaient Halloween tout d'abord, puis la Guy Fawkes Night[1], le 5 novembre, Noël enfin. Cette année, cependant, il avait du mal avec toutes ces expectatives. Cette année, il n'aimait pas se projeter trop loin dans le futur.

— Pas si vite, vous deux, lança la voix de sa mère, remontant la colline. Attendez-nous.

Tom jeta un regard en arrière. Joe était à quelques mètres derrière lui, déguisé en archer du Moyen Âge avec un arc en plastique passé par-dessus son épaule et un carquois de flèches dans le dos. Il suivait bien et chantonnait doucement pour lui-même. Une trentaine de mètres plus bas, Alice et Millie émergeaient tout juste de la brume.

— Tom, reste sur le sentier ! lança sa mère.

— Oui, oui !

Il reprit son chemin.

Harry s'avança au centre de l'espace, vaste et sombre. Trois rangées de colonnes de briques travaillées soutenaient un plafond voûté. Le sol n'était pas en terre comme il s'y était attendu mais dallé de vieilles pierres tombales tout comme les allées de l'église dans la nef.

— C'est pas croyable… marmonna Gareth à ses côtés.

Les deux hommes s'aventurèrent plus avant. Quelques mètres plus loin, le mur sur leur droite semblait s'arrêter brutalement et la lampe électrique de Harry ne rencontra que du noir. Alors que les deux hommes s'approchaient, ils se rendirent compte qu'un

1. Commémoration de l'échec de la Conspiration des poudres en 1605, attentat manqué contre le Parlement britannique, fomenté par un groupe de catholiques.

passage voûté s'ouvrait dans le mur. Ils ne distinguaient rien au-delà.

— À vous l'honneur, dit Gareth.

— Mauviette.

Harry s'engagea dans le passage plongé dans le noir et braqua sa lampe alentour.

— Ah ça, le diable m'emporte si… commença-t-il.

L'espace souterrain de l'autre côté du mur était encore plus vaste que la crypte de l'église.

— On est sous l'ancienne église, expliqua Gareth, sur ses talons. Deux églises, une seule cave gigantesque.

— M'est avis qu'on n'aura plus de problème de stockage, là, dit Harry, découvrant des niches voûtées et fermées de grilles contre le mur du fond. J'ai peine à croire que cet endroit ait jamais été une simple cave. Il y a bien trop d'ornementation. Je pense qu'on y rendait un culte. Vous entendez de l'eau, vous aussi ?

— Ouais, acquiesça Gareth. Plus qu'une simple fuite, on dirait. Je crois que ça vient de là, par ici.

Gareth ouvrit la marche. Harry lui emboîta le pas, admirant le travail de maçonnerie, avec ses roses, ses feuilles et ses insectes sculptés. Il vit une procession de pèlerins gravés dans la pierre en route pour quelque lieu saint. Les dalles sous ses pieds étaient polies par l'usage. Durant des centaines d'années, des moines avaient arpenté ces pierres en silence. Devant lui, Gareth avait trouvé l'origine des gargouillis.

— Jamais rien vu de pareil, commenta-t-il.

Scellée dans le mur le plus éloigné de la cave se trouvait une immense coquille Saint-Jacques en pierre. De l'eau s'y déversait depuis un fin tuyau situé plusieurs centimètres au-dessus, après quoi, comme une sorte d'élément décoratif dans quelque jardin privé, elle se déversait par-dessus bord pour disparaître dans une grille. Harry tendit la main et recueillit un peu d'eau. Elle était gelée. Il la porta à sa bouche, renifla, puis y trempa sa langue.

— Probablement potable, dit-il. Pensez-vous que cela ait pu être une espèce de gigantesque planque pour les moines ? Quand les ennemis arrivaient, ils se réfugiaient ici. Avec leur propre approvisionnement en eau, ils pouvaient sans doute tenir plusieurs semaines.

— Il y a plusieurs cours d'eau souterrains par ici. On a dû y veiller quand on a creusé les fondations de la maison. Peut-être qu'on peut la mettre en bouteille.

— La source de Heptonclough, conclut Harry en hochant la tête. Ça sonne pas mal.

— Bon, et est-ce qu'on peut débattre de la question crypte-ou-cave ? demanda Gareth, qui braquait sa lampe dans la plus proche des niches. Parce que je ne peux pas m'empêcher de penser qu'il y a des trucs morts par là-dessous.

Des silhouettes surgirent de la brume et, l'espace d'un instant, Tom ralentit. Puis il comprit qu'il avait dû y avoir des constructions ici, à une époque. Ce qu'il voyait, c'étaient leurs ruines.

— Tom, arrête-toi maintenant, s'il te plaît !

Cette fois-ci, elle ne plaisantait pas. On ne pouvait se tromper sur ce ton et ce volume-là. Il attendit que sa mère et Millie les aient rattrapés. Elles avaient toutes les deux l'air d'être fatiguées.

La nuit précédente, quand sa mère était arrivée en courant depuis son atelier, sentant la peinture et le café noir, pour trouver son aîné accroupi, terrifié, derrière la porte de sa chambre, Tom était absolument convaincu que la petite fille était toujours quelque part dans la maison. Il avait refusé de retourner au lit jusqu'à ce qu'on ait fouillé partout – absolument partout, dans la moindre cachette envisageable.

Joe, ce sale con, ce menteur, avait refusé de soutenir sa version, d'admettre qu'il avait vu la fille, lui aussi, qu'il lui avait même parlé. Joe s'était contenté d'ouvrir de grands yeux, jusqu'à ce qu'ils soient ronds comme des soucoupes, en secouant la tête.

— Merci, dit sa mère. Et maintenant est-ce qu'on peut tous rester groupés, s'il vous plaît ? Je ne veux perdre personne de vue dans ce brouillard. OK, je crois que c'est par là.

Millie sur une hanche, Alice se remit en route et les garçons la suivirent d'un pas traînant. Tom gardait les yeux rivés au sol. Si Joe disait quoi que ce soit pour l'énerver, il lui en collerait une.

Ils atteignirent l'orée d'un bosquet juste comme le brouillard semblait se lever un peu. Un tapis de feuilles de hêtres s'étendait à leurs pieds. Les arbres étaient vieux et gigantesques. Tom et les siens continuèrent d'avancer jusqu'à se retrouver au milieu. Le petit cottage, tout droit sorti d'un conte de fées, apparut devant eux.

Harry et Gareth se trouvaient à côté d'une petite niche, tapissée de pierre. L'accès était barré par une ferronnerie élaborée et la grille, verrouillée.

— Ah, celle-là, j'ai pas la clé.

— Franchement, c'est pas grave, mon vieux, répliqua Gareth, qui secoua la tête.

Au-delà de la porte ouvragée, les deux hommes pouvaient voir quatre cercueils taillés dans la pierre, posés sur des étagères de part et d'autre de l'alcôve. Chacun d'eux était surmonté de gisants en tenue ecclésiastique. On pouvait lire le nom de Thomas Barwick sur le premier. Il avait été abbé en 1346. Les inscriptions des autres sarcophages étaient trop usées pour que Harry puisse les déchiffrer. Les hommes parcoururent de nouveau la cave sur toute sa longueur dans l'autre sens, braquant leurs lampes sur chacune des niches closes devant lesquelles ils passaient. Ils s'arrêtèrent devant la dernière. Derrière les cercueils de pierre, encastrée dans le mur du fond, se trouvait une porte en bois.

— Ça mène où, selon vous ? interrogea Gareth. Je suis complètement désorienté.

Harry haussa les épaules. Il l'était aussi.

— Il y a de vieilles clés dans le bureau de la sacristie, répondit-il. Planquées au fond d'un des tiroirs.

— Une autre fois, peut-être, proposa Gareth.

— Je n'arrive pas à croire que personne ne m'ait parlé de tout ça. Ça pourrait être d'une grande portée historique. Les cars vont se mettre à défiler.

— C'est peut-être précisément pour ça qu'on a si soigneusement gardé le secret, suggéra Gareth. Votre bedeau vous semble du genre à vouloir faire de sa ville une destination touristique ?

— La ville ne lui appartient pas tout entière, rétorqua Harry, agacé.

Des abbés morts il y a plusieurs siècles de cela étaient peut-être bien ensevelis à cet endroit. C'était une découverte incroyable.

— Rien que la majeure partie.

— Peut-être, mais en tout cas, il n'est pas propriétaire de l'église. Et certainement pas de ceci.

— La maison du Petit Chaperon Rouge, dit Tom, oubliant qu'il boudait.

— La Maison de la grand-mère du Petit Chaperon Rouge, corrigea sa mère, tandis que Millie trottinait à pas hésitants vers la porte d'entrée du cottage.

Contrairement aux bâtiments en ruine devant lesquels ils venaient de passer, la chaumière semblait entretenue. Les murs étaient intacts, le toit avait l'air en bon état, la porte d'entrée solide sur ses gonds. Il y avait même deux fenêtres, aux volets fermés. Et une cheminée.

Alice tendit le bras et tenta d'actionner la poignée de la porte. Fermée à clé. Elle se retourna vers les enfants et haussa les épaules.

— Apparemment, grand-mère n'est pas là, dit-elle. Ça doit être le cottage dont Jenny nous a parlé. Celui dans lequel elle jouait autrefois avec sa sœur.

Tom frissonna. Il lança un regard à Joe, qui gardait les yeux rivés au sol, comme si la maison ne l'intéressait nullement. Une pensée soudaine frappa Tom. Et si c'était là que vivait la fille ?

— Allons-y, déclara-t-il.

Alice acquiesça de la tête et la famille continua son chemin jusqu'au Tor.

— On peut grimper, m'man ? demanda Joe.

— Hors de question, répondit Alice. Dans ce brouillard et sans votre père, nous n'irons pas plus loin.

Tom fixait du regard l'imposant édifice rocheux qui disparaissait dans les nuages. Quelque chose, dans la façon qu'il avait de le dominer de sa masse imposante, le rendait nerveux. Et il n'était pas à l'aise à l'idée de lever les yeux, comme le faisaient sa mère, et Joe, et même Millie. Se détournant, il cria avant d'avoir pu s'en empêcher.

— Qu'est-ce qu'il y a ? s'écria Alice, faisant volte-face.

— Il y a quelqu'un, là-bas, dit Tom. Dans les arbres. Qui nous regarde.

Alice fronça les sourcils et plissa les yeux. Puis inspecta brièvement le paysage, de droite à gauche.

— Je ne vois rien, dit-elle. Rien que des arbres.

Tom se rapprocha de sa mère. Il avait vu une grande silhouette mince entre les arbres, en train de les observer. Une fois repérée, elle avait reculé, pour se fondre dans le brouillard. Tom se tourna pour fusiller Joe du regard, puis s'arrêta. Cela n'avait pas vraiment la bonne forme, ou la bonne hauteur, pour être la fille.

— Allez, venez, dit Alice. On ferait mieux de rentrer. Je ne pense pas que ce brouillard va se lever. Le plus vite possible, tout le monde.

Hissant de nouveau Millie sur sa hanche, elle se dirigea vers le bosquet. Puis s'arrêta.

— Il y a *bien* quelqu'un, dit-elle à voix basse. Attends une seconde, Joe.

Tom sentit une boule se former dans sa poitrine. Il ne voyait rien, ou en tout cas... Sa mère plongeait sa main dans sa poche. Elle en sortit son portable et étudia l'écran. Puis elle pressa quelques touches et le porta à son oreille.

— T'appelles qui ? demanda Tom.

— Papa, répondit Alice, avant de secouer la tête. Il doit toujours être sous terre.

Elle regarda derrière eux encore une fois puis repartit dans la descente. Joe lui emboîta le pas, suivi de Tom. Aucun d'eux ne parlait. Tous les trois pas, Alice ralentissait et se retournait. Au bout de quelques secondes, Tom se mit à faire la même chose, malgré lui. Dans son dos, rien qu'un nuage gris. Le Tor avait déjà disparu.

Au bout de quelques minutes, ils avaient atteint le bosquet. Il semblait à Tom que les arbres avaient grandi depuis qu'ils les avaient traversés, tous les quatre. Il se rapprocha de sa mère et se rendit compte que Joe avait fait de même. Nul ne semblait vouloir prendre la parole. Même Millie était anormalement silencieuse. Alice n'avait pas rangé son portable. Elle baissa de nouveau brièvement les yeux dessus et Tom put voir son pouce planer au-dessus de l'une des touches. On aurait dit que sa mère s'apprêtait à presser le neuf.

— M'man, j'ai peur, dit Joe d'une petite voix.

— Il n'y a rien à craindre, mon ange, s'empressa de répondre sa mère, d'une voix qui semblait un peu plus stridente que d'habitude. On sera rentrés dans dix minutes.

Elle se remit en marche, plus lentement cette fois-ci, un pas devant l'autre. Quand Tom levait les yeux, il pouvait la voir jeter des regards furtifs d'un côté, de l'autre. Ils étaient au beau milieu des arbres, à présent. Cernés de grandes ombres.

— Tom, mon chou, dit Alice, sans le regarder. Si je devais te le demander, pourrais-tu prendre Joe par la main et courir aussi vite que possible jusqu'en bas chercher papa ?

— Pourquoi ? demanda Tom.

— Il est sans doute encore dans l'église, répondit Alice. Peut-être à la maison. Tu pourrais le trouver et lui dire où nous sommes ?

— Et toi et Millie ?

— Je m'occupe de Millie. C'est juste que je sais combien vous êtes rapides. Je sais que toi et Joe pourriez rentrer à la maison très, très vite. Tu peux faire ça pour moi, mon ange ?

Tom n'était pas sûr. Courir dans le brouillard et laisser sa mère ? Ils étaient presque ressortis du bosquet, maintenant. La brume n'était pas aussi dense au fond de la lande. Les bâtiments d'Heptonclough commençaient à se découper. Ils voyaient clair en contrebas.

— Oh, pour l'amour du ciel, dit Alice, s'arrêtant et fermant les yeux. Oh, pour l'amour du ciel, Tom, tu m'as fichu une trouille bleue.

Tom regarda sa mère. Elle n'avait pas l'air fâchée, seulement immensément soulagée. Tournant la tête vers le bas de la pente, il vit une silhouette à une centaine de mètres d'eux.

— C'est Gillian, dit-elle. En vadrouille, encore une fois. C'est bizarre d'avoir eu peur de Gillian.

29

8 octobre

— Evi, Steve à l'appareil. Je ne te dérange pas ?

Evi regarda sa montre. Elle s'apprêtait à se rendre dans une maison pour enfants, à son premier entretien avec un jeune garçon qui n'avait pas parlé depuis dix jours – depuis que la police avait exercé ses pouvoirs spéciaux en vertu de la loi sur l'Enfance, qui l'autorisait à l'éloigner de son foyer. C'était un trajet de dix minutes. Auxquelles s'ajoutaient dix minutes pour se hisser et s'extirper de la voiture. Mais son superviseur avait appelé sur son portable. Elle pouvait continuer la conversation en route.

— Ça va, dit-elle, rassemblant son bloc-notes et plusieurs crayons sur le bureau. J'ai deux minutes. Merci d'avoir rappelé.

— Désolé que ça ait pris autant de temps, mais on était partis. Je ne suis revenu au bureau que ce matin.

— Dans un endroit sympa ?

Pourquoi fallait-il sans cesse retailler ses crayons ? Elle s'appuya contre le bureau et fouilla dans le tiroir.

— Antigua. Et oui, c'était très chouette. Bon, et cet e-mail.

— Une idée ?

Elle avait trouvé le taille-crayon. Mais tenir le téléphone contre son oreille avec l'épaule serait très mauvais pour son dos.

— Tu dis que la patiente fait des progrès ?

Elle entendait Steve siroter son café noir et corsé, comme il l'aimait.

— À première vue, oui. (Deux crayons taillés, ça devrait suffire.) Elle arrive à réduire sa consommation d'alcool, le traitement que j'ai prescrit marche bien, elle s'est remise à parler d'avenir.

Bon, de quoi écrire, le téléphone – oui, ça, elle l'avait – mais que diable avait-elle fait des clés de la voiture ?

— Quel est le problème, alors ?

— Je n'arrive pas à m'ôter de l'idée qu'elle me cache quelque chose.

Les clés de sa voiture étaient dans la poche de son manteau. Elles étaient toujours dans la poche de son manteau.

— Elle rechigne à évoquer sa petite enfance, la mort de son père, l'arrivée d'un beau-père. Parfois, c'est comme s'il tombait un rideau. Sujet tabou.

— Ça ne fait pas si longtemps que ça que tu la vois, si ?

— Non, seulement quelques semaines, dit Evi, se demandant si elle pouvait enfiler son manteau sans se casser la figure. Et je sais que ces choses-là peuvent prendre du temps. C'est juste que l'affaire Megan Connor m'a fait l'effet d'une étrange coïncidence. Je ne peux pas m'empêcher de penser que ça a forcément eu un impact.

— Tu as sans doute raison. Mais à ta place, j'attendrais qu'elle l'évoque elle-même. Laisse-la venir. Tu en es encore au début du traitement. On a tout le temps.

— Je sais. C'est ce que j'ai pensé. J'avais juste besoin que tu me le confirmes.

Evi venait d'enfiler son manteau. Elle pendit son sac au crochet de son fauteuil roulant et vérifia que sa canne était à sa place le long du dossier. Elle se laissa choir, le téléphone toujours coincé entre son épaule et son oreille.

— C'est bien, ma fille, dit Steve. Mais bon, tout ça pour dire que je me rappelle bien l'affaire Megan.

— Ah oui ?

La porte du bureau d'Evi avait été montée de façon à s'ouvrir vers l'extérieur quand elle la poussait du pied.

— Ouais, un de mes confrères s'y est intéressé de très près. Il bossait sur les effets des catastrophes sur les petites communautés.

— Comment ça ? demanda Evi, s'éloignant dans le couloir.

— Quand une communauté subit un traumatisme majeur, l'impact de ce dernier peut se faire ressentir pendant un bon bout de temps, dit Steve. L'endroit acquiert une réputation légèrement sinistre par rapport au monde extérieur, ce qui peut commencer à affecter la façon de penser et de vivre de la population locale. Il a écrit un article sur le sujet, dans lequel il se penchait sur des endroits genre Hungerford, Dunblane, Lockerbie, Aberfan. Je vais essayer de te le retrouver.

Evi tourna au coin du couloir et manqua percuter un groupe de trois collègues en train de bavarder. Ils s'écartèrent et elle les remercia d'un signe de tête.

— Le *British Medical Journal* a sorti un papier sur le sujet, lui aussi, il n'y a pas longtemps, poursuivit Steve. Après une catastrophe, les troubles mentaux peuvent affecter jusqu'à 50 % de la population. La fréquence de troubles légers ou moyens peut doubler. Même les troubles sévères comme les psychoses augmentent.

— Mais tu parles de catastrophes majeures ? De tremblements de terre, d'accidents d'avions, d'explosions d'usines chimiques. Avec de grandes pertes humaines.

Evi passa devant une femme et un enfant dans le couloir, puis devant un porteur.

— Exact, et je ne suis pas en train d'essayer de suggérer que le décès de deux enfants soit comparable en aucune façon. Mais l'affaire Megan a fait beaucoup parler d'elle. On peut s'attendre à trouver, encore aujourd'hui, des effets sur la santé mentale de la communauté. À un degré ou un autre, la population locale doit se sentir responsable. Ils doivent se sentir éclaboussés.

— Donc les faits antérieurs pourraient, même inconsciemment, influer sur la guérison de ma patiente ?

— Ça ne m'étonnerait pas le moins du monde. Peut-être qu'il serait bon d'en savoir plus sur ce qui s'est réellement passé quand la fille de ta patiente est morte. De lire quelques vieux journaux, d'en parler au généraliste en question. Ça te donnera un point de référence. Tu pourras comparer ce qu'elle te raconte avec ce que tu sais des faits. Voir s'il existe des divergences. Tu ne dois bien évidemment pas rechercher la confrontation, mais parfois on apprend plus de ce que nos patients ne nous disent pas que de ce qu'ils nous confient. Ça te paraît logique ?

Evi avait atteint la porte d'entrée principale de l'hôpital. Un crétin avait laissé un tas de caisses au sommet de la rampe d'accès pour les handicapés.

— Oui, ça se tient, je pense, dit-elle, jetant un regard noir aux emballages. Merci, Steve, va falloir que je te laisse, maintenant. Faut que j'aille engueuler quelqu'un.

30

10 octobre

« Il y a un moment pour tout, et un temps pour toute chose sous les cieux », lut Harry. Sa voix, plus aiguë qu'à l'accoutumée, se réverbérait dans l'église vide. « Un temps pour naître, et un temps pour mourir ; un temps pour planter, et un temps pour arracher… »

Un bruit de pas traînant dans son dos. Il s'interrompit. Un bref regard lancé par-dessus son épaule lui apprit qu'il était seul dans l'église. Il avait dit au revoir à Alice dix minutes plus tôt, à Gillian trois ou quatre minutes plus tard. Elles l'avaient toutes deux aidé à mettre une touche finale aux décorations de la fête de la moisson. Il n'avait vu entrer personne. Peu de choses vous échappent, quand on est installé en chaire.

« … un temps pour arracher ce qui a été planté, reprit-il, tout en balayant du regard les rangées de bancs même s'il était certain que le bruit était venu de derrière. Un temps pour tuer et un temps… »

Il se tut de nouveau : il n'aimait pas la sensation qui naissait au creux de ses omoplates, cette impression qu'à tout moment, quelqu'un derrière lui allait tendre le bras et…

Il baissa les yeux sur ses notes. Ecclésiaste, III : ça passait toujours bien au moment de la moisson. Les gens aimaient la beauté simple de cet extrait, son sens de la mesure, de la complétude.

— Pour mourir, dit une petite voix juste derrière lui.

Harry garda les yeux fixés sur la galerie et patienta. Dans la nef, quelque chose grinça, mais le vieux bois fait toujours ça. L'espace d'un instant, il se demanda si les petits Fletcher ne s'étaient pas introduits dans l'église une fois de plus, mais il ne reconnut pas leur voix, ni à l'un, ni à l'autre. Il baissa lentement les yeux sur ses mains. Elles agrippaient la rampe en bois de sa chaire plus fermement que la virilité ne l'eût voulu. Sans un bruit, il pivota sur place.

Le chœur semblait vide, mais bon, il ne s'était guère attendu à autre chose. Quelqu'un se jouait du pasteur. Il se retourna pour faire de nouveau face à l'église.

« … et un temps pour guérir… un temps pour pleurer et un temps pour rire, lut-il à haute voix, d'une voix qui était trop forte, même lorsqu'elle s'élèverait demain, dans une église remplie de gens. Dans une église vide, ça faisait un peu dément.

— Un temps pour tuer », chuchota la voix.

Oh, pour l'amour du…

Harry ne s'embarrassa pas des marches, il balança ses jambes par-dessus la rambarde et se laissa tomber à terre. La voix venait de quelques mètres, il en était certain. Nul ne pouvait trouver le temps de s'éclipser. Et pourtant si. Personne dans les stalles du chœur, personne dans le petit espace derrière l'orgue, personne caché derrière l'autel, personne dans la… Il s'arrêta. Quelqu'un pouvait-il se trouver dans l'ancienne crypte ? Le son pouvait-il monter, on ne sait comment ?

— Tout va bien, pasteur ?

Figé sur place, Harry pivota sur lui-même pour faire face à la nouvelle voix. Jenny Pickup, la fille de Sinclair, au milieu de l'allée centrale, l'observait, l'air perplexe. Harry se sentit rougir. Pour une raison inexpliquée, Jenny semblait toujours voir en lui une source d'amusement.

— Avez-vous jamais entendu parler d'un accès secret à cet édifice, Jenny ? demanda-t-il. Peut-être dans la cave sous nos pieds ? Dont les gosses du voisinage pourraient avoir connaissance ?

Elle secoua la tête.

— Pas à la mienne. Pourquoi, quelque chose a disparu ?

— Non, rien de tel, s'empressa de répondre Harry. C'est juste que je préparais le sermon de demain et que je jure avoir entendu quelqu'un répéter ce que je disais.

Jenny portait un sweat-shirt rose pâle qui lui allait bien et un pantalon d'équitation rentré dans des bottes noires.

— Ce bâtiment renvoie l'écho de façon étrange, dit-elle au bout d'un moment. Il est connu pour ça.

— On n'aurait vraiment pas dit un écho, répliqua Harry. Plutôt un enfant. Auquel cas, il faut que je le trouve avant de fermer.

Jenny s'était avancée. Ses yeux balayaient lentement les lieux.

— Laissez-moi fermer pour vous ce soir, pasteur.

— Vous ?

— Oui. (Elle hocha la tête, un petit sourire triste aux lèvres.) Je suis venue vous parler deux secondes. Ensuite, j'avais envie de passer un moment seule ici. Ça vous semble possible ? Je jure de veiller à ce qu'il n'y ait plus une âme ici quand je partirai.

— Si vous me l'assurez, dit-il.

— Pas de souci. Laissez-moi faire quelques pas avec vous dehors. C'est une très belle soirée.

Harry ramassa sa veste, après quoi tous deux entrèrent dans la sacristie. Harry ne put s'empêcher de se retourner une dernière fois pour examiner la nef. Vide.

— Avez-vous besoin d'emprunter mes clés ?

— Non, ça va aller, merci, répondit Jenny, alors qu'ils sortaient dehors. Papa m'a prêté les siennes. Il viendra sans doute faire un saut lui-même un peu plus tard, juste pour s'assurer que j'ai bien refermé à clé et que la lumière est bien éteinte partout.

Une Land Rover tractant une longue remorque surbaissée s'était arrêtée devant la boucherie de Dick Grimes, près de l'entrée de l'église. Le conducteur en sortit d'un bond, suivi d'un colley noir et blanc. Il se dirigea vers la remorque et ouvrit la porte arrière. Le chien remonta la rampe en courant et une douzaine de moutons sortirent en trébuchant. Harry et Jenny regardèrent le chien les rassembler autour du véhicule et mener le troupeau en direction de la grange à l'arrière du magasin.

— Vous n'êtes pas un homme de la campagne, hein, pasteur ? lui dit-elle.

Sous leurs yeux, les moutons disparurent dans la grange, après quoi le conducteur et le colley remontèrent à bord du véhicule. Alors qu'il tournait au coin de la rue, une femme dut se plaquer au mur pour l'éviter. C'était Gillian.

— Non, concéda Harry, en se retournant vers Jenny. Mais j'apprends vite.

— Tout ceci se fait de façon très humaine, dit-elle. Et les animaux ne subissent pas le stress d'un long trajet.

— Je n'en doute pas une seconde. (Harry leva brièvement les yeux vers la rue. Gillian était toujours là.) N'allez pas croire que je désapprouve. Il faut juste que je m'y habitue.

— Tous les hommes viennent chez nous après ça, expliqua Jenny. On organise un dîner ensuite, et le pub nous fournit généralement un tonnelet ou deux. Ce serait chouette si vous pouviez vous joindre à nous.

Jenny tripotait les clés de sa voiture de ses deux mains. Elle avait les doigts longs et fins mais aussi rougis et un peu rêches, peut-être à force de monter à cheval par mauvais temps.

— Merci, dit Harry, pleinement conscient de la présence de Gillian à quelques mètres seulement, mais résolu à ne pas la regarder de nouveau. C'est très gentil à vous, poursuivit-il. Et l'année prochaine, j'en serais ravi. Mais j'ai une grosse journée demain. Je ferais sans doute mieux de me coucher tôt.

— L'année prochaine, alors.

Jenny avait travaillé. Ses ongles courts étaient sales et il y avait de la paille sur son sweat-shirt.

— J'aimerais que Gillian rentre chez elle, dit Harry. Il commence à faire froid et elle ne porte jamais de manteau convenable, je trouve.

Les ongles d'Evi étaient courts, eux aussi, mais très propres et brillants. Bizarre, les choses que l'on remarque.

Jenny jeta un œil par-dessus l'épaule de Harry.

— Gillian a l'air bien mieux ces derniers temps. On s'est fait du souci pour elle pendant longtemps. Elle n'avait vraiment pas l'air de s'en remettre.

— Elle a traversé une épreuve terrible, commenta Harry.

Jenny prit une profonde inspiration.

— Moi aussi, j'ai perdu une fille, pasteur. Vous le saviez ?

— Non, je n'en savais rien, répondit-il, se détournant de Gillian pour croiser le regard noisette de

Jenny. Je suis vraiment désolé. Est-ce de cela que vous vouliez me parler ?

— En un sens, oui. C'était il y a dix ans, alors j'ai dû avoir plus de temps, j'imagine. Mais il n'est pas un jour où je ne souffre pas. Où je ne me dis pas : qu'aurait-elle fait aujourd'hui ? À quoi ressemblerait-elle aujourd'hui, à huit, ou neuf, ou dix ans ?

— Je comprends, dit Harry, même s'il ne comprenait pas vraiment.

Nul ne pouvait imaginer semblable douleur à moins de l'avoir traversée.

— Vous avez le trac pour demain ? lui demanda Jenny.

— Bien sûr, répondit-il honnêtement. J'ai célébré des offices dans mes autres paroisses et ça s'est bien passé, mais c'est différent ici, je ne sais pas pourquoi. Probablement parce que l'église est restée fermée si longtemps. Je n'ai pas encore réussi à comprendre pourquoi.

— C'est ce dont je voulais vous parler. On peut s'asseoir une seconde ?

Harry suivit docilement Jenny jusqu'au vieux banc de berger où il s'était assis avec Evi. Elle ne l'avait pas encore rappelé.

Jenny jouait toujours avec ses clés de voiture.

— Tout ira bien demain, dit-elle. À mon avis, il y aura pas mal de monde. Les gens sont prêts à revenir dans cette église.

— Pourquoi ont-ils cessé de le faire ? demanda-t-il, réalisant qu'elle attendait une question directe.

Elle ne le regardait pas.

— Par respect. Et aussi par tristesse. Lucy, ma fille, est morte dans cette église.

Et personne n'avait songé à le prévenir ?

— Je suis vraiment désolé.

— Elle est tombée de la galerie. C'était ma faute. On n'était même pas dans l'église, on était chez papa et je parlais à quelqu'un – à Gillian et à sa mère, quand c'est arrivé. Elles travaillaient pour nous, à l'époque. Je n'ai pas vu Lucy s'éloigner.

— De la galerie ? reprit Harry. Vous voulez dire, comme Millie Fletcher la semaine dernière ?

Jenny hocha la tête.

— Vous comprenez maintenant pourquoi cela nous a à tous fait un tel choc. On aurait dit la plus atroce, la plus débile des blagues. Ces garçons, je ne sais pas ce qui leur passe par la tête…

— Je suis vraiment désolé. Je vous en prie, parlez-moi de Lucy. Elle s'est simplement éloignée quand vous ne regardiez pas ?

— On s'est mis à chercher, évidemment, mais dans la maison – c'est une grande maison – et ensuite dans le jardin, puis dans la ruelle dehors. Il ne nous est jamais venu à l'idée qu'elle aurait pu s'aventurer dans l'église. Ni au sommet de toutes ces marches. Mais le temps qu'on la retrouve, elle était froide. Et son crâne, son petit crâne était tout…

Le visage de Jenny se vidait de son sang. Elle tremblait de tout son corps.

— Je suis vraiment, vraiment désolé, répéta Harry. Je n'en savais rien. Tout ce… Rouvrir cette église, ça doit être très pénible pour vous.

— Non, ça va, je suis prête.

Jenny était encore pâle, mais les tremblements s'apaisaient, semblait-il. J'ai demandé à papa de ne pas parler de ce qui s'était passé. Je voulais vous le dire moi-même.

— Très courageux de votre part. Merci.

Voilà qui expliquait certainement beaucoup de choses. On lui avait dit que les paroissiens avaient du jour au lendemain cessé de fréquenter cette église dix ans auparavant. Quand le pasteur titulaire avait pris sa retraite, le diocèse avait officiellement fermé le bâtiment. Ce n'est que lorsque la paroisse avait été réunie aux deux autres que la décision avait été prise de rouvrir. Il n'avait pas du tout soupçonné ce qui se cachait derrière tout ça.

En haut de la venelle, Gillian rôdait toujours. Jenny vit Harry lancer un regard furtif, et leva les yeux à son tour.

— J'étais la marraine de la fille de Gillian, dit-elle. Deux ou trois mois avant l'incendie, je lui ai donné tous les anciens vêtements de Lucy, y compris de très précieux qu'avait faits Christiana. J'ai eu la sensation de franchir un grand pas, comme si j'étais à nouveau capable d'aller de l'avant. Et là Hayley est morte à son tour, et tous les vêtements ont brûlé. C'était presque comme si je perdais Lucy à nouveau.

Harry ne trouvait rien à dire.

— Il y avait un petit pyjama, un ensemble. Christiana l'avait brodé elle-même, avec tous les personnages de Beatrix Potter. Il était tellement joli. Je me suis sentie tellement courageuse de l'offrir.

Toujours rien à dire. Il était nul, face à la douleur, complètement nul.

— Vous savez écouter, dit Jenny en se levant. Je vais y retourner, maintenant. Bonne chance pour demain.

— Souhaitez-vous que je vienne avec vous ?

Il se leva.

— Non, merci, ça va aller. Je n'ai jamais eu peur des fantômes.

Elle lui sourit, se détourna, s'éloigna en direction de l'église.

31

— Oh c'est pas vrai ! Écoute, Gareth, ce n'est pas fini !

Le doux ballottement qui avait bercé et endormi Tom avait cessé. Son père avait garé la voiture et sa maman parlait de cette voix basse qu'elle empruntait quand elle ne voulait pas que Joe ou lui puissent entendre ce qu'elle disait. Normalement, cela invitait juste à tendre l'oreille un peu plus, mais Tom ne tenait pas à être plus réveillé qu'il ne l'était déjà. Il avait juste envie de dormir.

Il perçut du mouvement et supposa que son père s'était retourné sur son siège pour regarder les enfants.

— Ils sont complètement cuits, dit-il, chuchotant comme leur mère l'avait fait. On n'a qu'à les porter. Ils n'en sauront jamais rien.

— Mais écoute-moi ça. Ça me rend malade.

Tom n'avait pas envie d'entendre quoi que ce soit. Il y avait un rêve quelque part, un bon, si seulement il pouvait trouver le moyen d'y replonger. Mais il écoutait quand même. Il ne pouvait s'en empêcher. Qu'est-ce que c'était que ce bruit ? On aurait dit que quelqu'un gémissait. Non, pas seulement une personne, des tas de gens, pleurant à voix basse. Mais étaient-ce des gens ? On n'aurait pas dit des gens. *Bâââ*, disaient-ils, sans fin, *Bâââ*. Tom ne pouvait se l'expliquer, mais il en ressentait un sentiment de culpabilité.

— On va les mettre au lit et on mettra de la musique, dit son père. Allez viens, ça s'entendra moins à l'intérieur.

La portière de la voiture s'ouvrit et Tom sentit de l'air froid sur sa figure. Le bruit s'intensifia. Plus seulement *Bâââ* mais d'autres bruits, aussi. *Bêêêêê ! Bêêêêêê !* Quelque part, non loin, des hommes criaient, riaient, hurlaient des ordres. Tom n'avait vraiment, vraiment pas envie d'écouter, mais le vacarme s'immisçait sous son crâne, comme de l'eau dans une éponge. Puis quelqu'un se pencha sur lui et il sentit le parfum au muguet de sa mère. Le doux lainage de son pull lui effleura le visage et peut-être leva-t-il une main vers elle, pour la rapprocher de lui. Mais ensuite, elle s'éloigna.

— On ne peut pas laisser Tom ici, dit-elle. Comment est-ce qu'on va faire ?

Laisser Tom ?

— Je vais verrouiller la porte de la voiture, répondit son père. On en a pour trente secondes. Allez, finissons-en.

L'odeur de la mère de Tom s'évanouit. Il entendit qu'on refermait doucement la portière, le bip de la clé télécommandée et ensuite, les loquets qui redescendaient tous seuls avec un « clong ». Tom ouvrit les yeux. Il était dans la voiture, assis à côté de la vitre de la banquette arrière. Seul.

La voiture était garée dans l'allée de leur maison. Il voyait de la lumière au rez-de-chaussée. La porte d'entrée était ouverte. Ses parents devaient être en train de porter Joe et Millie dans leurs lits, après quoi son père reviendrait le chercher. Ils faisaient souvent ça quand ils rentraient tard, comme ce soir, quand ils avaient été dîner chez mamie et papy Fletcher. Tom ferma les yeux, prêt à se laisser regagner par le sommeil.

Mais comment pouvait-il dormir quand on était malheureux et effrayé, tout près de lui ? Quelque chose gémissait à n'en plus finir. Cela avait rendu sa mère malade. À lui, cela donnait envie de pleurer. Puis il y eut un cri. Un cri fort, perçant. Il se retrouva parfaitement réveillé, une fois de plus.

Tom tourna la tête vers la montée. De l'autre côté de la ruelle, les bâtiments autour de la boucherie étaient vivement éclairés. Il voyait du mouvement, des hommes marchant en tous sens, portant d'énormes paquets sur leurs épaules.

Sa ceinture de sécurité était toujours fermement attachée et il baissa le bras pour la défaire. La voiture était verrouillée et il y avait des sécurités enfant sur les portières arrière, mais il savait qu'il pouvait enjamber les sièges et ouvrir la portière de devant. Il pouvait être chez lui dans cinq secondes. Cinq secondes entre le moment où il quitterait la voiture fermée à clé et celui où il entrerait dans la maison.

Les cris et les hurlements semblaient se rapprocher. Ou peut-être seulement s'intensifier. Dans un cas comme dans l'autre, cinq secondes, c'était toujours trop. Son père serait bientôt là. Il se ratatina sur son siège, tenta de refermer les yeux sans oser tout à fait se laisser aller. Il voulait vraiment que son père revienne. Il leva les mains pour les presser contre ses oreilles.

Y avait-il quelque chose juste là, dehors ? Quelque chose raclant doucement la peinture de la carrosserie ? Tom retint son souffle. Oui, il y avait quelque chose. Quelque chose tournait autour de la voiture. Il l'entendait. Il sentait presque le véhicule se balancer. Sans oser bouger la tête, il lança un coup d'œil à la portière. Toujours fermée à clé. Personne ne pouvait l'ouvrir sans la clé. À moins que ?…

Il fallait qu'il appelle son père au secours. Qu'il s'égosille. Sauf que la nuit était déjà remplie de cris. Nul n'entendrait les siens. Le klaxon ! Ça, son père l'entendrait. Il n'avait qu'à se pencher en avant, il pouvait l'atteindre depuis la banquette arrière. Son père entendrait et arriverait en courant. Tom se redressa et s'apprêta à bondir.

Une petite main surgit à la fenêtre, à moins de quinze centimètres de sa figure.

Tom sut qu'il avait crié. Comme il savait que personne ne l'avait entendu. Il recommença et rien ne sortit. Il ne pouvait pas bouger non plus. Il ne pouvait que regarder.

La main n'était pas de la bonne couleur. Les mains ne sont pas de cette couleur. Elles ne sont pas rouges.

La main se mit à descendre, abandonnant dans son sillage une traînée de quelque chose qui ressemblait à de la bave rouge. Tom distinguait nettement la marque laissée derrière par la base du pouce, et ensuite cinq lignes ondulant à mesure que le pouce et les doigts passaient en grinçant le long de la vitre. Il regarda le bras, puis le poignet, disparaître sous le bord de la vitre. La paume avait presque disparu à ses yeux quand les doigts s'agitèrent comme pour le saluer.

Il était debout, en travers du siège avant, tendant le bras vers le klaxon. Un visage le fixait au travers du pare-brise. Tom ouvrit la bouche pour crier mais c'était comme si l'habitacle avait été vidé de son oxygène. Il ne pouvait pas respirer, et encore moins crier.

Qu'est-ce que c'était ? Mais qu'est-ce que c'était que ça, bon sang ? Une fille, se dit-il, elle avait les cheveux longs. Mais sa tête était bien trop grosse. Et son visage ressemblait aux personnages que Joe fabriquait parfois avec de la pâte à modeler. Ses yeux étaient immenses et ses lèvres pleines, rouges et humides. Le pire, presque, c'était sa peau. Elle était si pâle. Elle lui pendait sur les os comme si elle était trop grande pour elle, d'ailleurs elle ne ressemblait pas du tout à de la peau. C'était comme le truc qu'on recueille quand de la cire coule des bougies et que ça durcit, que ça devient tout blanc et ridé. On aurait dit que quelqu'un l'avait trempée dans de la cire de bougie fondue. Mais sa peau n'était pas le pire. Le pire, c'était la bosse dans son cou qui lui remontait sous le menton et déformait le col de sa robe. Alors qu'elle dévisageait Tom au travers du pare-brise, ce fut comme si la bosse bougeait toute seule et il devina soudain le reste de son corps : tout bosselé, doux comme du mastic, avec des veines qui saillaient sous sa peau cireuse.

Il avait trouvé le klaxon et appuyait dessus de toutes ses forces, s'effrayant lui-même mais tout bonnement incapable d'ôter sa main. Puis, il se retrouva hors de la voiture. Il ne savait pas comment il avait fait ça. Il savait seulement qu'il était dehors. L'allée était dure sous ses pantoufles, la nuit était remplie du bruit de supplices et la créature de cauchemar se trouvait entre lui et la porte d'entrée.

Il se rendit compte qu'il hurlait. Puis qu'il courait. Puis qu'il criait avec la voix de sa mère. Et avec celle de son père. Il hurlait : « Tom, Tom, où es-tu ? » et elle lui courait après, elle le rattrapait et… Courir, voilà tout ce qu'il pouvait faire, courir, courir, courir.

Et se cacher.

Tout était calme. Froid. Mouillé. Il ne savait absolument pas où il se trouvait à part qu'il s'agissait d'un endroit plongé dans le noir et humide. Il était allongé, mais ignorait s'il était tombé ou s'il avait simplement manqué de souffle. Il haletait comme si, plus jamais, ses poumons ne pourraient se remplir suffisamment d'air. Quelque chose de dur s'enfonçait dans ses côtes mais il n'osait pas bouger.

— Tom !

La voix de son père. Il était tout près. Sauf que… était-ce bien le cas ? Était-ce lui ?

— Paa-paaa !….

Une voix douce, basse et qui se moquait de lui, comme un gosse qui jouerait à cache-cache. Une voix qui ressemblait exactement à… Ô mon Dieu.

— Tom, où es-tu ? lança son père.

Non, non, papa, non. Ce n'est pas moi !

— Paa-paaa…

— Vraiment pas drôle, Tom. Sors de là, maintenant.

— Tu l'as trouvé, Gareth ?

La voix de sa mère, d'un peu plus loin. On aurait dit qu'elle pleurait. Était-ce bien elle ? On aurait dit, mais…

Des pas. Des pas sonores tout proches. Trop lourds pour être…

Tom était debout. Il était dans le cimetière et son père, à trois mètres de là. Il l'avait vu, venait vers lui. Puis Tom traversa le cimetière dans les bras de quelqu'un et soudain, sa mère fut là, et ils étaient rentrés dans la maison, et cet horrible gémissement retentissait si fort dans sa tête. Il voyait le visage de sa mère essayer de lui parler mais le bruit était trop fort. Ils étaient assis dans le salon et son père l'avait posé dans l'un de canapés et sa mère se penchait sur lui, se cramponnait à lui et tentait de dire quelque chose, mais il n'entendait pas, les bruits dans sa tête étaient tellement forts, rien à faire. Puis elle se mit à pleurer et Tom vit les larmes rouler le long de sa figure, mais il ne pouvait l'entendre pleurer parce que tout ce qu'il entendait, tout ce qu'il entendrait, jusqu'à la fin de ses jours, c'était cet horrible, cet effroyable hurlement.

Et enfin, il réalisa qui hurlait.

— Tom, mon ange, je t'en prie, arrête de pleurer, s'il te plaît, arrête.

Il s'était arrêté. C'est juste que sa mère ne s'en était pas rendu compte. Elle aussi était assise sur le canapé à présent, et elle avait tiré Tom sur ses genoux. Il n'était guère plus petit qu'elle et il ne s'asseyait plus jamais sur ses genoux, mais il était si heureux de s'y trouver, étroitement enveloppé dans ses bras. Puis ils entendirent des pas au pied de l'escalier et son père apparut sur le seuil.

— Ils vont bien, dit-il à Alice d'une voix douce. Ils dorment toujours, tous les deux.

Gareth traversa la pièce et s'agenouilla sur le tapis devant Tom. Puis il leva le bras pour caresser le front de son fils.

— Que s'est-il passé, mon vieux ? demanda son père, en passant sa main sur la tête de Tom.

Il leur raconta, bien sûr. Pourquoi ne l'aurait-il pas fait ? Ils étaient ses parents, les gens en qui il avait le plus confiance au monde. Il ne lui était pas venu à l'idée qu'il y a des choses que les parents ne peuvent se résoudre à croire.

32

11 octobre

« Créatures de Dieu Notre Seigneur,
D'une voix forte, chantons toutes en chœur. »

L'église était quasi pleine et les habitants de Heptonclough n'hésitaient pas à donner de la voix. Harry balaya l'assemblée du regard. Jenny Pickup était debout à côté de son mari, au deuxième rang. Son expression était calme et posée.

Un ou deux hommes de l'assistance, en revanche, avaient des têtes de lendemains de cuite, et il se demanda combien d'entre eux avaient pris part aux réjouissances de la veille. Abattage rituel le samedi soir ; messe le lendemain matin. Mais bon. Il vivait parmi des paysans, dorénavant.

Il n'avait pas encore repéré les Fletcher. Alice lui avait assuré qu'ils se tiendraient à l'écart de Heptonclough la veille, mais quand bien même, leur maison restait trop proche de l'étable dont Dick Grimes se servait comme abattoir. En arrivant une heure plus tôt, Harry avait passé cinq minutes à arpenter la ruelle. *La rue, dehors, devient – comment dire ?... – un peu salissante*, avait dit Tobias. Soit il avait plu durant la nuit, soit l'opération de nettoyage avait été faite à fond. Il n'y avait aucune trace des événements de la nuit précédente.

L'hymne touchait à sa fin. Ah, Gareth était là, à mi-distance, du côté gauche de l'allée. Alice était à ses côtés. L'une de ses mains tenait un livre de cantiques, l'autre était posée sur l'épaule de Tom. Son fils aîné regardait ses pieds, semblait-il. Aucun d'eux ne chantait.

— On m'a posé deux questions assez fréquemment ces trois dernières semaines, dit Harry.

Il était à sa chaire et la plupart des visages étaient tournés vers lui : toujours un bon signe.

— La première : « Comment vous faites-vous à votre nouvelle vie, pasteur ? » La seconde : « Vous n'êtes pas un homme de la campagne, hein, mon vieux ? »

Quelques petits rires étouffés dans l'église.

— La réponse à la première est : très bien, merci, tout le monde s'est montré très gentil. À la seconde : non, en effet. Je ne suis pas un homme de la campagne. Mais je commence à comprendre.

Dans l'église bondée, seules trois personnes étaient assises au premier rang : Sinclair, son père Tobias et sa fille aînée, Christiana. Jadis, ce banc avait dû être celui de la famille Renshaw. Dans les faits, c'était toujours le cas.

— Nous pouvons tous tirer grand réconfort du sentiment de vivre dans un univers ordonné, continua Harry. Ici, dans ces collines, où la terre tient un rôle si important dans nos existences et où les saisons régissent tant de nos activités, il est peut-être plus facile de nous sentir en harmonie avec le monde, que nous ne pourrions le faire dans nos bourgs et nos grandes villes.

Dans la lumière tamisée de l'église, les traits forts, réguliers de Christiana Renshaw étaient presque beaux, et très semblables à ceux de sa petite sœur. Elle regardait non pas Harry mais une pomme, dans l'une des compositions florales des fenêtres. Elle était assise à un bon mètre de son grand-père.

— Il y a une raison, dit Harry, pour laquelle le passage que je viens de vous lire est aussi prisé lors de la moisson, des baptêmes et des mariages, et même des enterrements. Lors des moments forts de nos vies, nous aimons nous voir rappeler que nous faisons partie d'un tout, d'une dimension supérieure, qu'il y a un but à toute chose. Et que toute chose arrive là où elle doit arriver et à son heure. Notre lecture de ce jour, l'Ecclésiaste, III, 1-8, transmet cette idée mieux que tout autre extrait de la Bible auquel je puisse songer.

Gillian était assise huit rangs plus loin, juste derrière les Fletcher. Même de loin, Harry pouvait voir qu'elle s'était lavé les cheveux et maquillée.

— Aussi est-il plutôt étrange, dans ces conditions, poursuivit-il, que le reste de l'Ecclésiaste soit le livre le moins compris de toute la Bible.

Le service était presque terminé. L'assemblée chantait l'hymne de l'offertoire, Dick et Selby Grimes, en qualité de coliturges, portaient les plateaux destinés à rassembler la quête, Harry s'apprêtait à célébrer l'Eucharistie. Il avait tout préparé la veille, durant l'après-midi, ouvrant le vin et le décantant. Tout ce qu'il lui restait à faire à présent, c'était de verser le vin dans le calice. Il déboucha la carafe, versa du vin dans la coupe et ajouta de l'eau. Il prit les hosties et les posa sur le plat d'argent. Il les porterait et les distribuerait. Sinclair le suivrait avec le vin.

Harry leva le plateau. Le prêtre est toujours le premier à recevoir l'Eucharistie. Sinclair et l'organiste suivraient, puis le reste de la congrégation. Derrière lui, il entendait les quêteurs s'employant à organiser le cortège.

— Que le Corps de Notre Seigneur Jésus-Christ, qui a été livré pour vous, vous garde pour la vie éternelle…

Il prit une hostie du plateau.

— Prenez et mangez-en tous, en mémoire du Christ livré pour vous, en votre cœur, par la foi, avec reconnaissance…

Harry mit l'hostie dans sa bouche. L'organiste avait fini de jouer et venait prendre place au côté de Sinclair. L'église s'était tue. Harry entendait le premier rang de communiants s'agenouiller le long de la rambarde. Il faudrait qu'il appelle Jenny et Mike plus tard, pour s'assurer que ce premier service ne leur avait pas été trop pénible. Il passerait, au besoin. Il éleva le calice. N'y avait-il pas une odeur bizarre ?

— Le sang du Christ, Notre Seigneur, dit-il. Qu'il vous garde pour la vie éternelle… Buvez ceci en souvenir du sang du Christ qui a été versé pour vous, avec reconnaissance.

Harry porta le calice à ses lèvres. Le soleil darda un rayon par le vitrail au-dessus de l'autel. L'espace d'un instant, le calice d'argent massif eut l'air aussi cramoisi que son contenu.

— Le sang du Christ, murmura-t-il pour lui-même.

Ses lèvres rencontrèrent le froid de l'argent.

À l'extérieur, des corbeaux volaient autour du toit. Il les entendait s'interpeller. Dans l'église, tout était calme. L'assemblée s'était tue, attendant qu'il procède à l'élévation et commence le sacrement.

Lentement, très lentement, Harry reposa la coupe sur l'autel.

Il y avait une serviette de lin blanche à portée de main. Il l'attrapa et la pressa contre sa bouche. Un haut-le-cœur le gagnait, imminent. Il reprit la coupe et marcha aussi vite qu'il le put sans renverser le contenu, jusqu'à la sacristie. Il poussa la porte de l'épaule puis la referma d'un coup de pied. Il parvint à l'évier juste à temps.

Un liquide rouge éclaboussa la porcelaine blanche alors même que Harry prenait conscience qu'il vomissait. Et que l'assistance tout entière pouvait l'entendre. Il fit couler l'eau froide et s'en passa sur les mains. Puis il les leva jusqu'à son visage.

— Qu'y a-t-il, pasteur ?

Sinclair Renshaw l'avait suivi dans la sacristie. Harry mit ses mains en coupe et les laissa se remplir d'eau. Il les porta à sa figure et but.

— Vous êtes malade, pasteur ? Que puis-je faire ?

Harry se retourna, leva le calice et le tendit à son bedeau.

— Une autre tradition ?

Sa main tremblait. Il reposa la coupe.

Sinclair lança un regard au calice, puis se détourna et s'éloigna d'un pas vif. Il ferma la porte de la sacristie et revint sur ses pas, rejoignant Harry.

— Alors, c'est comme ça que ça se termine ? s'enquit Harry. Vous faites couler un bain de sang le samedi soir et le lendemain, vous le buvez ?

— M'enfin, que se passe-t-il ? demanda Sinclair.

Harry indiquait la coupe.

— Ce n'est pas du vin, dit-il, la main toujours tremblante. C'est du sang. Pas le truc symbolique – du vrai.

— Allons ?....

— Goûtez vous-même. Moi, je l'ai fait.

Sinclair prit la coupe et la porta à la lumière. Il l'éleva à hauteur du visage et huma profondément.

Puis il plongea l'index dans le liquide et l'examina attentivement. Harry observait, incapable de déchiffrer l'expression du vieil homme. Une seconde ou deux plus tard, Sinclair rinçait sa main sous le robinet puis se tournait vers lui.

— Buvez un verre d'eau, dit-il. Prenez un moment pour vous remettre.

Puis il fit de nouveau volte-face et traversa la pièce. Sur une étagère, il trouva un second calice, plus ancien, légèrement terni, et le rinça dans l'évier. Ouvrant une porte de placard – Sinclair connaissait manifestement parfaitement sa sacristie –, il sortit une nouvelle bouteille de vin. Harry trouva une chaise et regarda Sinclair mettre la main sur le tire-bouchon, puis ouvrir la bouteille. Il le versa dans le calice et le goûta.

— Celui-là va, dit-il. Êtes-vous en mesure de poursuivre ?

Harry ne put répondre. *Le sang du Christ, versé pour vous*. Moisson de sang.

— Pasteur ! (Sinclair parlait toujours à voix basse, mais ne s'en laisserait pas conter.) Je peux leur dire que vous avez eu un malaise. Préférez-vous que je le fasse ?

Harry était de nouveau sur pied, secouant la tête.

— Non, ça va aller. Merci.

— Bravo. Dites la bénédiction ici, rien qu'avec moi. Ça vous aidera à retrouver votre calme.

Il avait raison. Harry prit une profonde inspiration et prononça les mots familiers. Il leva la coupe à ses lèvres avant d'avoir le temps de réfléchir à ce qu'il faisait et but. Du vin.

— Ça va mieux ? demanda Sinclair.

— Oui, merci. Nous devrions…

Il indiqua la porte de la sacristie. Il ne savait absolument pas ce qu'ils penseraient maintenant, tous.

— Un moment. (Sinclair posa sa main sur son bras.) Après la messe, c'est moi qui me charge de ça.

Il fit un geste en direction de la première coupe, celle toujours remplie de…

— Une plaisanterie stupide, poursuivit-il. Les gens ont beaucoup bu hier soir. Je vous prie d'accepter mes excuses.

Harry hocha la tête et les deux hommes sortirent de la sacristie. Harry prit le plateau d'hosties et traversa le chœur en direction des premiers communiants toujours patiemment agenouillés.

— Le corps du Christ, dit-il, déposant une hostie sur la main tendue devant lui. Le corps du Christ… Le corps du Christ…

Il continua sur la même lancée et, derrière lui, entendait Sinclair servir le vin.

— Le sang du Christ, disait-il, le sang du Christ.

Harry se demanda s'il pourrait jamais plus trouver le moindre réconfort dans ces mots.

33

— Du vin, Harry ?

— Volontiers. Vous avez du blanc ?

Harry ôta son manteau et chercha un endroit où l'accrocher. Les patères semblaient toujours occupées, chez les Fletcher.

— J'en ai pour une minute.

Gareth s'accroupit et ouvrit le réfrigérateur.

— Ça sent bon, Alice, dit Harry, acceptant le grand verre que lui tendait Gareth.

La table de la cuisine était dressée pour le déjeuner dominical. Millie, dans sa chaise haute, grignotait un gressin. Il n'y avait pas trace des garçons.

Le verre semblait très froid entre ses mains. Le liquide qu'il contenait était d'une rassurante couleur pâle. Il le sirota. Du vin, sûr et certain. Millie lui offrit son gressin. Quand il secoua la tête, elle le laissa tomber par terre.

— On a du poulet à l'américaine, répondit Alice. Qui dore bien gentiment.

— Que s'est-il passé durant la communion ? s'enquit Gareth, versant un verre de vin blanc à Alice et du rouge pour lui-même. On s'est demandé où vous étiez passé.

— Oh, le vin était bouchonné, répondit Harry, comme convenu avec Sinclair.

Il était préférable de garder ça pour eux. Il se baissa pour ramasser le gressin de Millie.

— Franchement infect, un vrai vinaigre, insista-t-il.

— Tout s'est plutôt bien passé, commenta Alice. C'était plein et personne ne s'est endormi.

— Et je suis sûr que tout le monde a fait là une expérience spirituelle parfaitement enrichissante, compléta Gareth. Ne faites pas attention à ma femme. Elle est américaine.

— Comme si t'avais jamais mis les pieds à l'église avant de m'épouser, rétorqua Alice. T'a-t-on seulement baptisé ? Où est ton gressin, choupette ? Oh, le pasteur te l'a volé ? Vilain pasteur.

— On m'a plongé dans le réservoir de Rawtenstall en me tenant par la cheville gauche, dit Gareth. Ça m'a rendu invincible.

Quelque chose clochait, là. Alice et Gareth en faisaient trop. Quelque chose dans les sourires et le badinage semblait forcé. D'ailleurs, à bien y réfléchir, aucun des deux ne semblait avoir beaucoup dormi.

— Est-ce que je peux aider, Alice ? proposa Harry.

— Vous pourriez aller chercher les garçons. Il faut généralement au moins dix minutes pour les faire venir à table, alors soyez ferme.

Emportant son verre, Harry se mit à explorer la maison. Les pièces du rez-de-chaussée étaient vides, aussi monta-t-il à l'étage.

— Les garçons ! lança-t-il en atteignant la dernière marche. Le déjeuner est prêt.

Pas de réponse. Il s'avança vers deux portes au fond du palier. Il toqua doucement à la première et la poussa. Joe était assis au milieu du tapis, entouré de soldats minuscules.

— Salut, mon pote, dit Harry. Ta maman te fait savoir que le déjeuner est prêt.

Joe leva puis baissa les yeux et déplaça plusieurs de ses soldats.

— Je vous ai entendu vomir, dit-il. À l'église. Tout le monde a entendu.

Super, songea Harry.

— Eh bien, j'espère que ça n'empêchera personne de déjeuner, fit-il. Tu descends ?

Il recula jusqu'au seuil de la porte. La chambre d'à côté devait être celle de Tom.

— Elles sont mortes, hein ?

Harry revint dans la pièce et s'accroupit de façon à se retrouver à sa hauteur. L'enfant n'avait pas quitté ses soldats des yeux.

Un temps pour mourir.

— Que veux-tu dire, Joe ? Qui sont mortes ?

Joe leva la tête et regarda Harry. Il avait les yeux cernés.

— Qui sont mortes, Joe ? redemanda-t-il, à voix aussi basse que possible.

— Les petites filles dans l'église, répliqua Joe.

— Joe, étais-tu dans l'église hier après-midi ? demanda Harry. Tu m'as entendu parler avec Mrs Pickup ?

Joe secoua la tête. Il n'avait pas l'air de mentir. En tout état de cause, Jenny ne lui avait parlé de sa fille que lorsqu'ils s'étaient retrouvés dehors, elle et lui.

— Harry, les garçons, à table ! lança Alice du bas de l'escalier.

Harry commença à se relever.

— Pas celle-là, marmonna Joe, s'adressant à ces soldats cette fois-ci. Tout le monde la connaît, celle-là. Je voulais dire : les autres.

Harry était à nouveau à genoux.

— Quelles autres ? Joe ?

Joe releva les yeux vers lui. C'était le plus mignon petit garçon que Harry ait jamais vu, avec son visage pâle parsemé de taches de rousseur, ses yeux bleus et ses cheveux roux. Mais il y avait quelque chose de bizarre dans ce regard.

— Personne n'a faim, dans cette maison ? cria Alice.

Harry se mit debout.

— Il faut qu'on y aille, mon pote, dit-il, relevant Joe et le conduisant vers la porte.

Sur le palier, un bruit les fit se retourner. La porte de la chambre de Tom était ouverte. La pièce était plongée dans le noir, les rideaux tirés. Tom apparut sur le seuil, passa devant eux et descendit pesamment les marches. C'était la première fois qu'il ignorait Harry.

— M'man, on peut faire des lanternes de Halloween après le déjeuner ? demanda Joe.

Alice était penchée sur la table, en train de couper le poulet de Millie en petits morceaux. Elle lança un bref regard à Tom, puis à Harry. Une ride avait surgi entre ses sourcils.

— Peut-être pas, mon chou, répondit-elle. Tout le monde n'aime pas Halloween. On ne peut pas fâcher le pasteur.

— Je n'ai rien contre les citrouilles, dit Harry, observant Alice qui regardait encore Tom avec nervosité. Je te donnerai un coup de main, si tu veux, Joe, ajouta-t-il. Encore que, vu les talents de tes parents, je risque d'être assez décevant.

— On va demander des bonbons le jour de Halloween, dit Joe. Vous pouvez venir avec nous, si vous voulez.

— En fait, Joe, je n'ai encore rien promis.

Alice fixait Tom, une fois de plus. Son fils aîné n'avait pas touché son assiette.

— Qu'en pensez-vous, Harry ? dit-elle, se retournant vers lui. Est-on du genre à fêter Halloween, à Heptonclough ?

— Oh, je le parierais volontiers, répondit Harry. Tout va bien, Tom ?

— Tom doit aller voir un docteur spécial, déclara Joe. Parce qu'il a raconté des histoires de monstres et que la nuit dernière, il était *historique*.

— Pardon ? dit Harry.

— C'est bon, Joe, ça suffit, fit Gareth au même moment.

— Tom a fait un cauchemar, s'empressa d'expliquer Alice. Nous sommes rentrés tard et la ruelle était très bruyante. C'est de notre faute, on n'aurait pas dû le laisser dans la voiture.

Elle se tourna vers son aîné et passa un doigt sur le dos de sa main.

— Désolé, mon ange, dit-elle.

Tom l'ignora.

— Allez, Tom, dit Gareth, mange un peu.

La chaise de Tom retomba bruyamment sur le parquet quand il la repoussa et se leva d'un bond.

— C'était pas un cauchemar ! hurla-t-il. Elle existe vraiment et Joe sait qui c'est. Il la laisse entrer dans la maison et quand elle nous tuera tous, ça sera sa faute, et je le déteste !

Il avait quitté la pièce avant que ses parents n'aient eu le temps de réagir. Alice se leva calmement et partit à sa suite. Gareth vida son verre d'une traite et s'en versa un autre. Joe fixait Harry de ses grands yeux bleus.

Une demi-heure plus tard, Harry sortait de chez les Fletcher. Après avoir demandé à Joe et Millie d'aller jouer ailleurs, Gareth lui avait rapporté les événements de la veille. Ni lui ni Alice n'avaient jamais vu quoi que ce soit de la fille dont Tom ne cessait de parler. Alice l'emmenait voir un médecin le lendemain matin.

Le ciel était à nouveau menaçant, tandis que Harry parcourait l'allée. Parvenu à la hauteur de la voiture familiale, il s'arrêta. Quelqu'un l'avait en partie lavée. La portière et le capot étaient poussiéreux et éclaboussés de boue côté conducteur, mais la vitre arrière, ainsi que la carrosserie juste en dessous, étaient propres comme des sous neufs. Il y avait même des traces dans la poussière là où l'on avait peut-être passé un chiffon. Il y avait aussi, dans l'angle supérieur de la vitre arrière, une légère trace qui aurait fort bien pu être une empreinte digitale. Rouge.

34

16 octobre

Le coup toqué à sa porte le fit sursauter, même s'il s'y attendait. Harry se leva et baissa la musique. En pénétrant dans l'entrée, il aperçut deux grandes silhouettes derrière la vitre.

Mike Pickup, l'époux de Jenny et le gendre de Sinclair Renshaw, était vêtu d'une veste et d'une casquette de tweed dans des tons sourds, d'un pantalon de velours côtelé et d'une cravate en maille verte. L'homme à ses côtés portait un costume rayé gris foncé qu'on aurait dit fait sur mesure. Aucun d'eux ne souriait.

— Bonsoir, pasteur, dit Mike Pickup. Voici le commissaire divisionnaire Rushton.

Le commissaire salua Harry d'un bref signe de tête.

— Brian Rushton, se présenta-t-il, de la police du Lancashire. Division Pennine.

— Ravi de faire votre connaissance, dit Harry. Je vous en prie, entrez.

Ses visiteurs le suivirent dans son bureau. Harry se pencha pour débarrasser l'un des fauteuils de la boule de poils rousse qui y dormait paisiblement, puis patienta jusqu'à ce que ses deux invités se soient assis. Le bureau était la plus grande pièce de la maison.

C'était là qu'il travaillait, qu'il recevait, et organisait parfois de petites réunions de prière. Grâce aux deux grands radiateurs datant du début du siècle précédent, c'était également la pièce la plus chaude de la maison où, invariablement, il trouvait le chat.

Il posa l'animal à terre et le poussa gentiment sous la table.

— Puis-je vous offrir à boire ? J'ai du whisky irlandais, proposa-t-il, en indiquant la bouteille déjà ouverte sur son bureau. Il y a de la bière au frigo. Je peux également mettre de l'eau à chauffer.

— Merci, non, fit Pickup, répondant pour deux. Mais nous ne voulons pas vous interrompre dans votre travail. On ne vous retiendra pas longtemps.

Il s'arrêta, attendant manifestement que Harry s'assoie. Le commissaire divisionnaire, qui devait approcher de la soixantaine et dont les traits dominants étaient ses petits yeux, gris ardoise, et ses sourcils épais et foncés, inspectait lentement la pièce du regard.

Harry prit la chaise la plus proche de la table. Il ne fut pas tout à fait étonné de voir le chat resurgir et bondir sur le bras du fauteuil du commissaire.

Il fit mine de se relever.

— Je suis désolé, dit-il. Je vais nous en débarrasser.

— Non, ne vous embêtez pas, mon garçon. J'ai l'habitude des chats. (Rushton leva une main pour arrêter Harry dans son élan.) Ma femme en a deux à la maison, expliqua-t-il, reportant son attention sur l'animal. Des siamois. Remuantes, ces petites bêtes.

Il tendit le bras pour caresser le chat derrière les oreilles. Le ronronnement qui suivit s'apparentait à un bruit de moteur au démarrage.

— Pour ma part, je n'ai pas l'habitude des chats, dit Harry. Celui-là m'a adopté, apparemment.

Rushton leva ses énormes sourcils. Harry haussa les épaules.

— Peut-être qu'il fait partie des meubles du presbytère, expliqua-t-il. À moins que ce ne soit qu'un chat errant opportuniste. Dans un cas comme dans l'autre, il était déjà là quand je suis arrivé et a refusé de partir depuis. Je ne l'ai pas nourri, pas une fois, mais il refuse tout simplement de partir.

— Il a un nom ? s'enquit Rushton.

— Ce foutu chat, répondit honnêtement Harry.

Les lèvres de Rushton eurent un rictus amusé. Mike Pickup s'éclaircit la voix.

— Pasteur, merci de nous recevoir au pied levé, commença-t-il.

Harry inclina la tête en direction de son bedeau.

— La vérité, c'est que je n'ai appris ce qui s'était passé qu'il y a une heure, même pas, de la bouche de Brian continua Pickup.

Regard échangé entre les deux hommes, après quoi Pickup se tourna de nouveau vers Harry.

— Brian et moi sommes de vieux amis, dit-il, comme Harry dissimulait un sourire.

Le matou était lové sur les genoux du policier, ronronnant comme une locomobile : la grande main de Rushton le caressait de tout son long.

— Mike est venu me voir dimanche soir, dit Rushton. Après l'incident durant la messe de la moisson.

— Jenny et moi avons déjeuné chez son père après le service, expliqua Mike. Nous étions curieux, je le crains, de savoir ce qui s'était passé durant la communion. Manifestement, Sinclair ne tenait pas à en parler, mais Jenny a insisté, de sorte qu'il a fini par céder et qu'il nous a raconté. Il semblait penser qu'il ne s'agissait que d'une mauvaise blague à laquelle il suffisait de ne plus penser, mais après ce qui a failli arriver à la petite Fletcher il y a deux semaines, j'étais profondément mal à l'aise. Après le déjeuner, je suis retourné dans la sacristie. Sinclair avait vidé le contenu du calice et l'avait lavé, mais il avait oublié la carafe. Je l'ai apportée à Brian. Il m'a promis de la faire examiner par son labo. Discrètement.

— Je vois, coupa Harry.

— Brian m'a téléphoné ce soir pour me faire part des résultats, continua Mike. C'était du sang de cochon, plus ou moins ce à quoi nous nous attendions. On a abattu pas mal de bêtes samedi et, comme vous le savez peut-être, quand on tue un cochon, on le vide de son sang, qu'on garde. On s'en sert pour faire le boudin noir. Quelqu'un a dû en récupérer un peu – ça n'a pas dû être difficile – et aura, ensuite, trouvé le moyen d'entrer dans l'église.

Rushton se pencha en avant dans son fauteuil.

— Révérend Laycock, déclara-t-il, d'après ce qu'on m'a dit, vous avez tout préparé la veille, samedi, en fin d'après-midi. Qui aurait pu accéder à l'église entre le moment où vous êtes parti et la messe de moisson de dimanche matin ?

Harry regarda Mike, peu enclin à mentionner Jenny devant son mari. Mike ouvrit la bouche pour prendre la parole.

— Ma femme est restée environ un quart d'heure dans l'église après le départ du révérend Laycock, expliqua-t-il. Sinclair lui a prêté ses clés. Je suis allé la rejoindre vers quatre heures et demie, et nous avons tous les deux soigneusement inspecté les lieux. Elle m'a dit que vous soupçonniez des enfants ou quelqu'un, de se cacher dans l'église, pasteur. C'est bien ça ?

— En effet, admit Harry. Quelqu'un s'amusait, là-dedans. Sans doute n'aurais-je pas dû laisser Jenny toute seule, mais elle a insisté.

— Tout s'est bien passé, conclut Mike. Vous avez bien fait de lui accorder un moment de solitude. Et l'église était vide quand nous sommes partis. On a bien vérifié.

— Qui d'autre a les clés de l'église ? s'enquit Rushton.

— Normalement, seul le pasteur et les sacristains, éventuellement l'agent d'entretien, répondit Mike. Pour le moment, nous n'avons pas de responsable du ménage. À ma connaissance, seul le pasteur, Sinclair et moi-même détenons des clés à ce jour.

— Révérend, je ne suis pas pratiquant…, commença Rushton.

— Nul n'est parfait, répondit Harry, par automatisme.

— Tout à fait. Mais Michael ici présent m'apprend qu'il est d'usage que le prêtre communie en premier, est-ce exact ?

Harry hocha la tête.

— Oui, toujours. L'idée est que je sois dans un état de grâce moi-même avant de servir le pain et le vin aux autres communiants.

— La plupart des gens sont au courant, vous pensez ?

— J'imagine. Ceux qui communient régulièrement, en tout cas.

— Qu'avez-vous en tête, Brian ? interrogea Mike.

— Eh bien, selon moi, nous avons deux possibilités. Soit quelqu'un en veut personnellement au pasteur, et c'est bien lui que l'incident visait à déstabiliser. Soit le coupable n'a pas réalisé que le vin de communion serait goûté par le pasteur en premier. Parce que si vous aviez porté cette coupe directement à l'assemblée, je parie que vous en auriez déjà servi une demi-douzaine avant que les deux ou trois premiers se rendent compte de ce qui se passait. Et là, vous vous seriez retrouvé avec un problème. Vous avez une idée de la personne qui pourrait avoir une raison de faire ce genre de blague ?

Harry réfléchit un moment, sachant que c'était ce qu'on attendait de lui.

— Je ne vois pas, dit-il. Je me suis demandé s'il était possible que quelqu'un soit opposé à la réouverture de l'église. À moins que je n'aie contrarié quelqu'un sans le savoir depuis mon arrivée.

— Aucunement, coupa Mike. En fait, les gens vous apprécient beaucoup, dans l'ensemble.

— Ce que nous aimerions, révérend, intervint Rushton, c'est que vous nous laissiez prendre vos empreintes digitales de façon à pouvoir examiner la carafe ; que nous cherchions celles qui ne correspondraient pas aux vôtres.

— Je ferais volontiers de même, si ça peut aider, dit Mike, avant de se tourner vers Harry. Pasteur, nous devons songer à la sécurité du bâtiment. Je vais demander à ce qu'on change les serrures à la première heure, demain. M'assurer qu'il n'y a que trois jeux de clés disponibles.

— Très bien, fit Harry.

— Bien. Je peux faire en sorte de mettre les nouvelles clés à votre disposition après-demain. Déjeunons ensemble au White Lion. Disons, à 13 heures ?

Prendre les empreintes digitales fut l'affaire de quelques minutes, après quoi les deux hommes dirent bonsoir à Harry et le laissèrent. Harry retourna dans son bureau. Il contempla son armoire à liqueurs. Il avait assez bu comme ça. Il sentit quelque chose de chaud bouger entre ses chevilles et baissa les yeux. Le chat se frottait de tout son long contre son jean.

— Je hais les chats, maugréa Harry.

Il se baissa pour le ramasser. La bête resta sans bouger dans ses bras, ronronnant, confortablement installée, au chaud.

Une demi-heure plus tard, le chat dormait profondément. Harry n'avait pas fait un geste.

35

19 octobre

Evi gara sa voiture sur l'unique place restante. L'énorme bâtiment, genre hangar, de la caserne de pompiers de Goodshaw Bridge se trouvait à une vingtaine de mètres. Elle sortit de la voiture et prit sa canne.

— J'ai du mal avec les escaliers, j'en ai peur, expliqua-t-elle au pompier de la réception. Y a-t-il un ascenseur que je pourrais emprunter ? Désolée de vous déranger.

— Pas de problème, ma jolie. Accordez-moi une minute.

Le pompier la conduisit le long du couloir. Elle tenta de rester à sa hauteur mais son dos lui donnait du fil à retordre depuis des jours. Rester constamment appuyée sur sa canne exerçait une trop grande pression sur les muscles d'un côté de son corps, lesquels écrasaient les nerfs. Elle aurait dû utiliser son fauteuil plus souvent. C'est juste que…

Ils atteignirent l'ascenseur et montèrent un étage, puis empruntèrent un nouveau couloir. Peut-être pourrait-elle simplement se laisser glisser le long de la perche pour sortir.

Son guide s'arrêta devant une porte bleue et frappa. Sans attendre la réponse, il ouvrit.

— Une dame pour vous, chef, annonça-t-il avant de jeter un coup d'œil à Evi dans son dos. Docteur… ?

— Evi Oliver, parvint-elle à prononcer entre ses dents serrées. Merci bien.

Dans la pièce, deux autres pompiers qui l'attendaient s'étaient levés.

— Docteur Oliver, bonjour, dit le plus grand et le plus âgé des deux, en tendant la main. Je suis le chef de centre, Arnold Earnshaw. Et voici mon adjoint, Nigel Blake.

— C'est très gentil à vous de me recevoir, dit Evi.

— Pas de problème. Si l'alarme se déclenche, nous nous volatiliserons. D'ici là, nous sommes à vous. Bon, et maintenant, que diriez-vous d'un café ?

Il éleva la voix.

— Tu t'en vas où, Jack ?

Le guide d'Evi reparut, vérifia que ses deux chefs prenaient toujours leur thé avec beaucoup de lait et trois sucres chacun, et accepta volontiers de préparer un grand crème à Evi.

Tous trois prirent place. Evi aurait aimé avoir un moment pour reprendre son souffle mais les deux hommes la dévisageaient, attendant qu'elle commence.

— J'ai expliqué au téléphone que j'aurais aimé en savoir plus sur un incendie qui s'est produit à Heptonclough voici quelques années, commença-t-elle. C'est en rapport avec un cas que je traite, mais je suis sûre que vous comprendrez que je ne puisse vous donner plus de détails. Question de confidentialité vis-à-vis du patient.

Earnshaw hocha la tête. Son collègue, lui aussi, semblait intéressé, et désireux de collaborer. Elle se demanda si les pompiers s'ennuyaient, la plupart du temps, et acceptaient en fait bien volontiers les distractions.

— L'incendie s'est produit à la fin de l'automne, il y a trois ans, dit Evi. Dans un cottage de Wite Lane, à Heptonclough, l'ai-je précisé ?

Earnshaw acquiesça et tapota un dossier en carton sur son bureau.

— Tout est là. Non pas que nous ayons vraiment eu besoin de le consulter. C'en était un moche. Une gosse est morte.

— Vous étiez là ?

— Tous les deux, répondit Earnshaw. Toutes nos forces régulières, plus quelques-uns de nos volontaires. Que pouvons-nous vous apprendre ?

— D'après ce que je comprends, une fois qu'un feu est contenu, vous devez répondre à deux questions essentielles, dit Evi. Où se situait le départ du feu, et qu'est-ce qui a provoqué l'incendie ?

Gillian ne lui avait toujours pas dit comment le feu avait démarré. Si ç'avait été dû à une négligence de sa part, ou de celle de son mari, voilà qui pourrait expliquer en partie sa colère, ou sa culpabilité. Les deux hommes acquiesçaient de la tête.

— Je commence par le bon bout ? demanda-t-elle.

Blake se pencha en avant.

— Il faut trois choses pour faire un feu, docteur Oliver, dit-il. Il faut de la chaleur, un combustible de départ tel que du papier ou de l'essence, et il faut de l'oxygène. Si un seul de ces éléments vient à manquer, pas de feu. Vous comprenez ?

Evi hocha la tête.

— Dans la plupart des cas, on peut considérer l'apport d'oxygène comme acquis. Donc, ce que nous cherchons, c'est une combinaison de chaleur et de combustible. Après ça, le feu se propage latéralement et vers le haut, à partir de son point de départ. Si un feu se déclenche au pied d'un mur, on voit les traces de combustion s'en éloigner vers le haut, et en s'évasant, en formant un « v ». Vous me suivez ?

Evi acquiesça derechef.

— Certaines choses dans une maison, comme les matériaux synthétiques ou les escaliers, peuvent altérer ce schéma, mais, à vue de nez, on suit la trace des dégâts jusqu'au point où il était le plus fort, et ensuite on recherche la combinaison chaleur-combustible. Lors de l'incendie du cottage de Wite Lane, le départ était assez évident, même si le plafond au-dessus a fini par s'écrouler. C'était la cuisine, la zone autour de la cuisinière.

— Et savez-vous comment ça a démarré ?

— Ce ne sont pour l'essentiel que des suppositions, répondit Blake, vu l'étendue des dégâts dans cette zone. Mais d'après ce qu'on nous a dit, des huiles de cuisson étaient conservées non loin de la cuisinière, ce qui n'est jamais une bonne idée. On suspecte qu'une flamme a été oubliée sous une poêle. Ça arrive souvent avec les omelettes. Les gens se font une omelette, s'appliquent à la faire glisser dans l'assiette sans la casser et reposent la poêle, oubliant qu'ils n'ont pas fermé le gaz. La poêle chauffe, chauffe, jusqu'à ce que l'huile dedans prenne feu. Pour peu qu'une bouteille d'huile d'olive se trouve à proximité, le plastique fond et l'huile se répand. Vous voyez comment…

— Oui, bien sûr, dit Evi, se promettant de déplacer les bouteilles d'huile alimentaire qu'elle gardait à portée de son plan de cuisson.

— Dans le cas d'espèce, cependant, le vrai problème a été le Butagaz, expliqua Earnshaw. Le cottage n'étant pas relié au gaz de ville, ils utilisaient une cuisinière qui marchait avec une bombonne. Ce n'est pas rare dans les campagnes, mais dans ce cas précis, ils avaient trois bombonnes en réserve dans une petite pièce juste à côté de la cuisinière. Quand elles ont pris feu…

— Je vois, dit Evi, se demandant si elle avait vraiment le courage de poser la question suivante. Je sais que c'est une question délicate et je vous prie de m'excuser de la poser, mais avez-vous jamais envisagé qu'il puisse s'agir d'un incendie volontaire ?

Earnshaw se radossa à sa chaise. Blake la regardait en fronçant les sourcils.

— On est toujours obligé d'envisager l'éventualité d'un incendie criminel, dit Earnshaw au bout d'un moment. Mais dans ce cas précis, il n'y avait rien de nature à nous préoccuper outre mesure. Le feu avait un point de départ facilement repérable.

— Qui s'expliquait facilement, ajouta Blake, à qui on n'avait rien demandé.

— S'il avait démarré dans une corbeille à papier dans une chambre, dit Earnshaw, ou si nous avions trouvé une traînée d'essence autour de la maison, ç'aurait été autre chose.

— La maison était louée, il n'y avait donc aucune possibilité de fraude à l'assurance, suggéra Blake.

— Et les parents ont perdu leur fille, conclut Earnshaw, comme si Evi aurait dû y songer elle-même.

La théorie de l'incendie volontaire destiné à maquiller une mort accidentelle ne menait nulle part. Evi commença à penser qu'elle prolongeait peut-être indûment l'accueil qu'on lui avait réservé.

— J'ai bien compris, dit-elle. Je sais que je pose des questions indélicates. Je suis désolée de ne pouvoir expliquer pourquoi.

— Franchement, ce n'est pas si simple que ça de dissimuler des preuves d'incendie criminel, expliqua Blake. Les pyromanes utilisent souvent des allumettes, qu'ils se contentent de jeter ensuite, en s'imaginant que le feu les détruira.

— Et ce n'est pas le cas ?

Blake secoua la tête.

— Les têtes des allumettes contiennent ce qu'on appelle des diatomées, dit-il. Des organismes unicellulaires contenant à leur tour un composé très résistant nommé silice. La silice survit au feu. Il arrive même qu'on puisse identifier la marque d'allumette utilisée.

— Je vois. J'ai une dernière question, si je peux, ensuite je vous laisse tranquilles. Combien de temps vous a-t-il fallu, une fois le feu éteint, pour réaliser que le corps de l'enfant avait été complètement consumé ?

Les deux hommes échangèrent un regard. Le froncement de sourcils de Blake se creusa plus encore.

— Le feu a brûlé pendant plusieurs heures, d'après ce que j'ai compris, poursuivit Evi. Même une fois éteint, vous avez sans doute dû vous assurer que la structure était praticable.

— Le plancher de l'étage s'est écroulé, dit Blake.

— Oui, précisément. Donc vous avez dû fouiller dans les décombres, ça a dû prendre un certain temps, avant que vous ne soyez sûrs.

Et tout ce temps-là, Gillian errait dans les landes, s'adjurant de continuer à espérer.

— Avant que vous soyez sûrs que le feu avait détruit le corps de l'enfant.

— Docteur Oliver, il est très rare que les corps soient complètement détruits dans un incendie. Très rare, vraiment, dit Earnshaw.

— Je suis désolée, je ne comprends pas bien…

— Les gens qui s'imaginent le contraire n'ont aucune connaissance en chimie, dit Blake. Lors de leur crémation, par exemple, les corps sont exposés à des températures dépassant les 800 °C pendant au moins deux heures. Et on retrouve quand même des restes humains dans les cendres. La plupart des incendies de constructions, surtout dans une maison habitée, ne brûlent pas assez fort ou assez longtemps pour détruire un corps. La maison elle-même ne procure pas assez de combustible.

— Même si, dans ce cas précis, la température du feu s'est effectivement fortement élevée en raison du Butagaz qui faisait office de carburant, remarqua Earnshaw.

— Et est-ce pour ça que les restes de la petite fille…

— Nous l'avons trouvée le lendemain, dit Blake. Très peu de chose, évidemment, mais bon, quand même… Qu'est-ce qui vous a donné à penser qu'on n'a pas retrouvé ses restes ?

Evi venait de plaquer ses mains sur sa bouche.

— Je suis vraiment désolée, balbutia-t-elle. On m'a complètement induite en erreur.

— Ce que nous avons trouvé était très proche de ce à quoi nous aurions pu nous attendre après une crémation, dit Blake. Des cendres et des fragments osseux. Ils ont été identifiés comme humains. Il n'y a jamais vraiment eu de doute sur le fait que nous avions trouvé l'enfant.

— Et qu'est-il advenu des restes ?

— Ils ont été remis aux parents, dit Earnshaw. À la mère, autant que je m'en souvienne.

36

21 octobre

— À ton avis, pourquoi tes parents voulaient-ils qu'on se voie, Tom ? demanda le docteur à la chevelure lisse et brune et aux épais cils noirs.

Evi, voilà comment il devait l'appeler. Elle ressemblait à l'une des poupées russes de sa sœur, avec son visage pâle, en forme de cœur, et ses grands yeux bleus. Elle portait les mêmes couleurs que les poupées de Millie : un chemisier rouge et une écharpe violette.

Tom haussa les épaules. Evi avait l'air gentille, c'était bien le pire, d'une gentillesse qui lui donnait envie de se confier à elle. Lui faire confiance, voilà qui était totalement exclu.

— Quelque chose te tracasse ? lui demandait-elle à présent. Y a-t-il quoi que ce soit qui t'angoisse ?

Tom secoua la tête.

Evi lui sourit. Il attendit qu'elle lui pose une autre question. Elle n'en fit rien, se contenta de le regarder en souriant. Derrière sa tête, une vaste fenêtre dévoilait un ciel si noir qu'il faisait presque nuit par endroits. Il allait tomber des cordes d'une minute à l'autre.

— Comment ça va, dans ta nouvelle école ?

— Ça va.

— Tu peux me dire le nom de quelques-uns de tes nouveaux amis ?

Elle l'avait piégé, elle lui avait posé le genre de questions auxquelles il ne pouvait répondre par un oui, non, OK, ou un haussement d'épaules. Les amis, ça allait, cependant, il pouvait parler des copains. Il pouvait parler de Josh Cooper, lui, ça allait.

— Y a-t-il des garçons à ton école qui ne sont pas tes amis ? demanda-t-elle ensuite, quand ils eurent passé quelques minutes à parler des garçons de la classe de Tom.

— Jake Knowles, répondit-il sans hésitation.

Jake Knowles, son ennemi juré, qui avait appris, on ne sait comment, que Tom allait voir un docteur spécial et qui lui pourrissait la vie plus que jamais à ce sujet depuis des jours, maintenant. D'après Jake, Tom était promis à l'asile, où l'on vous attachait et vous enfermait dans une cellule capitonnée, et où on vous envoyait des électrochocs dans le crâne. Ce docteur spécial verrait bien qu'il était cinglé et l'expédierait à Pétaouschnock, et il ne reverrait jamais sa mère et son père. Pire que tout, il ne pourrait plus veiller sur Millie. Il ne pourrait plus surveiller Joe.

— As-tu envie de me parler de ce qui s'est passé il y a une semaine, samedi dernier ? Quand quelque chose t'a fait peur et que tu as couru dans le cimetière ?

— C'était un rêve, répondit Tom. Rien qu'un mauvais rêve.

37

Millie avait descendu tant bien que mal les marches arrière donnant sur le jardin. Elle se remit debout et regarda autour d'elle. Quand son regard tomba sur l'if, son petit visage s'éclaira. Elle s'éloigna en trottinant dans sa direction.

— Millie ! (Tom avait surgi sur le seuil.) Tu vas où, Millie ?

Il sauta, rejoignit sa sœur en trois enjambées, puis se baissa pour la prendre dans ses bras.

— Millie ne doit pas rester dehors toute seule, dit-il, alors qu'elle commençait à se tortiller et qu'il la ramenait à la porte.

Millie regarda de nouveau l'if tandis qu'on la portait à l'intérieur de la maison et qu'on refermait bien soigneusement la porte derrière les deux enfants. Elle n'avait plus jamais le droit d'être seule, même pas une minute.

38

23 octobre

— La schizophrénie est assez rare, dit Evi. Seul 1 % de la population, environ, la développe, et c'est seulement dans très peu de ces cas que l'on voit une poussée des symptômes avant l'âge de dix ans. Mais surtout : ni vous ni votre mari n'avez d'antécédent de la maladie dans vos familles.

C'était la première fois qu'Evi rencontrait Alice Fletcher seule à seule, dans le vaste salon lumineux des Fletcher. Les garçons, qu'elle avait déjà rencontrés séparément l'un et l'autre, étaient tous deux à l'école, Millie à l'étage, en train de faire sa sieste. Jusqu'ici, l'entretien s'avérait inhabituel. Dès le début, Alice avait paru résolue à charmer la psychiatre de son fils. Elle avait témoigné un intérêt tout personnel pour Evi, ce que les patients, égocentriques en temps normal, faisaient rarement. Elle avait tenté de la faire rire, y était même parvenu une fois ou deux. Et pourtant il était si évident que ce n'était qu'une façade, et fragile avec ça. Les mains d'Alice tremblaient tellement, son rire avait paru forcé et avant vingt minutes d'entretien, elle s'était effondrée et lui avait confié sa crainte que Tom ne souffre de schizophrénie infantile.

— Mais ces voix… insistait-elle.

— Entendre des voix n'est qu'un symptôme de la schizophrénie, déclara fermement Evi. Il y en a tout plein d'autres, que Tom ne présente apparemment pas.

— Genre ?

— Eh bien, pour commencer, ses réactions émotionnelles sont tout à fait normales. Je n'ai pas vu trace de ce que nous qualifions de trouble de la pensée. Et à part son insistance sur cette petite fille – dont il ne m'a toujours pas parlé, à propos –, il n'y a pas trace d'un quelconque comportement délirant.

Alice Fletcher l'intéressait, décida Evi. C'était plutôt elle, loin de chez elle, plus que le reste de la famille, qui aurait pu légitimement avoir du mal à s'adapter à Heptonclough. La question était : quelle part des problèmes des enfants résultait de ce qu'ils captaient des anxiétés de la mère ?

— Même quand on détecte une schizophrénie chez l'enfant, s'empressa d'ajouter Evi, elle est presque toujours précédée d'autres diagnostics. (Elle entreprit de les compter sur ses doigts.) Trouble du déficit de l'attention, troubles bipolaires de l'humeur, TOC... Savez-vous ce que signifie la moindre de ces...

— Oui, coupa Alice. Et le TOC, le truc obsessif-compulsif, là, ça colle aussi. Tom fait le tour de la maison tous les soirs, vérifiant et revérifiant les serrures sur toutes les portes et toutes les fenêtres. Il a une liste. Il coche les trucs un à un et refuse d'aller se coucher avant d'avoir épuisé toute la liste. Parfois il se relève la nuit et se remet à vérifier sa liste. Ça veut dire quoi, ça ?

— Je n'en sais rien encore. Mais j'ai remarqué l'anxiété de Tom au sujet de sa petite sœur. Anxiété que partage Joe, d'ailleurs, même s'il ne fait peut-être que capter les craintes de Tom. Ont-ils vu quelque chose aux nouvelles, je ne sais pas, moi... quelque chose qui puisse les rendre particulièrement anxieux à son sujet en ce moment ?

Alice réfléchit un moment, puis secoua la tête.

— J'en doute, dit-elle. Ils ne regardent que des programmes pour enfants. Plusieurs fois je l'ai trouvé endormi par terre dans la chambre de Millie.

Evi jeta un coup d'œil à ses notes.

— Pour revenir à cette petite fille, un moment, dit-elle. Parce que, d'après ce que vous m'avez dit, l'essentiel de ce qui tourmente Tom tourne autour d'elle, apparemment. Est-il possible qu'il y ait quelqu'un dans cette ville qui ait l'air un peu bizarre, qui se comporte de manière étrange, peut-être ? Y avez-vous songé ?

Alice hocha la tête.

— Bien sûr, dit-elle. Et j'ai posé la question à deux ou trois personnes. Pas à beaucoup, je n'ai pas envie que tout le monde sache ce que nous traversons, mais j'en ai discrètement touché un mot à Jenny Pickup. Et à son grand-père, Tobias. Ils vivent ici depuis toujours. Ils n'ont jamais entendu parler de quiconque qui puisse correspondre, de près ou de loin, à la description qu'en fait Tom.

Alice marqua une pause.

— Du reste, reprit-elle, Tom parle de cette petite fille comme si elle était à peine humaine, le genre de chose qu'on voit dans des cauchemars. Cette ville est bizarre, Evi, mais elle abriterait des monstres ?… Quelles sont les chances pour que cela arrive, à votre avis ?

39

27 octobre

Harry approchait de la ville. Les silhouettes des grands immeubles de pierre étaient plus hautes à chaque nouveau virage. Par-dessus son épaule gauche, une fusée jaillit dans le ciel. Il ralentit encore un peu. Il avait toujours aimé les feux d'artifice. Peut-être remonterait-il en haut des collines le 5 novembre, et garerait-il sa voiture pour admirer les fusées explosant depuis cent bûchers différents, déployés sur toute la longueur des monts Pennins.

Le bitume de la route fit place aux pavés et il prit le dernier virage qui le mènerait en ville. Des étoiles d'or éclatèrent dans le ciel sur sa gauche et c'est elles qu'il regardait, pas l'église, quand il s'arrêta et se gara. Il coupa le moteur et sortit du véhicule.

Il était allé rendre visite à l'un de ses paroissiens les plus âgés. Mrs Cairns était nonagénaire et presque clouée au lit. Après cela, sa fille et son fils avaient tenu à ce qu'il dîne avec eux. Le temps qu'il les quitte, il était presque 21 heures et il devait encore aller chercher les comptes de l'église à St Barnabé.

Ses pieds venaient à peine de rencontrer les pierres lisses de l'allée de l'église quand il sut que quelque chose ne tournait pas rond. Il ne s'était jamais considéré comme particulièrement sensible, mais cette sensation-là, il ne pouvait l'ignorer. Il savait qu'il devait faire demi-tour, vers l'église en ruine. Mais n'était vraiment pas certain de pouvoir se résoudre à le faire.

Il l'avait fait. Il regardait. Et n'en croyait tout simplement pas ses yeux.

Les anciennes ruines de l'abbaye étaient toujours là. Les grandes arches s'élançaient dans le ciel, vers le ciel violet. La tour, haute et menaçante, projetait son ombre au sol. Tout était comme toujours depuis son arrivée. Ou comme sans doute depuis plusieurs centaines d'années. Seules les silhouettes étaient nouvelles. Assis sur les rebords de fenêtres, appuyés aux piliers, allongés au sommet des arches, coincés dans toutes les fentes possibles et imaginables des murs de pierre se trouvaient des gens. Assis, debout, adossés, affalés, immobiles comme des statues, grimaçant un sourire, le regard fixe, le cernant de toutes parts. Et qui l'observaient.

40

29 octobre

L'inhumation de la petite Lucy Eloise Pickup, 2 ans, fille unique de Michael Pickup et Jennifer Pickup, née Renshaw, était la dernière inscription portée au registre des enterrements. Harry revint au début en feuilletant les pages. La première entrée consignait les obsèques de Joshua Aspin en 1897. Un registre d'église devait être clôturé et porté au bureau des registres du diocèse quand la plus ancienne écriture remontait à cent cinquante ans. Ce qui n'était pas encore le cas de celui-ci. Il s'apprêtait à refermer le livre quand le nom Renshaw lui sauta de nouveau aux yeux. Une Sophie Renshaw était morte en 1908, à l'âge de 18 ans. Suivaient les mots *Une âme chrétienne innocente*, après les détails essentiels. Harry jeta un coup d'œil à sa montre. Il était 11 heures.

Il tourna la page et repéra des noms qu'il reconnut : Renshaw, à plusieurs reprises, mais aussi Knowles et Grimes. Et là, encore une fois, au milieu de la troisième page : Charles Perkins, quinze ans, enterré le 7 septembre 1932. *Une âme chrétienne innocente*. Il baissa de nouveau les yeux sur sa montre. Onze heures passées de trois minutes. Harry s'adossa et inspecta brièvement la pièce du regard. Pas de chaussettes humides en train de sécher sur le radiateur. Aucun sachet de thé usagé sur l'égouttoir.

Un bruit soudain en provenance de la nef le fit sursauter et presque basculer à la renverse. Il s'appuya sur le siège de sa chaise jusqu'à ce que ses quatre pieds reposent fermement au sol. Personne ne pouvait se trouver dans le corps principal du bâtiment. L'édifice était fermé à clé à son arrivée, il n'avait ouvert qu'une seule porte, donnant sur la sacristie, laquelle se trouvait à moins de trois mètres de là. Nul n'aurait pu entrer sans qu'il le voie. Et pourtant ce qu'il venait d'entendre avait été trop fort pour n'être qu'un grincement du vieux bois. On aurait dit… comme un raclement métallique. Il se leva, traversa la pièce et ouvrit la porte donnant sur la nef.

L'église était vide, évidemment, pourquoi en aurait-il été autrement ? C'est juste qu'elle ne donnait pas l'impression de l'être. Il recula en direction de la sacristie, balayant le chœur du regard, guettant un mouvement. Il tendait l'oreille. Ce fut presque un soulagement de fermer la porte. Il ferait aussi bien de l'admettre, il n'aimait pas cette église, voilà tout. Quelque chose, ici, le rendait mal à l'aise.

Effrayé, tu veux dire. Cette église te fait peur.

Il consulta de nouveau sa montre. Il était 11 h 10 et son visiteur était incontestablement en retard. Pouvait-il attendre dehors ? Pas sans avoir l'air complètement con, non, il ne le pouvait pas. Il s'empara de son portable. Pas de messages.

Il sursauta une fois de plus quand un coup retentit à la porte.

Evi s'arrêta derrière la voiture de Harry. Se servant de sa canne comme d'un levier, elle se hissa hors de son véhicule. Il y avait une longue trotte jusqu'à la porte de la sacristie et il eût été plus que raisonnable de se servir de son fauteuil. Sa canne, repliée, viendrait s'insérer dans son dos, la serviette, sur ses genoux, elle pourrait se propulser le long de ces vieilles dalles lisses en quelques secondes. Plus vite que bien d'autres à la course. Et Harry la verrait dans un fauteuil roulant.

Elle verrouilla la voiture et attaqua sa lente montée. Elle marcha deux minutes, gardant les yeux soigneusement rivés au sol, pour éviter les pierres inégales. Quand elle s'accorda un répit, une ombre attira son attention. Le soleil projetait le contour de l'abbaye en ruine sur l'herbe devant elle. Elle discernait la tour et les trois arches qui longeaient un côté de la nef. Elle voyait même l'ouverture cintrée qui avait jadis abrité un vitrail. Ce qu'il restait du rebord de la fenêtre se trouvait à près de cinq mètres du sol. Était-il bien raisonnable de s'y tenir assis ?

Se servant de sa canne pour conserver l'équilibre, elle fit demi-tour et regarda la ruine. Mais qu'est-ce que…

Des silhouettes de taille humaine, portant de vrais vêtements mais avec des têtes faites de navets, de citrouilles, ou même de paille, emplissaient les vestiges. Evi fit rapidement le compte. Il devait y avoir vingt ou plus de ces choses. Elles étaient assises sur des rebords de fenêtres vides, reposaient, allongées, au sommet des arches, s'adossaient contre des piliers ; l'une d'entre elles avait même été attachée à la tour, par la taille. Elle pendait, loin au-dessus du sol. Incapable d'y tenir, Evi se rapprocha d'un pas, puis d'un autre, jusqu'à se retrouver presque dans l'église. C'étaient des mannequins, remarquablement bien faits, pour ce qu'elle en voyait. Aucun d'eux n'était avachi, inerte ou aplati, comme c'était généralement le cas des effigies à la mémoire de Guy Hawkes. Leurs corps étaient fermes, leurs membres bien proportionnés. Ils semblaient extrêmement humains : jusqu'à ce que l'on regarde leurs visages, sur chacun desquels était creusé un large sourire, en dents de scie.

N'appréciant guère de leur tourner le dos, Evi lança un regard en direction de la maison Fletcher. Deux des fenêtres de l'étage, au moins, devaient jouir d'une assez bonne vue sur l'abbaye fraîchement décorée. Tom Fletcher et son frère devaient fatalement voir tout ça quand ils allaient au lit.

Sa jambe gauche lui faisait sentir qu'elle était restée immobile trop longtemps. Elle planta sa canne en avant et, jetant des regards par-dessus son épaule toutes les trois secondes, se remit en marche le long de l'allée.

Elle était toute rouge. Une ride du lion s'était creusée verticalement sur son front, qu'il n'avait pas remarquée auparavant. Ses cheveux étaient différents, eux aussi, lisses et foncés, juste à hauteur des épaules, et si brillants qu'ils en avaient l'air humides.

— Vous auriez dû appeler de la voiture, dit-il. Je serais venu vous aider.

Les lèvres d'Evi s'étirèrent en un sourire mais le froncement de sourcil était toujours là.

— Et pourtant, j'y suis arrivée.

— En effet. Entrez.

Il recula d'un pas et la laissa entrer dans la sacristie. Elle se dirigea vers les deux fauteuils qu'il avait disposés près du radiateur et agrippa le bras du plus proche. Elle s'assit lentement puis replia sa canne et la posa à côté d'elle. Elle était vêtue d'un pull en laine écarlate, d'un haut et un pantalon noirs unis, et avait apporté dans la sacristie un parfum doux, épicé. Et quelque chose de ce matin d'automne aussi, une odeur de feuilles, de fumée de feu, de fraîcheur piquante. Il la dévisageait.

— Je peux faire du café, proposa-t-il, lui tournant le dos et se dirigeant vers l'évier. Ou du thé. Il y a même un paquet de biscuits quelque part. Alice ne vient jamais les mains vides.

— Du café, volontiers, merci. Sans sucre. Du lait, si vous en avez.

Il avait oublié à quel point sa voix était douce et grave quand elle n'était pas fâchée contre lui. Il lança un regard par-dessus son épaule. Comment des yeux pouvaient-ils être aussi bleus ? Ils étaient si bleus qu'ils en étaient presque violets, comme des pensées au crépuscule. Voilà qu'il la dévisageait de nouveau.

Il prépara du café pour tous les deux, écoutant le froissement dans son dos tandis qu'elle ouvrait sa mallette et sortait ses papiers. À un moment donné, elle fit tomber un crayon, mais le temps qu'il se retourne pour le ramasser, elle l'avait déjà récupéré. Le rose de ses joues s'estompait. Son propre visage lui cuisait.

Il lui remit un mug, prit place sur son siège, et patienta.

Harry avait tout du prêtre, ce matin : une tenue noire et sobre, un col d'ecclésiastique blanc, des richelieux noirs brillants. Il y avait même une paire de lunettes de vue sur le bureau.

— Merci de me recevoir, commença-t-elle.

Il ne dit rien, se contenta d'incliner la tête dans sa direction.

Elle tendit une feuille de papier.

— Je dois vous remettre ceci, dit-elle. Alice et Gareth Fletcher m'ont autorisée à vous parler. À discuter aussi amplement de leur cas avec vous que nécessaire.

Harry prit la feuille et la regarda. Les lunettes restèrent sur le bureau. Il était bien trop jeune pour avoir besoin de lunettes, de toute façon. Elles ne devaient être là que pour faire genre. Au bout d'une seconde ou deux, il reposa le document et prit son mug.

— Je verrai aussi plusieurs professeurs de Tom et Joe, continua-t-elle. Ainsi que le directeur de l'ancienne école de Tom. Et leur généraliste. C'est l'usage quand on soigne un enfant.

Elle attendit que Harry réponde quelque chose. Il n'en fit rien.

— Les enfants sont tellement sensibles à leur environnement qu'on a besoin d'en savoir autant que possible sur leur cadre de vie, poursuivit-elle. Sur ce qui influe sur leurs existences.

— Je me suis pris d'affection pour les Fletcher, dit Harry. J'espère que vous pourrez les aider.

Si différent, ce matin. Si loin de l'homme qu'elle avait rencontré.

— Je ferai de mon mieux, assura-t-elle. Mais on n'en est encore qu'au tout début. Ceci n'est vraiment qu'une enquête préliminaire.

Harry reposa son mug sur le bureau derrière lui.

— Je suis à votre disposition, dit-il, tout en se retournant.

Si froid. Un autre homme. Avec la même tête, c'est tout. Peu importe, elle avait une mission à accomplir.

— Tom m'a été adressé par son généraliste voici deux semaines, exposa-t-elle. Il présentait une anxiété extrême, des difficultés à l'école, des troubles du sommeil, un comportement agressif – tant à l'école que chez lui – et même l'éventualité de crises psychotiques. Additionnés, tous ces symptômes sont très préoccupants chez un garçon âgé de dix ans.

— Je sais que ses parents se sont beaucoup inquiétés, convint Harry. Moi aussi, du reste.

— Je ne sais ce que vous savez de la psychiatrie mais…

— Rien, ou presque.

Bon Dieu, ça le tuerait de sourire ? Pensait-il que c'était facile pour elle ?

— La procédure ordinaire est de commencer par voir l'enfant, pour établir une sorte de relation – et même de la confiance, si possible. Si l'enfant est suffisamment âgé, ce qui est le cas de Tom, j'essaie de lui faire dire quels sont ses problèmes. De m'expliquer pourquoi on me l'a adressé, ce qui le tracasse, comment il s'imagine qu'on pourrait régler le problème.

Elle s'interrompit. Harry n'avait pas quitté son visage des yeux mais son expression était indéchiffrable.

— Ça n'a pas trop bien marché avec Tom jusqu'ici, précisa-t-elle. Il est vraiment doué pour dire le strict minimum. Quand j'essaie de l'amener à parler des divers incidents – avec cette étrange petite fille, par exemple –, il se ferme comme une huître. Et prétend que tout ça n'était qu'un mauvais rêve.

Elle se tut un moment. Harry l'invita à poursuivre d'un signe de tête.

— Ensuite, je fais intervenir le reste des membres la famille. J'observe comment ils interagissent les uns par rapport aux autres, pour essayer de repérer la moindre tension, ou trace de discorde. J'établis aussi les antécédents complets de la famille, historiques, médicaux et sociaux. Le but est d'obtenir un état des lieux aussi complet que possible de la vie de cette famille.

Elle s'interrompit. C'était encore plus dur qu'elle ne s'y était attendue.

— Je vous suis, dit Harry. Je vous en prie, continuez.

— Il y a toujours un examen clinique, reprit Evi. De l'enfant que l'on m'a adressé ainsi que des frères et sœurs. Je n'y procède pas moi-même, je trouve que ça interfère avec le rapport que j'essaie d'établir avec eux, mais Tom, Joe et Millie ont tous été examinés par le généraliste.

Harry fronçait les sourcils.

— Êtes-vous autorisée à me dire ce qu'il a trouvé ?

Evi haussa les épaules.

— Ils vont bien. Physiquement, ce sont tous des enfants en bonne santé, sans problèmes médicaux particuliers, au développement normal. J'ai moi-même procédé à deux ou trois tests d'évaluation avec eux. En tout état de cause, en termes de langage, de fonctionnement cognitif et de connaissances générales, Tom et Joe semblent particulièrement éveillés pour leurs âges. Les deux seraient plutôt d'une intelligence supérieure à la moyenne. Est-ce que ça concorde avec ce que vous avez observé ?

— Tout à fait, répondit Harry sans prendre le temps de réfléchir. Quand j'ai fait leur connaissance, ils étaient vifs, drôles, des gosses normaux. Ils m'ont beaucoup plu. C'est toujours le cas.

Les Fletcher étaient ses amis. Il ne pourrait être complètement objectif. Elle aussi aurait à gagner sa confiance.

— Peut-être est-il également utile de mentionner que le généraliste n'a trouvé aucune trace d'abus sur aucun des enfants. Que ce soit physique ou sexuel. Évidemment, on ne peut toujours pas l'exclure complètement, mais…

Il lui lançait un regard noir. Peut-être avait-il besoin qu'on le ramène à la réalité.

— Quand un enfant est aussi perturbé que semble l'être Tom, il serait irresponsable d'écarter cette éventualité, dit-elle, consciente que sa voix s'était durcie.

Quelque chose changea dans le regard de Harry.

— Le trait le plus significatif dans leur cas, selon moi, continua Evi, s'efforçant de baisser et d'adoucir sa voix, même s'il commençait à beaucoup l'irriter, c'est que les troubles de la famille semblent dater de leur emménagement ici.

Quelque chose dans ce regard, c'était très net.

— Le dossier de Tom dans son ancienne école est exemplaire, dit-elle. J'ai parlé à son précédent généraliste, à son ancien entraîneur de football, et même à son ancien chef scout. Tous évoquent un enfant normal, bien adapté, heureux. Et puis, la famille emménage ici et rien ne va plus.

Harry avait baissé le regard. Il contemplait le sol, à présent. Il avait l'air maussade. S'imaginait-il qu'elle le tenait pour responsable ?

— La maladie mentale chez les enfants a rarement une unique cause. Tout ce qui se rapporte au nouvel environnement des Fletcher aurait pu faire office de déclencheur, réveiller un état latent chez Tom. Il me serait très utile de savoir quel a été ce facteur déclenchant.

— C'est là que j'interviens ? lui demanda-t-il, en relevant furtivement les yeux.

— Oui. Vous êtes nouveau ici, vous aussi. Vous êtes sans doute mieux placé que quiconque pour repérer un éventuel catalyseur. Y a-t-il quoi que ce soit qui vous vienne à l'idée ?

Harry prit son temps. S'il lui venait une idée ? Les Fletcher avaient emménagé dans une ville qui n'avait pas accueilli de nouveaux venus depuis plus de dix ans et où les massacres rituels étaient prétexte à faire la fête. Où des murmures surgissaient, furtifs, de nulle part. Et où quelqu'un versait du sang de cochon dans un calice de communion. S'il avait une idée ?... Pourrait-il seulement s'arrêter ?

— Ce n'est pas une ville ordinaire, dit-il enfin. Les gens ici ont une façon de faire les choses bien à eux.

— Pouvez-vous me donner des exemples ?

Evi avait ouvert un petit bloc-notes et tenait un crayon entre les doigts de sa main gauche. Les cheveux sur le côté droit de sa tête avaient été calés derrière une oreille. Si délicate, cette oreille. Avec un tout petit rubis dans le lobe.

— Le jour de mon arrivée, j'ai vu les garçons se faire menacer par une bande du coin, dit-il. Des garçons légèrement plus âgés. Des ados, pour certains.

— Sur des vélos ? questionna-t-elle vivement.

Perplexe, Harry secoua la tête.

— Pas cette fois-là. Même si j'en ai bien vu un ou deux depuis faire du vélo par ici. Il est vrai qu'ils filent à la vitesse de l'éclair, quand ils le veulent. Et ils sont agiles. Je suis sûr d'avoir vu des silhouettes grimper dans les ruines de l'abbaye, et même sur le toit de l'église. On n'a pas pu le prouver mais on est pratiquement certains qu'ils sont responsables de ce qui est arrivé à Millie Fletcher voici deux semaines.

— Et ils menaçaient Tom et Joe, ce jour-là ?

Harry hocha la tête.

— Ils ont brisé un vitrail, et tenté de leur faire porter le chapeau.

— Ce ne serait pas la première fois qu'une communauté très soudée s'en prendrait à des étrangers, dit Evi. Comment les habitants ont-ils été avec vous ?

Harry y réfléchit une seconde.

— Eh bien, en surface, plutôt amicaux. Il y a des gens gentils ici. Mais il s'est passé de drôles de trucs.

Il s'interrompit. Avait-il envie de parler à Evi des chuchotements qu'il entendait dans l'église ? De ce qu'on l'avait amené à boire ? Avait-il envie de lui confier qu'il avait peur dans une maison de Dieu ?

— Rien que je ne tienne réellement à évoquer dans le détail, reprit-il, mais je ne serais pas étonné d'apprendre qu'une personne dotée d'un sens de l'humour plutôt malveillant ait cherché à effrayer les garçons.

— C'est bien ça. (Evi se penchait en avant sur son fauteuil.) C'est ça, ce que je ressens chez Tom. De la peur.

Une chaîne en argent autour de son cou miroitait dans la lumière tamisée de la sacristie.

— De quoi a-t-il peur ? s'enquit Harry.

— Normalement, quand un enfant a peur, on recherche la source à proximité du foyer, répondit Evi, mais rien n'indique que Tom ait peur des siens.

Elle était maquillée, ce qui n'était pas le cas lorsqu'il l'avait rencontrée la fois précédente. Il n'avait pas réalisé à quel point elle était belle.

— Nous disposons d'un test, expliquait-elle. On l'appelle le test de l'île déserte. On demande à l'enfant d'imaginer qu'il est sur une île déserte, au beau milieu de la mer, à des kilomètres de tout et en parfaite sécurité. Et on lui demande de choisir une personne pour lui tenir compagnie sur l'île. Qui choisirait-il, de tous les habitants de la terre ?

Vous, songea Harry, je pense qu'il se pourrait bien que je vous choisisse, vous.

— Et qu'a dit Tom ?

— Il a dit Millie. Sa petite sœur. Quand je lui ai demandé de choisir une deuxième personne, il a choisi sa mère. Puis son père.

— Pas Joe ?

— Joe est venu en quatrième position. J'ai fait le même test avec Joe. Il a dit la même chose. Millie en premier, puis sa mère et son père, Tom en dernier.

— Curieux qu'ils aient tous les deux choisi Millie.

Evi baissa le regard et tourna une page de son bloc-notes. Ses cheveux bruns étaient retombés, et lui couvraient le visage. Elle tourna une autre page et trouva ce qu'elle cherchait.

— Puis Joe a dit quelque chose qui m'a vraiment déroutée, continua-t-elle, relevant brièvement les yeux vers Harry. Il a demandé s'il y aurait une église sur l'île, auquel cas Millie ne devrait vraiment pas y aller, selon lui.

Le radiateur ne semblait plus marcher aussi bien qu'auparavant. Harry sentit le froid gagner ses doigts. *Elles sont mortes, hein ? Les petites filles dans l'église.*

— Ça va aller, vraiment. Je peux m'en sortir, dit Evi.

Harry maintenait ouverte la porte de la sacristie. Elle sortit et il la laissa se refermer derrière elle.

— Je n'en doute pas une minute, dit-il. Mais je raccompagne toujours mes visiteurs jusqu'à la grille. Puis-je…

Il offrait son coude droit. Elle secoua la tête.

— Ça va, je vous remercie.

Ils se mirent en chemin et Evi eut une conscience suraiguë du bruit que faisait sa canne sur les dalles entre eux deux. Il fallut presque une minute pour longer entièrement l'église. Quand ils parvinrent au coin, elle entendit le souffle bref qui lui échappa. Elle avait oublié que l'abbaye en ruine avait une nouvelle assemblée de fidèles. Elle s'immobilisa, ravie d'avoir là une excuse pour se reposer un moment.

— Qu'est-ce que ça peut bien être, Harry ? demanda-t-elle, se rendant compte qu'elle venait de l'appeler par son prénom pour la première fois ce matin. Je ne peux pas vous dire le choc que ça m'a fait quand je suis arrivée.

— Réjouissez-vous de ne pas les avoir vus au beau milieu de la nuit. C'est ce qui m'est arrivé. Je suis revenu chercher les comptes de l'église et j'ai failli avoir une attaque.

Evi étudia les étranges silhouettes une à une. Certaines de sexe masculin, d'autres, féminin, l'une – ô Seigneur !… Celle-là, c'était la pire, de la taille d'un petit enfant. Puis, consciente que Harry patientait aimablement à ses côtés, elle se remit en route.

— Je sais qu'on est bientôt le 5 novembre, dit-elle, mais pourquoi autant de mannequins ? Jamais je n'en ai vu pareil assortiment.

— Ce ne sont pas des mannequins en paille, dit Harry. Ils sont faits d'ossements.

La tête d'Evi pivota brusquement des ruines à l'homme qui se tenait à son côté, avant de se retourner sur les ruines.

— En os ? Comme dans en chair et en os ?

Harry secoua la tête.

— Oh, c'est moins littéral que ça. On les appelle ici les squelettes. Mais parce qu'ils sont, apparemment, bel et bien constitués d'ossements, en grande partie.

Elle s'arrêta de nouveau.

— Va falloir m'expliquer.

— Eh bien, encore une autre tradition d'Heptonclough. Ils en ont tout un tas par ici. Celle-ci date du Moyen Âge, quand il y avait un ossuaire attenant à l'église. Tous les trente ans, en moyenne, on ouvrait les tombes, déterrait les os, qu'on mettait dans l'ossuaire. Quand il était plein, on les brûlait. Sur un bûcher, qui a donné naissance par la suite aux feux de joie que nous connaissons. L'histoire m'a été rapportée en détail l'autre jour par le père de mon sacristain, personnage que je décrirais volontiers comme un vieux monsieur délicieux, ce qui serait néanmoins un peu excessif. Aussi puis-je vous raconter tout ce que vous voudrez sur nos copains là-bas, et sans doute plus encore. Par exemple, ils sont tous fabriqués selon le même patron conçu par le vieux Tobias en personne voici cinquante ans de cela.

— Tout ça est plutôt répugnant. Quel genre d'ossements ? Sûrement pas hu…

— Eh bien, espérons que non. Encore que je n'en serais pas complètement étonné. Ils sont principalement faits de matériaux naturels. La structure est pour l'essentiel constituée d'osier et ils sont remplis de paille, de foin, d'épis, de vieux légumes. Chaque famille du village en fournit au moins un. C'est leur façon à eux de se débarrasser des déchets de l'année – vieux vêtements, vieux papier, bouts de bois, tout ce qui peut bien être organique, surtout les os. Dont ils ne savent généralement plus quoi faire à cette époque de l'année vu qu'ils viennent de terminer d'abattre le bétail pour l'hiver. Ils congèlent, sèchent et salent la viande, font bouillir les os pour la soupe et la gélatine, après quoi, eh bien… j'imagine qu'ils n'ont pas assez de chiens, tout simplement. Si vous m'aviez appelé à votre arrivée comme vous aviez promis de le faire, j'aurais pu venir à votre rencontre et vous épargner ce choc.

Evi contemplait toujours la ruine.

— Ça doit faire une sacrée fête, commenta-t-elle.

— À mon avis, c'est *eux*, le bûcher. Ça doit être quelque chose à voir… encore que j'envisage de sécher ces réjouissances. Et surtout n'hésitez pas à parler de « sacrée » fête en terre consacrée. Je me découvre de plus en plus large d'esprit, c'est étonnant.

Se l'imaginait-elle ou y avait-il là un aperçu de l'ancien Harry ?

— Ça n'a rien d'étonnant, dit-elle. Le feu se fait ici ? Sur les terrains de l'église ?

— Pas de mon vivant… mais peut-être ferais-je mieux de surveiller mes propos. Non, c'est dans un champ non loin. Vous avez dû passer devant à cheval le jour où nous nous sommes rencontrés. C'est là qu'ils ont organisé une espèce de cérémonie de la moisson voici quelques semaines.

Il s'interrompit.

— Celle à laquelle vous m'avez invitée ? dit-elle doucement.

— Oui, le soir de notre premier rendez-vous avorté.

Elle n'avait rien à dire. Il fallait qu'elle se remette en chemin. Qu'elle monte dans sa voiture et s'éloigne. Avant…

— Au fait, vous êtes ravissante, aujourd'hui.

… avant qu'il profère un truc comme ça.

— Merci, se força-t-elle à répondre, tandis que son regard s'égarait vers les pieds du pasteur avant de remonter jusqu'à son visage. Et vous, vous avez une tête de pasteur.

Il partit d'un rire bref et eut un mouvement de retrait, lui sembla-t-il.

— Eh bien… les choses sont comme on les voit, j'imagine, dit-il.

Il se remit à marcher, avec une légère avance, cette fois-ci. Puis il s'arrêta et fit demi-tour.

— C'était ça, le problème ?

— Le problème ? répéta-t-elle, pour gagner du temps.

Non, Harry, ce n'était pas ça, le problème.

— C'est pour ça que vous avez changé d'avis ?

Elle n'avait pas changé d'avis.

— C'est compliqué, répondit-elle.

Que pouvait-elle bien lui dire ?

— Je ne peux même pas vous expliquer.

Le sourire qui avait dansé aux coins de sa bouche s'effaça.

— Ce n'est absolument pas nécessaire.

Il offrait son bras de nouveau. Elle le prit.

— Si vous changez d'avis, à nouveau, vous savez où me trouver.

Elle n'avait absolument pas changé d'avis, pour commencer. Ils étaient presque parvenus à l'entrée du cimetière. Plus que deux ou trois minutes avant de se dire au revoir. L'apparition soudaine de la femme les prit au dépourvu l'un et l'autre.

— Que faites-vous ici ? exigea-t-elle de savoir, en fusillant Evi du regard.

Harry sursauta. Son attention était réservée à la femme à son côté. Il n'avait pas remarqué l'autre, qui se tenait juste de l'autre côté du mur d'enceinte du cimetière.

— Bonjour, Gillian, dit-il, maudissant sa malchance.

Il aurait voulu prendre son temps pour dire au revoir à Evi, pour voir si par hasard…

— Vous aviez besoin de me voir ? poursuivit-il. La sacristie est ouverte. D'ailleurs, elle ne devrait pas l'être. Je suis censé la refermer chaque fois que je quitte le bâtiment. J'ai dû me laisser distraire, j'imagine.

Il sourit à Evi. Elle ne le regardait plus. Son regard était fixé sur Gillian. Il sentit la pression exercée par son bras sur le sien s'alléger. Il resserra son coude contre ses côtes et posa sa main libre sur celles d'Evi.

— Qu'est-ce que vous faites là ? répéta sèchement Gillian, ne détachant son regard noir du visage d'Evi que pour le diriger sur sa main, désormais prisonnière sur le bras de Harry. Qu'est-ce que vous racontiez ?

— Gillian, pourquoi ne pas attendre… commença-t-il.

Gillian releva brusquement la tête.

— Qu'est-ce qu'elle racontait ? Elle n'est pas censée…

— Non, en effet, coupa Evi. Je n'ai pas le droit de parler de mes patients – jamais – sans leur permission. C'est pour ça que je ne le fais pas. Je suis venue trouver le révérend Laycock pour tout autre chose.

— Nous ne parlions pas de vous, renchérit Harry, ressentant le besoin d'être parfaitement clair.

Son regard se porta de Gillian à Evi. La plus jeune des deux avait l'air furieuse et perplexe. Evi avait simplement l'air triste. Il fut frappé d'une pensée soudaine. Oh, Seigneur…

— En fait, Gillian, il se trouve que j'ai un rendez-vous dans l'une de mes autres églises dans un quart d'heure. Désolé, j'avais complètement oublié. Si vous avez besoin de parler, vous pouvez m'appeler cet après-midi. Et maintenant, si vous voulez bien nous excuser… il faut que je raccompagne le docteur Oliver à sa voiture.

Gillian remonta l'allée derrière eux et s'arrêta, juste hors de portée de voix. Harry accompagna Evi hors du cimetière et fit avec elle les derniers mètres jusqu'à sa voiture.

— Ce problème que nous avons, dit-il à voix basse, vous savez, celui qui a empêché notre premier rendez-vous…

Evi fouillait dans son sac. Elle ne lui répondit pas.

— … est-ce que nous venons de le croiser ? demanda-t-il.

Elle avait trouvé ses clés. Elle pressa la télécommande et les serrures se déverrouillèrent. Il lui lâcha le bras et passa devant elle pour ouvrir la portière. Elle ne le regardait toujours pas, mais s'était retournée vers les ruines de l'abbaye.

— Ça ne me regarde aucunement, je le sais, dit-elle, repliant sa canne et la jetant sur le siège passager. Mais n'est-ce pas bizarre, que toutes ces figures se trouvent sur des terrains appartenant à l'église ?

Elle rangea sa mallette dans la voiture. Elle semblait résolue à ne pas croiser ses yeux.

— C'est juste que je pense aux petits Fletcher, continua-t-elle. J'imagine que cette vision doit être plutôt effrayante, la nuit.

— Ah ça, vous pouvez le dire, convint Harry.

Bon, ben, si elle refusait de le regarder, il pouvait la dévisager à sa guise. Il y avait un grain de beauté minuscule juste en dessous de son oreille droite.

Elle s'était retournée – et l'avait surpris.

— Dans ce cas, ne pourriez-vous pas…

Elle laissa la question en suspens.

— Evi, ça ne fait que quelques semaines que je suis là. Si je commence à exercer ce que je peux avoir d'influence dès à présent, ça pourrait être désastreux pour ma mission.

Elle ouvrit la bouche, mais il l'interrompit.

— Oui, je sais. Je fais passer ma carrière avant le bien-être de deux jeunes enfants et je n'en suis vraiment pas fier, mais le fait est que je ne suis pas seul en charge de cette propriété. Je peux parler à mes sacristains, voir si l'on ne pourrait pas descendre ces mannequins plus tôt que prévu. Je peux parler à mon archidiacre. S'il me soutient, je peux sans doute empêcher que cela se reproduise l'année prochaine.

Les doigts de la main droite d'Evi s'étaient refermés sur ceux de Harry, sur la portière côté conducteur.

— Je suis désolée, dit-elle, je ne voulais pas vous causer de difficultés. Mais elles vont rester là encore sept jours.

— Non. Seulement quatre.

Se rendait-elle compte qu'elle le touchait ?

— Mais le 5 novembre est dans…

— Les braves gens d'ici n'allument pas leur bûcher le 5 novembre, répondit-il. Apparemment, ils font peu de cas du complot catholique visant à faire sauter le Parlement. Ils font la fête le 2 novembre.

— Le jour des Morts ?

— Je croyais que vous n'étiez pas pratiquante ? Mais vous avez raison. Le 2 novembre, c'est le jour des âmes défuntes, quand on prie pour les trépassés qui pourraient n'être pas encore parvenus au royaume de Dieu. Seulement, ici, ils appellent ça autrement. Ils appellent ça la fête des Morts.

41

31 octobre

Il fallait une grosse lune le jour de Halloween. On ne sait pourquoi, cela allait de soi. Celle que contemplait Tom en cet instant, se levant si vite qu'il pouvait presque observer une traînée argentée dans son sillage, n'était pas tout à fait pleine mais semblait quand même énorme dans le ciel. C'était le vaisseau fantôme des poèmes, posé juste au-dessus de l'arche la plus haute de l'abbaye en ruine, répandant sur lui ses rayons.

Halloween donnait normalement lieu à tout un tas de réjouissances sous le toit des Fletcher, sans doute parce que la mère de Tom était américaine. Mais pas cette année. Personne ne célébrait Halloween à Heptonclough : les gens étaient tous trop occupés à préparer les célébrations du jour des Morts, le 2 novembre. Aussi les enfants Fletcher n'avaient-ils qu'une unique lanterne taillée dans une citrouille sur le rebord de la fenêtre du salon, faisant face au jardin où nul autre qu'eux ne pouvait la voir.

Tom était assis à la fenêtre de sa chambre, caché derrière le rideau. Quand il faisait ça, personne ne pouvait le voir. Récemment, la chose s'était avérée utile pour apprendre toutes sortes de choses qu'il n'était pas censé savoir.

Comme, par exemple, que sa mère avait tout essayé pour faire descendre les mannequins des ruines. Joe et lui en avaient dénombré vingt-quatre ce matin, cinq de plus qu'au début. C'est simple : sa mère les haïssait et venait d'en parler à Harry au téléphone pas plus tard qu'il y a dix minutes. Elle avait bien failli se fâcher avec lui.

Vingt-six. Il venait de compter vingt-six bonshommes dans les ruines de l'abbaye. Il n'y en avait que vingt-quatre ce matin. À un moment donné de la journée, on en avait ajouté deux. Trop fort !

Ce matin-là, au petit déjeuner, Joe avait demandé s'ils pouvaient en fabriquer un eux-mêmes. Leur mère avait répondu par un non catégorique, lançant à Tom un coup d'œil nerveux, mais, honnêtement, cela ne l'aurait pas dérangé. Il les trouvait assez cool, plutôt drôles même, à leur façon. Il y en avait un avec un jodhpur, une paire de vieilles bottes et une bombe d'équitation. L'une de ses mains tenait un bâton censé représenter une cravache et portait une peluche d'enfant, genre renard, sous un bras.

Oh merde ! Ô Seigneur. L'une d'entre elles venait de bouger. Tom cligna des yeux, se les frotta, regarda plus attentivement. L'un des mannequins – faits de vêtements et des vieux déchets – rampait le long de l'un des murs. Tom s'apprêta à sauter par terre, courir chercher ses parents. Puis s'arrêta. Le mannequin avait disparu. Tom avait-il tout imaginé ?

Si c'était le cas, ce n'était pas terminé, parce qu'il en arrivait un autre, se glissant par la fenêtre la plus basse de la tour. C'était celui que Joe trouvait le plus drôle, celui qui portait une robe de dame à fleurs avec un grand chapeau de paille. Tom voyait le chapeau, presque aussi nettement qu'en plein jour, chanceler sur la tête du personnage. Puis il sauta dans les ombres et disparut.

Mais que se passait-il donc ? Allaient-ils tous se lever et se mettre à bouger ? Tom se redressait sur ses genoux, à présent, ne se souciant plus de savoir si on le verrait, espérant même que ce serait le cas. Nouveau mouvement, du côté du mur extérieur. Puis deux d'entre eux, se déplaçant de conserve – à moins que l'un portât l'autre ?

— Papa ! cria-t-il, aussi fort qu'il l'osait, sachant que Millie dormait de l'autre côté du palier. Papa, viens voir.

Puis une main le toucha et il faillit se jeter au travers du carreau. Dieu merci, il y avait quelqu'un, un autre que lui pouvait voir. Il tira le rideau de côté pour voir qui était entré dans sa chambre.

Joe. Tom tendit la main, hissa Joe à côté de lui et ramena le rideau autour d'eux d'un coup sec.

— Regarde l'abbaye, dit-il à son frère. Les pantins sont vivants.

Joe colla sa figure à la vitre et regarda. Les deux garçons virent l'un des mannequins traverser en courant l'étendue herbeuse qui avait autrefois été la nef. Il disparut derrière un tas de pierres. Tom se tourna vers Joe. Qui n'avait pas l'air surpris le moins du monde. Tom sentit l'excitation retomber brusquement dans sa poitrine.

— C'est elle, non ? dit-il à voix basse. Les pantins ne bougent pas tout seuls. C'est elle qui les déplace.

Joe se détourna de son frère, s'apprêtant à descendre du rebord. Tom l'arrêta, s'agrippant si fort à son bras qu'il devait lui faire mal, il le savait. Joe marmonna quelque chose que ne comprit pas son grand frère. Tom ne réfléchit pas. Il le poussa juste, fort. La tête de Joe cogna contre la vitre, et il tomba sur le tapis.

Par la suite, quand Joe fut déclaré hors de danger de mort imminente – quel dommage ! –, et soigneusement bordé dans son lit avec du chocolat chaud et des histoires et tout un scandale de la part de sa mère, et Tom, lui, consigné dans sa chambre pour les dix années à venir, au moins, il comprit enfin ce qu'avait dit Joe, juste avant de se faire assommer.

— Pas l'dit, avait-il marmonné.

Ce qui, en langage Joe, signifiait : peux pas le dire.

TROISIÈME PARTIE

LE JOUR DES MORTS

42

2 novembre

— Allez en paix et servez le Seigneur, dit Harry.

L'orgue se mit à jouer l'hymne de sortie et Harry descendit les marches du chœur. Les Renshaw, comme toujours, furent les premiers à quitter l'église. Alors que Christiana se levait pour quitter la travée à la suite de son père et de son grand-père, on eût dit qu'elle serrait quelque chose dans son poing droit.

Harry se rendit dans la sacristie, traversa la pièce et déverrouilla la porte donnant sur l'extérieur. Il se rendit à l'arrière de l'église, juste à temps pour serrer la main de Sinclair qui quittait le bâtiment. Sans le regarder, Christiana tendit sa main : vide, à présent. Puis venaient Mike et Jenny Pickup. Les yeux de Jenny étaient humides et elle portait un petit bouquet de roses roses. Une semaine plus tôt, Harry avait posé un livre blanc près de la porte de l'église, invitant les paroissiens à écrire le nom des gens qu'ils voulaient qu'on évoque durant la messe. Celui de Lucy était venu en premier.

— Merci, dit Jenny. C'était très bien.

Le reste des fidèles suivit. Ils éprouvent tous le besoin de serrer la main du pasteur, de le remercier et de lui dire deux mots sur leurs bien-aimés disparus. Pratiquement à la fin, venait Gillian, qui ne semblait jamais rater un service, ces temps-ci, ce dont il aurait dû se réjouir, supposait-il, un nouveau soldat du Christ, tout ça… La mémoire de Hayley, elle aussi, avait été évoquée durant la célébration. Harry serra la main de Gillian et, sachant qu'elle n'avait pas de tombe sur laquelle se recueillir, faillit se pencher pour l'embrasser sur la joue. Mais, la dernière fois qu'il l'avait fait, elle avait tourné la tête au dernier moment et leurs lèvres s'étaient frôlées. L'instant avait été gênant, et guère arrangé par les excuses qu'il avait marmonnées précipitamment.

Une femme d'âge mur, rousse, sortit à la suite de Gillian : elle était la dernière. Harry retourna dans l'église. Vérifiant que la nef était vide, il remonta l'allée. Quelqu'un avait semé des pétales de roses.

Il leva furtivement les yeux. Elles auraient presque pu tomber du balcon. Elles gisaient à l'endroit exact où était morte la petite Lucy Pickup, où avait failli tomber Millie Fletcher. Harry se remémora le poing serré de Christiana tandis qu'elle quittait l'édifice. Laissant les pétales là où ils étaient, il remonta rapidement l'allée centrale et regagna la sacristie une fois de plus. Il vérifia que la porte donnant sur l'extérieur était fermée à clé et entreprit de se changer. Trois minutes plus tard, il ressortait, luttant contre le froid et verrouillant la porte de la sacristie derrière lui.

— Et un vrai prestidigitateur avec ça, mon ami.

L'un de ses paroissiens, un homme dans les soixante-dix ans, venait vers lui. Sa femme, ses parents et ses deux frères étaient enterrés dans le cimetière, avait-il appris à Harry en une autre occasion.

— J'ai bien des dons, Mr Hargreaves, répliqua Harry, prenant appui sur le mur de l'église pour s'étirer les mollets.

— On n'irait pas s'prom'ner par là-haut, par hasard, l'ami ? On va décoller, par ce vent.

— J'avions jamais su que les pasteurs, y z'avaient des jambes, gloussa une femme, clopinant à la suite de Stanley Hargreaves.

— Un esprit sain dans un corps sain, Mrs Hawthorn, répondit Harry. Désolé de n'en avoir pas de plus belles à vous montrer.

Harry s'éloigna au pas de course sous le nez des deux vieux. En sortant du cimetière, il vit Alice conduire Millie vers leur voiture. Il fallait vraiment qu'il lui parle. Il fit quelques foulées dans la descente et vit qu'Alice s'adressait désormais à la femme aux cheveux teints en roux, celle qui était sortie de l'église à la suite de Gillian.

— Si jolie, disait la femme, tendant le bras pour toucher les boucles de Millie. J'en avais une tout comme ça. Ça me fend le cœur de la voir.

Millie se tortilla pour échapper à la femme, cachant son visage contre l'épaule de sa mère, juste comme Alice apercevait Harry. Il s'approcha lentement, ne désirant pas interrompre leur conversation, ignorant comment il serait reçu.

— Ça grandit vite, ces petites bêtes-là, dit Alice.

— Pas la mienne, répliqua la femme.

Désormais incapable d'atteindre le visage de Millie, elle tapota affectueusement l'épaule de l'enfant.

— Prenez bien soin de cette petite. On ne se rend pas compte à quel point ils sont précieux avant de les avoir perdus.

Alice renonça à faire l'effort de sourire.

— Oui, j'en suis sûre. Bon, ben, voici le pasteur. Je dois juste lui dire bonjour. Ravie d'avoir fait votre connaissance.

La femme salua Alice de la tête puis, après une dernière caresse sur les cheveux de Millie, s'éloigna dans la pente.

— Je ne sais pas qui était cette femme. La gaieté même… commenta Alice à voix basse, à l'approche de Harry.

Il lança un regard à la silhouette qui s'amenuisait et secoua la tête.

— Elle était dans l'église à l'instant, mais je ne l'ai jamais rencontrée auparavant. Écoutez, au sujet d'hier soir…

Alice leva la main.

— Non, c'est moi qui suis désolée. Je comprends parfaitement à quel point c'est difficile pour vous. C'est juste… (Elle s'interrompit.) Je ne peux pas m'empêcher de penser que Tom a un sérieux problème.

Elle se pencha dans la voiture et installa Millie dans le siège auto avant de boucler sa ceinture. Harry se rapprocha du véhicule dans l'espoir d'offrir une forme de protection. Le vent glacial s'engouffrait sous son short.

— J'en doute fort, dit-il. Et vous ronger les sangs ne l'aidera pas.

— C'est exactement ce qu'a dit Evi.

Harry ne pouvait pas s'arrêter. Ses jambes commençaient à trembler et il avait une douleur dans la poitrine, mais à l'instant où il s'arrêterait de courir, la sueur sur son corps refroidirait vite.

Il était trois kilomètres au-dessus du village. Dix minutes après s'être élancé, il avait trouvé une vieille allée cavalière et l'avait suivie jusqu'à la route. Il était monté, grimpant de plus en plus haut, jusqu'à ce que le vent manque le faire décoller. À présent, il était sur le trajet du retour.

Les murs et les haies offraient une vague protection, mais quand le vent le cueillait de plein fouet, il avait presque l'impression d'être empêché dans sa progression. Ses poignets en éponge étaient trempés et l'air froid lui faisait mal aux poumons. C'était dément. Même la vue était gâchée – ses yeux larmoyaient tellement qu'il distinguait à peine le sol sous ses pieds.

Loin au-dessus des arbres, à l'est, s'élançait le gigantesque Tor Morrell, un immense amas de gros blocs de grès en équilibre précaire. Formation naturelle, même si l'on les avait crus un temps érigés par l'homme, les tors étaient courants dans la chaîne Pennine. Le Tor Morrell, avait appris Harry, était localement célèbre. D'après la légende, les bébés non désirés ou illégitimes étaient jadis jetés de ses hauteurs, de façon à se fracasser sur les rochers en contrebas et être emportés par les loups et les chiens sauvages. Aujourd'hui, il présentait un sérieux problème aux éleveurs de moutons, qui se donnaient beaucoup de mal pour en éloigner leurs troupeaux. Par les nuits de grand vent, disait-on, un chant s'élevant des rocs pouvait en berner une douzaine, voire plus, et les conduire à leur mort.

Il se rendit compte qu'il s'était arrêté. Et qu'il gelait. Il devait rentrer chez lui, se doucher et se changer, puis se rendre à un déjeuner de seniors à Goodshaw Bridge. Et il avait un coup de fil à passer. Encore quelques mètres, et il pourrait suivre un sentier à la lisière d'un champ, qui le ramènerait au bout de Wite Lane.

Il se glissa dans l'interstice entre deux gros rochers et se remit en route le long du champ, gardant les yeux rivés au sol dans la descente. À l'angle, il escalada le muret pour se retrouver dans le champ de chaume suivant. En moins d'une minute, il était tout en bas. Il sauta par-dessus l'échalier et atterrit dans Wite Lane. Presque arrivé.

Recroquevillé devant les restes calcinés du cottage Royle, un corps mince, tremblant, de fille. Gillian. À vingt mètres de là, il l'entendait pleurer. Sauf qu'il ne s'agissait pas vraiment de pleurs. Plutôt d'une mélopée funèbre. C'était le seul mot qui convenait : un chant aigu, triste à en être déchirant. Les Irlandais l'appelaient le chant des morts.

43

— Là, là, tout va bien.

Il avait poussé le portillon, remontait l'allée envahie de mauvaises herbes.

— Allez, venez, ma jolie, je vous ramène.

Il franchit ce qui avait autrefois été la porte d'entrée. Gillian ne releva pas la tête. Elle resta prostrée, serrant quelque chose contre sa poitrine. Il traversa le terrain accidenté et se baissa près d'elle. Elle leva enfin les yeux vers lui et il se retint de reculer. L'espace d'un instant, son regard l'avait effrayé, lui avait donné à penser qu'une part fondamentale d'elle-même s'était dérobée.

— Venez, dit-il, allons-nous-en d'ici. Allez, mon petit, vous êtes gelée.

Gillian ne portait qu'un fin pull-over et son poignet lui semblait plus froid que la pierre. Il passa un bras autour de sa taille et la remit sur pied.

Elle continua de sangloter tandis qu'il lui faisait franchir le portail et la guidait, ou plutôt la traînait, le long de Wite Lane. Le cimetière et la rue étaient déserts et sa voiture, la seule de la ruelle. Il lui fit traverser la chaussée et ouvrit la portière côté passager. Il ne fermait jamais sa voiture à clé à Heptonclough, et son trousseau était toujours à la sacristie, avec ses vêtements. Il se pencha dans l'habitacle, en sortit son manteau et le passa autour des épaules de Gillian.

— Montez, lui ordonna-t-il. Il faut que j'aille prendre mon sac à la sacristie, ensuite je vous ramène chez vous.

Frissonnant, il remonta l'allée du cimetière au pas de course, sortit la clé de la poche de son short et ouvrit la porte de la sacristie. Son sac était là où il l'avait laissé. Il prit un sweat-shirt, l'enfila. Il allait partir quand quelque chose l'arrêta et l'incita à se retourner.

On était venu ici. La porte donnant sur la nef était ouverte. Elle ne l'était pas quand il était parti, il en était certain. Harry fit un pas dans cette direction. Ce devait être l'un de ses sacristains, Mike ou Sinclair. C'étaient les deux seules autres personnes à avoir des clés dorénavant. Et pourtant ils avaient pris l'habitude, ces dernières semaines, de le prévenir de leurs visites. Il les avait vus tous deux moins d'une heure auparavant. Aucun d'eux n'avait parlé de revenir. Pourtant, ce ne pouvait être qu'…

Il s'arrêta sur le seuil : si son cœur battait trop vite et si sa respiration était trop superficielle, c'était forcément d'avoir couru si vite par monts et par vaux.

Il était certain que ni Mike ni Sinclair n'auraient pris les coussins des bancs pour les balancer n'importe où. Harry monta dans le chœur. Des coussins par douzaines : sur le tapis, coincés entre les tuyaux de l'orgue, dans les stalles du chœur, partout sauf là où ils devraient être.

Harry s'avança : il n'était pas seulement question de coussins, il lui restait autre chose à découvrir, il le savait, tout comme il savait que ce n'était plus qu'une question de secondes. Désormais, le problème n'était plus tant qu'il respirait vite, il luttait pour respirer tout court.

Quelque chose grandissait dans sa gorge, semblable à de la moisissure, pressant les parois, bloquant le passage de l'air quand il atteint le centre du chœur et il se retourna pour regarder dans l'allée. Il était prêt à recevoir le choc. Mais pas à ce point. Il n'était pas prêt à voir un petit enfant, désarticulé, sous la galerie.

Millie Fletcher ! Il l'avait vue avec ce pull.

Pendant quelques secondes, il lui fut impossible de faire quoi que ce soit d'autre que regarder. Son corps n'était plus du tout oxygéné, à présent. La tête allait lui tourner d'une seconde à l'autre. Il s'avança, s'agrippant aux extrémités des bancs comme un bambin mal assuré sur ses jambes. Arrivé au milieu, il réalisa qu'il tremblait de soulagement, et non de peur. Et qu'il respirait de nouveau. Non pas Millie, merci mon Dieu, mon Dieu, merci, ce ne pouvait être Millie – ni aucun autre enfant, d'ailleurs : aucune partie de l'anatomie d'un enfant n'était constituée de légumes. Oh, merci, mon Dieu.

Un navet, portant toujours le dessin grossier d'un visage poupin, s'était écrasé en explosant sur les dalles. La construction d'osier du personnage était disloquée. C'était le plus petit des mannequins, qu'on avait apporté à l'intérieur et vêtu du pull de Millie. Les frissons parcourant son corps lui parurent bientôt moins des signes de soulagement que d'indignation. Le message ne pouvait être plus clair. Ceci était censé représenter Millie, Millie démantibulée sur le sol de l'église, comme cela avait bien failli arriver le soir du festival de la moisson, et comme cela avait été le cas de Lucy Pickup avant elle. Mais que diable se passait-il ici ?

Conscient que Gillian l'attendait toujours dans la voiture, Harry parvint à la hauteur du pantin et s'accroupit. Il ne pouvait pas le laisser là comme ça. Il tendit un bras pour rassembler les morceaux et s'arrêta juste à temps.

Preuves.

Il rapporta de la sacristie un grand sac plastique noir et les gants laissés par quelque membre de l'équipe de ménage. Il les enfila et ramassa les morceaux, dont le pull rose et orange, et mit le tout dans le sac noir. Quand ce fut fait, il fit un nœud et se leva.

Il fallait qu'il prévienne la police. Blague d'ados ou pas, Millie avait deux ans et s'était déjà retrouvée en grand danger. Et cela n'était vraiment pas drôle. En outre, malgré les nouvelles serrures, quelqu'un parvenait toujours à entrer et sortir de l'église à sa guise.

Gillian ne lui demanda pas ce qui lui avait pris si longtemps : elle semblait à peine avoir remarqué. Harry monta le chauffage à fond et s'engagea dans la descente. Il ne fallut que deux minutes avant qu'il ne s'arrête devant le bureau de poste et la supérette de la ville. Gillian vivait au-dessus, dans un appartement.

Elle n'avait pas bougé. Sur ses genoux, elle serrait une petite peluche rose. Il coupa le moteur et sortit. Ses épaules commençaient à lui faire mal.

— Gillian, mon petit.

Il se penchait dans l'habitacle, guère enclin à la toucher de nouveau mais soupçonnant que ce serait inévitable.

— Vous êtes chez vous, maintenant. Allez, venez, entrons.

Toujours pas le moindre mouvement. Ravalant son agacement, Harry glissa son bras autour de ses épaules. Elle se laissa aller contre lui tandis qu'elle se glissait gauchement hors du véhicule. Alors qu'ils traversaient la rue, Harry remarqua deux femmes qui les observaient.

La porte d'entrée n'était pas fermée à clé. Il prit Gillian par la main et la tira en haut de l'escalier étroit, avec son tapis usé et sale. Parvenu au sommet des marches, il se tourna vers elle.

— Des clés ?

Elle haussa les épaules.

Il poussa la porte, qui s'ouvrit sur une bouffée d'air confiné, une odeur de linge sale. Soit il ne faisait guère plus chaud dans l'appartement que dehors, soit il avait bel et bien pris froid.

Il guida Gillian vers le canapé et traversa rapidement la pièce en direction du radiateur électrique. Le positionnant à fond, il se retourna vers la fille. Elle était assise tout au bord du canapé, fixant le mur devant elle. Le jouet dans ses mains était un lapin.

— Gillian, il vous faut une couverture. Où puis-je en trouver une ?

Elle ne répondit pas et il se détourna d'elle. Si elle avait regardé son visage, elle aurait constaté à quel point il était contrarié. Fâché contre elle, fâché contre lui-même, fâché contre les vieilles de Goodshaw Bridge qui, maintenant encore, devaient jeter des coups d'œil à leur montre, et très fâché contre l'espèce de malade qui pensait pouvoir l'effrayer en travestissant un tas d'os et de chiffons.

L'appartement de Gillian n'était pas grand. Il ne tarda pas à trouver la cuisine, puis la chambre. Il eut un bref aperçu d'un sol couvert de vêtements, de verres vides épars et d'une assiette sale sur la table de nuit. Il prit la couette sur le lit.

— Gillian, il faut que j'appelle quelqu'un, dit-il. Quelqu'un qui puisse venir veiller sur vous.

Des yeux gris argent le fixaient.

— Vous, dit-elle d'une voix rauque. Je veux que ce soit vous qui veilliez sur moi.

Il secoua la tête.

— Je suis attendu quelque part. Je suis déjà en retard et il vous faut quelqu'un qui puisse veiller sur vous convenablement, pas un homme que vous connaissez à peine.

Gillian se releva sur un coude. Elle ôta une main du jouet rose et leva le bras vers ses cheveux.

— Restez, dit-elle, se passant la main dans les cheveux pour se recoiffer.

Elle se redressa plus encore et tendit sa main vers Harry.

— Restez, répéta-t-elle. On pourrait, vous savez…

— Voulez-vous que j'appelle le docteur Oliver ? suggéra-t-il, reculant de façon à être hors d'atteinte. Ça vous ferait peut-être du bien de lui parler.

Gillian se tenait bien droite dans le canapé à présent, et lui lançait un regard furieux. Son maquillage avait en partie coulé sur ses joues. Son nez était rouge de froid.

— C'est votre petite amie ? demanda-t-elle sèchement.

— Bien sûr que non, répondit-il honnêtement, bien qu'ayant l'impression de mentir. Je ne l'ai vue que quelques fois.

Non, ça n'allait pas. Ce n'était pas juste, pour aucun d'eux.

— Mais je l'aime bien, ajouta-t-il.

— Je croyais que vous m'aimiez bien, geignit-elle.

— C'est le cas.

Quand s'était-elle emparée de sa main ?

— Mais je suis trop vieux pour vous et…

— Je m'en fiche.

— … et vous avez besoin de vous remettre avant d'aborder toute nouvelle relation.

Il devait libérer sa main. Il devait battre en retraite, à bonne distance.

— Je pourrais me remettre rapidement si j'étais avec vous, je sais que je pourrais.

Il fallait qu'il lui dise. Il fallait qu'elle sache que cela n'arriverait jamais.

— Gillian, je sais combien cette journée a dû être difficile pour vous, combien ça a dû être dur de voir tous ces gens se recueillir sur ces tombes, avec des proches pour les entourer. Croyez-moi, je sais ce que ça fait d'être seul.

— Je ne suis pas une traînée, vous savez. Il n'y a eu personne depuis Pete.

— Je n'en doute pas. Mais croyez-moi, ce n'est pas comme ça que vous vous remettrez de l'absence de Hayley. Que diriez-vous de votre généraliste ?

Ça n'allait pas marcher : elle inspira un grand coup, s'apprêtant à…

— Vous n'en savez rien ! lui cria-t-elle.

Elle avait raison. Il n'en savait rien. Il était complètement dépassé.

— Une amie ? tenta-t-il. Y a-t-il quelqu'un qui habite non loin ?

— Elle refuse de me laisser en paix, dit Gillian, s'adressant à un point quelque part au milieu de sa poitrine.

— Qui ça ? Vous voulez dire, Hayley ?

Elle hocha la tête.

— Elle est morte, ça, je le sais, dit-elle. Ça fait un bail que je le sais, mais elle refuse de s'en aller.

Elle lui saisit la main, de nouveau.

— Elle me hante.

— Gillian…

Elle releva brusquement la tête. Son regard était terrifié.

— Je vous en prie, aidez-moi, implora-t-elle. Vous pouvez faire quelque chose, je sais que vous pouvez.

Faites-la partir. Vous pouvez faire un… comment vous appelez ça ?…. un exorcisme.

Cette fille était déséquilibrée. Elle avait sérieusement besoin d'aide.

— Gillian, je vais appeler quelqu'un. Vous ne pouvez…

— Écoutez-moi.

Elle s'était emparée de ses deux mains maintenant, elle était tombée du canapé et s'agenouillait devant lui.

— On est bien le jour des Morts, non ? Quand les âmes égarées qui ne parviennent pas à monter au ciel reviennent sur les lieux où elles habitaient. Je ne croyais pas à tout ça, avant, mais maintenant, si. Elle était là, aujourd'hui. Elle a pris ce jouet, Lapin Rose, et l'a déposé dans notre ancienne maison. Je viens de l'y trouver, à l'endroit où se trouvait la cheminée de la cuisine.

— Gillian…

— Elle me parle tout le temps. J'entends sa voix qui m'appelle, « M'man, M'man, aide-moi ». Peu importe où je me trouve. Ici, endormie, dehors dans la lande, elle est toujours là, elle n'arrête pas de me parler. « M'man, M'man, trouve-moi. » Elle déplace des objets, ici dans l'appartement, me laisse des petits cadeaux. Chaque fois que je me retourne, chaque fois que je me réveille la nuit, j'ai l'impression que je vais la trouver là, juste comme elle était la dernière fois que je l'ai vue, dans son pyjama Beatrix Potter.

Harry se rendit compte qu'il tremblait.

— Elle est avec moi tous les jours. Elle me rend folle.

— Gillian, vous savez, n'est-ce pas, que les fantômes n'existent pas ?

Des coups sonores retentirent à la porte d'entrée.

— Asseyez-vous, lui ordonna-t-il. Je vais aller voir qui c'est.

Elle lui tenait toujours la main. Elle s'agrippa, refusant de lâcher prise, mais Harry se dirigea vers la porte et elle n'eut guère le choix. Submergé de soulagement à l'idée de s'être éloigné d'elle, ne serait-ce que pour quelques minutes, il descendit les marches au petit trot. C'était la femme aux cheveux teints en roux.

— Pasteur.

Elle inclina la tête et s'avança, attendant manifestement de lui qu'il s'écarte et la laisse entrer.

— Edith Holcome m'a téléphoné, dit-elle. Elle vous a vu raccompagner Gillian. Elle a dit que je ferais sans doute mieux de venir.

Elle fit de nouveau mine d'avancer.

— Êtes-vous une amie de Gillian ? s'enquit Harry.

Les renforts étaient-ils arrivés, finalement ?

— Je suis sa mère. Gwen Bannister. Enchantée, pasteur. Ne vous en faites plus, je m'en occupe maintenant.

Sa mère ? Oh, merci, mon Dieu.

— Eh bien, si vous êtes sûre…

Avait-il oublié quelque chose là-haut ? Et alors ? Ses clés étaient-elles dans sa poche ? Oui.

— Elle est complètement bouleversée, la prévint-il, ne tenant pas à ce que quiconque monte cet escalier sans y avoir été préparé. Elle devrait peut-être voir un médecin.

— Je sais, je sais, je suis au courant.

La femme était passée devant lui en le bousculant et elle avait déjà gravi la moitié des marches.

— J'ai perdu un enfant, moi aussi, est-ce que je me suis effondrée ? On avait plus de cran de mon temps.

Pouvait-il y aller ? Et merde, oui.

Sans se retourner, il s'éclipsa et, traversant la rue en courant, regagna sa voiture. Il avait oublié son manteau mais ce n'était pas trop cher payé. Il consulta sa montre. S'il conduisait à un train d'enfer et passait moins de deux minutes sous la douche, il n'en resterait pas moins en retard de vingt minutes. Il ne lui restait vraiment plus de temps à perdre.

Alors, pourquoi s'emparait-il de son téléphone ?

Les sabots de Duchesse claquaient sur le bitume de la pension équestre quand le téléphone d'Evi se mit à sonner. Elle plongea la main dans la poche de son manteau et consulta l'écran. Oh !

— Evi Oliver, dit-elle, tandis que Duchesse se rapprochait de son box.

— Bonjour, ici Harry Laycock, dit la voix en ligne.

Elle était au courant : son nom s'était affiché sur l'écran digital. Rien qu'un mot : Harry.

— Oh, bonjour. (Est-ce que ça sonnait juste ? Amical, mais avec une légère note de surprise ?) Comment allez-vous ?

— Bien, répondit-il. Un peu à la bourre. Écoutez, j'ai réfléchi. Ce feu de joie, là. Je pense que vous devriez y aller. Je veux dire : venez. Allez-y avec moi.

Il l'invitait à sortir. N'est-ce pas ?

— Vous m'avez dit qu'il n'était pas question pour vous d'en approcher, s'étonna-t-elle.

— J'ai changé d'avis. Il se passe des trucs franchement pas nets ici, Evi, et j'ai besoin de savoir quoi. Et si vous tenez vraiment à découvrir ce qui inquiète Tom Fletcher, à mon avis, vous aussi.

Elle pourrait le voir ? Ce soir-là ?

— Je ne suis pas sûre, Harry. Ça me paraît un peu…

— Je pourrais passer vous prendre à six heures et demie et vous y conduire. Vous aider sur ce terrain accidenté. Non pas que vous ayez besoin d'aide, je le comprends très bien. Et ce ne serait pas un rancard, ou quoi que ce soit. Strictement professionnel, vous savez – le boulot – pour vous comme pour moi.

— Merci, je sais ce que professionnel veut dire. J'allais ajouter : ça me paraît un peu importun. Les Fletcher vont peut-être penser que je les espionne. Maintenir la confiance est très important quand on travaille avec une famille.

Oh, la ferme, pauvre andouille, tu vas finir par le faire renoncer à son invitation.

— J'ai déjà parlé à Alice. Ça ne la dérange pas. Et on est tous les deux invités à dîner après mais, je le répète, ça n'a rien d'un rancard.

— Oui, j'ai compris, ça aussi. Je comprends tout à fait.

Un rancard avec Harry. Elle avait un rancard avec Harry. Duchesse commençait à reculer devant son box, et faisait demi-tour sur le bitume.

— Écoutez, vous m'avez un peu prise au dépourvu, dit Evi. C'est peut-être une bonne idée mais il faudrait que j'en parle à Alice moi-même. Puis-je vous rappeler cet après-midi ?

— Mais bien sûr. Sur ce, il faut vraiment que j'y aille. On se reparle plus tard.

Il avait raccroché – et qu'est-ce que… ô joie, ô bonheur !… qu'est-ce qu'elle allait bien pouvoir mettre ?

44

Aussi vite qu'il le put, sans toutefois oublier de prendre garde à qui pourrait rôder dans les parages, Tom franchit le portail du cimetière, esquiva les ruines, passa devant l'église jusqu'à se retrouver parmi les tombes, puis plongea derrière une stèle pour reprendre son souffle.

Il était quatre heures et demie. Du soleil, qui s'était couché moins de cinq minutes auparavant, ne restaient que quelques stries orange et rose dans le ciel. Les nuages s'accumulaient rapidement. La lumière ne tarderait pas à baisser, maintenant. Il n'avait pas beaucoup de temps.

Il se remit en route, restant aussi près que possible du mur mitoyen. S'il arrivait quoi que ce soit, il pouvait l'escalader et rentrer par la porte de la cuisine en quelques secondes. Elle était rapide, Tom le savait, mais lui aussi.

Parvenu à la tombe de Lucy Pickup, il se tapit à nouveau. Quelqu'un avait laissé dessus un bouquet de minuscules roses roses ainsi que – mais ça faisait tellement triste… – un petit ours en peluche crème, avec un ruban rose autour du cou. Il se souvint, alors, de la raison pour laquelle la ville organisait son feu de joie ce soir au lieu du 5 novembre : le 2 novembre était le jour des Morts. Harry leur avait tout raconté à ce sujet. C'était le jour où les gens se remémoraient et honoraient les êtres qu'ils avaient aimés, et qui n'étaient plus. À Heptonclough, les gens se rendaient sur les tombes, priaient pour eux, laissaient des offrandes. Ils honoraient leurs morts à Heptonclough, avait dit Harry.

Tom regarda tout autour de lui. Il faisait encore assez jour. Et il était tout près du mur.

L'if n'est pas idéal à grimper, tout le monde sait ça. Il ne grandit guère et ses branches ne deviennent pas suffisamment solides. Mais celui-ci avait juste une branche forte, surplombant le jardin des Fletcher. En faisant bien attention, si Tom ne se souciait pas de s'égratigner, il pouvait s'aventurer dessus.

Il avait environ dix, quinze minutes devant lui. Sa mère le croyait en train de faire ses devoirs et avait expressément demandé à Joe et Millie de ne pas le déranger. Un quart d'heure : cela devrait suffire.

Partant à l'assaut de l'arbre, Tom fut stupéfait de constater tout ce que l'on voyait de la maison d'ici. Il pouvait voir Joe ramper au dos du canapé avec sa mitrailleuse coincée sous le bras. Il distinguait aussi pas mal de ce qui se passait à l'étage. Là, sa mère dans la salle de bains, levant le bras vers l'armoire pour attraper une couche de Millie. Tout cela lui donna à réfléchir. S'asseyait-elle ici, sur cette branche, pour les observer ? Les ifs ne perdent jamais leurs feuilles. Planquée ici, en restant sans bouger, elle pouvait épier la famille pendant des heures sans qu'ils n'en sachent jamais rien.

Autour du cou, fourré dans son sweat-shirt pour le protéger, il avait l'appareil photo de son père. Il savait comment régler le flash, comment faire la mise au point et comment zoomer et dézoomer. Il s'était entraîné toute la soirée de la veille, prenant des photos de Millie en train de danser dans le salon, après quoi son père lui avait montré comment les télécharger dans l'ordinateur. Tom attendrait jusqu'à ce que la petite fille apparaisse et prendrait des photos. Autant qu'il pourrait. Et là, ils seraient bien obligés de le croire. S'il pouvait leur montrer des photos, ils sauraient qu'il racontait la vérité. Qu'il n'était pas fou. Mais surtout, *lui* saurait qu'il n'était pas fou.

Dans quelques heures, tout cela ne serait peut-être plus que de l'histoire ancienne.

45

— Alors, quel est le programme, révérend ? On démarre par quelques rites vaudous, on enchaîne sur un petit sacrifice rituel, on s'avale un hot-dog en vitesse pendant la pause, puis on lève des zombies vers minuit ?

— Je n'ai pas l'impression que vous preniez la chose au sérieux, répondit Harry, aidant Evi à contourner deux filles bras dessus, bras dessous, au beau milieu de la route.

L'une des deux avait le regard vitreux de l'ivresse. Devant eux, un feu d'artifice rose et vert explosa dans le ciel. L'espace d'un instant, il put voir les étincelles se réfléchir dans les nuages. Là-dessus, la nuit retomba.

— Mais si, dit Evi. J'ai fait un mémoire en première année sur la psychologie de la foule. J'adore la voir en action.

Un garçon approchant la vingtaine surgit de l'une des nombreuses venelles pavées de Heptonclough et vint vers eux en titubant. Une cigarette non allumée pendait de ses lèvres.

— Z'avez du feu ? s'enquit-il, avant de lever les yeux sur le visage de Harry. Oh, pardon, pasteur.

Il reprit sa descente en trébuchant. Evi se mit à rire doucement.

La ville était bondée, jamais Harry n'y avait vu autant de monde, au point qu'il lui avait fallu se garer quatre cents mètres plus bas. Il avait proposé à Evi de la déposer à l'église, qu'elle l'attende sur le banc de bergers, mais elle avait refusé. Aussi avaient-ils rejoint la file des badauds qui remontaient la colline en direction du champ où se déroulait le feu de joie. L'air nocturne était lourd de l'odeur de poudre à canon et de celle du feu de bois.

Toutes les trois secondes, ils se faisaient dépasser par des gens plus rapides. La plupart d'entre eux se retournaient pour saluer d'un signe de tête, souhaiter une bonne soirée à Harry et dévisager Evi avec curiosité. Et il ne leur en voulait vraiment pas. Vêtue d'un manteau matelassé bleu foncé exactement de la couleur de ses yeux et d'un chapeau assorti, c'était sans doute la plus jolie fille qu'ils aient vue, tous autant qu'ils étaient, depuis longtemps.

— Quelles sont vos remarques professionnelles jusqu'ici ? demanda-t-il.

Evi se dévissa le cou pour étudier les alentours, puis leva les yeux vers lui.

— Il y a tout ce à quoi l'on pourrait s'attendre, dit-elle. Les gosses sont excités, du coup, ils sont insupportables. Ce qui rend les parents un peu irritables – ils ont peur de les perdre dans le noir, donc ils vont se montrer protecteurs à l'excès, un peu anxieux. Ce qui se manifestera sous forme de mauvaise humeur.

Il était toujours là, ce minuscule grain de beauté, juste en dessous de l'oreille droite.

— Les plus grands vont boire plus que d'habitude, continua-t-elle. Ceux qui sont assez vieux pour le faire sans être inquiétés seront au pub. Les plus jeunes auront des bouteilles de cidre planquées dans des coins sombres. On pourrait assister à des disputes, à de la violence, même, mais probablement pas avant deux ou trois heures.

S'il embrassait ce grain de beauté, il pourrait sentir la courbe de son oreille contre sa joue, et ses cheveux lui chatouilleraient le nez.

— Le principal problème, dit-elle, c'est que les événements de ce genre créent un certain sentiment d'attente. Les gens sont dans l'expectative, et s'ils sont déçus, d'une manière ou d'une autre, alors c'est là que les ennuis commencent, parce qu'ils ont besoin d'un exutoire à leur frustration. Est-ce que vous m'écoutez, au moins ?

— Mais absolument, dit-il, conscient de sourire comme un crétin. On parlait du feu de joie, c'est ça ?

Les Fletcher sortirent de chez eux juste avant 19 heures, emmitouflés dans leurs vêtements les plus chauds. Millie était dans les bras de sa mère, Joe sur les épaules de son père. Quant à Tom, ses parents lui avaient dit et redit, l'un et l'autre, que s'ils le perdaient de vue ne serait-ce qu'une seconde, ils lui couperaient les orteils. L'appareil photo était autour de son cou.

Il avait réussi à tenir vingt minutes dans le cimetière avant que sa mère ne surgisse à la porte de derrière pour l'appeler. Il avait dégringolé le mur et traversé le jardin en courant, une main devant l'appareil pour le protéger. Dès que sa mère avait évacué l'inévitable engueulade de rigueur, Tom lui avait raconté qu'il avait pris des photos du coucher de soleil pour l'école. L'explication avait semblé la satisfaire. Lui aussi l'était. Ces vingt minutes n'avaient pas été perdues. Oh non ! Pas perdues du tout.

*

* *

Alors qu'ils arrivaient en haut de la colline, Harry soupçonna qu'Evi commençait à fatiguer. Elle était moins diserte et son pas s'était considérablement ralenti. Pourquoi ne l'avait-elle pas laissé la déposer là-haut en voiture ? Et allait-elle lui arracher la tête s'il suggérait de se reposer un moment ?

— On peut s'asseoir une seconde ? demanda Evi.

Mignonne comme une rose et têtue comme une mule. Elle promettait d'être invivable : il n'avait pas mérité tant de bonheur. Il la guida jusqu'au banc des bergers et ils s'assirent de conserve. La plupart des habitants de la ville s'étaient déjà engagés dans Wite Lane. Il entendait le grondement et les craquements du feu, et voyait une faible lueur orange au-delà des bâtiments. Jetant un regard au-dessus de lui, il vit que l'abbaye avait été débarrassée de tous ses mannequins. À l'exception de celui qu'il avait remis au commissaire divisionnaire Rushton quelques heures plus tôt. Celui qui serait examiné durant les prochains jours, dans l'espoir d'y relever des empreintes digitales et toute autre forme de preuve. Rushton et lui étaient tombés d'accord pour ne rien dire aux Fletcher avant d'en savoir plus.

— Ça allait, Alice, quand vous lui avez parlé ? demanda Harry.

Sa journée avait été trop remplie pour qu'il fût en mesure de répondre quand Evi l'avait appelé plus tôt dans l'après-midi. Un bref message lui avait indiqué où il pouvait passer la prendre.

— Oui, ça avait l'air d'aller.

Evi respirait toujours fort, les joues roses.

— Elle était pratiquement sûre que les enfants voudraient tous aller voir le feu. Tom s'est pris de passion pour la photo, apparemment, et veut faire de bons clichés. Et l'une de ses amies en ville lui a juré qu'il ne se passait rien de sinistre.

— Il y a un début à tout, marmonna Harry.

— Pardon ?

Harry secoua la tête.

— Rien, continuez.

— Donc nous avons décidé que, tant que rien ne les bouleverse ou ne les effraie, faire des trucs en famille ne peut leur faire que du bien. Après quoi, elle a insisté pour que je me joigne à vous tous pour le dîner. Elle est gentille.

— Ravie de vous voir en si bonne compagnie, révérend.

Se détournant d'Evi, Harry vit trois femmes âgées, dont celle qui avait précédemment admiré ses jambes. Elle dévisageait Harry et Evi tour à tour avec un sourire narquois.

— Moi, je dis toujours qu'les pasteurs, y devraient être mariés, conclut-elle.

Ce n'était pas un sourire amusé, c'était un sourire méprisant. Evi pouffa discrètement à ses côtés et il sentit ses joues s'empourprer. Heureusement qu'il faisait nuit.

— Non, non, Mrs Hawthorn, lança-t-il. Le docteur Oliver est une collègue. Tout cela est strictement professionnel.

Les deux amies de Minnie Hawthorn s'étaient mises de la partie. Elles restaient plantées devant lui, hilares : on aurait dit une version comique de *Macbeth*. La sorcière Hawthorn regarda Evi, puis Harry.

— Voui, mon garçon, convint-elle, hochant sa tête encapuchonnée de laine. C'est ce que je vois…

Ricanant bêtement, elles emboîtèrent toutes trois le pas à la foule qui se pressait dans Wite Lane. Minnie Hawthorn se retourna à la dernière seconde. Venait-elle de lui adresser un clin d'œil ?

— Pas moyen de berner les vieilles biques, dit tranquillement Harry.

— On ferait mieux d'y aller, dit Evi. Ça va, maintenant. Et on n'a pas encore vu les Fletcher.

— Attendez une seconde. Pendant que vous me prêtez encore attention, il y a autre chose que vous devez savoir.

Un énorme boum les fit sursauter tous les deux. Une pluie d'or fusa dans les airs au-dessus de la tête d'Evi et disparut dans un nuage toujours plus menaçant. Les murs en ruine de l'ancienne abbaye se découpèrent dans le bref éclat de lumière. Ils semblaient étrangement nus sans les mannequins, même si l'on aurait dit que l'un d'eux avait été oublié.

Harry baissa le regard pour regarder Evi droit dans les yeux.

— Je suis tombé sur Gillian aujourd'hui, dit-il.

Comme prévu, le visage d'Evi se durcit. Elle ouvrit la bouche et il leva une main pour l'arrêter.

— Je sais que vous n'avez pas le droit de me parler d'elle, mais rien ne m'empêche, moi, de le faire, alors écoutez-moi.

Oui, l'un des pantins était bel et bien resté dans la ruine, il voyait une silhouette dans la fenêtre de la tour. Il devait se concentrer, c'était important. Il s'obligea à reporter son regard sur Evi, ce qui n'était pas trop difficile, franchement.

— Elle était sur les lieux de son ancienne maison, quasi hystérique, reprit-il. Serrant de toutes ses forces un jouet de sa fille. J'ai dû la raccompagner chez elle, mais elle marchait à peine. Sa mère est arrivée quelques minutes plus tard, ce qui…

— Sa mère ?

— Oui. Je ne l'ai rencontrée qu'aujourd'hui. Elle a volontiers pris la suite, et j'ai pu partir. Mais ce qu'il y a, c'est qu'on pensait tous que Gillian allait mieux. Les gens disent qu'elle a fait beaucoup de progrès ces dernières semaines, en gros depuis qu'elle vous voit, mais aujourd'hui, elle m'a inquiété. Elle parle de sa fille d'une façon qui ne me paraît pas normale. Elle a dit que sa fille la hantait. Elle voulait que je pratique un exorcisme.

Evi regardait le banc. Il ne pouvait pas voir ses yeux. Une nouvelle fusée jaillit. Il s'était trompé, pour la silhouette. La fenêtre de la tour était vide.

— Je me suis juste dit qu'il fallait que vous le sachiez, conclut-il.

— Merci, répondit Evi, en s'adressant au banc.

Harry respira un grand coup.

— Et aussi, dit-il, j'espère qu'il va sans dire que même si elle n'était pas sérieusement traumatisée et qu'elle n'avait pas manifestement besoin d'une aide professionnelle suivie, jamais, au grand jamais, je n'envisagerais seulement de… dois-je vraiment le dire ?

— Non, chuchota Evi.

— Merci.

— Mais…

Elle releva les yeux.

— Pourquoi y a-t-il toujours un mais ? reprit Harry, se demandant si se tenir par la main pouvait passer pour une attitude peu professionnelle.

— Disons juste qu'en théorie, je pourrais entrevoir un conflit d'intérêt potentiel dans le traitement de ma patiente, dit Evi. La procédure correcte serait de trouver un collègue indiqué pour prendre la relève. Ce qui ne peut pas toujours se faire instantanément. Il faut également tenir compte des désirs des patients. Ils peuvent refuser qu'on les adresse à un confrère. Bref, tant que quelqu'un reste mon patient, ses intérêts doivent rester ma priorité.

— Compris.

Harry se leva et tendit sa main à Evi. Elle la saisit, se mit debout puis reprit son bras. Ils traversèrent la rue désormais déserte et empruntèrent Wite Lane.

Les mannequins faisaient cercle autour du feu, portés par des gens vêtus de noir, le visage peint en noir.

— Ce n'est que de la peinture, n'arrêtait pas de répéter la maman de Tom, à personne en particulier. Tenez, c'est Mrs Marsden, la marchande de journaux.

Tom savait que sa mère cherchait à bien faire mais elle se fatiguait pour rien. Il savait que c'étaient des gens habillés en noir. Mais quand ils restaient dans l'ombre, on pouvait à peine les distinguer. Quand ils étaient passés devant eux quelques minutes plus tôt, on aurait presque dit que les mannequins se déplaçaient d'eux-mêmes. Ils se tenaient désormais autour du feu, mannequins à l'avant, hommes de l'ombre à l'arrière. Puis, formant un autre cercle, à bonne distance, venaient les habitants de la ville. Tom et les siens étaient restés en retrait, dans la ruelle. Joe était toujours sur les épaules de son papa et Tom, lui, sur le mur, juste derrière sa maman, qui commençait à marmonner quelque chose au sujet de la pluie, qui n'allait pas tarder à tomber. Il avait une vue bien dégagée par-dessus la tête des gens, portant jusqu'au cercle de pantins, jusqu'au feu au milieu. C'était vraiment le truc le plus cool qu'il ait jamais vu.

Il lui en coûtait de détourner le regard, ne serait-ce que pour une seconde, mais il devait continuer de surveiller les environs. Elle était là, quelque part, il le savait. Elle ne raterait pas un truc pareil.

Alors que Harry et Evi traversaient la rue, un vélo conduit par un garçon vêtu de noir et au visage noir les frôla à vive allure. Son guidon projetait des étincelles. Il lança un regard noir à Harry, avant de s'éloigner à toute vitesse dans la descente.

— Un de vos amis ? s'enquit Evi.

— Pas vraiment, répondit Harry. C'est l'ennemi numéro un de Tom Fletcher, un garçon nommé Jake Knowles. Je lui ai causé quelques soucis le jour où je suis arrivé. Il ne me l'a jamais pardonné. Et c'est le principal suspect dans le fiasco de Millie-sur-la-galerie-de-l'église.

Harry réfléchit une seconde. Jake Knowles était-il également responsable de l'effigie de Millie dans l'église ? Cela témoignait d'un comportement perturbé, même selon les critères d'un collégien délinquant.

— Je crois que c'est l'un des garçons qui ont effrayé Duchesse le jour où je suis tombée, dit Evi. J'ai reconnu le vélo.

— Probablement.

Il n'y avait pas de lampadaires dans Wite Lane. Des torches, traditionnelles, avec de vraies flammes, avaient été fixées aux murs et aux haies pour éclairer le chemin. Harry sentait le kérosène en passant devant. Quand les pavés cédèrent la place aux herbes folles, Evi trébucha et tomba contre Harry.

— Vous savez, je suis sûr que ce serait plus facile pour vous si je passais mon bras autour de votre taille, suggéra-t-il.

— Bien tenté, pasteur. J'ai besoin de quelques verres avant qu'elle ne marche, celle-là.

— Je croyais que vous ne buviez pas.

Un petit sourire félin éclaira son visage.

— J'ai dit que je n'étais pas censée boire. Je n'ai jamais dit que ça n'arrivait pas.

Harry rit.

— Enfin, la chance tourne.

*
* *

Aucune trace d'elle jusqu'ici, mais Tom savait qu'elle ferait hyper gaffe avec tous ces gens autour. Elle devait être dans les ombres quelque part, derrière un mur, peut-être sur un toit pas trop élevé. Regarder par le viseur de l'appareil rendait ses recherches plus faciles. Il y avait moins de chance d'être distrait et personne ne pouvait deviner qu'il faisait quoi que ce soit d'autre que guetter de bonnes photos. Il était toujours sur le mur. Comment les gens faisaient-ils pour se tenir plus près du feu qu'il ne l'était, Tom n'en avait aucune idée. Sa chaleur sur son visage était tout juste supportable, or la foule dans le champ n'était qu'à quelques mètres du brasier. Ensuite venaient les hommes de l'ombre, encore plus proches, et après – encore qu'ils ne devaient pas souffrir de la chaleur –, les mannequins. Qu'attendaient-ils ? Harry et Evi venaient de les rejoindre et ils restaient tous plantés là, à attendre.

Harry commençait à comprendre ce qu'entendait Evi par sentiment d'expectative. Il le lisait sur les visages des gens qui l'entouraient, semblables à ceux qui faisaient la queue le jour des soldes, attendant que s'ouvrent les portes du magasin. Ils s'efforçaient d'échanger trois mots avec leurs voisins, s'appliquant à conserver un air dégagé, mais leur regard n'arrêtait pas de retourner au cercle macabre dans le champ – qui allait sûrement s'enflammer d'une seconde à l'autre, tant ils étaient près du foyer. De fait, ils semblaient encore plus proches qu'à son arrivée avec Evi, comme si le feu les attirait. Un soudain mouvement sur sa droite capta son attention. Il se tourna. Gillian était à moins de trois mètres, tout près du portail de son ancienne maison, et le fixait sans détour. Elle portait son manteau.

*
* *

Les mannequins se rapprochaient du feu. Tom les avait observés, il avait même laissé retomber l'appareil photo autour de son cou. Très lentement, ceux qui les portaient avançaient à tout petits pas. Comment faisaient-ils ? Comment pouvaient-ils supporter la chaleur ? Le brouhaha de la foule s'apaisait, lui aussi. Un à un, eût-on dit, les gens se taisaient et se tournaient pour regarder les mannequins approcher résolument des flammes.

— Harry, écoutez-moi.

Evi lui parlait, d'une voix basse qui couvrait difficilement le grondement du feu. Il s'arracha à sa contemplation et s'inclina.

— Je n'aime pas ça, lui dit-elle à l'oreille. Il va se passer quelque chose.

Il se redressa et reporta son regard sur le feu. La ville tout entière, semblait-il, était rassemblée autour, en un gigantesque cercle. Moins d'une douzaine de personnes – dont lui et Evi, Gillian et les Fletcher – étaient encore dans la ruelle.

— Quoi ? dit-il, en se repenchant vers elle. Qu'est-ce qui va se passer ?

— À mon avis, ils s'apprêtent à participer à une sorte de défi. La plupart des gens doivent savoir de quoi il s'agit, et selon moi, ça peut mal tourner. Depuis notre arrivée ce soir, j'ai vu deux personnes avec de sérieuses brûlures au visage. Et les gens ont l'air nerveux. Regardez-les.

Elle avait raison. Les couples s'étaient resserrés. Les parents tenaient fermement leurs enfants. Les hommes avec des verres de bières à la main s'étaient arrêtés de boire. Tous les regards, excepté le sien et celui d'Evi, convergeaient sur le feu. Sur le cercle des hommes tout autour.

*
* *

Ils attendaient. Tom ne savait pas quoi. Il avait renoncé à prendre des photos, il ne voulait pas rater ce qui allait se passer. Non loin d'eux, un enfant se mit à pleurer – un instant, il crut que c'était Millie. Trois, quatre pas encore, peut-être, et ces pantins seraient dans le feu. Ils étaient faits de paille et de vieux chiffons, comment se faisait-il que…

L'un d'eux avait pris feu. Une étincelle vagabonde avait dû tomber dessus, parce que ce qui, une seconde plus tôt, avait eu forme humaine n'était plus qu'une profusion de flammes brandies en l'air.

— Louons nos morts !

Tom ignorait d'où était parti le cri, mais alors qu'il résonnait encore dans la lande, le mannequin embrasé fut lancé haut dans les airs. Il atterrit pratiquement au sommet du bûcher et en quelques secondes, s'était dissous dans le tout. Plus haut sur la lande, de Tor Morrell peut-être, quelqu'un déclencha une fusée. Elle jaillit dans le ciel et ce fut presque comme si l'âme du défunt s'élevait dans les cieux.

Un autre des mannequins était en feu et bondissait dans les airs. Nouvelle fusée. Puis un troisième pantin, et un quatrième. Nouvelles fusées. Sous les yeux de la foule, un à un, les mannequins s'enflammaient et étaient projetés sur le brasier. Chaque fois que l'un d'eux s'envolait, le même cri s'élevait.

— Louons nos morts !

Certains des pantins devaient avoir des feux d'artifice dans leurs poches, parce que des étincelles colorées commencèrent à fuser du bûcher dans toutes les directions. Les gens dans la foule se mirent à pousser des cris perçants et à se détourner. Juste devant Tom, son père ôta Joe de ses épaules et le reposa à terre. Alice, portant toujours Millie, recula d'un pas et Tom sentit que son père le faisait descendre du mur. Et là, le feu s'écroula dans le sol.

*

* *

— Mais que ?....

Harry fit un pas en avant, laissant Evi derrière, près du mur. Il perçut vaguement que Gareth Fletcher ordonnait aux siens de rester là où ils étaient. Les deux hommes s'avancèrent à grands pas jusqu'à ce qu'ils puissent monter sur la barrière et obtenir une meilleure vue.

— Je n'en crois pas mes yeux, s'entendit dire Harry.

— Mais comment diable ont-ils fait ? demanda Gareth.

Là où le brasier flambait il n'y avait pas trois secondes, ne restait plus qu'un immense trou béant dans la terre. Le bûcher avait fait place à une fosse remplie de flammes. Des étincelles colorées provenant de feux d'artifice jaillissaient en tous sens et Harry distinguait encore quelques silhouettes humaines.

— Je pense que nous venons d'avoir un aperçu des portes de l'enfer, commenta Gareth.

Harry regardait les hommes qui avaient porté les effigies se détourner enfin du feu, recevoir des pelles des mains de certains spectateurs et commencer à projeter dans le feu des pelletées de terre prévue à cet effet. D'autres se joignirent à eux, avec des pelles pour certains, à mains nues pour d'autres.

— Ils ont édifié le feu au-dessus d'un trou, dit Gareth. Ils ont dû installer une sorte de plancher et ensuite dresser le bûcher par-dessus. Quand la base a brûlé, tout s'est écroulé.

— Ils enterrent leurs morts, dit Evi.

Harry se retourna, surpris. Elle était à côté de lui sur la barrière. Un instant, il se demanda comment elle avait fait, puis il se rendit compte qu'une femme qui pouvait monter à cheval pouvait probablement escalader une barrière.

— Regardez, ils jettent de la terre sur les os. C'est ce qu'on fait lors d'un enterrement.

— C'est le truc le plus étrange que j'aie jamais vu, commenta Gareth. Qu'en pensez-vous, doc ?

Evi parut réfléchir à la question une seconde.

— Personnellement, dit-elle, je suis contente que ça n'ait pas été pire.

46

Les stores de la fenêtre étaient encore ouverts. Voilà qui n'arrivait plus souvent. Normalement, Tom les fermait avant même qu'il ne fasse vraiment nuit. Toute la famille, à part Millie, était dans la cuisine. C'était le père qui se tenait le plus près de la fenêtre, en train de parler à l'homme qui s'occupait de l'église. Il y avait une jeune femme à table, avec des cheveux bruns, de grands yeux. Ils buvaient et parlaient. Ils avaient l'air bien, tous. Où était Millie ?

Tom s'était juché sur le plan de travail de la cuisine. Il regardait dehors, dans le noir. Puis il leva le bras et lâcha le cordon qui retenait le store. La scène disparut.

Avaient-ils fermé la porte à clé ?

47

— Je ne peux pas croire que Jenny ne m'ait pas prévenue, dit Alice.

— Peut-être qu'elle ne voulait pas gâcher la surprise, dit Gareth. Tom, tu veux bien redescendre de là ? Que boirez-vous, Evi ?

Gareth se détourna de son aîné pour regarder Evi, ce qui laissa à Tom juste assez de temps pour fermer le store de la fenêtre de la cuisine. Il remarqua qu'Evi l'observait pendant qu'il se rendait à l'autre fenêtre, grimpait sur le plan de travail et faisait la même chose. Avait-il vérifié que la porte d'entrée était verrouillée ?

— Alors, est-ce qu'on pourra faire notre propre pantin l'année prochaine ? demanda Joe, pour la dixième fois, au moins, de la soirée.

Joe pensait que s'il posait une question suffisamment souvent, il obtiendrait la réponse qu'il voulait tôt ou tard. Fréquemment, ça marchait.

— Pas si cela signifie que ton père doit se faire griller les roubignoles, répondit Alice.

Joe se mit à rire sottement : il ne pouvait entendre ce mot sans se bidonner.

— Il doit y avoir un paquet de sourcils roussis à Heptonclough, ce soir, si vous voulez mon avis.

— Sans parler d'autres choses, dit Harry. Merci, mon vieux.

Il accepta une bière des mains de Gareth et l'ouvrit, buvant directement à la canette.

— Allez, Joe, dit Alice, c'est l'heure de monter te coucher. Tom, tu as un quart d'heure.

— Je veux d'abord regarder mes photos, dit Tom.

— Tu en as fait de bonnes ? s'enquit Evi.

Tom fut frappé d'une pensée soudaine.

— Je pense, répondit-il. Vous pouvez venir les regarder avec moi si vous voulez.

La maman de Tom se retourna sur le pas de la porte.

— Tom, mon chéri… commença-t-elle.

— Volontiers, merci, dit Evi. Si vous voulez bien, Alice ?

— Bien sûr, lança Alice. Mais l'ordinateur est à l'étage, ça va aller ?

— Ouais, dit Evi, se levant.

Sa canne était restée appuyée contre le placard de la planche à repasser. Elle s'en empara et sortit de la pièce sur les traces de Tom.

— Ça va… ? lui demanda Harry.

— Oui, acquiesça Evi, en lui jetant un regard censément noir, devina Tom.

Honnêtement, si elle pensait lui faire peur, elle ferait mieux de prendre quelques leçons de sa mère.

Tom gravit l'escalier au pas de course, Evi sur ses talons. Il entendait le léger petit coup de sa canne sur chaque marche. Le temps qu'il arrive en haut des marches, il l'entendait souffler. Sa maman lui avait dit qu'Evi souffrait sans doute souvent et que c'était très courageux de sa part de ne pas le montrer ni se plaindre. Sa mère avait raison, supposait Tom. Il n'arrivait jamais à garder le silence quand il se faisait mal et quant à Joe – eh bien, le monde entier était au courant.

Il la précéda dans la chambre de ses parents, où se trouvait l'ordinateur, et ils s'assirent tous deux. Tom brancha l'appareil photo sur le disque dur et téléchargea les photos qu'il avait prises ce soir-là. Il n'avait pas encore eu l'occasion de les voir.

— Ça, c'est des photos de pantins que j'ai prises quand ils étaient encore dans l'abbaye, expliqua-t-il.

En bas, Harry rit. Evi tourna la tête en direction de la porte, puis revint à Tom.

— Elles sont bonnes, dit-elle. J'aime bien la lune qui commence tout juste à se lever, sur celle-là. Et les couleurs de ces trois-là sont chouettes. Tu as vraiment bien su prendre le coucher de soleil.

Tom savait qu'elle lui passait de la pommade, mais c'était quand même agréable à entendre. Les images étaient excellentes, sa maman disait souvent qu'il avait l'œil pour ce qui était de composer, mais ce n'étaient pas les photos de l'abbaye qu'il devait faire voir à Evi. Il l'avait fait monter pour lui montrer…

— Qui est-ce ? demanda Evi.

Sentant son cœur commencer à battre plus vite, Tom cliqua sur la photo que regardait Evi et l'agrandit. Là. Une preuve. La petite fille à laquelle personne ne pensait, saisie par l'appareil. Le problème, c'était que…

— C'est Joe ? demanda Evi. Non, c'est plus grand que Joe. Un autre ami ?

… la silhouette sur la photo, rôdant derrière l'une des plus grandes stèles, n'était tout simplement pas assez nette.

Alors qu'il savait qui c'était, Tom devinait tout juste l'étrange robe démodée qu'elle portait et ses longs cheveux ; mais pour celui qui regardait cette photo pour la première fois, ce pouvait être n'importe qui. Tom referma le fichier et ouvrit le suivant.

Il était resté sans bouger dans l'if pendant près de vingt minutes, attrapant froid, s'ankylosant, et il était sur le point de renoncer quand elle avait paru. Il l'avait vue entrer dans le bas du cimetière, puis remonter. Elle se déplaçait vite, et s'était approchée silencieusement. Elle s'était arrêtée à moins d'un mètre du mur et s'était tapie là, pour observer leur maison. Osant à peine respirer, Tom avait pris cliché sur cliché.

— Là, la revoilà, dit Evi. C'est une fille ? Pas évident. Ça pourrait être des cheveux comme de l'herbe, difficile à dire. Oh, regarde, là, encore. Elles sont bonnes, Tom, s'exclama-t-elle, en lui lançant un regard de biais. Vague silhouette dans le cimetière, très évocateur. Ah tiens, encore une autre.

En bas, on entendit la porte d'entrée.

— Quelqu'un vient d'entrer, dit-il. Il faut que je prévienne papa.

— Tom, que se passe-t-il ? demanda Evi, alarmée. Où vas…

Tom se leva d'un bond et traversa la pièce.

— Tom, lança Evi, c'était sans doute ton père, précisément. Ou Harry, parti chercher quelque chose dans la voiture. Pourquoi te… ?

Tom ne perdit pas de temps à écouter ce qu'Evi pouvait bien avoir à lui dire. Conscient que c'était mal élevé, mais sachant que certaines choses étaient plus importantes, point barre, il traversa le palier et s'arrêta en haut des marches. Il avait raison, la porte d'entrée était entrebâillée d'environ huit centimètres. Il ne l'avait pas vérifiée, pourquoi ne l'avait-il pas vérifiée ? Il dévala l'escalier, percevant un faible coup sur le palier derrière lui. Parvenu en bas, il repoussa la porte et la ferma à double tour.

Était-elle encore à l'intérieur ? Tom fonça dans la salle à manger. Personne sous la table. Les rideaux. Retenant son souffle et restant à distance, il les écarta d'un coup sec à bout de bras. Le rebord de la fenêtre était vide. Elle ne pouvait s'être rendue dans la cuisine, son papa et Harry s'y trouvaient. Elle n'aurait pas eu le temps de monter à l'étage. Si elle était dans la maison, elle était forcément dans le salon.

— Tom !

Evi était arrivée en haut de l'escalier. Il fit mine de ne l'avoir pas entendue, et poussa la porte du salon.

— Que se passe-t-il, mon pote ?

Le père de Tom et Harry étaient sortis de la cuisine.

— J'ai entendu la porte d'entrée, dit Tom. Quelqu'un est entré.

Il vit Harry regarder son père, et les lèvres de son père se pincer.

— Vérifiez la cuisine pour moi, Harry, voulez-vous ? dit Gareth, sans quitter Tom des yeux. Assurez-vous que la porte de service est verrouillée.

— Très bien, répondit Harry, et Tom l'entendit retraverser en direction de la cuisine.

Son père entra dans le salon et s'approcha de la fenêtre la plus proche. Il écarta les rideaux, puis fit de même avec la fenêtre du fond.

— Tout va bien, dit-il.

Il se tenait juste derrière le canapé dont Tom ne pouvait voir le dos.

— Tu veux que je vérifie la salle à manger ?

— Je l'ai fait, dit Tom d'une petite voix.

— Sans doute le vent, dit son père.

Tom hocha la tête. Son père avait raison. Cette fois-ci, au moins, ce n'était sans doute que le vent.

Il regagna l'étage et continua à regarder ses photos avec Evi jusqu'à ce que sa mère invite celle-ci à descendre dîner et qu'elle demande à Tom d'aller se coucher. On voyait la fille sur cinq des photos qu'il avait prises, mais aucune d'elles n'était suffisamment nette pour prouver qu'elle fût quoi que ce soit d'autre qu'une enfant normale. N'empêche, Evi lui avait manifesté un intérêt inhabituel. Elle n'avait pas arrêté de demander à Tom qui c'était. Il lui avait répondu qu'il n'en savait rien, qu'il ne s'était pas rendu compte qu'il y avait quelqu'un d'autre dans le cimetière. Elle avait fait mine de le croire, mais Tom soupçonnait qu'ils savaient tous deux ce dont il retournait vraiment. On aurait dit parfois qu'Evi et lui jouaient à un jeu, qu'ils se tournaient autour, attendant de voir lequel de deux capitulerait en premier.

C'était dommage qu'il n'ait pas obtenu de bon cliché, mais pas un désastre. L'important, c'était que la fille apparaisse sur les photos. Cela signifiait qu'elle existait bel et bien et qu'il n'était pas fou. Tom ne pouvait dire à quel point il était soulagé de le savoir. Et il retenterait le coup.

48

— Merci, j'ai passé un très bon moment, dit Evi.

Alice embrassa Evi sur la joue puis se hissa sur la pointe des pieds pour faire de même avec Harry. Gareth avait la main posée sur la poignée de porte d'entrée.

— Al, as-tu vu mes clés ? demanda-t-il.

— Oh, je les ai certainement planquées dans la poche de ton jean pour te faire un sale tour, une fois de plus, répondit Alice, étreignant brièvement Harry.

— Elles étaient là, accrochées, dit Gareth. Juste à côté des tiennes. Je dois partir à 6 heures du mat'.

— Tu ferais mieux de commencer à chercher, alors, répliqua Alice.

Elle sourit à Evi.

— Mon mari perd ses clés tous les jours, dit-elle. Souvent, on les retrouve sur le toit de la voiture. Fréquemment, sur le mur du jardin. Et même, une fois, dans le beurrier.

— On se voit demain, Gareth, lança Harry, prenant Evi par le bras tandis que Gareth disparaissait dans la maison.

— Merci encore, Alice, ajouta-t-il.

Un dernier sourire d'Alice et elle refermait la porte. Evi entendit tourner une clé dans la serrure tandis que Harry et elle descendaient l'allée.

Harry démarra le moteur et fit marche arrière pour déboucher dans la ruelle. Pendant une minute ou deux, ils roulèrent en silence. Il leur faudrait vingt minutes pour rentrer chez eux, vingt-cinq si les routes étaient encombrées, et à ce train-là, ils n'échangeraient sans doute pas un mot jusqu'à leur arrivée. Evi observait le reflet de Harry dans la vitre passager. Elle se tourna vers lui. Elle devait trouver quelque chose à dire, même si c'était vraiment nul.

— Ils sont sympas, dit-elle.

Ouais, c'était vraiment nul.

Harry donna un coup de frein et la voiture ralentit. Sur le bord de la route, un mouton solitaire releva paresseusement la tête de l'herbe qu'il mastiquait.

— Qui ça ? demanda Harry, tournant au coin et reprenant de la vitesse.

— Les Fletcher.

— Ah oui, désolé. J'avais l'esprit ailleurs. Comment avez-vous trouvé Tom ce soir ?

Evi y réfléchit une seconde. Comment avait-elle trouvé Tom ? Toujours curieux, à la vérité.

— Alice m'a dit qu'elle avait évoqué la schizophrénie devant vous, poursuivit Harry, comme elle ne répondait pas tout de suite. Est-ce possible ?

— Tom n'est pas psychotique, répondit Evi.

Harry s'était rasé ce soir. Elle distinguait les petites cicatrices, juste au-dessus du col de son manteau.

— Et ces hallucinations, alors ? s'enquit-il, lui jetant un nouveau coup d'œil. Alice dit qu'il entend des voix dans sa tête.

— En fait, non, répondit-elle. Il ne les entend pas dans sa tête.

Devant eux, ils voyaient les phares d'un autre véhicule. Harry s'arrêta sur l'accotement, à quelques centimètres du mur. Ils patientèrent, attendant que la voiture parvienne à leur hauteur. Maintenant qu'il la regardait sans détour, Evi trouvait difficile de soutenir son regard.

— Les voix de Tom, d'après ce qu'Alice m'en a dit, sont extérieures à lui, continua-t-elle, baissant les yeux sur l'habillage en bois du tableau de bord. Elles surgissent dans des coins, derrière des portes. Et sont toujours de la même source. Une jeune fille qui, croit-il, les surveille tous les cinq, leur chuchote des trucs – à lui, surtout –, leur dit à voix basse des choses effrayantes, menaçantes.

La voiture venant vers eux changea de vitesse, les salua de ses feux de route et continua. Harry relâcha le frein à main et repartit.

— Il essaie de nous prouver que cette étrange petite fille de sa composition est réelle, poursuivit Evi.

— Et comment ? demanda Harry. Attendez, ne me dites pas. A-t-il essayé de la prendre en photo ?

Evi hocha la tête.

— Il m'a montré ce soir plus de vingt photos. Sur cinq d'entre elles, on voit une petite silhouette indistincte, blottie contre les stèles.

— Et d'après lui, c'est qui ?

Harry négocia un autre virage et Heptonclough s'offrit à leurs regards, loin déjà en contrebas, scintillant dans le noir comme une ville de conte de fée.

— Il a dit qu'il ne savait pas, répondit Evi. Qu'il se croyait seul. Il mentait, bien sûr, la silhouette était au centre des photos. Tom a nécessairement su qu'il ou elle était là. Je soupçonne qu'un de ses amis rôde dans le cimetière, en se faisant passer pour cette fille. Mais, pour l'essentiel, c'est intelligent et rationnel. Cela me suggère qu'il sait que la petite fille n'est pas réelle mais qu'il a quand même besoin que nous croyions en elle. Il prend délibérément des photos dont il sait d'avance qu'elles seront ambiguës.

— Donc il n'a en fait pas prétendu que c'était la fille ?

Nouveau virage, nouvel aperçu du paysage en contrebas, plongé dans la nuit.

— Non. Il n'a toujours pas admis son existence devant moi. Donc je ne pouvais pas lui parler d'elle non plus. Je dois attendre qu'il le fasse. Pourquoi montons-nous ?

— Raccourci, dit Harry. Et si elle était bel et bien réelle ?

Evi réfléchit une seconde puis sourit au profil qu'il lui offrait.

— D'après ses parents, Tom parle de cette fille en termes qui suggèrent qu'elle n'est pas humaine, répondit-elle. Et, au fait, il n'y a pas de raccourcis par la lande. Vous me kidnappez ?

— Ouais, dit-il. Et si c'était quelqu'un qui n'avait pas une allure normale ? Tom ne la voit que la nuit, d'après ce que je comprends. Il pourrait être induit en erreur. Et s'il y avait quelqu'un qui s'amusait à jouer à cache-cache, à jouer des tours, peut-être quelqu'un d'un peu dérangé ?

Ils continuèrent de grimper et la nuit se répandit autour d'eux comme une flaque d'encre noire, se déversant sur les landes. D'en bas, on ne sait où, partit un feu d'artifice. Tandis que les étincelles s'éteignaient, Evi vit la noire silhouette des arbres se découper contre le ciel.

Elle réfléchit un instant puis secoua la tête.

— Il n'y a que Tom qui la voie et l'entende. Où allons-nous au juste ?

— Et si Gillian l'entendait, elle aussi ?

— Gillian ?

— Gillian entend sa fille morte l'appeler. Elle jure que c'est la voix de Hayley. Elle vous l'a dit ?

Gillian ne lui avait jamais dit ça. Non, elle avait dit : *Je ne la vois jamais*. Ne la *vois* jamais ?

Harry ralentissait l'allure. Il se mit en pleins phares et quitta la route. Ils roulaient à présent à travers la lande, le long d'un chemin de campagne à peine visible. Devant eux… rien, apparemment.

— Elle dit que quelqu'un entre chez elle, continua-t-il, ralentissant jusqu'à rouler au pas, tandis que la voiture commençait à cahoter et bringuebaler sur le sol accidenté. Que quelqu'un déplace les objets, surtout les anciens jouets de Hayley.

Ils étaient arrivés dans une petite zone dégagée. Harry coupa le moteur et les phares. La soudaine absence de bruit était saisissante, la disparition de lumière plus encore. À côté d'Evi, ne restait guère de Harry que sa silhouette plongée dans la pénombre, et pourtant, pour une raison qu'elle n'expliquait pas, il lui était encore plus difficile de le regarder.

— Gillian et Tom sont mes patients pour une bonne raison, dit Evi. Ils ont tous les deux des problèmes.

Il bougeait – impossible pour elle de ne pas retenir sa respiration –, mais il se contenta de lever les bras vers le toit de la voiture pour le déverrouiller. Le cuir souple se replia en arrière et la nuit, miroitant de fumée et de poudre à canon, l'enveloppa comme une couverture fraîche. Au-dessus de la tête d'Evi, le ciel était de la couleur des prunes de Damas et les étoiles semblaient s'être rapprochées de la terre d'une année-lumière.

— Dites-moi quand vous aurez froid.

Une seconde de silence, puis :

— Et si je l'avais entendue, moi aussi ?

Elle se risqua à le regarder franchement.

— Pardon ?

Il était adossé à son siège, les mains derrière la tête, contemplant le ciel. Quoi qu'il s'apprête à lui confier, il avait du mal à aborder le sujet.

L'air nocturne paraissait humide : la pluie n'était pas loin. Au-dessus de leurs têtes, une salve d'étoiles violettes s'enroula sur elle-même, les distrayant tous deux une seconde.

— Vos yeux sont de la même couleur, dit Harry. Eh oui, j'ai entendu des voix, moi aussi. Des voix sinistres, désincarnées, venues de nulle part.

Et il n'avait pas songé à le mentionner.

— Quand ça ? s'enquit-elle, se redressant légèrement. Où ça ?

— Quand je me retrouve seul. Seulement à Heptonclough. Seulement dans, ou autour de l'église. Je parie que Tom n'entend pas ses voix à l'école, si ?

Evi se radossa.

— Il faudra que je me penche sur la question, dit-elle. On fait quoi au juste, là ?

— J'ai découvert ce coin il y a une quinzaine de jours, dit Harry, tout en se penchant en avant pour mettre en route le lecteur de cassette.

Ce dernier se mit à siffler quand il pressa la touche « Play ».

— On est environ à vingt mètres du rebord de la falaise de Tor Morrell, l'endroit le plus haut de la lande. Je me suis promis de revenir ici en voiture pour admirer les feux d'artifice.

Il était barge. Et elle devait cesser de sourire, elle ne faisait que l'encourager.

— Vous avez trois jours d'avance, fit-elle remarquer.

Il se tourna vers elle, tandis que son bras glissait le long de son dossier. Il n'était qu'à quelques centimètres. Elle sentait son haleine imprégnée de bière.

— Dans trois jours, je n'aurais pas été sûr de vous avoir avec moi, répondit-il. Vous dansez ?

— Si je quoi ?

— Danse. Vous savez, quand on bouge son corps en rythme avec la musique. J'ai choisi ce morceau tout spécialement.

Evi écouta une seconde.

— *Dancing in the Dark*, dit-elle d'une voix douce. Ma mère écoutait ça. Où allez…

Harry était sorti de la voiture et faisait le tour par l'avant. Il lui ouvrit la portière et tendit la main.

Evi secoua la tête. Définitivement barge.

— Je ne peux pas danser, Harry. Vous m'avez vue. Je marche à peine toute seule.

Comme s'il n'avait pas entendu, il passa le bras devant elle pour augmenter le volume. L'instant d'après, il l'avait prise sous les bras et la soulevait hors de la voiture. Evi ouvrit la bouche pour lui dire que ça n'allait pas marcher, qu'elle n'avait pas dansé depuis des années, qu'ils allaient s'étaler par terre, tous les deux ; mais la taille étroitement enlacée, elle s'aperçut qu'elle pouvait franchir assez facilement les quelques derniers mètres de piste qui les séparaient du roc du Tor. Il prit sa main droite dans la sienne, son autre bras resta autour de sa taille pour la soutenir. Sa veste n'était pas boutonnée. Sa main était glacée. La maintenant fermement contre lui, il se mit en mouvement.

Sur ce vieux lecteur de cassette, la musique semblait altérée, les percussions jouaient plus fort, de manière plus insistante que dans son souvenir. C'était ridiculement fort, on devait les entendre depuis la ville… mais impossible de penser à autre chose qu'à Harry, qui dansait comme s'il avait ça dans le sang, qui la soutenait sans effort, qui fredonnait doucement dans son oreille.

Le vent envoya ses cheveux dans sa figure, il les chassa d'un vif mouvement de la tête et l'attira dans le creux de son épaule, cela ne l'arrêta pas, ils swinguaient d'avant en arrière, selon un mouvement à quatre temps, sur la roche dure du Tor. Et elle qui avait cru qu'elle ne redanserait plus jamais.

— Un pasteur qui chante et qui danse, murmura-t-elle, quand elle sentit le morceau approcher de la fin.

— Je jouais dans un groupe à la fac, dit Harry, alors que les voix s'estompaient et que les notes du saxophone s'éloignaient en volutes au-dessus de la lande. On reprenait des morceaux de Springsteen.

Le saxo se fondit dans le silence. Harry lâcha sa main et l'enveloppa de ses deux bras. Elle sentait la chaleur de son cou contre sa figure. C'était dément. Elle ne pouvait pas s'embarquer dans une aventure avec lui, ils le savaient l'un comme l'autre, et pourtant voilà où ils en étaient, au bout du monde ou presque, agrippés l'un à l'autre, semblables à des adolescents.

— J'ai passé une journée vraiment bizarre, murmura-t-il, alors qu'un nouveau morceau démarrait.

— Vous voulez en parler ? réussit-elle à demander.

— Non.

Elle sentit un doux frôlement contre son cou, juste sous son oreille, et ne put s'empêcher de frissonner.

— Vous avez froid, dit-il, en se redressant.

Mais non, pas du tout. Ne me lâchez pas.

Il recula d'un pas, un bras retombait, il la ramenait à la voiture. Elle l'arrêta d'une main sur sa poitrine.

— Je n'ai pas froid. Pourquoi êtes-vous prêtre ?

Un instant, il eut l'air surpris.

— Pour servir le Seigneur, répondit-il, il baissa les yeux sur elle, puis les releva vers le ciel. C'était de la pluie ?

Elle secoua la tête.

— Non. Il me faut plus que ça. J'ai besoin de comprendre ce qui fait qu'un homme comme vous devient un prêtre.

Il souriait toujours mais son regard semblait méfiant.

— C'est beaucoup demander pour un premier rendez-vous. Et c'était définitivement de la pluie. Allez, ouste, en voiture.

Elle se laissa reconduire à sa place et il maintint la porte ouverte le temps qu'elle s'installe.

— Vous avez dit que ce n'était pas un premier rendez-vous, fit-elle remarquer, tandis qu'il la rejoignait dans la voiture et se retournait sur son siège pour remettre la capote en place.

— J'ai menti, marmonna-t-il.

Il fit partir le moteur puis il changea d'avis et le coupa de nouveau.

— Je n'ai jamais eu l'intention de devenir prêtre, dit-il. Je viens d'une famille prolétaire de Newcastle, non pratiquante, et cela ne m'est tout simplement jamais venu à l'idée. Mais j'étais brillant, j'ai obtenu une bourse pour une bonne école et j'ai croisé des profs très impressionnants. Mon truc, c'était l'histoire, l'histoire des religions en particulier. Je me suis pris de passion pour la religion organisée : ses rituels, son histoire, l'art et la littérature, le symbolisme. J'ai étudié la religion à la fac, pas la théologie.

Elle attendit qu'il poursuive.

— Que s'est-il passé ? demanda-t-elle, voyant que cela ne venait pas. Vous avez eu une révélation, comme saint Paul sur le chemin de Damas ?

Ses doigts pianotaient sur le volant, il avait du mal à en parler.

— Plus ou moins. Les gens n'arrêtaient pas de me dire que je ferais un bon prêtre. Il y avait juste un petit problème de foi.

La pluie s'abattit de nulle part, tambourinant sur la capote de la voiture comme autant de petits cailloux.

— Vous n'aviez pas la foi ?

Il se passa une main dans les cheveux.

— Je n'en étais pas loin. Je pouvais me convaincre que je croyais en tout, séparément, mais ça ne faisait au fond qu'un gros tas de théories éparses. Vous voyez ce que je veux dire ?

— Je pense, dit Evi, même si ce n'était pas franchement le cas.

— Et puis un jour, il s'est passé quelque chose. Je… j'ai fait le rapprochement.

— Le rapprochement ?

— Ouais.

Le moteur avait redémarré, il faisait marche arrière.

— Et c'est tout ce que vous saurez de l'homme intérieur pour un premier soir, docteur Oliver. Bouclez votre ceinture et préparez-vous au décollage.

Ils dévalèrent la lande à une allure telle qu'Evi aurait souhaité croire en une divinité, afin de la prier pour sa survie. Elle n'osa pas lui reparler, lui dire quoi que ce soit qui puisse le distraire. Du reste, elle venait de se montrer ridiculement indiscrète. Comment pouvait-elle prétendre qu'elle n'avait pas de faible pour lui, alors qu'elle savait que son cou sentait le citron vert et le gingembre, et où, exactement, ses lèvres se poseraient sur sa poitrine si elle devait se pencher vers lui ?

Quelques minutes après le début de l'ondée, de petits ruisseaux dévalaient de part et d'autre de la route. Un quart d'heure plus tard, ils quittaient la lande et, dégrisés, se rapprochaient de chez elle.

— Et maintenant, on fait quoi ? demanda Harry en empruntant sa rue.

— Je vois Tom dans la semaine. Il se détend un peu avec moi, apparemment. Peut-être qu'il se livrera un peu plus. Si seulement il voulait bien admettre l'existence de…

Harry avait arrêté la voiture devant chez elle.

— Je ne parlais pas des Fletcher, coupa-t-il, d'une voix qui semblait avoir baissé d'une octave.

— Je dois y aller, dit-elle se penchant pour attraper son sac. Je commence tôt demain et… c'était une bonne idée, pour ce soir. Merci, je pense que ça me sera utile.

Elle lui tourna le dos et posa la main sur la poignée, consciente d'être observée. Elle allait devoir faire vite, elle pouvait lui lancer un « bonne nuit » par-dessus son épaule tout en remontant l'allée. Une allée courte, à peine deux mètres jusqu'au porche.

Le moteur se tut. Dans son dos, la portière de Harry s'ouvrait. Il était bien plus rapide qu'elle, il serait de l'autre côté de la voiture avant même qu'elle soit debout. Et de fait, il était là, lui tendant la main. Cela servirait-il à quelque chose de lui dire qu'elle pouvait s'en sortir seule ? Probablement pas, et en tout état de cause, ce Harry-ci était différent, avec des yeux plus sombres, presque plus grand. Un Harry qui ne pipait mot, dont le bras enlaçait sa taille tandis qu'il l'entraînait le long de l'allée, sous la pluie torrentielle, jusqu'à l'abri du porche. Un tout autre Harry, très nettement, qui l'avait fait pivoter face à lui, dont les doigts s'immisçaient dans ses cheveux et dont la tête se penchait vers elle tandis que le monde basculait dans la nuit.

Oh, ce ne pouvait être un baiser, c'était un papillon, un froissement d'ailes sur sa bouche, un frôlement au creux de sa joue, au commencement du sourire.

Était-ce un baiser ? Cette douce caresse sur ses lèvres ? Cette impression grisante qu'on la touchait partout ?

Et ce ne pouvait certainement pas être un baiser, pas maintenant que la tête lui tournait et qu'elle sombrait en un lieu tapissé de velours noir. Des mains s'étaient emmêlées dans ses cheveux – non, l'une était au creux de ses reins, l'étreignant davantage. La pluie sur le toit du porche résonnait comme des tambours dans sa tête. Des doigts effleurèrent un côté de son visage. Comment avait-elle pu oublier l'odeur de la peau d'un homme ? Ou le poids de son corps, qui la pressait contre le mur du porche ? Si c'était bien un baiser, pourquoi des larmes lui brûlaient-elles les yeux ?

— Vous voulez monter ?

L'avait-elle bien dit à haute voix ? Sans doute. Parce qu'ils ne s'embrassaient plus, ils étaient simplement si près l'un de l'autre que cela ne faisait aucune différence et son souffle tournoyait sur son visage comme une brume tiède.

— Rien ne me tenterait plus, dit-il, d'une voix très différente de celle de Harry.

Les clés étaient dans sa poche. Non, dans sa main. Sa main partait à la recherche de la serrure. La main de Harry se refermait sur la sienne, pour la retenir.

— Mais… dit-il.

Pourquoi y avait-il toujours un « mais » ?

Il avait ramené sa main devant elle, la pressait contre ses lèvres.

— On ne s'est pas encore fait la pizza ou le cinéma, chuchota-t-il.

Elle l'entendait à peine, avec cette pluie.

Et vous êtes un prêtre, songea-t-elle.

— Et je n'ai vraiment pas envie d'aller plus vite que la musique, poursuivit-il.

Il relâcha sa main et lui releva le menton de sorte qu'elle le regardait droit dans les yeux.

— C'est plutôt mignon. Et pour le moins féminin comme attitude.

À ces mots, Harry refit son apparition, avec un grand sourire, la cueillant dans ses bras et la tenant serrée contre lui.

— Il n'y a rien d'un tant soit peu féminin chez moi, lui souffla-t-il à l'oreille, et j'entends vous le prouver sous peu. Sur ce, rentrez chez vous, coquine, avant que je ne change d'avis.

Quand le téléphone sonna, la première pensée de Harry fut qu'il venait de s'endormir et que ce devait être Evi, lui demandant de venir. Il se retourna dans son lit, incapable de se souvenir de quel côté était le téléphone. Vous savez quoi ? Merde. Et merde pour la pizza, merde pour le cinoche, merde, merde, merde, il y allait.

Non, de ce côté-là, c'était le réveil. Il était 3 h 01 du matin. Il se tourna de l'autre côté et tendit le bras. Il pouvait être prêt en deux minutes, chez elle dans dix. À 3 h 15, il serait…

— Bonsoir, dit-il, l'appareil contre son oreille.

— Pasteur ? Révérend Laycock ?

C'était une voix d'homme. D'homme âgé.

— Oui, lui-même, répondit-il, déçu et brutalement refroidi.

Il sortirait, après tout, mais pas pour se blottir au chaud dans le lit d'une femme. Quelqu'un se mourait. Le sexe ou la mort – les seules raisons pour lesquelles on joint quelqu'un au milieu de la nuit.

— Ici Renshaw. Renshaw senior. Mon fils m'a demandé de vous appeler.

Tobias Renshaw, le père de son sacristain, qui lui téléphonait au petit jour ?

— Mon fils s'excuse de ne pouvoir le faire lui-même, et de vous réveiller, mais je crains qu'on ait besoin de vous à St Barnabé sur-le-champ. Vous verrez les véhicules de police dans la ruelle. À votre arrivée, présentez-vous au commissaire divisionnaire Rushton.

49

3 novembre

Simba, l'ours en peluche bleu de Millie, gisait sur le dos au pied des marches. Quand Tom l'avait vu pour la dernière fois, il y a moins de cinq heures, il était blotti dans les bras de sa petite sœur. Donc, soit la peluche avait développé un penchant pour les petites promenades nocturnes, soit quelque chose n'allait vraiment pas. Tom traversa le palier en courant jusqu'à la chambre de Millie. Le petit lit était vide.

En bas, une porte se referma en claquant. Tom lança un regard en direction de la chambre de ses parents. Pas le temps de faire quoi que ce soit d'autre que crier tout en parcourant le palier au pas de course, dévaler les marches, traverser la cuisine. C'était la porte de derrière qu'il avait entendue. Celui ou celle qui détenait Millie venait tout juste de quitter la maison.

Il sentit un courant d'air froid en contournant la table. La porte de service s'était rouverte toute seule et le plancher du vestibule était mouillé. Il pleuvait toujours fort dehors et, même sur le seuil, d'où il observait l'autre côté du terrain boueux qu'était devenu leur jardin, il était assailli par le vent, qui envoyait des rafales de gouttes glacées tremper son pyjama.

Ses yeux n'étaient pas encore habitués à l'obscurité. Il les plissa et parvint tout juste à distinguer le mur du cimetière et les lauriers, au-delà. Il entendit un grognement en provenance de l'if et de la tombe de Lucy Pickup.

Il y avait quelqu'un, là-bas. Quelqu'un, avec Millie.

— Papa ! hurla-t-il.

Pas de réponse. Pas le choix, franchement. Il devait y aller.

La pluie incessante de ces dernières heures, ajoutée à ce qui était tombé la veille et l'avant-veille, avait transformé le jardin en marécage. Cette boue noire lui engloutit les pieds quand il s'éloigna de son abri. Quelques pas encore, et il y vit plus distinctement. Une silhouette noire essayait d'escalader le mur mais elle portait quelque chose dans une main, quelque chose qui ressemblait à un grand fourre-tout noir.

— Papa ! hurla-t-il, aussi fort qu'il le put, tâchant de projeter sa voix en direction de la maison sans toutefois quitter des yeux la silhouette sur le mur. Papa !

Son père n'arriverait jamais à temps. Tom courut droit devant lui, tombant presque à genoux dans la boue, et parvint à saisir l'une des jambes du fuyard. La fille – qui d'autre aurait-ce pu être ? – se mit à lui envoyer des coups de pied, mais elle avait du mal à se tenir au mur. Elle tenta de trouver une nouvelle prise, plus haut, et décocha une dernière ruade qui prit Tom par surprise. Son pied botté le heurta sur le côté de la figure et il lâcha prise. Elle tenta de bondir et se retrouva alors allongée à plat ventre sur le mur, bras et jambes écartés, donnant des coups de pied frénétiques tout en cherchant à se relever. Elle avait presque réussi à s'échapper, mais le fourre-tout noir qu'elle portait était resté, lui, au pied du mur.

Son regard passa du sac à Tom puis, d'un vif mouvement de tête, au mur sur lequel elle se tenait. Elle tituba, manqua tomber, puis sauta de l'autre côté.

Le mur bougeait. C'était impossible, pourtant c'était bien le cas. Le renflement, qui pendant des années avait retenu des tonnes de terre, parut gonfler. Tom vit une pierre, puis une autre, puis plusieurs, basculer du sommet et tomber dans le jardin. Par la brèche qu'elles laissèrent derrière elles, de la terre se mit à se déverser depuis le cimetière. L'une des stèles semblait venir vers lui. Tom ne désirait rien tant que fuir mais quelque chose le clouait sur place.

La saillie enfla encore, comme une femme enceinte sur le point d'accoucher de quelque monstre hideux. La silhouette noire de l'autre côté du mur recula de quelques pas à mesure que la terre s'éboulait en masse.

Puis le mur s'éventra, tout simplement, comme un château de cartes. Des pierres valsèrent dans les airs et un liquide noir se déversa en un torrent épais. La stèle la plus proche du mur – celle de Lucy Pickup – glissa, glissa vers lui, puis tomba, se fendant en deux quand elle atterrit à moins d'un mètre de Tom. De la terre se déversait dans la pente où se trouvait autrefois le mur et il faillit suffoquer, assailli par une odeur fétide d'égouts et de choses en putréfaction.

La fille continuait de battre en retraite. Tom fit un pas en avant et quelque chose atterrit lourdement à côté de lui, le ratant de quelques centimètres et lui faisant perdre l'équilibre. Tombé à terre, il reconnut le bord d'un cercueil, une fraction de seconde avant que le bois ne s'effondre sur lui-même et ne révèle son occupant.

Le crâne sourit à Tom de toutes ses minuscules dents blanches. Des débris de chair, semblables à du vieux cuir jaune, y adhéraient encore. Tom détala à quatre pattes. Il sentait un cri monter en lui, dans sa tête, et savait que s'il le laissait sortir, il ne pourrait peut-être plus jamais l'arrêter.

Une nouvelle coulée de boue se répandit sur lui, remplie d'objets pâles qui, il en avait conscience, ne pouvaient être que des os. Il renversa sa tête en arrière et s'apprêtait à lancer son cri quand un rai de lumière tomba sur sa figure et qu'un bras le saisit par l'épaule. Tom tournoya sur place. Une petite silhouette, portant un imperméable jaune avec son capuchon relevé, bien serré, une lampe de poche à la main, s'agenouilla près de lui. C'était Joe.

Tom se remit debout. Tout en lui l'incitait à retourner à la maison, réveiller sa mère et son père, appeler la police. Quand il se rua vers la porte de derrière, Joe le retint.

— Non, attends, cria Joe qui luttait pour se faire entendre malgré le bruit du vent. Il faut qu'on la retrouve.

— Il est trop tard, répondit Tom en hurlant.

Plus haut, dans le cimetière, il n'y avait plus trace de la silhouette noire.

— Elle est partie. Il faut qu'on aille chercher maman et papa.

Joe braqua le faisceau de sa lampe vers leurs pieds. Tom voulait lui crier d'arrêter. C'était tellement pire quand on y voyait clair. Le crâne, à présent détaché du reste du corps, gisait à quelques mètres de là. La statue miniature de Lucy s'était écroulée avec le reste de sa tombe. Des morceaux du cercueil gisaient çà et là, épars. Il vit ce qui devait être une main humaine, les phalanges repliées sur elles-mêmes.

Joe semblait chercher quelque chose. Enfin, la lampe vacilla sur le sac noir que l'intrus avait tenté d'emporter dans sa fuite. Il était à moitié enseveli sous un tas de boue et de pierres. Poussant un cri, Joe se précipita pour tirer sur les poignées. Toujours tenaillé par le désir de s'enfuir, Tom eut le vague sentiment que ce pouvait être important. Avec précaution, il s'approcha pour prêter main-forte.

Le sac céda dans un bruit de succion et les garçons reculèrent en titubant, toujours agrippés aux sangles. Joe tomba à genoux, et, poussant des cris aigus de frustration, tira violemment sur la fermeture éclair rétive, qu'il parvint enfin à ouvrir. Dans la pâle lueur de la lampe, Tom le vit sourire. Il se laissa choir à genoux à côté de son frère et regarda dedans. Millie y était allongée. Sous le regard des garçons, elle se mit à battre des paupières. Elle regarda ses frères en clignant des yeux de stupeur, tandis que des gouttes de pluie commençaient à tomber sur son visage.

50

Quelque chose cognait sourdement dans la poitrine de Harry. Et ce n'était pas son cœur. Son cœur ne faisait jamais pareil boucan. Devait-il parler, leur dire qu'il connaissait l'identité de l'un des enfants morts ?

C'était presque douloureux, ce battement dans ses côtes. Si c'était bien son cœur, il avait un sérieux problème. Les cœurs ne battent pas aussi fort, normalement.

Il ne pouvait rien dire maintenant, il aurait l'air ridicule, hystérique même. Demain, ce serait bien assez tôt. Il jeta un coup d'œil à ses pieds pour s'assurer qu'il marchait bien sur le revêtement métallique, et s'éloigna de la zone délimitée. Autour de lui, les silhouettes vêtues de blanc se remirent à l'ouvrage.

Le jardin arrière des Fletcher était un bourbier. Harry mit ses pas dans ceux du commissaire divisionnaire Rushton, le long de la passerelle articulée qu'on avait étalée sur la boue. Au-dessus de leurs têtes, l'abri de fortune en PVC protégeait très sommairement des intempéries. De puissants projecteurs sur des mâts d'acier avaient été postés aux quatre angles. Maintenant qu'il se tenait face à la maison, Harry distinguait de la lumière aux fenêtres du rez-de-chaussée. Les stores et les rideaux avaient tous été tirés.

— En matière de scène de crime, on ne fait guère pire, déclara Rushton tandis qu'ils marchaient en direction de la maison. On travaille dans le noir, par un temps épouvantable, la boue fait près de trente centimètres de profondeur par endroits, et le site a été pas mal contaminé avant notre arrivée, apparemment.

L'une des silhouettes blanches évoluait lentement à l'intérieur de l'espace délimité, prenant des photos. Une autre, peut-être bien une femme, songea Harry, se servait d'un mètre. Elle l'étira depuis le mur jusqu'au plus petit des trois corps, puis se mit à noter quelque chose, à moins qu'elle ne dessinât sur un bloc-notes pendu à son cou.

— La police scientifique que vous voyez à l'œuvre vient d'arriver de Manchester, expliqua Rushton. On n'a pas d'unité spécialisée par ici. Par chance, le premier policier parvenu sur les lieux avait de la jugeote. Il a bouclé la zone jusqu'à l'arrivée de l'équipe. Et fait la même chose plus haut dans le cimetière.

Harry leva les yeux. D'autres silhouettes blanches étaient visibles de l'autre coté du mur de pierre. Là aussi, on s'efforçait de tempérer le climat. Un taud avait été tendu entre des mâts métalliques. L'un des policiers se démenait pour y fixer des pans de toile plastifiée. Par ce vent, c'était quasiment perdu d'avance.

— Que font tous ces gens ? s'enquit Harry.

— Le photographe enregistre la scène de crime avant que les techniciens en quête de preuves se mettent au travail, dit Rushton. Il va prendre des photos sous tous les angles, puis grimper dans le cimetière et recommencer. La fille, là, établit un croquis. Elle va mesurer à quelle distance se trouvent les éléments les uns par rapport aux autres, après quoi toutes ces données seront rentrées dans un programme informatique. On obtiendra un schéma très précis dont on pourra se servir si jamais on doit se présenter devant la justice. La tâche principale ce soir va être d'enlever les corps, intacts si possible, et de les envoyer au service médico-légal. Avec tout ce qui pourrait être pertinent. Le cercueil aussi, évidemment, ainsi que les restes de vêtements, de cheveux, etc. On va faire des relevés de toutes les traces de pas éventuelles. On dirait qu'ils ont déjà commencé, d'ailleurs.

Rushton indiquait un coin non loin de la maison. Un homme était agenouillé sur un damier d'aluminium, versant du liquide sur la terre devant lui.

— Les deux autres corps pourraient provenir des tombes situées de part et d'autre de celle de Lucy, suggéra Harry. Je ne peux pas vous dire qui c'était, mais il doit y avoir un plan, quelque part.

— On l'a déjà, précisa Rushton. Tombes familiales, des deux côtés, trois personnes signalées dans la première, quatre dans l'autre. Tous adultes. Et pour autant qu'on puisse en juger, pour l'instant, ces tombes sont toujours intactes.

— Est-il possible qu'ils aient été longtemps en terre ? demanda Harry, qui savait bien que non. (Aucun des corps qu'il venait de voir n'était correctement squelettisé.) Dans une tombe bien plus ancienne dont nul ne connaissait l'existence ? Ce cimetière est vieux de plusieurs centaines d'années. Ce coteau doit être truffé d'anciennes tombes. On aura ôté les stèles et les gens auront oublié qui était enterré.

Il se tut. Il disait n'importe quoi. Et se raccrochait à n'importe quoi.

— Eh bien… on ne peut pas éliminer cette hypothèse pour l'instant, concéda Rushton. Mais, franchement, l'équipe pense que c'est peu probable. Et on comprend leur point de vue. Ces corps vous ont paru anciens ?

Harry lança un regard par-dessus son épaule.

— Les Fletcher sont au courant de ce qui se passe ? demanda-t-il. Ils ont subi pas mal de stress ces derniers temps, ça ne va pas être le meilleur…

— Ah pour ça, oui, rétorqua Rushton. Ce sont les gosses qui ont fait tomber le mur.

— Hein ?

— Je n'ai pas encore pu parler personnellement aux parents, et je n'ai donc eu droit qu'à une version des faits, dit le commissaire, mais, apparemment, les deux garçons étaient dehors par ce temps, en train d'escalader le mur. Ils avaient leur petite sœur dans un grand sac, d'après ce que j'ai compris. Une espèce de tentative de fuite, on dirait. Un boulot pour les services sociaux, si vous voulez mon avis. Où allez-vous ?

Harry remontait l'allée vers la maison. Une main tomba sur son épaule.

— Minute, jeune homme. Vous ne pouvez pas entrer, pour le moment. Le généraliste de la famille est là, et les deux petits sont en train de parler à l'un de mes inspecteurs. Laissons chacun faire son boulot un moment, voulez-vous ?

Harry comprit qu'on ne lui laissait pas le choix.

— Vous connaissez bien l'agencement de cette partie du cimetière, révérend ? demanda Rushton, tandis qu'ils se remettaient en chemin. Les deux églises, l'ancienne et la nouvelle, ont été construites en haut d'un coteau très pentu, de sorte qu'il a fallu faire pas mal de terrassements pour créer le cimetière. Le mur que nous avons sous les yeux a été construit voici plusieurs centaines d'années, d'après ce qu'on m'a dit, mais il était bien plus haut de ce côté-ci que du côté de l'église. Vous me suivez ?

— Oui, je suis au courant, dit Harry, comme ils atteignaient la limite de la propriété des Fletcher et sortaient du jardin. Gareth Fletcher m'en a parlé à deux ou trois reprises. Il voulait faire venir un expert, il s'inquiétait de la stabilité du mur.

— À juste titre.

Les deux hommes étaient sur le côté de la maison. Un autre taud immense avait été tendu entre cette dernière et le mur de l'église, créant un espace sec pour que l'équipe scientifique et technique puisse entreposer son équipement. Incapable de l'atteindre, le ciel déchaîné n'entendait pas se laisser ignorer. Des gouttes de pluie tambourinaient sur le toit en plastique, que le vent agitait et faisait claquer, sans répit.

— On me dit qu'il existe un cours d'eau souterrain qui passe sous l'église, continua Rushton, ôtant sa combinaison et invitant Harry à faire de même. Normalement, ce n'est pas un problème, mais en cas de fortes chutes de pluie, comme ces derniers jours, la cave de l'église se retrouve inondée. Le coin se transforme en marécage. Vous le saviez ?

— Oui.

En équilibre sur un pied, Harry se démenait pour ôter une botte résolument trop serrée, tout en cherchant du regard ses propres chaussures.

— Gareth et moi avons fait le tour de la propriété il y a deux semaines. Je lui ai accordé que ça n'avait pas l'air stable, mais j'ai une procédure à respecter quand il s'agit de faire faire des travaux sur les terres de l'église. J'avais déjà mis le processus en branle mais ces choses-là prennent en général des semaines, voire des mois.

— Alors, Brian, est-ce la tombe de ma petite-fille ?

Faisant volte-face, Harry et Rushton constatèrent l'arrivée de Sinclair Renshaw, entré sous la tente par l'allée des Fletcher. Les doigts de sa main droite étaient nerveusement repliés sur une cigarette. Harry ne l'avait jamais vu fumer auparavant.

— On dirait, en effet, dit Rushton. Je suis vraiment désolé.

Sinclair eut un bref hochement de tête.

— Jenny et Mike sont au courant ? demanda Harry. Voulez-vous que…

— J'ai demandé à ce qu'on ne leur dise rien avant demain matin, coupa Sinclair. Christiana a préparé du café dans la sacristie. Vous seriez mieux là-bas. Il y fait meilleur.

Harry renfila sa veste.

— Et maintenant, que fait-on ? lança-t-il à Rushton.

— Eh bien, étonnamment, il existe un protocole dans des cas de ce genre, répondit le commissaire qui les invita à quitter la tente. Quand des restes sont découverts en terre consacrée, ils doivent être enlevés du site et examinés par un pathologiste approuvé par la police. S'il établit qu'il s'agit de vieux ossements, nombre d'entre eux appliquent la règle de toujours : les os sont simplement restitués au prêtre en charge – vous, en l'espèce – et il vous revient alors de les enterrer de nouveau.

— Oui, je crois que je le savais même si la situation est totalement inédite pour moi.

— Cela ne s'est jamais produit ici, en tout cas, dit Sinclair.

— D'un autre côté, si les restes sont… plus récents, dirons-nous, nous devons établir leur identité, ajouta Rushton. Nous assurer que le corps est bien celui de la personne dont le nom figure sur la stèle. Vous me suivez, révérend ?

— Oui, bien sûr, dit Harry.

— Une fois l'identité confirmée, nous remettons les restes conjointement à vous-même et à la famille, et vous laissons prendre les dispositions nécessaires pour les réinhumer.

— De nouvelles funérailles, dit Sinclair, se passant une main sur la figure. Ce sera trop pour Jenny. Comment peut-on attendre d'une mère qu'elle enterre son enfant deux fois ?

51

— On ne peut exclure l'éventualité d'une effraction, déclara Harry. Tom dit peut-être la vérité.

Gareth tenait un mug de café entre ses mains. Elles semblaient anormalement blanches, les doigts bleutés. Harry se sentit frissonner lui-même, par sympathie. Il entendait craquer le chauffage central, mais c'était comme si les événements de la nuit avaient fait entrer un courant d'air froid dans la maison.

— Il n'y en a pas trace, lui répondit Gareth, secouant la tête. La porte d'entrée était fermée à clé, pas de fenêtre ouverte ou cassée. La porte de service était ouverte, en effet, mais on laisse la clé dessus et le verrou est en bas : Tom aurait pu l'ouvrir lui-même.

— Où a-t-il trouvé ce sac ?

— Près de la porte d'entrée. Je l'avais préparé pour l'emporter avec moi demain matin.

Harry réfléchit un moment puis retourna dans le couloir, jusqu'à la porte d'entrée. Sous la fenêtre, il voyait des baskets, un short, des chaussettes – on avait sorti les affaires de gym de Gareth, qu'on avait laissées par terre. Aux bruits de pas derrière lui, il comprit que Gareth l'avait suivi. Au travers des carreaux colorés de la porte, Harry distinguait deux silhouettes blanches, fantomatiques sous la lumière orangée des réverbères. Elles traversèrent la route en portant ce qui ressemblait à une civière. Alors que Harry se retournait vers Gareth, il aperçut de la poussière grise autour de la poignée.

— C'est quoi ?

— La police a déjà relevé des empreintes, répondit Gareth. Ils ont fait tout le rez-de-chaussée et la chambre de Millie. Je crois qu'ils ne faisaient que se couvrir. Ils n'ont rien trouvé.

— Et Joe ? demanda Harry. Quelle est sa version des faits ?

— Joe a entendu Tom hurler et se lever, dit Gareth. Il a entendu des coups en bas, a enfilé son imper – faisant preuve d'une grande présence d'esprit pour un enfant de six ans –, et il est sorti. Il a vu Tom allongé dans la boue et l'a aidé à rapporter le sac, contenant Millie, jusqu'à la maison. Je m'étais levé pour aller pisser, je me suis rendu compte que la porte arrière était ouverte et je suis descendu. J'ai eu la trouille de ma vie. Tous les trois trempés jusqu'aux os et couverts de boue. Tom s'est mis à reparler de cette fille, en hurlant, Alice était prête à les emmener tous les trois aux urgences, j'ai jeté un coup d'œil dehors et me suis rendu compte que je ferais mieux de passer un coup de bigo à la police. Qu'ont-ils découvert au juste, là-bas ?

— Pas clair encore, mentit Harry.

On lui avait demandé de rester évasif sur le sujet.

— Désolé pour le mur. Si j'avais pu deviner…

Gareth contemplait la rangée de trois crochets fixée à côté de la porte d'entrée.

— C'est bizarre, dit-il.

— Quoi ? s'enquit Alice, qui descendait l'escalier.

Harry se retourna pour lui adresser un sourire mais sans succès. On ne pouvait sourire à pareil visage.

— Mes clés. Je les avais perdues, tout à l'heure, tu te souviens ? Tu les as retrouvées ?

Alice secoua la tête.

— Elles sont sans doute restées là tout du long, répondit-elle.

— Non. J'ai vérifié une fois les enfants au lit. J'ai dû ressortir mon jeu en réserve pour demain matin. Comment ont-elles bien pu se retrouver ici ?

Alice, qui regardait Harry, reporta son regard sur son mari.

— Peut-être que Tom… commença-t-elle.

— Pourquoi Tom cacherait-il les clés de son père ? demanda Harry, s'efforçant de refréner son impatience – ils ne savaient pas tout ce que lui savait. S'il avait voulu ouvrir la porte d'entrée en pleine nuit, il y avait d'autres jeux qu'il aurait pu utiliser, non ?

Alice hocha la tête.

— Les miennes étaient là, dit-elle, jetant un coup d'œil aux crochets. Elles y sont toujours. Et il n'a pas ouvert la porte avant. Elle était fermée à clé quand on est descendus.

— Il a eu l'impression qu'on était entré dans la maison, en début de soirée, leur rappela Harry. Il était là-haut avec Evi et il est descendu en courant, paniqué. Vous vous souvenez ? Il nous a obligés à inspecter les pièces du rez-de-chaussée.

— Tout juste, acquiesça Gareth. On a vérifié. Il n'y avait personne.

— Non, en effet, convint Harry. La question, c'est : les clés étaient-elles encore là ?

52

— Trois squelettes humains, dit le pathologiste, très certainement les restes de très jeunes enfants, mais j'y viendrai tout à l'heure.

Harry avait chaud. La pièce était plus petite qu'il ne l'avait imaginé. Ayant été invité par Rushton à assister à l'examen du médecin légiste – étant donné que les restes demeuraient tous, en théorie, sous sa responsabilité –, il avait espéré pouvoir se placer dans le coin le plus éloigné. Ce ne serait pas possible. Personne ne se tenait à distance de l'action aujourd'hui : il n'y en avait tout simplement pas la place. Une paillasse en inox, de près d'un mètre de large, courait tout autour de la pièce. Le sol était carrelé et semblait légèrement incliné – de façon à faciliter l'écoulement vers l'évacuation centrale quand on lavait à grande eau. Au-dessus de la paillasse, les murs étaient équipés d'armoires vitrées. Au milieu de la pièce, trois lits à roulettes : ils laissaient peu de place au médecin, à ses deux assistants, aux trois policiers et à lui-même. Par deux fois déjà, Harry avait dû s'écarter, parce qu'il gênait. Il consulta sa montre. Cela faisait moins de cinq minutes qu'ils étaient dans le labo.

— Celui que nous avons là, continua le pathologiste, s'approchant du premier chariot – Harry lui avait été présenté un quart d'heure auparavant mais ne pouvait se rappeler son nom –, St Barnabé numéro un, le nommerons-nous pour l'instant, est celui qui a passé le plus de temps en terre. On peut voir une squelettisation quasi complète, où ne restent que des vestiges de muscles et de ligaments retenant ensemble les os du thorax et de l'abdomen.

Il se mit à tourner autour du chariot, se dirigeant vers le crâne.

— Il semble que le bras droit ait été séparé de l'épaule au moment où la tombe a été dérangée, dit-il, et une partie du cubitus du bras gauche n'a pas encore été retrouvée. Deux des métacarpiens de la main gauche manquent, eux aussi. Le cerveau et les organes internes ont disparu depuis longtemps, évidemment. Nous avons trouvé des résidus de tissu autour du torse ainsi que deux minuscules boutons blancs, tombés dans la cage thoracique.

— Lucy Pickup a été enterrée il y a dix ans, dit Rushton. Est-ce que c'est compatible avec… ?

Le pathologiste leva une main.

— La vitesse de squelettisation est des plus variables. Elle dépend du sol, du succès du processus d'embaumement s'il y en a eu un, de la profondeur de l'inhumation, etc. Le sol à l'endroit où nous avons trouvé les corps est alcalin, ce qui devrait normalement ralentir le processus de décomposition. D'un autre côté, il s'agit d'un tout jeune enfant. Très peu de masse corporelle. À tout prendre, je dirais une période d'inhumation s'échelonnant entre cinq et quinze ans.

— Il va nous falloir un peu plus que ça, Raymond, dit Rushton, qui s'était posté au pied du chariot, juste en face du médecin.

Raymond, voilà comment il s'appelait. Raymond Clarke, l'un des pathologistes officiels figurant sur la liste de la police.

— Quel âge a-t-elle, selon vous ? continua Rushton.

— Je ne fais que commencer, répondit Clarke. Et nous ne savons pas encore si numéro un est une fille. Pour ce qui est de l'âge, on ne devrait pas avoir trop de problème. D'après le squelette, on a une hauteur estimée de 87 centimètres, ce qui placerait notre petit ami ici présent dans la tranche des quinze à trente-six mois. Examinons ensuite le degré d'ossification.

— La fusion des os ? s'enquit Rushton.

Clarke hocha la tête, une fois.

— L'ossification se produit en huit cents points du corps et peut offrir quelques indications fort utiles sur l'âge, dit-il. Un nouveau-né naît sans os carpiens dans la main, par exemple. Puis nous avons le crâne. Il y a cinq os principaux dans le crâne d'un nouveau-né, qui fusionnent peu à peu le long de jointures spéciales appelées sutures. Le nouveau-né a aussi un certain nombre de fontanelles ou régions membraneuses souples sur le crâne. Sur celui de notre ami, elles se sont refermées, ce qui suggérerait un enfant d'au moins vingt-quatre mois.

— Entre deux et trois ans, alors ? commenta Rushton. Ça pourrait être Lucy.

— Tout à fait possible, dit Clarke. Bien, examinons maintenant les lésions infligées au corps.

Harry se demanda s'il était le seul à avoir aussi chaud. Pourquoi fallait-il qu'il fasse chaud dans une salle d'autopsie ? On s'attendrait plutôt au contraire pour conserver les corps en état, tout de même. Les deux enquêteurs que lui avait présentés Rushton – dont il avait également oublié les noms – se tenaient immobiles comme des statues à quelques centimètres de lui, sur sa gauche. L'un d'eux, grand et très mince, devait approcher la quarantaine. Il avait le cheveu aussi rare que sa personne était mince, et semblait dépourvu de cils. L'autre détective devait avoir un an ou deux de moins, et avait une forte carrure. Aucun d'eux n'avait l'air aussi mal à l'aise que lui-même. Peut-être étaient-ils plus habitués à le dissimuler.

— J'ai reçu le rapport de l'expert médical concernant la mort de Lucy Pickup, poursuivit Raymond Clarke, en se tournant vers un ordinateur.

Il ôta le gant chirurgical de sa main droite en le faisant rouler, et pressa une touche pour activer l'écran.

— Tout est là si cela intéresse certains d'entre vous. Il fait état d'un impact traumatique sévère sur la partie postérieure droite du crâne, plus particulièrement l'os pariétal et occipital, consécutif à une chute d'environ cinq mètres sur des dalles de pierre. Des fractures déplacées du crâne ont provoqué des hémorragies internes considérables et la force de l'impact a dû créer des ondes de choc destructrices dans le cerveau. La mort a dû être quasi instantanée.

Rushton et le plus grand des deux détectives se rapprochèrent de Clarke. Les trois hommes étudièrent l'écran. Harry resta là où il était. Il savait déjà comment Lucy Pickup était morte. Elle était tombée, avait fait une chute mortelle dans son église, et son petit crâne…

C'est ce crâne qu'il avait à présent sous les yeux. Le pathologiste pouvait prendre tout le temps qu'il voudrait, il savait que c'était Lucy.

— En outre, disait Clarke, la moelle épinière s'est rompue en deux endroits, entre les troisième et quatrième vertèbres lombaires et un peu plus haut, entre les cinquième et sixième vertèbres thoraciques. Il a également eu une fracture de la diaphyse fémorale droite.

Il quitta l'ordinateur, croisa le regard de Harry une seconde puis retourna au chariot.

— Si nous regardons la tête de la petite demoiselle, dit-il, eh oui, messieurs, je rejoins l'idée que c'était une petite demoiselle, nous pouvons voir l'étendue du traumatisme infligé au crâne.

Renfilant son gant, Clarke glissa la main sous le crâne et le tourna pour que l'auditoire puisse voir où les os s'étaient enfoncés.

— Ces lésions semblent compatibles avec une chute d'une hauteur considérable. Je n'ai pas encore eu l'occasion d'examiner convenablement la colonne vertébrale, mais si nous regardons sa cuisse droite, la fracture du fémur est assez visible. Vous voyez ?

— Pourrait-elle dater de la nuit dernière ? demanda le plus trapu des détectives.

Il devait être inspecteur, songea Harry. Un inspecteur nommé Russell. Luke Russell.

— Non, impossible, répondit Clarke. Mais si vous regardez les radios prises pendant l'autopsie du coroner, les lignes de fracture sont très similaires. Plus tard dans la journée, nous ferons d'autres radios. Nous pouvons comparer les deux, juste pour être sûr.

— Si son corps a subi un examen *post mortem*, demanda le grand détective mince, le plus âgé des deux, selon Harry, est-ce que ça ne serait pas flagrant ? N'est-on pas obligé d'ouvrir la poitrine, d'ôter les organes ?

— Si, en effet, convint Clarke. Une autopsie complète implique d'ouvrir la cage thoracique et d'ôter le sternum. Les organes internes sont extraits, examinés, mis dans un sac pour déchets organiques et replacés dans la cavité thoracique. Le sommet du crâne est scié de façon à pouvoir examiner le cerveau. Autant de signes difficiles à louper.

— Et…

— Malheureusement, cela ne nous aidera pas beaucoup dans ce cas précis parce qu'on n'a pas effectué d'autopsie interne complète de Lucy Pickup, rien qu'un examen externe. Ça tient toujours un peu du jugement personnel, que d'aller ou non jusqu'au bout de la procédure et d'ouvrir le corps. On tient compte des circonstances entourant la mort, on prend assez souvent en considération les vœux de la famille. À mon avis, l'expert n'a pas jugé nécessaire de faire la totale. Ce que nous avons, en revanche, ce sont des indices qu'un travail d'embaumement a été réalisé.

Clarke se tourna vers l'un de ses assistants.

— Passez-moi le sac, s'il vous plaît, Angela.

La plus âgée de deux assistantes de laboratoire s'empara d'un sac en plastique transparent, sur la paillasse derrière elle et le lui remit. Il le leva dans la lumière, faisant signe aux policiers d'approcher. Pour Harry, à l'arrière, le sac avait l'air vide.

— Ce que nous avons dans ce sac, dit Clarke, c'est un couvre-œil. Vous voyez ? Un peu comme une très grande lentille de contact. Les embaumeurs les utilisent pour sceller les paupières, et donner l'impression que les défunts reposent paisiblement.

Il glissa une main gantée dans le sac et en sortit le disque de plastique translucide.

— Nous avons trouvé ceci logé dans le crâne de numéro un, dit-il. Il devait être posé sur l'œil avec de l'adhésif pour maintenir la paupière en place.

Il le remit dans le sac et tendit ce dernier à son assistante.

— On a aussi trouvé des traces de fil de fer dans la mâchoire, dit-il. Compatible avec celui qu'utilisent les thanatopracteurs pour garder la bouche fermée. Et si vous regardez le crâne, messieurs…

Il retourna au corps sur le chariot. Les autres suivirent et se rassemblèrent autour de la tête. Harry se rapprocha juste assez pour faire preuve de bonne volonté. Clarke indiquait les endroits où les morceaux fracturés du crâne gisaient séparés de la tête.

— En regardant bien, dit-il, vous pouvez voir où le crâne a, semble-t-il, été recollé. Réparer une blessure de la sorte est typique de l'embaumement. Il n'est question que de préserver le corps et de le rendre aussi présentable que possible aux proches durant les jours précédant les funérailles. Chose intéressante, c'est le seul des trois qui montre des signes d'embaumement. On va envoyer des tissus pour les faire examiner, évidemment. Le formaldéhyde est une vraie cochonnerie, qui a tendance à persister un moment.

Clarke s'éloigna du corps, fit rouler ses gants pour les ôter et les lâcha dans une poubelle pour déchets organiques. Levant les bras, il en prit une nouvelle paire d'un distributeur et les enfila.

— On peut aussi faire une analyse ADN, pour être absolument certains. Je crois comprendre que les parents viennent ce matin, mais si vous me posez la question, je suis sûr, à 95 %, que c'est la petite demoiselle dont la tombe a été dérangée la nuit dernière. C'est Lucy Pickup.

Nul ne dit mot. Au-dessus de leurs têtes, les ventilateurs du système de climatisation suggéraient une fraîcheur que Harry ne ressentait absolument pas.

— Bien, dit Clarke, et Harry s'attendit presque à ce qu'il se retrousse les manches. Nous en avons terminé avec le plus facile. Jetons à présent un œil à ses deux amis, voulez-vous ?

L'inspecteur Russell lança un regard à Harry, se demandant peut-être comment celui-ci réagirait à la moindre manifestation d'irrespect. Harry baissa les yeux. Quand il les releva, le pathologiste s'était tourné vers le second chariot. Les autres firent cercle autour.

— Cet enfant a presque la même taille, remarqua l'inspecteur. Comment pouvez-vous être sûrs qu'il ne s'agit pas de Lucy Pickup ?

— Ces restes n'ont pas passé dix ans sous terre, répondit Clarke, sans même prendre le temps de réfléchir. Je serais bien étonné qu'ils y aient passé plus de deux ou trois mois. L'état de conservation n'a rien à voir.

Harry fit un pas en avant et l'inspecteur Russell s'écarta pour lui permettre de s'approcher du chariot.

— Numéro trois est dans le même état, dit Clarke, indiquant le troisième chariot. Vous voyez ?

— Pas squelettisés du tout, dit Rushton. Ils ont encore de la peau. Ils ont l'air…

— Secs ? suggéra Clarke tout en hochant la tête. Ils peuvent. Ils sont momifiés.

Le regard de Harry passa d'un enfant à l'autre. Ils étaient, comme l'avait dit le pathologiste, complètement secs, comme si quelque chose avait aspiré toute l'humidité de leurs corps. Leur peau était flétrie, noire comme du vieux cuir, tendue comme du film alimentaire autour de leurs petits os. Leurs cuirs chevelus étaient encore couverts de cheveux, il y avait de minuscules ongles sur leurs mains.

— Incorruptibles, murmura-t-il pour lui-même.

— Il n'y a pas de bandages, constata l'inspecteur Russell. Je pensais que les momies étaient enveloppées dans des bandelettes.

— Dites « momies » et tout le monde pense à l'Égypte antique. Mais, à proprement parler, une momie n'est qu'un corps dont la peau et les organes ont été préservés par exposition à quelque chose, genre produits chimiques, froid extrême ou absence d'air. Les Égyptiens et quelques autres cultures créaient leurs momies de manière artificielle, mais on trouve des corps se momifiant naturellement dans le monde entier. Plus généralement sous les climats froids, secs.

— Ça ne peut pas se produire sous terre ? demanda Rushton.

Clarke secoua la tête.

— Pas dans un sol normal, en tout cas. Les tourbières ont la particularité d'empêcher l'oxygène de parvenir au corps, ce qui interrompt le processus de décomposition. C'est pour ça qu'on trouve tant de corps préservés dans la tourbe.

— Pourrait-il s'agir de corps préservés dans la tourbe ?

— J'en doute. Pas de trace de coloration. Mon idée, c'est que ces deux-là ont été préservés hors sol, dans un endroit froid et sec, où l'apport d'oxygène était limité. À un moment donné, durant les deux ou trois derniers mois – on peut faire vérifier l'activité des insectes par un entomologiste, qui nous donnera une idée plus précise –, ils ont été déplacés de l'endroit où ils étaient conservés et mis dans la tombe avec Lucy. À votre place, messieurs, je me demanderais pourquoi.

Pendant quelques secondes, il n'y eut aucun bruit dans la pièce si ce n'est celui des respirations.

— St Barnabé numéro deux devait mesurer environ 105 centimètres, reprit Clarke, ce qui la situe dans la tranche d'âge des trois à cinq ans. D'après ce que je peux dire des sutures crâniennes, elle devait se situer dans la moitié supérieure de cette tranche, autour de 4 ans, peut-être. Nos meilleurs amis, cependant, dans ces cas-là, sont les dents.

Il indiqua la zone autour de l'os de la mâchoire.

— La dentition primaire est constituée de vingt dents, communément appelées dents de lait. Ces dents commencent à percer autour de six mois et sont en général toutes sorties vers trois ans. À partir du vingt-quatrième mois, à peu près, les dents adultes commencent à se former sous les dents de lait.

Il passa un doigt ganté le long du maxillaire.

— On commence à perdre ses dents de lait vers cinq ou six ans, poursuivit-il. Certes, cela varie énormément d'une famille à l'autre, mais un enfant qui a perdu plusieurs de ses dents de lait de devant a vraisemblablement sept ou huit ans. Les dents adultes sortent dans un ordre qui a l'air aléatoire, mais qui ne l'est pas. Ce qui permet relativement aisément de donner un âge au crâne d'un jeune enfant. Il existe même d'assez bons tableaux que je peux vous montrer, une fois qu'on aura nettoyé les os et qu'on pourra voir les dents correctement.

— Une idée à ce stade ? demanda l'inspecteur, dont Harry n'arrivait pas à retrouver le nom. Dave ? Steve ?

— Délicat jusqu'à ce qu'on fasse des radios, mais d'après ce que je peux voir, numéro deux semble avoir une dentition de lait complète, suggérant que l'enfant aurait entre quatre et six ans.

— Garçon ou fille ? demanda Rushton.

Les deux détectives regardèrent leur officier supérieur, avant de revenir au corps.

— C'était une fille, dit Clarke. Grâce à la momification, je peux le dire avec une quasi-certitude.

— Un autre que moi pense-t-il ce que je pense ? demanda Rushton, qui leva les yeux au plafond.

— Je crois qu'on le pense tous, patron, dit l'inspecteur Russell.

Pas moi, songea Harry.

— J'ai raté quelque chose ? s'enquit Clarke, les interrogeant successivement du regard.

— Megan Connor, dit Rushton. Quatre ans. Une enfant du pays. Disparue dans les landes pas loin d'ici il y a six ans. La plus grosse affaire de ma carrière. Des recherches à grande échelle. On n'en a pas trouvé trace.

Il se tourna vers Harry.

— Ça vous évoque quelque chose, révérend ?

Harry hocha la tête.

— Je crois, oui.

L'histoire avait fait la une des journaux pendant pas mal de semaines.

— Pour être honnête, cependant, je n'avais pas fait le rapprochement entre cette affaire et la région. Je n'avais pas vraiment réalisé où cela s'était produit.

— À moins de trois kilomètres d'Heptonclough, dit Rushton. La petite s'est éloignée de ses parents pendant un pique-nique. On ne l'a jamais revue.

Il se retourna vivement vers le pathologiste.

— Des vêtements sur le corps, Ray ?

— Oui. Celle-là portait une tenue imperméable, répondit Clarke. Un imper et des bottes. On n'a retrouvé qu'une botte, cependant. Elle est là. Pointure…

— 28, rouge, dit Rushton, qui contemplait l'enfant morte. L'imper est rouge, lui aussi, à capuche, à motifs coccinelles. Je me trompe ?

— Non, dit Clarke. On les a ôtés et mis dans un sac.

— Je vois ces vêtements dans mes rêves, poursuivit Rushton. Où sont-ils ?

— Là, indiqua Clarke.

Il fit demi-tour et contourna le troisième chariot jusqu'à la paillasse. Une série de grands sacs en plastique était alignée méthodiquement. Il prit le premier, puis un autre et les tendit à Rushton. Les deux avaient été étiquetés avec des lettres et des chiffres. Rushton saisit le sac contenant une petite botte et secoua doucement la tête.

— Elle portait aussi un jean et une espèce de pull, ajouta Clarke. Et des sous-vêtements. Ça devrait faciliter l'identification.

— Je me sens soulagé qu'elle ait été enterrée avec ses vêtements, les amis, dit Rushton, toujours incapable de quitter la botte des yeux. Qu'est-ce que ça signifie chez moi ?

Nul ne répondit.

— Une idée de la cause de la mort, Dr Clarke ? demanda le détective au cheveu rare. Les os du crâne semblent…

— Oui, n'est-ce pas, convint Clarke. Des lésions très similaires à celles de la première enfant. Impact traumatique sévère infligé au crâne, surtout les os pariétaux et frontaux, et dans le cas présent, nous avons une clavicule droite fracturée, une fracture de la diaphyse humérale droite et une fracture distale du radius droit. Certainement compatible avec l'hypothèse d'une chute, encore qu'il soit très difficile de dire si cette chute est antérieure ou postérieure à la mort.

— Donc ces deux enfants sont tombés d'une hauteur considérable ? interrogea Rushton. Quel est votre degré de certitude en ce qui concerne numéro deux ? Est-il possible que ses os se soient brisés d'une autre façon ? Est-il possible qu'elle… que les deux aient été battues ?

— Peu probable, si l'on regarde le genre de lésions, dit Clarke. Numéro un a subi un traumatisme à l'arrière du crâne, à la colonne et à la cuisse droite, ce qui est compatible avec une chute d'une certaine hauteur, avec atterrissage sur le dos. Les lésions de numéro deux sont toutes sur le côté droit du corps, ce qui correspondrait à nouveau à une chute avec atterrissage sur le côté droit, peut-être après avoir avancé le bras droit pour se protéger. Quand les enfants sont battus, leurs blessures sont plus aléatoires. Elles se concentrent généralement autour de la tête et sur le haut du torse, même s'il arrive qu'on voie des lésions sur les bras si l'enfant tente de se défendre. Il n'y a pas de lésions de défense flagrantes sur ces deux-là.

— Ces fractures auraient-elles pu survenir la nuit dernière quand la tombe s'est ouverte ? demanda l'inspecteur.

— Je ne peux pas l'exclure, dit Clarke. Rien n'indique que ces os aient commencé à se ressouder, donc les fractures se sont certainement produites peu avant la mort ou *post mortem.* Mais le sol était profondément détrempé et ramolli, et d'après ce qu'on m'a dit, les restes se sont éboulés plus qu'ils ne sont tombés. Une hauteur de... près de deux mètres.

Il reporta son regard sur les dégâts infligés au crâne de numéro deux.

— J'en doute fort, messieurs. Tout le monde est prêt pour numéro trois ?

Non, songea Harry.

Le cercle autour du chariot se scinda et s'écarta, pour se reformer autour du troisième et dernier corps. Harry fut le dernier à prendre sa place.

— Troublantes similitudes, racontait Clarke. Une autre enfant toute jeune, dépouille largement momifiée. Ce que je peux voir de ses dents et du développement de ses os suggère qu'elle a entre deux et cinq ans. Son poids indiquerait...

— Elle était habillée hier soir quand je l'ai vue, coupa Harry. Qu'est-il advenu de...

— Ôtés et mis en sac, répondit Clarke, plissant les yeux et regardant Harry de plus près. Pourquoi ?

— Je peux le voir ?

— Que se passe-t-il, mon vieux ? s'enquit Rushton.

— Je ne suis pas sûr, répondit Harry. Il faisait noir hier soir. Je n'avais sans doute pas les idées claires. Est-il possible de voir la chemise de nuit, ou ce que c'était, je ne sais plus quoi au juste ?

Clarke hocha la tête à l'intention de la plus jeune de ses deux assistantes, qui s'avança vers la paillasse et vérifia un certain nombre de sacs en plastique avant d'en soulever un et de le rapporter. Harry prit le sac et le souleva dans la lumière.

— C'est un haut de pyjama, dit l'assistante de laboratoire.

C'était une jeune femme, guère plus de vingt-cinq ans, mince, avec des cheveux courts, bruns.

— On doit récupérer la terre qui y adhère, l'inspecter pour voir s'il n'y a pas trace d'indices probants après quoi on le lavera, poursuivit-elle. Ce sera bien plus facile de voir après.

— Rien que le haut ? s'enquit Harry.

— C'est tout ce qu'ils ont trouvé pour l'instant, répondit la fille. Le bas resurgira peut-être cet après-midi. Mais c'est un vêtement qui se distingue du pyjama lambda. Fait maison, d'après ce que je vois. Pas d'étiquette ni d'instructions pour le lavage, et ces animaux ont l'air d'avoir été brodés à la main.

— C'est le cas, dit Harry, qui regardait un hérisson miniature.

— Qu'avez-vous en tête, pasteur ? demanda Rushton.

Harry se tourna vers le pathologiste.

— Pourrait-il s'agir des restes d'une petite fille de vingt-sept mois ? Morte depuis trois ans, environ ?

— Eh bien… rien n'indique le contraire, en tout cas, dit Clarke.

— Que se passe-t-il ? le pressa Rushton. C'est qui, selon vous ?

— Une petite nommée Hayley Royle, dit Harry. Sa mère est l'une de mes paroissiennes. On a cru l'enfant morte dans un incendie il y a trois ans.

Tout le monde dans la pièce le regardait. Soudain, il n'avait plus chaud. Un filet de sueur froide coulait le long de son épine dorsale.

— Le pyjama lui venait de quelqu'un d'autre, continua Harry, se retournant vers le corps de Lucy. De la mère de cette enfant-ci, assez curieusement, ajouta-t-il. C'est sa tante qui l'a fait, il est unique.

Tous le dévisageaient. Ce qu'il disait n'avait, sans doute, aucun sens. Puis Rushton se tourna vers le médecin légiste. Il resta muet, se contenta de lever les mains en une interrogation muette.

— Il n'y a pas trace de brûlures, pour autant que je puisse voir, intervint Clarke. L'incendie a été important ?

— Il a duré des heures, répondit Harry. La maison n'est plus qu'une carcasse, aujourd'hui. On n'a jamais retrouvé le corps de l'enfant.

Les policiers échangeaient des regards furtifs.

— La mère était convaincue que l'enfant n'était pas morte dans l'incendie, poursuivit Harry. Elle pensait que Hayley avait pu sortir de la maison on ne sait comment, et s'était égarée dans la lande. Peut-être l'a-t-elle fait, pour finir.

— Bon Dieu de merde… marmonna l'inspecteur Russell. Désolé, pasteur.

— Pas de problème, dit Harry. Si cette enfant n'a pas brûlé, comment est-elle morte ?

Clarke ne trouvait plus ses mots.

— Elle est tombée, elle aussi ? demanda Harry, tout en pensant : évidemment que oui.

Hayley était tombée de la galerie de son église. Comme Lucy. Comme Megan Connor. Leur sang devait se trouver sur les dalles, la police vérifierait plus tard dans la journée, ils en trouveraient des traces. Il ferma les yeux. Millie Fletcher avait failli devenir la quatrième victime.

Clarke avait repris la parole.

— Oui, je crains que ce soit le cas. Elle a des lésions au crâne, au massif facial, aux côtes et au bassin. Elle est tombée d'une certaine hauteur et a atterri de face.

— Oh, je pense qu'on peut cesser de prétendre que ces enfants sont *tombées*, conclut Rushton.

53

— Ça ne peut pas être Hayley, dit Evi à voix basse, même s'ils étaient seuls dans un coin de la réception de l'hôpital. On a trouvé ses restes.

— Non, dit Harry, qui avait toujours trop chaud dans sa chemise et sa veste noires et son col d'ecclésiastique serré. D'après Gillian, il n'y avait pas trace…

— Oui, je sais ce qu'elle vous a dit. Elle m'a raconté la même chose. Mais elle mentait. Oh merde, c'est parfaitement inconvenant. (Evi se recula sur son siège et se passa une main sur la figure.) Je ne devrais vraiment pas parler de ça.

Harry poussa un soupir.

— N'existe-t-il pas d'exception à la règle qui vous autorise à briser le secret professionnel si vous pensez que les jours de quelqu'un sont en danger ?

— Eh bien… oui, mais…

Harry posa une main sur le bras du fauteuil roulant d'Evi.

— Evi, je viens de voir trois enfants en bas âge, toutes décédées de manière très similaire, dont deux n'auraient jamais dû se trouver dans cette tombe pour commencer. Je ne pense vraiment pas que les règles normales s'appliquent encore.

Evi baissa les yeux sur le sol une seconde, puis parut se décider.

— Je suis allée voir les pompiers qui étaient de garde quand la maison de Gillian a pris feu, répondit-elle, sans relever la tête. Ils ont trouvé les restes de Hayley le jour suivant. Rien que des cendres et des fragments osseux, très proches de ce que l'on obtient après une crémation, mais des restes humains, à n'en pas douter. Les os ont été examinés.

Harry eut l'impression qu'elle venait de lui porter un coup à l'estomac.

— Bon, si c'est le cas, je me suis trompé. Le bon docteur Clarke va m'adorer. (Ils allaient tous l'adorer.) Je suis sûr quc j'ai entendu Gillian parler de ce que Hayley portait ce dernier soir. Et comme Jenny m'avait raconté que ç'avait été cousu par sa sœur, eh bien… il n'y avait apparemment plus de place pour le doute.

Evi avait l'air aussi soucieuse qu'il l'était lui-même.

— Gillian a dû se tromper, dit-elle. Les traumas sévères peuvent jouer des tours à la mémoire des gens. Peut-être qu'elle a offert le pyjama à quelqu'un d'autre et qu'elle a oublié. S'il est unique, ça aidera toujours à identifier le corps.

— Peut-être. Le problème, c'est que le secret est éventé, maintenant. La police va devoir lui parler. Je ne suis pas sûr qu'elle va bien le supporter.

— Je peux y aller maintenant, dit Evi. J'ai annulé tous mes rendez-vous pour aujourd'hui.

Harry entendit des pas approcher. Quand il leva les yeux, Rushton se tenait sur le pas de la porte.

— Nous sommes prêts à aller trouver Mrs Royle maintenant, révérend, annonça-t-il. Vous êtes d'attaque ?

— Bien sûr, répondit Harry.

Il se leva et se tourna vers Evi. Le dossier de sa chaise était pourvu de deux poignées, de part et d'autre de ses épaules.

— Puis-je ?…. proposa-t-il.

— N'y songez même pas, rétorqua-t-elle sèchement. Allons-y.

54

Gillian semblait tanguer sur le seuil de la porte quand son regard s'ancra enfin dans celui de Harry.

— Vous ne m'aviez pas dit que vous veniez ce matin, lança-t-elle, avant de décocher un regard furtif à Evi.

— Gillian, je vous présente le commissaire divisionnaire Rushton, déclara Harry. Nous avons besoin de vous parler, je le crains. Pouvons-nous entrer ?

Les yeux de Gillian s'écarquillèrent légèrement, puis elle fit demi-tour et remonta chez elle. Harry laissa Evi la suivre, puis grimpa à son tour. Rushton ferma la marche.

L'appartement avait été nettoyé depuis la veille, apparemment. Harry espéra que cela n'avait pas été fait à son intention.

— Que se passe-t-il à l'église ? s'enquit Gillian, comme ils entraient tous dans le petit séjour. Il y a des voitures de police stationnées devant depuis ce matin.

Par la fenêtre derrière Gillian, Harry voyait la route principale serpenter vers l'église. La pluie de la nuit précédente avait laissé une fine brume dans son sillage. Les angles des bâtiments bordant la rue s'estompaient, comme effacés à la gomme.

— C'est en partie la raison pour laquelle nous sommes ici, expliqua Harry. Il s'est passé quelque chose à l'église la nuit dernière. (Il se tourna vers Rushton.) Commissaire, ça vous ennuie si je ?....

— Non, je vous en prie, continuez, répondit Rushton, se laissant choir dans un fauteuil.

Harry attendit que Gillian et Evi aient toutes deux pris place. Evi opta pour le second fauteuil, Gillian s'assit au milieu du canapé. Harry s'y installa à son tour, à moitié assis, et à moitié adossé à côté d'elle.

— Gillian, il s'est passé quelque chose qui pourrait vous être pénible, commença-t-il. C'est pourquoi j'ai demandé au docteur Oliver de venir.

Gillian parut remarquer la présence d'Evi à l'instant.

— Vous vous rappelez quand vous m'avez raconté la nuit où votre ancienne maison a pris feu ? demanda Harry. La nuit où Hayley a trouvé la mort ?

Gillian ne dit rien, se contenta d'un hochement de tête, sans quitter le visage de Harry des yeux. Il se demanda si elle ne s'était pas remise à boire. Il y avait quelque chose de pas tout à fait...

— Vous vous rappelez le pyjama qu'elle portait ?

À ces mots, Gillian se redressa. Son regard s'anima et passa de Harry à Rushton.

— Que s'est-il passé ? demanda-t-elle.

Elle avait soudain l'air effrayée.

— Mrs Royle, intervint Rushton, qui se penchait en avant.

Dans le petit séjour, tous semblaient incommodés par la promiscuité.

— Tôt ce matin, nous avons trouvé les restes d'un petit enfant vêtu d'un pyjama très semblable à celui que vous avez décrit au révérend Laycock. Est-il possible que vous vous soyez trompée au sujet de la tenue que portait votre fille ?

— Vous l'avez trouvée ?

Gillian s'était avancée au bord de la banquette, sur le point de bondir.

— On a trouvé *un enfant*, coupa Harry, posant une main avec douceur sur le bras de Gillian.

Du coin de l'œil, il voyait Evi et Rushton qui s'apprêtait à se lever.

— Mais on ne saisit pas comment ça pourrait être Hayley.

— Je le savais.

Ses doigts lui agrippaient la main.

— Je savais qu'elle n'avait pas brûlé. Où était-elle ? Que lui est-il arrivé ?

— Mrs Royle.

La voix de Rushton était suffisamment forte pour réduire Gillian au silence un instant.

— J'ai vu le rapport du chef de caserne présent lors de l'incendie de votre maison. D'après ce document, on a retrouvé les restes de votre fille. Ils vous ont été remis peu de temps après.

— Non, rétorqua sèchement Gillian, fusillant Rushton du regard.

— Non ? répéta Harry.

— Ce qu'ils m'ont donné n'était pas Hayley. J'en suis sûre.

Elle se tourna pour lancer un nouveau regard noir à Rushton.

— Ils essayaient de se débarrasser de moi avec une poignée de cendres. Je sais qu'elle est sortie de la maison. Arrêtez de vous regarder tous comme si vous pensiez que je suis folle, je sais de quoi je parle.

— Gillian, qu'est-il advenu des cendres que les pompiers vous ont remises ? demanda Evi. Qu'en avez-vous fait ?

Gillian se leva si vite que Harry faillit perdre l'équilibre. Il la regarda traverser la pièce et disparaître dans la cuisine. Une porte de placard s'ouvrit, des objets furent déplacés. Il se tourna vers Evi, qui haussa discrètement les épaules. L'instant d'après, Gillian était de retour, portant une jarre métallique à deux mains. On aurait dit… ça avait bien l'air de ce que c'était : une urne. Harry se leva à son tour.

Gillian s'arrêta devant la petite table basse posée au milieu du tapis. Elle tomba à genoux et passa une main sur le plateau. Un magazine et son porte-monnaie tombèrent par terre.

— Gillian, non ! lança Evi, une fraction de seconde avant que Harry ne comprenne ce que la fille s'apprêtait à faire.

— Oh, mon Dieu, marmonna Rushton, se levant à son tour.

Gillian avait ôté le couvercle de l'urne et la renversait. Les cendres s'en déversaient, créant un petit nuage au-dessus de la table. Harry entendit des fragments durs tomber sur le bois. Quelque chose de gris, d'environ cinq centimètres de long, atterrit sur le tapis à ses pieds.

— Ce n'est pas Hayley ! hurla Gillian. Je le saurais.

Evi se trouvait à côté de Gillian sur le tapis. Un bras autour des épaules de la jeune femme, l'autre sur sa main, tentant de la retenir, de l'empêcher de projeter les cendres dans toute la pièce.

— C'est bon, je m'en occupe.

La main de Harry effleura celle d'Evi l'espace d'un instant, puis il releva Gillian et lui ôta l'urne vide de la main. Elle se détendit aussitôt et se tourna vers lui, sanglotant contre son épaule. Dieu du ciel, qu'avait-il déclenché ?

— Docteur Oliver, n'y touchez pas, s'il vous plaît, déclara Rushton.

Harry tourna la tête, conscient d'avoir des cheveux de Gillian collés sur la figure. Evi, toujours agenouillée, avait ramassé l'urne et semblait sur le point d'y repousser les cendres.

— Je vais le faire, dit Rushton, lui reprenant la jarre.

Quatre têtes pivotèrent simultanément quand ils entendirent la porte d'entrée s'ouvrir et des pas gravir les marches. Serrant fermement Gillian dans ses bras, Harry parvint à la reconduire vers le canapé. Il l'invita doucement à s'asseoir puis se retourna vers Evi. Elle était toujours à genoux sur le tapis. Sans attendre sa permission, il posa ses mains sur sa taille, la releva et l'aida à regagner son fauteuil.

— Merci, dit-elle entre ses dents.

Sa lèvre inférieure semblait trembler. Derrière elle, il vit Gwen Bannister, la mère de Gillian, debout sur le seuil, découvrant la scène. Rushton avait commencé à ramasser les cendres. Gillian sanglotait à nouveau, la tête sur ses genoux, ses cheveux blonds traînant jusqu'à terre. Evi fouillait dans son sac. Harry s'attendait presque à ce que la nouvelle venue fasse demi-tour et s'en aille.

— Commissaire Rushton, j'aimerais donner quelque chose à Gillian pour la soulager, dit Evi. Avez-vous encore des questions à lui poser ?

— Pas pour le moment, répondit Rushton. Je vais emporter ces cendres, les faire analyser de nouveau. D'après ce que je comprends, les tests ont certifié voici trois ans qu'il s'agissait d'ossements humains. Je pense qu'il nous faut un peu plus de précisions que ça.

— Peut-être Gillian devrait-elle se reposer un peu, suggéra Evi, qui tentait de se relever à nouveau.

Gwen traversa la pièce et s'empara de la main de sa fille.

— Allez viens, chérie, dit-elle, forçant Gillian à se lever. Viens t'allonger un moment.

Tandis que les deux femmes s'éclipsaient dans la chambre de Gillian, Harry poussa un soupir de soulagement.

— Avez-vous besoin que Gillian identifie le haut de pyjama ? demanda-t-il.

Il savait qu'il se trouvait dans la mallette de Rushton, ensaché et étiqueté.

Rushton secoua la tête.

— Je ne pense pas qu'elle fasse un témoin valable, et vous ? Et la femme qui l'a cousu ? Christiana, l'aînée de Sinclair, avez-vous dit ?

Harry hocha la tête.

— C'est ce que m'a dit Jenny. Ce pyjama a été cousu pour Lucy. Elle le trouvait trop beau pour le jeter, et quelques années après la mort de Lucy, elle l'a donné à Gillian pour sa fille.

Harry s'interrompit. Des vêtements faits pour une enfant décédée avaient été offerts à une autre. Les deux avaient fini dans la même tombe.

— Un sacré bordel, conclut Rushton, qui semblait partager les pensées de Harry. Bon, je ferais mieux de me rendre chez les Renshaw. Voir si je peux y trouver quelqu'un qui ait encore suffisamment sa tête pour tenir des propos sensés.

— Je vous raccompagne, dit Harry. Au moins, jusqu'à l'église. J'ai besoin de voir dans quel état, au juste, se trouve le cimetière. Mon archidiacre aura besoin d'un rapport. Et vous, Evi ?

Evi jeta un coup d'œil en direction de la porte de la chambre.

— Je ferais mieux de rester un moment, dit-elle.

— Vous m'appelez quand vous avez fini ? demanda Harry.

Il lui adressa un bref sourire et se détourna pour partir. Rushton lui emboîta le pas, des restes humains sous le bras.

55

— Avez-vous parlé aux parents de Megan Connor ? demanda Harry, qui se rendait chez les Fletcher en compagnie de Rushton.

En haut de la colline, le brouillard était plus dense. Il semblait presque suinter de la pierre, s'attardant dans les recoins et sous les avant-toits. Il charriait avec lui des effluves de la lande : Harry y humait une odeur de terre mouillée et, en dépit de toute cette pluie, un soupçon de l'odeur de feu de bois de la soirée précédente.

— Oui, ils sont en route, acquiesça Rushton. Ils vivent désormais à Accrington, ils ont déménagé deux ans après les événements. Je les vois dans une heure. J'aurais bien aimé avoir plus de réponses à leur donner.

Harry se rappelait avoir vu à la télévision l'appel éploré des Connor pour que leur fille leur soit rendue saine et sauve. L'histoire avait fait la une aux infos du soir plusieurs jours d'affilée. Les recherches menées par la police s'étaient élargies au pays tout entier et l'on avait rapporté avoir aperçu Megan jusqu'au pays de Galles et sur la côte sud. Et pourtant, elle se trouvait à moins d'un kilomètre de l'endroit où elle avait disparu.

— Il y a une chose que je ne comprends toujours pas, dit Harry, c'est que le pathologiste était catégorique : les deux filles que nous pensons être Megan et Hayley n'ont pas passé plus de quelques mois en terre. Leurs corps ont donc été conservés quelque part – pendant six ans dans le cas de Megan ; trois, dans celui de Hayley. Toutes deux étaient d'ici. Le bon sens voudrait que ç'ait été dans le coin.

Plusieurs membres de la police se trouvaient dans l'allée des Fletcher, ainsi qu'un autre groupe, non loin, habillé de façon plus décontractée : des journalistes, comprit Harry, la mort dans l'âme.

— Je suis à vous dans une minute, mesdames et messieurs, lança Rushton à l'équipe de police. Vous me demandez si nous avons correctement cherché quand Megan a disparu, c'est bien ça, révérend ?

— Pardon, je ne voulais pas…

Les journalistes les avaient repérés, et commençaient à se rapprocher d'eux en contournant le cordon de sécurité.

— La réponse est oui, nous avons fait plus que le nécessaire, dit Rushton à voix basse, jetant un coup d'œil aux reporters. Il y a eu jusqu'à cinquante agents ici à un moment donné, et presque tout le monde en ville nous a offert son aide. Non seulement nous avons fouillé la ville, mais nous avons fouillé le pays tout entier. Chaque ruine, toutes les stations de pompage hydraulique, le moindre buisson, le moindre tas de pierres. Nous avons fait appel à des chiens entraînés à ne ramener que de la chair en décomposition. Ils ont trouvé deux cadavres récents. Un lapin, pour l'un, dans ce vieux cottage qui appartient aux Renshaw. Un chat domestique, pour l'autre. Comme on leur apprend à délaisser les cadavres d'animaux, ça ne nous a pas pris trop longtemps.

— Alors comment… ?

Harry laissa la question en suspens.

— On a aussi fait balayer toute la région par hélico, avec un équipement permettant de détecter la chaleur d'un corps en décomposition. Il nous a dégotté un blaireau, un cerf, quelques lapins de plus et un faucon pèlerin auquel il manquait une aile. Pas de petites filles.

— Commissaire Rushton…

L'un des reporters, un jeune homme d'une vingtaine d'années, se dévissait la tête pour mieux voir Harry et Rushton par-dessus l'épaule d'une femme agent de police.

— Aussi suis-je enclin à penser que si les chiens et l'hélico et la moitié du comté du Lancashire traînant dans le coin n'ont pas trouvé Megan, c'est parce qu'elle n'y était pas au moment des recherches. Pour ce qui est d'Hayley, évidemment, nous ne l'avons pas cherchée, puisque nul ne savait qu'elle avait disparu.

À part sa mère, songea Harry. L'un des inspecteurs présents à l'autopsie venait vers eux. C'était le plus âgé et le plus haut gradé des deux, celui au cheveu rare et aux cils invisibles. Celui qui portait un nom genre Dave, ou Steve.

— Encore deux secondes, je vous prie, Jove, fit Rushton.

Jove ?

— L'une des questions que je pose maintenant, c'est pourquoi personne n'a remarqué qu'on avait touché à la tombe de la petite Lucy. Encore que jusqu'à ce que vos amis les Fletcher bâtissent ici, nul n'ait eu une vue plongeante sur ce coin du cimetière. Quelqu'un travaillant sans bruit, de nuit, prenant soin d'effacer ses traces, eh bien… en fait, je peux comprendre comment il a pu s'en tirer. Et s'il a eu la chance d'avoir un brouillard comme celui-ci, il a peut-être même pu agir en plein jour.

Il se retourna vers le bas de la pente et s'adressa aux reporters.

— Conférence de presse à 15 heures, mesdames et messieurs, je serai heureux de vous parler à ce moment-là, fit-il d'une voix forte. Bien, mes chers camarades. Sur un ton normal, redressant les épaules, il s'adressait à ses collègues. Qu'avez-vous pour moi ?

L'inspecteur au cheveu rare qui, Harry venait de l'apprendre, portait donc le nom d'un dieu romain, remplaça Harry auprès de Rushton et les invita à retourner au cimetière. Harry et le brigadier qu'il se rappelait avoir vu à l'autopsie leur emboîtèrent le pas. Maintenant qu'il n'était plus vêtu de sa tenue chirurgicale, la constitution robuste du brigadier était plus manifeste. Son pantalon tirait légèrement autour de la taille.

— Vous verrez mieux de là-haut, expliqua Jove, tandis qu'ils franchissaient l'entrée et empruntaient l'allée menant à l'église.

Harry n'arrivait pas à voir le sommet de la tour. Même les arêtes des arches les plus hautes se perdaient dans une brume grise.

— Ils ont ôté les bâches tant qu'il ne pleut plus, poursuivit-il. Pour travailler à la lumière du jour tant que c'est possible.

Il leva les yeux.

— Pour ce qu'elle vaut…

— Autre chose, jusqu'ici ? s'enquit Rushton.

Les quatre hommes marchaient vite, longeaient l'église et obliquaient en direction de la zone protégée par une tente, près du mur. Un agent en uniforme gardait l'entrée.

— L'autre moitié du pyjama, dit Jove à voix basse. Avec des traces de sang. On l'a envoyé au labo. Et quelques autres ossements. Ne saurais vous dire lesquels, mais ils avaient l'air tout petits. Oh, et est-ce que vous savez que la tombe à droite de celle qui s'est effondrée, quand on regarde la maison, appartient à une famille, les Seacroft ?

— Oui, l'encouragea Rushton.

Ils avaient atteint la tente de police. L'agent recula d'un pas pour les laisser passer. Harry fut le dernier à entrer. Les parois de polyuréthane ne masquaient que trois côtés. On donnait directement sur le jardin des Fletcher. Trois techniciens de la PS y étaient également à l'œuvre. Deux d'entre eux transportaient apparemment au bout du terrain les pierres ayant été délogées du mur. Une minuscule statue d'enfant avait été déposée parmi elles. Les stores étaient toujours baissés dans la maison.

— Bien, on voit le cercueil, à présent, dit Jove. Et là, un joli panneau de chêne. On ne l'avait pas repéré la nuit dernière, mais le flanc est presque complètement dégagé, comme vous voyez.

Harry examina le bois, taché d'humidité, s'effritant par endroits.

— On ne peut pas le laisser comme ça, dit Jove, alors on va le soulever et faire venir Clarke pour qu'il y jette un œil. S'il y a quoi que ce soit de suspect, on envoie le tout au labo.

— Très bien, répondit Rushton. Il faut faire la même chose avec l'autre côté. Quelqu'un a-t-il rempli une demande d'exhumation ?

— Je pense, monsieur, mais je vais vérifier.

— Il y a une immense cave sous l'église, dit Harry, incapable de garder le silence plus longtemps. Froide et sèche. Le genre d'endroit qui pourrait produire des momies. Elle est restée fermée pendant des années. Vous l'avez fouillée quand vous cherchiez Megan ?

— Oui. (Rushton fit un signe affirmatif de la tête.) Sinclair l'a ouverte pour nous. Tous les anciens sarcophages ont été ouverts. On a aussi fait descendre les chiens. Pas un sniff, si vous voulez bien me pardonner l'expression. Ils se sont pas mal excités dans l'église elle-même un moment, sur les marches conduisant au sommet de l'un de ces vieux clochers.

— Et ? souffla Harry, qui se tourna pour regarder l'église.

Seul le plus proche des quatre clochetons, celui dans l'angle sud-ouest, était visible de là où il était.

— Trois pigeons morts, dit Rushton. Je les sentais moi-même avant d'avoir escaladé la moitié des marches.

— Vous revérifierez la cave ? demanda Harry. C'étaient des filles d'ici. Elles ont été kidnappées ici et retrouvées ici. Il a bien fallu qu'on les conserve quelque part dans le coin.

C'est tout juste si Ruhston lui jeta un regard.

— Merci, révérend, la police a quelque expérience en matière d'enquêtes criminelles.

Une radio se mit à grésiller. Jove ôta le récepteur de sa ceinture et se détourna du groupe.

— Inspecteur Neasden, marmonna-t-il.

Au bout d'un moment, il se retourna vers son chef.

— On a besoin de vous dans la maison, patron, dit-il. Ils ont trouvé quelque chose.

— Elle est partie pour combien de temps ? s'enquit Gwen Bannister.

— Difficile à dire, répondit Evi. Le Témazépam est un sédatif très léger et je ne lui en ai pas donné beaucoup. Quelqu'un d'un peu plus en forme, mettons avec une plus forte masse corporelle, se sentirait seulement très somnolent, peut-être un peu défoncé. Gillian doit être épuisée pour s'être endormie aussi rapidement.

Le visage de Gillian s'était détendu, avait perdu un peu de la crispation de cette dernière demi-heure. Elle avait l'air plus jeune, plus douce. Un bras était étendu en travers de l'oreiller. Le tee-shirt à manches longues qu'elle portait s'était relevé pratiquement jusqu'au coude. Evi tendit la main, s'empara doucement du bras de Gillian et remonta le tissu un peu plus haut.

— Je pensais qu'elle allait mieux, dit sa mère, inspectant les cicatrices livides, récentes, sur l'avant-bras de la fille. Elle a fait des progrès, depuis qu'elle vous voit.

— Certaines choses prennent du temps. Il est encore très tôt.

Gwen se tourna vers la porte.

— Venez, mon petit, vous ne devriez pas être debout. Que diriez-vous de quelque chose de chaud ?

— Bien volontiers, répondit Evi. Le petit déjeuner me paraît loin, déjà.

— Thé ou café ?

Gwen sortit de la chambre. Evi resta le temps d'enfouir le bras blessé de Gillian sous les draps et remonter la couette un peu plus haut sur ses épaules.

— Du thé, s'il vous plaît, avec du lait, sans sucre, lança-t-elle à mi-voix tout en regagnant le séjour.

Le brouillard dehors était de plus en plus dense. À leur arrivée chez Gillian, il flottait loin au-dessus des étendues de lande, suspendu sur les hauteurs de la ville. Il était redescendu sournoisement depuis. C'est tout juste si elle distinguait en partie la tour en ruine. Rien au-delà.

Evi se détourna de la fenêtre et s'assit. La table basse devant elle était comme enduite de poussière fine. Elle entendit la bouilloire siffler, l'eau qu'on versait, la porte du réfrigérateur s'ouvrir. Puis Gwen revint, portant un plateau avec deux mugs de thé et une assiette de biscuits. Elle s'arrêta et regarda la table, réalisa qu'elle était couverte de poussière.

— Ça ne fait pas très correct, hein ? dit-elle, sans se redresser. Je l'essuie, à votre avis ?

— Franchement, je ne sais pas. Laissez peut-être ça en l'état, pour l'instant. J'essaierai de prendre contact avec ce policier avant de m'en aller. Je lui demanderai ce qu'on doit faire.

Gwen se pencha en avant et posa le plateau à terre. Elle tendit l'assiette de biscuits à Evi.

— Je crains qu'on ne puisse pas laisser Gillian seule aujourd'hui, constata Evi, qui mordit dans un biscuit et le regretta aussitôt.

Il était mou et semblable à du carton humide dans sa bouche.

— Je peux rappeler plus tard quand elle sera réveillée, mais elle a besoin qu'on reste auprès d'elle. Si vous ne pouvez pas, je peux la faire entrer. À l'hôpital, je veux dire. Peut-être juste pour cette nuit.

Gwen secoua la tête.

— Ça va. Je peux rester avec elle. Je l'emmènerai chez moi ce soir. J'imagine qu'on peut faire un effort pour s'entendre pour une fois. Bougrement infects, ces biscuits. Pardon, ma petite.

— Vous n'êtes pas proches ? hasarda Evi.

Gillian lui parlait si rarement de sa mère, qu'elle n'avait vraiment aucune idée précise de leur relation.

Le visage de Gwen était empreint de doute.

— On ne s'entend pas trop mal. Gill a pas mal déconné, un temps. On s'est dit des choses, l'une et l'autre. J'imagine que vous aussi, vous vous engueulez avec votre mère, de temps en temps.

— Évidemment. Il n'y a que vous à la maison ?

— Ouais. Le père de Gillian est mort dans un sale accident de voiture il y a longtemps. Mon second mariage n'a pas tenu. Mais j'imagine que vous savez déjà tout ça, non ?

Evi sourit et baissa les yeux.

— J'ai entendu dire qu'on avait déterré des corps la nuit dernière dans le cimetière, dit Gwen, finissant son biscuit et tendant le bras pour en reprendre un autre. Des corps qui n'auraient pas dû se trouver là, je veux dire. C'est vrai ?

— Je suis désolée, on ne m'en a pas dit grand-chose, répondit Evi.

— Des gosses, à ce que j'ai entendu. C'est pour ça que vous êtes là ? Est-ce qu'ils croient avoir retrouvé Hayley ?

— Cette éventualité a été évoquée, dit Evi, se demandant s'il était possible de rendre la chose encore plus vague. Mais évidemment…

Elle indiqua la table basse, la poussière qui semblait remuée par un courant d'air qu'aucune des deux femmes ne sentait.

— Comment pourrait-il s'agir de Hayley quand Hayley est dans une urne dans la cuisine depuis trois ans ? fit Gwen.

— Quand vous êtes arrivée, Gillian nous disait que ces cendres n'étaient pas celles de Hayley. Savez-vous pourquoi elle en était aussi sûre ?

— Elle a toujours refusé d'y croire. Même quand on a confirmé que les restes étaient humains, elle refusait de se faire à l'idée. Comme si quelque d'autre avait pu brûler dans la maison à son insu.

Gwen mâchouilla son biscuit un instant. Evi sirotait son thé bouillant et patienta.

— Parfois je me demande si c'est ma faute, dit Gwen, au bout d'une seconde. Si j'aurais dû la faire aider il y a longtemps. Mais en ces temps-là, on n'avait pas toutes ces cucuteries psy gnangnan – sans vouloir vous offenser, mon petit –, on se remettait, c'est tout.

— Vous avez pensé que Gillian aurait pu avoir besoin d'aide par le passé ? Elle avait des problèmes à l'école ?

— Rien que les histoires d'ados habituelles, répondit Gwen, qui reposa son mug sur le tapis et se débarrassa des miettes de biscuits sur ses doigts. Fumette en cachette derrière les abris à vélo, école buissonnière. Non, je parle de ce qui est arrivé à sa petite sœur. Gillian avait douze ans alors. Elle a dû vous en parler.

C'était Gwen qui dévisageait Evi à présent. Les rides autour de sa mâchoire s'étaient comme durcies. Puis elle reprit son mug et but trop vite. Quand elle le reposa, Evi s'aperçut que le liquide avait formé des éclaboussures autour de sa bouche.

— Je suis désolée, avança prudemment Evi, tandis que l'autre femme se passait un doigt autour des lèvres. Je ne crois pas que Gillian ait jamais fait mention d'une sœur.

Gwen posa son mug sur la table basse.

— Demandez-lui, suggéra-t-elle.

— J'apprécie votre conseil, mais nous ne parlons que des sujets que Gillian veut bien aborder. Ce ne serait pas juste de la brusquer. Si Gillian a eu une sœur, je dois attendre qu'elle veuille bien m'en parler.

— Dans ce cas, vous risquez d'attendre longtemps, rétorqua Gwen. Elle n'a bien entendu jamais voulu le faire avec moi. Mais peut-être devriez-vous être au courant, surtout si…

Elle regarda la table basse, où son mug reposait au milieu d'une fine couche de cendres.

— Gillian avait une petite sœur appelée Lauren, reprit-elle. Elle est tombée dans les escaliers quand elle avait dix-huit mois. Quelqu'un a laissé la barrière de protection ouverte – Gillian, vraisemblablement, même si elle ne l'a jamais admis. Lauren a trébuché sur la barre et a dévalé l'escalier de haut en bas. Elle a heurté le carrelage d'ardoise dans l'entrée. Elle a survécu trois jours, mais ne s'est jamais réveillée. Je ne l'ai plus jamais revue ouvrir les yeux.

— Je suis vraiment désolée. Ça a dû être terrible pour vous deux, et ensuite de perdre Hayley à son tour.

Une autre enfant avait fait une chute mortelle ?

— Oui. Et après ça, mon mariage n'a pas duré longtemps. C'est John qui l'a trouvée, voyez-vous. Il ne s'en est jamais remis.

Le portable d'Evi émit un bip. Un texto.

— Excusez-moi, dit-elle, sortant le téléphone de sa poche et consultant l'écran.

Le pasteur savait envoyer des textos – tant bien que mal : six points d'interrogation, suivis de deux X, et d'un H.

— Il faut que j'y aille, dit Evi. Merci de vous être confiée à moi. Je repasserai dans quelques heures. Peut-être Gillian sera-t-elle réveillée alors. On pourra décider de ce qu'on fait, à ce moment-là. Ça vous va ?

56

Parvenu à la porte de l'église, Harry s'arrêta pour laisser passer les trois policiers. Les reporters rôdaient toujours à proximité. Rushton et les deux inspecteurs passèrent devant eux sans répondre à leurs questions et s'engouffrèrent chez les Fletcher.

— C'est vrai ?

Harry fit demi-tour. Le grand homme, costaud, avait surgi tel un génie du brouillard ; peut-être même avait-il guetté derrière l'église une occasion de coincer Harry seul.

— Bonjour, Mike, fit-il. Comment allez-vous, Jenny et vous ?

— C'est vrai ? Ils ont trouvé deux autres gosses dans la tombe de Lucy ? Toutes les deux avec le crâne défoncé ?

Mike Pickup respirait bruyamment. Sa figure semblait plus rouge qu'à l'accoutumée et les muscles tremblaient autour de sa mâchoire.

— Est-ce qu'une ordure s'est servie de la tombe de ma fille ?....

Harry posa sa main sur le bras de l'autre homme.

— Venez, dit-il. Il y a du café dans la sacristie.

Pickup ne semblait pas vouloir bouger.

— Je vous dirai ce que je sais, ajouta Harry.

Cela eut l'effet désiré et Mike se laissa conduire sur les derniers mètres de l'allée jusqu'à la porte laissée ouverte de la sacristie.

Le sanctuaire intime de Harry avait été envahi. Deux policiers étaient adossés contre un mur, buvant du café. Un autre examinait des plans sur le bureau de Harry. Christiana Renshaw lavait des mugs. La sacristie faisait désormais office de QG provisoire de police.

Harry prit un café des mains de Christiana et la remercia d'un signe de tête, puis précéda Mike dans le chœur. Il descendit les marches qui donnaient dans la nef et s'arrêta au premier banc. Ils s'assirent.

— Je prends sur moi de vous révéler cela, déclara Harry, parce que je pense que vous avez le droit de savoir.

Le café n'était plus très chaud. Harry en avala deux gorgées, davantage pour gagner du temps que par envie.

— On a retrouvé les restes de trois jeunes enfants la nuit dernière. Les trois semblent avoir déboulé de la tombe de Lucy quand le mur s'est écroulé. L'un d'eux a été plus ou moins identifié comme étant Lucy, à confirmer selon l'échantillon d'ADN qu'a remis Jenny ce matin, je crois. L'identité des deux autres n'est pas encore établie.

— La petite Megan, d'après ce qu'on raconte, dit Mike. J'ai pris part aux recherches. Pas bossé pendant deux jours. J'avais même mis tous mes gars à contribution.

Il reposa le mug sur la tablette réservée aux livres de prière devant lui et fouilla dans ses poches.

— Je compatis, poursuivit-il. Je sais ce que ça fait de perdre un enfant.

— Comment va Jenny ? demanda Harry, tandis que Mike sortait un paquet de cigarettes de sa poche et le contemplait.

— Elle est restée enfermée avec son père et le vieux Tobias toute la matinée à discuter.

Il renversa son paquet : Harry entendait le bruit mat des cigarettes heurtant le carton.

— Brin de causette familial, dit Mike, tournant le paquet dans l'autre sens. Ça ne me concerne pas, évidemment. Je ne suis guère plus que le grouillot de service.

Il ouvrit le paquet de cigarettes, laissant le contenu se déverser dans ses mains.

— La douleur affecte les gens de différente manière, dit Harry, surpris par l'amertume qu'il percevait dans la voix de Mike. J'ai entendu qu'il existait un lien particulier entre les pères et les filles.

Mike tenait une unique cigarette entre son index et son pouce. Sous les yeux de Harry, il la plia. Les yeux de Mike brillaient. Il prenait de longues, lentes inspirations, comme pour s'empêcher de craquer. Il se mit à secouer la tête. La cigarette entre ses mains était fichue.

— Elle n'était même pas de moi, lâcha-t-il. Qu'est-ce que vous dites de ça, Harry ?

— Vous voulez dire, biologiquement ?

Mike secouait toujours la tête.

— Jenny est tombée enceinte peu de temps après que nous nous sommes rencontrés. On ne sortait même pas ensemble à l'époque, il était évident que l'enfant ne pouvait être de moi. Elle ne m'a jamais dit qui était le père. Une erreur stupide, c'est tout, pas même une liaison, mais elle ne voulait pas s'en défaire. Je l'ai plutôt admirée pour ça. Mais il était exclu que Sinclair laisse une de ses filles devenir mère célibataire.

— Alors vous vous êtes mariés ?

— J'ai récupéré 160 hectares de terre arable pour la peine. Et deux mille brebis. Je viens d'une famille de paysans, Harry, près de Nearby, mais j'ai trois frères aînés. C'était la seule chance d'avoir jamais ma propre ferme. L'ironie, c'est que j'aurais sans doute épousé Jenny de toute façon. Je n'étais pas loin d'être amoureux d'elle.

Le mug dans les mains de Harry refroidissait rapidement, comme si Harry en absorbait toute la chaleur.

— Et vous avez reconnu Lucy comme…

— La question ne s'est même pas posée. Je l'ai adorée dès la première seconde où je l'ai vue. Et au bout d'un moment, j'ai oublié. J'ai oublié, simplement, qu'elle n'était pas de moi. Je ne me suis jamais remis de sa mort. Si on avait eu d'autres gosses, peut-être. Maintenant, je doute que ça m'arrive un jour.

La porte de la sacristie s'ouvrit et deux agents en uniformes, un homme et une femme, pénétrèrent dans l'église. Ils s'arrêtèrent à la vue de Harry et Mike, marmonnèrent des excuses et repartirent d'où ils étaient venus. Mike les regarda s'en aller, puis se leva.

— Que leur est-il arrivé, Harry ? demanda-t-il, sans quitter des yeux la porte de la sacristie. Qu'est-il arrivé aux deux autres gosses ? Comment ont-ils été tués ?

Deux restes de cigarettes étaient éparpillés sur les dalles.

— La cause exacte de la mort n'a pas été… commença Harry, qui s'était levé.

Mike se retourna vers lui.

— Pas de ça avec moi. Avec tout le respect que je vous dois, pasteur. Vous étiez à cette putain d'autopsie ce matin. Ils avaient le crâne défoncé ?

Harry inspira profondément. Ç'avait été une erreur. Il n'aurait pas dû se laisser prendre au piège.

— Il y avait des traces de trauma crânien dans les deux cas, admit-il, mais nous devons vraiment attendre…

— Comme Lucy ? le pressa Mike.

— Le pathologiste pense que les lésions peuvent être compatibles avec des chutes.

Rushton allait le tuer.

— Comme Lucy ? répéta Mike.

— C'est vraiment tout ce que je peux vous dire, je regrette.

Pickup le fusilla un bon moment du regard.

— Je vous sais gré de m'avoir reçu, pasteur. Je ne vous retiens pas plus longtemps.

Il salua Harry d'un signe de tête puis partit vers l'avant de l'église. Il passa dans la sacristie et disparut. Le portable de Harry émit trois bips. Il le sortit de sa poche. Evi était arrivée à l'église et se demandait où il était. Il marcha dans la même direction que Mike.

— Ils vont partir, maintenant, j'imagine.

La voix le fit sursauter. Derrière lui, Harry découvrit Christiana, qui l'observait. Elle avait la même voix que Jenny, quoiqu'en plus douce, plus gentille. Il ne pensait pas l'avoir déjà entendue parler.

— Je crains que la police ne reste encore un certain temps, l'informa Harry. C'est pénible, je sais. Mais nécessaire.

— Pas la police. Les Fletcher.

Elle portait toujours des robes, remarqua-t-il. Des robes taillées sur mesure, dans des tissus qui semblaient coûteux. Elles lui allaient parfaitement et Harry se demanda si elle les cousait elle-même, tout comme elle avait fait le pyjama de Lucy.

— Les Fletcher ? répéta Harry. Pourquoi les…

Il s'interrompit. Christiana avait les cheveux lâchés, ce matin, retenus en arrière par un serre-tête. Ils étaient longs, sous les épaules : peu courant chez une femme ayant dépassé la quarantaine. Elle se tenait près de lui à présent, plus proche qu'il n'était nécessaire, comme si elle ne voulait pas qu'on puisse l'entendre. Il sentait l'eau florale surannée qu'elle portait et se souvint soudain du jour où elle avait éparpillé des pétales de rose parfumés sous la galerie.

— Toutes ces petites filles, dit-elle. Dites-leur de s'en aller, pasteur. On n'est pas en sécurité, ici. Pas les petites filles.

57

— Selon vous, où les enfants comptaient-ils se rendre la nuit dernière, Mrs Fletcher ?

— À supposer qu'ils aient compté s'en aller tout court, intervint Harry, avant qu'Alice ait pu ouvrir la bouche. À en croire Tom, il essayait de secourir sa sœur.

Evi regarda l'assistante sociale baisser les yeux sur son bloc-notes, posé sur la table de la cuisine, rassemblant ses idées.

— C'est ça, rétorqua la blonde au bout d'une seconde. Des griffes de la fameuse petite fille tout droit sortie de son imagination.

Elle releva les yeux vers Alice. Ses lèvres étaient peintes d'un rose vif, brillant.

— Ont-ils jamais tenté de s'enfuir auparavant ? demanda-t-elle.

— Encore une fois, à supposer qu'ils aient été en train de s'enfuir, dit Harry. D'après mon expérience, les enfants ne s'enfuient pas au milieu de la nuit, surtout quand il tombe des trombes d'eau. Ils partent en plein jour, généralement quand on leur a refusé des bonbons ou qu'on leur a demandé de ranger leur chambre, et s'aventurent rarement au-delà du coin de la rue.

— Quelle expérience avez-vous au juste des fugues d'enfants, Mr Laycock ? questionna l'assistante sociale.

Evi porta son mug à ses lèvres pour dissimuler un sourire. Le sujet était tout sauf de nature à prêter à sourire, elle le savait ; reste que voir Harry ainsi remonté l'amusait.

— Quelqu'un veut encore du café ? demanda Alice.

Nul ne répondit. Il y avait quatre mugs posés devant eux. À l'exception de celui d'Evi, aucun ne semblait avoir été touché.

La porte de la cuisine s'ouvrit sur Joe. Tout le monde se tourna vers lui.

— M'man, veux faire pipi, dit-il, jetant un regard curieux à chacun des adultes rassemblés.

Ses lèvres esquissèrent un timide sourire quand il vit Harry. Alice se leva.

— En bas, mon chou, dit-elle, indiquant la porte à l'arrière de la pièce. Tu peux te glisser derrière Harry ?

— Je veux monter chercher mon Dalek télécommandé, répondit Joe, sans quitter le pas de la porte.

Sa mère secoua la tête.

— Pas avant que les policiers aient fini, mon ange. Millie va bien ?

— Elle construit une tour avec Tom. Avec le bois pour la cheminée.

— Génial… marmonna Alice, tandis que Joe faisait demi-tour et quittait la pièce.

— Le premier étage de la maison est encore officiellement scène de crime, dit Alice, à personne en particulier. Je n'ai pas eu le droit d'aller dans la chambre de Millie aujourd'hui. J'ai dû l'habiller avec les vêtements de Joe.

— Ils n'ont donc trouvé aucune preuve de cette prétendue effraction, dit l'assistante sociale.

Hannah Wilson, s'était-elle présentée, en arrivant quelques secondes à peine après Harry et Evi chez les Fletcher. Elle avait une petite trentaine, était plutôt rondelette, avec des seins généreux serrés dans un pull moulant, largement échancré. Un unique sautoir de pierres reposait sur son sternum, soulignant la profondeur de son décolleté. Cela faisait pratiquement vingt minutes qu'Evi s'attendait à voir le regard de Harry plonger dedans. Jusqu'ici, il avait réussi à résister.

— Les clés du mari d'Alice avaient disparu, fit remarquer Harry.

— Les clés disparaissent tout le temps, répondit Hannah. Il va vous falloir un peu plus que ça pour prouver qu'il y a eu enlèvement d'enfant.

— Et que diriez-vous de deux corps non identifiés à la morgue du centre hospitalier de Burnley ? rétorqua Harry. Tous les deux déterrés du jardin des Fletcher la nuit dernière. Désolé d'être aussi brutal, Alice.

Alice haussa les épaules et jeta un coup d'œil à Evi. Evi ébaucha un sourire, consciente qu'elle devrait tenter de refréner un peu Harry. Il était normal de recevoir une visite des services sociaux après un incident ayant fait l'objet d'une intervention de la part de la police et quand on jugeait des enfants en danger. Si Harry continuait d'exciter cette femme, la chose pourrait prendre une tournure personnelle. Hannah Wilson ferait peut-être étalage de sa force et les Fletcher se retrouveraient pris entre deux feux.

— Écoutez : pour l'instant, nous ne savons pas si les événements extérieurs sur lesquels enquête la police ont quoi que ce soit à voir avec la famille ici présente, dit Hannah. Entre-temps, je n'ai pour unique souci que le bien-être des enfants.

— Moi aussi, figurez-vous, coupa Alice.

— Et vous devez bien admettre que la version de Tom n'est pas vraiment cohérente.

L'assistante sociale dévisagea tour à tour Harry, Alice et Evi, comme si elle les défiait de la contredire.

— Le visage de Tom a pris un vilain coup. Si je vous suis bien, Mrs Fletcher, il dit qu'il l'a reçu quand la petite fille, qui s'enfuyait avec sa sœur, lui a flanqué un coup de pied.

— C'est ce qu'il m'a dit, confirma Alice.

— Mais, d'après ce que je comprends des descriptions antérieures qu'il a faites de la fille, elle ne porte pas de chaussures.

Nul ne dit mot. Evi baissa les yeux sur la table, se maudissant de n'avoir pas repéré ce point de détail la première. La porte de la cuisine s'ouvrit à nouveau. C'était Tom cette fois-ci : son ecchymose violacée contrastait vivement avec le teint pâle de sa pommette.

— M'man, Millie vient de renverser son jus sur le canapé, dit-il.

Alice poussa un soupir et se leva.

— Je m'en occupe, proposa Evi, faisant de même et attrapant un torchon. Finissez-en ici avec Mrs Wilson, Alice : je suis sûre qu'elle en aura bientôt terminé.

Evi suivit Tom dans le salon. Elle entendait des pas lourds à l'étage et des gens parler à voix basse. Joe était à l'autre bout de la pièce, jetant un œil derrière les rideaux tirés pour voir ce qui se passait dans le jardin. Millie, vraiment trop chou dans une salopette en jean qu'on avait roulée aux chevilles, agita un morceau de petit-bois dans sa direction et faillit tomber à la renverse dans la cheminée vide. Tom se précipita pour la rattraper avant que sa tête ne heurte le foyer.

— Coucou, ma mignonne, dit Evi, quand la petite fut de nouveau sur pied.

La petite fille avait manifestement pleuré. La peau autour de ses yeux était rouge et irritée.

— Alors, elle est où, cette grosse misère ? demanda Evi.

— Là, dit Millie, indiquant le milieu du canapé.

Evi passa le torchon mouillé sur le coussin. Elle sentait le regard de Tom posé sur elle.

— Comment te sens-tu, Tom ? Toujours fatigué ?

Tom haussa les épaules.

— C'est qui, la dame ? C'est un docteur, comme vous ?

Evi secoua la tête.

— Non, c'est une assistante sociale. Elle est ici pour comprendre ce qui s'est passé hier soir et s'assurer que toi, Joe et Millie allez bien.

— Je dois lui parler ?

Evi se jucha sur le bras du canapé.

— Tu en as envie ?

Tom réfléchit un moment, puis secoua la tête.

— Pourquoi pas ? demanda Evi, remarquant que Millie observait la conversation, que son regard passait d'un interlocuteur à l'autre comme si elle comprenait le moindre mot.

À sa fenêtre, Joe ne bougeait plus non plus.

Tom haussa de nouveau les épaules et baissa le regard vers le tas de bûches sur le tapis.

Evi le dévisagea quelques secondes, puis se décida.

— Pourquoi ne m'as-tu jamais parlé de cette petite fille, Tom ?

Les yeux de Tom s'écarquillèrent.

— Je sais que tu m'as montré sa photo hier soir, mais tu ne m'as pas dit qui c'était.

Du coin de l'œil, Evi apercevait Joe à la fenêtre. Il n'observait plus dehors par la fente entre les rideaux, il s'était tourné pour les regarder.

— Est-ce parce que tu penses que je ne te croirais pas ? continua-t-elle d'une voix douce.

— Vous me croiriez ?

— Je passe beaucoup de temps à parler aux gens, dit Evi. Et généralement, je sens quand ils mentent.

Ils se trahissent de toutes sortes de façons, par des détails. Je t'ai observé de près quand on a parlé, Tom, et je ne pense pas que tu sois un menteur.

Elle s'autorisa un sourire, ce qui n'était vraiment pas difficile quand on regardait Tom.

— Tu m'as raconté des petits bobards çà et là, mais la plupart du temps, tu ne mens pas.

Tom ne se dérobait pas à son regard.

— Donc si tu veux bien tout me raconter au sujet de cette petite fille et si tu me dis la vérité, je le saurai.

Tom regarda Joe puis Millie. Tous deux semblaient attendre qu'il se mette à parler. Alors il prit la parole.

— Ça fait un moment qu'elle nous observe, maintenant, dit-il. Des fois, c'est comme si elle était toujours là…

58

— Qu'est-ce qu'une mesure de protection d'urgence ? s'enquit Harry.

— Un jugement, répondit Hannah Wilson. Qui permet de confier les enfants à une famille d'accueil pour leur propre sécurité. Avec effet immédiat.

Harry se rassit, rapprochant sa chaise d'Alice. Elle se tenait tout à fait immobile. Il aurait presque pu penser qu'elle n'écoutait pas, n'était le tremblement de ses doigts.

— En avez-vous parlé avec le docteur Oliver ? demanda Harry. En tant que psychiatre de la famille, je crois qu'elle serait la personne indiquée à consulter.

— Le docteur Oliver peut soumettre un rapport, bien sûr, répondit Wilson. Je suis sûre que le magistrat en tiendra compte.

Harry s'apprêtait à répondre – même s'il n'avait pas complètement décidé ce qu'il dirait au juste – quand ils entendirent des pas dans l'escalier. Ils perçurent la voix caractéristique de Rushton, puis la porte d'entrée s'ouvrit et se referma. Les pas se dirigèrent vers la cuisine avant de s'arrêter.

— Ils doivent être mis au courant, disait Rushton d'une voix basse mais ferme.

Là-dessus, il toqua poliment à la porte et l'ouvrit. Il était suivi de l'inspecteur Neasden et d'une femme agent de police. Neasden semblait contrarié.

— Désolé de vous déranger, Mrs Fletcher, lança Rushton. J'ai besoin de vous dire deux mots, avec votre permission.

On eût dit qu'Alice s'apprêtait à encaisser un nouveau coup.

— Faites, répondit-elle. Voulez-vous me voir seule ?

Rushton inspecta rapidement la tablée, évitant le regard de Neasden.

— Oh, je pense qu'on est entre amis. Comment va, Hannah ? Bientôt fini ?

— Avez-vous trouvé quelque chose ? demanda Harry.

— Je pense, oui, répondit Rushton. Quand votre mari rentre-t-il, Mrs Fletcher ?

Alice n'était apparemment plus en état de réfléchir. Elle consulta sa montre, puis interrogea Harry du regard.

— Il a dit qu'il en avait pour deux ou trois heures, déclara-t-elle au bout d'un moment.

Elle se tourna vers la pendule au mur, derrière elle.

— Une inspection de chantier qu'il ne pouvait annuler. Il devrait être là d'un instant à l'autre, maintenant.

— Une bonne chose, répliqua Rushton. Et vous feriez bien de faire venir un serrurier. Voyez s'il est possible de changer ces serrures.

— Qu'y a-t-il ? demanda Alice.

Rushton tira la chaise que venait de libérer Evi et prit place. Derrière lui, l'inspecteur Neasden, les lèvres toujours pincées, s'adossa contre le haut placard de la cuisine. La policière resta à la porte, la refermant doucement derrière elle.

— Vous vous souvenez que nous avons trouvé des empreintes dans le jardin la nuit dernière, commença Rushton. Des membres de notre équipe scientifique en ont fait des moulages. (Il se tourna vers l'homme dans son dos.) Tu l'as, Jove ?

L'inspecteur Neasden avait une mince mallette en plastique bleue à la main. À contrecœur, manifestement, il en sortit une feuille de carton raide, blanche, format A4, et la remit à son patron. Rushton la présenta à Alice et Harry. C'était la photo d'une empreinte de pas dans la boue.

— Nous savons que ces empreintes ont dû être laissées tard dans le jardin la nuit dernière, dit Rushton, en raison de toute cette pluie qui est tombée. Si elles avaient été laissées plus tôt dans la soirée, elles auraient disparu. On sait donc qu'une personne au moins, à part les enfants, se trouvait par là à peu près au moment où le mur est tombé.

Hannah se pencha en avant pour étudier l'empreinte.

— Nous avons fait plusieurs relevés cette nuit, dit Rushton, et tout un tas de photos, mais celle-ci est la plus nette. (Il se tourna vers Harry.) Vous vous rappelez que je vous ai dit que l'agent qui était arrivé en premier sur les lieux était un gars malin ?

Harry hocha la tête.

— Plus malin encore que je l'avais cru, poursuivit Rushton, parce qu'il a repéré cette empreinte, a su que la pluie allait la compromettre et qu'il a posé un seau renversé dessus jusqu'à l'arrivée de la crim. Ils ont pu faire de très bons clichés et un moulage de qualité.

— Ils ont fait un moulage de ce truc ? demanda Alice. Avec quoi, du plâtre ?

— Du plâtre jaune, utilisé pour les moulages dentaires, je crois, répondit Rushton. Très dur, résistant.

(Il montre l'empreinte du doigt.) Cela correspond sans doute à du 40, peut-être du 41. Pas le renseignement le plus utile qui soit, franchement, vu qu'il pourrait s'agir autant d'une grande femme que d'un homme chaussant petit. Vous chaussez du 36, si je comprends bien, Mrs F ?

Alice hocha la tête.

— Et Gareth fait du…

— 44, oui, nous le savons. Nous avons également fait des relevés de ses empreintes. On les a comparés aux bottes qu'il portait quand il est sorti. Ces empreintes sont tout à fait distinctes. Une semelle bien plus grossière. Vous voyez ?

Rushton dessina du doigt le contour de la photo.

Harry se pencha en avant pour mieux voir. Des arêtes horizontales zébraient le cliché. À en juger par les ombres de la photo, elles semblaient profondes, le genre de sillons qu'on pourrait trouver sur une botte faite pour marcher dans la boue.

— On dirait une botte de pluie ordinaire, selon moi, dit-il.

Dans la cambrure située entre la semelle et le talon, il devinait une forme incomplète, peut-être deux tiers d'un triangle légèrement arrondi.

— C'est la marque d'un fabricant ? demanda-t-il.

— Oui, en effet, dit Rushton. Et même si c'est difficile à voir, on me dit que les lettres juste en dessous correspondent à *made in France*. Il ne devrait pas être trop difficile de retrouver la marque et le fabricant.

— Mais vous étiez déjà au courant des empreintes dans le jardin cette nuit, dit Alice. Pourquoi sont-elles soudain devenues si…

— Ah, coupa Rushton. C'est que, la nuit dernière, nous n'étions pas au courant qu'il y avait la même à l'étage.

— Patron, vraiment on ne devrait pas… tenta l'inspecteur Neasden.

Rushton leva une main pour le faire taire.

— Il y a trois jeunes enfants dans cette maison, dit-il. Ils doivent savoir ça.

— Excusez-moi, coupa Alice d'une petite voix. La même à l'étage ?

— Sur le palier, dit Neasden, avec un regard résigné pour son patron. Juste devant la porte de la chambre de votre fille. Je crains que celui ou celle qui était dans votre jardin la nuit dernière ne se soit d'abord trouvé chez vous.

Les mains d'Alice se plaquèrent sur sa figure. Il aurait été difficile de dire, des mains ou de la figure, ce qui était le plus pâle.

— Oui, je sais, ma petite dame, dit Rushton. Très désagréable, mais ça signifie qu'on avance.

— J'ai vérifié hier soir, dit Alice, qui avait apparemment du mal à y croire. Je n'ai pas vu trace que quelqu'un…

— Non, vous ne pouviez pas, répondit l'inspecteur Neasden. Il s'agit de ce que nous appelons une empreinte latente. Invisible à l'œil nu et généralement laissée par des chaussures parfaitement propres.

— Voyez-vous, mon amie, les chaussures gardent des traces de toutes les surfaces sur lesquelles nous marchons, dit Rushton. La loi de Locket, ou je ne sais plus quoi.

— La théorie des transferts de Locard, coupa Neasden avec un sourire que Harry n'avait jamais vu sur son visage. Chaque fois qu'il y a contact entre deux surfaces, il y a transfert de matériel. Nous emportons des fragments de ce sur quoi nous posons les pieds, où que nous allions.

— Ouais, c'est ça.

Rushton acquiesça à l'intention de son inspecteur.

— Donc, comme je disais, chaque fois qu'on marche sur quelque chose – de la poussière, de la boue, un tapis, et ainsi de suite – des micro-particules adhèrent aux semelles de nos chaussures après quoi, quand nos chaussures entrent en contact avec une surface propre, sèche, telle que votre plancher là-haut, Mrs F, elles laissent une légère trace. On les trouve – quand je dis « on », je veux dire ma fine équipe – de la même façon qu'on trouve les empreintes digitales. On passe de la poudre à empreinte et ensuite on relève l'empreinte avec de l'adhésif.

— Rien qu'une empreinte dans toute la maison ? demanda Harry.

Rushton se tourna vers l'inspecteur, pour demander confirmation. Neasden hocha la tête.

— On est pratiquement certain qu'il n'y en a pas d'autres, dit-il. Je ne doute pas qu'il ait pu y en avoir plus cette nuit, mais il a eu beaucoup d'allées et venues dans la maison, même avant notre arrivée. Les autres se sont sans doute effacées. Ce qui n'a pas d'importance. Une seule suffit.

— Ça va, Alice ? s'enquit Harry.

Alice recouvrait un peu de ses couleurs, semblait-il. Elle hocha la tête.

— En fait, c'est plutôt un soulagement, dit-elle. Ça veut dire que Tom ne mentait pas. (Elle garda le silence un instant.) Il dit sans doute la vérité depuis le début, ajouta-t-elle.

Harry lui sourit puis se retourna vers Rushton.

— Pouvez-vous retrouver le propriétaire de la botte ? demanda-t-il.

— Il y a de bonnes chances. Nous avons aussi, ce qui est bien commode, une minuscule entaille du côté droit de la semelle, vous voyez ? (Il tapota le côté de la photo de son index droit. Harry vit une petite indentation, ne mesurant guère que cinq millimètres de long.) Par ailleurs, d'après le labo, il y a également des schémas d'usure visibles. Si on trouve la botte en question, on peut prouver que celui ou celle qui la portait s'est trouvé chez vous comme dans le jardin. Ce qui, étant donné l'absence de traces d'effraction, est la raison pour laquelle j'ai évoqué le changement de serrures. Envisagez peut-être une alarme, pendant que vous y êtes.

— J'appelle Gareth, déclara Alice en se levant. Il peut rapporter de nouveaux barillets en rentrant.

— Voilà qui est sage, convint Rushton. Mais attendez encore une seconde, mon amie. Je crains que ce ne soit pas tout. Vous feriez sans doute mieux de vous rasseoir.

Le regard d'Alice se porta sur la porte de la cuisine.

— Il faut vraiment que j'aille voir comment vont les enfants.

— Evi est avec eux, lui rappela Harry, se demandant si l'assistante sociale proposerait d'aller vérifier elle-même. Elle n'en fit rien. Alice regagna sa place.

— Où faites-vous nettoyer vos vêtements, Mrs Fletcher ? demanda Rushton.

— Nettoyer ? répéta Alice.

— Je parle de nettoyage à sec. Il y a deux ou trois pressings à Goodshaw Bridge, allez-vous chez l'un ou l'autre ?

— J'imagine que j'irais, répondit Alice, si j'avais quelque chose à faire nettoyer. Mais je dois aller au pressing une fois par an.

Il y eut un moment de silence, durant lequel Rushton et Jove échangèrent un regard.

— J'ai trois enfants, reprit Alice, comme si elle craignait qu'ils ne la croient pas. Je gagne ma vie comme peintre, et mon mari est dans la construction. D'une manière générale, si quelque chose ne passe pas en machine, je ne l'achète pas.

— Voilà qui est sensé, dit Rushton, hochant la tête. Mes costumes coûtent une fortune à nettoyer, d'après ma femme. Bref, avez-vous jamais essayé ces kits de nettoyage à sec à domicile ? Vous savez, quand on fourre tout dans un sac rempli de produits chimiques et qu'on le met au sèche-linge ?

— Jamais entendu parler de ce genre de truc, dit Alice.

— Vous ne verrez donc pas d'inconvénient à ce que Stacey, ici présente, et ses collègues jettent un coup d'œil à vos placards, pour s'assurer que vous n'avez rien oublié ?

Alice y réfléchit une seconde.

— Je vous en prie, dit-elle. Ce n'est pas très bien rangé, vous verrez.

Rushton se retourna pour congédier l'agent d'un signe de tête. Elle quitta la pièce.

— On a un peu de mal à faire le lien avec le nettoyage à sec, dit Harry.

— Je vous cède la parole, Jove, dit Rushton, se penchant en arrière sur sa chaise.

Dans le couloir, Harry entendait la porte d'entrée s'ouvrir et se refermer sur quelqu'un, sans doute la policière qui devait quitter la maison.

— Les enquêteurs ont trouvé quelque chose dans votre jardin cette nuit, qui nous a intrigués, expliqua l'inspecteur Neasden, en s'adressant à Alice. Au début, on a cru que ce n'était qu'une espèce de mouchoir en papier, mais on l'a quand même pris en photo, ensaché et porté au labo, comme on fait d'hab'.

La porte d'entrée s'ouvrit de nouveau. Des pas s'approchaient de la cuisine.

— Il y a une demi-heure, environ, on a reçu un coup de fil de leur part, disant qu'ils avaient réussi à l'identifier, continua-t-il. C'est une pièce essentielle d'un kit de nettoyage à sec à faire chez soi. Une sorte de lingette de coton, imbibée de produits détachants, qu'on met dans le sèche-linge avec ses vêtements. Enfin, quand on fait soi-même son nettoyage à sec.

— Faudra que j'en touche un mot à ma femme, intervint Rushton, qui se penchait dangereusement, à ce stade.

— Ouais, merci, patron. Toujours est-il…

La porte de la cuisine s'ouvrit : la policière était de retour, avec deux collègues masculins.

— On peut commencer par ici, m'sieur ? demanda-t-elle.

Rushton acquiesça, reposant à terre les deux pieds avant de sa chaise.

— Le cagibi est par là, dit Alice, indiquant la porte du fond.

Les deux hommes en uniforme sortirent de la cuisine, pendant que la policière s'agenouillait et ouvrait la porte du placard sous l'évier d'Alice.

— Où en étais-je ? fit l'inspecteur Neasden. Oui, la lingette. Évidemment, on se demande ce qu'elle faisait dans votre jardin. Elle sent encore fort le produit chimique et elle n'était pas particulièrement mouillée ou boueuse quand on l'a ramassée, ce qui suggère, comme pour les empreintes, qu'on l'a laissée dans le jardin au cours de la nuit. Le labo dit aussi qu'ils ont trouvé des traces du même produit chimique dans le sac de gym de votre mari.

— La lingette était dans le sac, dit Harry.

Tout le monde l'ignora.

— Existe-t-il une raison pour laquelle votre mari pourrait avoir un kit de nettoyage à sec dans son sac de gym ? demanda l'inspecteur Neasden.

Alice secoua la tête.

— Gareth ne sait même pas faire tourner le lave-linge.

— Bref, ces produits nettoyants ont une odeur très caractéristique, coupa Rushton, apparemment incapable de garder le silence plus longtemps. Vous devez le savoir, révérend, toutes vos belles robes doivent faire l'objet d'un nettoyage professionnel.

Harry acquiesça.

— Ça saisit à la gorge quand on les retire de leur housse plastique.

— Et en retirant les draps du lit de votre fille, on a vaguement senti quelque chose. Enfin, Jove, pour être honnête. Il a le nez fin.

— Comment est-elle aujourd'hui ? demanda Neasden. Avez-vous remarqué quoi que ce soit d'anormal ? Le généraliste l'a examinée cette nuit, n'est-ce pas ?

— Oui, en effet, dit Alice, qui avait de nouveau l'air effrayée. Je ferais probablement mieux d'aller voir…

— J'y vais, dit Harry, qui se leva.

Il s'écarta de la table et s'arrêta. Il n'avait pas envie de partir, il voulait entendre où tout cela menait.

— Le docteur a dit qu'elle allait bien, continua Alice. Un peu somnolente, mais bien, sinon. Il ne se faisait pas de souci pour elle, il m'a juste demandé de la lui ramener plus tard aujourd'hui.

— Toux ? Nez qui coule ? Yeux rouges ? demanda Neasden.

Alice hocha la tête.

— Elle se frotte beaucoup les yeux. Que lui est-il arrivé ?

— Le truc qui nous chiffonnait le plus au sujet de l'histoire de votre fils, dit Rushton, parce que quelque chose me soufflait qu'il ne mentait pas, était de savoir comment cet intrus avait fait pour fourrer une gosse dans un sac sans qu'elle gueule comme un putois et réveille toute la maisonnée. Ça s'explique un peu mieux, maintenant.

— Je ne vois toujours pas…

Harry n'avait pas encore dépassé la porte.

— Le composant principal de ces lingettes est l'éther polyglycole, précisa l'inspecteur Neasden.

— Le quoi ? fit Alice.

— Oubliez la fin compliquée, fit Rushton. On parle d'éther. Utilisé comme anesthésique plutôt sommaire pendant un paquet d'années. Je suis désolé de le dire, mais il semble qu'on ait pressé une lingette imbibée d'éther contre la figure de Millie. Ça n'aurait sans doute pas marché avec un adulte, c'est quasiment certain, et sans doute même pas avec l'un de vos garçons, mais petite comme elle est, et vu qu'elle dormait de toute façon, ça a pu suffire à l'ensuquer suffisamment pour la mettre dans le sac.

Alice étouffa un petit cri et se leva pour aller rejoindre Harry.

— J'y vais, dit-il entre ses dents, tout en ouvrant la porte de la cuisine.

Il fut à la porte du salon en quatre foulées. Il l'ouvrit, conscient qu'Alice trépignait sur ses talons. Evi et les trois enfants étaient assis par terre. Quatre visages, tous plus jolis les uns que les autres, se tournèrent vers lui. Il se demandait encore lequel l'emportait quand Alice se glissa devant lui.

— M'man, M'man, lança Millie tandis que sa petite frimousse s'éclairait, avant de pousser un petit cri de protestation quand sa mère la prit dans ses bras et l'écrasa sur son sein.

Rushton et l'inspecteur Neasden débarquèrent à leur tour.

— Bien, bien, déclara Rushton. Élève Tom, mon Superhéros, et son fidèle acolyte Joe l'Invincible, je pense qu'on va avoir besoin de vous parler à nouveau, tous les deux.

59

— Peut-être qu'on mettra une plaque pour nous ici quand on sera morts et enterrés, dit Harry. Vous avez froid ?

— Pourquoi ? demanda Evi. Vous allez me proposer votre manteau ?

Harry regardait toujours droit devant lui.

— Je le partage volontiers.

Evi s'attendait à ce qu'il se tourne vers elle, avec un grand sourire. Il ne fit pas un geste.

— Vous avez l'air fatigué, constata-t-elle, bien qu'à la vérité, il n'ait pas seulement l'air fatigué : il semblait plus maigre, plus âgé.

L'homme qu'elle avait retrouvé à l'hôpital ce matin n'était pas le Harry qu'elle connaissait. Un autre avait pris sa place. Et cet autre était toujours là.

— Ouais, oh… j'ai passé la première moitié de la nuit à penser à vous, dit-il, le regard toujours rivé sur le bâtiment d'en face. Ensuite, j'ai reçu un coup de fil.

À la faim qui la tiraillait, Evi savait qu'on devait être au milieu de la journée, mais le soleil n'avait pas encore réussi à percer le brouillard. À cette altitude, elle pouvait presque le sentir, lourd et froid, s'insinuant dans ses poumons.

— Il faut vraiment que j'aille voir comment va Gillian, dit-elle, même si la dernière chose dont elle eût envie était de retourner dans cet appartement.

Elle s'avança au bord du banc et porta son regard plus bas, dans la rue.

— Vous me raccompagnez à ma voiture ?

— Non, dit-il, en s'adossant au mur et en croisant les bras.

— Non ?

La veille, il l'avait embrassée, avait dansé avec elle. Maintenant il ne pouvait même pas se montrer correct ?

— Vous avez besoin de vous poser cinq minutes, dit-il. (Il la regarda enfin.) On en a tous les deux besoin. Un petit instant de réflexion en ce jour tout sauf ordinaire.

— Vous n'allez pas commencer à me la jouer pasteur, hein ? Si vous me faites baisser la tête, je vais me mettre à pouffer de rire.

— Que vos patients arrivent à vous prendre au sérieux, ça me dépasse…

Enfin, il souriait à nouveau, elle parvenait à l'atteindre.

Du coin de l'œil, elle surprit un mouvement en contrebas. Elle leva la tête pour regarder par-dessus l'épaule de Harry au moment même où il se retournait. La voiture d'Alice quittait l'allée en reculant. Sur la banquette arrière, un petit visage les observait. Une main s'agita. Puis le véhicule repartit en marche avant, longeant le cordon de sécurité de la police, s'engageant dans la descente. Rushton et l'inspecteur principal Neasden montèrent à bord d'un break bleu foncé et démarrèrent à la suite des Fletcher.

— Ça va aller, pour Millie ? s'enquit Harry.

— Je suis sûre que oui, s'empressa de répondre Evi. La rougeur qu'elle a autour des yeux et des narines ne devrait guère durer plus d'une journée. Elle sera peut-être un peu fatiguée et ronchon quelques jours, au pire.

— Ils vont lui trouver des traces d'éther dans le sang ? demanda Harry.

— Très certainement.

Une autre personne sortait de chez les Fletcher. Hannah Wilson, la blonde assistante sociale.

— L'autre bêcheuse, là, évoquait une mesure de protection d'urgence, dit-il. Du souci à se faire ?

— J'appellerai sa patronne en rentrant, dit Evi. Pour m'assurer qu'on me tienne au courant de toute demande adressée à la cour. En tout cas, bravo d'avoir réussi à ne pas plonger le regard dans son décolleté.

— Les blondes, c'est pas mon truc. Vous vous y opposerez, le cas échéant ?

Evi réfléchit un instant tandis que Hannah Wilson montait à bord d'une petite voiture rouge et s'éloignait.

— Si je crois la chose nécessaire, Harry, je ferai une demande moi-même, dit-elle. Non, ne vous emballez pas. Ces enfants sont bel et bien en danger. Vu les événements d'hier soir, je ne crois pas que quiconque puisse en douter encore.

— Mais les arracher à leur maman et leur papa ne fera…

— Une MPU ne signifie pas qu'on les enlève à leurs parents, cela confère juste aux autorités locales le pouvoir de les mettre à l'abri du danger. Les parents de Gareth Fletcher habitent dans la région, c'est bien ça ?

Harry hocha la tête.

— Je crois, oui, dit-il. À Burnley.

— Eh bien, dans ce cas, un magistrat pourrait décider que les enfants doivent rester un moment chez leurs grands-parents, avec le consentement plein et entier d'Alice et Gareth, évidemment.

— Combien de temps ?

Elle secoua la tête.

— Impossible à dire. Les Mesures de protection ne durent en général que quelques jours mais sont souvent suivies de dispositions de garde à long terme. Oh, arrêtez de me lancer ce regard noir. Je n'ai jamais dit que les parents faisaient partie du problème. Mais il y a bien un problème.

— Rushton va faire surveiller la maison par des agents, dit Harry.

— Et pour combien de temps ? Il n'aura pas suffisamment d'effectifs pour les surveiller indéfiniment. Et même s'il s'avère que les enfants du cimetière ont bel et bien été assassinés, s'il y a un psychopathe dans le coin qui s'en prend aux petites filles, il n'en reste pas moins que leur mort remonte à plusieurs années. Il y a peu de chance qu'ils trouvent le responsable de sitôt.

Harry ne dit rien. Elle avait raison.

— Et tant qu'ils continuent à chercher, les petits Fletcher sont en danger.

Toujours raison. À contrecœur, Harry opina légèrement du chef.

— Je viens d'avoir une longue conversation avec Tom à l'instant, dit Evi. Il s'est enfin mis à me parler de cette fameuse petite fille.

— Et…

— Eh bien, je suis pratiquement certaine qu'il ne ment pas. Quelqu'un s'est amusé à lui faire peur et je me dis qu'il y a peut-être du vrai dans ce que vous disiez hier soir. Quelqu'un leur fait une farce d'assez mauvais goût. Peut-être en se déguisant avec un costume genre Halloween. Elle se montre plutôt le soir, de sorte qu'il n'arrive jamais à la voir franchement. Souvent même, il ne la voit pas du tout, en fait. Il ne fait que l'entrapercevoir, il l'entend s'adresser à lui, lui demander des choses.

— Est-ce qu'il croit que c'est elle qui a fait monter Millie sur le balcon de l'église en septembre ?

— Oui, il est convaincu que c'est elle.

— Et il pense que c'est elle qui a enlevé Millie la nuit dernière ?

Elle se retourna. Était-ce son imagination, ou bien Harry s'était-il rapproché d'elle ?

— Au début, oui, dit-elle. Mais quand on en a parlé, lui et moi, il s'est rendu compte que ça ne pouvait être elle. L'intrus qu'il décrit n'a rien à voir avec cette petite fille – bien plus grand, d'une part ; et puis habillé très différemment. L'autre pimbêche, comme vous aimez à l'appeler, s'est montrée assez futée pour remarquer que celui ou celle qui a donné un coup de pied dans la figure de Tom l'a fait une botte au pied.

— Au diable la pimbêche. Ce qui se joue, là, est en rapport avec l'église. J'en suis convaincu.

— L'église ?

— Nous savons avec certitude que l'une de ces enfants – Lucy Pickup – est morte dans l'église. Millie Fletcher a failli, elle aussi. Je suis prêt à parier que les deux autres aussi. On les fait grimper dans la galerie et on les lâche.

Evi s'accorda un instant pour digérer l'information.

— Quatre petites filles, dit-elle. Qui pourrait faire une chose pareille ?

— On les laisse tomber de la galerie et ensuite leurs corps sont conservés dans la crypte. Si Millie était tombée ce soir-là, si on ne l'avait pas retrouvée à temps, elle aurait fini là-dessous, elle aussi. C'est sans doute ce qui était également prévu pour Lucy, mais Jenny l'a retrouvée très rapidement.

Evi ressentit un chatouillement entre ses omoplates. Elle agrippa le haut de ses bras pour contenir ses frissons.

— C'est assez osé, pasteur, déclara-t-elle.

— Vous étiez une bonne petite catholique dans votre enfance. Déjà entendu parler des Incorruptibles ?

Evi réfléchit un instant puis secoua la tête.

— Pas vraiment, non.

— Ça m'est venu à l'esprit pendant l'autopsie, tout à l'heure. Quand j'ai vu Megan et Hayley. Leurs corps avaient été préservés. Pratiquement aucune décomposition.

— Je vous écoute.

— Une croyance catholique et orthodoxe veut que certains corps humains, généralement ceux des êtres très pieux, ne se décomposent pas après la mort, dit Harry. Quelque chose de surnaturel, l'Esprit Saint à l'œuvre, les conserve en parfait état. On parle alors d'Incorruptibles.

— Incorruptibles de corps et d'esprit ? reprit Evi.

Il acquiesça.

— C'est l'un des signes qui indique un candidat à la canonisation, poursuivit-il. Je peux vous en donner d'innombrables exemples. Sainte Bernadette de Lourdes, Padre Pio, sainte Virginie Centurione, quantité de papes.

— Mais d'après ce que vous m'avez dit, la momification, puisque c'est de cela qu'il s'agit, advient naturellement.

Harry eut un rire indulgent.

— Évidemment, dit-il. Je ne suis pas en train de revendiquer l'œuvre de l'Esprit Saint dans le cas présent, loin de là. C'est juste que ça m'a donné à réfléchir.

Ses yeux étaient injectés de sang, et son front parcouru de rides qu'elle n'avait pas remarquées auparavant.

— Voyez-vous, si l'on écarte l'option surnaturelle, reprit-il, on peut soutenir que l'une des raisons pour lesquelles tant de membres du clergé – toutes proportions gardées – ont des corps réputés incorruptibles, est que leur dépouille a été conservée dans les endroits les plus propices à la momification, à savoir des cercueils de pierre hermétiques, dans des cryptes froides, sèches. Comme celle qui se trouve pratiquement sous nos pieds.

Evi ne put s'empêcher de baisser les yeux.

— Vous en avez parlé à Rushton ? demanda-t-elle.

— Ouais. Pour l'instant, il est sceptique, parce que la crypte a été fouillée avec soin après la disparition de Megan. Mais il va devoir y retourner, maintenant. En cherchant bien, ils trouveront des traces.

— Il va vous enrôler, dit Evi, ébauchant un sourire.

Harry la regardait toujours.

— Il est étrangement tactile, et ça me dérange. Toujours en train de me toucher l'épaule ou le bras. Je lui plais, à votre avis ?

Evi haussa les épaules.

— Je ne vois vraiment pas pourquoi vous ne lui plairiez pas.

— Bonne réponse. Vous faites quelque chose, ce soir ?

Elle s'obligea à détourner la tête.

— Non, répondit-elle. Mais…

— Pourquoi y a-t-il toujours un « mais » ?

Evi lui refit face.

— Je ne peux pas cesser de voir Gillian tout de suite. Ça ne pourrait pas tomber plus mal. Et pas besoin d'être un génie pour comprendre qu'elle est dingue de vous.

— Et c'est de ma faute ?

Il s'était saisi de sa main, tirait sur le gant. Elle sentait ses doigts sur son poignet. Elle tenta de se dégager, il tint bon.

— Peut-être pas, admit-elle. Mais que ce soit votre faute ou non, ça n'en reste pas moins votre problème. Remettez-vous, il existe sans doute une directive à laquelle vous pouvez vous référer. Cela fait des siècles que les femmes tombent amoureuses de leur pasteur.

Il lui ôtait le gant des doigts, un à un. Elle retint son souffle.

— Jamais les bonnes, répondit-il. (Il referma sa main sur la sienne.) Et qu'est-ce que vous insinuez, par : « peut-être pas » ?

— Vous avez pas mal de charme, pasteur. J'ai du mal à croire que vous le réserviez rien que pour moi.

— Eh bien, c'est là que vous avez tort. Vous – et le commissaire divisionnaire Rushton, évidemment.

Son index s'était faufilé sous la manche de sa veste.

— Vous avez la peau si douce, murmura-t-il.

— S'il s'avère que l'enfant trouvée la nuit dernière est bien Hayley, dit Evi, s'emparant de sa main et l'éloignant fermement de la sienne, je n'ose imaginer comment Gillian réagira. Je ne peux pas cesser de la voir, pas même si…

Elle s'interrompit. Nul besoin d'en dire davantage.

— S'il s'avère que l'enfant trouvée la nuit dernière est bien Hayley, répliqua Harry, se radossant au banc, je vais devoir célébrer ses funérailles.

60

9 novembre

— Vous aviez raison, révérend, elles ont été conservées dans la crypte. Dans la troisième tombe à partir de l'avant. On a trouvé des traces de cheveux et de sang, des deux. D'autres fluides corporels également. Et même un bouton.

— Dieu ait leurs âmes, dit Harry.

— Amen.

La voix de Rushton à l'autre bout de la ligne était étrangement éteinte.

— On avait bien sûr fouillé cette tombe à l'époque où on cherchait Megan, mais elle était vide alors, reprit-il. Donc elle a manifestement été conservée quelque part, peut-être même chez le tueur, le temps des fouilles, puis transportée une fois l'agitation retombée.

Harry consulta le réveil. 6 heures du soir. Cela servirait-il à quelque chose d'appeler Evi ? Quatre jours s'étaient écoulés depuis qu'elle s'était donné la peine de répondre au téléphone.

— On a également trouvé des traces de sang dans la partie principale de l'église, continua Rushton. Comment vous l'appelez, la nef ?

Harry marmonna une réponse.

— Juste en dessous de la galerie. Les pierres avaient été soigneusement lavées mais on a prélevé du mortier d'entre les dalles. On a réussi à l'attribuer aux deux filles.

— Et ils ont confirmé que c'étaient Megan et Hayley ?

Rushton poussa un soupir.

— Ouais. On a reçu les résultats des tests ADN il y a deux jours. Non pas qu'aucun d'entre nous ait vraiment eu le moindre doute. On attend toujours des nouvelles des restes de l'urne qui a été remise à Gillian Royle. Dieu nous vienne en aide s'il s'agit encore d'un autre gosse disparu.

— Bien d'accord, dit Harry. Des suspects ?

— On suit plusieurs pistes.

Harry patienta.

— Et pour l'effigie que j'ai trouvée sous la galerie ? demanda-t-il quand il se rendit compte que Rushton n'en dirait pas plus.

— On a parlé à la famille qui l'a fabriquée. Ils disent qu'ils sont allés la chercher le soir du feu de joie et qu'ils ne l'ont pas trouvée. Ils soutiennent qu'ils n'ont pas la moindre idée de la façon dont elle a pu se retrouver dans l'église. Il y a deux ou trois empreintes qui ne correspondent à aucun membre de la famille : peut-être bien qu'ils disent la vérité. Le pull était bien celui de Millie Fletcher, en tout cas, sa mère l'a identifié.

— Alors comment ?

— Volé sur la corde à linge, selon toute vraisemblance. Ça n'a pas dû être bien difficile, ce jardin est très accessible. J'ai augmenté les forces de police en ville pour les semaines à venir, on surveillera la maison de près. (Il soupira profondément, de nouveau.) On essaie d'en apprendre plus auprès du jeune Tom

Fletcher et de son psychiatre au sujet de cette petite fille qui aurait traîné dans le coin, dit-il. Il faut qu'on la retrouve.

— Elle doit vivre en ville, dit Harry. Ça ne peut pas être si difficile que ça.

Rushton avait parlé à Evi. Tout le monde avait le droit de la voir, sauf lui.

— Le problème, c'est que l'imagination du jeune Tom est plutôt du genre débordante. Il parle de cette fille en termes à peine humains. On ne peut quand même pas aller frapper à toutes les portes en expliquant qu'on recherche un monstre d'apparence humaine.

— Sans doute pas.

— Et on a identifié l'origine de l'empreinte de pas trouvée dans leur jardin cette nuit-là. Une botte de pluie, comme on le pensait, du 41, semelle de gomme, *made in France*. Malheureusement, on importe des milliers de paires chaque année et il y a plus d'une douzaine de fournisseurs rien que pour le Nord-Ouest. Ça va prendre un certain temps.

Sitôt qu'il eut raccroché, Harry tenta de joindre Evi. Il tomba sur son répondeur et laissa un message. Puis il traversa sa maison plongée dans le silence, ouvrit la porte de derrière et sortit dans le jardin. Il s'assit sur un banc humide, couvert de mousse, sous un magnolia dénudé, et tenta de prier.

QUATRIÈME PARTIE

LA NUIT LA PLUS LONGUE

61

17 décembre

— Pour ce que ça vaut, pasteur, j'ai trouvé celui-ci mieux que le précédent. Plus court. On est restés moins longtemps exposés au vent.

Se retournant, Harry découvrit Tobias Renshaw, qui s'était discrètement faufilé parmi la foule endeuillée rassemblée dans la grande salle de la maison Renshaw pour venir le rejoindre. Franchement, ce n'était pas son jour. Après le second enterrement de Lucy, dans une nouvelle tombe, plus bas sur le coteau, il était retourné à toute allure à l'église, soutane battant au vent, pour tenter de coincer Evi avant qu'elle ne disparaisse – une fois de plus – et avait bien failli tomber, au sens littéral du mot, sur une bande de journalistes à l'affût près de l'entrée de l'église. Il n'était vraiment pas d'humeur pour ce vieil emmerdeur détestable, et balaya ostensiblement la pièce du regard.

— Je ne suis pas sûr que Mike soit encore de retour de la tombe, dit-il. Je vais peut-être aller voir où il est. Il vit les choses assez mal, apparemment.

— Qui ça ? demanda Tobias. Oh, le mari de Jenny. Il ne m'a jamais particulièrement plu, celui-là. Il m'a toujours fait l'effet d'être un parvenu. Mais bon, elle semble plutôt heureuse. Comment vont la charmante

Alice et son adorable fille ? Je viens de les apercevoir à l'église. Elles ne sont pas revenues ?

— Commissaire… déclara Harry avec soulagement en découvrant Rushton derrière Tobias. Content de vous revoir.

— De même, mon garçon.

Rushton hocha la tête à son adresse avant de se tourner vers le vieil homme.

— Monsieur Renshaw, dit-il. Mes condoléances.

— Oui, oui, fit Tobias. L'un de vous désire-t-il un verre ? On aurait pu imaginer un fonds commun spécial coups durs, vous ne trouvez pas, pour le cas où des secondes funérailles deviennent nécessaires…

Harry et Rushton regardèrent le vieil homme s'éloigner en direction d'un buffet sur lequel se trouvaient des boissons.

— Il n'est pas bien méchant, commenta Rushton à voix basse.

— Si vous le dites, rétorqua Harry, qui n'avait même pas la force de tenter de dissimuler ce qu'il ressentait. Je vais vous dire ce qui me chiffonne, cependant.

— Quoi donc, mon garçon ?

— Tout ici – la terre, les fermes, les propriétés diverses et variées – n'appartient-il pas à Tobias ? C'est l'aîné des Renshaw, après tout. Et pourtant, c'est toujours Sinclair qui semble responsable de tout.

— Tobias a tout abandonné au profit de Sinclair voici quelques années, répondit Rushton. D'après mes souvenirs, Tobias était prêt à prendre sa retraite et Sinclair refusait de prendre sa suite à moins d'avoir carte blanche.

Harry percevait une odeur de cigarette et de café dans l'haleine de son interlocuteur.

— Il a obtenu de son père qu'il renonce à ses droits ? demanda-t-il.

— Oh, ça paraît pire que ça ne l'a été. Tout serait revenu à Sinclair de toute façon. La propriété est – comment dites-vous ? – indivisible. C'est toujours le plus âgé des mâles qui hérite. Bien, sur ce, je suis content de vous avoir trouvé. Un mot en privé, si vous permettez.

Tandis que Harry se laissait gentiment pousser dans un coin tranquille de l'ancienne salle de classe, il aperçut Gillian en train de les observer.

— On a reçu les résultats du dernier test ADN, déclara Rushton à voix basse. (Lui aussi avait repéré Gillian.) Vous savez, celui qui a été effectué sur les restes calcinés que Mrs Royle conservait dans le placard de sa cuisine ? Ça a pris plus longtemps que prévu, mais enfin bref, c'est rentré, maintenant.

— Et ?

— On est arrivé à quelque chose. Ça colle parfaitement avec notre copain Arthur.

Harry soupira. Il y avait une bouteille de whisky irlandais sur le buffet mais il n'était même pas encore midi et il avait une après-midi chargée.

— Donc… corrigez-moi si je me trompe : les restes que Gillian Royle a gardés tout ce temps-là dans le placard de sa cuisine étaient en fait ceux d'un vieillard de soixante-dix ans nommé Arthur Seacroft, lequel était au départ enterré à côté de Lucy ?

— Eh bien, pour être exact, rien que les restes d'une partie de sa jambe droite, dit Rushton. Le reste de sa personne se trouve toujours dans la tombe. Ah, merci mon petit, très gentil.

Christiana Renshaw s'était approchée, portant un plateau chargé de sandwichs. Rushton en prit deux. Harry secoua la tête, puis attendit que Christiana se soit éloignée en direction du groupe suivant.

— Donc quelqu'un a déterré Arthur, dit-il, a prélevé l'un de ses membres, est entré par effraction chez

Gillian ce soir-là, a kidnappé Hayley, abandonné la jambe d'Arthur dans son berceau, puis mis le feu.

Rushton mâchonna quelques secondes avant d'avaler.

— Pareil sang-froid force l'admiration, dit-il. Sans une trace quelconque de restes humains calcinés dans la maison, les pompiers auraient eu des soupçons. N'avoir rien trouvé aurait donné raison à Gillian quand elle soutenait que sa fille n'était pas morte dans l'incendie. On aurait procédé à des fouilles sérieuses. On les aurait trouvées dans la crypte. La jambe droite d'Arthur a mis un terme à tout ça. On n'a pas cherché Hayley. Une autre grave erreur dont je devrai rendre compte quand je rencontrerai mon Créateur.

— C'est fabuleux d'avoir du recul, commenta Harry. J'ai vu le rapport sur l'incendie. Gillian me l'a montré. Les experts n'avaient aucune raison de soupçonner l'incendie criminel.

Rushton ne dit rien. Il continua de manger mais ses gestes avaient quelque chose de mécanique.

— On a aussi reçu le rapport de l'entomologiste, ajouta-t-il au bout d'une minute. Il n'en finit pas avec les cycles de ponte et d'éclosions, les mouches phorides, les rois des cercueils – désolé, mon garçon, les insectes, c'est pas mon truc. Pour vous la faire brève, il pense que Megan et Hayley ont rejoint Lucy en terre début septembre.

— En gros, au moment où l'église a rouvert, conclut Harry.

— Exactement. (Rushton finit son premier sandwich et attaqua le second.) Le responsable, quel qu'il soit, n'était pas prêt à prendre le risque qu'on découvre les trois quand le nouveau pasteur déciderait d'explorer la crypte. On les a donc déménagées au cimetière, le meilleur endroit qui me vienne à l'esprit pour planquer un corps ou deux. C'était sans compter les petits Fletcher et leurs escapades nocturnes.

À l'autre bout de la salle, Christiana réapparut. Son plateau de sandwichs avait été réapprovisionné.

— Christiana en sait plus qu'elle ne nous le dit, commenta Harry.

Faisant demi-tour, Rushton regarda Christiana. Elle se déplaçait lentement, mais plutôt gracieusement pour une si grande femme.

— Ouais, comme vous dites, mon garçon. Mais quand je lui ai parlé, tout ce qu'elle a dit, c'est : « Qui ne se ferait pas de souci, maintenant qu'on a découvert que deux autres filles sont mortes exactement de la même façon que Lucy. Et maintenant que Millie Fletcher a frôlé une mort identique. » Il faut admettre qu'elle n'a pas tort. Et avant que vous ne posiez la question, elle a spontanément proposé de nous donner ses empreintes digitales – lesquelles ne se trouvaient pas sur l'effigie que vous avez découverte, ni sur la carafe de vin qu'a apportée Mike en octobre.

— Oh, vous avez probablement raison, admit Harry. Je me fais des idées.

— Vous savez que je l'ai vue le matin où on a découvert les corps ? Pour lui demander d'identifier le pyjama ?

Harry acquiesça.

— Je l'ai montré à Jenny comme à Christiana. Jenny n'était pas sûre – mais bon, elle était parfaitement bouleversée, ce jour-là. Mais Christiana, en revanche, c'était quelque chose. Elle a apporté sa corbeille à ouvrage et m'a montré les modèles qu'elle avait utilisés pour faire les animaux, tant d'années auparavant. Après quoi elle m'a précisé la couleur exacte et le numéro de référence de chacun des fils de soie à broder qu'elle avait utilisés. Elle a beau être bizarre, elle est très intelligente à sa façon.

— Des nouvelles de la botte de pluie ? s'enquit Harry, qui patienta jusqu'à ce que Rushton ait fini son sandwich.

— Une impasse, dit Rushton. J'avais espéré pouvoir la ramener à une marque précise, mais on n'a pas eu cette veine. Si on trouve la botte elle-même, on pourra la comparer, mais pas mal de gens portent des bottes par ici.

Alors que Rushton parlait, Harry aperçut Gillian, de nouveau. Elle porta un verre de liquide incolore à ses lèvres et le but presque en entier. Rushton suivit son regard et ils l'observèrent de concert tandis qu'elle se dirigeait vers le bar. Elle tendit le bras, tanguant légèrement, et s'empara d'une bouteille.

La réaction initiale de Gillian, quand elle avait appris que Hayley était bien l'un des trois corps déterrés par Tom Fletcher, avait été d'ordre jubilatoire – à l'idée qu'on lui donne raison : sa fille n'était pas morte dans l'incendie, comme elle l'avait toujours soutenu. Mais elle n'en avait pas moins été rapidement suivie d'un tourment qui n'avait pas cessé depuis : elle semblait en effet incapable de s'empêcher d'imaginer les dernières heures de la vie de sa fille. Même sans en avoir parlé à Evi, Harry savait que les progrès de Gillian étaient en chute libre…

Il inspecta rapidement la salle des yeux. Sa mère n'était nulle part en vue.

— Voulez-vous m'excuser ? dit-il à Rushton.

— Ouais, allez-y, mon garçon, dit-il. Encore que, franchement, je ne suis pas sûr que vous puissiez quoi que ce soit pour celle-là.

62

— OK, voici les règles, dit Evi, baissant les yeux sur trois visages éveillés, attentifs.

Ils se trouvaient dans la salle d'interview familiale de l'hôpital. Les petits Fletcher étaient assis en face d'elle dans trois fauteuils miniatures, de couleurs vives.

— Dans cette boîte, il y a des drôles de masques, et aussi quelques-uns qui font assez peur, poursuivit-elle. Donc, aussitôt que l'un de vous commence à avoir peur, ou se sent un tant soit peu anxieux ou inquiet, on arrête, OK ? Joe et Millie, si vous voulez vous installer à la table et dessiner, ou jouer avec les jouets dans le coffre, pas de problème. Si vous préférez rester et aider Tom, ça marche aussi.

— Je veux dessiner, déclara Joe.

Evi indiqua la table basse, déjà pourvue de papier, de feutres et de crayons de couleurs. Dans un coin de la pièce étaient assis Alice et l'inspecteur de police Liz Mortimer. Evi leur avait demandé à toutes deux de ne pas distraire les enfants ou gêner leur spontanéité. Derrière un vaste miroir sur l'un des côtés de la pièce, l'inspecteur Andy Jeffries observait et prenait des notes.

— Bien, Tom, fit Evi. Tu es prêt à jeter un coup d'œil dans la boîte ?

Tom hocha la tête, l'air inquiet mais également, songea Evi, goûtant pas mal l'attention qu'on lui accordait. Evi se laissa choir sur le tapis. S'agenouiller – et peu importe pour quelle durée – était une très mauvaise idée, qu'elle paierait plus tard, mais c'était inévitable dans le cas présent. Elle souleva le couvercle du carton, consciente qu'Alice les observait par-dessous sa main gauche, un magazine posé sur les genoux. Evi plongea la main.

— À mon avis, celui-ci, c'est… (Elle plongea un bref regard sur le masque qu'elle sortait.) Scoubidou, dit-elle, en brandissant une tête de chien de bande dessinée.

Tom sourit et se détendit visiblement.

— Je peux l'essayer ? demanda-t-il.

Evi le lui remit tandis que Millie descendait de son fauteuil en se tortillant et se dirigeait droit sur le carton. Tom passa le masque de Scoubidou sur sa tête et se tourna pour s'examiner dans le grand miroir. Alice leva les yeux, sourit et retourna à son magazine. Millie s'était emparée du couvercle de la boîte et le maintenait en équilibre sur sa tête.

— Bon, dit Evi, plongeant derechef la main dans la boîte. Le suivant, c'est Basil Brush, le renard. Je peux le mettre, celui-ci ?

— On va au spectacle demain, dit Tom. À Blackburn. Avec l'école.

L'exercice avait demandé plusieurs semaines de préparation. L'idée en était venue à Evi peu après que Tom se fut, pour la première fois, confié à elle au sujet de l'étrange petite fille. Après avoir écouté ses descriptions, elle avait exposé à l'équipe d'enquêteurs sa théorie selon laquelle quelqu'un, probablement un enfant plus âgé ou un jeune adolescent, avait rôdé autour de la maison et s'y était même introduit au moins une fois, portant une espèce de masque de carnaval. S'ils pouvaient déterminer quel masque avait été utilisé, la police aurait peut-être un espoir de retrouver où et à qui ce dernier avait été vendu. Il y avait peu de chances que ça marche, surtout dans la mesure où il n'y avait aucune preuve que la petite fille de Tom ait quoi que ce soit à voir avec la tentative d'enlèvement de Millie, mais la police était prête à tenter le coup.

Ayant décidé de mettre le projet à exécution, l'équipe d'enquêteurs avait rassemblé tous les masques de fête, de carnaval et de Halloween qu'ils avaient pu trouver en boutique ou sur Internet. Evi en avait préalablement écarté quelques-uns, qui n'avaient rien à voir avec la description de Tom, et avait fait en sorte que les plus drôles, les moins inquiétants sortent en premier de la boîte.

Tom plongeait la main lui-même dans la boîte à présent, se retournant avec chaque nouvelle trouvaille pour voir à quoi ça ressemblait dans le miroir. Millie copiait son frère, s'emmêlant les cheveux dans les élastiques. Joe les ignorait consciencieusement l'un et l'autre. Peu à peu, les masques se firent plus sinistres, plus effrayants, et pas du tout conçus pour les goûters d'anniversaires d'enfants.

— M'man, regarde, lança Tom.

Il se dressa de toute sa hauteur, avec un masque géant sur la tête. Le masque semblait représenter un paysan, d'Europe de l'Est, avec une bouche bavant aux commissures et une toute petite cervelle.

— Hein ? répondit Alice, levant les yeux de sa revue. Oh, ravissant.

— Tu sais qui je suis ? Le domestique dans la série *Young Dracula*. Celui qui leur prépare du porridge à la crotte de nez de chauve-souris pour le petit déjeuner.

— Miam, faudra que j'essaie ça, remarqua Alice. Y en a d'autres aussi chouettes que ça, là-dedans ?

Tom retourna à son carton tandis que Millie trottinait à la rencontre de sa mère avec un masque de Hulk descendu sur la figure. Il était à l'envers.

Trente minutes plus tard, Tom était arrivé au fond du carton. Evi était prête à déclarer forfait. Pour rester positif, aucun des enfants ne semblait avoir été perturbé par l'exercice. Tom n'y avait vu qu'un grand jeu, essayant chaque masque, obligeant même Evi à en passer plusieurs. Millie, elle aussi, s'était mise de la partie, même si elle s'en était lassée voici un moment déjà, et se trouvait à présent assise sur les genoux de sa mère. Joe avait complètement ignoré ses frère et sœur, et s'était concentré à la place sur son dessin. Cela faisait plus d'une demi-heure qu'il travaillait sur la même image, à présent. Il était un peu trop éloigné d'Evi pour qu'elle puisse voir de quoi il s'agissait.

L'horloge au coin de la pièce indiquait 18 h 25.

— Je crains qu'on ne doive s'arrêter maintenant, dit Evi, jetant un regard au vaste miroir. Tom, merci. C'était très courageux de ta part. Et très utile. Merci, Millie.

Elle lança un autre regard vers Alice et l'inspecteur Mortimer à l'autre bout de la pièce. Alice haussa des sourcils interrogateurs. Evi secoua la tête. Alice se leva, Millie dans les bras. Les yeux de l'enfant étaient vitreux et elle se blottit plus profondément contre elle.

— Ça valait le coup d'essayer, j'imagine, marmonna l'inspecteur, en se mettant debout.

— Venez, les garçons, dit Alice. Qu'est-ce qu'on a fait des manteaux ? Tu as fini, Joe ?

Evi avait presque oublié Joe. Le garçon s'était tenu si tranquille durant toute la séance. Voilà qu'il se levait, examinait le dessin sur lequel il avait travaillé et le lui apportait. Il le lui tendit.

Evi le prit, sentant sa cage thoracique se rétrécir. Le dessin était particulièrement bon pour un enfant de six ans. Il représentait une silhouette vêtue de bleu pâle, avec de longs cheveux blonds et des mains et des pieds surdimensionnés. La tête avait l'air grande elle aussi, les yeux immenses, la paupière lourde. La bouche charnue pendait, ouverte, et le cou était terriblement difforme. Un mouvement à côté d'Evi lui apprit que Tom, lui aussi, regardait le dessin de son frère. Alice et Millie se rapprochèrent.

— Ebba, dit Millie, dont le regard se ranimait tandis qu'elle tendait le bras vers le dessin. Ebba.

— C'est elle, dit Tom d'une petite voix. C'est à ça qu'elle ressemble.

63

— Tous les trois ? Vous êtes sûre ?

— Parfaitement, répondit Evi. Joe l'a dessinée, Tom et Millie l'ont tous les deux reconnue. Millie lui avait même donné un nom. Ebba, elle l'appelait. Elle est tout à fait réelle, cette Ebba. La police n'a qu'à la trouver. Vous écoutez Springsteen ?

— On peut toujours rêver. Une seconde, je baisse le volume.

Harry s'empara de la télécommande et la musique s'évanouit.

— Alors, qu'est-elle ? demanda-t-il. Un gosse, un nain ?

— Difficile à dire. Tom m'a montré sur une toise combien elle mesure, à peu près. Environ 1,40 mètre, ce qui la situerait dans la taille des huit ou neuf ans. Mais si le dessin de Joe est juste, ses mains, ses pieds et sa tête sont anormalement grands. Ce qui pourrait suggérer un adulte à la croissance retardée. Et on dirait qu'elle a une sorte de protubérance, un goitre peut-être, à l'avant de son cou.

— Si pareil individu vit à Heptonclough, les gens auront nécessairement entendu parler d'elle.

— Exactement. Et elle doit bien habiter là. Il n'y a pas d'autres villes suffisamment proches.

— Il y a pas mal de fermes disséminées çà et là, certaines assez isolées. Peut-être qu'elle vient de l'une d'elles.

— L'inspecteur qui était là en a fait mention. Il va suggérer à son boss que deux ou trois agents leur rendent visite.

— Ils ont pris tout ça au sérieux ? Je veux dire, finalement, ce n'était que le dessin d'un gosse de six ans.

— Je ne crois pas qu'ils aient vraiment autre chose à se mettre sous la dent, vous ne pensez pas ?

— Qu'est-ce que Joe avait à dire à son sujet ?

— Rien. Je l'ai pris à part pendant cinq bonnes minutes, mais il ne disait pas un mot. Tom pense qu'il lui a fait la promesse de ne pas parler d'elle, mais apparemment, la dessiner ne compterait pas.

— Aurait-elle pu le menacer ?

— C'est possible. Encore que j'en doute. Rien n'indique chez Joe qu'il ait peur d'elle. La conversation ne le stressait pas du tout, simplement il gardait le silence. Et Millie a accueilli son portrait comme si c'était une amie de toujours.

— Donc Tom a une trouille bleue d'une personne qui ne pose pas de problème à son frère et sa sœur ? Comment est-ce possible ?

— Tom est un peu plus âgé, dit Evi. De bien des façons, il commence à raisonner comme un adulte. Joe et Millie, plus jeunes, sont peut-être mieux disposés à accepter Ebba.

— Comment vous l'appelez ? s'enquit Harry.

— Ebba. C'est le nom que lui a attribué Millie. Ça pourrait être n'importe quoi, évidemment – Emma, Ella, qui sait ? Ce qu'il y a, c'est qu'elle existe vraiment.

— Et comment rentre-t-elle dans la maison ?

— Eh bien, elle ne le fait plus, d'après Tom. Il ne l'a pas revue depuis la nuit où le mur s'est écroulé.

Maintenant qu'Alice et Gareth ont renforcé leur sécurité, elle ne peut plus entrer. Il pense qu'elle les observe peut-être encore quand ils sont dehors, sans pouvoir en être certain.

— Venez me voir, proposa Harry, effrayé de constater à quel point il désirait qu'elle le fasse. (Pas de réponse.) Je suis en train de cuisiner, tenta-t-il, quand le silence se prolongea.

— Vous savez bien que je ne peux pas.

Au plus profond de Harry, quelque chose lâcha.

— Je ne sais rien de la sorte. Tout ce que je sais, c'est que pour la première fois de ma vie, je perds le contrôle des événements autour de moi. Des reporters me sautent dessus chaque fois que je mets le nez dehors, et je n'ose presque plus répondre au téléphone. Où que je me rende, je trouve un fonctionnaire de police. Je commence à avoir l'impression que je suis moi-même suspect.

— Je comprends, mais…

— Je dois gérer un degré de douleur morale comme je n'en ai jamais connu, la terre vomit des corps d'enfants et mes seuls amis ici sont en bonne voie vers la dépression nerveuse. Je trouve des effigies d'enfants dans mon église, on a essayé de me faire boire du sang…

— Harry…

— Et la seule personne de ma connaissance qui pourrait m'aider à garder mes esprits refuse d'avoir quoi que ce soit à faire avec moi.

— Des effigies ? Du sang ? De quoi parlez-vous ?

Sa voix s'était éteinte. On aurait dit qu'elle tenait le combiné à distance de son oreille. Harry entendit comme un léger coup. Le chat avait-il renversé quelque chose ?

— Evi, si je pensais que vous n'en avez rien à faire, je ne vous embêterais pas plus longtemps, dit-il, inspectant la pièce du regard. (Nulle trace de chat.) Je vous jure, je ne suis pas aussi lamentable que ça. Dites-moi seulement que je ne suis pas votre genre et je vous fiche la paix. Mais je n'en crois rien. Je pense que vous ressentez la même chose que moi et…

Le coup retentit de nouveau. Il y avait quelqu'un à la porte.

— Comment ça, vous avez bu du sang ?

— Écoutez, est-ce qu'on peut juste oublier toute cette merde une minute et parler de nous ? Venez dîner – rien d'autre, je vous le promets. J'ai juste envie de parler.

— Harry, qu'est-ce que vous ne m'avez pas dit ?

— Je vous dirai tout si vous venez.

— Oh, arrêtez de faire l'enfant comme ça, c'est vraiment débile, lui rétorqua-t-elle sèchement. Harry, c'est grave. Dites-moi ce qui s'est passé.

— Il y a quelqu'un à la porte. Je vais devoir aller répondre. Si vous n'êtes pas là dans une demi-heure, c'est moi qui viens.

Il raccrocha.

Pestant dans sa barbe, Harry traversa l'entrée. Il distinguait une grande silhouette sombre à travers la vitre de la porte. Se demandant quelle pouvait être la vitesse record pour congédier un paroissien indésirable, Harry tira le battant.

Le commissaire divisionnaire Rushton se tenait sur le seuil, avec dans une main une bouteille de Jameson. Il la brandit dans les airs.

— Je n'ai pu m'empêcher de remarquer que votre propre bouteille avait l'air un peu vide la dernière fois que je suis venu, dit-il. Du coup j'ai apporté la mienne.

64

18 décembre

— Salut, vous.

Harry leva les yeux. Il avait entendu des pas approcher et s'était dit qu'il devait s'agir d'un autre agent de police qui rôdait dans son église. Et voici qu'avant même d'avoir ouvert la bouche pour dire bonjour, il était debout, traversant la sacristie à grands pas, vers la jeune femme peut-être bien vêtue du même violet que celui de ses yeux, sauf qu'il lui était impossible d'en être sûr vu qu'il l'avait déjà prise dans ses bras, qu'il se trouvait désormais bien trop près pour faire attention à ce qu'elle portait, et elle tournait vers lui un visage souriant…

Continue de rêver, Harry. Il n'avait pas bougé de son bureau, regardait toujours fixement à l'autre bout de la pièce, et oui, elle était habillée en violet, un grand pull ample sur un jean noir moulant rentré dans de hautes bottes. Et l'image qu'il avait de ces mêmes bottes sur des jambes nues n'avait vraiment rien de cléricale.

— Vous n'êtes pas venu, constata-t-elle, une main sur le chambranle de la porte, l'autre retenant la porte ouverte.

Harry se carra dans son fauteuil. Il lui faudrait cinq secondes pour traverser la pièce, refermer la porte d'un coup de pied et mettre son fantasme à exécution.

— L'autre amour de ma vie a débarqué avec une bouteille de whisky irlandais, dit-il. Au bout d'une heure, il n'était plus question de conduire, ni pour lui, ni pour moi ; et j'espère que lui aussi était mal foutu toute la journée.

— Le commissaire Rushton ? s'enquit-elle, tandis que le rose de ses joues s'accentuait légèrement.

— Lui-même.

Cinq secondes, vraiment ? Il pouvait probablement y arriver en quatre, en sautant par-dessus le bureau.

— Comment allait-il ?

Elle fit un pas en avant, reprenant sa canne qu'elle avait posée contre le chambranle de la porte, et laissant celle-ci se refermer toute seule.

S'il sautait par-dessus le bureau, il serait malade.

— Il était terrifié à l'idée d'être contraint à la retraite anticipée avant que l'affaire ne soit résolue, expliqua-t-il. Incapable de savoir ce qu'il convenait de faire ensuite. Je lui ai dit que je comprenais parfaitement ce qu'il ressentait et nous nous sommes mutuellement versé verre sur verre.

D'autres pas dehors et son sourire s'évanouit. Harry patienta pour voir s'ils se dirigeaient vers la sacristie mais ils continuèrent dans l'allée.

— J'ai besoin que vous me racontiez ce qui s'est passé ici, dit-elle. C'est important.

Harry poussa un soupir. Il n'avait vraiment aucune, aucune envie de se plonger là-dedans, là, maintenant, avec Evi. Tout ce qu'il avait envie de faire, c'était de s'avancer, de l'écarter de cette porte et…

Elle pencha la tête de côté, le regarda droit dans les yeux.

— S'il vous plaît, ajouta-t-elle.

— OK, OK.

Aussi succinctement que possible, il l'informa de toutes les choses étranges qui lui étaient arrivées depuis sa nomination à Heptonclough : les voix chuchotées, menaçantes ; cette impression constante de n'être pas seul dans l'église ; l'effigie fracassée qui ressemblait si fort à Millie. Et sa préférée : avoir bu du sang dans un calice de communion. Quand il eut terminé, elle garda le silence.

— Je peux m'asseoir ? demanda-t-elle, au bout d'un moment.

Il tira une chaise devant le bureau, dans laquelle elle se laissa choir, le front barré d'une ride de douleur. Puis elle leva les yeux vers lui.

— Vous allez bien ?

Il haussa les épaules.

— Je ne peux pas répondre à cette question en deux mots. Vous y comprenez quelque chose, vous ?

Elle secoua la tête.

— Pas vraiment. Mais je crois que je ne suis pas loin d'avoir trouvé qui est Ebba. C'est la raison de ma venue. Mon ordinateur portable est dans mon sac. Vous pouvez le prendre, s'il vous plaît ?

Harry alla chercher le grand sac de cuir noir à côté de la porte et le posa sur le bureau devant elle. Pendant qu'elle sortait et branchait le mince appareil, il apporta une chaise de l'autre côté de la table de sorte qu'ils soient assis côte à côte. Evi ouvrit une fenêtre et tourna l'écran vers Harry. C'était une page extraite d'un site médical de référence. Son regard remonta au titre en haut de la page.

— Hypothyroïdie congénitale, lut-il avant de se tourner vers elle pour confirmation.

Elle hocha la tête.

— Une fois que Tom a eu le dessin de Joe pour lui rafraîchir la mémoire, il a pu me faire une description très détaillée de la fille, dit-elle. Mais c'est le goitre qui est vraiment révélateur.

— Qu'est-ce que c'est, au juste ? s'enquit Harry, qui avait balayé du regard le texte en dessous du titre, incapable de comprendre grand-chose au jargon médical.

— En gros, une déficience dans le corps de la thyroxine, une hormone, expliqua Evi.

Elle n'était qu'à quelques centimètres de lui. Il pouvait sentir son odeur, douce, tiède, trop délicate pour être du parfum : du savon, peut-être, ou un lait pour le corps. Il fallait qu'il se concentre.

— La thyroxine est produite par la glande thyroïde dans le cou. En cas de carence, on ne peut pas grandir ni se développer correctement. Le cas est rare de nos jours, heureusement, parce qu'il peut être soigné, mais autrefois, c'était assez répandu, surtout dans certaines régions du monde.

— Jamais entendu parler, réagit Harry, en secouant la tête.

— Si, sans doute. Son appellation moins politiquement correcte est le crétinisme. Je pense que l'amie de Tom – que nous appellerons Ebba, voulez-vous, ce qui nous simplifiera les choses – est ce que l'on appelait autrefois une crétine.

Harry se frotta les tempes, réfléchissant une seconde.

— Donc, il s'agit de quoi ? D'une enfant ?

— Pas nécessairement, répondit Evi, avec un tout petit sourire mutin. Les gens atteints de crétinisme mesurent rarement plus de 1,50 mètre, un adulte pourrait donc facilement paraître bien plus jeune. Et ils ont généralement l'âge mental d'un enfant, ils se comportent comme des enfants. Vous voulez du paracétamol ?

— Un cachet de plus, et ils vont s'entrechoquer. Qu'est-ce qui provoque ça ? C'est génétique ?

— Dans certains cas. Mais pour l'essentiel, les causes sont environnementales. Pour que le corps produise la thyroxine, on a besoin d'iode, qu'on trouve surtout dans l'alimentation. À l'époque où les gens faisaient pousser leurs propres aliments et se nourrissaient de bétail local, ils étaient bien plus vulnérables. La nature de certaines terres, généralement des régions montagneuses isolées comme les Alpes étaient déficientes en iode. Quand on habitait une région où le sol était privé d'iode, la taille de la glande thyroïde augmentait de façon à absorber autant d'iode que possible. C'est ce qui provoque le goitre dans le cou.

— On est loin des Alpes.

— Des coins du Derbyshire y étaient très exposés il n'y a pas si longtemps. Le cou du Derbyshire était un cas médical reconnu. Regardez.

Elle changea de page et Harry découvrit un portrait de femme vêtue d'une robe datant de la fin du XIXe siècle. Un gonflement massif sur son cou lui déplaçait la tête, l'obligeant à regarder en l'air.

— Voilà un goitre, dit Evi, indiquant la protubérance. Et on n'est pas bien loin de Peak District ici, si ?

— Donc la fille qui faisait peur à Tom est une femme d'ici atteinte de crétinisme ? Je ne peux pas croire que personne n'en ait parlé.

— Ça paraît étrange, en effet, concéda Evi. Mais les Fletcher sont arrivés tout récemment. Peut-être que les gens tenaient juste à se montrer discrets.

Harry réfléchit un instant.

— J'ai besoin de café, dit-il en se levant et en se dirigeant vers l'évier. (Bouilloire en main, il se retourna.) Et vous dites que ça se soigne ?

— Absolument, répondit Evi, qui hocha la tête. C'est ce que je trouve curieux. Les nouveau-nés sont systématiquement dépistés de nos jours. Si on leur trouve une déficience en thyroxine, elle peut leur être administrée de manière artificielle. Ils devront en prendre à vie, mais se développeront normalement.

Harry mit en marche la bouilloire électrique et sortit des mugs propres.

— La seule explication qui me vienne à l'esprit, c'est qu'elle est née de parents relativement peu éduqués qui n'ont pas maintenu son traitement, poursuivit Evi. Peut-être en sont-ils atteints eux-mêmes. J'ai parlé au commissaire Rushton ce matin et lui ai suggéré de commencer à faire le tour des fermes éloignées et des cottages d'ouvriers agricoles. J'imagine que les membres de cette famille ne viennent pas souvent en ville.

— OK, grande question, maintenant, coupa Harry, qui versait des cuillerées de café instantané dans les mugs. Cette fille – ou femme, peu importe – pourrait-elle être responsable des morts de Lucy, Megan et Hayley ? De la menace exercée sur Millie ?

Evi ranima l'écran.

— J'ai passé l'essentiel de la journée à chercher tout ce que je pouvais sur la maladie. Je n'ai pas vu que ces malades pouvaient se comporter de manière violente ou agressive. Tom lui-même ne pense plus que ce soit elle qui ait tenté d'enlever Millie. Il soutient que c'était une bien plus grande personne.

— Il faisait nuit, il avait peur, dit Harry. Il a pu se tromper.

— Oui, mais quelque part, ça ne me paraît guère plausible. Ces malades sont réputés pour leur douceur, pour être inoffensifs. Leur seul nom le suggère. Le mot « crétin » dérive, à ce que l'on dit, du mot anglo-français « *chrétien* ».

— Chrétien ? fit Harry, tandis que l'eau parvenue à ébullition, la bouilloire s'éteignait automatiquement.

— Oui, ou charitable, compatissant. Crétin signifie chrétien. Ce qui était censé suggérer l'incapacité des malades à commettre le péché, à l'instar du Christ.

Vraiment, il ne parvenait pas à se concentrer ce matin.

— Comment ça ?

— Comme ils n'ont pas la capacité de distinguer le bien du mal, rien de ce qu'ils font ne peut être considéré comme un péché, au vrai sens du terme. Ils restent innocents.

Harry faillit secouer la tête et se retint juste à temps. Plus jamais il ne reboirait.

— Ce qui ne signifie pas qu'ils ne puissent pas faire le mal, seulement qu'ils ne savent pas qu'ils le font, dit-il. Et si ladite Ebba aimait l'allure des petites filles blondes, qu'elle les percevait comme des sortes de jouets, et que tout… oh, attendez une seconde, ça me rappelle un truc.

— Ne vous fatiguez pas, la dernière chose dont vous ayez besoin là, maintenant, c'est de vous échauffer le cerveau.

Elle se moquait de lui.

— Ce qu'il me faut, là, maintenant, ne se discute pas dans une maison de Dieu.

Elle avait raison, cependant, il aurait vraiment pu se passer d'une gueule de bois aujourd'hui.

— Chrétiens innocents, déclara-t-il, comme s'il cherchait à tester la façon dont les mots sonnaient dans sa bouche.

Puis ça lui revint.

— Innocentes âmes chrétiennes, reprit-il. Il nous faut le registre des enterrements.

— Pardon ?

Harry tendait déjà le bras vers le placard où était conservé le registre.

— Écoutez ça, dit-il, quand il eut trouvé la bonne page. Sophie Renshaw, décédée en 1908, à l'âge de dix-huit ans, décrite comme *une innocente âme chrétienne*.

— En voilà un autre, dit Evi. Charles Perkins, mort en 1932, à quinze ans. Il y en a combien ?

Il fit rapidement le calcul.

— Huit, répondit-il. Six filles, deux garçons, tous âgés de moins de vingt-cinq ans à l'heure de leur mort.

— Le cas est plus courant chez les femmes, dit Evi. Vous pensez que toutes ces personnes auraient pu être comme Ebba ?

— Je n'en serais pas étonné le moins du monde. Le vieil imbécile s'en est même vanté : « Quatre-vingt-dix pour cent de ce que j'ai mangé durant toute ma vie provient de cette lande », voilà ce qu'il m'a dit. Je vous parie que la terre ici est… comment disiez-vous ?

— Déficiente en iode. Il faut absolument qu'on la trouve, Harry.

65

Le car s'arrêta et cinquante enfants excités se levèrent d'un bond. Au travers des vitres embuées, Tom apercevait la grande bannière et les affiches devant King George's Hall, ainsi que les éclairages massifs des décorations de Noël de Blackburn. *Blanche-Neige*, un peu fifille comme thème pour un spectacle de marionnettes, mais bon ?.... Ça faisait une demi-journée sans cours, et ensuite, demain… vacances.

Tom se sentit poussé vers l'avant.

— Faites attention en descendant, disait Mrs Deacon, la directrice. Je n'ai pas envie de passer mon après-midi aux urgences.

Un large sourire aux lèvres, Tom posa un pied sur le trottoir. Un second car s'était arrêté dans Blakeymoor Street et les élèves de CP et CE1 en descendaient. La plupart d'entre eux n'avaient encore jamais fait de sortie scolaire et regardaient tout autour d'eux, fascinés par les lumières de Noël. Sous les yeux de Tom, Joe sortit d'un bond, franchissant allègrement une marche qui faisait la moitié de sa hauteur. Il croisa le regard de Tom et lui fit signe.

Incapable de se retenir de sauter comme une puce, Tom s'engouffra dans King George's Hall.

66

— À votre avis, est-ce que le lieu où ça se produit importe ? demanda Evi, comme Harry la raccompagnait en traversant l'église. De toutes les hauteurs de ce monde d'où l'on pourrait précipiter des petits enfants, faut-il que ce soit celle-ci ?

— J'en suis convaincu, répondit-il. C'est ici que se situe le lieu des meurtres.

Evi releva timidement les yeux, vers la galerie qui se trouvait presque à l'aplomb de leurs têtes.

— C'est immonde, dit-elle.

Harry leva les yeux à son tour.

— Il y a quelque chose qui cloche dans cette église, Evi. Je pense l'avoir su dès que j'y ai mis les pieds.

Il sentit ses doigts lui effleurer doucement la main.

— Les bâtiments s'imprègnent des événements qui s'y déroulent, continua-t-il. Je ne pense pas que tout le monde partage mon sentiment, mais j'en suis sûr. Normalement, les églises procurent un sentiment de paix, de sécurité, parce qu'elles ont absorbé des décennies, des siècles parfois, d'espérance, de prière, de bonne volonté.

— Pas celle-ci ?

Les doigts d'Evi se refermaient sur sa main.

— Non. Ici, on ne ressent que de la douleur.

Un instant, ils restèrent immobiles. Puis, exactement comme il s'y attendait, Evi se tourna et leva les bras vers lui. Ce n'était qu'une étreinte, il le savait, un geste de réconfort, mais il était impossible d'être à ce point proche d'elle et de ne pas baisser la tête vers son cou, vers ce grain de beauté, de ne pas enfouir son visage dans ses cheveux et respirer profondément. Là-dessus elle bougea dans ses bras, renversa la tête, et il fut totalement exclu de ne pas l'embrasser.

Un moment s'écoula et la seule pensée qui lui venait à l'esprit c'était que le monde ne pouvait être si mauvais, après tout, puisqu'Evi s'y trouvait. Serait-il damné pour l'éternité s'il la prenait dans ses bras, l'allongeait doucement sur le banc qui se trouvait à côté d'eux et lui faisait l'amour tout le reste de l'après-midi ?

Evi émit soudain un cri étouffé qui n'avait rien à voir avec la passion. Elle s'était raidie dans ses bras, s'était écartée de lui, et regardait fixement par-dessus son épaule gauche. De l'air froid dans sa nuque lui apprit que le portail de l'église était ouvert. Il recula d'un pas et se retourna.

Gillian se trouvait sur le seuil. Un instant, Harry crut qu'elle allait s'évanouir. Ou qu'elle allait se jeter sur eux comme une furie. Elle ne fit ni l'un ni l'autre : elle tourna les talons et partit en courant.

67

Millie était sur le pas de la porte, observant des poules en train de déambuler dans la ruelle. Dans l'allée, sa mère déchargeait des courses de la voiture. Elle se redressa et se dirigea vers la maison.

— Veux-tu bien rentrer ? dit-elle à la petite, en se penchant vers elle. Il fait un froid de gueux.

Elle se glissa devant l'enfant et disparut. Un instant plus tard, ses mains prenaient Millie par la taille.

— Je ne plaisante pas, dit-elle, en soulevant sa fille et la tirant hors de vue. Tu vas tomber dans l'escalier.

Le seuil resta vide un moment, après quoi la mère reparut. Elle retourna rapidement à sa voiture et prit le reste des sacs. Alors qu'elle se relevait et pressait la touche du machin qui servait à verrouiller la voiture, l'enfant reparut dans l'embrasure. Elle lança un bref regard en douce à sa mère avant de le reporter sur les poules qui s'étaient aventurées dans leur jardin. Puis elle descendit la volée de marches.

La voiture ne s'était pas refermée automatiquement. La mère appuya deux fois, trois fois sur le bouton puis renonça, verrouillant manuellement le véhicule à la place, à l'instant même où Millie s'éloignait sur la pelouse. La mère parcourut l'allée et entra dans la maison. La porte se referma. Silence.

Rien en vue, calme plat pendant une minute, deux peut-être. Puis la porte se rouvrit et la femme, le visage pâle, mains crispées sur le haut des bras, surgit sur le perron.

— Millie ! lança-t-elle, comme si elle craignait de crier trop fort. Millie ! héla-t-elle de nouveau, un peu plus fort cette fois. Millie !

68

— Où les avez-vous trouvés ? s'enquit Harry.

— Aux archives environnementales, répondit Gareth Fletcher. Faites gaffe avec vos chips, je vais me faire tuer si je fais des taches de graisse dessus.

Harry reposa son sachet de chips et se pencha sur les plans.

— Des cartes hydrographiques. Je n'en ai jamais entendu parler.

Gareth leva sa pinte et but. Une semaine avant Noël, le White Lion au cœur de Heptonclough était plein et même à 17 heures, les deux hommes avaient eu de la chance de trouver une table. Harry regrettait presque que Gareth et lui aient dû reporter le rendez-vous qu'ils avaient prévus depuis des jours. Il voulait aider Evi à retrouver Gillian, à lui parler. Elle n'aurait pas dû se retrouver seule confrontée à la chose.

— Le contraire m'aurait étonné, dit Gareth. Elles sont établies par les services des eaux. On y voit le pays du point de vue des ressources en eau.

— Ce qui signifie quoi, au juste ?

À l'autre bout de la pièce, une joyeuse troupe d'employés de bureau s'en donnait à cœur joie. Plusieurs d'entre eux étaient coiffés de chapeaux en papier. Quand ils se levèrent, la plupart semblaient tituber.

Evi avait refusé qu'il l'accompagne. Gillian était sa patiente, avait-elle dit, sa responsabilité.

— La plupart des cartes représentent les routes, ainsi que les petites et les grandes agglomérations, non ? dit Gareth.

— Juste, convint Harry.

— Celle-là représente les cours d'eau. Vous voyez, voici la rivière Rindle. Elle prend sa source tout là-haut dans les collines, et descend progressivement jusqu'à rejoindre le Tane. Tous ces autres ruisseaux et rivières, là, en sont des affluents.

Gareth se pencha sur la carte, indiquant du doigt des lignes sinueuses à peine visibles.

— Tous se déversent dedans, et elle n'en finit pas de grossir. La zone qu'ils couvrent s'appelle le bassin-versant.

— OK, pigé, dit Harry, qui observait une brune coiffée d'un chapeau de papier violet qui lui rappelait…

Quand pouvait-il décemment la rappeler ? Se trouvait-elle avec Gillian en ce moment même ?

— Et les services des eaux en ont besoin parce que… commença-t-il, s'obligeant à se concentrer.

— Quand une rivière se tarit, si elle est polluée, si les poissons meurent en masse ou qu'une inondation menace, les autorités ont besoin de situer le problème et de savoir quels autres cours d'eau cela va impacter.

— Ah bon.

Je pourrais me faire radier pour ça, Harry, lui avait-elle dit, tandis qu'ils se querellaient devant le portail de l'église. *Vous n'imaginez même pas à quel point c'est grave*.

— Les cartes modernes sont plus faciles à lire, les différents bassins sont colorés différemment, continuait Gareth. Celle-ci doit dater d'il y a quatre-vingts ans, environ. Mais elle comporte quelque chose qu'on ne voit pas sur les plus récentes. Elle montre les courants souterrains. Et même certains des plus profonds aquifères. Elle remonte au temps où les gens creusaient leurs propres puits et avaient besoin de savoir où ils auraient le plus de chance de faire mouche.

— Je vous suis toujours, commenta Harry.

Elle avait confiance en moi, et je l'ai trahie de la pire façon qui soit.

— Bon, on voit un cours d'eau souterrain assez considérable commencer, là, juste au pied de Tor Morrell, puis traverser le village en serpentant, alimentant sans doute pas mal de puits au passage, probablement tous abandonnés et recouverts aujourd'hui, pour passer enfin sous l'église.

— On l'a vu le jour où on est allés explorer. Les moines en avaient fait une sorte de fontaine.

— Exactement. Comme nous le savons, il disparaît au travers d'une grille, court sous la cave, et… c'est là que ça devient important, vous vous concentrez ?

— Oh, je suis tout ouïe.

S'il lui arrive quoi que ce soit, ce sera ma faute.

— Juste après être ressorti des fondations de l'église, il se scinde en deux. Le cours d'eau principal continue de descendre, traverse le cimetière, passe sous le jardin des Renshaw, et se perd dans la lande. L'autre ramification part vers l'est et suit le tracé du mur de l'église.

— En le fragilisant sérieusement ?

— Selon moi, oui. Si vous me posez la question, il ne sert pas à grand-chose de rebâtir le mur à moins qu'on ne puisse détourner ce cours divergent.

— Si on le bloque, est-ce que l'eau continuera de descendre le coteau avec le reste ?

— Probablement, encore que j'aie besoin de vérifier ce point avec mes amis des services des eaux. Voulez-vous que je le fasse avant que vous demandiez à Dieu de vous dispenser les fonds ?

— Oui, volontiers, merci. Et c'est quoi, ça ?

Pour tenter de penser à autre chose que ce qui pouvait bien se passer entre Gillian et Evi, Harry avait essayé de repérer des endroits qu'il connaissait autour de la ville sur la carte. Il avait localisé Wite Lane, avait suivi le sentier qu'il empruntait parfois quand il faisait son jogging au-dessus de la ville. Il indiquait un double cercle dans un rectangle.

— On dirait un trou de sonde, un ancien forage, dit Gareth. Encore que je n'aie pas la moindre idée de la raison pour laquelle il y en aurait un situé aussi haut.

— C'est juste au pied du Tor, non ? Y avait-il un vieux moulin dans le temps ?

— Exact. Je vous parie qu'il se trouve à l'intérieur de la cabane. Celle que les enfants appellent la maison du Petit Chaperon Rouge.

Harry hocha la tête. Il la connaissait.

— Elle appartient aux Renshaw, dit-il. Le commissaire Rushton m'a raconté qu'ils l'ont fouillée quand ils recherchaient Megan Connor. Je ne crois pas qu'il ait mentionné un point de forage.

— S'il a été condamné et oublié, Rushton a très bien pu ignorer qu'il se trouvait là, dit Gareth, finissant sa pinte. Il y a des puits et des forages partout, dont personne n'a entendu parler. Une autre ?

— Je crois que je suis encore soûl d'hier soir, dit Harry. Un verre de plus ne fera guère de différence.

Le visage de Gareth se fendit d'un sourire. Alors qu'il se levait, les deux hommes entendirent résonner les notes métalliques de l'air de Bob le Bricoleur.

— C'est le mien, dit Gareth, en sortant son téléphone mobile de sa poche.

Gareth continua d'avancer tout en maintenant l'appareil contre son oreille. Il parvint au bar avant de pivoter sur place, lancer un bref regard à Harry et sortir du pub, écartant deux garçons au passage, lesquels semblaient à peine en âge de boire.

Après quelques instants, Harry se leva. Ce devait être un problème au bureau, se dit-il, rien d'important. Le bruit dans le pub s'était comme intensifié. À la table des employés de bureau, les filles poussaient des cris perçants, et soufflaient dans les trompettes en papier sorties des *crackers* de Noël.

Il fit un pas en direction de la porte.

Millie allait certainement très bien. Elle avait dû aller faire des courses de Noël, la dernière grande virée avant Noël, il ne pouvait rien arriver au supermarché. Une serveuse passait d'un client à l'autre.

— Tiramisu ? disait-elle. Pour qui, le tiramisu ?

Même la caisse enregistreuse au bar semblait anormalement stridente.

— Joyeux Noël, pasteur, lançaient les gens dans son dos tandis qu'il se frayait un chemin dans la foule.

Il les ignora. Millie allait forcément très bien. Sa mère ne la quittait jamais des yeux ces temps-ci. Quelqu'un fit tomber un verre juste à côté de lui, peut-être même l'avait-il renversé lui-même. Il vola en éclats sur le carrelage.

Il poussa la porte : l'air froid du soir le saisit, tout comme le silence. Il prit une profonde inspiration et regarda autour de lui. Il faisait complètement nuit. Gareth était un peu plus haut, à quinze mètres, sur le point de monter dans son camion, et un instant, Harry n'eut qu'une envie : le laisser partir. Il ne voulait pas qu'il se retourne : il ne voulait pas revoir cette expression sur le visage de quiconque, plus jamais.

— Hé ! cria-t-il, parce que promis, juré, il avait parfaitement oublié comment l'autre s'appelait.

Gareth se retourna. Et voilà, c'était reparti : une expression de terreur pure. Il ouvrit la bouche et Harry parvint tout juste à deviner ce que Gareth lui expliquait d'une voix étranglée. Donc, ce n'était pas Millie : Millie allait bien, finalement.

C'était Joe qui avait disparu.

69

— Bien, voici ce que nous savons.

Le commissaire divisionnaire Rushton s'interrompit et s'éclaircit la voix. Il devait se contenter du sommet du crâne d'Alice, qui avait le regard rivé sur un cornflake égaré sur la table de la cuisine.

— Joe se trouvait toujours au King George's pendant l'entracte, reprit Rushton, qui a duré de 15 h 15 à 15 h 45. Le responsable de l'accueil était tout à fait catégorique sur l'horaire. Joe a mangé une glace et plusieurs petits gars se rappellent l'avoir vu dans la queue des toilettes. Ce que nous ne pouvons savoir avec certitude, c'est s'il était toujours dans le théâtre durant la deuxième moitié du spectacle.

— Qui était assis à côté de lui, putain ? s'exclama Gareth.

Il ne tenait pas en place depuis qu'il avait franchi la porte, accompagné de Harry. Il marchait de long en large, se balançait d'avant en arrière sur ses talons, il errait d'une pièce à l'autre, pensant à voix haute, criant ses pensées à qui voudrait bien les entendre. Alice, elle, avait à peine bougé en trois heures. Son visage semblait chaque minute plus pâle et tiré.

Harry consulta sa montre : 20 heures, bientôt. Il sortit son portable de sa poche et vérifia l'écran. Pas de messages.

— Eh bien, c'est tout le problème, répondit l'inspecteur Neasden. Les gosses n'avaient pas de place attribuée, ils ont tous changé de fauteuil à l'entracte. Un ou deux des plus petits ont eu peur du méchant sur scène et sont allés s'asseoir près des professeurs. Le théâtre n'était pas complètement plein, il restait donc des sièges vides. Aucun de ceux à qui nous avons parlé n'est sûr d'avoir vu Joe durant la seconde partie. On a vérifié auprès des hôtesses : elles étaient trois en service à ce moment-là, aucune d'elles ne se souvient d'avoir vu un jeune garçon errer tout seul dans son coin.

— Les responsables de l'école ne se sont pas aperçus qu'il manquait avant de faire remonter tous les gosses dans les cars et de compter les têtes, expliqua Rushton. Il était alors 16 h 50. Le personnel est retourné dans le théâtre pour fouiller, et a renoncé au bout d'une autre demi-heure. On nous a prévenus à 17 h 25.

— Il pouvait avoir disparu depuis deux heures, à ce moment-là, conclut Gareth, passant devant l'inspecteur Neasden pour se rendre à l'évier.

Il se fit couler un verre d'eau et se retourna en entendant la porte de la cuisine s'ouvrir. Tom entra. Le garçon resta interdit sur le seuil, regardant chaque adulte tour à tour. Nul ne semblait savoir quoi lui dire. Puis Jenny Pickup parut derrière lui, plus pâle et débraillée qu'à l'accoutumée, Millie dans les bras.

— Allez viens, Tom, mon chéri, dit-elle. Laissons parler les grands. On va jouer sur l'ordinateur ?

Tom ouvrit la bouche, comme sur le point de prendre la parole, mais sa lèvre inférieure se mit à trembler. Il se détourna et partit en courant, à l'instant même où Millie se mettait à réclamer sa mère d'une voix perçante. Alice se leva et lui tendit les bras. Elle prit sa fille et se laissa retomber sur sa chaise, comme si tenir debout lui demandait trop d'effort.

— Je reste avec Tom, marmonna Jenny.

— Merci, répondit Gareth. J'arrive dans une seconde. Ils devraient sans doute être au lit à l'heure qu'il est.

Harry consulta l'écran de son portable une fois de plus tandis que Jenny s'éclipsait de la pièce.

— Bien, reprit Rushton. Ensuite, nous avons regardé l'enregistrement réalisé par les caméras de surveillance. Pas des plus faciles : le bâtiment est vaste. En plus du spectacle, ils avaient une conférence dans la Suite Northgate, et le café était aussi plein qu'on pouvait s'y attendre à la veille de Noël.

— Et ? coupa Gareth, vidant l'eau dans l'évier.

Rushton secoua la tête.

— Les caméras du foyer n'ont rien détecté. Évidemment, ça grouillait de monde durant l'entracte et il n'est pas impossible qu'il soit sorti derrière quelqu'un d'autre, mais l'école avait posté une de leurs accompagnatrices près des portes précisément pour empêcher ce genre de cas de figure. Elle soutient mordicus qu'aucun petit n'est passé devant elle et elle semble plutôt digne de confiance.

— Et les autres issues ? demanda Harry.

— En comptant les entrées de service et les issues de secours, il y a neuf sorties dans le bâtiment, répondit Rushton, certaines surveillées par caméras, d'autres non. On a bien isolé une image qu'on aimerait vous montrer. Tu l'as, Andy ?

L'inspecteur Andy Jeffries, qui tenait en apparence plus du jeune voyou que du fonctionnaire de la police du Lancashire, avait préparé son ordinateur portable sur la table. Il pressa deux touches puis tourna l'écran vers Alice. Gareth s'approcha de la table et se pencha par-dessus le dossier de sa femme. Harry alla les rejoindre. L'enregistrement des caméras de surveillance démarra. Ils découvrirent l'un des couloirs du King George's Hall. Deux employés se dirigeaient vers la caméra et, alors qu'on les perdait de vue, un adulte et un enfant surgirent à l'écran, s'éloignant de l'appareil. L'adulte portait une casquette, un pantalon et une épaisse veste matelassée. L'enfant était semblablement vêtu d'une casquette trop grande pour lui et d'un grand imperméable en plastique bleu. Ils se dirigèrent vers les portes, l'adulte avec un bras passé autour de l'enfant, puis disparurent au dehors.

— Qu'en pensez-vous ? demanda Rushton.

— On peut le revoir ? fit Gareth.

Ils repassèrent la bande.

— Impossible d'être sûr, dit Gareth, une fois qu'ils l'eurent regardé une troisième fois. La taille semble correspondre à celle de Joe, il est bâti de la même manière, mais on ne voit jamais sa figure, sous aucun angle. T'en penses quoi, Al ?

Alice resta sans réagir un instant. Puis elle secoua la tête.

— On va diffuser cet extrait aux infos ce soir, annonça Rushton. (Il consulta sa montre.) Dans une heure, tout juste. En leur demandant de bien vouloir se présenter aux autorités. Si ça n'a rien à voir avec Joe, on pourra les éliminer.

— C'est un homme avec lui ? demanda Harry. Une femme ? Un ado ?

— Dieu seul le sait, répondit Rushton. Des gars de chez nous sont en train d'essayer d'améliorer la qualité de l'image, mais tout ce sur quoi on peut travailler, c'est l'arrière d'un crâne, c'est pas simple. Évidemment, ces deux-là n'ont peut-être rien à voir avec Joe. Des agents interviewent en ce moment même tous les conducteurs de bus qui circulaient dans le coin cet après-midi. Les chauffeurs de taxi, aussi, au cas où le gosse aurait réussi à piquer trois sous. Inutile de le dire, on a envoyé sa photo à toutes les gares de la région, avec une description.

Harry posa son téléphone sur la table devant lui.

— Et les caméras de surveillance en ville ? Est-ce qu'on n'est pas tous filmés cent fois par jour ? Si c'est le cas, certaines des caméras postées dans Blackburn ont dû repérer Joe.

— Une équipe est en train de les visionner, dit Rushton. Ça va prendre un certain temps, comme vous l'imaginez, j'en suis sûr, mais vous avez raison, il aura forcément été repéré quelque part.

— Pouvons-nous nous rendre utiles ? demanda Harry. Si c'est une question d'effectifs. On peut s'asseoir et consulter des écrans de télés.

— C'est une bonne suggestion, répondit Rushton, mais ces choses-là doivent être faites par des gens sans lien affectif. Votre place est ici, auprès de la famille. Bien, où en étais-je ? (Il jeta un regard à ses notes.) Des agents patrouillent dans le centre de Blackburn et enquêtent dans tous les magasins encore ouverts. Ils ont tous sa photo.

— Joe ne s'en irait pas comme ça avec un étranger, pourtant, fit Gareth. S'il est sorti du King George's avec quelqu'un, c'est qu'il le connaissait.

— Fort possible. D'un autre côté, c'est encore un tout jeune garçon. Et les gens peuvent être très convaincants. On a aussi parlé à tous ses camarades de classe. Si Joe avait des projets quelconques, il aurait pu s'en ouvrir à quelqu'un. Sur ce, il faut que je retourne au poste, maintenant. Quand les nouvelles du soir seront diffusées, les téléphones vont s'emballer. (Il tendit le bras et tapota Alice sur l'épaule.) Gardez le moral, ma petite dame, dit-il, en se mettant debout. Quelqu'un l'aura forcément vu.

— Un instant, coupa Harry, repoussant sa chaise. Ce que vous faites à Blackburn semble très minutieux, mais qu'en est-il d'ici ?

Rushton fronçait les sourcils.

— Ici ? répéta-t-il.

— Qui cherche ici ? Je n'ai pas eu l'impression qu'on cherche dehors. Et on n'a toujours pas trouvé la fille dont Tom nous a parlé.

— Blackburn est à près de vingt bornes d'ici, Harry, dit Rushton. Je doute qu'il se soit enfui du théâtre dans le seul but de rentrer chez lui par ses propres moyens.

— Et vous pensez que la disparition de Joe n'est qu'une coïncidence ? rétorqua Harry. Que ça n'a rien à voir avec ce qui se passe ici ?

Rushton semblait sur le point de parler, puis il se ravisa.

— Un mot en privé, révérend, marmonna-t-il, indiquant la porte qui donnait dans l'entrée.

Harry se leva et sortit à la suite de Rushton, Gareth les talonnant de près. Rushton ouvrit la bouche pour protester.

— Aux dernières nouvelles, Joe est encore mon fils, dit Gareth, qui croisa les bras sur sa poitrine.

— Trois enfants morts ont été trouvés dans le jardin de cette maison, déclara Harry. Et maintenant, un autre a disparu. Il ne peut s'agir d'un enlèvement classi…

— Ces enfants étaient des filles, nettement plus jeunes que Joe.

Rushton fusilla Harry du regard une seconde, puis se détendit un peu.

— Je ferai venir une équipe demain matin, promit-il. On lâchera les chiens, je vais voir si l'hélico est dispo, on peut chercher la fameuse petite fille de Tom. Mais pour ce soir, je dois concentrer mes ressources là où les chances de trouver le gamin sont les plus grandes. Il est quelque part à Blackburn, j'en suis sûr et certain.

70

— Ça va mieux ?

Evi s'essuya le nez et se passa le mouchoir sous les yeux pour éviter que son maquillage ne s'étale trop.

— Oui, dit-elle, même si ce n'était pas le cas. Je suis désolée.

Après l'incident dans l'église, Evi s'était rendue tout droit chez Gillian. Ses coups répétés à la porte étaient restés sans effet. La femme du magasin en dessous de l'appartement lui avait finalement appris que Gillian avait pris un bus moins de dix minutes plus tôt. Evi n'avait pas eu d'autre choix que de retourner travailler. Peu après son arrivée, elle avait reçu un appel de la police, l'informant de la disparition de Joe. Elle avait annulé ses rendez-vous pour le reste de la journée puis roulé comme une folle pendant près d'une heure jusqu'à la maison de son superviseur, Steve Channing. Sa femme était associée dans un gros cabinet comptable et ils vivaient dans un vieux manoir au cœur de la forêt de Bowland.

— Inutile, répondit-il. Bon, prête à parler ?

Elle hocha la tête.

— La police n'établit aucun lien entre la disparition de Joe et ce qui s'est passé en ville ? s'enquit Steve. Avec ce qui a bien failli arriver à sa sœur, à deux reprises ?

Evi secoua la tête.

— Non. Ils disent que, parce qu'il a disparu à Blackburn et qu'il ne correspond pas au profil des victimes, il y a peu de chances qu'il y ait un rapport direct. Le policier en charge de l'affaire pense que c'est la couverture médiatique en ville ces derniers temps qui aura provoqué l'enlèvement de Joe. Il pense que quelqu'un l'aura aperçu à la télévision et aura flashé sur lui. C'est possible, cela dit.

Steve se leva et se dirigea vers la fenêtre. De l'autre côté de la rue, des lanternes éclairaient un alignement de cottages en pierre. Des arbres de Noël apparaissaient derrière plusieurs des fenêtres. Au bout de la rue, un pont de pierre enjambait une étroite rivière. L'arrivée d'Evi avait coïncidé, plus tôt, avec celle d'un vol d'oies. Elles avaient atterri bruyamment sur la berge. Evi eut l'impression de les entendre encore, en train de s'installer pour la nuit. Puis elle perçut autre chose. Un faible signal sonore provenant de son sac à main. On cherchait à la joindre, de nouveau.

— Et vous, qu'en pensez-vous ? lui demanda Steve.

Elle ne pouvait prendre l'appel, elle ne pouvait pas parler à Harry maintenant.

— La coïncidence est trop grosse pour moi, dit-elle, s'obligeant à se concentrer. Et il serait tout simplement stupide d'écarter l'éventualité que celui qui a tué les filles détienne Joe. Je me demande si le commissaire Rushton a peur d'admettre le lien parce que cela signifierait qu'il est responsable, au moins en partie. S'il ne s'était pas planté sur les affaires précédentes, le meurtrier ne serait pas en liberté à l'heure qu'il est.

Steve s'éloigna de la fenêtre et se rassit.

— C'est un peu raide, mais vous avez peut-être raison. Alors, à quoi avons-nous affaire, selon vous ?

— Aucune idée, Steve, répondit-elle. Il ne s'agit pas seulement de trois meurtres et d'un enlèvement. On a aussi eu du sang dans un calice de communion, une effigie précipitée de la galerie de l'église, des effractions, des voix désincarnées, et une femme sérieusement handicapée qui rôde dans les parages et terrifie les gens. C'est parfaitement incohérent.

Steve se contenta de la dévisager.

— Millie Fletcher correspond au profil des victimes, reprit Evi. À mon avis, c'est elle qui est visée depuis le début, depuis que sa famille a emménagé en ville. Mais pourquoi diable quelqu'un qui aurait déjà tué deux fois, qui prévoit de tuer à nouveau, ferait-il autant de blagues idiotes ? C'est presque comme s'il cherchait à…

Elle s'interrompit.

— Continuez, l'encouragea Steve.

— Prévenir les gens, conclut-elle, parce que Steve la regardait avec cette expression bien à lui et qu'elle savait qu'il ne la laisserait pas s'en tirer sans une réponse. Mais ça n'a aucun sens. Pourquoi le tueur chercherait-il à prévenir les gens en mesure de…

— Continuez.

Oh, pourquoi ne parvenait-elle pas à réfléchir correctement ? La disparition de Joe l'avait fait sombrer dans la panique.

— Le tueur ne les préviendrait pas, dit-elle enfin. Ce n'est pas le tueur qui est à l'origine des blagues.

Elle se passa une main dans les cheveux.

— Seigneur, c'est évident, reprit-elle. Tout ce temps, on a cru qu'on recherchait une seule et même personne. Mais non, on en recherche deux.

— Bien, on avance, l'encouragea Steve, qui affichait un sourire agaçant. Le tueur des petites filles, qui détient peut-être Joe, et la personne qui a tenté de prévenir les gens à même de les protéger. Ou, dans le cas de Gillian, non pas de la prévenir, parce qu'il est trop tard pour ça, mais de lui dire ce qui s'est réellement passé. Que répétait sans cesse la voix à Gillian ? « M'man, M'man, trouve-moi » ? Peut-être était-elle censée prendre la chose au pied de la lettre : « Trouve la tombe. »

— Et où Harry intervient-il là-dedans ? demanda Evi. Il n'est pas un parent.

— Harry est en charge de l'église.

— Le lieu des crimes, chuchota Evi, tandis qu'une soudaine vision du joli visage pâle de Joe, de ses longs membres maigres flottait devant elle.

Elle cligna fort des yeux pour l'écarter.

— Exactement, dit Steve. Bien. Il me semble que le tueur ne peut être cette femme que vous avez appelée Ebba. Un être atteint d'un cas d'hypothyroïdie congénitale sévère n'aurait tout simplement pas la capacité mentale et physique de concevoir et mettre en œuvre trois enlèvements et trois meurtres. Encore moins de prendre un car jusqu'à Blackburn pour enlever un jeune garçon au King George's Hall. On est d'accord ?

— Oui, dit Evi. Oui, évidemment. Vous avez raison. Mais elle pourrait être celle qui a tenté de prévenir les gens.

Steve se penchait vers elle.

— Songez à ce que disaient ces voix. Que murmuraient-elles à Tom ? « *Millie, tomber* » ? Il l'a pris comme une menace, mais inversez le propos, et ça pourrait tout aussi bien être un avertissement. Sur ce, quand avez-vous pris votre médicament pour la dernière fois ?

Evi fut forcée de sourire.

— J'ai raté mon fix de 18 heures, admit-elle. Trop pressée d'arriver.

— Je peux vous donner quelque chose ?

— Non, franchement, ça va. J'essaie de réduire les doses, de toute façon. Steve, si Ebba n'avait rien à voir avec les enlèvements, si elle a tenté d'alerter les gens, elle sait sans doute qui est le tueur.

Steve hocha la tête.

— Selon moi, si vous trouvez Ebba, vous trouverez votre ravisseur. Si vous la trouvez avant que le tueur ne parvienne à faire entrer Joe dans l'église, vous le sauverez peut-être.

71

Harry ouvrit la porte donnant sur la crypte de l'église. Un effluve de moisi et d'oubli s'en échappa. Il s'empara de la lampe de poche et de la boîte à outils qu'il avait prises dans sa voiture.

L'obscurité semblait s'être densifiée, en contrebas. Rushton et son équipe seraient là sitôt qu'il ferait jour. Ils auraient les moyens de fouiller l'église et la crypte de fond en comble. Il serait idiot de sa part de faire quoi que ce soit qui puisse compromettre la fouille. D'un autre côté, l'aube n'était que dans onze heures. Joe pouvait s'y trouver en ce moment même.

Mais il avait été tellement plus facile de descendre ces marches alors qu'il faisait jour dehors, qu'il n'était pas seul et avant que les corps d'enfants assassinés ne se mettent à surgir de terre. La dernière fois qu'il était venu ici, le mal ne s'était pas encore approché d'assez près pour lui effleurer la nuque. Il braqua le faisceau lumineux au pied de l'escalier. C'était un rayon puissant, mais quand bien même, il ne distinguait guère plus d'une douzaine de marches. Il était toujours sur la première.

La clé de la porte était dans la serrure. S'il descendait et la laissait là, quelqu'un pouvait refermer doucement la porte, tourner la clé et… Il glissa la clé au fond de sa poche. Il prit une profonde inspiration, redressa les épaules en arrière. C'était ridicule. Il était adulte. Ce n'était qu'une cave. Était-ce donc ce soir qu'il apprendrait qu'il était un lâche ?

Dans le faisceau de la lampe, les ténèbres semblaient mouvantes, comme si elles rassemblaient leurs forces, attendant qu'il ose, convaincues qu'il n'oserait probablement pas. Il était un homme de Dieu. Dans une église. Était-ce également ce soir qu'il apprendrait que sa foi n'était que du vent ?

— Quand je marche dans la vallée de l'ombre de la mort, je ne crains aucun mal, chuchota Harry, qui se sentit aussitôt plus mal encore.

Quiconque l'entendrait saurait qu'il mentait. Il avait très peur.

— Je ne crains aucun mal, reprit-il, car Tu es avec moi.

Il se tenait toujours sur la première marche et Joe, le tout petit Joe, qui n'avait que 6 ans, pouvait se trouver en dessous, frigorifié et terrifié, piégé dans l'un de ces coffres de pierre.

— Car Tu es avec moi, répéta Harry.

Il n'avait pas fait un geste.

— Oh, et puis merde, pesta-t-il, avant de descendre.

72

— Soyez prudente, dit Steve, qui se penchait et s'adressait à Evi par la fenêtre ouverte de sa voiture. La route est longue et on annonce de fortes gelées.

Elle n'avait pas besoin qu'on le lui dise. Elle pouvait voir le souffle de Steve faire des volutes dans la nuit. Le givre commençait déjà à briller sur les murs de pierre secs bordant l'étroite ruelle.

— Je ferai attention. Et merci.

Comme s'il la laissait à contrecœur, Steve se baissa encore et posa les deux avant-bras sur le rebord de la fenêtre.

— Il me vient deux ou trois autres idées, dit-il. Ces filles ont été enlevées pour une raison. Quand on enlève des enfants, le motif évident, c'est qu'il s'agit de satisfaire un besoin sexuel.

Evi dut se mordre la lèvre. Joe était là de nouveau, flottant tel un petit fantôme dans l'allée.

— Je connais cet enfant, Steve. Il est roux, avec des taches de rousseur et…

— Arrêtez ça.

Evi cligna des yeux, fort.

— Sa mère a le droit de pleurer sur ses boucles rousses et ses taches de son. Vous, vous devez vous en tenir aux faits si vous comptez lui venir en aide. Bon, Megan et Hayley ont toutes les deux été retrouvées portant les vêtements dans lesquels on les avait vues pour la dernière fois. Est-ce que cela suggère des sévices sexuels, selon vous ?

— Ça rend la chose moins probable, convint Evi. Donc si le mobile du tueur n'est pas sexuel, on en recherche un autre ?

— Deuxièmement, l'endroit où elles sont tuées est important. Il y a une raison pour laquelle on les précipite du balcon de l'église.

— Je suis d'accord. Harry aussi. Il pense que tout est lié à l'église.

— Troisièmement, il existe un rapport entre les victimes, Joe inclus, dit Steve. Celui ou celle qui les a enlevés avait un lien avec tous ces enfants. Autrement, il ou elle serait allé bien plus loin pour trouver ses victimes et ce faisant, aurait réduit les risques de se faire prendre. Il ou elle se cantonne à la ville dont sont originaires les enfants, ce qui me donne à penser qu'il n'aurait pu s'agir de n'importe quelles petites filles, il fallait que ce soit ces petites filles-là, en particulier. Trouvez le lien et vous trouverez le tueur.

— Ou bien trouvez Ebba.

— Exactement. Le généraliste acceptera-t-il de vous parler, à votre avis ?

Evi haussa les épaules.

— Je n'en ai aucune idée. Il va peut-être penser que je lui tends un piège si je me pointe aux consultations du samedi matin.

— En tout cas, il faut tenter le coup.

— Je sais. Vos genoux sont-ils en état de rester accroupis aussi longtemps ?

— Aucune partie de mon corps n'est guère en état de faire quoi que ce soit, ces temps-ci. Appelez-moi quand vous lui aurez parlé.

— Promis.

— Et arrêtez de culpabiliser au sujet de Harry. Jusqu'à ce matin, vous avez parfaitement respecté les règles. On ne se fait pas radier pour un défaut temporaire de jugement.

— Je vous suis tellement reconnaissante, Steve.

— Maintenant, vous êtes sûre que je ne peux rien vous donner contre la douleur ?

Evi secoua la tête.

— Ce n'est pas si terrible, vraiment. Je prendrai quelque chose dès que je serai rentrée.

— Soit.

Steve se releva, puis sembla penser à quelque chose et se pencha à la fenêtre une dernière fois.

— Il y a quelque chose qui me tracasse au sujet de Joe, Evi. Il ne colle pas dans le cadre. Le commissaire a raison à ce sujet, au moins. On a besoin de lui pour autre chose.

73

Tom frissonnait. La vitre était froide, le mur était froid, tout était froid mais il ne pouvait bouger. Pas avant d'avoir vu le fin rai de lumière parcourir l'allée de l'église. Il se mit à compter. Dix, onze, douze. À trente, son papa serait revenu.

Il entendit le bruit d'une clé tourner dans la serrure en bas et la porte d'entrée s'ouvrir. Son père revenait de sa tournée d'inspection dans le cimetière, il aurait Joe dans les bras, transi, fatigué, chiant comme la pluie, mais bon, Joe, tout de même. Son père l'aurait trouvé, il en était certain. Tom courait, foulant le tapis, ouvrait la porte de sa chambre, atteignait le sommet des marches. Gareth était en bas dans l'entrée, encore vêtu de son lourd manteau d'hiver. Il leva les yeux. Il était seul.

Son père ôta son manteau et le lança sur une chaise avant de gravir les marches. Parvenu en haut, il posa ses deux mains sur les épaules de son aîné pour lui faire faire demi-tour. Ils regagnèrent ensemble la chambre de Tom. Tom grimpa dans le lit de Joe : son père ne fit aucun commentaire. Il s'agenouilla sur le tapis et caressa la tête de son fils.

— P'pa, je suis vraiment désolé.

Tom avait attendu toute la soirée de pouvoir le dire, mais c'était la première fois que lui et son père se retrouvaient seuls.

Son père eut l'air perplexe.

— De quoi donc, mon vieux ?

— De ne pas l'avoir surveillé. Je sais que je suis censé veiller sur lui.

Son père prit une profonde inspiration et frissonna. Soudain, il avait l'œil humide. Tom n'avait jamais vu son père pleurer auparavant.

— Tom, ce n'était pas ta faute, dit-il, tandis que sa main froide s'emparait de celle de Tom. Ce n'était pas à toi de le surveiller. Il y avait des professeurs, là-bas. Ne va jamais, jamais imaginer que c'était ta faute.

Tom n'avait pas entendu son père mentir auparavant.

— On le trouvera, p'pa, promis ? Promets-moi qu'on le trouvera.

La bouche de Gareth se tordit et il la redressa avec effort.

— Je passerai le reste de ma vie à chercher, Tom, je te le promets.

Gareth passa un bras autour de son fils et posa sa tête sur l'oreiller. Tom, résolu à rester éveillé jusqu'à ce que Joe revienne, commença à trouver ses yeux bien lourds. Son père ne lui avait pas promis qu'on trouverait Joe, seulement qu'il ne cesserait pas de le chercher. Un léger mensonge, donc. C'est tout ce qu'il obtiendrait.

74

La voiture bleu et argent n'était pas garée devant chez Harry. Il était presque 23 heures. Evi sortit son portable et consulta l'écran. Il avait laissé six messages, tous avant 20 heures, mais elle n'avait tout simplement pas désiré parler à qui que ce soit avant d'avoir eu le temps de réfléchir, d'évoquer le sujet avec quelqu'un qui ne soit pas affectivement impliqué.

Elle composa son numéro et fut invitée à laisser un message.

Sa jambe la faisait énormément souffrir et sa colonne vertébrale lui donnait l'impression d'avoir été écartelée sur un rocher pendant des heures. Elle avait besoin de prendre des médicaments, de manger, et de se reposer. Elle fit partir le moteur.

En se garant, elle recomposa le numéro une nouvelle fois. Pas de réponse. Elle était livrée à elle-même.

75

— Messieurs Burke et Hare[1], chapeau !.... marmonna Harry dans sa barbe, insérant son pied-de-biche sous le couvercle de pierre du sarcophage avant de s'appuyer dessus de tout son poids.

La lourde plaque bougea légèrement. Avec le talent qu'il avait développé en près d'une heure d'entraînement, il déplaça le couvercle juste assez pour pouvoir braquer sa lampe à l'intérieur.

Rien. Ou précisément ce qu'il avait trouvé dans les huit cercueils de pierre qu'il avait réussi à ouvrir. Pas d'ossements, pas de chair momifiée, pas de vêtements mortuaires flétris, et certainement pas de Joe. Il ne saurait probablement jamais quand les dépouilles des membres du clergé avaient été ôtées de la crypte de St Barnabé, mais en tout cas, elles n'étaient plus là.

Sa nervosité s'était envolée depuis longtemps. Rien de tel, franchement, qu'une bonne suée pour chasser la trouille.

Une seule alcôve conservait encore son mystère. La toute dernière de la file, la plus proche du fond de la

1. Célèbre et triste affaire datant des années 1827 et 1828, durant lesquelles William Burke et William Hare ont assassiné dix-sept personnes pour revendre leurs cadavres au *Medical College* d'Édimbourg, en manque de corps à disséquer.

crypte. Aucune des clés trouvées dans le tiroir de son bureau n'était venue à bout de la grille. Quand la police l'avait fouillée la dernière fois, ils avaient dû se servir de l'une des clés de Sinclair. Harry avait martelé la ferronnerie comme un beau diable, il avait coincé une clé à mollette entre les barreaux et cogné sur les deux sarcophages qu'il parvenait tout juste à atteindre, il avait crié le nom de Joe et passé au moins dix minutes à écouter silencieusement, sans rien faire d'autre. Pour finir, il s'était senti contraint de renoncer. Joe n'était pas dans l'église. Ni dedans ni dessous.

Au moins, maintenant, il en était sûr.

Harry traversa la première chambre de la crypte et localisa l'entrée de la seconde avec le faisceau de sa lampe. Il se trouvait à présent sous sa propre église, et même à près de minuit, un rai de lumière tombait depuis la rue.

Harry s'avança. Impressionné par sa propre audace, il éteignit sa lampe. Peu à peu, de vagues formes émergèrent de l'obscurité. L'éclairage public, à l'extérieur, traversait les vitraux de l'église et une fraction de cette lumière s'infiltrait dans la cave.

Comment au juste ?

Il s'avança vers l'endroit où la lumière semblait la plus forte. Oui, de la lumière, vraiment, un rayon, carré. Il l'atteignit et leva les yeux. Il y avait une sorte de grille juste au-dessus de sa tête. Il leva les bras et tira dessus, fort. Elle tint bon. Il tenta de la pousser et elle se dégagea brutalement par le haut.

La faisant glisser de côté, Harry l'entendit racler le dallage. Il agrippa alors les bords de l'ouverture qu'il venait de dégager. Ses doigts se refermèrent sur les dalles de pierre qui couvraient, il le savait, l'espace dépourvu de moquette du chœur. L'heure était venue de découvrir ce que valaient ses biceps.

Pas mal. Une forte poussée et il fut en l'air, regardant autour de lui. Il était juste derrière l'orgue, dans l'espace exigu poussièreux, que l'on trouve souvent à l'arrière des instruments anciens. Par des interstices entre les tuyaux, il apercevait le pulpit, à moins de un mètre cinquante de lui.

Un temps pour tuer.

— Alors, voilà où tu étais, marmotta Harry. Notre petite amie aux voix.

Harry se laissa retomber, remit la grille en place et ressortit de la crypte. L'étrange copine des petits Fletcher, Ebba, connaissait l'église comme sa poche, ça ne faisait aucun doute. C'était probablement elle qui l'avait fait tourner en bourrique le jour de son arrivée.

Harry verrouilla la crypte, puis vérifia que les portes principales de l'église étaient bien fermées à clé, les verrous tirés. Il alla aux toilettes à l'arrière de l'édifice puis entra dans la nef. Grâce à Jenny Pickup, lui et les Fletcher avaient dîné, deux heures auparavant. Il avait une couverture de voyage prise dans sa voiture, qu'il avait garée cinq cent mètres plus bas dans une impasse tranquille. Il était paré.

Arrivé à l'autel, il souleva les drapés qui retombaient autour de l'ancienne table en chêne. L'autel avait été tendu de linge damassé blanc crème et du riche brocart violet de l'Avent. Il poussa quelques coussins de prière en dessous, puis s'y glissa lui-même. Remettant les nappes de l'autel en place, enveloppé de sa couverture de voyage, il s'allongea.

Il était sur les lieux du crime. Si quelqu'un devait amener Joe ici cette nuit, il serait prêt.

76

Evi consulta sa montre. Il était presque 23 h 30, mais elle voyait de la lumière à la fenêtre du premier étage. Elle traversa la rue et sonna à la porte. La douleur dans sa jambe et son dos s'était nettement aggravée depuis une heure. Elle avait été stupide de ne pas accepter les médicaments que lui proposait Steve.

Au bout de plusieurs minutes, de la lumière inonda le palier en haut des marches. On apercevait une silhouette sombre en train de descendre. Evi commença à se sentir oppressée. La silhouette parvint au pied de l'escalier. La porte s'ouvrit et, une seconde, les deux femmes ne firent que se dévisager.

— Bonsoir, Gillian, la salua Evi.

On aurait dit que Gillian reculait en tanguant : son regard fuyait celui d'Evi.

— Alors, on a réussi à le quitter ? lança-t-elle.

Elle avait bu.

La cage thoracique d'Evi s'était comme rétrécie : elle cherchait presque l'air.

— Quand vous m'avez vue dans l'église, je suis venue tout droit ici pour vous trouver, expliqua-t-elle, sachant que Gillian n'écouterait qu'une conversation focalisée sur sa personne. Comme vous n'étiez pas là, je suis allée voir un autre psychiatre, poursuivit-elle. Nous avons passé une bonne partie de la soirée à parler de vous. Je m'inquiète pour vous, Gillian. Puis-je entrer ?

— Non !

Les mains de Gillian se jetèrent sur le chambranle, bloquant le passage, comme si les mots seuls n'avaient pas le pouvoir d'empêcher Evi d'entrer.

— Gillian, il n'y a pas de relation intime entre moi et Harry, dit Evi, qui entendait sa voix trembler mais se forçait à regarder l'autre femme droit dans les yeux. Nous ne sortons pas ensemble, nous ne passons pas de temps l'un chez l'autre et nous ne couchons certainement pas ensemble. Mais il a été mis à dure épreuve récemment. Moi aussi. Ce que vous avez vu cet après-midi était une erreur.

Evi s'avança d'un pas, s'efforça de sourire et échoua.

— Je ne suis pas sa petite amie, ajouta-t-elle enfin. Mais, Gillian, j'ai peur que vous ne deviez y renoncer vous aussi.

— Salope ! Espèce de menteuse !

Plus que les mots, c'est la furie qui se lisait sur son visage qui fit reculer Evi. Elle manqua trébucher.

— C'est à cause de vous qu'il a changé, cracha Gillian. Il m'aimait bien. On était proches. Il m'a embrassée. Et tout d'un coup, il s'est mis à m'éviter. Vous lui avez débité des mensonges sur mon compte, c'est ça ? Vous lui avez dit que j'étais cinglée. Vous l'avez monté contre moi parce que vous le vouliez pour vous.

— Je ne parle pas de vous avec…

Evi s'interrompit. Elle ne pouvait même plus dire ça : elle avait bel et bien parlé de Gillian à Harry.

— Vous faites pitié, vous le savez ?

Gillian sortit sur le perron, obligeant Evi à reculer vers la route.

— Je me croyais moche, mais vous n'êtes que faux-semblants. Eh ben, permettez qu'on vous parle franchement pour une fois : peut-être qu'il vous baisera s'il est vraiment en manque, mais il n'attendra jamais plus d'une infirme.

— Gillian, stop.

Elle ne pouvait pas encaisser cela, pas maintenant.

— Et s'il le fait, ce sera dans le noir.

Dancing in the… Elle allait être malade.

— Je repasserai demain matin, réussit-elle à dire.

— Ne vous donnez pas cette peine.

— On vous trouvera un autre médecin. Je sais que notre relation est rompue, et par ma faute…

Evi parlait toute seule : Gillian avait claqué la porte.

77

19 décembre

Quand Tom s'éveilla, la chambre était plongée dans le noir. Le réveil sur son bureau lui apprit qu'il était presque 3 heures du matin. Il était seul dans le lit de Joe.

Il referma les yeux. Il se rappelait avoir vu une émission sur des gens qui avaient une sorte de lien mental. Beaucoup de vrais jumeaux étaient dans ce cas, disait le reportage, ils pouvaient savoir ce que l'autre pensait sans se le dire. Lui et Joe ne présentaient pas un si grand écart d'âge. Il n'était pas rare qu'il sache exactement ce à quoi pensait son frère. Peut-être que lui et Joe avaient ce lien. Peut-être que s'il se concentrait vraiment fort, Joe pourrait lui dire où il se trouvait.

Doucement, l'horloge de l'église se mit à sonner l'heure. Ding, ding, ding.

Le drap de l'autel effleurait le visage de Harry. Il s'éveilla non sans mal. Il porta une main devant sa figure et pressa le bouton lumineux de sa montre. 3 h 10. Il y avait un courant d'air froid sur son visage. Quelqu'un avait ouvert une porte.

Aussi silencieusement qu'il le put, Harry roula hors de sa cache, se mit debout et s'avança jusqu'à l'orgue.

L'église semblait vide. La grille carrée sous ses pieds était toujours en place. Nul n'était remonté de la crypte.

Il resta immobile, tendant l'oreille. Le vent s'était calmé : les prévisions météo, plus tôt dans la soirée, avaient évoqué l'éventualité de chutes de neige.

Au bout de cinq minutes, il descendit lentement l'allée, inspectant les bancs de part et d'autre au fur et à mesure. Au fond de l'église, il testa la porte donnant sur la crypte. Elle était toujours fermée à clé et verrouillée. Là-haut, la galerie était vide. Il se dirigea vers la petite porte en bois qui conduisait au clocher. Elle était fermée à clé, mais le verrou n'avait pas été tiré. Avait-il oublié tout à l'heure ? Sans doute. Pourtant, il était sûr du contraire.

Rien. Si Joe envoyait des messages, Tom ne les recevait pas. Et il était soudain impossible de rester allonger sans rien faire. Tom repoussa la couette et sortit du lit. Il traversa le palier et ouvrit la porte donnant sur la chambre de Millie. Elle dormait profondément, les cheveux humides de sueur, ses petits bras serrant Simba contre sa poitrine.

Et si Joe se trouvait dehors en ce moment même ? Et s'il était revenu à la maison et qu'il ne pouvait rentrer ? Peut-être était-il recroquevillé sur le perron, transi. Tom descendit l'escalier en courant, le pied léger, et jeta un œil par la fenêtre de la porte d'entrée. Pas de petit garçon gelé sur le seuil.

Il s'apprêtait à remonter à l'étage quand un bruit dans le salon l'arrêta. Osant à peine espérer, il poussa la porte. Sa mère, toujours habillée, était allongée dans l'un des canapés, une couverture remontée sur les hanches. Dans l'autre canapé se trouvait son père, assis. Sa tête était renversée en arrière et ses yeux, clos. Il respirait bruyamment.

Tom se glissa dans la pièce. Sur le troisième canapé, il y avait des coussins et un plaid aux couleurs vives. Il s'allongea et s'en couvrit.

Harry déverrouilla la porte donnant sur le clocher. Putain, qu'il faisait froid. La tour était vide, la cloche était rangée à l'envers telle qu'il l'avait laissée, des heures auparavant. Il ne servait à rien de monter ici. Personne ne pouvait grimper sur le toit par la tour.

Aucun adulte, en tout cas, ne le pouvait. Une femme mince peut-être. Et Ebba avait la taille d'un enfant. Harry se hissa jusqu'à ce qu'il puisse voir clair dehors. Devant lui, il distinguait le long toit pentu, couvert de tuiles. À l'angle opposé, à l'avant de l'église, il apercevait l'un des trois faux clochers vides, construits dans le seul but de procurer un équilibre esthétique à l'église. Il voyait la nuit au travers des colonnes de pierre. Il n'y avait personne sur le toit – sans doute n'avait-il pas tiré le verrou auparavant. Il redescendit dans la galerie, puis dans la nef, il consulta sa montre de nouveau. 3 h 40. Autant se recoucher.

78

Un raclement sonore. Suivi d'un fort bruit métallique : quelque chose de lourd venait de retomber sur la pierre. Harry roula hors de sa cache juste à temps pour voir une forme sombre disparaître dans le sol.

— Attendez ! cria-t-il d'instinct.

Il entendit quelque chose atterrir par terre, sous ses pieds. Il passa les mains sous l'autel, saisit sa lampe et traversa le chœur à toute vitesse. Inutile d'agir à la dérobée.

Harry se laissa tomber au fond de la crypte et alluma sa lampe, balayant le moindre recoin de son rayon, en quête de n'importe quelle ombre n'ayant pas sa place ici, du moindre mouvement autre que les siens. La première chambre semblait vide. Il s'apprêtait à se rendre dans la seconde quand il perçut un autre bruit. Du métal, claquant contre du métal, dans la seconde chambre.

Harry courut vers l'ouverture et s'arrêta. Inutile de se ruer dans le noir. Du seuil, il commença à promener le rayon de sa lampe alentour, tombant sur la coquille Saint-Jacques, la première des alcôves, la deuxième, la… la grille de la sixième et dernière était ouverte. Celle qu'il n'avait pas réussi à fouiller plus tôt… quelqu'un s'y trouvait à présent.

— Ebba, lança-t-il. C'est bien ça, votre nom ? Ebba, je veux seulement vous parler. J'ai besoin que vous m'aidiez à trouver Joe.

Pas de réponse. Il passait devant la troisième alcôve, se rapprochait.

— Tout ce que je veux, c'est Joe, Ebba. Pouvez-vous me dire où il est ?

Quatrième alcôve, bientôt la cinquième. La grille de la sixième était toujours ouverte.

Il ralentit le pas en approchant. Il se remémorait quatre sarcophages, un étroit passage et une petite porte en bois dans le mur du fond.

Anticipant une attaque soudaine, il franchit la grille. L'alcôve était vide. Ebba avait dû s'échapper par la porte. Harry s'en approcha. Elle ne mesurait guère plus de 45 centimètres de large et ouvrait vers l'extérieur.

La pièce au-delà était une chambre étroite et haute, au plafond voûté, en brique. Des étagères, de brique elles aussi, se trouvaient de part et d'autre : chacune supportait des cercueils en pierre. L'air était sec, empreint d'une odeur de terre, et une douce brise provenait d'une autre porte tout au fond. Ebba s'était enfuie à la hâte, et par un trou minuscule, il apercevait le ciel nocturne.

Il jeta un œil à sa montre tout en passant devant les cercueils d'un pas décidé. 6 h 40 du matin. Il poussa la porte et déboucha dans une toute petite courette, ceinte de hautes grilles métalliques. Il les reconnut aussitôt, même s'il ne s'était jamais retrouvé de ce côté desdites grilles auparavant. Il était sorti de l'église par le mausolée de la famille Renshaw.

Bien, maintenant il savait comment Ebba entrait et quittait l'église sans être vue. Mais où était-elle ? Il traversa la courette, faisant crisser le gravier sous ses pas, et poussa le portail métallique.

Peut-être était-il 6 h 40 du matin, l'heure où le monde s'éveille, mais le ciel au-dessus de sa tête était aussi noir qu'il l'avait été toute la nuit. Il attendit, le cœur cognant dans sa poitrine. Pas un bruit, pas même un souffle de vent.

Puis on foula l'herbe, les buissons s'agitèrent. Quelqu'un se dirigeait vers lui. Harry se retrancha dans l'ombre d'un haut laurier. Il pouvait la voir, menue silhouette, venant dans sa direction à pas de loup, regardant tout autour d'elle, comme si elle redoutait un assaut. Harry fit un pas en avant, saisit la silhouette par les épaules et la retourna.

— Tom ! s'écria-t-il, tout en se vidant de son souffle. Mais qu'est-ce que tu fiches ici ?

Tom leva vers lui des yeux écarquillés, l'air un peu maussade, comme le sont les enfants quand ils ne veulent pas répondre à une question. Surtout une question aussi idiote. Il cherchait son frère, évidemment, que pouvait-il bien faire d'autre ?

— Ton papa et ta maman savent que tu es là ? demanda Harry.

Tom secoua la tête.

— Ils dormaient tous les deux. Je ne voulais pas les réveiller.

— Très bien, mais il faut qu'on rentre.

Il posa une main sur l'épaule de Tom et le pressa dans la montée. Si Alice et Gareth se réveillaient et s'apercevaient qu'un autre enfant avait disparu, ils risquaient fort de perdre le peu de raison qu'il leur restait.

Ils trouvèrent le chemin et Harry se sentit enfin suffisamment détendu pour parler.

— Tom, dit-il, je crois que je viens de voir la fille dont tu parles. Celle que Millie appelle Ebba.

Tom s'arrêta et leva les yeux vers lui.

— Vous l'avez vue ?

— Oui. Ne reste pas là.

Harry poussa Tom doucement et ils se remirent tous deux à gravir le coteau.

— Elle était dans l'église à l'instant.

— Elle fait peur, non ? dit Tom à voix basse.

— Eh bien, je n'ai pas pu la distinguer vraiment.

Ils étaient proches du mur du cimetière à présent.

— Tom, sais-tu qui elle est, où elle habite ? demanda Harry. Elle ne peut pas vivre dans les collines, elle habite forcément quelque part.

Elle avait une clé du caveau Renshaw. Se pouvait-il que… ?

— Généralement, elle s'enfuit quand je la vois, répondit Tom. Mais je suis pratiquement sûr qu'elle parle avec Joe.

— Tu penses que Joe est avec elle en ce moment ? Tu crois que c'est elle qui l'a emmené ?

Tom hocha timidement la tête.

— C'est ce que j'ai dit à la police, mais ils ont dit qu'on aurait forcément repéré quelqu'un avec une tête aussi bizarre à Blackburn, surtout dans le King George's Hall. Ils pensent que c'est une grande personne qui a enlevé Joe.

— Tout de même, j'aimerais bien qu'on la retrouve. Tom, as-tu jamais…

— Tom ! Tom !

Tom partit à petites foulées. Harry inspira un grand coup.

— Il est là ! hurla-t-il à pleins poumons. Il est avec moi !

Une seconde plus tard, la tête et les épaules de Gareth surgissaient derrière le mur de clôture. Se hissant sur les mains, il s'approcha de son fils à grands pas.

— Non mais, as-tu idée à quel point tu nous as… commença-t-il.

Harry s'avança d'un pas.

— Tom ne pouvait pas dormir, s'empressa-t-il d'expliquer. Il est sorti chercher Joe. On s'est rencontrés juste au bas du coteau.

— Ta mère a failli avoir une attaque. Rentre immédiatement.

— Du calme, l'ami, dit Harry.

Gareth porta ses mains à sa figure et inspira profondément.

— Je sais. Allez viens, mon vieux.

Il tendit le bras et tira son fils vers lui. Tom passa un bras autour de la taille de son père et ils repartirent ensemble vers l'entrée du cimetière. Harry leur emboîta le pas, repérant Alice sur le seuil de leur maison, qui les suivait du regard. Son corps frêle semblait tressaillir. Il se demanda si elle luttait pour ne pas pleurer – ou ne pas crier. De l'autre côté de la rue, des lumières s'allumaient, on tirait des rideaux. Gareth et lui avaient dû réveiller la moitié de Heptonclough avec leurs cris.

Harry se laissa distancer. Il était presque 7 heures. Au portail du cimetière, il s'arrêta. Il ferait mieux de rentrer chez lui et de se changer, de prendre un petit déjeuner. Une heure de plus, et il ferait complètement jour : Rushton et son équipe débarqueraient. Ils auraient huit, peut-être neuf heures devant eux.

Quelqu'un l'observait. Il se tourna. L'Audi argentée était garée contre le mur de l'église. Evi venait d'en sortir, et prenait appui sur sa canne. Elle attendit qu'il s'approche.

79

— Mais où étiez-vous passée, nom de Dieu ? Savez-vous à quel point je me suis fait du souci ?

Il la tenait par le haut des bras : c'était trop empreint de colère pour être une étreinte, trop intime pour être quoi que ce soit d'autre. Il sentait la sueur, la poussière et la fumée de bougie. Ses yeux étaient injectés de sang. Elle leva les bras, caressa la barbe naissante sur son menton.

— Où avez-vous passé la nuit ? demanda-t-elle, sentant sa mâchoire trembler et pensant que s'il ne la lâchait pas sous peu, elle allait se mettre à pleurer et que cela l'handicaperait définitivement.

Harry ôta une main de son bras pour se la passer sur la figure.

— Mieux vaut ne pas savoir. (Il la relâcha et enfonça ses mains dans ses poches.) Venez prendre un petit déjeuner avec moi.

Elle n'aurait pas demandé mieux. De petit-déjeuner chez lui, de lui faire couler un bain, de le regarder se raser. Elle secoua la tête.

— Je n'ai pas le temps, répondit-elle. Je dois appeler les hôpitaux du coin et parler au généraliste régional quand les consultations du samedi matin ouvriront. S'il est né un enfant atteint d'hypothyroïdie congénitale ces trente dernières années, ça doit être consigné quelque part. Et j'ai promis d'accompagner les Fletcher à la conférence de presse.

— Comment ça s'est passé, hier ? lui demanda Harry.

Evi soupira.

— Je suis allée voir mon superviseur. Il a quelque expérience dans le médico-légal et je me suis dit que sa façon de voir les choses pourrait être utile. Je peux vous rapporter ses propos plus tard. Trouver Ebba, tout repose là-dessus.

— Avez-vous vu Gillian ? s'enquit Harry, sans tout à fait croiser son regard.

— Hier soir, oui, tard. Ça ne s'est pas bien passé.

Par-dessus son épaule, elle voyait des gens se diriger vers l'église. L'autre chose que je dois faire, c'est trouver un confrère pour prendre ma relève, poursuivit-elle. Je vais faire en sorte qu'on la reçoive aujourd'hui. Je suis vraiment très inquiète.

Deux vieilles dames patientaient à quelques mètres de là, qui désiraient manifestement lui parler. Elle consulta sa montre.

— Il faut que j'y aille. Je ferai aussi vite que possible.

Elle se tourna vers sa voiture et s'arrêta.

— Un peu de votre foi ne me ferait pas de mal, en ce moment, dit-elle. Vous en avez en rab ?

S'il répondit, elle ne l'entendit pas.

80

Se détournant d'Evi, Harry aperçut Minnie Hawthorn et l'une de ses amies à l'entrée du cimetière. Alors qu'il venait à leur rencontre, elles le déshabillèrent du regard, notant au passage ses vêtements froissés, son visage non rasé.

— Bonjour, mesdames, dit-il, se demandant où il allait trouver la force de se montrer poli envers de vieilles chouettes étroites d'esprit, indiscrètes, qui n'étaient sans doute là que parce qu'elles se régalaient du drame qui se déroulait devant leur porte.

— On a veillé, c'est bien ça, pasteur ? s'enquit Minnie qui l'inspectait de la tête aux pieds.

— Plus ou moins, convint Harry.

— L'église est ouverte ? demanda son amie.

Derrière lui, Harry entendit démarrer le moteur de la voiture d'Evi. Il hocha la tête.

— On fera comme chez nous, alors, dit Minnie. On vous sert un petit déjeuner dans une minute, pasteur.

Harry se détourna juste à l'instant où Evi passait devant lui sans même jeter un regard dans sa direction. Stanley Hargreaves, un autre de ses paroissiens, descendait à leur rencontre en compagnie de deux autres hommes. Puis une Land Rover apparut sur la route et s'arrêta devant la boucherie. Jenny et Mike Pickup étaient assis à l'avant. De la lumière s'alluma en vacillant dans le magasin. Dick Grimes et son fils surgirent d'une porte arrière et sortirent dans la rue.

— Ils n'attendront pas la police, commenta la compagne de Minnie. Ils commenceront sitôt que vous aurez fini les prières.

— Les prières ? répéta Harry.

— Les prières pour le petit, dit Minnie, prenant son bras et le conduisant vers l'église. Pour qu'il nous revienne sain et sauf. Venez, pasteur, vous n'avez pas l'air bien réveillé, si je peux me permettre. M'est avis que z'avez b'soin d'avaler què'que chose de chaud.

Evi s'essuya les yeux au tournant, dès qu'elle perdit de vue l'église dans son rétroviseur. Ils se remplirent de nouveau en quelques secondes. Gillian se trouvait devant chez elle. Quand leurs regards se croisèrent, Evi ôta son pied de l'accélérateur et la voiture ralentit. Mais elle ne pouvait s'arrêter : qu'aurait-elle bien pu lui dire ? Elle enfonça le pied de nouveau et le véhicule repartit de plus belle.

Gillian comptait-elle se joindre aux recherches ? *J'ai passé des années à arpenter les landes, je connais tous les meilleurs endroits où se cacher.* En tout cas, elle n'était certainement pas habillée en prévision de cela, avec sa veste en jean légère et ses bottes à talons hauts.

Une soudaine vision envahit son esprit, le corps d'un petit garçon, gisant sous une haie. Les colleys le flaireraient, probablement avant même que les chiens policiers n'arrivent, et tout serait terminé.

Arrête. Arrête. Il n'est pas trop tard.

Elle regarda l'heure. Le cabinet était ouvert de 10 heures à midi. C'était John Warrington qui était de garde aujourd'hui. La conférence de presse commençait elle aussi à 10 heures et durerait probablement une quarantaine de minutes. Ce serait serré, mais faisable. Il était encore temps. Il n'était pas trop tard.

Alors pourquoi diable ne pouvait-elle s'arrêter de pleurer ?

L'église n'avait pas désempli depuis l'aube. Moins d'une demi-heure après le départ d'Evi, Harry avait docilement avalé sandwiches et café fort, et il célébrait un service impromptu en l'honneur des recherches. Quelqu'un avait rangé son lit de fortune de la veille. Une autre personne lui avait dit de ne pas s'embêter à enfiler sa soutane : étant donné les circonstances, jean et pull feraient parfaitement l'affaire.

Cinq minutes après le début de l'office, l'édifice était quasiment plein. La plupart des gens étaient restés debout au fond et sur les bas-côtés, comme s'ils pouvaient trouver le temps de prier, mais pas celui de s'asseoir. Au bout de huit minutes, les policiers débarquaient, s'entassant un à un dans le fond de l'église.

Sinclair et Christiana Renshaw entrèrent par la porte de la sacristie et prirent place sur leur banc habituel. Gillian se glissa derrière la police et resta là, frissonnante. Il voyait les gens commencer à s'agiter. Un mouvement dans la galerie capta son attention : Gareth et Tom Fletcher. Une seconde plus tard, ils furent rejoints par Alice, qui portait Millie sur son dos, dans un porte-bébé. Les Fletcher devaient passer un appel télévisé pour le retour de Joe plus tard dans la matinée. D'ici là, ils ne perdraient pas une seconde. Harry referma son livre.

— Allons chercher Joe, dit-il.

Il fut le premier à sortir.

81

Une résolution farouche semblait s'être emparée des gens du pays.

— On le trouvera, avait entendu marmonner Harry plus d'une fois. Pas question d'en perdre un autre.

Il ne pouvait en tout cas pas prendre en défaut l'efficacité de la police. L'inspecteur Andy Jeffries avait emmené trente des hommes les plus valides et des garçons les plus âgés jusqu'au point le plus élevé au-dessus de la ville. Parvenus sur la route du haut, ils s'étaient déployés et redescendaient en passant au peigne fin la lande. Ils cherchaient n'importe quoi d'inhabituel, leur avait-on expliqué : vêtements, jouets, une chaussure, tout ce qui aurait pu suggérer que Joe Fletcher était passé par là. Au pied du champ, ils se dirigèrent vers l'ouest et continuèrent, en remontant cette fois-ci.

Le ciel était lourd de nuages. Harry ne voulait pas croire qu'il pouvait recéler de la neige, mais chaque fois qu'il levait les yeux, la boule qu'il avait dans la poitrine semblait se nouer plus encore. Juste avant 8 heures, une lueur jaune à l'est lui apprit que le soleil tentait une percée. L'effort ne valait même pas qu'on le salue. Dieu merci, le vent était léger, mais il faisait apparemment plus froid d'heure en heure.

Jusqu'ici, les recherches avaient été vaines. Trente cœurs s'étaient emballés quand l'un des colleys des

Pickup s'était mis à aboyer en direction d'un amas de roches. On en avait dégagé l'arrière-train d'un mouton, en voie de décomposition.

Alors qu'ils arpentaient la lande depuis près de deux heures et que le froid s'insinuait sous les vestes, même les plus chaudes, le vrombissement constant, insistant, d'un hélicoptère se fit entendre. Aucun des chercheurs ne pouvait le voir au-dessus du nuage, mais l'augmentation et la diminution du volume sonore leur indiquait quand ce dernier se rapprochait, puis s'éloignait en décrivant un cercle. Au bout de cinq minutes, Harry ne savait pas très bien combien de temps il serait en mesure de supporter le vacarme. Au bout de dix, c'était comme s'il avait toujours eu ce bruit dans la tête. Quinze minutes après l'arrivée de l'hélicoptère, l'inspecteur Jeffries donna un coup de sifflet.

— Le patron nous rappelle. (Il dut crier pour se faire entendre malgré le vrombissement de l'hélico.) On est trop nombreux. (Il pointa le doigt en l'air pour être plus explicite.) Les appareils de thermographie n'ont aucune chance, poursuivit-il. Faut qu'on évacue.

Les troupes rebroussèrent chemin.

— Je ne sais pas quoi dire, confiait Alice. Je n'arrive pas à penser à quoi que ce soit.

— Dites juste ce que vous avez en tête, répondit l'attachée de presse, une femme vêtue en civil qui s'était occupée des Fletcher depuis leur arrivée au quartier général de la gendarmerie. Les gens sauront ce que vous traversez. Il s'agit juste d'informer le plus grand nombre que Joe est porté disparu. On veut que tout le monde se mette à le chercher. Comment vas-tu, Tom ?

— Bien, répondit-il machinalement, en levant son regard vers elle.

Elle se penchait vers lui. Elle sentait l'orange et le dentifrice, et son tailleur vert était trop étriqué.

— S'il te vient quoi que ce soit à l'esprit, Tom, sens-toi libre de l'exprimer, poursuivit-elle. Si tu as un message pour Joe, par exemple. Peut-être qu'il regarde.

— Ah bon ?

Tom se tourna vers sa mère.

— Il regardera, m'man ?

Sa mère hocha la tête et Tom sentit sa gorge devenir douloureuse.

— C'est déjà l'heure ? demanda Gareth tandis que Tom commençait à respirer laborieusement.

Il ne pleurerait pas, pas à la télévision, alors que Jake Knowles pourrait le voir. Mais Jake était dans la lande, non ? Avec son père et ses frères ? Tom les avait vus à l'église, il les avait regardés se mettre en route. Jake Knowles était dehors, en ce moment, en train de chercher son frère.

— Voilà Evi, dit Alice.

Tom la découvrit derrière lui, qui faisait rouler son fauteuil dans leur direction. C'était marrant, il avait toujours trouvé Evi jolie. Presque autant que sa maman. Elle ne l'était plus.

— 'vi, 'vi, dit Millie, dans les bras de son père.

— Evi, merci d'être venue, dit Alice. Vous pensez pouvoir prendre Millie ? Sans doute voudra-t-elle bien rester avec vous.

Evi tendit les bras et Gareth posa doucement sa fille sur les genoux de la jeune femme. Millie lui attrapa les cheveux et se mit à rebondir sur place.

— C'est l'heure, déclara le commissaire divisionnaire Rushton.

D'où sortait-il ? Il était dans la lande avec les autres forces de police. Tom le vit poser une main sur l'épaule d'Alice.

— Prête, mon amie ?

Les parents de Tom suivirent le commissaire, et pénétrèrent dans une vaste pièce. Il y avait plein de gens assis sur des chaises, tournés vers une table. Des flashs se mirent à crépiter quand la famille prit place.

La sacristie s'était transformée en cafétéria. Minnie Hawthorn et sa bande de vieilles… de gentilles, braves dames cherchant désespérément à aider, de quelque manière que ce soit, l'avait transformée. Une demi-douzaine de bouilloires chauffaient en permanence. Des sandwiches ne cessaient d'apparaître, aussitôt engloutis. Elles étaient trop âgées pour battre la lande, lui avaient-elles dit, comme embarrassées par leur propre fragilité, mais elles pouvaient nourrir ceux qui avaient pour mission de le faire. Et elles pouvaient prier pour le petit.

Si Harry devait rester près d'elles plus longtemps, il allait crier.

Devant l'autel, l'inspecteur Neasden expliquait pour quelle raison ils avaient dû abandonner provisoirement leurs recherches. Quand Neasden aurait fini de parler, on attendrait de lui qu'il dise encore quelques prières. Harry savait qu'il ne pouvait rester plus longtemps dans l'église.

Dehors, l'hélicoptère continuait de tourner en rond. Vers l'avant de l'église, à l'écart, le commissaire divisionnaire Rushton s'adressait à Sinclair et Tobias Renshaw. Si Rushton était de retour, la conférence de presse devait être finie. Apercevant Harry, Rushton quitta les Renshaw et se dirigea vers lui. Soudain épuisé, Harry se laissa choir sur une tombe de pierre derrière lui. Rushton s'approcha et s'assit près de lui. Il tenait une cigarette allumée à la main.

Harry se tourna pour le regarder en face. Le policier portait un épais pardessus sur son costume, de gros gants et une écharpe de laine verte. Sans doute avait-il dormi moins encore que Harry.

— Quelque chose ? s'enquit Harry, connaissant la réponse mais incapable de s'empêcher de poser la question.

Rushton tira profondément sur sa cigarette.

— Jusqu'ici, non, dit-il, tandis que la fumée tourbillonnait devant son visage. La conférence de presse s'est bien passée. Le jeune Tom était une vraie petite star, il a tiré des larmes à tout le monde quand il a dit à son frère qu'il avait rangé sa boîte de soldats pour lui.

Harry enfouit sa tête dans ses mains.

— Exactement ce qu'il nous fallait, conclut Rushton. Le Lancashire tout entier ne parle plus que de Joe Fletcher.

— Désolé de vous avoir fait attendre, déclara le docteur Warrington. Les consultations du samedi matin sont toujours très chargées.

Evi se força à sourire. Elle s'était précipitée après la conférence de presse et avait patienté dans la salle d'attente, regardant des écureuils courir le long des arbres dans le jardin, plus irritée chaque fois qu'un nouveau patient, affligé d'une toux ou d'un ongle incarné ne présentant aucun caractère d'urgence, était reçu avant elle.

— Je dois vous demander de faire vite. (Il consulta sa montre.) J'ai un départ de golf à midi.

Il y avait un livre ouvert sur son bureau. Il le referma et le posa sur le rebord de la fenêtre derrière lui. Il ne l'avait pas regardée dans les yeux plus de deux secondes.

— Une femme de la région souffre d'hypothyroïdisme congénital, déclara Evi. J'ai besoin de savoir qui c'est. Je pense que cela peut avoir un rapport avec l'enlèvement de Joe Fletcher.

Le docteur Warrington tendit le bras et ferma son ordinateur.

— Désolé, docteur Oliver, dit-il. Vous connaissez la règle.

— Et ici, ça a donné quoi ? demanda Harry, qui sentait la fumée de la cigarette de Rushton lui envahir les poumons.

— Eh bien, les maîtres-chiens ont largué les chiens dans l'église à deux reprises, répondit Rushton. Ils étaient déchaînés. Ils ont vérifié les caves et le cimetière. Deux ou trois fois, on a cru qu'ils avaient peut-être bien repéré quelque chose, mais ça n'a conduit nulle part.

— Les garçons viennent souvent, dit Harry. Ils étaient ici dimanche dernier pour la messe.

— Ouais, mettons que ça pourrait l'expliquer. On a eu un peu plus de veine avec le film des caméras de sécurité de Blackburn. On vient de m'appeler.

— Ah bon ?

— Ouais. Je n'ai pas encore eu l'occasion de le dire à ses parents, alors gardez-le pour vous, mais le couple qu'on a repéré au King George's a été réaperçu, en train de monter dans un bus en direction de Witton Park. On a parlé au chauffeur il y a un peu plus d'une heure.

— Il se souvient d'eux ?

— Vaguement. Il pense qu'ils ont dû descendre quelque part dans King Street parce qu'en tout état de cause, ils n'étaient plus dedans quand il est arrivé à hauteur du parc. Le bus était presque vide à ce moment-là.

— Une trace d'eux après ça ?

— Nan. Et il est peu probable qu'on en trouve. Ils pouvaient avoir une voiture garée n'importe où le long de cette rue. L'important, c'est que ce couple ne s'est pas fait connaître. En dépit de la photo parue aux nouvelles hier soir et ce matin, ainsi que dans le *Telegraph* d'aujourd'hui, rien.

— Donc vous n'avez pas pu les éliminer de la liste des suspects ?

— Bien au contraire. On a réussi à agrandir l'image jusqu'à voir une espèce d'étiquette sur le talon de la chaussure de l'enfant. Tom nous dit que Joe avait des autocollants de Spiderman sur ses baskets. On a aussi retrouvé les vêtements qu'ils portaient. Vous vous rappelez, tous deux étaient affublés d'une casquette, et d'un imper trop grand ?

— Je me souviens, répondit Harry.

— On trouve des vêtements rigoureusement identiques dans les magasins British Home Stores, à moins de huit cents mètres du King George's. On a passé en revue les tickets de caisse et trouvé une transaction concernant ces quatre articles, une heure pile, à peu près, avant qu'on ait vu Joe pour la dernière fois.

— Des vêtements achetés exprès pour l'enlèvement, commenta Harry.

— C'était un achat en espèces, malheureusement, on n'a donc pas l'espoir de remonter au propriétaire d'une carte de crédit, mais on est pratiquement sûrs maintenant que le couple qui a été filmé est bien Joe et son ravisseur, dit Rushton. On fait retravailler l'image, pour voir si elle peut être encore améliorée, mais sans grand espoir. Petit homme, grande femme, ça pourrait être l'un comme l'autre.

— L'empreinte de pied que vous avez trouvée chez les Fletcher la nuit de l'enlèvement de Millie aurait pu provenir d'un petit homme comme d'une grande femme, remarqua Harry.

— En effet. Et vu que rien n'indiquait, sur l'extrait de film, que Joe se soit débattu, il y a des chances qu'il soit parti avec quelqu'un qu'il connaissait.

— Donc il pourrait se trouver ici, après tout ?

— Ouais, il pourrait. Et je serais heureux que les faits me donnent tort tant qu'on le retrouve à temps. J'ai envoyé des hommes perquisitionner dans tous les domiciles. On demande aux gens l'autorisation de lâcher les chiens dans leurs maisons. On ne peut forcer personne, évidemment, mais jusqu'ici tous ceux à qui on a demandé se sont montrés coopératifs.

— Combien de temps faudra-t-il pour inspecter toutes les maisons de Heptonclough ?

Rushton poussa un soupir. Il écrasa sa cigarette sur la pierre tombale puis la laissa tomber dans l'herbe.

— On n'aura pas fini aujourd'hui, dit-il. Mais j'ai posté quelques voitures sur les deux routes d'accès à la ville. Tous ceux qui sortent sont arrêtés et interrogés. On leur demande la permission de fouiller leurs coffres.

— Et les gens sont d'accord ?

— Quand ils ne le sont pas, on veut savoir pourquoi.

Non, ça ne se terminerait pas comme ça.

— Oui, je connais la règle déontologique, dit Evi, luttant pour ne pas se montrer trop sèche. Je l'ai relu trois fois ces dernières vingt-quatre heures, docteur Warrington, aussi, inutile de me la citer. Il me semble, pour ma part, que dans les situations où un tiers court un risque, non seulement le médecin peut transmettre une information, mais il est tenu de le faire.

Warrington se pencha vers elle, entrecroisant fermement ses doigts devant son menton.

— Cela vaut pour les informations que l'on transmet à la police, dit-il. Envoyez-moi le policier responsable de cette affaire et je verrai ce que je peux faire.

Il se penchait, attrapait son sac.

— Nous n'en avons pas le temps, répliqua Evi. Écoutez, je sais que je vous prends de court et j'en suis désolée, mais j'ai passé la moitié de la nuit à plancher là-dessus.

Il ouvrit la bouche. Elle ne lui laisserait pas l'occasion de dire quoi que ce soit.

— Je n'ai ni le temps ni l'énergie d'être polie, alors j'irai droit au but, s'empressa-t-elle d'ajouter. Si vous ne m'aidez pas et que Joe Fletcher meurt, je ferai en sorte que tout le monde – la police, l'Ordre général des médecins, les médias, absolument tout le monde – ait vent de cette conversation et apprenne que vous avez fait passer la règle, sans parler du golf, avant la vie d'un petit garçon.

Silence dans la pièce. Evi tremblait. Un instant, elle crut que cela ne fonctionnerait pas, qu'il allait lui ordonner de quitter les lieux et déposer une plainte officielle à l'Ordre avant même le départ de sa partie de golf. Puis il tendit le bras et ralluma son ordinateur.

— Bien, dit-il, sans croiser son regard. Que recherchons-nous, au juste ?

— Merci. Je cherche une patiente, vraisemblablement âgée de moins de trente ans, souffrant d'hypothyroïdie congénitale.

Le téléphone de Rushton sonnait. Il se leva, s'éloignant en vitesse de Harry, l'appareil pressé contre l'oreille droite. Puis il fit demi-tour, l'éteignant comme il revenait sur ses pas.

— On les aurait aperçus à Great Harwood, dit-il. Venez avec moi jusqu'à la voiture, Harry.

Ils se mirent en route, attirant des regards curieux tandis qu'ils empruntaient l'allée du cimetière.

— On a vu un gosse répondant à la description de Joe entrer dans une maison, continua Rushton. À notre connaissance, il n'y a pas d'enfants qui habitent là et le propriétaire est quelqu'un qu'on a à l'œil depuis un moment. On est sûr que c'est un pédophile mais on n'arrive pas à le prouver. Il est malin.

— Et vous pensez qu'il détient Joe ? demanda Harry, consterné.

— Je l'espère, mon gars. Je l'espère vraiment. Parce que cet appel a été passé dans l'heure écoulée. Si c'est Joe, il est toujours en vie.

— Vous allez le dire à Gareth et Alice ?

— Pas avant qu'on soit sûr de quoi que ce soit. Un de nos véhicules devrait y être d'ici dix minutes. Ils ne m'attendront pas.

Ils étaient arrivés à la voiture de Rushton. Les journalistes qui faisaient le pied de grue, repérant le commissaire divisionnaire et voyant l'urgence dans son comportement, rappliquèrent aussitôt. Rushton sauta dans sa voiture avant d'interpeller Harry.

— À votre place, l'ami, je retournerais dans cette église et je ferais ce que vous faites si bien.

Le véhicule démarra, tourna à l'angle, et disparut.

Conscient d'être incapable d'affronter les journalistes, Harry fit demi-tour et gravit rapidement la pente. Les gens commençaient à quitter l'église et il se rendit compte que cela faisait plusieurs minutes qu'il n'avait pas entendu l'hélicoptère.

Sinclair et Tobias Renshaw avaient suivi Harry et Rushton hors des terres consacrées. Légèrement en retrait, levant des regards furtifs sur Harry avant de les reposer à terre, venait Gillian.

— Des nouvelles, pasteur ? s'enquit Sinclair, alors que Harry se rapprochait.

Harry secoua la tête.

— Rien encore, dit-il.

Joe avait-il passé la nuit avec un pédophile ? Dans quel état serait-il, si seulement il était encore en vie ? Non, il ne pouvait tout simplement pas se mettre à penser de la sorte.

Alice et Millie avaient surgi juste devant lui, flanquées de Jenny Pickup, qui leur collait aux basques.

— Vous tenez le coup, Alice ? demanda Sinclair, d'une voix dont la gentillesse surprit Harry.

Alice leva les yeux vers le grand homme comme s'il s'était adressé à elle dans une langue étrangère.

— Quelqu'un a vu Gareth et Tom ? demanda-t-elle.

— Ils étaient dans Lower Bank Road il y a environ une demi-heure, intervint Gillian en s'approchant. Ils sont allés jusqu'à l'ancienne ligne de chemin de fer avec moi et quelques autres. On voulait inspecter le Collingway Tunnel.

— Ils ont dû rentrer quand l'hélicoptère a commencé ses recherches, pourtant, dit Tobias. Alice, j'apprécierais que vous veniez chez nous vous reposer. Il fait trop froid dehors pour la petite.

— Vous devriez, Alice, renchérit Jenny, faisant un pas vers son grand-père. Ou au moins, laissez-y Millie. La domestique de papa veillera sur elle. Vous ne pouvez pas l'avoir comme ça sur le dos toute la journée.

Le regard d'Alice s'égarait.

— Merci, répondit-elle au réverbère qui se trouvait à proximité. J'ai besoin de la garder avec moi. Il faut que je trouve Gareth, maintenant.

Elle se détourna. Il sortait de plus en plus de gens de l'église à présent. Les recherches avaient repris.

— Je suis désolé, je crains qu'il n'y ait rien d'autre à tenter.

Se demandant comment elle allait trouver l'énergie de se relever de sa chaise, Evi hocha la tête.

— Je sais, admit-elle.

Une heure après que John Warrington eut accepté de l'aider à identifier la mystérieuse Ebba, ils avaient été contraints de renoncer. Ils avaient lancé des recherches dans tous les dossiers médicaux auxquels ils avaient pensé. Seules les archives des trente dernières années avaient été numérisées, mais Warrington était descendu au sous-sol du cabinet et avait mis la main sur plusieurs cartons de dossiers antérieurs. Ils étaient remontés sur quarante ans, sachant que les chances qu'Ebba soit plus âgée étaient quasi inexistantes, mais même s'ils avaient trouvé plusieurs sujets atteints de la maladie, tous étaient décédés. En trente-quatre ans, aucune personne atteinte d'hypothyroïdie congénitale, ni même avec un goitre, n'avait été enregistrée comme patiente. Ils s'étaient creusé la cervelle pour se tourner vers d'autres symptômes analogues et avaient lancé plusieurs autres recherches. À la fin, ils avaient été obligés d'abandonner.

— Vous êtes bien certaine qu'elle vit dans le coin ? demanda Warrington.

— C'est forcé, répondit Evi. Personne ne pourrait conduire dans son état.

— Non, en effet, concéda le généraliste.

— Comment une telle personne peut-elle passer complètement au travers des mailles du filet ? (Evi tremblait presque de frustration.) Pourquoi n'a-t-elle pas été dépistée bébé ? Pourquoi ne l'a-t-on pas soignée ? Et pourquoi, étant donné tous ses besoins médicaux, les médecins du quartier ne savent-ils rien d'elle ?

Warrington ne répondit pas et Evi se leva avec effort.

— Je vous ai retenu suffisamment longtemps, dit-elle. Je suis désolée que vous ayez raté votre partie.

— J'appellerai nos réceptionnistes de chez moi, proposa le docteur. Et un ou deux médecins qui ont pris leur retraite depuis. Il est possible qu'ils se rappellent quelque chose. S'il en sort quoi que ce soit, je vous le ferai savoir.

— Je n'en peux plus, Harry, dit Alice.

Ils étaient parvenus jusqu'au coin du cimetière et là, Alice avait trébuché. Il avait dû tendre les bras pour la rattraper, pour les empêcher, Millie et elle, de chuter.

— Vous vous en sortez admirablement.

Il lui passa un bras autour des épaules et la conduisit vers le mur. Sa respiration était trop rapide.

— Vous êtes calme, vous fonctionnez normalement et vous vous occupez de vos deux autres enfants, poursuivit-il. J'ai du mal à imaginer la force que ça requiert.

— C'est la pire chose qui soit, répondit Alice. De ne pas savoir où est son enfant. Personne ne peut ressentir ça et rester sain d'esprit.

— Vous le pouvez, dit Harry, encore qu'à la vérité, il n'en fût pas si sûr.

Il n'aimait pas du tout son regard absent.

— Je vais vous dire ce que ça fait, reprit-elle, se penchant tellement vers lui que ça le mit mal à l'aise. C'est comme si Joe n'avait jamais réellement existé, que je n'avais fait que l'imaginer. Et maintenant, j'ai besoin de voir Tom et Gareth parce que j'ai comme l'impression qu'ils se sont volatilisés, eux aussi. Ensuite, je vais me retourner et Millie aura disparu.

C'est comme si quelqu'un nous effaçait à la gomme, un à un.

— Millie est endormie sur votre épaule, s'empressa de répondre Harry. (S'il s'arrêtait de parler, il risquait de sangloter.) Tom et Gareth sont tout près, en train de chercher Joe. Alice, regardez-moi.

Elle leva la tête. Il songea qu'il aurait pu, peut-être, tomber amoureux de ces yeux turquoise s'il n'était déjà…

— On trouvera Joe. Bientôt, très bientôt, on le retrouvera. J'aimerais pouvoir vous promettre qu'il sera sain et sauf, mais vous savez que je ne le peux pas. Mais d'une façon ou d'une autre, on le retrouvera. Vous pourrez y voir clair à nouveau, vous pourrez le pleurer, le cas échéant, et vous pourrez tourner la page. Vous ne serez jamais seule.

— Harry, je…

Les yeux turquoise s'emplissaient de larmes. Un autre regard le dévisageait. Millie s'était réveillée et fixait Harry comme si elle comprenait le moindre de ses mots.

— Vous avez une force incroyable, reprit-il. Vos proches survivront parce qu'ils vous ont. Vous êtes le cœur de votre famille. Vous en êtes l'âme.

— Je vois bien pourquoi vous êtes devenu prêtre, dit Alice, tendant la main pour lui toucher le bras. Mais ce n'est pas vrai, n'est-ce pas ?

Il avait peut-être bien les larmes aux yeux, après tout.

— Comment ça ? demanda-t-il, même s'il voyait où elle voulait en venir.

— Il n'y a nulle foi pour vous porter en ce moment, dit Alice. Aucune ligne directe avec l'Autre, là-haut. Vous êtes seul, c'est bien ça ?

— Allez venez, dit Harry. Rentrons.

82

Evi était de retour à Heptonclough. Les rues avaient retrouvé leur calme. Elle se gara à cheval sur le trottoir et sortit. Si elle avait déjà connu plus grande fatigue dans sa vie, franchement, elle n'en gardait aucun souvenir. Elle traversa la chaussée et remonta la courte allée menant à la maison mitoyenne. Alors qu'elle patientait sur le perron, quelque chose de blanc tomba en tournoyant et se posa sur la manche de son manteau. La neige qu'on avait annoncée toute la journée était arrivée.

— Ça ne répond pas chez Gillian, expliqua-t-elle, quand la porte s'ouvrit. Je me fais du souci pour elle.

Gwen Bannister soupira.

— Entrez, mon petit. Vous semblez épuisée.

Evi suivit Gwen sur l'étroit tapis aux motifs floraux, jusque dans un petit salon. Le tapis était usé par endroits, la pièce n'avait pas été refaite depuis longtemps. Une télévision était allumée dans un coin.

— Vous l'avez vue aujourd'hui ? s'enquit Evi, avec un bref regard au téléviseur et l'espoir que Gwen allait l'éteindre.

— Asseyez-vous, mon petit. Je vais mettre de l'eau à chauffer.

La dernière chose dont Evi avait envie était de boire du thé, mais elle se laissa choir sur le canapé avec gratitude.

— Je ne suis pas sûre qu'on devrait perdre plus de temps ici, dit-elle. Je suis vraiment très inquiète. Quand l'avez-vous vue pour la dernière fois ?

— Il y a deux heures, environ, répondit Gwen, au bout d'un moment. Elle a participé aux recherches toute la journée. Ensuite, vers 17 heures, quand il a commencé à faire trop nuit pour continuer, je l'ai aperçue qui discutait avec le pasteur.

Le volume de la télévision était trop fort. Evi fit la grimace quand l'auditoire se mit à applaudir.

— Et ça avait l'air d'aller ? demanda-t-elle.

Gwen haussa les épaules.

— Bof, à mon avis, il a dû lui dire quelque chose qu'elle n'a pas beaucoup apprécié, parce qu'elle a tourné les talons comme elle sait faire et foutu le camp, fâchée. Elle n'est pas chez elle, vous êtes sûre ?

— Il y a de la lumière mais elle ne répond ni à la porte ni au téléphone.

Evi avait patienté quinze minutes devant chez elle, à prendre froid et à s'ankyloser. Finalement, elle avait dû tenter autre chose.

— Je vais descendre voir, annonça Gwen. Est-ce que ça peut attendre que j'aie pris mon thé ?

— Probablement, dit Evi, même si elle aurait vraiment préféré que Gwen y aille tout de suite. Si son état vous cause le moindre souci, et surtout si elle n'est pas chez elle, appelez-moi. Si ça a plus ou moins l'air d'aller, pouvez-vous lui dire que quelqu'un lui téléphonera demain matin ? Une de mes collègues, à l'hôpital. C'est elle qui va prendre ma suite.

Gwen fronça les sourcils.

— Je pensais que ça se passait plutôt bien, entre elle et vous.

— C'était le cas. Je suis désolée, je ne suis pas autorisée à en parler. Merci de votre aide et je vous en prie, appelez-moi si besoin.

Evi se mit laborieusement debout.

— Promis, dit Gwen, qui faisait de même. On n'a pas d'autres nouvelles du gosse, alors ?

Evi secoua la tête.

— Pauvre mère. C'est à se demander ce qui se passe par ici, vous ne trouvez pas ? Et dans l'église, aussi. J'ai entendu dire qu'ils avaient posté un policier à la sacristie toute la nuit, juste au cas où… enfin bref, on n'ose même pas y penser, hein ?

Evi s'avança vers la porte. Gwen se tenait en travers de son chemin mais l'heure n'était vraiment pas au bavardage. Evi fit mine de consulter sa montre et Gwen s'écarta.

— J'aurais dû me montrer plus compréhensive vis-à-vis de Gillian, je sais bien, fit Gwen, tout en suivant Evi dans l'entrée. Elle a perdu sa fille et deux autres petites filles qu'elle adorait. Évidemment, personne n'y a vu autre chose qu'une coïncidence, vu le temps qui s'était écoulé chaque fois. Quatre ans entre Lucy et Megan, puis trois autres avant la disparition de Hayley. Et ce qui est arrivé était tellement différent. L'une est tombée, l'autre a disparu, la dernière est morte dans un incendie. Comment aurait-on pu savoir que tout était lié ?

— Vous ne pouviez pas, répondit Evi. Personne n'a à se sentir coupable…

Elle s'interrompit, à cinquante centimètres de la porte. *Tout lié ?*

— Gillian adorait Lucy et Megan, vous dites ?

— Ah ça !… Elle a gardé Lucy de son vivant. Vous vous en sortez, avec cette porte, mon petit ?

— Je crois qu'elle me l'a dit, en effet. Je n'avais pas réalisé qu'elle connaissait également Megan.

— Elle a fait du baby-sitting pour les Connor. Une mignonne petite, cette Megan. La famille a déménagé, depuis. On ne se remet pas d'un truc pareil, hein ? Je devrais avoir plus de sympathie pour Gillian, je le sais. Là, laissez-moi faire.

Evi regarda Gwen passer devant elle pour ouvrir la porte. Elle fit trois pas laborieux et franchit le seuil.

— Merci, Gwen. Tenez-moi au courant.

Dehors, Evi s'appuya contre sa voiture. Une fine couche de neige recouvrait déjà le pare-brise. Ce n'était pas le moment de perdre ses esprits. Trouve le lien, avait dit Steve : les victimes n'ont pas été sélectionnées au hasard, il existe un lien entre elles. L'avait-elle trouvé ? En savait-elle assez pour aller trouver la police ?

Elle descendit la colline au volant de sa voiture, remarquant celle de Harry devant chez les Fletcher. Quelques secondes plus tard, elle se garait. Ignorant l'appartement de Gillian, elle s'approcha de la vitrine du marchand de journaux, juste en dessous. Le magasin était plongé dans le noir. Elle cogna à la porte. Où était la sonnette ? Ah, là-haut, dans le coin supérieur gauche. Elle la pressa cinq secondes, attendit, puis appuya de nouveau. À l'arrière de la boutique, une porte s'ouvrit. De la lumière s'alluma en vacillant, quelqu'un venait vers elle. Pourvu que ce soit… oui, c'était la femme à laquelle elle avait parlé la veille.

— On est fermés.

— J'ai besoin de vous demander quelque chose, dit Evi. Je suis venue hier, vous vous rappelez ? Je cherchais Gillian ?

— Je ne suis pas chargée de la surveiller, vous savez.

La femme avait dans la soixantaine, elle était grassouillette, petite, avec des cheveux gris et raides.

— Vous m'avez dit que vous l'aviez vue prendre un bus. Vous vous en souvenez ?

— Peut-être bien, dit la femme, qui croisa les bras sur sa poitrine.

— Avez-vous vu quel bus elle a pris ? Où il allait ?

— C'est quoi ça, *Crimewatch*[1] ? (Le visage de la femme se décomposa.) Ça n'a rien à voir avec le gosse, si ?

— Peut-être que si. (Evi était prête à tout.) Je vous en prie, si vous pensez à quelque chose, c'est vraiment important.

— Ce n'était pas un de ces bus de ligne Witch Way, réfléchit l'acariâtre, qui s'était radoucie. Ils sont noir et rouge, non ?

— Je pense, oui, dit Evi, quoiqu'elle ne se déplaçât jamais en car.

— Vert, qu'il était. Je m'en souviens, maintenant, parce que j'ai vu Elsie Miller monter dedans, et que je me suis rendu compte qu'elle devait aller à l'hôpital, pour son examen mensuel.

— Et les bus verts vont ?…

— Ils passent devant l'hôpital, avec terminus en centre-ville.

— Quel centre-ville ?

— Blackburn, évidemment.

1. Émission télévisée qui a un grand succès à la BBC depuis vingt-cinq ans, et qui consiste à élucider des affaires judiciaires non résolues en faisant un appel à témoins.

83

— Complètement morts, déclara Jenny en entrant dans la cuisine.

Elle s'arrêta brusquement, une main sur la bouche.

— Je suis désolée, c'était vraiment débile de ma part.

Gareth lança un regard à sa femme. Alice n'avait apparemment pas entendu.

— On sait ce que vous voulez dire, répondit-il. Ils sont crevés, tous les deux. Tom a marché autant que moi aujourd'hui. Et je ne pense pas que Millie ait jamais pris autant l'air. Je vérifie ce qu'il y a dans le four, Jenny ?

— Oh, laissez-moi faire.

Jenny se faufila derrière Harry et se pencha devant le fourneau des Fletcher. Alors qu'elle entrouvrait la porte, de la vapeur s'en échappa. Une odeur de viande se répandit et Harry se rendit compte qu'il avait faim.

Alice se leva.

— Je crois que je vais être malade, annonça-t-elle, avant de disparaître par la porte de derrière.

Se demandant s'il avait si faim que ça, finalement, Harry vit Gareth se retourner et regarder fixement dehors. L'obscurité était complète. Harry consulta sa montre, par réflexe. Cela faisait longtemps qu'il ne s'attendait plus à voir débarquer Evi. Quand il releva sa tête, Gareth faisait de nouveau face à la pièce.

— Jenny, Mike va finir par oublier les traits de votre visage, déclara-t-il. Vous êtes sûre que vous ne devez pas… ?

Il laissa la question en suspens. Harry se demanda si Gareth souhaitait que Jenny s'en aille, s'il avait envie qu'ils s'en aillent tous les deux. Les Fletcher n'avaient nul besoin d'amis, pour l'instant : ils ne pouvaient les aider, seulement se retrouver dans leurs pattes.

— Je vais juste faire un saut, répondit Jenny. On reste chez son papa ce soir de façon à pouvoir démarrer tôt demain. (Son regard passa de Harry à Gareth.) Ils reviennent tous, ajouta-t-elle. Mike et les autres hommes. Tout le monde. On n'abandonnera pas.

— Merci, Jenny, dit Gareth. Mais je pense qu'on sait maintenant qu'il n'est pas là.

Harry se leva pour raccompagner Jenny.

— Je tâcherai de repasser plus tard, dit-elle d'une voix douce alors qu'ils se tenaient sur le seuil. Juste pour voir. Le dîner sera prêt dans cinq minutes. Faites en sorte qu'ils avalent quelque chose.

Il ferma la porte d'entrée et s'y adossa. Il ferait mieux d'y aller, lui aussi, il ne servait à rien ici. Au moins Jenny avait apporté de quoi dîner. Personne ne le mangerait, mais au moins, elle agissait. Puis il entendit un bruit dehors. Une voiture s'arrêta, suivie de près par une autre. Deux silhouettes sortirent des véhicules et s'approchèrent de la maison. Il s'apprêta à ouvrir, pensant avoir affaire à des journalistes. Que devait-il dire, déjà ? Les Fletcher font face. Ils vous remercient tous pour votre soutien. Merci de continuer à prier pour…

Brian Rushton se tenait sur le perron, les épaules de son manteau mouillées de flocons de neige. À ses côtés, plus pâle qu'il ne l'avait jamais vue, se trouvait Evi.

— Non !

Tournant tous la tête, ils découvrirent Alice sur le pas de la porte de la cuisine.

— Non, redit-elle.

Comprenant ce qui lui traversait l'esprit, ce que signifiait probablement la visite de Rushton et Evi, Harry sentit sa peau s'embraser.

— Alice, ne… commença Evi.

Rushton était déjà entré, secouant la neige de ses chaussures, écartant Harry de son chemin et marchant à grands pas vers Alice.

— On se calme, mon petit. On n'est pas ici pour vous apporter de mauvaises nouvelles. Des nouvelles, oui, mais pas des mauvaises, alors on ne s'énerve pas. Allez, venez vous asseoir.

— Quoi ? articula Harry à l'adresse d'Evi.

Elle lui adressa un regard qu'il ne parvint pas à interpréter, cogna ses talons contre le chambranle pour se débarrasser de la neige puis emboîta le pas à Rushton et Alice. Harry referma la porte et les suivit.

— Asseyons-nous, proposa Rushton.

Harry s'apprêtait à prendre la dernière place à côté d'Evi. Elle avait l'air malade. Il se dirigea alors vers l'évier et fit couler un verre d'eau, qu'il lui remit sans commentaire. Elle en but la moitié d'une traite.

— Le docteur Oliver m'a appelé voici une heure, commença Rushton. On a peut-être fait une percée.

— Vous avez trouvé Ebba ? demanda Harry, qui n'avait pas quitté Evi des yeux.

Elle secoua la tête.

— Ce n'est pas de ça qu'il s'agit. (Elle regarda Rushton.) Voulez-vous… ?

— Non, allez-y, mon petit. Vous me l'expliquiez très bien à l'instant.

Les mains d'Evi tremblaient, elle semblait faire un immense effort.

— Hier soir, je suis allée trouver un confrère. Il a déjà collaboré avec la police scientifique et je voulais donc savoir ce qu'il pensait de tout ça.

Elle s'interrompit et reprit une gorgée d'eau. Elle l'avala et une grimace de douleur lui traversa le visage, comme si elle avait quelque chose dans la gorge.

— Steve m'a aidée à comprendre que nous recherchons deux personnes, poursuivit-elle. Tout d'abord, cette fameuse Ebba, dont nous pensons qu'elle sait plus ou moins ce qui se passe et qui, à sa façon, a tenté de vous prévenir. Mais parce qu'elle ne peut réellement entrer en contact qu'avec les enfants et parce qu'elle fait peur à Tom, elle n'a guère eu de succès. (Elle regarda Harry.) Vous savez déjà qu'elle rôde dans l'église. Je pense qu'elle est responsable du sang dans le calice ce jour-là, ainsi que de l'effigie de Millie que vous avez trouvée. Je pense qu'elle a essayé de vous informer de ce qui se passe dans cette église. De vous prévenir du danger bien réel que courait Millie.

Harry vit Gareth et Alice échanger un regard. Il ne parvenait pas à se rappeler ce qu'ils savaient au juste des étranges événements qui s'étaient déroulés dans l'église. Il vit Gareth ouvrir la bouche pour prendre la parole et sa femme l'enjoindre au silence.

— Plus important, dit Evi, nous recherchons la personne qui a enlevé et tué des petites filles. Bref, Steve m'a aidée à comprendre que tout est lié. L'église compte, mais la ville aussi. Ce n'est pas une coïncidence si toutes les victimes sont d'ici. Le ravisseur, il ou elle, a un lien avec toutes les petites. Elles ont été choisies pour une raison. Je n'ai pas trouvé Ebba aujourd'hui, mais j'ai peut-être trouvé le lien.

— Et ce serait ?… s'enquit Gareth.

— Pas « ce », répondit Evi. « Qui. » Je pense que le lien est Gillian.

Tom était réveillé. Avait-il dormi ? Peut-être, mais il n'en était pas sûr. Dans quel lit était-il ? Celui de Joe. Sa propre couchette se trouvait plusieurs dizaines de centimètres au-dessus de sa tête. Il y avait de la lumière dans le couloir, et il percevait des voix dans la cuisine, en bas. Il n'était pas si tard, alors. Il ferait mieux de se rendormir. Dans le sommeil, Joe allait toujours bien.

Un petit coup, soudain. Il s'assit. Voilà ce qui l'avait réveillé. Une série de petits coups secs, nets. Quelqu'un lançait des cailloux à sa fenêtre.

Joe ! Joe était revenu et essayait d'entrer. Tom bondit hors du lit et traversa la pièce en courant. Les rideaux étaient tirés. Le tissu était rêche contre sa figure et il sentait le courant d'air provenant de l'extérieur.

— Joe, murmura-t-il.

Il entendait toujours des voix, en bas. Celle de Harry était la plus sonore, la plus distincte. Il percevait une voix de femme aussi, plus douce et plus calme. Mais pas sa maman, non, quelqu'un avec un accent anglais. Ça pouvait être Jenny, elle était venue, plus tôt dans la journée. Devait-il appeler ses parents, leur dire qu'il pensait que Joe était dehors, en train de jeter des cailloux sur la fenêtre ?

Mais pouvait-il faire ça à sa mère ? Lui donner l'espoir que Joe était de retour si ce n'était en fait que trois branches raclant contre la vitre ?

Il n'y avait aucun arbre à proximité de la fenêtre de la chambre de Tom.

Il posa les deux mains sur les rideaux et s'apprêta à les écarter de deux ou trois centimètres. Juste assez pour voir ce qu'il y avait là, dehors. Trois centimètres. Rien que du noir. Cinq centimètres. Six.

La fille était dans le jardin derrière la maison, en train de le dévisager.

Dans la cuisine, un silence s'abattit. Puis Gareth se leva pesamment. Rushton leva une main.

— Mrs Royle devrait être en route pour le quartier général à l'heure qu'il est, dit-il, regardant sa montre. J'attends juste un appel de l'inspecteur Neasden pour me confirmer qu'elle est bien en garde à vue. On ne pourra pas l'interroger avant que le psychiatre de permanence n'arrive, mais au moins on sait qu'elle ne pourra pas faire de mal au petit.

— Gillian ? s'interrogea Alice. Hayley était sa fille.

— Elle ne serait pas la première mère à tuer son propre enfant, répondit Rushton. Loin de là. Pour être honnête, j'étais sceptique moi-même quand le docteur Oliver m'a appelé. Je ne suis toujours pas convaincu à 100 %, mais il y a suffisamment de questions en suspens, auxquelles il convient d'apporter des réponses. (Il fit un signe de tête à l'adresse d'Evi.) Continuez, mon petit, dit-il, vous le raconterez mieux que moi.

Evi baissa les yeux vers la table, avant de les relever.

— Ça fait un moment que je m'inquiète pour Gillian.

Les mots lui venaient à contrecœur, aurait-on dit, comme si, même maintenant, elle trouvait difficile de trahir la confiance d'un patient.

— Je savais qu'elle ne me disait pas tout, loin de là, et je savais aussi qu'il n'était pas question que de deuil dans sa tête. J'ai soupçonné les abus sexuels dans l'enfance d'après un certain nombre de choses qu'elle a laissé entendre et le comportement qu'elle affichait, mais le premier signe réellement inquiétant pour moi a été de découvrir qu'elle avait menti au sujet des circonstances de la mort de Hayley. Elle a dit, à moi et à d'autres, que le corps de Hayley n'avait pas été retrouvé, qu'il avait juste disparu dans l'incendie. Ce n'était pas vrai. Les pompiers ont trouvé des restes.

— Qui n'étaient pas ceux de Hayley, lui rappela Harry. Hayley a été enlevée avant qu'on ne mette le feu.

— Oui, convint Evi. Mais comment aurait-elle pu le savoir à moins d'être liée à son enlèvement préalable ? Je pense qu'en refusant d'admettre que les restes étaient ceux de Hayley, Gillian voyait un moyen de gérer sa culpabilité.

— Soit, mais ça ne suffit pas, dit Harry, qui leva les yeux vers Rushton pour essayer de déchiffrer l'expression du vieil homme.

Evi but une nouvelle gorgée.

— Non, ça ne suffit pas, lui accorda-t-elle. Mais j'ai également parlé à sa mère, cette semaine. Le père de Gillian a été tué dans un accident de voiture quand elle avait trois ans. Elle était avec lui dans la voiture. Elle n'a pas été blessée, mais quand la police l'a ressortie de là, elle était couverte du sang de son père.

— Seigneur… fit Gareth à mi-voix.

— Oui, en effet. Suffisant pour avoir un effet dévastateur sur n'importe quel enfant. La mère de Gillian s'est remariée et – je n'ai aucune preuve de ce que j'avance ici, mais je pense que Gillian a subi des mauvais traitements de la part de son beau-père quand elle était encore assez jeune. Ses antécédents médicaux présentent des exemples de symptômes typiques d'abus et elle parle de lui en des termes très méprisants et pleins d'allusions sexuelles. J'ai dû faire très attention quand j'ai parlé à Gwen. Je ne pouvais bien évidemment pas lui demander de but en blanc si Gillian avait subi des abus, mais je pouvais tâter le terrain. Il y avait quelque chose, là, j'en suis certaine. Gwen en sait plus qu'elle ne le dit. Ensuite, quand Gillian avait douze ans, sa petite sœur de dix-huit mois a été tuée. Elle est tombée du haut de l'escalier chez elle, et a atterri sur le sol de pierre. Ça vous rappelle quelque chose ?

Harry vit Alice tendre le bras derrière elle et attraper la main de son mari. Aucun des deux ne semblait capable de parler.

— C'est inquiétant, dit Harry, reportant son regard sur Rushton, de nouveau. Mais n'est-ce pas ce que vous qualifiez de circonstanciel ?

— C'est son beau-père qui a trouvé l'enfant, mais Gillian était dans la maison, elle aussi, reprit Evi, avant que Rushton ait pu répondre. Elle a forcément vu le sang, entendu l'homme qu'elle haïssait hurler de douleur. Voilà qui pourrait procurer un sentiment de puissance considérable à un ado perturbé.

— On n'en reste pas moins dans la spéculation, Evi, lança Harry.

— C'est ce que je disais à ce stade, intervint Rushton, hochant la tête.

— Le mari de Gillian la trompait, continua Evi. Je pense qu'elle a tué Hayley pour le punir, tout comme elle a puni son beau-père en tuant sa fille. Elle tue parce que ça lui donne un sentiment de puissance. Gillian et sa mère étaient chez les Renshaw le jour où Lucy a été tuée.

— Gwen vous a dit ça ? demanda Harry. (Il réfléchit une seconde.) En fait, je crois que je le savais. Je crois que Jenny m'en a parlé elle-même.

— Gillian gardait Lucy quelquefois, elle faisait plus ou moins office de nounou, intervint Rushton. Et elle faisait du baby-sitting pour Megan. Certes, on ne voit pas bien pourquoi elle aurait voulu tuer ces deux-là, mais il y a là des questions à poser.

Un moment, tous restèrent silencieux.

— Gillian a été vue en train de prendre un car pour Blackburn hier, en début d'après-midi, conclut Evi.

Silence.

— Elle était au courant, pour le spectacle, lança Alice. Elle était là hier matin, avec Jenny. Je lui ai dit où allaient les garçons.

Pieds nus, Tom descendit l'escalier à pas de loup. La porte de la cuisine était fermée. Il entendait plusieurs voix derrière. Il entra dans le salon et alla à la fenêtre qui donnait sur le jardin. Ce n'était pas facile, de repousser ce rideau, elle serait tellement plus proche maintenant, mais bon, il y parvint.

Deux yeux. Grands et marrons, cernés d'une peau crêpée, fripée, des rides qui lui donnaient l'air vieille et pas vieille en même temps. Deux yeux qui le fixaient, avec une expression qu'il n'avait jamais vue auparavant. Il l'avait vue pleine de malice. Il l'avait vue en train de les menacer, Millie et lui. Il ne l'avait jamais vue effrayée.

— Ebba.

Aucun son ne sortit, ses lèvres formaient les mots.

— Tommy, articula-t-elle en retour.

Il s'éloigna, laissant les rideaux retomber. Elle toqua doucement à la fenêtre.

Que devait-il faire ?

S'il appelait son père en hurlant, elle s'en irait. Et il voulait qu'elle s'en aille. C'était déjà assez moche comme ça sans Joe, il ne pouvait pas gérer les monstres en plus.

Toc, toc, toc. Plus fort cette fois-ci. Il devait prendre une décision avant qu'elle ne brise la vitre.

Silence. Il tendit le bras et écarta le rideau. Elle était toujours là. Quand elle le vit, elle indiqua la poignée, en agitant la main de haut en bas. Elle l'invitait à ouvrir la fenêtre. Elle voulait entrer.

Jamais de la vie. Il ouvrit la bouche pour crier.

Peut-être qu'elle détenait Joe.

Il n'osa pas, il n'était pas courageux à ce point, il n'était pas question qu'elle entre. Il secoua la tête et recula d'un pas dans le salon. Les rideaux retombèrent, sans se toucher tout à fait. Il la voyait encore. Il la vit plonger la main dans l'encolure de sa robe et en sortir quelque chose. Il la vit presser cette chose contre la vitre.

Elle avait bien son frère. Comment aurait-elle pu détenir la basket de Joe, sinon ?

Tom ne put s'empêcher de se rapprocher de la vitre. Quand lui et Joe avaient reçu leurs nouvelles baskets, ils les avaient customisées. Ils avaient collé des autocollants sur les talons et échangé les lacets, de sorte que les baskets intégralement noires de Tom avaient des lacets rouges, et que les baskets uniformément rouges de Joe avaient des lacets noirs. On écrasait une basket rouge lacée de noir au carreau, et les restes d'un autocollant de Spiderman étaient visibles à l'arrière du talon.

Elle avait Joe. C'est ça qu'elle voulait depuis le tout début, l'un des petits Fletcher. Elle avait essayé de prendre Millie et quand elle avait échoué, elle avait pris Joe à la place.

Elle indiquait la poignée de la fenêtre, de nouveau. Elle voulait vraiment, vraiment entrer. Son père et Harry étaient juste de l'autre côté de la cloison, dans l'entrée. S'il la laissait entrer, il pouvait l'attraper, puis appeler les autres en criant, il pouvait la tenir jusqu'à ce qu'ils arrivent. Alors elle serait obligée de leur dire où était Joe. La laisser entrer, hurler à la mort et tenir bon. Il pouvait faire ça, non ? Il pouvait bien être aussi courageux que ça ?

Sans se donner le temps de réfléchir, il fit signe à Ebba que oui, de la tête, et leva un doigt.

— Une minute, lui disait-il, ignorant si elle comprendrait ou non.

Il courut dans l'entrée où se trouvaient les clés. L'une d'elles déverrouillait les fenêtres.

Trois secondes plus tard, il s'attendait presque à ce qu'Ebba ne soit plus là, mais si. Il inséra la clé dans la serrure et tourna. Sitôt que la poignée fut relevée, elle tira sur le battant, l'ouvrit et grimpa à l'intérieur, comme si elle l'avait déjà fait maintes fois par le passé. Il recula aussitôt, parce qu'il n'était pas question d'approcher l'horrible bosse qu'elle avait dans le cou. Avant qu'il ait eu le temps de réfléchir, elle était retombée sur le tapis, s'était relevée et fonçait dans la pièce.

Il poussa un cri et lui courut après, mais elle s'arrêta à la porte et la ferma. Elle était entre lui et les grandes personnes, à présent, mais il pouvait toujours crier et l'attraper.

Vraiment ?…

— Tommy, dit-elle. Tommy, s'il te plaît, viens.

La fenêtre était ouverte et le froid de dehors se déversait dans la pièce. Tom savait, néanmoins, que ce n'était pas le froid qui le faisait trembler ; le froid ne vous saisissait pas comme ça, pas si profondément à l'intérieur. Le froid ordinaire causé par le vent et la pluie ne vous pétrifiait pas au plus profond de vous-même.

Il fallut la voix de son frère pour faire ça : le timbre de Joe, qui sortait de la bouche de cette fille comme un message, comme un cri en provenance d'un lieu où il ne pourrait jamais se rendre, comme un…

— Tommy, je t'en prie, viens.

… appel implorant à l'aide.

— Ce que je ne pige pas, dit Gareth, si vous avez raison, c'est la raison pour laquelle elle est passée des filles à Joe. Elle rompt son schéma.

— En effet, convint Evi. Et je ne pense pas qu'elle se soit jamais réellement intéressée à Joe. C'est Millie qu'elle voulait. À mon avis, elle a enlevé Millie à la fête en septembre puis l'a fait monter dans la galerie de l'église, et ce n'est que par miracle que Harry et les garçons sont arrivés à temps. (Elle se tourna vers Harry.) Mais elle était là, vous vous le rappelez ? Quand vous êtes sorti de l'église, avec les enfants, elle vous attendait.

Harry acquiesça.

— Elle a porté Millie jusque chez elle. Aucun d'entre nous n'était en état de le faire. Vous pensez qu'elle aurait traîné dans le coin juste pour voir…

— À mon avis, elle s'est rendu compte que quelqu'un arrivait et s'est enfuie, corrigea Evi. Mais pas loin. Il y avait encore une chance que ça marche, que vous ne rejoigniez pas Millie à temps. Ensuite, elle a dû réessayer de la prendre, en novembre, quand Tom et Joe l'en ont empêchée. Depuis lors, elle rongeait son frein, selon moi. Jusqu'à hier.

— Que s'est-il passé hier ? demanda Alice.

Evi sentait le regard de Harry posé sur elle.

— Gillian est tombée folle amoureuse de Harry, dit-elle. Et hier…

— Elle m'a vu en train d'embrasser Evi, coupa Harry.

Alice regarda son mari, puis reporta son regard sur Evi.

— Mais quel rapport avec… commença-t-elle.

— Harry et moi n'avons pas d'enfants, dit Evi, s'obligeant à regarder Alice droit dans les yeux. Mais Gillian sait que nous adorons les vôtres. Je suis vraiment désolée, mais je pense qu'enlever Joe était une façon de nous punir.

— Je me suis querellé avec elle, tout à l'heure, dit Harry. Je n'étais vraiment pas d'humeur à être patient, je le crains. Elle ne l'a pas bien pris. Et merde.

Il enfouit sa tête sans ses mains.

— Si le docteur Oliver a raison, Gillian a enlevé Joe à des kilomètres d'ici pour qu'on ne fasse pas le lien avec ce qui est arrivé aux fillettes, déclara Rushton. Joe connaît Gillian. Si elle lui a dit qu'elle avait été envoyée par sa mère, il y a de bonnes chances pour qu'il l'ait crue. (Il consulta de nouveau sa montre.) Où est Jove ? marmonna-t-il.

À l'instant même, son portable retentit. Il présenta des excuses et sortit de la pièce.

Le silence retomba dans la cuisine tandis que chacun tendait l'oreille pour capter une miette de la conversation de Rushton. Ils n'eurent pas à attendre longtemps. Moins de trois minutes plus tard, ils l'entendirent revenir vers eux. La porte s'ouvrit. Son teint cireux semblait plus pâle encore.

— Pas les meilleures nouvelles qui soient, dit-il, sans entrer dans la pièce. Jove et ses hommes sont tombés sur ce qu'ils ont pris pour une scène de crime, chez Gillian. Du sang partout. En fait, elle a tenté de mettre fin à ses jours ce soir.

Evi essaya de se lever sans avoir la force d'aller plus loin. Elle retomba sur son siège. À ses côtés, Harry s'était figé.

Rushton secoua la tête, comme s'il essayait de se réveiller.

— C'est sa mère qui l'a trouvée et qui a appelé une ambulance, annonça-t-il. Elle est au centre hospitalier de Burnley à l'heure qu'il est. S'est tailladé les deux poignets. Assez salement, à ce qu'on dit.

Evi s'était couvert la bouche d'une main.

— Oh, mon Dieu… murmura-t-elle.

— Elle va vivre ? s'enquit Alice. Si elle meurt…

— Pas de panique, coupa Rushton. J'y vais de ce pas. Ils n'ont pas encore pu lui parler, mais je vais voir quelle pression je peux me permettre d'exercer sur le médecin en charge. Et Jove n'est pas resté inactif. Il interroge sa mère en ce moment même au sujet de tous les liens qu'elle et sa fille ont pu avoir avec Blackburn – vieux amis, parents, endroits où elles ont habité.

— Il faut que je vienne avec vous, déclara Evi, se levant avec effort.

— Evi, ne… commença Harry.

— Je suis son médecin.

— Sans vouloir vous offenser, docteur Oliver, je doute que vous figuriez au sommet de la liste des gens qu'elle a envie de voir pour l'instant, dit Rushton, remontant la fermeture Éclair de son manteau. Si nous pensons avoir besoin d'un peu de persuasion, nous ferons peut-être appel au pasteur. Et maintenant, si vous voulez bien m'excuser, les amis…

Rushton s'en allait. Il avait tort, Gillian était sous sa responsabilité, elle devait se rendre à l'hôpital. Evi se mit debout et commença à traverser la cuisine alors que la porte d'entrée se refermait en claquant derrière lui. Elle était déjà parvenue au milieu de l'entrée quand Harry la rattrapa.

— Vous n'allez nulle part, déclara-t-il.

Elle se débarrassa de la main qu'il avait posée sur son bras d'un haussement d'épaule.

— Tout ça est ma faute, chuchota-t-elle à voix basse, ne voulant pas réveiller les enfants, ne voulant pas qu'Alice et Gareth entendent à quel point elle avait merdé. Je suis responsable de sa santé et je l'ai trahie.

— Vous n'avez rien fait de tel. (Harry, lui, n'était pas capable de parler doucement, apparemment.) Depuis que nous nous sommes rencontrés, vous avez tout tenté pour elle. C'est moi qui ne voulais pas vous laisser tranquille, et s'il y a quelqu'un à blâmer, c'est moi. C'est moi qui vais à l'hôpital.

— Aucun de vous n'ira nulle part.

Alors que Harry se détournait, Evi découvrit Gareth sur le seuil de la cuisine.

— Et j'ai entendu suffisamment de conneries complaisantes pour la soirée. Alors revenez ici, tous les deux, et aidez-nous à trouver où elle a emmené Joe.

Tom était debout dans le salon plongé dans le noir, guettant les bruits dans l'entrée, espérant que quelqu'un ouvrirait la porte et le verrait avec Ebba, sans toutefois pouvoir se résoudre à appeler. Puis la porte d'entrée se referma en claquant. Il entendait Harry et Evi se quereller derrière la cloison, puis son père dire quelque chose. Ensuite, tous les adultes retournèrent dans la cuisine.

— Il faut que j'aille chercher mon papa, dit Tom.

La fille tremblait de tout son corps. Elle secoua la tête et regarda la porte, puis lui de nouveau, la fenêtre enfin. Elle fit un pas vers lui.

— Il ne te fera pas de mal, murmura Tom, encore qu'à la vérité, il ne pouvait dire avec certitude ce que ferait son père à quelqu'un qui avait fait du mal à Joe.

Elle fit un nouveau pas en direction de la fenêtre. Elle s'en allait, ils ne l'attraperaient jamais, une équipe entière de policiers avait fouillé la ville toute la journée et ils ne l'avaient pas trouvée. Elle partait et sa dernière chance de trouver Joe allait s'envoler.

Était-ce la terreur qu'elle manifestait qui atténuait la sienne ? Parce qu'en dépit du fait qu'il faisait là l'une des expériences les plus étranges de sa vie – et il en avait fait quelques-unes, ces derniers temps – Tom s'apercevait qu'il n'avait pas tout à fait aussi peur qu'il l'aurait cru. Assez peur, il est vrai, mais pas… Joe n'avait jamais eu peur d'Ebba.

— Attends, s'entendit dire Tom. Je ne lui dirai pas.

Mais qu'est-ce qu'il racontait ? C'était pourtant ce qui était prévu, non ? La retenir et appeler son père.

Mais Millie n'avait pas eu peur, elle non plus. Quand Millie avait vu le dessin que Joe avait fait d'Ebba, son petit visage s'était éclairé, comme si elle voyait la photo d'une amie de toujours.

— Tommy, viens, implora Ebba, tendant la main.

Elle s'éloignait en direction de la fenêtre, dans un instant, elle serait partie.

Il hocha la tête. Était-il fou ?

— OK, répondit-il.

Alice, Evi et Harry étaient de nouveau attablés. Seul Gareth était resté debout. Il regarda Evi.

— À votre avis, où l'a-t-elle caché ?

Evi secoua la tête.

— Je ne suis vraiment pas formée pour jouer à la police scientifique, dit-elle. Je n'ai jamais travaillé sur un dossier criminel.

— Non, mais vous semblez connaître Gillian mieux que quiconque. Le garderait-elle ici ou ailleurs ?

Evi s'accorda un moment de réflexion.

— On ne devrait pas éliminer cette ville, suggéra-t-elle enfin. C'est ici qu'elle se sent chez elle. Si elle prévoit de l'emmener dans l'église quand toute l'agitation sera retombée, elle voudra le garder dans un endroit facile d'accès pour elle. Si elle veut le garder en vie, elle devra le nourrir. Et elle connaît cette lande mieux que quiconque. Je ne peux pas vous dire combien de fois elle s'en est vantée devant moi.

— C'est ce que je pense, dit Gareth. Elle a passé toute la journée ici. Je l'ai vue un paquet de fois. Et elle n'a pas de voiture. Elle ne peut pas faire de sauts hors de la ville en vitesse.

— Et si elle ne veut pas leur dire où il est ? s'inquiéta Alice. Si elle refuse, on ne le retrouvera peut-être jamais. S'il est quelque part à l'extérieur, il ne tiendra pas longtemps par ce temps. Il faut faire revenir la police. Il faut continuer à chercher.

— Mais la lande tout entière grouillait de chiens, dit Harry. Ils se sont servis d'appareils thermographiques. Il ne peut pas être dans la lande.

— C'est dans la lande que Gillian se sent chez elle, reprit Evi. C'est l'endroit qui lui viendrait naturellement à l'esprit pour le cacher.

— Si tant est qu'il y soit encore, dit Harry, il est quelque part où les chiens et ceux qui cherchaient avec des appareils thermoguidés ne risquaient pas de le trouver.

Silence.

— Comment ça ? s'enquit Alice, au bout de quelques secondes.

— Quelque part hors de portée, répondit Harry. Des chiens et du matériel.

— De l'eau ? suggéra Gareth. Le réservoir de Tonsworth, c'est à moins de cinq kilomètres d'ici. Il y a des bâtiments à côté, où ils gardent le matériel de pompage.

— On l'a fouillé, dit Harry. Les United Utilities l'ont ouvert pour nous. Les chiens y sont entrés.

— Quelque part en l'air ? proposa Evi. Je ne sais pas… dans un arbre, une cabane perchée. Les chiens n'auraient pas pu le trouver.

— L'hélicoptère l'aurait fait. Une grosse source de chaleur comme un enfant, même un corps d'enfant – désolé, Alice – aurait été repéré par les appareils.

— Et en sous-sol ? dit Alice. Y a-t-il des mines dans la lande ? Ou des grottes ? Vous savez, comme dans le Derbyshire, avec ses mines Blue John.

— Je ne pense pas, répondit Gareth. Harry et moi avons examiné des cartes hydrographiques hier, je suis sûr qu'ils auraient indiqué tout… Oh, mon Dieu.

— Quoi ? cria Evi.

Les deux hommes se dévisageaient. Puis Gareth fonça hors de la pièce.

— Qu'est-ce qu'il y a ? dit Alice. À quoi pensez-vous ?

— Donnez-lui une seconde, fit Harry.

Ils patientèrent, écoutant Gareth fouiller dans des papiers dans la pièce d'à côté. Puis il fut de retour. Il se pencha sur la table, étalant une grande carte en noir et blanc. Sa main hésita au-dessus une seconde.

— Là, dit-il, indiquant un point du doigt.

Les deux femmes se penchèrent dessus. Harry resta là où il était.

— Le trou de sonde.

— Qu'est-ce qu'un trou de sonde ? demanda Alice.

— Un forage en profondeur dans le sol, dit Gareth. Jusque dans la nappe phréatique.

— Tu veux dire un puits ?

Son mari hocha la tête.

— C'est généralement dans ce but qu'on les creuse.

— Une seconde, mon ami, dit Harry. Je ne peux pas croire que l'endroit n'ait pas été fouillé. C'est à moins d'un kilomètre de la ville.

— Mais où est-il, exactement ? demanda Alice. C'est la petite maisonnette de pierre juste au pied de Tor Morrell ? Celle que les gosses appellent la maison du Petit Chaperon Rouge ? Mais on a vu Gillian, là-bas !

— Je l'y ai vue, moi aussi, avoua Harry. Et si elle a eu ses entrées chez les Renshaw toutes ces années, elle a eu tout le temps de voler la clé. Mais elle a certainement été fouillée.

— Il ne peut pas y avoir de trou de sonde dans cet abri, reprit Alice. Sinclair m'a dit que Jenny et Christiana y jouaient enfants.

— L'accès aux trous de forage comme aux anciens puits est généralement condamné, dit Gareth. Il serait bien trop dangereux de faire quoi que ce soit d'autre. Mais elle a pu trouver un moyen d'y accéder, de nouveau.

— Je suis sûr qu'il a été fouillé, répéta Harry.

— À quelle distance les chiens peuvent-ils flairer quelqu'un ? demanda Evi. À quelle profondeur faudrait-il faire pendre un petit enfant, dans un puits, pour qu'il soit hors de portée ?

Personne ne lui répondit. Nul n'en savait rien. Et à en juger par leurs expressions respectives, tous avaient la même image en tête.

— S'il est suffisamment enfoncé sous terre, peut-être que les appareils thermographiques ne pourraient pas le repérer, reprit-elle.

— Il faut que j'y aille, déclara Gareth, en se dirigeant vers la porte.

— Je viens avec toi.

Alice était déjà sur pied, lui emboîtant le pas.

Harry se releva d'un bond et la rattrapa.

— Vous feriez mieux de rester avec Tom et Millie, dit-il. Je vais y aller. Il y a une corde dans ma voiture. Et un harnais. On peut faire l'essentiel du trajet en voiture en prenant le camion de Gareth. (Il s'interrompit, le front barré d'une ride.) La porte va être fermée, lança-t-il. Il va nous falloir vos outils.

Ils entendirent Gareth traverser l'entrée et ouvrir la porte. Harry se tourna vers Evi.

— Vous avez les numéros de Rushton ?

Elle opina.

— Tâchez de le joindre. Dites-lui qu'on est partis et demandez s'il peut envoyer quelqu'un. S'il refuse, insistez. On aura besoin des pompiers et des secours, aussi.

Il pivota, prit son manteau sur le dossier d'une chaise et l'enfila. Trois secondes plus tard, Gareth et lui avaient quitté les lieux.

84

Tom avait trouvé ses baskets à côté de la porte d'entrée ainsi qu'un sweat-shirt jaune à capuche derrière l'un des canapés du salon. Quelques secondes à peine après avoir escaladé la fenêtre, il était néanmoins frigorifié. La pierre du rebord lui fit l'effet d'être gelée au travers de son pyjama. Des flocons de neige se déposèrent sur sa tête et sa figure. Il tira le battant de manière à le refermer presque complètement.

Ebba s'était emparée de sa main et l'entraînait dans le jardin plongé dans l'obscurité. Ils parvinrent à la brèche dans le mur où elle s'engouffra la première. Il suivit et ils se retrouvèrent dans le cimetière.

Harry sauta dans le camion, la corde d'escalade sur les genoux. Avant que la portière soit refermée, l'engin démarrait, laissant des traces fraîches dans la neige. Gareth vira au bout de l'allée et s'engagea dans la descente, vers Wite Lane.

— Prenez par le haut, dit Harry.

Gareth regardait toujours droit devant lui, vers le bas de la ruelle.

— Alice et les gosses prennent par Wite Lane pour aller se promener là-haut, dit-il.

— Peut-être, ouais, mais c'est raide. Je ne sais pas jusqu'où vous pourrez monter avec le camion.

Gareth respira un grand coup.

— Alors que suggérez-vous ?

— À un peu plus d'un kilomètre de la ville, il y a un portail d'exploitation agricole sur votre droite, expliqua Harry. Je crois que Mike Pickup s'en sert pour faire apporter la nourriture au bétail. On peut passer par là et approcher le cottage du dessus. Le sol n'est pas trop mou, on devrait pouvoir aller presque jusqu'au bout.

Gareth enfonça l'accélérateur et le camion s'engagea dans la montée. Ils prirent de la vitesse et les flocons qui tournoyaient devant eux se firent plus gros à mesure qu'ils laissaient la ville derrière eux.

— Ralentissez, dit Harry. Moins vite. Là, nous y voilà.

Le camion s'arrêta, Harry sauta à terre. Il contourna le véhicule par l'avant pendant que celui-ci faisait marche arrière. Une seconde plus tard, les phares de l'engin éclairaient la barrière métallique.

Harry la poussa, Gareth passa. La maisonnette était désormais à moins d'un kilomètre.

Un sentiment d'épuisement absolu s'empara d'Evi quand les feux arrière du véhicule disparurent sur les hauteurs de la lande. Elle n'aurait pas demandé mieux que de s'allonger, fermer les yeux, laisser les autres prendre la relève.

— Bien, dit-elle. J'ai besoin du téléphone.

— Il est juste derrière vous, dit Alice. Je vais aller voir comment vont Tom et Millie.

Alice gravit les marches en courant tandis qu'Evi se tournait vers l'appareil. Il n'était pas là. Alors qu'elle se dirigeait vers l'entrée, Alice sortit de la chambre de Millie et traversa le palier. Evi leva la main pour attirer son attention mais Alice ne la vit pas.

Et soudain, un cri étranglé retentit à l'étage. Evi s'immobilisa, le cœur battant mais l'esprit paralysé, refusant d'envisager l'éventualité qu'il soit arrivé autre chose. Une chose horrible, à en juger par la tête de la femme en haut de l'escalier.

Tom et Ebba traversaient le cimetière enneigé. *Tommy, je t'en prie, viens.* Tom sut qu'il entendrait la voix de son frère dans sa tête pour le restant de ses jours s'il l'ignorait maintenant.

En passant devant la nouvelle tombe de Lucy Pickup, ils prirent vers l'église, crut remarquer Tom, ce qui ne servait à rien, vu que l'église avait été fouillée de fond en comble par les chiens, tout ça ; et même si ça n'avait pas été le cas, ils n'auraient eu aucune chance d'y entrer, à présent. Tom avait entendu les grands en parler plus tôt. Le portail et l'accès au toit avaient été fermés à clé, et les trois jeux de clés de la porte de la sacristie étaient désormais entre les mains de Harry et de la police. En outre, un policier passait la nuit dans la sacristie – au cas où.

Soit la neige étouffait les bruits, soit il était plus tard que Tom ne l'eût supposé : la nuit était presque totalement silencieuse. Il crut entendre un bruit de moteur qui démarrait, puis s'éloignait dans la montée, mais ensuite, le silence retomba. Ils étaient arrivés au mausolée où l'on mettait tous les Renshaw – excepté Lucy, parce que Jenny, la mère de Lucy, le détestait. La police l'avait fouillé aujourd'hui, avait ouvert tous les cercueils de pierre pour s'assurer que Joe n'était enfermé dans aucun d'entre eux. Ils l'avaient passé au peigne fin puis refermé, et Sinclair Renshaw avait placé un énorme cadenas sur la porte, alors comment se faisait-il qu'Ebba en ait une clé ? Ils n'allaient pas y entrer, si ?…. Il ne pouvait pas entrer dans un caveau de nuit, pas même pour…

Tommy, je t'en prie, viens.

Ebba avait ouvert le cadenas, puis la grille. Elle entra à l'intérieur, comme si elle passait son temps à s'aventurer parmi les vieux tombeaux. Tom resta sur le seuil puis fit un timide pas en avant. Ils ne se trouvaient que dans la petite cour ceinte de grilles, ce n'était pas comme si Ebba pouvait entrer dans l'édifice lui-même…

Ebba ouvrait la porte qui donnait dans le cube de pierre géant. Elle l'invitait à la suivre, le visage plissé d'impatience. Elle ne plaisantait pas, elle l'y faisait réellement entrer. Mais l'église avait été pleine de gens toute la journée. Joe ne pouvait pas se trouver dans l'église. C'était forcément un piège.

Tommy, je t'en prie, viens.

Tiens bon, Joe, j'arrive.

Le camion n'avançait plus. Gareth essayait depuis cinq minutes de le dégager en marche arrière du petit cours d'eau qui avait englouti sa roue avant, et les deux hommes ne pouvaient perdre plus de temps. Harry avait passé sa corde d'escalade autour du cou et portait la lampe torche à la main. Gareth avait une boîte à outils dans une main et un marteau de forgeron dans l'autre. Les deux hommes s'éloignèrent à pas énergiques dans la neige.

Un temps pour tuer. Ebba avait-elle su ce que projetait Gillian, était-elle au courant des meurtres des trois petites filles, de l'intérêt de Gillian pour Millie ? Avait-elle cherché à les prévenir ?

— Désolé, mon vieux, dit Harry à bout de souffle quand ils arrivèrent à la hauteur des bâtiments en ruine du moulin. On aurait dû essayer votre chemin.

— Ça n'aurait rien changé, répondit Gareth. Traverser la lande en voiture est déjà quasiment impossible par beau temps. Et la neige recouvre tout.

Les deux hommes traversèrent les ruines à la hâte.

Si Ebba avait tenté de les prévenir, sa façon de torturer Gillian avait-elle été une sorte de punition ? *Maman, trouve-moi*. Pourquoi Ebba dirait-elle une chose pareille ?

Gareth indiquait quelque chose sur sa gauche.

— C'est ça ? demanda-t-il.

— C'est ça, dit Harry. Faites gaffe. Il y a plein de pierres instables par ici.

Gareth ralentit le pas tandis qu'ils parcouraient les derniers mètres les séparant de l'abri. La neige s'était entassée sur le toit, lui donnant plus encore l'air de la petite maison du conte de fées.

Gillian se serait introduite chez les Fletcher la nuit du feu de joie ? Aurait tenté d'enlever Millie ? L'intrus portait des bottes en caoutchouc. Avait-il jamais vu Gillian en porter ?

Ils parvinrent à la porte et Harry s'arrêta une seconde pour reprendre son souffle. Ils ne pouvaient pas juste foncer dans le tas. S'il y avait un ancien forage dans cet abri, ce dernier serait extrêmement dangereux de nuit. Il se demanda combien de temps il faudrait à la police pour arriver. Ils devraient venir à pied. Il regarda vers le pied de la colline, plein d'espoir. On ne voyait nul point lumineux monter vers eux.

Harry avança la main et tourna la poignée. Comme on pouvait s'y attendre, la porte était fermée à clé.

— Reculez, ordonna Gareth.

Harry obtempéra. Gareth leva l'énorme marteau au-dessus de sa tête et l'abattit.

*
* *

À une allure qu'elle ne connaissait plus depuis des années, Evi gagna le milieu de l'escalier. Elle saisit la rampe et s'arc-bouta. Si Alice tombait maintenant, elle pourrait facilement les précipiter toutes deux au bas des marches. Elle la vit tanguer, puis tendre les bras pour se retenir au mur.

— Alice, calmez-vous. On respire profondément. Asseyez-vous. Baissez la tête.

Alice se laissa choir par terre, le regard fixe, tandis qu'Evi gravissait laborieusement les dernières marches.

— Qu'y a-t-il ? demanda-t-elle dans un souffle, se laissant tomber à côté d'Alice.

Seigneur, elle ne savait pas jusque-là qu'il fût possible de souffrir autant. Elle allait s'évanouir d'une minute à l'autre.

Alice essayait déjà de se relever.

— Il faut que j'y aille, dit-elle. Il faut que j'aille chercher Gareth, que j'aille dehors, je dois…

— Alice !

Evi retint l'autre femme par le bras.

— Tom a disparu, reprit Alice. Tom a disparu à son tour. Je les perds tous, un par un, elle me les prend tous.

— Alice, regardez-moi.

Alice fit un effort pour croiser le regard d'Evi, sans y parvenir. Elle essayait tant bien que mal de se mettre debout.

— Tom ne peut pas avoir disparu. On était là, les portes étaient fermées. Vous avez vérifié la salle de bains ?

Alice semblait ignorer ce que pouvait être une salle de bains. Elle était en état de choc. Le stress des dernières vingt-quatre heures s'était révélé trop dur pour elle et la petite virée imprévue de Tom aux toilettes l'avait fait basculer.

— Tom ! lança Evi. Tom ! cria-t-elle de nouveau, un peu plus fort, quand elle n'obtint pas de réponse.

Gagnée par l'anxiété, Evi se releva péniblement. Sa canne était au pied des marches et la douleur dans sa jambe, bien plus aiguë que ce qu'elle avait normalement à endurer.

Alice descendait à présent l'escalier quatre à quatre. Elle ouvrit la porte d'entrée d'un coup sec.

— Appelez Gareth, s'il vous plaît, l'implora-t-elle, en se retournant vers Evi. Dites-lui de revenir. Je vais regarder dehors.

Alice disparut, les flocons de neige s'engouffraient dans l'entrée, fondant instantanément sur les carreaux d'ardoise. Appeler Gareth ? Evi n'avait pas encore téléphoné à la police. Elle n'avait même pas encore trouvé le combiné. Se retenant au mur, elle se dirigea vers la chambre la plus proche. C'était celle de Millie. L'enfant dormait encore, indifférente au drame qui se déroulait autour d'elle. Evi fit demi-tour. Tom devait être dans la maison, forcément.

— Tom ! cria-t-elle, avant de décider que ce serait sa dernière tentative. C'était trop perturbant d'appeler un enfant sans obtenir de réponse.

— Tom !

Ça, c'était Alice, qui criait dehors.

Tom ne pouvait être sorti, les portes étaient fermées à clé.

Elle pivota et se rendit dans la chambre de Joe au cas où Tom serait allé dormir dans le lit de son frère pour se réconforter. Elle poussa le battant et resta, haletante, sur le pas de la porte. La chambre était vide.

Refoulant la douleur, Evi entra dans la chambre de Tom et actionna l'interrupteur.

— Tom ! entendit-elle.

Alice était derrière la maison à présent, appelant dans le jardin.

Evi traversa la pièce puis se raccrocha au rebord de la fenêtre pour reprendre son souffle. C'est tout juste si elle distinguait Alice, qui courait dans tous les sens. Bon, elle devait aller voir dans la salle de bains ainsi que dans la chambre de Gareth et Alice. Fichue Alice, si elle n'avait pas perdu la tête, elle aurait pu explorer l'étage en trois secondes. Cela demanderait de précieuses minutes à Evi, alors qu'il lui fallait appeler la police.

— Tom, lança-t-elle, en constatant qu'elle pleurait. Tom, je t'en prie. Franchement, c'est pas drôle.

Tom ne répondit pas, et elle continua sur le palier.

Tom courait, terrifié à l'idée de perdre Ebba de vue et de se retrouver seul dans les griffes de l'obscurité rampante. Il ignorait quelle taille pouvait bien faire la cave qu'il traversait au pas de charge, il ne voyait pas les murs – non pas qu'il les regardât : ses yeux étaient rivés sur la fille qui le précédait.

Chaque fois que Tom était tenté de se retourner, il s'obligeait à penser à son frère. Joe, qui avait été envoyé sur terre pour lui pourrir la vie, songeait-il parfois, qui avait été une vraie plaie depuis le jour de sa naissance, qui parvenait toujours à ses fins et qu'il rêvait de tuer au moins une fois par semaine. Joe, sans qui il ne pensait vraiment pas pouvoir continuer à vivre.

Un mur se dessina devant eux, et Ebba fila sous un passage voûté. Tom s'y engagea à son tour, avant d'avoir le temps de se demander si c'était une bonne idée ou non. Rien de tout cela n'était une bonne idée, c'était probablement la pire idée qu'il ait jamais eue de toute sa vie, mais l'étrange créature devant lui détenait la chaussure de son frère.

Elle se tenait en équilibre sur une caisse retournée et levait les bras vers quelque chose dans le plafond. Puis Tom vit filtrer de la lumière au travers. Une minute plus tard, Ebba et lui se retrouvaient tous deux dans l'église. Il n'y avait pas trace du policier, la porte de la sacristie était soigneusement fermée. L'instant d'après, Ebba était de nouveau sur pied, courant dans l'allée centrale vers le fond de l'église.

Tom n'était pas dans la maison. Alice avait raison et Evi avait perdu un temps précieux. Elle n'avait même pas vu un seul combiné téléphonique. Pas plus qu'elle n'avait entendu quoi que ce soit du côté d'Alice depuis plusieurs minutes, maintenant. Elle devait redescendre et appeler la police. Ils pourraient arriver rapidement. Elle allait se servir de son portable – il était là, juste dehors, dans sa voiture.

Alors qu'elle s'approchait de la porte d'entrée, cette dernière se referma en claquant, la faisant sursauter. Elle s'arrêta une seconde pour reprendre son souffle. La maison était toujours traversée d'un vent froid. Sur ce, la porte du salon claqua à son tour.

Elle traversa l'entrée et rouvrit la porte. La fenêtre à l'autre bout de la pièce était grande ouverte. Aussi vite qu'elle le put, Evi parcourut la pièce et se pencha dehors. Il n'y avait plus trace d'Alice dans le jardin à présent.

— Tom ! lança Evi.

Tom ne répondit pas, comme elle s'y attendait. Tom était parti. Une série nette d'empreintes de pas coupant à travers le jardin en direction du cimetière, bien trop petites pour avoir été laissées par un adulte, en était la preuve indiscutable.

Evi se pencha davantage et examina le sol de plus près. Une seconde paire d'empreintes se dessinait dans la neige juste à côté de celles du garçon. Sachant combien cela ferait mal, Evi s'assit sur le rebord de la fenêtre, balança ses jambes par-dessus et pivota de manière à pouvoir se laisser redescendre dans le jardin.

Déjà la neige commençait à recouvrir les empreintes : dans moins d'une heure, elles ne seraient plus visibles. Pour l'instant, néanmoins, elles restaient suffisamment nettes. Il y a peu, quelqu'un avait traversé le jardin à partir du mur avant de repartir dans l'autre sens, emmenant Tom avec lui. Les pas de Tom étaient nets et réguliers, sans rien qui indique qu'on l'ait traîné ou forcé. Evi examina de plus près la seconde paire d'empreintes. Elles étaient de taille adulte, encore que pas bien grandes, et bien distinctes des volutes et des stries laissées par les semelles des baskets de Tom. Evi distinguait la forme d'un gros orteil, la courbe d'une voûte plantaire. C'étaient les empreintes de quelqu'un qui ne portait pas de chaussures.

Tom était parti avec Ebba.

La porte céda au quatrième coup et Harry retint Gareth par l'épaule pour l'empêcher de se ruer à l'intérieur.

— Trou de sonde, lui rappela-t-il.

Passant devant, Harry braqua sa torche partout dans la petite maison de pierre. Elle n'abritait qu'une seule pièce, d'environ quatre mètres de long sur trois de large. Il leva les yeux : il pouvait presque toucher les poutres du toit. Un gros anneau de métal avait été vissé dans la poutre maîtresse. Sous leurs pieds, un parquet de pitchpin.

Gareth s'avança, heurtant les lames de parquet du talon de sa botte.

— Ça m'a l'air de tenir, dit Harry.

Gareth secoua la tête.

— Celle-là sonne différemment.

Harry tendit l'oreille tandis que Gareth se déplaçait d'un endroit à l'autre, cognant fort de sa botte sur chacune des lames. La différence était minime.

Harry se mit à évoluer lentement dans l'abri, balayant le sol de sa lampe, à la recherche du moindre écart entre les planches qui pourrait indiquer que le sol pouvait être soulevé. Il n'y avait rien qu'il puisse voir. Si ce n'est, à quarante-cinq centimètres de la porte, un petit trou rond dans l'une des planches. Il se pencha.

— Qu'est-ce que c'est ? demanda Gareth.

Le petit doigt de Harry tournait dans le trou.

— Un trou de vis, dit-il au bout d'une seconde. Je sens le pas. Quelque chose se visse là-dedans.

Il leva les yeux, braquant sa lampe torche alentour, comme si ce qui était censé se visser dans le trou pouvait se trouver commodément accroché quelque part.

— Quelque chose dans ce goût-là, dit-il, en braquant sa torche sur l'anneau dans la poutre au plafond.

Gareth jeta un œil puis s'éloigna vers le fond de la maison.

— Comme cela, dit-il indiquant un anneau similaire vissé dans le mur du fond.

Plusieurs dizaines de centimètres en dessous de l'anneau gisait une pièce de métal tordue.

— C'est un mécanisme de levage. Passez-moi la corde.

Harry lança la corde et regarda Gareth introduire d'abord le bout dans l'anneau au mur, puis dans celui fixé sur la poutre. Ensuite il la rapporta là où Harry s'était agenouillé.

— Cet anneau-ci est manquant, dit Harry.

— Évidemment, lança Gareth. Si l'anneau était là, ce serait bien trop facile d'accéder à l'ancien forage. On l'a sans doute ôté par mesure de sécurité. À moins que ce ne soit Gillian qui l'ait.

Il s'étala sur le plancher.

— Joe ! hurla-t-il. Joe !

Harry ne put s'empêcher de frissonner. Gareth se redressait déjà, tendait la main vers sa boîte à outils, en sortait un ciseau à bois aiguisé et un marteau. Il inséra le tranchant dans la fente entre deux lames et rabattit brutalement son marteau. Le bois se fendit. Gareth cogna, encore et encore. Puis il s'arrêta, chercha un autre ciseau et un autre marteau, qu'il lança à Harry.

— L'autre côté, ordonna-t-il.

Harry trouva le minuscule interstice et se mit à l'imiter. Le bois était vieux et se désagrégeait assez facilement. Après s'être enfoncé sous les coups de marteau de trois centimètres, à peine, le ciseau faillit lui échapper de la main.

— J'ai traversé, dit-il. C'est creux en dessous.

Gareth enfilait déjà l'extrémité de la corde dans le trou qu'il avait fait et l'orientait vers Harry. Harry enfonça ses doigts dans le sien, tâtonnant autour jusqu'à sentir la corde. Il tira dessus d'un coup sec et elle vint.

La lui prenant des mains, Gareth noua le tout puis se releva d'un bond et marcha à grandes enjambées jusqu'à l'autre bout de la maisonnette. Il regarda Harry.

— Reculez, dit-il. Contre le mur.

Frémissant à chaque pas, Evi était revenue dans la maison, résolue à récupérer son portable dans sa voiture. En ouvrant la porte d'entrée, elle dut se retenir au chambranle – elle allait tomber d'une seconde à l'autre, maintenant. Une forme sombre apparut au coin de la maison.

— Alice ? héla Evi, en proie au doute.

Trop grande pour être Alice.

— C'est moi.

Une voix de femme. La silhouette s'avança dans la lumière. Jenny Pickup, l'amie d'Alice. Elle était là tout à l'heure, elle s'occupait des enfants. Dieu merci.

— Jenny, Tom a disparu, lui aussi.

Evi s'aperçut qu'elle était hors d'haleine : chaque mot lui coûtait.

— Il faut qu'on appelle les secours, expliqua-t-elle péniblement. Il est parti avec la fille dont il parlait, celle avec la carence hormonale. Celle qui rôdait autour de la maison.

Jenny fronça un instant les sourcils et lança un regard par-dessus son épaule. Puis elle fit un pas en avant.

— Evi, ça n'a pas du tout l'air d'aller, dit-elle. Rentrez. Laissez-moi vous servir quelque chose.

— Il faut qu'on appelle la police. Tom a disparu. Je ne sais pas où est passée Alice.

Jenny posa une main sur la porte, l'autre sur le bras d'Evi.

— Du calme, dit-elle. Reprenez votre souffle. La police est en route.

— Ah bon ?

— Parfaitement, répondit Jenny. J'ai appelé Brian moi-même. Il a dit dix minutes. Bon, Alice m'a demandé de veiller sur Millie. Et vous, il faut vraiment vous asseoir.

— Vous avez vu Alice ? interrogea Evi en reculant. L'autre femme était en effet si proche qu'il était impossible de faire autrement. Écoutez, Tom a disparu, il faut lancer des recherches.

— Evi, calmez-vous, ils sont en train de chercher. Écoutez-moi.

Evi s'obligea à regarder Jenny, ses paisibles yeux noisette. Le sang-froid de l'autre femme avait quelque chose de contagieux. Evi eut soudain l'impression de respirer de façon un peu plus régulière.

— On vient de tomber sur Alice dans l'allée, dit Jenny en parlant lentement, comme si c'était elle la psychiatre et Evi la patiente hystérique. Moi, papa, Mike, l'un des hommes de Mike. Ils sont tous partis l'aider à chercher. Tom n'a pas pu aller bien loin.

Elle s'interrompit et passa une main dans ses longs cheveux blonds. Ils étaient lâchés, parsemés de flocons de neige, humides sur le sommet de la tête.

— Surtout s'il est parti avec Heather, reprit-elle. Elle n'a pas la force d'aller loin. Et la police sera là d'une seconde à l'autre.

Dieu merci. Que devait-elle faire maintenant ? Voir comment allait Millie. Evi se tourna vers l'escalier, fit deux pas et agrippa la rampe. Derrière elle, Jenny repoussa la porte.

— Heather ? répéta Evi, faisant demi-tour quand les paroles de Jenny l'atteignirent enfin.

Heather – prononcé par un enfant de deux ans : Ebba.

— La fille qui a emmené Tom, reprit-elle. Elle s'appelle Heather ? Vous savez qui c'est ?

Harry se plaqua contre la porte du refuge et Gareth se mit à tirer sur la corde. Au début, rien ne se passa, puis la planche sur laquelle les deux hommes s'étaient acharnés au marteau se mit à vibrer. Après un ultime effort de Gareth et le plancher tout entier, exception faite d'une bande de trente centimètres autour du bord, se souleva. C'était une vaste trappe carrée, retenue par des charnières dans le mur du fond. Une fois qu'elle eut commencé de bouger, elle vint facilement. En quelques secondes, Gareth l'avait levée jusqu'à ce qu'elle retombe avec un bruit mat sur la paroi.

Harry s'avança sur la pierre inégale du sol d'origine. Du coin de l'œil, il voyait Gareth nouer la corde puis faire le tour pour venir le rejoindre. Appréhendant soudain le gouffre sous ses pieds, Harry tomba à genoux et s'avança à quatre pattes.

Une odeur qui lui rappelait celle des églises abandonnées remonta du sous-sol. Il s'attendait à ce que le trou de sonde – si c'était bien ce qu'ils avaient découvert – soit parfaitement circulaire. Celui-ci avait été creusé de façon sommaire et semblait inachevé, les pierres sur son pourtour taillées grossièrement, anguleuses. Il voyait clair à soixante, quatre-vingt-dix centimètres de profondeur, peut-être. Après ça, l'obscurité était si dense qu'il aurait presque pu marcher dessus. Gareth s'agenouillait à présent à ses côtés.

— Passez-moi la torche, dit Harry, sans toutefois quitter le puits du regard.

Gareth ne fit pas un geste.

— J'ai besoin de la lampe, mon vieux, répéta Harry. Elle est trop loin.

Il administra un petit coup sur son bras et lui indiqua où elle gisait. Tel un somnambule, Gareth se retourna, tendit le bras puis remit la lampe à Harry.

En dépit du froid, Harry avait les mains moites. Il saisit la lampe et s'avança jusqu'à pouvoir se pencher au-dessus du trou. Le rai de lumière sembla tomber comme une pierre, plongeant brusquement dans les profondeurs de la terre. Harry vit un travail de maçonnerie, grossièrement maintenu par un mortier qui s'effritait, et discerna à grand-peine le dépôt visqueux et tenace d'une forme de végétation qui pouvait survivre sans lumière. Il crut même entrapercevoir de l'eau, plusieurs mètres en contrebas. Mais la seule chose qu'il voyait avec suffisamment de netteté était celle dont il ne pouvait détacher les yeux : la chaîne rouillée, scellée dans le mur près de soixante centimètres sous le rebord et qui se prolongeait au-delà du faisceau de la lampe.

Jetant un bref regard autour de lui, il comprit que Gareth l'avait vue, lui aussi. Parler aurait été une perte de temps et d'énergie. Harry fit le tour du puits jusqu'à pouvoir s'allonger à plat ventre et atteindre la chaîne.

Jenny se trouvait juste devant la porte. La lumière du lampadaire extérieur filtrait par la vitre colorée de l'entrée, teintant ses cheveux d'une étrange couleur pourpre. Son visage, en revanche, était aussi blanc que la neige, dehors.

— Bien sûr que je sais qui c'est, admit-elle d'une voix triste. Cela fait presque dix ans qu'on vit sous le même toit. C'est ma nièce.

Un instant, Evi crut avoir mal entendu.

— Votre nièce ?

Jenny opina et se ressaisit.

— La fille de Christiana, dit-elle. On monte ? Alice a insisté pour qu'on vérifie comment allait Millie.

Evi ne parvenait qu'à la dévisager, interdite. Harry et elle avaient évoqué des fermes isolées, des cottages haut perchés dans la lande, et pourtant tout ce temps-là, la fille habitait la porte à côté, en plein cœur de la ville.

— Elle souffre d'hypothyroïdie congénitale, c'est bien ça ?

Jenny se rapprocha d'un pas.

— Une conséquence directe de la qualité des sols du pays, dit-elle. C'est le fléau de la famille depuis des lustres. Si on achetait ne serait-ce qu'une partie de notre alimentation au supermarché du coin, cela n'arriverait pas.

Elle avait rejoint Evi au pied de l'escalier.

— Mais la maladie se traite, de nos jours. – Evi fit un petit pas de côté et barra délibérément le chemin à l'autre femme.– On la repère sur les scans anténataux et le bébé peut être soigné. Elle a été pratiquement éradiquée.

Jenny poussa un soupir.

— Et pourtant, nous avons un joli spécimen juste sous nos yeux. Il faut vraiment que j'aille voir Millie. Je peux passer ?

— Comment est-ce arrivé ? demanda Evi, ignorant pourquoi il lui importait tant d'en apprendre le maximum sur la fille, consciente seulement que c'était primordial. Christiana a-t-elle refusé le traitement ?

— On n'a jamais proposé le moindre traitement à Christiana, répondit Jenny. Elle a passé toute sa grossesse enfermée à la maison et a accouché avec l'aide d'une sage-femme d'ici à qui on a versé un paquet de fric pour qu'elle la ferme. La naissance n'a jamais été enregistrée.

Son regard alla se poser quelque part sur le palier. Evi résista à la tentation de se retourner.

— Combien de personnes sont au courant de son existence ?

Evi pouvait à peine croire que nul n'ait jamais mentionné l'existence de Heather aux Fletcher, surtout après que Tom s'était mis à voir cette étrange petite fille.

— Très peu, je pense. Même Mike ne soupçonne pas son existence, non pas qu'il soit particulièrement futé, comme garçon.

Sans s'en apercevoir, Evi avait reculé d'un pas. Elle était sur la première marche et secouait la tête.

— Comment est-ce possible ?

— Oh, Evi, vous n'avez pas idée de ce qu'on peut faire quand on est propriétaire de la ville, dit Jenny, dont la main s'avançait vers la rampe.

Elle l'y posa, à quelques centimètres de celle d'Evi.

— Elle n'a pas le droit de quitter la maison, bien sûr. Christiana passe l'essentiel de ses journées à son côté, à lui lire des histoires, à jouer avec elle à des jeux simples. Christy est d'une patience infinie, mais quand elle a besoin d'un break, Heather regarde CBeebies à la télévision.

— Elle reste enfermée toute la journée ?

Jenny hocha la tête.

— Aucun domestique ne monte jamais en haut, dit-elle. C'est Christiana qui s'occupe des étages supérieurs. Quand tout le monde est reparti, Heather a le droit de jouer dans le jardin. Pour être honnête, je pense qu'une ou deux personnes sont en effet au courant – en grandissant, elle est devenue assez douée pour sortir en douce la nuit, et même de jour, parfois. Manifestement, elle s'est entichée des enfants d'Alice et Gareth. Mais les gens la bouclent, ils ne veulent pas se retrouver en délicatesse avec papa.

Quelque chose se serrait dans la poitrine d'Evi, qui allait au-delà de l'inquiétude qu'elle nourrissait pour les enfants Fletcher. Une petite fille avait été gardée prisonnière toute sa vie – prisonnière d'un corps inutilement handicapé, et prisonnière sous son propre toit.

— Pourquoi ? demanda-t-elle. Pourquoi diable une famille violerait-elle la loi de la sorte ?

Jenny cligna par deux fois de ses yeux clairs, noisette.

— C'est vous la psychiatre, Evi. Essayez de deviner.

Ebba déverrouilla la porte du fond de la galerie et entreprit de grimper l'étroit et court escalier en spirale. Le vent s'en prit à ses cheveux, les soulevant autour de sa tête comme un drapeau. Tom s'arrêta. Ce serait de la folie que de monter là-haut.

Tommy, je t'en prie, viens.

Avant qu'il ait eu le temps de réfléchir à ce qu'il convenait de faire, Ebba s'était emparé de sa main et le hissait sur le toit. Elle se mit à quatre pattes et il fit de même. La neige crissait sous lui, le vent s'engouffrait dans son sweat-shirt. Ebba rampait le long du toit, dans une espèce de gouttière au revêtement en plomb. Sur sa gauche, le toit remontait en pente douce ; sur sa droite il y avait un rebord en pierre de dix centimètres de haut qui n'offrait pas une hauteur suffisante, loin de là, pour faire office de garde-corps si elle glissait. Devait-il y aller, lui aussi ? Apparemment, parce qu'elle regardait derrière elle, et l'attendait. Et merde !

Tom se mit en route, gardant les yeux fermement rivés sur la tranchée couverte de neige qu'il empruntait à quatre pattes. C'était dément. Joe ne pouvait se cacher nulle part sur le toit. Les trois autres clochers étaient vides, ça se voyait d'en bas. On discernait le ciel au travers. Ils se dirigeaient vers celui situé à l'angle nord-est, celui qui semblait toujours à l'ombre parce que hors de portée du soleil. Il l'apercevait pardessus l'épaule d'Ebba, aussi vide qu'une boîte de chocolats un lendemain de Noël. Il voyait les étoiles briller dans les ouvertures entre les colonnes, il distinguait le mouvement des nuages, il voyait même la balle argentée de la pleine lune.

Mais la lune était dans son dos.

Evi n'eut pas à deviner longtemps.

— Qui est le père ? demanda-t-elle. C'est votre père ? C'est Sinclair ?

Jenny fit la grimace.

— Cherchez encore.

Evi réfléchit rapidement. Elle savait si peu de choses des Renshaw, seulement ce que Harry et les Fletcher lui en avaient dit. À sa connaissance, il n'y avait pas de frères, rien que le père : un homme de haute taille, aux cheveux blancs, d'allure très distinguée, et le…

— Pas votre grand-père ? Sa voix était assourdie, terrifiée mais à voir l'expression qu'affichait l'autre femme, elle sut qu'elle ne s'était pas trompée. Mais il…

Quel âge avait Tobias Renshaw ? Il devait avoir quatre-vingts ans passés.

— Il approchait les soixante-dix ans à la naissance de Heather. Il était encore en pleine forme, alors.

— Votre pauvre sœur. Que voulez-vous dire, par « Il était encore en pleine forme » ?

Les yeux de Jenny ne quittaient pas ceux d'Evi. Elle ne dit rien.

— Il a abusé de vous aussi, n'est-ce pas ? suggéra Evi.

Pas de réponse, rien qu'un regard vide.

— Je suis sincèrement désolée.

Aucune réaction.

— Quel âge aviez-vous ? Quand est-ce que ça a commencé ?

Jenny poussa un profond soupir puis recula jusqu'à rencontrer la porte de la salle à manger. Evi eut l'impression de pouvoir respirer, à nouveau.

— Trois ans. Quatre, peut-être. Je ne me souviens pas vraiment. Il n'y a pas eu un moment durant mon enfance où je n'ai pas su ce que ça faisait d'être touchée, tripotée, pelotée par de grandes mains rudes. (Elle regarda Evi droit dans les yeux.) Il restait en travers de la porte et me regardait me déshabiller. Ou bien il entrait quand je prenais un bain, et venait me laver. Je n'ai jamais pu disposer librement de mon corps, jamais. Pouvez-vous imaginer ce que ça fait ?

— Non, répondit Evi en toute sincérité. Je suis vraiment désolée. Il vous a violée ?

— À cet âge ? Non, il était trop malin pour ça. Violez un enfant de quatre ans, et ça se verra. Il se masturbait sur moi, me touchait d'une main, branlait son… vous voyez… de l'autre. Quand j'ai été un peu plus âgée, il m'a obligée à le sucer. J'avais dix ans quand les viols ont commencé. D'une certaine façon, je suis étonnée qu'il lui ait fallu autant de temps. Je l'entendais, voyez-vous, avec Christiana. Je savais ce qui m'attendait.

Evi avait porté ses mains à sa bouche. Elle allait tomber. Elle tendit le bras et s'empara de la rampe, à nouveau.

— Je suis vraiment désolée, répéta-t-elle. Pourquoi ne l'avez-vous dit à personne ? Vos parents, votre mère, elle n'aurait jamais…

Elle s'interrompit. Jenny n'avait pas besoin de répondre. Les enfants ne parlaient pas. On leur ordonnait de ne pas le faire, et ils s'abstenaient. Les enfants obéissaient aux adultes.

— Il vous menaçait ?

Jenny revenait vers elle. Elle avait bu, Evi le remarquait à présent.

— Il faisait pire que nous menacer. Il nous enfermait dans le mausolée, avec tous les cercueils en pierre. Même après que ma mère y eut trouvé son dernier repos, il nous enfermait à clé dedans. Ou alors il nous portait tout en haut de l'escalier, dans la galerie de l'église, parfois même en haut du Tor, et il nous pendait par-dessus bord. Par la cheville, quelquefois. Il fallait qu'on soit sage, disait-il, ou il lâcherait prise. Je sais qu'il l'a fait à Christiana, elle aussi : les hauteurs la paralysent.

Clignant des yeux, Evi tenta de chasser l'image qui se présentait à son esprit.

— Vous avez dû être terrifiée, dit-elle.

— Je n'ai jamais crié, Evi, cela n'aurait servi à rien. Je fermais juste les yeux en me demandant si cette fois-ci, c'était la bonne, si c'était aujourd'hui qu'il lâcherait prise, que je sentirais l'air contre mon visage et que je comprendrais que c'était la fin.

Elle avait eu tort. Evi avait accusé Gillian et elle s'était trompée. Elle avait envoyé Harry et Gareth sur une fausse piste et maintenant Gillian était peut-être à l'agonie, Joe et Tom avaient disparu et Alice… Où était Alice ?

— Jenny, dit Evi, est-ce votre grand-père qui a tué ces enfants ? C'est lui qui détient Joe ?

Remonter la chaîne. Inutile de penser à quoi que ce soit d'autre. Hisser la chaîne et prier Dieu qui l'avait abandonné qu'il n'y ait rien à l'autre bout. Ne pas regarder Gareth, prêt à dérailler, si ce n'était pas déjà fait. La seule chose réellement intelligente serait de s'en aller d'ici, tous les deux, avant que l'un d'eux ne soit tué, mais Harry savait que ça ne se passerait pas ainsi. Alors tirer sur la chaîne, parce qu'ils n'avaient pas accompli tout ça pour rien et qu'il fallait qu'ils sachent, à présent.

La chaîne bougeait, venait à chaque nouvelle brassée, mais il y avait quelque chose de lourd à l'autre bout. Tirant de son bras droit, relâchant la corde par-dessus bord du gauche – ne réfléchis pas, continue, point barre. Quelque chose raclait contre la paroi du puits, quelque chose coinçait, qui rendait la corde plus difficile à tirer, quelque chose se rapprochait.

Les muscles des bras de Harry brûlaient de douleur et il ignorait totalement quelle longueur de chaîne il restait encore. Une vingtaine de brassées, et il serait obligé de se reposer. Même pas sûr qu'il tiendrait jusqu'à vingt. Encore dix, sept… il n'était plus besoin de continuer. Attaché au bout de la chaîne se trouvait un grand sac avec une lourde fermeture Éclair, d'ancienne facture. Sans s'arrêter pour réfléchir, Harry le souleva sur le sol, avança le bras et fit glisser la fermeture.

Des orbites. Vides. Voilà la première chose qu'il vit.

Tom cilla. Le vent lui soufflait la neige dans les yeux et il n'y voyait pas clair. La lune se trouvait définitivement devant lui, brillant entre les pierres maçonnées du clocheton nord-est. Il tourna prudemment la tête. La lune se trouvait aussi derrière son épaule ! Deux lunes ? Ebba s'approchait de la tour, maintenant. Elle trottina jusqu'à atteindre l'un des côtés et regarda en arrière : elle l'attendait. Mais qu'est-ce qu'elle avait en tête ? L'hélicoptère était passé au-dessus plusieurs fois dans la journée. Les petits toits au sommet des clochers auraient empêché l'équipe à bord de l'engin de voir à l'intérieur des tours, mais les hélicos étaient équipés de matériel guidé par infrarouge, ils auraient repéré la chaleur d'un corps. Ebba lui faisait signe d'avancer.

L'église avait été bondée. Quand l'hélicoptère avait commencé ses recherches, la police avait demandé à tous ceux qui battaient la campagne de revenir et tout le monde était retourné dans l'église. Près de deux cents personnes se trouvaient à l'intérieur pendant que l'hélicoptère cherchait. Deux cents corps chauds. Où cache-t-on une aiguille ?... Dans une botte de foin. Tom était suffisamment près maintenant pour toucher le clocheton, pour passer la main entre les piliers en pierre érigés à chaque angle. Il tendit le bras et vit le reflet de sa main venir vers lui, vit son propre visage dans les carreaux réverbérants qui se trouvaient entre les colonnes de la tour, de façon à créer une petite boîte sur le toit de l'église, juste assez grande pour abriter...

— Je vous raconte le pire, Evi ? Le pire qu'il nous ait fait ?

— Quoi ? s'entendit répondre Evi qui pourtant n'avait vraiment, mais vraiment pas envie de savoir.

Quand avait-elle entendu Alice appeler dehors, pour la dernière fois ? La police ne devrait-elle pas être arrivée, à présent ?

— On a un vieux puits sur les hauteurs. Il y avait un moulin là-haut, dans le temps, et des cottages pour les ouvriers. Les bâtiments ont tous disparu, mais le puits n'a jamais été comblé, pour une raison ou une autre. On a construit une maisonnette en pierre pour qu'il ne présente pas de danger. Pour les moutons ou les gosses vagabonds. Mais pas pour nous, pas pour Christiana et moi, parce qu'il a scellé un harnais et une corde, et quand on faisait les difficiles, si on osait dire non ou si on ne l'avait pas sucé aussi fort qu'il le voulait, il nous descendait dans le puits. Il nous enfermait dans le harnais et nous descendait au fond. Nous y laissait, dans le noir, pendant des heures. Il l'a fait à d'autres gosses, aussi. Jusqu'à ce qu'il en laisse un dedans trop longtemps et qu'il ne faille mettre un terme à ce petit jeu.

Jenny était trop proche, Evi n'avait pas d'autre choix que de reculer, en montant l'escalier. Jenny lui emboîta aussitôt le pas.

— Jenny, vous avez besoin d'aide. Vous le savez, n'est-ce pas ? Rien de tout cela n'était votre faute, mais vous avez besoin d'aide pour le dépasser. Il vous a fait du mal. À Christiana, aussi. Je peux vous trouver quelqu'un qui travaillera avec vous. Ça prendra du temps, bien sûr, mais…

Jenny se pencha vers elle.

— Vous croyez vraiment qu'on peut réparer ce genre de blessures, Evi ? En parlant ?

Elle n'avait pas tort. Evi aurait seulement aimé qu'elle se tienne un peu moins près.

— Pas complètement, non, convint-elle. Rien ne pourra effacer ces souvenirs. Mais un bon thérapeute peut vous aider à les surmonter. L'important, pour l'instant, c'est de trouver Joe. Harry et Gareth sont montés voir ce puits. C'est là que se trouve Joe ?

Le visage de Jenny prit une drôle d'expression.

— Ils sont montés au cottage ? dit-elle. Personne n'y est retourné depuis quinze ans. On l'a fermé après…

— Après quoi ? Qu'est-ce qu'il y a, là-haut ?

— Écoutez-moi. Écoutez-moi, enfin !

Gareth Fletcher n'écoutait pas, il hurlait, se cognait la tête contre le mur de pierres, le martelait de ses poings. Déjà, la peau de son front était écorchée, du sang coulait d'un côté de son nez. Harry s'empara d'un de ses bras et tenta de le faire pivoter vers lui. Le poing libre de Gareth s'abattit dans la direction de Harry. Harry recula, dangereusement près du puits.

— Ce n'est pas Joe ! hurla-t-il. Ce n'est pas Joe !

Avait-il entendu ? Gareth avait cessé de hurler et s'adossait au mur de l'abri, la tête cachée dans ses mains.

— Gareth, vous devez m'écouter. Cet enfant est mort depuis des années. Regardez-le. Non, vous devez le regarder. Ça ne peut pas être Joe, je vous le jure, vous n'avez qu'à regarder.

Gareth leva la tête. Son regard brillait anormalement quand il fit un pas vers Harry. Harry rassembla ses forces. Il était le plus grand des deux, mais Gareth était probablement plus fort. Il ne tenait vraiment pas à s'engager dans aucune sorte de lutte à une telle proximité du puits. Il saisit Gareth par les épaules et l'obligea à se baisser jusqu'à ce qu'ils se retrouvent tous deux agenouillés sur la pierre froide une fois de plus.

— Regardez, dit-il, en écartant les côtés du sac de toile. (Ses mains tremblaient quand il prit la lampe torche et la braqua à l'intérieur.) Cet enfant est mort depuis des années, répéta-t-il. Regardez, vous devez regarder. La peau a presque complètement disparu. Ça ne peut pas être Joe, ce n'est tout simplement pas possible.

Gareth semblait lutter pour respirer. Chacune de ses inspirations était un gros sanglot étranglé, mais il regardait bel et bien le sac, et l'enfant dans ce sac.

— Pas Joe, dit à nouveau Harry, se demandant combien de fois il lui faudrait le répéter pour convaincre Gareth.

Si c'était bien Gareth qu'il essayait de convaincre à ce stade…

Gareth se passa une main sur la figure.

— Seigneur, Harry, dit-il. Mais qu'est-ce qui se passe, bon sang ?

— Joe !

Tom cilla pour chasser la neige de ses yeux. C'était bien son frère qu'il voyait là, recroquevillé comme un escargot dans le clocher nord-est, entravé comme une dinde de Noël avec des cordes autour des poignets et des chevilles. Joe, blanc comme un linge, transi, mais toujours vivant. Joe, tremblant comme de la gelée et qui levait vers lui des yeux complètement délavés, mais qui étaient toujours les yeux dont il se souvenait. Joe – ici – à moins de cent mètres de leur maison, finalement.

Ebba se penchait sous le clocheton, remontant un patchwork crasseux autour des épaules de Joe, pour tenter de lui tenir chaud.

— Joe, c'est Tom, chuchota Tom. Tout va bien, maintenant. Je vais te faire descendre.

Joe ne répondit pas, se contenta de fixer Tom de son regard translucide. Des secousses ébranlaient sa tête, ses membres tressautaient. Il n'allait pas bien, Tom le voyait. Joe avait survécu par miracle une nuit et une journée sur le toit de l'église : il ne tiendrait pas beaucoup plus longtemps. Il fallait le faire redescendre. Tom se pencha dans la tour, essayant de passer ses mains sous les épaules de son frère. Il réussit à l'atteindre, à toucher sa peau qui paraissait trop froide pour être de la chair vivante, mais quand il tira, Joe ne bougea pas.

Tom se retourna vers Ebba. Elle était toujours accroupie de l'autre côté de la boîte, ses mains surdimensionnées agrippant le bord des miroirs, et elle le dévisageait.

— Comment on le sort de là ? demanda Tom.

— Un enfant est mort, Evi, racontait Jenny. Une petite gitane que Tobias a trouvée en train de se promener toute seule un jour où il était parti voir un cheval près de Halifax. Il l'a laissée là, comme ça, là-haut, suspendue dans le puits.

Mais que foutait la police ?

— C'est agréable de vous parler, Evi. Vous écoutez. Vous ne jugez pas. Bon, je vais chercher Millie maintenant.

Jenny s'efforçait de passer devant Evi, avec douceur mais fermeté. Evi se retourna, se retenant toujours à la rampe pour ne pas tomber.

— Personne ne vous jugerait, Jenny. Vous étiez une enfant. N'avez-vous jamais pensé que vous pouviez peut-être dire à votre père ce qui se passait ?

Un éclair passa dans les yeux de Jenny.

— Parce que vous pensez qu'il n'était pas au courant ?

— Non…

— À votre avis, pourquoi était-il si opposé à ce que les Fletcher achètent ce terrain ? Il savait qu'ils avaient une fille. Il sait que cette ville représente un danger pour les petites filles.

Evi avait du mal à comprendre.

— Mais ses propres filles ?

— Il m'a envoyée en pension à l'âge de treize ans, juste après la naissance de Heather. Il n'a plus pu fermer les yeux, après ça. Il était trop tard pour Christiana, évidemment, elle était trop âgée pour l'école.

Evi avança la main, toucha le bras de Jenny.

— Jenny, il faut qu'on dise tout ça à la police. Il faut qu'ils l'arrêtent avant qu'un autre enfant se fasse tuer. Je devrais les rappeler. Leur demander de faire vite.

Elle descendit une marche.

— Attendez, je vous prie. (Jenny serrait fort le bras d'Evi.) Je ne vous ai pas tout dit.

Seigneur, que pouvait-il y avoir d'autre ? Evi lança un regard vers la fenêtre qui donnait dans la rue, espérant voir danser des gyrophares.

— Que voulez-vous me dire ?

Jenny baissa la tête.

— C'est si difficile. Je n'ai jamais pensé que je le raconterais un jour à quiconque.

— Comment on fait ? répéta Tom.

L'expression d'Ebba ne changea pas, rien n'indiquait qu'elle l'ait compris. Tom se retourna vers son frère et essaya de nouveau de le lever, au moins en partie. Joe ne bougeait pas et Tom comprit pourquoi. Les cordes qui ligotaient son frère le retenaient également à la tour.

— Joe, il faut que j'aille chercher de l'aide. Il y a un policier en bas. Je reviens dans cinq minutes, Joe, je te le jure.

Les yeux de Joe s'étaient refermés. Laisser son frère dans la tourelle était la chose la plus difficile que Tom ait jamais eu à faire, mais il parvint à s'arracher à lui et à repartir en rampant le long de la gouttière. Il n'entendait pas Ebba dans son dos : il espérait qu'elle était restée pour réconforter Joe.

Il était de retour dans le véritable clocher qui conduisait dans l'église. Alors que son pied trouvait la première marche, une main se referma autour de sa cheville nue.

Les deux femmes étaient assises dans l'escalier. Jenny s'était laissée choir, entraînant Evi avec elle. Toutes deux tremblaient.

— Quand est-ce que ça a cessé ? Quand vous êtes allée à l'école ?

Jenny secoua la tête.

— Les choses se sont un peu arrangées avant ça. Il avait trouvé quelqu'un d'autre pour piquer son intérêt, voyez-vous. La fille de notre domestique. Elle était blonde et jolie, très jeune, tout ce qu'il aimait.

— Gillian ? fit Evi. Il a violé Gillian, aussi ?

Y avait-il enfin un point au sujet duquel elle ne s'était pas trompée ?

Jenny haussa les épaules, puis hocha la tête.

— Je pense que Gwen Bannister a deviné ce qui se passait, dit-elle. Elle n'aurait jamais osé confronter mon grand-père, mais elle a mis sa fille hors de portée. C'est plus que ce qu'on a fait pour moi.

— Est-ce qu'il s'en est de nouveau pris à vous, après le départ de Gillian ?

— Quand je rentrais pour les vacances, oui. Et là, quand j'ai eu dix-neuf ans, la chance a tourné pour lui. Je suis tombée enceinte à mon tour. Le temps que je rassemble le courage de le dire à papa, il était trop tard pour se débarrasser du bébé. C'est comme ça qu'il a convaincu Mike de me prendre pour épouse. Et il a persuadé Tobias de lui céder devant notaire le contrôle du domaine.

— Je n'arrive pas à croire que votre père ait été complice de tout ça. Vous avez dû vous sentir tellement trahie.

Jenny relâcha les mains d'Evi.

— Evi, les hommes vendent leurs filles pour de l'argent et des questions de pouvoir depuis des millénaires. Vous croyez que tout ça a cessé quand nous sommes entrés dans le XXe siècle ? Mais ça a été une bonne chose pour moi aussi. J'y ai échappé. Et j'ai eu Lucy.

La fille de Tobias. Lucy était l'enfant incestueuse née de l'union de sa mère et de son grand-père.

— Qu'est-il arrivé à Lucy ? demanda Evi d'une petite voix. Comment est-elle réellement morte ?

— Je l'aimais tellement, Evi.

— J'en suis sûre. C'est lui qui a fait ça ? C'est Tobias qui l'a tuée ?

— Elle n'avait que deux ans quand il a commencé à s'intéresser à elle, Evi. Elle était blonde, superbe, tout comme Christiana et moi au même âge. Je voyais ses yeux la déshabiller du regard. Il conduisait encore, à l'époque, et débarquait tout le temps chez nous. Je ne la changeais jamais devant lui, ne lui donnais jamais son bain quand il était à proximité, mais il n'arrêtait pas de lui tourner autour. Je savais que je ne pouvais pas laisser la chose arriver de nouveau, pas à Lucy.

— Mais c'était différent, dans son cas. Elle vous avait pour la protéger. Vous, et Mike.

— Mais je savais à quel point il était malin. Je savais qu'il finirait par mettre la main dessus. Alors j'ai commencé à envisager différents moyens de l'éliminer. Ça me semblait la seule solution. Ça vous choque ?

Evi songea qu'elle était bien au-delà.

— Je pense qu'il est tout à fait compréhensible que vous ayez éprouvé pareille colère, dit-elle.

— J'ai pensé l'étouffer dans son sommeil, l'empoisonner, le précipiter en bas de l'escalier, le convaincre, par la ruse, de monter au Tor avec moi pour le pousser par-dessus bord. Mais ensuite, un jour, j'ai eu un déclic. Je n'avais pas besoin de le tuer pour l'empêcher d'obtenir ce qu'il voulait.

— Ah non ?

— Non. Je pouvais à la place la tuer, elle.

On tirait Tom vers le bas, marche après marche, et son dos cognait douloureusement sur la pierre.

— Qu'est-ce que tu fous là, toi ? dit une voix qu'il connaissait.

Deux grandes mains l'attrapèrent par la taille et lui firent descendre d'autres marches encore.

— Dégagez, laissez-nous descendre, ordonna la même voix.

Tom entendit plusieurs des pieds battre en retraite derrière eux, après quoi il se retrouva dans la galerie de l'église une fois de plus.

— Joe est sur le toit, réussit-il à dire. Dans l'autre clocher, celui que tout le monde croit vide bien qu'il ne le soit pas. Joe est dedans et il gèle, il faut qu'on le redescende tout de suite.

Les quatre garçons le dévisageaient comme s'ils avaient capturé un extraterrestre qui aurait soudain commencé à leur donner des ordres.

— Ton frère ?

Jake Knowles fut le premier à parler.

— Celui qu'on a cherché toute la journée ?

— Sur le toit ? répéta le frère aîné de Jake, dont Tom ne retrouvait pas le nom.

Tom regarda les quatre visages et eut l'impression que son cœur avait cessé de battre.

— C'est vous qui avez fait ça, dit-il. C'est vous qui l'avez mis là.

Le plus vieux grimaça.

— Et tu nous prends pour qui, ducon ? Des putains de malades ?

— Il est vraiment là-haut ? dit Billy Aspin. Vivant ?

Tom hocha la tête.

— Attaché, répondit-il. Je n'ai pas pu le relever. Il faut que j'aille chercher mon père. Qu'est-ce que vous faites ici ? Si c'est pas vous, qu'est-ce que vous faites là ?

— On t'a suivi, dit Jake. On t'a vu avec la crétine des Renshaw traverser le cimetière en courant et on vous a suivis. On s'est perdus dans cette putain de cave. Elle est passée où ?

— Il faut chercher de l'aide. Il y a un policier… dit Tom, se rendant compte qu'il ne savait absolument pas ce qu'il était advenu d'Ebba.

— Allez viens, coupa l'aîné des Knowles. Allons voir ce qu'il nous raconte.

Evi se sentait brûlante. Marrant, elle avait entendu des patients évoquer le sentiment de terreur bien des fois. Aucun d'eux ne lui avait jamais rapporté à quel point on avait chaud. Ou cette impression que le cerveau fonctionnait soudain au ralenti. Jenny ? C'était Jenny qui en voulait à Millie depuis le début. Non, ce n'était pas possible. Quelque chose lui avait échappé. Elle était surmenée.

— Et toute l'ironie de la chose, c'est que Tobias l'aimait vraiment.

Jenny se raccrochait à Evi, l'empêchait de bouger. Elle avait le visage tout rouge, les yeux anormalement brillants. Evi devait trouver le moyen de se lever. Et ensuite ? Monter, dans la chambre de Millie, ou sortir trouver son téléphone ?

— Il était absolument ravagé, poursuivit Jenny. Je l'ai obligé à regarder, voyez-vous. Je savais qu'il se rendait à l'église – il a été sacristain pendant des années – et je l'ai suivi avec Lucy dans mes bras. Je suis montée dans la galerie, et là, je l'ai appelé.

De la sueur dégoulinait entre les omoplates d'Evi. La police ne venait pas. Jenny ne l'avait pas appelée. Et pourquoi fallait-il qu'elle se tienne aussi près ?

— Je ne l'oublierai jamais, racontait-elle. Il est sorti de la sacristie et je la pendais dans le vide par les chevilles, comme il l'avait fait avec moi, et elle criait ! elle criait !, et je l'ai vu me crier quelque chose, lui aussi, me hurler d'arrêter. Il s'est mis à courir et là, je l'ai lâchée, tout bêtement.

L'odeur de la femme était presque pire que la chaleur : alcool, transpiration, fleurs exotiques. Evi savait qu'elle serait bientôt prise de haut-le-cœur si elle ne bougeait pas. Poser les mains à plat, pousser fort, ignorer la douleur : elle avait des bras puissants, ça marcherait.

— Elle n'en finissait pas de chuter, continuait Jenny. J'ai eu tellement de temps pour réfléchir, me rendre compte que les choses étaient écrites d'avance, que ça ne pouvait pas se terminer autrement, que je finirais par le détruire, pour ce qu'il m'avait fait.

Maintenant. Evi se leva, Jenny la força à se rasseoir sur la marche.

— Il a failli réussir. (Jenny lui chuchotait dans la figure à présent.) Il a failli la rattraper. Mais elle s'est écrasée violemment sur ces dalles et le sang… le sang a giclé partout. J'ai cru qu'il allait même m'éclabousser jusque dans la galerie.

Evi déglutit péniblement et repoussa la tentation de retenir son souffle. Elle devait continuer de respirer. Si elle retenait son souffle, elle tournerait de l'œil.

— Je n'ai jamais pris de plaisir dans le sexe, Evi, pas une fois – comment aurais-je pu ? disait Jenny. Toute cette histoire d'orgasme qui fait tellement couler d'encre, je ne sais absolument pas de quoi ils parlent. Mais ce jour-là, en voyant tout ce sang et en le regardant lui qui criait, je ne peux pas vous dire le plaisir que j'ai ressenti. J'ai failli m'évanouir, là, sur-le-champ, tellement c'était intense. Et ce son, mat, quand elle a atteint les dalles, comme un fruit mûr qui éclaterait, ça résonnait à n'en plus finir dans ma tête, et tout ce temps-là, le sang se répandait tout autour d'elle. Je le voyais sortir par vagues, pendant que son cœur luttait pour battre encore.

Evi sut qu'elle ne pouvait appeler. Personne ne l'entendrait sauf Millie.

Les deux hommes dévalaient la lande en courant, le rai de leurs lampes torches braqué par terre, sur le sol blanchi à leurs pieds. Ils traversèrent le bois de hêtres, passèrent devant le moulin abandonné, franchirent le ruisseau. Une fois que Gareth avait semblé avoir recouvré ses esprits, Harry s'était senti envahi d'un sentiment de panique. Il fallait qu'ils reviennent. C'est tout ce qui lui venait à l'esprit : rentrer.

Cela faisait quarante minutes, au moins, qu'ils avaient quitté la maison. La police aurait dû les avoir rejoints à l'heure qu'il était. Des voitures de police patrouillaient dans les rues d'Heptonclough, elles n'étaient pas à plus de cinq minutes de chez les Fletcher. Si Evi les avait appelés quand lui et Gareth s'étaient mis en route, ils seraient arrivés à présent. Ce n'était pas le cas, ce qui signifiait qu'elle n'avait pas téléphoné. Il s'était passé autre chose. C'était pire à présent, pire que Joe, pire que le cauchemar déclenché par Gillian. Il fallait qu'ils rentrent.

Son portable était dans la poche de son jean. Il pouvait s'arrêter, appeler la police lui-même, téléphoner chez les Fletcher. Mais pour cela, il lui faudrait faire une halte.

Ils avaient atteint un échalier. Harry grimpa, sauta de l'autre côté et repartit, entendant Gareth faire la même chose derrière lui. Ils étaient dans le champ de la moisson, juste au-dessus de la ville. Cent mètres encore, et ils passeraient devant le site du bûcher du jour des Morts. Ils atteignirent la barrière, que Harry franchit d'un bond. L'ancien cottage de Gillian, les pavés rendus glissants par la neige, les premiers bâtiments s'élevant de part et d'autre. Gareth ahanait à ses côtés. Ils étaient au bout de la venelle et n'avaient plus qu'à tourner dans la rue quand la cloche de l'église se mit à sonner.

— Il m'a entraînée à l'écart, évidemment, dit Jenny. M'a ramenée à la maison. On s'est tous les deux changés avant de lancer des recherches. Mais il ne voulait pas retourner dans l'église, non, il n'avait pas le courage de la revoir. C'est moi qui ai dû faire ça.

Réfléchis maintenant, garde ton calme. Les policiers n'arrivaient peut-être pas, mais Harry et Gareth n'allaient pas tarder à rentrer. Ils devaient être arrivés au cottage à l'heure qu'il était, avoir trouvé ce qu'ils y cherchaient et être sur le chemin du retour. Evi n'avait qu'à garder son sang-froid. Empêcher cette femme de faire plus de mal. Elle devait la maintenir à distance de Millie. Si seulement il ne faisait pas si chaud.

— Et ensuite, dit Evi, qui s'obligea à s'adosser à la marche, à respirer profondément. Ça a été fini, alors ? Une fois que vous l'avez puni ? Avez-vous trouvé…

Seigneur, qu'était-elle censée dire ?

— Avez-vous trouvé la paix ?

Jenny hocha la tête.

— Un temps, oui. C'était comme si j'avais repris le contrôle de ma vie, vous comprenez ?

— Bien sûr, dit Evi. (Elle s'obligeait à parler lentement, comme elle le faisait toujours avec un patient surexcité.) C'est très important, le contrôle. On en a tous besoin.

— Elle me manquait désespérément, bien entendu. C'est toujours le cas. Je ne m'en suis jamais vraiment remise.

— Non, renchérit Evi, qui prit sur elle de ne pas consulter sa montre, et refoula l'envie de renverser la tête en arrière et de hurler à la mort. Je ne crois pas que les parents se relèvent jamais de la perte d'un enfant.

— Mais j'avais l'impression d'avoir tourné une page, de pouvoir passer à autre chose.

Jenny baissa les yeux sur sa montre, mais le geste fut trop rapide pour qu'Evi puisse voir l'heure.

— Le temps passe, dit-elle. Venez, je vais vous aider à monter l'escalier.

Elle se leva et se pencha en avant, saisissant Evi sous les bras. Evi résista, mais l'autre femme était forte. Elle fut hissée de force, et l'instant d'après, le bras de Jenny s'enroulait autour de sa taille.

— Allez, l'encouragea Jenny. Je suis sûre de l'avoir entendue pleurer à l'instant.

— Millie va bien, déclara Evi. Mais, Jenny, c'est vraiment important…

Jenny s'immobilisa un instant, tout en maintenant Evi bien serrée.

— Quoi ? s'enquit-elle, d'une voix qui s'était durcie.

Elle perdait patience.

— C'est juste… les autres filles. Megan, Hayley. Pourquoi fallait-il qu'elles meurent ?

Jenny pencha la tête de côté.

— Une fois Lucy morte, c'est moi qui me suis retrouvée maîtresse de la situation, expliqua-t-elle au bout d'un moment. Si jamais Tobias devait commettre un écart, s'il commençait à porter une attention inappropriée à des petites filles, je pouvais l'arrêter. Allez maintenant, encore une marche, et une autre.

— Je suis désolée, s'excusa Evi. J'ai du mal avec les escaliers. On peut se reposer une seconde ? Alors il s'est mis à violer Megan ? Même après ce qui est arrivé à Lucy ?

Jenny ne relâcha qu'un peu sa pression.

— Oh, je ne suis pas sûre que ce soit jamais allé aussi loin, dit-elle. Mais je voyais bien comment il la regardait, la façon qu'il avait d'être toujours aux petits soins avec sa mère. Il n'était pas question de me faire avaler ça, pas après avoir perdu Lucy. Je n'allais pas le laisser oublier et s'enticher d'une autre.

— Alors vous avez tué Megan ? Et Hayley ? Vous avez essayé de tuer Millie, elle aussi ?

Jenny regardait Evi comme si elle était demeurée.

— J'avais déjà tué ma propre fille, rappela-t-elle. Vous croyez que c'est difficile, après ça, de tuer l'enfant d'une autre ?

— Mais alors, pourquoi Joe ? demanda Evi, quand Jenny sembla sur le point de se détourner et de reprendre son ascension. Votre grand-père ne s'y serait pas intéressé. Pourquoi l'avez-vous enlevé ? C'est bien vous qui l'avez enlevé, non ?

— Evi, il commençait à me narguer.

— Joe ?

— Mon grand-père. Vous n'avez pas idée à quel point il est diabolique. Il n'arrêtait pas de faire des blagues sur les Fletcher, et le fait qu'ils étaient mieux surveillés que les joyaux de la couronne, que la mère ne quittait jamais Millie des yeux, tout en venant ici presque chaque jour, posant pour ce portrait débile. J'apprenais qu'il avait joué avec Millie, qu'il l'avait prise sur ses genoux, qu'il lui avait caressé les jambes, remontant ses doigts toujours plus haut : il oubliait complètement Lucy. Je ne pouvais pas laisser une telle chose se produire.

— Mais Joe ? Qu'est-ce qu'il…

— Je savais que le seul moyen de détourner l'attention d'Alice était que l'un de ses autres enfants vienne à disparaître.

Evi eut l'impression qu'on l'avait giflée.

— Joe n'était qu'un leurre ?

Jenny haussa les épaules.

— Mignon, ce petit, dit-elle. Il m'a suivie sans discuter. Je lui ai raconté que sa sœur avait eu un accident et que sa mère voulait que je l'emmène la voir à l'hôpital. Mais je ne pouvais pas faire les choses à moitié, cependant, une fois qu'il a pigé. J'ai dû l'assommer pour l'emmener…

— Où ça ? Où est-il ?

— Quelque part où ils ne le trouveront jamais. Ils n'ont pas trouvé Megan, ils ne trouveront pas Joe. Evi, encore une marche, c'est possible ?

Le frère aîné de Jake Knowles dépassa Tom dans l'escalier et repartit à l'assaut des marches.

— Il est ligoté, insista Tom. On ne peut pas l'emmener.

Le garçon plongea la main dans la poche de son jean et en ressortit une fine bande métallique d'environ treize centimètres de long. Son pouce remua et fit jaillir une longue lame argentée.

— Pas de souc', dit-il, avant de s'engouffrer dans la tour.

Un à un, les trois autres suivirent. Jake était le dernier. Le pied sur la marche du bas, il se retourna vers Tom.

— Viens, souffla-t-il, avant de disparaître.

Tom suivit, sans savoir si les choses allaient mieux ou moins bien. Joe avait besoin d'une grande personne, pas de ces quatre idiots. Même s'ils parvenaient à le sortir de là, il y avait autant de chances qu'ils tombent avec lui ou qu'ils le redescendent sain et sauf. Devant lui, Jake grimpait sur le toit. Tom gravit les dernières marches à quatre pattes et sortit la tête.

— Dan y est presque, dit Jake.

Tom regarda à l'autre bout. Le frère de Jake, Dan, n'était plus qu'à quelques pas de la tourelle nord-est. Le cadet était juste sur ses talons. Il n'y avait pas trace d'Ebba.

— Il est là ! cria Dan, qui avait atteint la tour opposée et se courbait pour y entrer. Je l'ai !

Le deuxième frère l'avait rejoint, à présent. Les deux garçons se penchaient à l'intérieur et Tom voyait deux derrières en jean levés vers le ciel nocturne. Puis le premier, comme le second, se redressèrent.

— Will l'a, annonça Jake. Il le sort, regarde.

L'autre frère de Jake avait passé ses deux bras autour de la taille de Joe et le dégageait de la tour. La couverture en patchwork resta sur place et le corps nu et pâle de Joe luit comme un coquillage sous la lune tandis qu'il tombait à la renverse sur le toit avec Will Knowles. Puis Dan Knowles se pencha et souleva Joe. Portant le petit garçon dans ses bras comme un bébé, il parcourut la gouttière dans l'autre sens, revenant vers Tom, Jake et Billy. Ils l'entendirent alors crier quelque chose qui ressemblait à : « Ding dong ! Les gars, mais sonnez-moi ce carillon, hé vous, là, ho ! Bande de cloches ! » Jake pigea une seconde avant Tom et les deux garçons dévalèrent l'escalier, se battant pour savoir qui serait le premier à détacher la corde et tirèrent dessus.

Dong. La vieille cloche tressaillit, contrariée d'être réveillée si tard dans la nuit. Dong. Plus fort cette fois-ci, plus résolue... Dong. Tom était presque tenté de lâcher la corde et de se couvrir les oreilles de ses mains, mais n'en fit rien : tirer sur cette corde et faire sonner cette cloche était si bon. Dong. Ramenez-vous, tous, sortez, venez voir Joe qu'on porte sur le toit. Joe, bien en vie finalement, Joe, qui rentre chez lui. Il avait hâte de voir la tête de sa mère.

— Jenny, vous ne pouvez pas entrer dans cette chambre.

— Et c'est une infirme qui m'en empêcherait ? Je ne crois pas, non.

Jenny se hissa sur la pointe des pieds, regardant par-dessus l'épaule d'Evi.

— Dallage au rez-de-chaussée, dit-elle. Vous savez quel bruit ça fait, quand un crâne d'enfant s'écrase sur la pierre ? Un peu comme une coquille d'œuf qui craque, mais en mille fois plus fort. Vous l'entendrez. Enfin, peut-être.

— Où est Joe ? demanda Evi.

Jenny reculait sur le palier, une main tendue pour trouver la poignée de la porte de Millie.

— Est-ce que Heather sait où il est ?

Pour la première fois, Jenny parut moins sûre d'elle-même.

— Non, répondit-elle.

— Vous êtes certaine ? Parce que je crois qu'elle sait tout sur vous. Je pense qu'elle a essayé de prévenir les gens, à sa façon. Elle a essayé de gagner l'amitié de Joe, Tom et Millie, de parler à Harry. Elle a même tenté de dire à Gillian ce qui est arrivé à sa fille.

— C'est une idiote sans cervelle.

Elle avait actionné la poignée, la porte était entrouverte.

— Elle est venue chercher Tom ce soir. Et pourquoi aurait-elle fait une chose pareille, aussi tard, si ce n'est parce qu'elle savait où vous aviez caché Joe ?

Jenny réfléchit un instant, puis haussa les épaules.

— Ça ne change rien. Il doit être mort, à l'heure qu'il est.

Evi fit un pas en avant.

— Vous savez ce qui me fout vraiment en rogne, Jenny ? C'est que vous êtes une parfaite imposture. Vous prétendez faire tout ça parce que Millie serait la prochaine victime de votre grand-père. Eh bien, c'est de la merde. Il l'a probablement à peine approchée. Il n'a sans doute pas touché Hayley non plus, ni Megan. Vous avez dit vous-même qu'il n'avait jamais le droit d'approcher Lucy. Vous tuez ces filles parce que vous aimez ça.

— La ferme !

— J'ai vu la tête que vous faisiez quand vous m'avez parlé de la mort de Lucy. Vous y preniez plaisir.

— Je n'ai pas à écouter ça.

Jenny tournait la tête.

Elle devait l'arrêter, détourner son attention de Millie.

— Votre grand-père, tout ce qui vous est arrivé par le passé, ça vous sert juste d'excuse aujourd'hui. Vous le faites pour le plaisir.

— Vous n'en savez rien.

Jenny était dans la chambre, foulait le tapis.

— Je suis psychiatre, lança Evi. Ça fait des années que je m'occupe de salopes tordues comme vous. Bon, et maintenant, éloignez-vous de ce berceau.

Jenny revenait vers elle. Une seconde plus tard, elle était ressortie de la chambre. Puis ses mains enserrèrent la gorge d'Evi et elles reculèrent toutes les deux en titubant, passant devant l'escalier.

— Déjà demandé quel effet ça ferait de voler, Evi ? lui siffla Jenny à l'oreille. Vous le saurez bientôt. Ils penseront que vous avez glissé avec la petite Millie dans les bras et que vous êtes tombée au bas des marches. Seul le vieux Tobias saura la vérité.

Elle lui écrasait la trachée. Le pathologiste saurait qu'elle avait été étranglée. Maigre réconfort. La rampe s'enfonçait dans son dos, elle lui faisait un mal de chien, mais au moins, supportait son poids. Elle ramena sa bonne jambe et lui assena un fort coup de genoux entre les jambes. Jenny poussa un grognement et relâcha sa prise, mais c'était une femme, cela ne lui avait pas fait tellement mal. Evi se retourna et tenta d'agripper la rambarde mais se retrouva soulevée, poussée par-dessus bord.

Avant qu'elle ait eu le temps de bander ses muscles, ses hanches étaient passées de l'autre côté et elle était sur le point de tomber. Elle tendit les bras, une main saisit la rambarde mais on lui levait les jambes plus haut, et quelque chose frappait sur sa main, la piétinait : elle n'eut plus d'autre choix que de lâcher prise.

Il lui fallut un temps interminable pour atteindre le sol d'ardoise.

Ils avaient cessé de sonner la cloche. Les trois garçons s'engouffrèrent dans la tour. Avaient-ils toujours Joe ? Oui, il était là, enveloppé dans la couverture en patchwork, la figure pressée contre la poitrine de Dan Knowles, toujours ligoté avec une fine corde de nylon, toujours tremblant, toujours vivant.

Dan Knowles, qui semblait avoir grandi durant son bref séjour sur le toit, et tenir plus du jeune homme qu'il serait dans un an ou deux que de l'ado rebelle, était en bas des marches, s'avançait dans la galerie. Son frère Will suivit, puis Billy, juste comme on entendait s'ouvrir une lourde porte dans l'église : le bruit résonna.

— Il y a quelqu'un ? lança une voix forte à l'accent du Tyneside.

— Il est ici ! On l'a ! répondit en criant Dan Knowles.

— Joe ! s'époumona Gareth.
— Papa ! hurla Tom.
— Police ! Personne ne bouge !

Les deux groupes se rejoignirent dans l'escalier menant à la galerie, Gareth Fletcher et Dan Knowles manquant se rentrer dedans. Le petit paquet frissonnant passa de l'un à l'autre et Joe poussa un gémissement étouffé quand les bras de son père se refermèrent sur lui. Plus haut sur les marches, au-dessus de son père, Tom croisa le regard de Harry. Puis le pasteur pivota sur place, passa en force devant l'agent de police médusé et sortit de l'église en courant.

Evi était à peine consciente. Elle avait très froid. Un vent glacé soufflait autour d'elle. De la neige tombait doucement sur sa figure et le monde s'assombrissait. Était-elle à nouveau sur la montagne ? Non, chez les Fletcher. C'était Millie qu'elle entendait, hurlant à la mort. La porte d'entrée était ouverte et un homme se tenait à moins d'un mètre d'elle. Des chaussures en cuir marron, des flaques humides autour sur la pierre. Quelque chose dans sa main gauche, long et fin, fait de métal, quelque chose qu'elle crut reconnaître, mais qui semblait si déplacé qu'elle ne pouvait en être certaine.

— Pose-la, dit une voix.

Trop tard, songea Evi, je suis déjà tombée.

— Oh, mais certainement ! répondit une voix de femme au-dessus de leurs têtes.

— Pas un pas de plus, ordonna l'homme. Et pose cette enfant.

— Tu n'oseras pas, fit la femme.

L'objet que portait l'homme fut levé et sortit de son champ de vision.

— C'est terminé, déclara-t-il. Pose-la.

Un silence, durant lequel le monde sembla suspendu ; puis un pas et une explosion assourdissante. Evi n'entendit pas le second coup de feu, mais sentit sa vibration onduler au travers de son corps, vit l'éclair de lumière aveuglant. Puis, plus rien.

Harry entendit le premier coup de feu alors qu'il sautait le mur et contournait la voiture d'Alice. Il entraperçut cette dernière en train de courir vers l'église, mais il n'avait pas le temps de s'arrêter. Il vit la porte d'entrée ouverte et la grande silhouette de Tobias Renshaw s'encadrer sur le seuil, pointant un fusil sur lui-même. Une seconde plus tard, la tête du vieil homme explosait en une masse d'os et de sang. Harry bondit par-dessus le corps avant même qu'il ne soit tombé complètement à terre.

Un cri aigu capta son attention. Millie était debout en haut de l'escalier, inondée de sang et de minuscules débris de matière grise. Le corps d'une femme gisait en travers du palier. Voyant quelqu'un qu'elle connaissait, la petite fit un pas en avant, bien trop proche du rebord de la première marche. Harry gravit l'escalier d'une traite pour la cueillir. Puis il se retourna. Au pied des marches, à moins d'un mètre du corps de Tobias, gisait une jeune femme en pull violet. Un flocon vint se poser sur ses cils noirs. Ses yeux étaient aussi bleus que dans son souvenir.

ÉPILOGUE

Le mois de février avait apporté encore plus de neige sur la lande et des hommes étaient dehors depuis le petit matin pour dégager l'allée qui menait de l'église au cimetière. Malgré tout, le cortège progressait avec précaution dans la descente.

Suivant les instructions prononcées à voix basse par le maître de cérémonie, les six porteurs soulevèrent le cercueil de leurs épaules et le posèrent. Les roses sur son couvercle tressaillirent quand il fut sur les épaisses planches tendues en travers de la tombe béante. Harry se redressa et se frotta les mains. Elles étaient gelées.

Le vieux prêtre qui avait pris sa suite au bénéfice, qui le tiendrait jusqu'à ce qu'on puisse trouver un remplaçant permanent, prit la parole.

— Il a plu au Seigneur Miséricordieux de rappeler à lui l'âme de notre sœur qui nous a quittés…

La jeune femme dans le cercueil n'était pas morte la nuit du solstice d'hiver, le soir où Joe Fletcher avait été rendu à ses proches. Ses blessures étaient graves, mais pendant quelques semaines, sa guérison avait paru acquise. Au tout début de l'année, pourtant, elle avait attrapé une infection qui avait rapidement dégénéré en pneumonie. Son corps gravement affaibli n'avait pas eu la force de la combattre et elle s'était éteinte dix jours plus tôt. Quand il apprit la nouvelle, quelque chose s'éteint en Harry aussi.

Tandis que les porteurs et lui entreprenaient de descendre le cercueil en terre, Harry se rendit compte qu'Alice était juste en face de lui. C'était peut-être la dernière fois qu'il la voyait. Les Fletcher quitteraient Heptonclough d'ici quelques semaines. Sinclair Renshaw, qui restait passible d'une enquête policière avec inculpations, était néanmoins déterminé à maintenir son emprise sur la ville. Il avait fait une offre généreuse aux Fletcher pour leur maison, offre qu'ils avaient acceptée.

Les garçons allaient bien, répétait sans cesse Alice à tous ceux qui posaient la question, pour les rassurer. Leur nouveau thérapeute n'arrêtait pas de leur dire de parler librement, d'avouer quand ils avaient peur, d'être honnêtes quand ils ressentaient de la colère. Et surtout, de ne pas s'attendre à des miracles, cela prendrait du temps.

De tous les Fletcher, seule Millie semblait toujours la même. En tout état de cause, elle paraissait chaque jour plus bruyante, plus effrontée et plus joyeuse, comme si l'énergie faisant défaut aux autres membres de sa famille avait trouvé le moyen de se canaliser en elle. Harry se disait parfois qu'ils n'auraient pas pu traverser ces dernières semaines sans Millie.

Aux côtés d'Alice – sa main gigantesque serrant celle, minuscule, d'Alice –, se tenait sa nouvelle filleule : Heather Christine Renshaw. Aux premiers jours de janvier, lors de son dernier service en tant que ministre du bénéfice, Harry avait baptisé Heather. La cérémonie avait été brève, et n'y avaient assisté que les derniers survivants de la famille Renshaw : Christiana, Sinclair et Mike, et aussi, à leur demande insistante, Alice, Joe et Tom. Heather – ou Ebba, ainsi qu'il se le rappellerait toujours – recevait dorénavant un traitement médical. Il était trop tard pour qu'on puisse totalement remédier aux torts causés, mais les médicaments aideraient. Plus important, ses jours de confinement avaient pris fin.

Du coin de l'œil, Harry perçut du mouvement plus bas sur le coteau. Mike Pickup, présent dans l'église un moment auparavant, n'avait pas suivi le cortège. Il avait préféré se rendre devant la tombe dans laquelle reposait à présent Lucy et qui abritait également sa mère. Tobias gisait, tel un roi déchu, dans l'un des sarcophages du mausolée familial.

Le prêtre avait fini de parler. Il jeta un regard à Harry, qui esquissa un sourire machinal. Le maître de cérémonie faisait circuler un coffret rempli de terre. Les gens en prélevaient une poignée, et la lançaient sur le cercueil avant de s'éloigner. Un par un, les membres du cortège se détournèrent et gravirent la colline jusqu'à ce que Harry se retrouve quasiment seul. Un homme de haute stature, de forte carrure qu'il ne connaissait pas, marmonna quelque chose avant de s'éloigner de quelques pas. Il jeta un seul regard par-dessus son épaule aux deux personnes qui restaient à côté de la tombe, puis se détourna pour contempler la vallée.

— Quand partez-vous ? demanda la pâle jeune femme en fauteuil roulant.

Ses yeux lui dévoraient le visage, et s'étaient comme éteints depuis la dernière fois qu'il l'avait vue. Ils ne ressemblaient plus à des pensées violettes.

— Aujourd'hui, répondit Harry.

Puis il leva les yeux vers l'endroit où était garée sa voiture, déjà chargée.

— Maintenant, ajouta-t-il.

Il avait déjà fait ses adieux les jours précédents. Celui-ci serait le dernier.

— Vous allez bien ? s'enquit-elle.

— Pas vraiment. Et vous ?

Il n'avait pas eu l'intention d'avoir l'air agressif – elle avait ses propres difficultés, il le savait. Mais il n'avait pas pu s'en empêcher.

— Harry, il faut que vous voyiez quelqu'un. Vous devez parler à…

Il ne pouvait plus la regarder. S'il la regardait encore, il ne serait jamais capable de partir.

— Evi, fit-il avec effort, je n'arrive plus à parler à Dieu, et je n'ai pas le droit de le faire avec vous. Il n'y a personne d'autre, vraiment. Prenez soin de vous.

Il se détourna de la tombe et emprunta l'allée. Les autres parents et amis de la défunte s'étaient tous éclipsés. Il faisait bien trop froid pour tenir longtemps dehors. Alors qu'il remontait la pente d'un pas décidé, il entendit le bedeau commencer à pelleter de la terre sur le cercueil. Schlouf, schlouf.

Il crut entendre, mais il avait peut-être tort, le couinement du fauteuil roulant d'Evi. Il ne se retournerait pas.

Schlouf. Schlouf. Harry pressa le pas et le bruit de la terre tombant sur le bois lui parut le suivre jusqu'en haut de la colline. Le bedeau travaillait vite. Avant que ne sonne l'heure, le trou serait comblé, tendre amas d'humus couvert de fleurs. Elles faneraient et mourraient, évidemment, tel est le sort des fleurs, mais les gens en rapporteraient d'autres, ils entretiendraient la tombe. Les gens qui ne s'étaient guère souciés de Gillian de son vivant prendraient soin de sa sépulture.

Ils savaient honorer leurs morts à Heptonclough : certains, du moins.

NOTE DE L'AUTEUR

Heptonclough

Heptonclough est librement inspiré du village de Heptonstall (du vieil anglais *hep* – rose sauvage – et *tunstall* – ferme), dans les montagnes Pennines du Yorkshire, non loin de la limite du Lancashire. Comme son équivalent romanesque, Heptonstall doit sa prospérité au commerce de la laine et abrite aujourd'hui deux églises (l'une ancienne, l'autre très ancienne), un pub, The White Lion, un ancien lycée et de nombreuses rues pavées bordées de hautes maisons de pierre. Les touristes s'abstiendront d'y chercher Wite Lane, la demeure de l'abbé ou la rutilante nouvelle maison des Fletcher. En revanche, on y voit vraiment des adolescents juchés sur leurs vélos tourner autour des vieux murs de l'église. J'ai observé leur manège.

Hypothyroïdie congénitale

« Je vois une tête d'un volume et d'une forme insolite, une figure écrasée et bouffie, au regard hébété, aux yeux chassieux, caves et mats, aux paupières grosses et saillantes, au nez épaté. Le teint est blafard, toute la peau sale, flétrie et même dartreuse. Une langue épaisse pend sur des lèvres humides et bleuâtres. La bouche toujours béante et inondée de salive laisse entrevoir des dents que ronge la carie. Le thorax est étroit, le dos gibbeux, la respiration haletante. Je vois des bras et des jambes, mais ces membres sont courts, informes, émaciés, sans ressort, sans vigueur et presque sans usage. Les genoux sont épais et tournés en dedans, les pieds aplatis. Un goitre plus ou moins volumineux pend en fanons le long du col, l'abdomen paraît tombant comme une besace [et telle est la laxité de ses téguments, qu'ils ne peuvent plus contenir les intestins dans leurs cavités.] »

Beaupré, *Dissertation sur les crétins*, 1850.

La traductrice tient ici à exprimer sa vive reconnaissance au docteur Bertrand Blassel, qui, après avoir localisé le document original, s'est rendu à Sion, en Suisse, à la Médiathèque cantonale du Valais, pour le consulter.

L'hypothyroïdie congénitale, qui peut être génétique, sporadique ou endémique, provoque un retard pathologique sévère du développement physique et mental, causée par une carence de l'hormone, la thyroxine. Au Royaume-Uni, un enfant sur 3 500 ou 4 000 environ naît atteint d'hypothyroïdie congénitale. Des taux analogues sont enregistrés aux États-Unis et en Europe continentale. La maladie est plus courante chez les filles que chez les garçons, bien qu'on ignore toujours pourquoi.

Sans traitement, la taille de l'adulte reste en dessous de la moyenne, entre un mètre et 1,60 mètre : la maturation des os et la puberté sont gravement retardées et la stérilité chose courante. On peut escompter des troubles neurologiques, à divers degrés de gravité. Le développement cognitif, la pensée et les réflexes sont plus lents. Parmi les autres symptômes, on peut trouver une peau épaissie, une macroglossie ou un ventre saillant.

Heureusement, l'hypothyroïdie congénitale génétique et sporadique, provoquée par un développement anormal de la glande thyroïde avant la naissance, a été pratiquement éradiquée dans les pays développés par les nouveaux moyens de dépistage néonatal et les traitements à vie.

Les cas endémiques proviennent d'un régime carencé en iode, l'oligoélément essentiel dont le corps a besoin pour produire les hormones thyroïdiennes. Les sols de nombreuses régions à l'intérieur des terres sur tous les continents présentent des déficiences en iode et les aliments qui y sont produits sont carencés à proportion. Une carence en iode provoque une hypertrophie progressive de la glande thyroïde, et cette hyperplasie porte le nom de goitre. Les cas endémiques restent un problème majeur de santé publique dans de nombreux pays sous-développés.

« Crétin », mot provenant d'un dialecte originaire des Alpes où les malades étaient tout particulièrement nombreux, est devenu un terme médical au XVIIIe siècle. Il a été considérablement employé au XIXe siècle comme au début du XXe, avant de se répandre plus largement dans l'anglais populaire en tant que terme désobligeant pour désigner quelqu'un se comportant bêtement. En raison de ses connotations péjoratives dans le langage courant, les praticiens de la santé l'ont aujourd'hui pratiquement délaissé.

REMERCIEMENTS

L'un des aspects les plus gratifiants de l'écriture est qu'il offre la possibilité d'apprendre, et les ouvrages suivants m'ont beaucoup apporté : *A History of Psychiatry*, d'Edward Shorter ; *Basic Child Psychiatry*, de Philip Barker ; *Crime Scene to Court : the Essentials of Forensic Science*, édité par P.C. White ; *Postmortem : Establishing the Cause of Death*, des docteurs Steven A. Koehler et Cyril H. Wecht ; et *Practical Church Management* de James Behrens.

Avril Neal, Jacqui et Nick Socrates, Denise Scott et Adrian Summons continuent de m'apporter leur contribution remarquable, non seulement en lisant et corrigeant mes premiers jets mais également en me procurant conseils et informations tout au long du processus d'écriture. Le docteur Miraldine Rosser a rejoint l'« équipe » cette année, et l'aide qu'elle m'a apportée pour faire d'Evi une psychiatre crédible a été inestimable. Merci à vous tous, et comme toujours, toutes les erreurs qui peuvent demeurer sont de mon fait.

L'équipe de Transworld continue de me soutenir, de m'encourager, de travailler dur, d'être de bon conseil. Je suis particulièrement redevable à Sarah Turner, Laura Sherlock, Lynsey Dalladay, Nick Robinson et Kate Samano. En France, mes remerciements vont comme toujours à Deborah Druba du Fleuve Noir.

Et pour Anne-Marie, Rosie, Jessica et Peter : les choses ne seraient tout simplement pas pareilles sans vous.

Composé par Nord Compo
à Villeneuve-d'Ascq (Nord)

Imprimé en France par

MAURY-IMPRIMEUR
à Malesherbes (Loiret)
en janvier 2012

POCKET – 12, avenue d'Italie – 75627 Paris Cedex 13

N° d'impression : 170292
Dépôt légal : février 2012
S22036/01